WILL HILL
DEPARTMENT 19
DIE MISSION
LÜBBE THRILLER

WILL HILL
DEPARTMENT 19
DIE WIEDERKEHR
ROMAN   LÜBBE

Will Hill
Department 19 – Das Gefecht

Weitere Titel des Autors:
Department 19 – Die Mission
Department 19 – Die Wiederkehr

Titel auch als Hörbuch und E-Book erhältlich

WILL HILL
DEPARTMENT
19
DAS GEFECHT
Roman

Übersetzung aus dem Englischen von Wulf Bergner

Lübbe Paperback

Dieser Titel ist auch als E-Book erschienen

Titel der englischen Originalausgabe:
»Department 19 – Battle Lines«

Für die Originalausgabe:
Copyright © 2013 by Will Hill

Für die deutschsprachige Ausgabe:
Copyright © 2014 by Bastei Lübbe AG, Köln
Textredaktion: Andreas Becker, Bonn
Umschlaggestaltung: Pauline Schimmelpenninck Büro für Gestaltung, Berlin
Umschlagmotiv: © Sandra Cunningham/Arcangel Images;
© Joana Kruse/Arcangel Images; © missbehavior.de
Satz: Dörlemann Satz, Lemförde
Gesetzt aus der Adobe Caslon, DTL Documenta SansTOT und JohnHancokCP
Druck und Einband: CPI – Ebner & Spiegel, Ulm

Printed in Germany
ISBN 978-3-7857-6112-0

5 4 3 2 1

Sie finden uns im Internet unter: www.luebbe.de
Bitte beachten Sie auch: www.lesejury.de

*Für Sarah,
die wusste, wie Schriftsteller sind,
es aber schaffte, darüber hinwegzusehen.*

*The earth had a single light afar,
A flickering, human pathetic light,
That was maintained against the night,
It seemed to me, by people there,
With a Godforsaken brute despair.*
      Robert Frost

*Wir scheinen an unbekannte Orte und
in unbekannte Verhältnisse zu treiben;
in eine Welt voller dunkler,
schrecklicher Dinge.*
      Jonathan Harker

Memorandum

VON: BÜRO DES VORSITZENDEN DES GEMEINSAMEN
GEHEIMDIENSTAUSSCHUSSES
BETREFF: REVIDIERTE EINTEILUNG DER DEPARTMENTS DER
BRITISCHEN REGIERUNG
SICHERHEITSSTUFE: STRENG GEHEIM

DEPARTMENT 1 Büro des Premierministers
DEPARTMENT 2 Kabinett
DEPARTMENT 3 Innenministerium
DEPARTMENT 4 Außenministerium und Commonwealth Office
DEPARTMENT 5 Verteidigungsministerium
DEPARTMENT 6 Britische Armee
DEPARTMENT 7 Königliche Marine
DEPARTMENT 8 Diplomatischer Dienst Ihrer Majestät
DEPARTMENT 9 Schatzamt Ihrer Majestät
DEPARTMENT 10 Verkehrsministerium
DEPARTMENT 11 Generalstaatsanwalt
DEPARTMENT 12 Justizministerium
DEPARTMENT 13 Militärische Aufklärung Sektion 5 (MI5)
DEPARTMENT 14 Geheimdienst (SIS)
DEPARTMENT 15 Königliche Luftwaffe
DEPARTMENT 16 Nordirland-Büro
DEPARTMENT 17 Schottland-Büro
DEPARTMENT 18 Wales-Büro
DEPARTMENT 19 **Höchste Geheimhaltungsstufe**
DEPARTMENT 20 Territoriale Polizeikräfte
DEPARTMENT 21 Gesundheitsministerium
DEPARTMENT 22 Fernmeldeaufklärung und Nachrichtendienst
DEPARTMENT 23 Geheimdienstaufsicht und -koordination

Prolog

Crowthorne, Berkshire

In dem Dorf Crowthorne gibt es eine Alarmsirene, ein exakter Nachbau einer Luftschutzsirene aus dem Zweiten Weltkrieg. Sie ist feuerrot lackiert und in zwei Metern Höhe an einem Metallpfosten montiert.

Die Sirene ist durch ein Erdkabel mit dem Broadmoor-Hospital verbunden: einem weitläufigen Komplex aus Klinkergebäuden, der über dem Dorf thront und fast dreihundert der gefährlichsten Geisteskranken des Vereinigten Königreichs beherbergt. Sie soll jedermann in fünfundzwanzig Meilen Umkreis bei einem Ausbruch aus der Klinik warnen. In über fünfzig Jahren ist sie erst fünfmal ertönt.

Ben Dawson schlief seit ungefähr einer Dreiviertelstunde, als die Sirene losheulte. Er schreckte auf, hatte eben noch von einem tiefen, ungestörten Schlaf geträumt, der ihm seit Islas Geburt vor sechs Wochen nicht mehr möglich war, und merkte, wie seine Frau langsam den Kopf von ihrem Kissen hob.

»Alles okay mit dem Baby?«, murmelte sie undeutlich.

»Das ist nicht Isla«, antwortete er. »Das ist die Sirene.«

»Sirene?«

»Die verdammte Broadmoor-Sirene«, knurrte er. Das Heulen war ohrenbetäubend, ein an- und abschwellender Zweiklang, der dumpfe Wut auslöste, ihm die Luft abschnürte.

»Wie spät ist es?«, fragte Maggie. Sie zwang sich dazu, die Augen zu öffnen und ihn anzusehen.

Ben knipste seine Nachttischlampe an, zuckte vor ihrem grellen Licht zusammen und sah auf den Wecker.

»Viertel vor vier«, ächzte er. *Das ist nicht fair,* dachte er. *Einfach nicht fair.*

Dann hörte er, immer wenn das Sirenengeheul abklang, weitere Laute: ein hohes, resolutes Weinen aus dem Zimmer über ihrem Schlafzimmer. Er stellte fluchend die Füße auf den Bettvorleger.

»Bleib hier«, sagte Maggie und schob sich an die Bettkante vor. »Diesmal bin ich dran.«

Ben schlüpfte in seine Laufschuhe, zog einen Kapuzenpulli über. »Kümmere du dich um Isla. Ich gehe raus und sehe nach, ob sonst noch jemand wach ist.«

»Okay«, sagte Maggie und stolperte durch die Schlafzimmertür hinaus. Sie war kaum richtig wach, bewegte sich mit der roboterhaften Schwerfälligkeit vieler junger Eltern. Ben hörte ihre Schritte auf der Treppe und kurz darauf, wie sie beruhigend sanft auf ihre Tochter einzureden begann.

Das Sirenengeheul machte Ben keine Angst. Er war schon mehrmals an der Klinik auf dem Hügel gewesen, hatte die Elektrozäune und das schwere Tor und die massiven Gebäude mit eigenen Augen gesehen und machte sich nicht die geringsten Sorgen wegen eines möglichen Ausbruchs. Gewiss, im Laufe der Jahre hatte es ein paar gegeben; nach der Flucht von John Straffens, der 1952 beim Hofkehren über die Mauer geklettert war und danach ein junges Mädchen aus Farley Hill ermordet hatte, war die Sirene aufgestellt worden. Aber der letzte Ausbruch lag fast zwanzig Jahre zurück, und die Sicherheitseinrichtungen waren seither ausgebaut und vervollkommnet worden. Stattdessen fühlte Ben, als er die Treppe zur Haustür hinabpolterte, was er durfte, weil das Baby ohnehin schon wach war, hauptsächlich Frustration.

Die letzten sechs Wochen waren keineswegs so gewesen, wie die Elternratgeber in Aussicht gestellt oder ihre Freunde sie beschrieben hatten. Er hatte damit gerechnet, müde zu sein, übellaunig und gestresst, aber nichts hatte ihn darauf vorbereitet, wie er sich tatsächlich fühlte.

Er war körperlich erschöpft, restlos erledigt.

Isla war schön, und wenn er sie ansah, empfand er Dinge, die er nie zuvor empfunden hatte – dieser Teil war genau wie angepriesen, hatte er zu seiner Erleichterung festgestellt. Aber sie weinte, laut und andauernd. Maggie und er wechselten sich darin ab, nach ihr zu sehen, Fläschchen zu wärmen, sie Bäuerchen machen zu lassen oder sie einfach nur in den Armen zu wiegen. Irgendwann fielen ihr die Augen zu, dann legten sie sie in ihr Kinderbettchen und schlichen ins eigene Bett zurück. Hatten sie Glück, bekamen sie zwei Stunden ungestörten Schlaf, bevor das Geschrei wieder begann.

Ben riss die Haustür auf. Die Nacht war windstill und warm, die Sirene klang im Freien viel lauter. Er trat auf die schmale gepflasterte Straße hinaus und sah, dass in den meisten Nachbarhäusern Licht brannte. Während er sich eine Zigarette aus der Packung anzündete, die er für Notfälle auf dem Tisch in der Diele liegen hatte – zum Beispiel, wenn er vor vier Uhr schon dreimal geweckt worden war –, gingen überall Haustüren auf, und bleiche Gestalten in Pyjamas und Bademänteln kamen heraus.

»Was zum Teufel geht hier vor?«, rief eine der Gestalten, ein großer, breitschultriger Mann, dessen kahler Schädel im Licht der Straßenbeleuchtung glänzte. »Warum stellt niemand das Ding ab?«

Charlie Walsh wohnte neben Ben und Maggie. Ben sah ihn kurz an, als er herüberkam, dann schaute er wieder auf den Hügel über dem Dorf. Die Klinik ragte wie eine dunkle Masse von einem schwachen, gelblichen Lichtschein umgeben in den Nachthimmel auf.

»Ich glaube nicht, dass das geht«, sagte Ben. »Ich bin mir ziemlich sicher, dass sie nur von der Klinik aus abgestellt werden kann.«

»Vielleicht sollte dann jemand rauffahren und nachsehen, was passiert ist?«

»Das wäre wohl angebracht.«
»Also gut«, sagte Charlie. »Ich komme mit.«
Ben starrte seinen Nachbarn an. Er wollte nichts weiter, als wieder nach oben gehen, sich unter seinem Kopfkissen verkriechen und darauf warten, dass dieses schreckliche Geheul verstummte. Aber offenbar hatte er keine Wahl.
»Meinetwegen«, knurrte er und marschierte in sein Haus zurück, um die Autoschlüssel vom Dielentisch zu holen.

Wenige Minuten später rasten die beiden Männer in Bens silbergrauem Range Rover durch das sogenannte Zentrum von Crowthorne und den Hügel hinauf nach Broadmoor.

Andy Myers saß am Schreibtisch der winzigen Polizeistation Crowthorne und bemühte sich, die Stimme am anderen Ende der Leitung trotz des ohrenbetäubenden Sirenengeheuls zu verstehen.

Die Polizei des Thames Valley hatte die Station in Crowthorne der Stufe 1 zugeordnet, was bedeutete, dass sie ausschließlich mit Freiwilligen besetzt war. Es gab insgesamt zwölf, fast alles Rentner, die sich darin abwechselten, die wenigen Fragen zu beantworten, die von den Dorfbewohnern an sie herangetragen wurden – alles von harmlosen Graffiti und leichtem Vandalismus bis hin zu Ratschlägen für richtiges Verhalten nach Verkehrsunfällen. Die Station war nachts nicht besetzt, aber einer der Freiwilligen war immer erreichbar. In dieser Nacht stand Andy Myers' Name auf dem Dienstplan.

Als die Sirene überraschend losheulte, hatte er sich aus seinem warmen Bett gestemmt: brummend, sich räkelnd und jedes seiner achtundsechzig Jahre spürend. Die andere Betthälfte neben ihm war leer und kalt; dort hatte seine Frau Gloria über dreißig Jahre lang geschlafen, bis sie letztes Jahr im Sommer einem Krebsleiden erlegen war. Seit damals war Andy, der bis dahin in der Londoner City als Börsenmakler gearbeitet hatte, auf der Suche nach etwas, das seine innere Leere auszufüllen vermochte. Der freiwillige Dienst in der Polizeistation war nur eine der Aktivitäten, in die er sich gestürzt hatte; außerdem saß er bei den hiesigen Rotariern im Vorstand, war aktives Mitglied im Gartenbauverein und Geschäftsführer des Crowthorne Cricket Club.

Er zog sich rasch an und machte sich auf den Fünf-Minuten-Weg zur Polizeistation. Er beeilte sich nicht, denn über einen möglichen Ausbruch machte er sich keine Sorgen. Aber es gab Vorschriften für den Fall, dass die Sirene losheulte, und Andy Myers war ein Mann, der viel von Vorschriften hielt.

Er betrat den Parkplatz der Polizeistation und hätte sich wegen des schrillen Geheuls der Sirene, die hinter dem Gebäude stand, am liebsten die Ohren zugehalten. Das Dienstgebäude war ein umgebautes kleines Wohnhaus am Ende einer Häuserzeile.

Er sperrte auf, ging hinein, ließ sich auf den abgewetzten Bürostuhl hinter dem Schreibtisch fallen, nahm den Hörer ab und wählte eine Nummer.

Bei einem vermuteten Ausbruch aus Broadmoor waren zwei Vorschriften zu beachten: Die Schüler an allen hiesigen Schulen mussten unter Aufsicht in den Gebäuden bleiben, bis ihre Eltern kommen und sie abholen konnten, und die Polizei sollte im Umkreis von zehn Meilen um die Klinik Straßensperren errichten. Allerdings gab es in Crawthorne nur einen einzigen Streifenwagen, einen klapprigen Ford Escort, der draußen parkte, deshalb konnte Andy nicht mehr tun, als die Einsatzzentrale in Reading anzurufen und um Anweisungen zu bitten.

»Bitte noch mal, Sir!«, brüllte er, um die Sirene zu übertönen. »Ich soll was tun?«

»Fahren Sie dort rauf!«, blaffte die Stimme am anderen Ende der Leitung. »Sehen Sie nach, was zum Teufel da los ist. Wir schicken ein paar Wagen raus, um die Straßen sperren zu lassen. Wenn sich das Ganze als Fehlalarm erweist, können wir sie schnell zurückrufen.«

»Was sagen die auf dem Hügel?«, fragte Andy laut.

»Wir kriegen keine Antwort«, sagte der Wachhabende. »Wir denken, dass ihr System abgestürzt ist oder durchgedreht oder sonst was. Sie fahren rauf, reden mit der Nachtschwester und melden uns über Funk, was dort vor sich geht. Klar?«

»Ja, Sir!«, rief Andy Myers und legte auf.

Er fluchte herzhaft, was ihm früher stets einen warnenden Blick von Gloria eingebracht hatte, und nahm die Schlüssel des Fords von dem Haken neben der Tür. Er sperrte die Station ab, setzte sich ans Steuer und fuhr vom Parkplatz langsam auf die Straße hinaus. Am Ortsrand von Crowthorne schaltete er Blaulicht und Sirene ein, auch wenn ihr Signal im Heulen der Alarmsirene untergehen würde. Dann gab er Gas und lenkte den kleinen Ford die Straße entlang, die Ben Dawsons Range Rover keine fünf Minuten zuvor gefahren war.

Charlie Walsh fummelte am Autoradio herum, während Ben fuhr, und wechselte von einem Sender zum anderen, bis Ben ihn von der Seite her anfunkelte, worauf er das Radio ausschaltete. Sie fuhren schweigend weiter den breiten, sanft ansteigenden Hügel hinauf, der die Landschaft in meilenweitem Umkreis beherrschte. Beide Männer beobachteten den Lichtschein des Klinikkomplexes über ihnen, bis der Geländewagen rasch die letzte Kurve nahm und Broadmoor vor ihnen lag.

Die Einrichtung war im Jahr 1863 als Irrenanstalt für kriminelle Geisteskranke eröffnet worden – eine Bezeichnung, die seit Langem als diskriminierend galt. In der Neuzeit war sie durch niedrige Betonbauten, Metallschuppen, Bürocontainer und überdachte Passagen zur Größe eines kleinen Dorfs angewachsen. Aber die Hauptgebäude, in denen die Insassen untergebracht und behandelt wurden, waren seit hundertfünfzig Jahren praktisch unverändert: massive, neugotische Klinkerbauten mit grauen Schieferdächern, die ihren eigentlichen Zweck nicht verleugnen konnten. Sie sahen in jeder Beziehung wie Gefängnisgebäude aus.

Als sie sich dem äußeren Zaun näherten, fuhr Ben langsamer. Der sechs Meter hohe Metallzaun war mit Bandstacheldraht gekrönt und stand unter Hochspannung, er markierte die Grenze des Sperrgebiets um die Klinik; innerhalb dieses Bereichs sorgten hohe Mauern, Fußstreifen mit Hunden, automatisch schließende

Türen und vergitterte Fenster dafür, dass kein Insasse auch nur in die Nähe des Zauns kam. Hätte jemand es trotzdem geschafft, hätte ihn ein starker, lähmender Stromstoß erwartet.

Das Tor in der Mitte des Zauns stand offen. Es lief auf Schienen, war zweigeteilt und wurde von der Sicherheitszentrale aus gesteuert. An einer der Torsäulen war ein Blechkasten mit einem Telefon angebracht, das jedoch selten benutzt wurde, weil nur sehr wenige Leute unangemeldet in Broadmoor eintrafen.

Ben hielt mit dem Range Rover auf das offene Tor zu und fuhr langsam weiter.

»Das gefällt mir nicht«, sagte Charlie Walsh. »Wir sollten umkehren. Komm, wir überlassen's der Polizei, sich darum zu kümmern.«

»Jetzt sind wir schon mal hier«, sagte Ben. »Da können wir uns auch umsehen.«

Jenseits des Elektrozauns stieg die Fahrbahn zum Haupttor hin leicht an. Das Torgebäude erinnerte an eine mittelalterliche Burg: Zwei Türme flankierten ein massives schwarzes Tor, darüber war eine schwarz-goldene Uhr angebracht, die eine sonderbare Strenge ausstrahlte. Die äußeren Klinikgebäude schlossen sich nach beiden Seiten an, hinter ihnen ragten die Stationsgebäude empor, die durch eine gewaltige Mauer abgetrennt im Innern lagen. Der ganze Komplex wirkte uneinnehmbar.

Nicht aber, wenn das Tor wie jetzt offen stand.

Ben spürte ein unangenehmes Kribbeln im Magen, als er langsam hindurchfuhr. Die Tore von Broadmoor standen niemals offen, und selbst wenn der Elektrozaun ausgefallen war, hätten sie niemals so dicht ans Torgebäude herankommen dürfen, ohne angehalten zu werden. Dass *beide* Tore offen standen, war schlicht undenkbar. Und ihm fiel noch etwas anderes auf. Er fuhr sein Fenster halb herunter, spürte die milde Nachtluft auf seinem Gesicht und horchte nach draußen.

Die Alarmsirene heulte an- und abschwellend weiter. Aber in den leisen Phasen war kein Laut zu hören.

In der Klinik herrschte normalerweise selbst nachts lärmender Betrieb. Sie hätten das Trampeln schwerer Stiefel, das Kläffen der Spürhunde von Fußstreifen, die Stimmen von Mitarbeitern der Nachtschicht hören müssen.

Stattdessen war es totenstill.

»Wonach horchst du?«, schrie Charlie Walsh, um die Sirene zu übertönen. »Ist da was zu hören?«

»Nichts«, rief Ben. »Gar nichts!«

Er fuhr das Fenster wieder hoch und gab leicht Gas. Der große Wagen kroch durchs Tor, das von zwei Wachhäuschen – Kunststoffboxen, die an die Kassenhäuschen von Mautstationen erinnerten – flankiert wurde. Im Vorbeirollen sah Ben in das Häuschen auf seiner Seite. Es war leer. Nirgends eine Bewegung, aber an der Rückwand war ein dunkler Fleck zu sehen, als habe jemand einen Farbbeutel dagegengeworfen.

»Wie sieht's auf deiner Seite aus?«, fragte er. »Irgendwer da?«

»Niemand«, antwortete Charlie, und Ben hörte erstmals Angst in der Stimme seines Nachbarn. »Hier ist niemand, Ben. Wo zum Teufel sind die alle?«

»Keine Ahnung.«

Sie fuhren schweigend auf den Hof hinter dem Torgebäude. Auf beiden Seiten standen moderne Verwaltungshäuser, aber direkt vor ihnen ragte das ursprüngliche Hauptgebäude von Broadmoor auf: ein imposanter, mächtiger Klinkerbau. Eine breite Treppe führte zu seinem reich verzierten Portal hinauf, und auf ihren Stufen sah Ben etwas, was dort nicht hingehörte.

Er bremste so scharf, dass Charlie Walsh nach vorn gegen den Sicherheitsgurt geworfen wurde und vor Schreck laut aufschrie.

»Scheiße, was zum …«

»Still!«, unterbrach Ben ihn. Er blendete auf, sodass die Scheinwerfer den Hof erhellten.

Auf den Steinstufen lag ein Mann in einem weißen Krankenhausnachthemd, das großflächig blutrot verfärbt war.

»O Gott«, flüsterte Charlie. »O Gott, Ben, ich will nicht mehr hier sein. Ich will von hier weg!«

Ben gab keine Antwort. Er beugte sich nach vorn, verrenkte sich den Hals, um nach oben sehen zu können, und ahnte schon jetzt, welcher Anblick ihn erwartete. Er hörte seine Halswirbel knirschen, dann sah er es.

Im dritten Stock, genau über der blutenden schlaffen Gestalt, gähnte eine Fensterhöhle, deren verstärkte Scheibe fehlte.

»Er ist gesprungen«, murmelte Ben. »Oben ist ein Fenster ohne Glas zu sehen. Er ist rausgesprungen.«

Auch Charlie beugte sich nach vorn, aber mit seinem Wanst kam er nicht dicht genug an die Scheibe heran, um sehen zu können, worauf Ben zeigte. Er sackte schwer atmend auf seinem Sitz zurück.

»Er ist tot, Ben«, sagte er mit zitternder Stimme. »Für ihn können wir nichts mehr tun. Komm, wir fahren heim und rufen die Polizei an, damit sie einen Krankenwagen schickt. Bitte, Ben, lass uns fahren. Bitte!«

»Warum liegt er einfach so da?«, fragte Ben sich laut. »Warum hat niemand versucht, ihm zu helfen? Wo ist das ganze Personal?«

»Das weiß ich nicht!«, kreischte Charlie Walsh. »Ich will heim, Ben. Ich will sofort heim!«

Ben betrachtete seinen Nachbarn. Laut keuchend und mit hervorquellenden Augen schien der Mann kurz vor einer Panikattacke zu stehen. Und er hatte recht: Sie konnten nichts für diesen Mann tun, der in einer erschreckend großen Blutlache lag. Aber alles an der Klinik erschien Ben irgendwie falsch. Das lag nicht nur an den offen stehenden Toren; sie war zu still, zu leer, und jetzt lag einer ihrer Patienten tot auf dem Hof, und niemand schien das auch nur bemerkt zu haben.

Er öffnete seinen Sicherheitsgurt, streckte die Hand aus und stieß die Fahrertür auf.

Charlie stieß einen spitzen Schrei aus. »Was machst du?«, fragte er laut, um das Sirenengeheul zu übertönen.

Ben ignorierte ihn. Er stieg wie in Trance aus. Sein Verstand arbeitete auf Hochtouren, versuchte zu verarbeiten, was er rings um sich sah, begutachtete es von allen Seiten wie ein Rätsel, des-

sen Lösung sich knapp nicht fassen ließ. Wie in weiter Ferne hörte er, dass die Beifahrertür geöffnet wurde und Charlie Walsh nervös die Füße aufs Pflaster stellte.
»Steig wieder ein, Ben«, rief er. »Bitte, Ben!«
Der flehende Tonfall des Mannes brachte Ben zur Vernunft, und er schüttelte den Kopf, als könne er so wieder klar denken.
»Okay«, rief er und sah Charlie Walsh erleichtert grinsen. »Entschuldige, Kumpel. Du hast recht, wir hauen lieber ab.«
Er setzte sich wieder ans Steuer und schloss eben seine Tür, als der Tote aufstand und sie anglotzte.
Er war ein Mann Ende zwanzig oder Anfang dreißig. Sein Nachthemd sah wie in rote Farbe getaucht aus, und sein linker Arm stand in unnatürlichem Winkel vom Körper ab, aber auf seinem Gesicht stand ein breites, hungriges Lächeln, und seine Augen glühten wie flüssige Lava.
Charlie Walsh stieß einen hohen, zittrigen Schrei aus und stemmte sich mit den Händen gegen das Ablagefach, als versuche er, sich möglichst weit von dem alptraumhaften Wesen vor ihnen zu entfernen. Ben, dem die Augen aus den Höhlen zu quellen drohten, starrte es nur an, ohne begreifen zu können, was er sah. Dann nahm die blutgetränkte Gestalt Anlauf, sprang auf die Motorhaube des Range Rovers und stieß mit der Faust durch die Frontscheibe.
Bens Lähmung fiel von ihm ab, als Walsh erneut aufschrie. Durch das zertrümmerte Glas drang Sirenengeheul ins Fahrzeuginnere, machte sie beide halb taub. Der Mann mit den roten Augen schob seinen Arm durch die Scheibe, ohne darauf zu achten, dass er sich dabei die Haut zerschnitt; Bluttropfen spritzten, als seine Finger Bens Kehle streiften und dann fuchtelnd nach Charlies Gesicht griffen. Dabei kreischte der Mann so laut, dass er sogar das Sirenengeheul übertönte: Er brüllte Wörter, die Ben nicht verstand, sein Mund war in ständiger Bewegung, sodass Blut und Speichel aufs Glas tropften, während er darum kämpfte, an die beiden Männer in dem Geländewagen heranzukommen.
Dann bekamen seine tastenden, suchenden Finger Charlie

Walshs Unterlippe zu fassen. Mit einem urtümlichen Triumphschrei riss das Ungeheuer mit den leuchtenden Augen sie mit einem Geräusch wie von zerreißendem Papier vom Gesicht des Mannes. Aus der Wunde spritzendes Blut färbte Frontscheibe und Innenverkleidung rot, und Charlies Schreie erreichten grausige neue Höhen.

Ben stellte den Wählhebel des Range Rovers auf R und trat das Gaspedal durch. Walsh wurde auf seinem Sitz nach vorn geworfen, und die Finger des Patienten schlossen sich für schreckliche Sekunden um seinen Hals. Dann wirkte die Beschleunigung sich aus, und der Unbekannte stürzte schwer aufs Pflaster des Innenhofs. Aber er war sofort wieder auf den Beinen, stand in grellem Scheinwerferlicht da, während der Range Rover davonschoss. Ben sah sich um und stellte fest, dass das offene Tor gefährlich rasch näher kam. Für eine Kurskorrektur war es zu spät; er konnte nur hoffen, dass er keine Lenkausschläge mehr gemacht hatte, seit er durch das Tor in diese schreckliche Umgebung gefahren war.

Metall kreischte, als der Range Rover zwischen den Torpfosten hindurchschoss, und auf der Beifahrerseite sprühten Funken, weil die Türbleche den gemauerten Klinkerpfeiler streiften. Charlie, der mit dem Gesichtsausdruck eines Mannes, der damit rechnet, im nächsten Augenblick aus seinem Alptraum zu erwachen, abwechselnd schrie und schluchzte, wich erschrocken zur Seite und fiel fast auf Ben, der ihn grob zurückstieß. Dann hörte das Kreischen auf, und sie hatten das Tor passiert. Ben bremste scharf, riss das Lenkrad herum und gab wieder Gas. Die Reifen drehten quietschend durch, dann stand der große Wagen in Gegenrichtung auf der Straße, die sie erst vor wenigen Minuten heraufgekommen waren. Von hinten war ein dumpfer Aufprall zu hören, und Ben sah in den Rückspiegel, als er das Gaspedal nochmals durchtrat.

Der mit Blut getränkte Patient, der Bens Nachbar die Unterlippe wie nichts weggerissen hatte, war in vollem Lauf ans Heck des Geländewagens geprallt. Eine Blutspur auf der Heckscheibe zeigte, wo er aufgeschlagen war. Als der Wagen davonschoss, sah Ben den Mann auf der Fahrbahn liegen, als habe er bei dem Aufprall das Bewusstsein verloren. Aber während er den Gestürzten beobachtete, entdeckte er etwas anderes, das ihm fast das Herz stillstehen ließ.

Dunkle Gestalten landeten in stetigem Strom auf dem Innenhof, bevor sie sich rasch in Richtung Tor bewegten. Ben fuhr sein Fenster wieder herunter und konnte trotz des Sirenengeheuls ganz leise das Klirren zerbrechenden Glases und ein dumpfes, anschwellendes Knurren wie von einem Wolfsrudel hören. Auch als der Range Rover durchs äußere Tor fuhr und bergab weiterraste, sah er immer wieder in den Rückspiegel und achtete nicht auf das blau-rote Leuchten hinter der ersten scharfen Kurve.

Andy Myers biss die Zähne zusammen und gab noch etwas mehr Gas. Das Sirengeheul war selbst im Inneren des Wagens ohrenbetäubend; die Fenster und Türen des alten Fords schlossen nicht mehr so luftdicht wie einst; er hätte genauso gut mit heruntergelassenen Scheiben fahren können. Wie dem auch sei, er würde die Nachtschwester befragen, was eigentlich passiert sei, über Funk Meldung erstatten und dann zusehen, dass er wieder ins Bett kam. Für morgen Mittag war ein Kricketmatch angesetzt, und er war sich schon jetzt trübselig darüber im Klaren, dass nur sehr wenige Spieler seiner Mannschaft ausgeschlafen und in Bestform sein würden.

Er schlug das Lenkrad leicht ein und steuerte den Wagen durch die letzte Kurve, bevor die Zufahrt bis zum Elektrozaun geradeaus verlief. Dann wurde es plötzlich gleißend hell vor ihm, und er hatte noch eine Zehntelsekunde Zeit, sich zu fragen, woher diese Helligkeit kam, bevor der Range Rover seinen Ford frontal rammte.

»Vorsicht!«, kreischte Charlie Walsh, dessen Stimme wegen der weggerissenen Unterlippe undeutlich klang.

Ben riss sich vom Innenspiegel los, war sich vage bewusst, dass am Rand seines Blickfelds etwas aufgetaucht war. Dann füllte ein blau-rotes Leuchten die Frontscheibe aus und im nächsten Augenblick prallte Metall auf Metall, bevor alles um ihn herum schwarz wurde.

Ben Dawson kam in einer chaotischen Welt zu sich. Er öffnete mühsam die Augen und spürte stechende Kopfschmerzen, als ihm das Sirenengeheul ins Bewusstsein drang. Langsam, ganz langsam sah er zu Charlie Walsh hinüber. Sein Nachbar hing mit gesenktem Kopf und geschlossenen Augen in seinem Sicherheitsgurt. Sein Gesicht war mit Blut bedeckt, und quer über die Stirn zog sich eine deutlich sichtbare Schwellung. Während Ben ihn anstarrte, entstand in Charlies ruiniertem Mund eine kleine Blutblase, die anschwoll und zerplatzte, bevor eine zweite und dritte Blase folgten.

Er lebt, dachte Ben. *Gott sei Dank.*

Ben sah an sich hinab und spürte, wie ihn eine Woge der Erleichterung durchflutete; der Überrollkäfig des großen Wagens hatte gehalten. Unter dem Lenkrad befand sich eine Ausbuchtung, weil der Motorblock bei dem Zusammenstoß nach innen geschoben worden war; aber er war nicht durchgebrochen, sonst hätte die Metallmasse ihm die Beine und den Unterleib zerschmettert. Er hatte Nasenbluten, das nicht aufhören wollte, und konnte die Delle im Instrumentenbrett sehen, die von seinem Schädel stammen musste. Er hatte hämmernde Kopfschmerzen und konnte nicht richtig denken; er versuchte es, aber seine Gedanken trieben wie dünne Rauchschwaden im Wind davon. Er streckte eine zitternde Hand aus und öffnete die Fahrertür. Dann wollte er aussteigen, aber von seinem linken Knöchel ausgehend schoss eine Schmerzwolke nach oben und ließ ihn aufschreien. Ben sah nach unten und stellte fest, dass sein Fuß beinahe rechtwinklig nach innen verdreht war. Dieser Anblick war so fremdartig, so schrecklich, dass er nicht mehr aufhören konnte, sich in seinen Schoß zu übergeben.

Er angelte sein Smartphone aus der Tasche und wählte

Maggies Nummer. Er wusste, dass er als Erstes die Polizei anrufen sollte, aber aus irgendeinem Grund wollte er das nicht. Vor dem Unfall hatte sich etwas ereignet – aber was genau? War ihnen ein anderes Auto begegnet? Hatte er einen anderen Wagen *gerammt*? Während er sich das Handy ans Ohr hielt, spähte er durch die zersplitterte Frontscheibe nach draußen. Überall auf dem Asphalt lagen Metalltrümmer. Als er sich weiter nach vorn beugte, wurde ihm undeutlich bewusst, dass er die Fahrbahn aus einer anderen Perspektive sah, weil ein großer Metallklumpen unter die Vorderräder seines Wagens geraten war. Ben starrte ihn verständnislos an, bis er zwei zersplitterte Blinkleuchten entdeckte – eine rot, eine blau – und plötzlich wieder alles wusste.

Die Klinik, der Patient, Charlie Walsh, der Streifenwagen und ...

Ben erstarrte.

O Gott. Die Patienten. Zersplitterndes Glas. Hinter mir.

Die Sirene heulte an- und abschwellend weiter, und Ben hörte Maggies Stimme, die ins Telefon schrie, aber er konnte seinen Mund nicht dazu bringen, ihr zu antworten. Er zwang sich dazu, in den Rückspiegel zu sehen, und entdeckte ein rotes Leuchten, das sich bergab auf ihn zu wälzte: eine wabernde, pulsierende hellrote Masse, die aus Hunderten von glühenden Augenpaaren zusammengesetzt zu sein schien.

»Lauf«, krächzte er ins Handy. »Nimm Isla mit und lauf!«

52 Tage bis zur Stunde null

1

Die nächste Generation

Jamie Carpenter konzentrierte sich so sehr auf das vor ihm stattfindende Kampftraining, dass er das Piepsen seiner Konsole erst beim dritten Mal hörte.
»Fünf Minuten Pause!«, rief er und zog das rechteckige Metallgerät aus der Gürtelhalterung, während zwei Stimmen erleichtert aufstöhnten. Jamie drückte die Taste LESEN auf dem Touchscreen der Konsole und las die kurze Nachricht, die auf dem Display angezeigt wurde:

NS303,67-J / LIVE_BRIEFING / OPS / SOFORT

Die Mitteilung war einfach und klar, und doch spürte Jamie kurzzeitig einen Stich in seinem Herzen. Der Befehl, sich sofort zu einer Besprechung im Kontrollzentrum einzufinden, glich Dutzenden von früheren Befehlen dieser Art, die er in den Monaten seit seiner Ankunft im Ring, dem streng geheimen Stützpunkt und Herz des Departments 19, über die Konsole erhalten hatte. Aber dieser hier war allein für ihn bestimmt; Jamies Agentennummer stand Schwarz auf Weiß auf dem Display. Fast allen früheren Anweisungen war das Kürzel G-17 vorangestellt gewesen – für das Team 17 aus Larissa Kinley, Kate Randall und ihm selbst, welches er bis vor ungefähr einem Monat geführt hatte.

Nach Valeri Rusmanovs Überfall auf den Ring war ihr Team aufgelöst worden, damit ihre kombinierte Erfahrung zweckmäßiger eingesetzt werden konnte, während das Department seine Reihen schloss und zu alter Stärke zurückfand. Das war eine der ersten Entscheidungen gewesen, die der Kommissarische Direktor Holmwood getroffen hatte, und obwohl Jamie sie durchaus verstand, hatte es sich trotzdem angefühlt, als würden die drei dafür bestraft, dass sie gute Arbeit leisteten. Colonel Holmwood hatte ihnen versichert, das sei nicht der Fall, und was sie dabei empfanden, spielte letztlich keine Rolle; Befehl war Befehl, und sie würden ihn befolgen.

»Sir?«

Die Stimme zitterte, und Jamie sah von seiner Konsole auf. Er saß auf einer Bank am Rand des »Spielplatzes«, dem riesigen, runden Übungsbereich auf Ebene F des Rings, auf dessen Hartholzboden schon Generationen von Agenten geübt, geschwitzt und geblutet hatten. Seit etwa fünfzehn Jahren herrschte hier Terry, der große, muskulöse Ausbilder, der nun mit vor seiner breiten Brust verschränkten Armen mitten im Raum stand. Aber nicht er hatte gesprochen; die Stimme gehörte John Morton, der zusammengesunken auf dem Boden hockte und mit großen Augen zu Jamie hinübersah.

Morton atmete schwer und blutete aus einem halben Dutzend Wunden, vor allem aus seiner Unterlippe, die unter den wettergegerbten Knöcheln des Ausbilders aufgeplatzt war. Er saß mit untergeschlagenen Beinen da, stützte die Ellbogen auf die Knie und war so blass, dass Jamie fürchtete, er sei kurz davor, sich zu übergeben. Stetig von seiner Unterlippe tropfendes Blut bildete eine Lache zwischen seinen Beinen.

»Die Nachricht betrifft nicht Sie«, antwortete Jamie. »Aber ich muss kurz nach oben.«

»Alles in Ordnung, Sir?«, fragte eine zweite Stimme. Jamie wandte sich ihr zu. Zwei, drei Meter von Morton entfernt saß eine dunkelhaarige junge Frau, die Lizzy Ellison hieß. Sie war so blass wie Morton und blutete wie er aus mehreren Wunden, aus dem Mund und vor allem aus einer aufgeplatzten Augenbraue, aber ihre Stimme klang fest.

»Alles bestens«, sagte Jamie und bedachte beide mit einem flüchtigen Lächeln. »Zumindest aus meiner Sicht. Terry?«

»Ja, Sir?«, antwortete der Ausbilder. Der hünenhafte Mann

hatte die kurze Trainingspause dazu genutzt, auf andere Gedanken zu kommen, und ließ jetzt ein schwaches, stolzes Lächeln sehen, als er Jamie Carpenter betrachtete. Terry hatte das Gefühl, es sei erst wenige Tage her, seit der Junge auf dem Spielplatz erschienen war: nervös und mager und völlig desorientiert, aber voller verbitterter Entschlossenheit, die er als erfahrener Menschenkenner sofort entdeckt hatte. Jetzt schob er diesen Gedanken beiseite und setzte eine ernste Miene auf, als er auf den Befehl des tödlichen Agenten wartete, zu dem der ruhige Junge sich so schnell entwickelt hatte.

»Nahkampf, bitte«, sagte Jamie. »Noch mal.«

Morton und Ellison ächzten vernehmlich, als sie erst Jamie ansahen, dann einen verzweifelten Blick wechselten und zuletzt zu der imposanten Gestalt ihres Ausbilders aufsahen.

»Wird gemacht, Sir«, bestätigte Terry und wandte sich erwartungsvoll grinsend seinen beiden Schülern zu.

Jamie marschierte den Korridor entlang zu dem Aufzug, der ihn nach oben ins Kontrollzentrum bringen würde.

Er hatte vorübergehend ein schlechtes Gewissen, als er an das brutal harte Training dachte, das Morton und Ellison bei Terry absolvieren mussten. Die Nahkampfausbildung war ein Regime aus Gewalt und Erschöpfung, an das er sich vermutlich sein Leben lang erinnern würde. Aber er schob diesen Gedanken rasch beiseite: Rekruten wurden zerbrochen und neu zusammengesetzt – so war es schon immer gewesen, und er wusste, dass seine beiden potenziellen neuen Teammitglieder durch diese Tortur viel lernen würden, was ihnen draußen in der Welt nützen würde, in der Gewalt und Gefahren bisher unbekannten Ausmaßes hinter praktisch jeder Ecke lauerten. Die von Schwarzlicht so lange kleingehaltene Dunkelheit drohte sie zu überwältigen, und das Department konnte es sich nicht leisten, allzu viel Rücksicht auf die verletzten Gefühle und blutigen Nasen ihrer neu angeworbenen Rekruten zu nehmen.

Jamie war vorsichtig optimistisch, was die beiden potenziellen

Agenten betraf, die ihm anvertraut worden waren – eine Tatsache, die ihn immer wieder amüsierte. Beide waren älter als er und weit erfahrener, was die Außenwelt betraf. Innerhalb des Rings zählte ihre Erfahrung jedoch nichts, und Jamie war eine fast legendäre Gestalt, zu der beide geradezu ehrfürchtig aufblickten.

John Morton war einundzwanzig und von Major Paul Turner persönlich angeworben worden. Er hatte kurz vor der Versetzung zum ersten Bataillon der Fallschirmjäger gestanden und galt bereits als Soldat, der sich eines Tages dem mörderischen Auswahlprozess des Special Air Service (SAS), der Elitetruppe des britischen Heeres, unterziehen würde. Turner war durch seine alten Kameraden in Hereford auf ihn aufmerksam geworden und hatte rasch in die Karriereplanung des jungen Mannes eingegriffen. Weniger als einen Tag später war Morton im Ring eingetroffen – mit demselben Staunen, das vor kaum einem halben Jahr auch in Jamies Gesicht gestanden hatte.

Lizzy Ellison war dreiundzwanzig, zwei Jahre älter als ihr Ausbildungskamerad und über fünf Jahre älter als Jamie. Sie war Agentin beim SIS gewesen, dem früher als MI6 bekannten Secret Intelligence Service, und ihre dortige Tätigkeit war so geheim gewesen, dass nur der SIS-Generaldirektor und der Chef des Generalstabs darüber informiert waren. Jamie hatte sie bisher nicht danach gefragt, würde es aber eines Tages tun, weil er aus eigener Erfahrung wusste, dass Geheimnisse innerhalb des Teams gefährlich sein konnten.

Dass er sich vorläufig damit zufriedengab, ihre Vergangenheit ein Geheimnis bleiben zu lassen, hatte einen einzigen Grund: Angela Darcy, die schöne und furchtlose Agentin, die Jamie vor ungefähr einem Monat bei seinem verzweifelten Rettungsunternehmen in Paris begleitet hatte, ebenfalls vom SIS kam und das räuberischste und tödlichste Wesen war, das er jemals erlebt hatte, kannte Ellison. Wie gut, wusste er nicht, aber es genügte ihm; wenn sie auf dem Radar von Angela Darcy erschien, die vor ihrer Ankunft bei Schwarzlicht oft genug knöcheltief in Blut gewatet

war, würde Jamie sie nicht drängen, ihre Geheimnisse preiszugeben.
Wenigstens vorerst nicht.
Die Aufzugtür öffnete sich. Jamie betrat die Kabine und drückte die mit 0 bezeichnete Taste. Während der Lift ihn zur Ebene 0 hinaufbrachte, fragte er sich, was Cal Holmwood diesmal wollen würde.

Er hatte oft das Gefühl, mehr Zeit im Kontrollzentrum zu verbringen als in seiner kleinen Unterkunft, in der er gelegentlich Schlaf fand. Das Zentrum war ein ovaler Raum im Mittelpunkt der einzigen oberirdischen Ebene des Rings, in dem Einsätze mit höchster Dringlichkeit besprochen und auf den Weg gebracht wurden. Während der Wochen nach dem Überfall auf den Ring und der Entführung Harry Sewards, des erfahrenen Direktors des Departments, war es zum Drehkreuz des gesamten Stützpunkts geworden, weil es auf einmal nur noch Einsätze mit höchster Dringlichkeit gab. Dass dort gute Nachrichten warteten, kam äußerst selten vor.

Jamie lehnte an der kühlen Metallwand der Kabine und ließ seine Gedanken wandern; wie so oft waren sie rasch bei seinen Freunden. Der katastrophale Überfall Valeris und seines Heers aus Vampiren auf den Ring hatte sie alle zutiefst getroffen. Kate Randall kämpfte noch damit, den Tod des jungen Agenten Shaun Turner zu verarbeiten, der ihr Geliebter gewesen war, und hatte in den letzten Tagen eine Entscheidung getroffen, von der Jamie sie wieder abzubringen hoffte. Matt Browning war in den Tiefen des Rings vergraben und verbrachte jede wache Sekunde damit, auf einen PC-Monitor zu starren. Und Larissa Kinley, die Vampirin, die für Jamie wichtiger als alles andere auf der Welt geworden war, war fort.

Die Aufzugtür öffnete sich, und er ging langsam den Korridor auf Ebene 0 entlang. Vor dem Kontrollzentrum machte er kurz halt, dann atmete er tief durch und trat ein.

Um einen langen Tisch in der Mitte des großen Raums war eine Gruppe schwarz uniformierter Gestalten versammelt.

Colonel Cal Holmwood, der Jack Williams neben sich hatte, stand am Kopfende des Tischs. An den Längsseiten saßen dem Kommissarischen Direktor aufmerksam zugewandt Patrick Williams, Dominique Saint-Jacques, Jacob Scott, Andrew Jarvis, Richard Brennan und eine Agentin der Nachrichtenabteilung namens Amy Andrews. Wie Angela Darcy, die nicht anwesend zu sein schien, und Dominique gehörte sie erst seit Kurzem dem Sonderkommando Stunde null an, das nach Valeris Überfall erweitert worden war und sich nun aus allen Abteilungen des Departments zusammensetzte.

Als Jamie Platz nahm, fiel ihm auf, dass auch Paul Turner fehlte, was inzwischen keine Überraschung mehr war.

»Lieutenant Carpenter«, sagte Cal Holmwood. »Wie kommen Ihre Rekruten voran?«

»Ziemlich gut, Sir«, antwortete Jamie. »Terry sorgt dafür, dass sie merken, wofür sie unterschrieben haben.«

Der Colonel grinste. »Freut mich, das zu hören. In ein paar Stunden können sie sich die Hörner abstoßen.«

Jamie runzelte die Stirn. Früher hatte die Ausbildung bei Schwarzlicht dreizehn Monate lang gedauert – zusätzlich zu der Spezialausbildung in Eliteeinheiten, die fast alle Rekruten absolvierten, bevor sie auch nur von der Existenz des Departments erfuhren. Aber die Umstände hatten eine radikale Straffung erzwungen, und was jetzt auf dem Spielplatz stattfand, war ganz entschieden ein Intensivkurs. Aus jedermanns Perspektive war das keineswegs ideal, aber es gab keine Alternative. Das Department war getroffen, schwer getroffen worden.

Auf den Wohnebenen gab es verwaiste Unterkünfte von Agenten, die nie mehr zurückkommen würden, leere Schreibtische in den Überwachungs-, Sicherheits- und Nachrichtendiensten sowie Einsatzteams, die ein, zwei oder in Ausnahmefällen alle drei Mitglieder verloren hatten. Diese Lücken, diese Löcher im Gewebe des Departments, ließen sich nicht leicht ausfüllen, auch von eigens zu diesem Zweck angeworbenen Männern und Frauen nicht. Freunde, Kollegen und sogar Angehörige waren gefallen, und Neulinge waren kein gleichwertiger Ersatz, auch wenn sie unverzichtbar waren, weil es vor allem darauf ankam, die Ist-Stärke des Departments möglichst schnell wieder auf den früheren Stand zu bringen.

Der Countdown bis zur Stunde würde nicht warten, bis sie so weit waren.

Trotzdem hielt Jamie die Mitglieder seines Teams nur für bedingt einsatzbereit: Er hatte sie in frühestens einer Woche mitnehmen wollen.

»Wie das, Sir?«, fragte er den Kommissarischen Direktor. »Was ist passiert?«

Holmwood sah zu Jack Williams hinüber. »Jack?«

Jamies Freund nickte. »Danke, Sir«, sagte er. »In Vertretung des Chefs des Sicherheitsdienstes soll ich Sie alle über die Ereignisse von gestern Abend informieren.«

Er gab auf seiner Konsole einige kurze Tastenbefehle ein, und die Agenten sahen zu dem Großbildschirm an einer Wand hinüber. Ein Fenster öffnete sich, und körnige Bilder von Überwachungskameras füllten die Bildfläche: Gestalten in weißen Nachthemden rannten durcheinander, machten Bocksprünge, holten vor ihnen flüchtende Gestalten ein, zerfetzten sie. Blut spritzte an Wände und Decken, und die in Panik flehenden Augen der Opfer waren weit aufgerissen und riesengroß, selbst bei dieser geringen Auflösung.

»Das«, sagte Jack, »ist die Abteilung D im Broadmoor Hospital, einer von drei Hochsicherheitseinrichtungen für die gefährlichsten Geisteskranken unseres Landes. Heute Morgen um 1.47 Uhr ist dort eine Gruppe von Vampiren eingebrochen, hat das gesamte Personal umgebracht und alle Patienten freigelassen. Wir haben es bisher mit neunundzwanzig von ihnen zu tun bekommen, von denen wir zwei gefangen nehmen konnten. Jeder einzelne war verwandelt worden.«

Die Anwesenden holten erschrocken tief Luft.

»Alle?«, fragte Patrick Williams halblaut.
»Richtig«, bestätigte sein Bruder.
»Das war ein Angriff auf uns, nicht auf die Patienten, nicht wahr?«, stellte Dominique Saint-Jacques fest. »Sie haben alle verwandelt und ihnen Tür und Tor geöffnet.«
»Stimmt«, antwortete Jack. »Aber das war leider nicht der einzige derartige Vorfall, der sich vergangene Nacht ereignet hat. Vampire haben auch das Hochsicherheitsgefängnis in Florence, Colorado, das Gefängnis Schwarzer Delfin in Sol-Ilezk, das C Max in Pretoria, das Gefängnis Awl-Ha'ir in Riad, das Straflager Kamunting in Malaysia, die Strafanstalt Goulburn in New South Wales und das Bundesgefängnis Catanduvas in Südbrasilien überfallen. Insgesamt sind über viertausend Häftlinge aus Hochsicherheitstrakten auf freiem Fuß, und in jedem Land zeigt sich, dass die wieder gefassten verwandelt sind. Dies scheint nichts weniger als ein koordinierter Angriff auf die übernatürlichen Departments der Welt zu sein.«

Danach herrschte Schweigen, während die Agenten die Dimensionen des Gehörten zu begreifen versuchten. Jamie sah sich am Tisch um; Patrick Williams und Dominique Saint-Jacques starrten Jack mit ruhiger, neutraler Miene an, die ihn Bewunderung für die beiden empfinden ließ.

Die bringt nichts aus der Fassung, dachte er. *Absolut nichts.*

Er wollte sich wieder auf Jack konzentrieren, als er auf Jacob Scott aufmerksam wurde: Der australische Colonel war leichenblass und starrte mit weit aufgerissenen Augen die Tischplatte vor sich an. Der stets freimütige, altgediente Agent sah aus wie jemand, der kurz vor einem Herzanfall stand, dachte Jamie. Seine Fäuste waren so krampfhaft geballt, dass die Knöchel weiß hervortraten.

»Für unser Department hat diese Sache jetzt oberste Priorität«, sagte Cal Holmwood. Jamie riss sich stirnrunzelnd von Colonel Scott los und wandte sich wieder dem Kommissarischen Direktor zu. »Sie alle sind sich gewiss darüber im Klaren, dass das Potenzial für einen massiven Befall der Bevölkerung und Verluste an Menschenleben sehr bedeutend ist. Ich rufe die Feldteams zurück ...«

»Alle?«, unterbrach Jamie ihn. »Auch die, die Admiral Seward suchen? Und Dracula?«

»Major Landis' Team sucht weiter nach Admiral Seward«, antwortete Holmwood und fixierte Jamie eisig. »Alle anderen kommen zurück, bis wir die neue Situation im Griff haben.«

»Dracula wird stärker«, wandte Jamie ein. »In diesem Augenblick, während wir hier sitzen. Er sollte oberste Priorität haben.«

»Es *geht* hier um Dracula«, sagte Holmwood. »Jack, zeigen Sie uns das Torgebäude.«

Auf dem Video einer anderen Überwachungskamera war die überbaute Einfahrt zum Broadmoor Hospital zu sehen. Jamie fuhr leicht zusammen. An dem Torbogen waren mit herabtropfendem Blut drei Wörter geschrieben:

ER

KEHRT

ZURÜCK

»Trotzdem«, widersprach Jamie unbeirrt. »Wenn Dracula und Valeri diese Häftlinge freigelassen haben, spielen wir ihnen direkt in die Hände.«

»Danke, Lieutenant Carpenter«, sagte Holmwood trocken. »Darauf wären wir ohne Sie nicht gekommen.«

»Was tun wir also dagegen?«

Holmwood sah zu Jack hinüber. »Lieutenant Williams? Zeigen Sie uns den Film aus Crowthorne.«

Jack nickte, dann gab er einige Tastenbefehle ein. Auf dem Großbildschirm öffnete sich ein neues Fenster, das eine malerische Dorfstraße im Standbild zeigte. Als er die PLAY-Taste drückte, begann der Schwarzweißfilm ruckfrei zu laufen, ohne die Einstellung zu verändern. Die Kamera zeigte Reihenhäuser mit gepflegten Vorgärten und sauber gepflasterten Fußwegen entlang niedriger Mäuerchen. Ungefähr in der Bildmitte stand ein Kleinwagen geparkt, in dessen Frontscheibe sich das Licht der Straßenlampe über ihm spiegelte.

Nach einigen Sekunden gab es Bewegung. Ein Mann mittleren Alters rannte mit wirbelnden Armen und stampfenden Füßen die Straße entlang. Er erreichte das Auto, ging vor der Motorhaube in die Hocke und hielt Ausschau in die Richtung, aus der er gekommen war. Wenige Augenblicke später kam ein weiterer Mann ins Bild geschlendert; er trug ein langes weißes Krankenhausnachthemd, war barfuß und hatte feurig leuchtende Augen. Während er auf den geparkten Wagen zuhielt, schien der Mann zu lächeln.

Der Vampir machte halt. Anfangs passierte nichts, außer dass die beiden Männer miteinander sprachen und sich über das Auto hinweg beobachteten. Dann griff der Vampir nach unten und schleuderte den Kleinwagen mühelos über die Straße. Er rutschte Funken sprühend über den Asphalt, bevor er an eine Gartenmauer knallte und auf der Seite liegen blieb.

Schreckenslaute erfüllten das Kontrollzentrum. Jamie sah sich am Tisch um und begegnete überall schockierten Blicken. Auf dem Bildschirm richtete der wehrlose Mann sich langsam auf und hob in einer vergeblichen Geste die Hände, als flehe er um Erbarmen. Der Vampir machte einen halben Schritt auf ihn zu, dann verschwammen seine Bewegungen, als er sein Opfer packte, mühelos hochhob und aus dem Bild trug.

Als Jack den Film anhielt, war nur noch der an einer Gartenmauer liegende umgestürzte Kleinwagen zu sehen. Der Kommissarische Direktor wandte sich wieder an das Sonderkommando Stunde null.

»Der Vampir in diesem Film war seit höchstens einer Dreiviertelstunde verwandelt«, sagte er. »Möchte mir jemand sagen, was mit diesem Bild nicht in Ordnung ist?«

»Jesus«, sagte Patrick Williams. »Er war *stark*.«

»Und schnell«, sagte Dominique. »Zu schnell.«

»Richtig«, bestätigte Holmwood. »Die bisher vernichteten

Vampire waren alle weitaus stärker und schneller, als man es von frisch Verwandelten erwarten würde.«

»Wie kommt das?«, fragte Amy Andrews.

»Das wissen wir nicht. Der Wissenschaftliche Dienst untersucht die beiden Insassen, die wir eingefangen haben – bisher leider ergebnislos. Aber die neuen Vamps sind offensichtlich anders als frühere, und von dieser Sorte sind allein bei uns fast dreihundert auf freiem Fuß. Deswegen haben sie höchste Priorität, Lieutenant Carpenter, weil unser Department den Auftrag hat, die Öffentlichkeit vor dem Übernatürlichen zu schützen. Ist das klar?«

»Sonnenklar, Sir«, bestätigte Jamie. »Aber warum untersucht der Wissenschaftliche Dienst die wieder Eingefangenen? Sollte dafür nicht das Projekt Lazarus zuständig sein?«

Holmwood schüttelte den Kopf. »Ich will nicht, dass das Projekt seine eigentliche Aufgabe vernachlässigt. Doktor Cooper hält Verbindung zu Professor Karlsson, und falls er wirklich Hilfe braucht, kann er sie jederzeit anfordern.«

»Okay«, sagte Jamie.

»Gut«, meinte Holmwood befriedigt. »Noch Fragen?«

»Wo ist Angela, Sir?«, fragte Jack Williams. »Sie hätte bei dieser Besprechung anwesend sein sollen.«

»Lieutenant Darcy und ihr Team sind im Einsatz«, antwortete Holmwood. »Sie waren aktiv, als die ersten Meldungen eingetroffen sind. Ich erwarte sie binnen der nächsten Stunde zurück.«

Jack nickte sichtlich besorgt.

»Also gut«, sagte Holmwood. »Sonst noch was? Nein? Dann schließe ich die ...«

»Was ist mit der Stunde null?«, fragte Jamie. »Wie wollen wir die Öffentlichkeit schützen, wenn wir Dracula zurückkehren lassen?«

Holmwood fixierte ihn mit kaltem Blick. »Die Männer, die aus Broadmoor geflüchtet sind, waren dort zum Schutz der Gesellschaft weggesperrt, Lieutenant Carpenter. Viele leiden an schweren Persönlichkeitsstörungen, viele sind in der Vergangenheit unberechenbar gewalttätig gewesen, und die meisten müssen regelmäßig Psychopharmaka einnehmen. Sie sind so verwandelt worden, dass sie Riesenkräfte besitzen, was für sich allein neu und beängstigend ist, und in den kommenden Stunden wird jeder von ihnen nach frischem Blut gieren. Erledigen wir sie nicht rasch, *gibt* es vielleicht bald keine Öffentlichkeit mehr, die geschützt werden muss.«

Jamie starrte die Tischplatte vor sich an.

»Wie sieht der Plan also aus, Sir?«, fragte Patrick Williams mit fester Stimme und entschlossener Miene.

Cal Holmwood erwiderte seinen Blick. »Aufspüren und vernichten«, sagte er energisch. »Möglichst schnell. So einfach ist das.«

Jamie betrachtete das umgestürzte Auto auf dem Großbildschirm.

Klar, dachte er. *Ganz einfach.*

2

Lazarus Wiederbelebt

Aufgeregt wie ein Kind zu Weihnachten stieß Matt Browning die schwere Tür auf dem Korridor der Ebene F auf und musste feststellen, dass er trotz der frühen Stunde an diesem Morgen nicht als erster Mitarbeiter des Projekts Lazarus zur Arbeit erschien. Professor Karlsson sah auf, als er eintrat, nickte ihm lächelnd zu und konzentrierte sich wieder auf einen Text, der vor ihm auf seinem Schreibtisch lag.

Er ist der Boss, dachte Matt und lächelte in sich hinein. *Da sollte mich das nicht überraschen.*

Nach der Entführung Admiral Sewards war die Rekonstruktion des Projekts Lazarus mit Hochdruck vorangetrieben worden. Cal Holmwood hatte Matt, dem einzigen Überlebenden des Wissenschaftlerteams, freie Hand bei Empfehlungen gelassen, und der Junge hatte seine angeborene Schüchternheit überwunden, als ihm klar wurde, dass er freimütig äußern durfte, was er dachte. Als Erstes hatte er vorgeschlagen, Schwarzlicht solle jede erdenkliche Anstrengung machen, um Professor Robert Karlsson, den Direktor des schwedischen Instituts für Genforschung, als neuen Leiter des Projekts zu gewinnen. Matt, der schon vor einiger Zeit auf Karlssons Arbeit aufmerksam geworden war, hielt ihn für einen der klügsten Köpfe der Menschheit. Sein überragender Intellekt war auf die Manipulation von Replikator-Enzymen in der DNA spezialisiert, was ihn zu einem perfekten Kandidaten für die Suche nach einem Mittel gegen Vampirismus machte.

Holmwood hatte höflich, aber verständnislos zugehört, sich bei Matt bedankt und ihn wegtreten lassen. Vier Tage später war

Karlsson mit einem Handkoffer und einem kleinen Lederrucksack voller externer Festplatten im Ring eingetroffen. Er hatte Matt kennengelernt, geduldig zugehört, als der Teenager ihn anhimmelte wie einen Popstar, und vorgeschlagen, sich an die Arbeit zu machen.

Heute sollte der erste Tag sein, an dem das vollständig ausgestattete, vollständig funktionstüchtige Projekt Lazarus wieder mit vollständigem Personal arbeiten würde. Karlsson und Matt hatten den vergangenen Monat damit verbracht, die weltweit besten Köpfe zu engagieren, die Labors zu erweitern und den Aufbau des leistungsfähigsten europäischen Computernetzwerks zu überwachen.

Jede Minute, die nicht für den praktischen Wiederaufbau gebraucht wurde, ging in die Analyse der Daten auf der Festplatte, die bei Professor Richard Talbot – dem früheren Leiter des Projekts Lazarus, der ein Diener Valeri Rusmanovs gewesen war und vermutlich Christopher Reynolds geheißen hatte – gefunden worden war. Die Festplatte war sichergestellt worden, als Jamie Carpenter den verräterischen Professor mit einem Kopfschuss erledigt hatte, während Matt bewusstlos auf dem Fußboden zwischen ihnen lag. Reynolds hatte das gesamte Personal des Projekts ermordet und auch Matt beseitigen und dann flüchten wollen, als Jamie intervenierte. Durch Reynolds' Verrat hatte die Suche nach neuen Mitarbeitern einen Monat lang gedauert; alle potenziellen Kandidaten waren peinlich genau durchleuchtet worden, um die Wiederholung eines solchen Vorfalls sicher ausschließen zu können.

Reynolds hatte über ein Jahrzehnt lang auf dem Gebiet der Vampirgenetik geforscht und den größten Teil seines Wissens durch Methoden gewonnen, die ebenso amoralisch wie kriminell gewesen waren: Vivisektion, Folter, Menschenversuche. Seine Arbeiten, vor allem das Sequenzieren des Vampirgenoms und seine Analyse der physischen Effekte des Vampirismus auf verwandelte Menschen, erwiesen sich dennoch als unschätzbar wertvolle Grundlagen für die Forschungsarbeit des neuen Projekts Lazarus. Ohne sie wäre ihre Aufgabe als kaum zu bewältigen erschienen.

Mit ihnen gab es Hoffnung, oder zumindest einen vernünftigen Ausgangspunkt.

Der Prozess, die geretteten Daten zu analysieren und auf ihnen aufzubauen, war bereits in Gang gesetzt, weil jeder neue Mitarbeiter sofort die Arbeit aufgenommen hatte. Aber heute Morgen sollte gewissermaßen der offizielle Startschuss fallen, und Matt wusste recht gut, dass der Text, über dem Karlsson brütete, die Rede war, die er aus diesem Anlass halten wollte. Er ließ seinen Boss weiterarbeiten und ging zu einem der Schreibtische im rückwärtigen Teil des riesigen Raums. Er meldete sich auf dem Sicherheitsserver des Projekts Lazarus an, rief die Analyse auf, an der er bis vor wenigen Stunden gearbeitet hatte, und verlor sich in der unvorstellbaren Komplexität der Bausteine des menschlichen Körpers.

Um 7.10 Uhr waren alle zweiunddreißig Mitarbeiter des Projekts Lazarus an ihren Arbeitsplätzen. Den Saal schien ein kaum wahrnehmbares Summen zu erfüllen, während große Geister sich auf eine gemeinsame Aufgabe konzentrierten – auf die vielleicht nobelste Aufgabe in der Geschichte menschlicher Forschung. Wie so häufig wurde Matts Blick von dem schmalen, hübschen Gesicht Natalia Lenskis angezogen, der fast übermenschlich klugen achtzehnjährigen Russin, die fünf Schreibtische von ihm entfernt saß. Sie war ursprünglich vom Russischen Kommissariat zum Schutz vor dem Unnatürlichen (RKSU) von der Universität Leningrad abgeworben worden, an der sie hatte promovieren wollen, nachdem sie dort mit vierzehn Jahren ihren Master gemacht hatte. Ihr Teint war blass wie sibirischer Schnee, ihr blondes Haar nur zwei, drei Nuancen dunkler. Als sie von ihrem Bildschirm aufsah und ihm zulächelte, spürte Matt, dass seine Augen sich weiteten und er heiße Wangen bekam, bevor er verlegen wieder seinen Monitor anstarrte.

O Gott. OGottoGottoGott.

Langsam, einen quälenden Millimeter nach dem anderen,

drehte Matt seinen Kopf wieder in ihre Richtung, bis sie am äußersten Rand seines Blickfelds erschien, und stellte erschrocken fest, dass sie ihn weiter wie bisher lächelnd ansah. Gerettet wurde er nach scheinbar endlosen, schrecklichen Sekunden durch Professor Karlsson, der sich in genau diesem Augenblick erhob, rasch nach vorn ging und mit der flachen Hand auf den nächsten Schreibtisch schlug. Damit war der Bann gebrochen; die anwesenden Männer und Frauen, auch Natalia, konzentrierten sich auf ihren Direktor, der entschieden unbehaglich wirkte, als aller Blicke sich auf ihm bündelten.

»Guten Morgen«, sagte er mit nicht ganz fester Stimme. »Es ist schön, uns alle erstmals zusammen zu sehen. Wirklich schön.« Die versammelten Wissenschaftler murmelten zustimmend. »Mr. Browning«, fuhr Karlsson fort. Er nickte dem Teenager zu. »Matt. Darf ich Sie zu mir bitten?«

Matts Kollegen wandten sich ihm aufmunternd lächelnd und nickend zu; sie vermuteten, sein heftiges Erröten hinge damit zusammen, dass er als Einziger vom Direktor hervorgehoben wurde. Nur Natalia ahnte den wahren Grund dafür. Matt schob seinen Stuhl zurück und stand nervös auf. Er ging langsam nach vorn und blieb steif neben Professor Karlsson stehen; der Direktor sah erkennbar stolz zu ihm auf, und Matt spürte, dass er zu lächeln begann, während sein Erröten abklang. Er fühlte sich plötzlich unglaublich glücklich, war voller Zielstrebigkeit, voller gerechter Entschlossenheit.

»Meine Damen und Herrn«, sagte Karlsson, indem sein Blick über die Wissenschaftler des Projekts Lazarus glitt, »wir haben hier Gelegenheit, viel Gutes zu tun. Es geht darum, Hunderttausende, vielleicht sogar Millionen von Menschenleben zu retten und eine Krankheit auszurotten, die tödlicher als jede andere ist, die in den Labors dieser Welt erforscht wird. Unser Projekt repräsentiert die Speerspitze wissenschaftlicher Forschung, und jede und jeder von uns sollte stolz darauf sein, die Chance bekommen zu haben, daran mitarbeiten zu dürfen.«

Der Direktor sprach weiter, aber Matt hörte nicht mehr zu.

Stattdessen war er in Gedanken bei seiner Mutter – wie stolz sie gewesen wäre, wenn sie ihn hier bei der Arbeit hätte sehen können – und dem vergangenen Monat, der zweifellos die glücklichste Zeit seines Lebens gewesen war.

Erstmals in seinem Leben hatte er das Gefühl gehabt, dazuzugehören. Ein Schwindel erregendes Gefühl für einen Jungen wie Matt, der sein bisheriges Leben größtenteils allein verbracht und nie mehr als das absolute Minimum von sich selbst preisgegeben hatte; lange Erfahrung hatte ihn gelehrt, dass die Welt alles, was man sie über sich in Erfahrung bringen ließ, prompt dazu verwandte, einen zu verletzen. Aber das glaubte er nicht mehr. Hier, an diesem seltsamen, unwahrscheinlichen Ort inmitten der Wälder Ostenglands, hatte er unter höchstem Druck entstandene, wahre Freundschaft und eine gute Sache gefunden, der er bereitwillig den Rest seines Lebens weihen würde, wenn das nötig war.

»... und nun ans Werk!«, schloss Karlsson, und der Beifall nach der Rede des Direktors riss Matt aus seinen Gedanken. Er klatschte so rasch mit, dass er sicher war, niemand würde merken, dass er Tagträumen nachgehangen hatte. Als die Männer und Frauen des Projekts Lazarus zu ihrer Arbeit zurückkehrten, für die jeder von ihnen die Aussicht auf eine normale Existenz geopfert hatte, sah Matt, wie Natalia Lenski zu ihm herübersah, bevor ihre blassen Wangen sich zartrosa färbten und sie sich wieder ihrem Bildschirm zuwandte.

3

Ein Tag ohne Sensationen

*Wapping, London,
drei Monate zuvor*

Kevin McKenna ließ seine Kippe in die Dose mit dem schalen Restbier auf dem Schreibtisch fallen und sah auf seine Armbanduhr.

Es war fast 21.30 Uhr, und er war als einziger Redakteur von *The Globe* noch in der Redaktion. England spielte in Oporto gegen Portugal, und alle seine Kollegen hockten entweder jubelnd, trinkend und fluchend drüben im The Ten Bells oder waren – dankbar für einen Grund, die Redaktion zu einer vernünftigen Zeit verlassen zu können, ohne faul zu erscheinen – auf dem Nachhauseweg. McKenna wäre gern mit den Kollegen in den Pub gegangen, aber der Anruf, den er vor einer Stunde erhalten hatte, war zu faszinierend gewesen, um ignoriert zu werden. Aus diesem Grund saß er jetzt bei geschlossener Tür und ausgestecktem Rauchmelder in seinem Büro und wartete darauf, dass ein Kurier ihm eine Sendung von einem Toten brachte.

Der Anruf war von einem ihm unbekannten Rechtsanwalt gekommen – keinem der vielen, denen er regelmäßig weiße Briefumschläge mit Bargeld zusteckte, damit sie ihn fünf Minuten lang mit den Akten von Promiprozessen und diskret zu behandelnden Unterlassungsverfügungen allein ließen. Der Mann war höflich gewesen und hatte McKenna mit gewisser Feierlichkeit erklärt, seine Kanzlei sei Testamentsvollstreckerin des verstorbenen Mr. John Bathurst. Danach war eine Pause entstanden, die McKenna offenbar mit Dankbarkeit oder Trauer oder beidem hätte ausfüllen sollen. Aber er hatte nicht gewusst, was er sagen sollte, weil ihm der Name völlig unbekannt war.

Dann war ihm eine blitzartige Erleuchtung gekommen, und er hatte laut ins Telefon gelacht.

In der Stimme des Anwalts klang daraufhin ein leichter Tadel an, aber der Mann blieb unbeirrbar professionell. Er teilte McKenna mit, Mr. Bathurst habe ihm etwas hinterlassen, einen Umschlag, und fragte, ob er ihn per Kurier schicken dürfe. Normalerweise hätte McKenna ihn aufgefordert, ihn mit der Post zu schicken, und wäre in den Pub gegangen. Stattdessen gab er dem Anwalt die Adresse der Redaktion und versprach, auf den Kurier zu warten.

Du bist tot und machst mir trotzdem Unannehmlichkeiten, dachte er, als er sich die nächste Zigarette anzündete. *Mr. John Miststück Bathurst.*

Dass er sich an den Namen des Mannes, der ihn in seinem Testament bedacht hatte, nicht gleich hatte erinnern können, war einem einfachen Grund geschuldet: Er hatte ihn nur ein einziges Mal laut ausgesprochen gehört – und auch dafür gab es einen Grund.

Dies war Johnny Supernovas wahrer Name und sein bestgehütetes Geheimnis gewesen.

Es hatte eine Zeit gegeben, in der McKenna jedem ins Gesicht gespuckt hätte, der es wagte anzudeuten, er könnte sein Geld eines Tages damit verdienen, für ein Blatt, das so staatskonform und moralisch bankrott war wie *The Globe,* über B-Promis zu schreiben.

Eine jüngere, schlankere, zornigere Version seiner selbst war im Jahr 1985 als Neunzehnjähriger nach London gekommen: die Ohren voller Gitarrenriffs und House, die Adern voller Arbeiterklassenfeuer, um als Journalist bei *The Gutter,* die legendäre Stilbibel der linken Szene, zu arbeiten. Als er in die Magazinredaktion in der Pentonville Road geschlendert kam, begrüßte ihn eine Rezeptionistin, die schöner war als alle Mädchen, die er während seiner neunzehn Lebensjahre in Manchester gesehen hatte. Sie hielt ihm die Tür zum Büro des Chefredakteurs auf und bedachte ihn mit einem lachhaft provokanten Lächeln, als er an ihr vorbeiging.

Hinter einem riesigen Schreibtisch mit Glasplatte, auf dem die glänzenden Doppelseiten der letzten Ausgabe ausgebreitet lagen, saß Jeremy Black. Er trug einen anthrazitgrauen Anzug – dem McKenna ansah, dass er von Paul Smith oder Ozwald Boateng stammte –, über einem verblassten Tour-T-Shirt der Beatles. Als McKenna vor seinem Schreibtisch stehen blieb, sah er auf.

»Bier?«, fragte er.

»Klar«, antwortete McKenna. Es war kaum halb elf, aber sein neuer Boss sollte ihn auf keinen Fall für ein Leichtgewicht halten.

Black griff nach unten und holte zwei Dosen Bier aus einem Kühlschrank, den McKenna nicht sehen konnte. Er gab McKenna eine, dann lehnte er sich in seinen Sessel zurück und faltete die Hände hinter dem Kopf. »Ich will dich nicht öfter als ein paarmal pro Woche hier sehen«, sagte er. »Bist du in der Redaktion, machst du deine Arbeit nicht. Klaro? Die Storys sind dort draußen.«

»Verstanden«, antwortete McKenna. Er riss sein Bier auf und nahm übertrieben lässig einen großen Schluck.

»Deine Storys gibst du an der Rezeption ab. Ich rufe dich an, wenn sie gut genug sind.«

»Okay.«

»Ich hab veranlasst, dass ein Kerl dich einarbeitet. Er wird dich hassen und dich wie Scheiße behandeln, aber er schuldet mir mindestens zehntausend Wörter, die ich schon bezahlt habe, also hat er jetzt Pech. Du vermutlich auch.«

»Wer ist er?«, fragte McKenna, als sein Boss leicht zu grinsen begann.

Jeremy Black behielt recht: Johnny Supernova behandelte ihn wirklich wie Dreck. Aber McKenna machte das nichts aus.

Supernova war eine Legende, ein hemmungsloses, anarchisches Genie, das wie ein Hurrikan auf Speed durch die Londoner Nächte tobte. Seine Storys waren ein Spiegelbild des Mannes: eine wahre Lawine aus brillanten Beschimpfungen, in die sich Ausdrücke und Bilder mischten, für die Caligula sich geniert hätte – Nachrichten vom blutenden Rand der Popkultur, die häufig dazu dienten, die Zeit selbst zu definieren wie auch die Ereignisse, die sie beschrieben.

Der Mann selbst war klein und drahtig, mit blassem Teint und schwarzer Mähne. Er war älter als McKenna, fast vierzig, vielleicht noch älter. Seine zusammengekniffenen Augen musterten jeden scharf, und sein Appetit auf Alkohol, Drogen und Ausschweifungen war berühmt und berüchtigt. Bei der ersten Begegnung begrüßte er McKenna misstrauisch, lud ihn aber an seinen Tisch im Graucho Club ein, weil er offenbar noch so viel Realitätssinn besaß, lieber nicht von *The Gutter* wegen Vertragsbruch verklagt zu werden.

Damals, in jener kurzen Periode des kulturellen Erwachens, war Johnny Supernova der King gewesen. Popstars, Künstler, Schauspieler und Regisseure drängten an seinen Tisch, um sich bei ihm einzuschmeicheln. In dem großen Gebäude in Soho saß McKenna Nacht für Nacht an seiner Seite und sonnte sich im Widerschein des Glanzes seines Mentors. Supernova: älter, cleverer und zynischer als sie alle, deshalb beteten sie ihn an.

Aber das konnte nicht andauern und tat es auch nicht.

Die Drogen, der Alkohol, die ständig wechselnden Mädchen und Jungen: Dies alles befeuerte den fürchterlichen Selbsthass, der in Johnny Supernova brannte und ihn dazu trieb, die schlimmsten Abgründe menschlichen Verhaltens zu erforschen. Was anfangs Spaß gemacht hatte, wurde nun schwer erträglich, als Supernova seinen Elan und so an Einfluss auf die Glitzerwelt der Jungen und Schönen verlor. Sein Tisch wurde etwas leerer, sein Schreibstil etwas sanfter, weil die rasiermesserscharfe Präzision fehlte, mit der er einst seine Leserschaft attackiert hatte. Exzesse fordern irgendwann ihren Tribut, was langsam, allmählich, fast unmerklich oder schlagartig wie ein Lawinenabgang passieren kann. Bei Johnny Supernova trat der erste Fall ein. Sein Stern verglühte, statt zu einem Feuerball zu werden.

McKenna hing inzwischen nur noch an den Fingernägeln von der Klippe; die Verrücktheit hatte aufgehört, Spaß zu machen, war zu Arbeit geworden. Es schien, als schrumpfe Johnny von Woche zu Woche, von Monat zu Monat vor seinen Augen. Ende 2006 lud McKenna ihn eines Abends zum Essen ein, erklärte ihm, er sei müde und sehne sich nach etwas Stabilität, etwas Normalität, und teilte ihm mit, er habe einen Job bei *The Globe* angenommen.

Die erwartete Explosion blieb aus.

Stattdessen warf Supernova ihm aus rotgeränderten Augen einen enttäuschten Blick zu, der unendlich schmerzvoll war. »Du bist der Schlimmste von allen«, sagte er, während er McKenna fixierte. »Du hättest gut sein können. Du hättest *wichtig* sein können. Aber du bist bloß 'ne Nutte wie alle anderen.«

Sie hatten nie wieder miteinander gesprochen.

Das Telefon auf McKennas Schreibtisch klingelte, ließ ihn zusammenzucken. Er hatte sich in der Vergangenheit, in Erinnerungen an einen Mann verloren, den er fast vergessen hatte, wie ihm jetzt bewusst wurde.

Er nahm den Hörer ab.

»Kurier für Sie«, sagte die Rezeptionistin.

»Soll raufkommen«, sagte McKenna.

Zwei, drei Minuten später war der Kurier da. McKenna unterschrieb für die Sendung, gab dem Mann ein Trinkgeld und setzte sich wieder, um sie zu öffnen. Er schnitt das Klebeband und die Luftpolsterfolie auf, bis der Inhalt – Johnny Supernovas Vermächtnis – vor ihm lag: eine Tonkassette, ein dünner Ordner und ein Blatt cremeweißes Papier. McKenna legte Kassette und Ordner auf den Schreibtisch, griff nach dem Blatt und las die wenigen mit der Maschine geschriebenen Zeilen:

Kevin,
falls es noch einen winzigen Funken Integrität in dem dunklen Nichts gibt, das du eine Seele nennst, liefert dir dies vielleicht Stoff zum Nachdenken.
Johnny

McKenna musste trotz der Beleidigung lächeln.

Als er die Worte las, glaubte er zu hören, wie Johnny Supernova sie mit seinem starken Manchester-Akzent ausspuckte, als seien sie bitter. Dabei wurde ihm bewusst, dass es vier Jahre her war, dass er diese Stimme zuletzt gehört und das schmale, hagere Gesicht, aus dem sie kam, gesehen hatte. Supernova war vor einem Vierteljahr gestorben – an einer Überdosis Heroin, was genau genommen niemanden überrascht hatte.

McKenna hatte sich zu sehr geschämt, um zu seiner Beerdigung zu gehen.

Er ließ das Blatt sinken, betrachtete die Kassette, hielt es dann für zu mühsam, um diese Zeit einen Kassettenrekorder aufzutreiben, und griff stattdessen nach dem Ordner. Der Inhalt bestand aus einem dünnen Stapel Durchschlagpapier, fast durchsichtig, mit verblasster Maschinenschrift, deren Satzzeichen durchs Papier gestanzt waren. Das Deckblatt war unbeschriftet. McKenna blätterte um und las die Überschrift:

WORTPROTOKOLL
INTERVIEW MIT ALBERT HARKER, 12. JUNI 2002

Vor kaum einem Jahrzehnt, dachte Kevin. *Jesus, es kommt einem so viel länger vor.*

Im Jahr 2002 hatte Johnny Supernova seinen Zenit bereits überschritten: Er war noch berühmt, noch berüchtigt, noch wichtig, aber sein Einfluss schwand rasch dahin, und er begann mit gallebitterer Enttäuschung zu erkennen, dass sein zorniger Brennt-alles-nieder-Zynismus sich im Wunderland von New Labour zusehends schlechter verkaufen ließ. McKenna las die Überschrift nochmals.

Albert Harker. Nie von ihm gehört.
Er holte eine weitere Dose Bier aus der unteren Schreibtischschublade, zündete sich die nächste Zigarette am Stummel der vorigen an und begann zu lesen.

Eine Minute später machte er eine Pause, hatte das Bier längst vergessen.

»Jesus«, murmelte er.

Fünf Minuten später war seine Zigarette bis zum Filter heruntergebrannt, hing erloschen in seinem Mundwinkel und verstreute Asche auf seinen Schoß.

McKenna merkte es nicht einmal.

4

Die Wüste sollte kein Ort für einen Vampir sein

Lincoln County, Nevada, USA
Gestern

Donny Beltran kippte seinen Stuhl nach hinten und sah zum dunklen Wüstenhimmel hinauf. Über seinem Kopf hingen Sterne: ein Meer aus flimmernden, gelblichen und milchweißen Lichtpunkten, das er stundenlang hätte beobachten können, hätte Walt nicht angekündigt, die Hamburger seien fertig, was ihn aus seiner ehrfürchtigen Betrachtung riss und seinen Wanst vernehmlich laut knurren ließ.

Donny kam schwerfällig auf die Beine, nahm den Stuhl mit und ging zu Walt Beauford hinüber, der Hamburger vom Grill hob und zu weißen Brötchen und Ketchup- und Senftüten auf Plastikteller legte. Als sein Freund herankam, angelte er ein weiteres Bier aus der Kühlbox; Donny nickte dankend, riss die Dose auf und nahm einen großen Schluck. Er rülpste laut, fuhr sich mit dem Handrücken über den Mund und grinste seinen Freund an. Die beiden Männer setzten sich zum Abendessen; sie fühlten sich in Gesellschaft des anderen rückhaltlos wohl, weil sie eine zweieinhalb Jahrzehnte lange Freundschaft verband, die in einem College in Kalifornien begonnen und angenehme, unvermeidliche Ablenkungen wie Ehen und Kinder überdauert hatte.

Dieses Wochenende war jedoch heilig.

Es war der Jahrestag jenes verrückten, surrealen Tages im Jahr 1997, als sie fünf Prozent der Suchmaschine, die sie mit aufgebaut hatten, an eine private Investorengruppe in San Francisco verkauft und zu ihrer Überraschung entdeckt hatten, dass sie Millionäre geworden waren. Das hatten sie gefeiert, indem sie mit Donnys altem Van nach Joshua Tree hinausgefahren waren, wo sie Whiskey getrunken und Gras geraucht und in Erinnerungen geschwelgt hatten. Seit damals war es Tradition, dass die beiden Freunde alljährlich für zwei Tage in die Wüste fuhren.

Donny verschlang seinen Hamburger mit drei Bissen. Walt aß langsam, genoss jeden Bissen und wurde mit dem ersten fertig, als sein Freund den dritten in Angriff nahm. Sie aßen in geselligem Schweigen, beobachteten dabei den Sternenhimmel im Westen über den niedrigen Hügeln, die die Area 51 gegen neugierige Blicke abschirmten. Ihr kleines Aufziehradio stand auf dem Wüstenboden zwischen ihnen; am Rand der Skala hatten sie einen Sender in Las Vegas gefunden, der Classic Rock brachte, und Bruce Springsteens »Highway Patrolman« kam aus den leise knackenden Lautsprechern.

Donny aß den letzten Hamburger auf, spürte seinen Bauch zufrieden knurren und lehnte sich auf dem Stuhl zurück. So würden die beiden Freunde sitzen bleiben, bis sie einschliefen. Irgendwann würde einer aufwachen und den anderen wecken, damit sie in ihr Zelt stolpern konnten, um den Rest der rasch abkühlenden Nacht zu verschlafen. Das war eine vertraute Routine, die sie ungeheuer genossen.

»Was ist das?«, fragte Walt.

Donny grinste. Als sie vor fast einem Jahrzehnt erstmals hergekommen waren, hatten sie die erste Nacht größtenteils damit verbracht, angeblich etwas in der Ferne zu entdecken, das den anderen ängstigen sollte. Aber am Himmel über der berühmten Area 51 war außer Militärjets und Hubschraubern nie etwas zu sehen gewesen, und Donny hatte nicht vor, auf diesen alten Trick reinzufallen.

»Nichts«, sagte er, ohne auch nur hinzusehen. »Genau wie's letztes Jahr nichts war, wie's immer nichts war. Spar dir die Mühe, Walt.«

»Ich mein's ernst.«

Etwas in Walts Stimme brachte Donny dazu, sich umzusehen. Das war keine Angst oder auch nur Unbehagen; es klang eher ungläubig. Er drehte langsam den Kopf zur Seite und sah Walt auf den nördlichen Horizont deuten. Er folgte dem Zeigefinger seines Freundes zu einer Stelle am Nachthimmel.

In der Ferne zog ein winziger roter Lichtpunkt ruhig über den Nachthimmel. Er war ungefähr eine Meile entfernt, kaum mehr als ein Stecknadelkopf im Dunkel, aber er flitzte durch die Luft und schien seinen Kurs mehrmals zu ändern. Dann erkannte Donny noch etwas.

Der Punkt war in ihre Richtung unterwegs.

»Was zum Teufel ist das?«, fragte er.

»Keine Ahnung«, antwortete Walt, ohne den näher kommenden Lichtpunkt aus den Augen zu lassen. »Jedenfalls scheint es klein zu sein.«

»Und lautlos«, sagte Donny. »Kein Triebwerk. Hör mal.«

Die beiden Freunde horchten. Auf dem Highway rumpelte in hohem Tempo ein Auto vorbei. Aber aus Norden, wo der Lichtpunkt herkam, war kein Laut zu hören.

Das Licht flitzte und wirbelte in Schwindel erregender Geschwindigkeit durch den Himmel. Es beschleunigte ein, zwei Sekunden lang in eine Richtung, schien abrupt stillzustehen und raste dann auf ganz anderem Kurs davon. Es flackerte, als werde es in raschem Wechsel ein- und ausgeschaltet, bevor es so tief in Richtung Erde schoss, dass es den Wüstenboden zu streifen schien, um dann wieder raketengleich in den Himmel hinauf zu rasen. Und es kam den beiden Männern, die es beobachteten, von Sekunde zu Sekunde näher.

»Kann kein Flugzeug sein«, sagte Donny. »Zu leise. Zu schnell.«

»Vielleicht eine Drohne?«, fragte Walt. »Irgendeine neue Bauart?«

»Möglich«, sagte Donny, aber das glaubte er nicht. Die Geschwindigkeits- und Kursänderungen des Lichtpunkts waren selbst für das kleinste ferngesteuerte Luftfahrzeug zu hoch, zu jäh. Er starrte das tanzende Licht fasziniert an, dann spürte er, wie ihm der Atem stockte, als es beschleunigend direkt auf ihn zuflog. Es stieß tief herab, und nun *konnte* Donny erstmals etwas hören: das Prasseln von Wüstensand, als der Lichtpunkt mit unglaublicher Geschwindigkeit darüber hinwegraste. Er öffnete den Mund, um etwas zu Walt zu sagen, aber dazu kam er nicht mehr.

Das glühende rote Licht raste in kaum drei Metern Höhe über ihr Zelt. Ihr Grill fiel polternd um, und ihr Zelt flatterte in starken Turbulenzen, wobei die Segeltuchwände plötzlich einen ohrenbetäubenden Trommelwirbel vollführten. Teller und Tassen und leere Bierdosen wirbelten durch die Luft, und Donny hob schützend einen Arm vor die Augen, während er spürte, wie sein Stuhl nach hinten kippte. Sein Blick war noch auf den Himmel gerichtet, über den das Licht mit unglaublicher, unfassbarer Geschwindigkeit gerast war, als er das Gleichgewicht verlor und den Kunststoff seines Stuhls reißen hörte, bevor er zu Boden krachte. Walt war sofort neben ihm, zog ihn hoch und legte ihm warnend einen Finger auf die Lippen, bevor er ein Wort sagen konnte. Die beiden Männer standen mitten auf ihrem verwüsteten Zeltplatz, horchten angestrengt und suchten den Himmel nach dem roten Lichtpunkt ab.

Das Licht war nirgends zu sehen.

Es war fort.

»Was. Zum. Teufel. War. Das?«, fragte Donny.

»Keine Ahnung«, antwortete Walt mit vor Aufregung glänzenden Augen »So was rasend Schnelles hab ich noch nie gesehen. Niemals. Und ich hab …« Er brachte den Satz nicht zu Ende, während er weiter zum Himmel hinaufstarrte.

»Du hast was?«, fragte Donny. Er begann über die unglaubliche Verrücktheit dieses Augenblicks zu lächeln, war froh darüber, ihn gemeinsam mit seinem Freund erlebt zu haben.

»Ich dachte, ich … hätte was gehört«, sagte Walt. »Ganz kurz, als es vorbeigezischt ist. Etwas Verrücktes.«

»Was denn?«

»Lachen«, sagte Walt verlegen grinsend. »Es hat geklungen, als lache ein Mädchen.«

Fünfzig Meter über ihren Köpfen schwebte Larissa Kinley mit einem unbändig vergnügten Lächeln auf ihrem blassen, schönen Gesicht in der kühlen Nachtluft. Es war rücksichtslos und bestimmt gegen alle Vorschriften gewesen, auf den kleinen Zeltplatz herabzustoßen, aber das war ihr egal; sie wusste recht gut, dass keiner der beiden Männer sie bei ihrer Geschwindigkeit hatte erkennen können – genau wie sie wusste, dass sie sie jetzt nicht sehen konnten, selbst wenn sie direkt nach oben geblickt hätten. Das mattschwarze Gewebe ihrer Schwarzlicht-Uniform war vor dem Schwarz des Wüstenhimmels unsichtbar. Außerdem sah keiner der beiden nach oben; sie schwatzten erleichtert miteinander, und Larissa verstand mit ihrem übernatürlich guten Gehör jedes Wort. Sie genoss ihre freundschaftliche Vertrautheit noch einige Augenblicke lang, dann wendete sie elegant und flog langsam zu der weiten weißen Fläche des ausgetrockneten Groom Lake zurück.

Larissa liebte die Wüste.

Ihre endlose Weite bewirkte, dass sie sich klein, aber auch frei fühlte. Aus verständlichen Gründen hätte sie tagsüber nicht fliegen dürfen – selbst wenn sie dabei nicht in Flammen aufgegangen wäre –, aber sobald die Sonne untergegangen war, hatte sie den Himmel über dem Stützpunkt für sich. Nach über einem Vierteljahr im Department 19, wo jede ihrer Bewegungen beobachtet wurde und allen möglichen Bestimmungen und Vorschriften unterworfen war, war solche Freiheit herrlich. Zum Teil basierte sie auf geografischen Gegebenheiten: Während der Ring mitten in einem der am dichtesten besiedelten Staaten der Welt versteckt war, lag die NS9-Zentrale mitten in einem mehrere hundert Quadratmeilen großen militärischen Sperrgebiet, das kein Zivilist betreten durfte. Jeder wusste, dass es die Area 51 gab, aber niemand wusste, was dort passierte, und das Militär ließ den Verschwörungstheorien der Ufologen freien

Lauf, weil sie als fantastisch wirkungsvolles Ablenkungsmanöver fungierten.

Sie war seit fast drei Wochen in der Wüste. Als Cal Holmwood ihr mitgeteilt hatte, sie werde zum NS9 abkommandiert, hatte sie zunächst angenommen, sie werde für irgendetwas bestraft. Ihr war es undenkbar grausam erschienen, dass der Kommissarische Direktor, der genau wusste, dass Jamie Carpenter und sie ein Paar waren, sie mit einem Auftrag, für den viele andere Agenten ebenso geeignet gewesen wären, um die halbe Welt schickte. Aber in letzter Zeit hatte sie angefangen, seine Motive anders zu beurteilen.

Larissa hatte natürlich Sehnsucht nach Jamie und Kate und Matt; ihre Freunde machten sie glücklich, Jamie von Zeit zu Zeit sogar überglücklich. Aber sie waren oft die Einzigen bei Schwarzlicht, die das konnten. Sie gehörte als Vampirin einer Organisation an, deren einziger Zweck es war, Vampire zu vernichten, und obwohl sie sich seit ihrer Aufnahme wieder und wieder bewährt hatte, gab es im Ring zahlreiche Agenten, die sie weiterhin mit kaum verhülltem Abscheu betrachteten. Das beruhte teils darauf, dass sie ihre ersten Tage im Ring in einer der Haftzellen verbracht hatte, teils auf der falschen Vermutung, sie habe das Leben von Jamies Mutter um ihrer eigenen Zwecke willen gefährdet, aber in erster Linie einfach darauf, wer und was sie war. Sie war von Feindseligkeit und Misstrauen umgeben, ohne dass Aussicht auf baldige Besserung bestand.

Beim NS9 hatte es für sie einen Neuanfang gegeben; dort war sie das unbeschriebene Blatt gewesen, das sie im Ring niemals hätte sein können. Sie hatte sich von Anfang an willkommen und anerkannt gefühlt; sie hatte überraschend leicht und natürlich Freundschaften geschlossen: mit Männern und Frauen, deren Gesellschaft sie genoss, die ihr das Gefühl gaben, normal zu sein, bei denen sie ihren krankhaften Selbsthass ruhen lassen konnte. Während sie über den Papoose Lake anflog und langsam zu den weit geöffneten Toren des NS-Hangars hinabsank, sah sie einen ihrer neuen Freunde in dem langen Rechteck aus gelblichem Licht auf sie warten. Sie setzte federleicht auf und lächelte Tim Albertsson an, der mit seinen perfekt geraden, perlweißen, typisch amerikanischen Zähnen zurücklächelte.

Der große, breitschultrige ehemalige Kampfschwimmer der U. S. Navy war Larissas Führungsoffizier während ihrer Abkommandierung in die Wüste. Er war skandinavischer Abstammung, wie sein blondes Haar und seine blauen Augen nahelegten, und gehörte zum Elitekorps der NS9-Spezialagenten.

»Einen netten Flug gehabt?«, fragte er.

»Sehr nett«, bestätigte sie. »Sogar richtig schön. Ich hatte das Gefühl, den Pazifik sehen zu können.«

»Mit deinen Augen könntest du das vermutlich«, sagte Tim.

Larissa lachte. »Vielleicht.«

»Abendessen?«, fragte Tim. »Wir treffen uns alle in Sam's Diner.«

»Ich kann nicht gleich«, antwortete sie. »Ich habe einen Termin beim Direktor und will in ein paar Stunden versuchen, zu Hause anzurufen. Aber ich komme vorbei, wenn ich zwischendurch Zeit habe.«

Tim nickte. »Bestell Jamie einen schönen Gruß, wenn du's nicht schaffst«, sagte er.

»Wird gemacht«, sagte Larissa, obwohl sie wusste, dass sie keinen ausrichten würde.

»Cool«, sagte er lächelnd. »Dann sehen wir uns vielleicht später.«

»Vielleicht«, sagte sie und betrat den Hangar, während ihr das Herz bis zum Hals schlug.

Larissa wartete, bis die Aufzugtür sich geschlossen hatte und die Kabine in die Tiefe sank, bevor sie sich schwer an die Metallwand lehnte.

Ihr Herz weigerte sich, langsamer zu schlagen. Schuld daran, das wusste sie, war auch Tim mit seinem guten Aussehen, seinen blonden Locken und seinem lässigen Selbstvertrauen, aber hauptsächlich eine Erkenntnis, die seit ungefähr einer Woche immer stärker in ihr wuchs – immer, bevor sie mit Jamie telefonierte; weil dies die eine Sache war, die sie ihm nicht erzählen konnte, die er nicht würde hören wollen.

Sie verließ den Aufzug auf Ebene 1 und schwebte den Korridor entlang. Sie hatte nie Bedenken, durch den NS9-Stützpunkt zu fliegen, war nie befangen oder in Sorge, dass jemand sie wie in England mit verächtlichem Blick mustern würde. Auf dem Stützpunkt, den alle Dreamland nannten, lösten ihre Fähigkeiten als Vampirin bei anderen Agenten nur gutmütigen Neid aus, weil sie sich wünschten, im Einsatz so stark und schnell wie Larissa zu sein.

Larissa klopfte an die Tür der Unterkunft des Direktors und spürte, dass sie sich einen Spalt weit öffnete. Die Tür war selten geschlossen oder gar abgesperrt, und sie hatte nie einen Wachposten davor gesehen – ein weiterer der vielen Unterschiede zwischen Schwarzlicht und NS9. Sie stieß sie auf und rief dabei General Allens Namen.

»Herein!«, forderte eine Stimme sie auf.

Larissa schwebte durch die Tür. In dem quadratischen Raum stand an einer Seitenwand ein großer Schreibtisch. Die Wand gegenüber verschwand fast ganz hinter einem schwarzen Großbildschirm, und an der Rückwand stand ein Holztisch mit Silbertabletts voller Gläser und Flaschen: Whisky, Cognac, Wodka und Gin. Darunter summte leise ein stets gut gefüllter grauer Kühlschrank. Rechts und links des Tischs führten Türen zu den Privaträumen des Direktors, über denen schwarz-goldene Wimpel, Fähnchen und Schals des Footballteams von West Point die Wand schmückten.

Seit ihrer Ankunft beim NS9 hatte Larissa etliche Abende in diesem behaglichen Raum verbracht. General Allen war ein warmherziger, wortreicher Gesprächspartner, dessen Gesellschaft sie sehr genoss. Er unterhielt sie mit Geschichten über die Männer und Frauen, die sie hier kennengelernt oder in England zurückgelassen hatte: Geschichten über Tapferkeit und Abenteuer, über Blut und Tod. Letztes Mal hatte der General von Henry

Seward und Julian Carpenter erzählt, für die er tiefe Zuneigung empfand. Sie hatte gespannt zugehört, als er ihr Trio geschildert hatte: jung, voller Feuer und fest entschlossen, alle Vampire der Welt zu vernichten. Sie hatten oft Seite an Seite gekämpft, und ihre Wege hatten sich so oft gekreuzt, dass die beiden Engländer und der Amerikaner Freunde geworden waren. Obwohl sie geografisch getrennt waren, hatten sie die Verbindung nie abreißen lassen, und Larissa merkte deutlich, dass Henry Sewards Entführung – nur drei Jahre nach Julian Carpenters Tod – General Allen schwer getroffen hatte.

Ihre erste Unterhaltung war zu einem subtilen Verhör in Bezug auf die Fähigkeit des Departments 19 geworden, Admiral Seward aufzuspüren und heimzuholen. Larissa hatte das deutliche Gefühl, dass einzig und allein die Vorschriften General Allen daran hinderten, das gesamte NS9-Personal nach Europa zu verlegen, damit es seinen verschollenen Freund suchte. Sie erinnerte ihn daran, dass Cal Holmwood und Paul Turner gute Leute waren, und versicherte ihm, die Suche werde mit Hochdruck weitergeführt; ihre eigene Anwesenheit in Nevada sei Beweis dafür, dass Schwarzlicht möglichst schnell wieder auf seine frühere Stärke gebracht werden sollte, um die Suche nach dem Direktor intensivieren zu können. Damit schien Allen zufrieden zu sein – zumindest nach außen hin.

Larissa schwebte zu den beiden Ledersofas in der Mitte des Raums. Sie standen in einem offenen Winkel dem Wandbildschirm zugekehrt bei einem langen hölzernen Couchtisch. Larissa nahm Platz und wartete darauf, dass der Direktor erscheinen würde. Sie hoffte, General Allen werde weiter von Jamies Vater erzählen; sie liebte diese Geschichten und hatte sich angewöhnt, sie anschließend in ein kleines Notizbuch zu schreiben, das sie in ihrer Unterkunft aufbewahrte. Nach ihrer Heimkehr wollte sie es Jamie geben, der auf diese Weise hoffentlich mehr über den Mann erfahren würde, der sein Vater wirklich gewesen war.

Kurze Zeit später ging eine der Türen in der Rückwand des Bürozimmers auf, und General Allen erschien. Er war ein hoch gewachsener Mann, muskulös und breitschultrig, mit der mühelos straffen Haltung eines Berufssoldaten. Zu einem weißen T-Shirt trug er eine Flecktarnhose; als er hereinkam, wischte er sich mit einem Handtuch letzte Rasierschaumspuren von Kinn und Ohren. Er sah die Vampirin auf dem Sofa sitzen und begrüßte sie breit grinsend.

»Larissa!«, sagte er. »Schön, Sie zu sehen. Einen Drink?«

»Bitte eine Diet Coke, Sir.«

Allen nickte und holte eine Dose aus dem Kühlschrank. Er selbst nahm ein Bier, dann stellte er Larissa die Dose und ein Glas mit Eiswürfeln hin. Sie bedankte sich und schenkte sich ein, während der General sein Bier öffnete. Er ließ sich auf das Sofa ihr gegenüber fallen und nahm einen großen Schluck aus seiner Flasche.

»Tim sagt, dass Sie den Auszubildenden eine Heidenangst einjagen«, sagte er. »Wie ich höre, haben ein paar darum gebeten, zu ihren Einheiten zurückversetzt zu werden.«

»O Gott«, sagte Larissa errötend. »Das tut mir leid, Sir. Das wollte ich nicht.«

»Machen Sie sich deswegen keine Sorgen«, sagte der Direktor lächelnd. »Alle Gesuche sind abgelehnt worden. Sie haben ihnen die Augen geöffnet, das ist alles. Darüber kommen sie hinweg. Und wenn sie das nicht schaffen, können wir sie ohnehin nicht brauchen.«

Larissa nickte. »Vermutlich nicht, Sir.«

»Auch Ihre Einsatzbeurteilungen sind hervorragend. Ausnahmslos.«

»Das freut mich, Sir.«

Allen wechselte das Thema. »Haben Sie mal wieder mit Jamie gesprochen?«

»Seit ein paar Tagen nicht mehr, Sir. Ich will versuchen, ihn heute Abend anzurufen.«

»Das ist gut«, sagte General Allen. »Ich staune noch immer, wenn ich daran denke, wie er's geschafft hat, Alexandru Rusmanov zu erledigen. Ein Junge in seinem Alter? Unglaublich.«

Larissa spürte, wie Stolz sie durchflutete. »Jamie hält das für keine besondere Heldentat, Sir«, antwortete sie. »Er findet, dass er getan hat, was er tun musste. Ich habe versucht, ihm diese allzu große Bescheidenheit auszureden, aber davon will er nichts hören.«

»Seine Auffassung ist falsch«, stellte der General fest. »Wissen Sie, wie viele Agenten im Lauf der Jahre Alexandru zum Opfer gefallen sind? Ältere, weit erfahrenere Männer und Frauen als er? Unübersehbar viele, Larissa, und sie alle haben versucht, das Nötige zu tun. Aber nur er hat es wirklich getan.«

Larissa strahlte. Sie genoss das hohe Ansehen, in dem ihr Freund auf dieser Seite des Atlantiks bei jedermann von den jüngsten Agenten bis hinauf zum Direktor stand. Jamie war eine fast legendäre Gestalt: der Teenager, der Alexandru Rusmanov vernichtet, der mit einem kleinen Team den Schlupfwinkel des ältesten Vampirs von Paris gestürmt und Victor Frankenstein befreit hatte, der sich das Vertrauen Henry Sewards und den widerwilligen Respekt Paul Turners erworben hatte. Sie empfand keinen Neid, wenn Leute sie nach ihm fragten, nur Liebe und Stolz.

»Ich weiß, Sir«, erwiderte sie. »Aber das sollten Sie *ihm* sagen.«

»Das habe ich vor«, sagte General Allen. »Irgendwann sage ich's ihm selbst.«

»Das würde ihn sicher freuen, Sir.«

»Er fehlt Ihnen wohl?«, fragte der Direktor. »Freuen Sie sich auf Ihre Rückkehr?«

Larissa dachte darüber nach: zwei verschiedene Fragen, zwei verschiedene Antworten.

»Er fehlt mir«, antwortete sie.

General Allen nickte. »Ich höre nur Gutes über Sie«, sagte er. »Tim würde Sie am liebsten adoptieren. Aber das haben Sie sicher schon bemerkt.«

»Freut mich, das zu hören, Sir.«

»Das könnten wir vermutlich, wissen Sie«, sagte Allen. Seine grauen Augen fixierten sie ernst. »Sie hierher versetzen lassen, meine ich. Was würden Sie davon halten?«

Larissa empfand fast körperliche Sehnsucht. Sie stellte sich vor, wie sie über die endlosen Weiten flog, die Dreamland umgaben, mit Freunden in dem Diner am Rand der Startbahn aß und trank und lachte, Rekruten ausbildete und das NS9 bei Einsätzen in allen Teilen dieses riesigen, unbekannten Landes unterstützte.

»Was ist mit Jamie?«, fragte sie. »Könnten Sie ihn auch versetzen lassen?«

Der Direktor lachte. »Nichts wäre mir lieber, Larissa, das können Sie mir glauben. Aber die Chancen, dass Cal Holmwood dem zustimmt, sind praktisch gleich null, fürchte ich.«

Bob Allen sah zu, wie Larissa die Tür hinter sich schloss, dann nahm er sich noch ein Bier aus dem Kühlschrank. Als er die Flasche öffnete, machte sich, wie nach jedem Gespräch mit Larissa, ein Konflikt in ihm bemerkbar. Seine Magennerven verkrampften sich, die Begeisterung, mit der er mit der Vampirin über die neue Generation bei Schwarzlicht diskutierte, wich einem Schuldgefühl, weil er sich vorwarf, den Mann verraten zu haben, der jetzt acht Ebenen unter ihm in einer Haftzelle saß.

Er hatte Larissa die Wahrheit gesagt: Eines Tages würde er mit Jamie Carpenter zusammentreffen, ihm die Hand schütteln und ihn beglückwünschen. Das würde freilich nicht ausreichen, aber es gab keine Worte, die dem entsprachen, was Jamie geleistet hatte, kein Mittel, dem gerecht zu werden. Bob Allen hätte niemals zugelassen, dass ein einzelner Agent es mit einem Vampir der Prioritätsstufe eins aufnahm, vor allem nicht mit einem, der so alt und erfahren war wie Alexandru Rusmanov; er bezweifelte, dass er weniger als fünfzig seiner besten Leute entsandt hätte, damit sie es mit ihm aufnahmen. Aber Jamie war ihm praktisch unbewaffnet und ohne Ausbildung entgegengetreten und war als Sieger hervorgegangen.

Und doch, obwohl Bob Allen ihn aufrichtig bewunderte, fürchtete er Jamie Carpenter. Vor allem fürchtete er die Reaktion des Jungen, wenn er die Wahrheit erfuhr: dass ihm auf beiden

Seiten des Atlantiks Männer, denen er sein Leben anvertraute, die Nachricht vorenthielten, dass sein Vater noch lebte.

Der Direktor trank sein zweites Bier aus, dann verließ er die Unterkunft. Am Ende des Korridors befand sich der Aufzug, der ihn zur Ebene mit den Haftzellen hinunterbringen würde, wo der Mann, den er Larissa gegenüber als einen seiner engsten Freunde bezeichnet hatte, ihn allein in der Dunkelheit erwartete.

5

Die Zeit heilt alle Wunden

Kate Randall tupfte sich die Augen ab und wusch ihr Gesicht mit kaltem Wasser. Dies war das erste Mal seit zweieinhalb Tagen, dass sie geweint hatte – ein neuer persönlicher Rekord seit jener Nacht vor einem Monat, in der sie hatte zusehen müssen, wie ihr Freund starb.

Sie stand in der kleinen Toilette der Bürosuite, die das Team für interne Sicherheitsüberprüfung (TIS) mit Beschlag belegt hatte. Den Mittelpunkt bildete der Befragungsraum, dessen Einrichtung aus einem Sitz zwischen zwei Metallschränken voller Überwachungsgeräte, einem Schreibtisch und zwei Kunststoffstühlen bestand. Davor lag der Eingangsbereich, der von der übrigen Nachrichtenabteilung durch eine schwere Stahltür getrennt war, deren neunstelligen Zugangscode nur drei Personen kannten. Links neben dem Vorraum lagen eine kleine Lounge und eine Küche. In die dünne Gipskartonwand der Lounge waren zwei weitere Türen eingelassen; eine führte in die kleine Unterkunft des TIS-Direktors, die andere in die Toilette, auf der Kate geweint hatte.

Ein leichtes Klopfen an der Tür hinter ihr.

»Augenblick noch«, rief sie.

»Alles in Ordnung?«, fragte eine besorgt klingende Männerstimme.

»Mir geht's gut«, antwortete sie. »Ich ... nur noch eine Minute, okay?«

»Okay«, antwortete die Stimme. »Wir haben's nicht eilig. Lass dir ruhig Zeit.«

Kate tupfte sich ein letztes Mal die Augen ab.

Reiß dich zusammen, ermahnte sie sich scharf. *Er braucht dich.*

Sie starrte ihr Bild im Spiegel über dem Waschbecken an; sie holte tief Luft und atmete langsam aus, bevor sie sich umdrehte und die Toilettentür öffnete. Major Paul Turner stand mit verschränkten Armen in der kleinen TIS-Lounge. Er lächelte ihr zu und schaffte es beinahe, damit den besorgten Ausdruck zu überspielen, den sie zuerst auf seinem Gesicht gesehen hatte.
»Fertig?«, fragte er.
»Fertig«, antwortete sie.
Turner klopfte ihr auf die Schulter. Er ließ seine Hand einen Augenblick länger liegen als unbedingt nötig, bevor er in den Befragungsraum vorausging.

Das Team für interne Sicherheitsüberprüfung war nach Valeri Rusmanovs Überfall auf den Ring aufgestellt worden – als Reaktion auf eine Aussage, die sein Bruder Valentin, der zu Schwarzlicht übergelaufen war, bei einer Vernehmung gemacht hatte.
Paul Turner hatte den uralten Vampir gefragt, ob er Informationen über die Existenz von Doppelagenten im Department 19 besitze. Thomas Morris, der ehemalige Agent, der sie an Valentins Bruder Alexandru verraten hatte und für Julian Carpenters Tod verantwortlich war, hatte bis dahin als Einzelfall gegolten. Valentins Antwort hatte diese Annahme sofort zweifelhaft erscheinen lassen, behauptete er doch, absolut sicher zu wissen, dass Valeri seit der Vergrößerung von Department 19 in den Zwanzigerjahren stets *mindestens* einen Agenten bei Schwarzlicht gehabt habe.
Valentin hatte jedoch keinen Beweis für seine Behauptung beibringen können – keine Namen, keine Daten, keine belastenden Einzelheiten –, sodass der Verdacht, er wolle nur Zwietracht säen, sich allen sofort aufdrängte. Aber dann war der Ring von einem Vampirheer angegriffen worden, das sich unter dem Radar und von Bewegungsmeldern und Lasernetzen unentdeckt angenähert hatte. Zugleich war das Doppelleben von Professor Christopher Reynolds aufgeflogen, der sein Leben lang in Valeri Rusmanovs Sold gestanden hatte. Während Cal Holmwood sich bemühte, das angeschlagene, schwer getroffene Department zu

stabilisieren, war Paul Turner bei ihm vorstellig geworden und hatte ihm ruhig erklärt, ihr gesamtes Personal müsse dringend überprüft werden. Holmwood hatte zugestimmt und Turner als Sicherheitsoffizier des Departments angewiesen, für diese Aufgabe ein Team aufzustellen.

»Dafür wird man dich hassen, Paul«, hatte Holmwood ihn gewarnt. »Aber du hast recht – das muss gemacht werden. Melde mir, wenn ihr mit den Befragungen beginnen könnt, damit ich als Erster drankomme.«

Holmwood behielt recht: Turner wurde dafür gehasst. Die Nachricht, dass er ein Team aufstellte, das Agenten durchleuchten sollte, verbreitete sich im Ring wie ein Lauffeuer. Es erschien grausam, Männer und Frauen, die soeben um ihr Leben gekämpft, die mit angesehen hatten, wie Freunde und Kameraden neben ihnen fielen, zu verdächtigen. Die Überlebenden fanden, sie hätten sich bewährt und dass ihre Loyalität über jeden Zweifel erhaben sei. Paul Turner verstand ihre Einstellung, aber er nahm keine Rücksicht darauf. Und in Agentenkreisen war man sich flüsternd darüber einig, *weshalb* das so war: Für Turner war die Sicherheitsüberprüfung ein persönlicher Kreuzzug. Zu den bei dem Angriff gefallenen Agenten hatte Shaun Turner gehört, Pauls 21-jähriger Sohn, der auch Kate Randalls Freund gewesen war.

Als Folge dieser Einstellung hatte das erste Dutzend Agenten, die Turner für das TIS anzuwerben versucht hatte, ihm einen Korb gegeben. Sie hatten zu viel Angst vor dem Sicherheitsoffizier, dessen eiskalte graue Augen selbst den tapfersten Agenten einschüchtern konnten, um ihm zu sagen, was sie von seinem Projekt hielten, aber sie trauten sich, sein Angebot abzulehnen. Turner nahm ihnen das nicht übel; er machte einfach mit dem Nächsten auf seiner Liste weiter. Er brauchte nur einen Agenten, der ihn bei der TIS-Arbeit unterstützte, und würde notfalls sämtliche Leute auf dem Stützpunkt fragen. Sagten alle nein, würde er die gesamte Liste nochmals durchgehen. Aber das erwies sich letztlich als unnötig.

Kate erzählte Jamie, sie werde sich freiwillig zum TIS melden, bevor sie zu Paul Turner ging; sie bat ihn nicht um Erlaubnis und wusste auch genau, wie er reagieren würde, aber er sollte es nicht von anderen hören. Seine Reaktion fiel wie erwartet aus.

»Soll das ein Witz sein?«, fragte er. »Warum zum Teufel willst du da mitmachen?«

»Ich habe meine Gründe«, antwortete sie, ohne seinem Blick auszuweichen. »Sie dürften auch für dich auf der Hand liegen.«

»Natürlich tun sie das«, knurrte er. »Aber hast du dir das wirklich genau überlegt, Kate? Ich meine, so mit allen Konsequenzen? Wenn du das machst, werden dich alle hassen. Alle!«

»Das ist mir egal«, sagte sie. »Dann hassen sie mich eben.«

Jamie versuchte eine halbe Stunde lang, ihr dieses Vorhaben auszureden, aber als klar wurde, dass sie sich nicht davon würde abbringen lassen, reagierte er nochmals wie erwartet: Er versicherte Kate, er werde zu ihr halten, ganz gleich, was alle anderen sagten oder dachten. Kate bedankte sich dafür mit einer langen Umarmung, nach der sie Tränen in den Augen und einen Kloß im Hals hatte.

Larissa und Matt hatten sich nach Shauns Tod als treue Freunde bewährt und zeigten bis zu einem gewissen Punkt Verständnis für Kate; beide lebten ohne die Angehörigen, die sie liebten – Matt aus eigenem Entschluss, Larissa als Folge dessen, was Grey, der uralte Vampir, der sie verwandelt hatte, ihr angetan hatte. Sie wussten, was Einsamkeit war und was es bedeutete, jemanden zu vermissen, und doch konnten sie nicht ganz erfassen, was sie durchmachte. Jamie war der Einzige, der das konnte, nachdem er vor weniger als drei Jahren hatte zusehen müssen, wie sein Vater starb.

Kate wäre es nicht im Traum eingefallen, zu behaupten, ihr Verlust lasse sich irgendwie mit seinem vergleichen. Sie war nur wenige Monate mit Shaun zusammen gewesen – selbst in der Hyperrealität von Schwarzlicht nur eine winzige Zeitspanne. Sie wusste, dass der Verlust eines geliebten Freundes nicht mit dem Verlust eines Vaters vergleichbar war, und versuchte nie, etwas anderes zu behaupten. Gleichwohl bedeutete es, dass Jamie begriff, was sie zu überwinden hatte, da er dieses Gefühl aus der ersten Zeit nach Julian Carpenters Tod kennen musste: die Tatsache, dass Shaun *fort* war, dass alles, was er jemals gewesen war oder hätte werden können, sich in nichts aufgelöst hatte. Weder sie noch sonst jemand würde ihn jemals wiedersehen. Er war nicht irgendwo anders, durch Entfernung oder aufgrund von Vorschriften oder eines Befehls von ihr getrennt.

Er war tot und würde nie mehr zurückkommen.

Paul Turners Augen hatten aufgeleuchtet, als Kate in sein Dienstzimmer gekommen war, um sich freiwillig für das TIS zu melden. Seit Shauns Tod hatte sie viel Zeit mit dem Sicherheitsoffizier verbracht: ein gegenseitiges Unterstützungssystem, das die Agenten von Schwarzlicht völlig verwirrt beobachteten, weil viele von ihnen es nie für möglich gehalten hatten, dass Paul Turner menschliche Gefühle haben könnte. Und Kate hatte seine Bitte, sie solle ihn am Tag nach Shauns Tod besuchen, ehrlich gesagt mit ziemlicher Beklommenheit erfüllt; im Gegensatz zu Jamie hatte sie nie privat mit dem Sicherheitsoffizier gesprochen und hätte jederzeit zugegeben, dass sie Angst vor ihm hatte. Aber an jenem dunklen, schrecklichen Tag hatte er sie in seinem Dienstzimmer mit einer Wärme empfangen, die sie niemals erwartet hätte und auf die sie nicht im Geringsten vorbereitet war. Er kochte Tee für sie und fragte sie nach seinem Sohn aus; sie erzählte ihm von ihrem Freund, und beide spürten den gemeinsamen Boden unter ihren Füßen fester werden.

Tatsächlich hatte Kate Major Turner aufrichtig lieb gewonnen und war sich sicher, dass dieses Gefühl auf Gegenseitigkeit beruhte. Bei ihrem letzten Besuch hatte er davon gesprochen, sobald dieser Horror halbwegs vorbei sei, solle sie Shauns Mutter kennenlernen. Caroline Turner, die nicht nur Pauls Frau, sondern Henry Sewards Schwester war und kaum vorstellbare Höllenqualen erlitt, weil ihr Sohn tot und ihr Bruder in der Hand des Feindes war, hatte offenbar schon mehrmals nach ihr gefragt.

Kate hatte bereitwillig zugestimmt, und Turner hatte ihr erklärt, er werde den Besuch arrangieren, wenn der Zeitpunkt günstig sei. Deshalb war er nicht sonderlich überrascht, als sie bei ihm aufkreuzte, um sich freiwillig für das TIS zu melden. Er forderte sie wie immer zum Eintreten auf und hörte sich an, was Kate zu sagen hatte.

»Ist das dein Ernst?«, fragte er, als sie fertig war.

»Ja.«

»Danke«, sagte er und umarmte sie. Das war ein so merkwürdiges Gefühl, dass sie sekundenlang stocksteif dastand, bevor sie zögernd seine Umarmung erwiderte.

Mit Kate Randall an Bord war das Team für interne Sicherheitsüberprüfung in weniger als einer Woche einsatzbereit. Die Räume waren eingerichtet, der Nachrichtendienst war informiert, und die Befragungen der Männer und Frauen, die für das Team arbeiten würden, waren abgeschlossen – auch die von Paul Turner und Kate, die darauf bestanden hatten, als Erste durchgeschleust zu werden. Bis dahin hatte der Nachrichtendienst fast einen Monat lang die gründlichsten Sicherheitsüberprüfungen in der Geschichte der britischen Geheimdienste durchgeführt; das war Turners erster Befehl gewesen, nachdem Cal Holmwood die Aufstellung des TIS genehmigt hatte. Turners Überprüfung war abgeschlossen und bescheinigte ihm eine weiße Weste. Dies war jedoch nur eine Hälfte des Verfahrens; die andere bestand aus einer Befragung, bei der der Proband an hyperempfindliche Lügendetektoren angeschlossen war.

Die TIS-Geräte maßen dieselben Variablen wie gewöhnliche Lügendetektoren – Puls, Atemfrequenz, Schweißabsonderung usw. –, aber mit bisher unbekannter Präzision. Ihre Ergebnisse waren zu 99,9 Prozent korrekt; mathematisch gesehen waren sie so unfehlbar wie überhaupt möglich. Das Personal der Nachrichtenabteilung schloss Paul Turner an die Detektoren an, und Kate stellte ihm die Fragen, die sie gemeinsam ausgearbeitet hatten; er bestand den Test, woran niemals jemand gezweifelt hatte. Danach waren Kate und die zum TIS abkommandierten acht Mitarbeiter des Nachrichtendiensts an der Reihe. Alle bestanden, und Major Turner meldete dem Kommissarischen Direktor Holmwood, sie seien für ihn bereit.

Das war gestern gewesen.

Cal Holmwood bestand den Test ebenfalls, was ebenfalls niemanden wirklich überraschte, und gab nun den Startschuss zur systematischen Überprüfung aller. Um sich nicht dem Vorwurf auszusetzen, sie verfolgten eigene Ziele, ließen sie einen Computer die zu Befragenden zufällig auswählen; der Erste von ihnen, ein Lieutenant Stephen Marshall, sah auf, als Kate und Turner in den Befragungsraum kamen. Er war schon an die Lügendetektoren angeschlossen, und sein Gesichtsausdruck wirkte leicht verächtlich, als die beiden ihm gegenüber Platz nahmen.

»Lieutenant Marshall«, sagte Paul Turner. »Brauchen Sie noch irgendwas, bevor wir anfangen?«

Marshall schüttelte angewidert den Kopf. »Fangen Sie einfach an!«, knurrte er.

»Wie Sie wünschen«, antwortete Turner und sah zu Kate hinüber. Sie nickte, dann schlug sie ihren Ordner mit Fragen auf.

»Dies ist TIS-Befragung Nummer zwölf«, sagte sie ins Mikrofon. »Durchgeführt von Lieutenant Kate Randall, NS303, 78-J, in Anwesenheit von Major Paul Turner, NS303, 36-A. Sagen Sie mir bitte Ihren Namen.«

»Lieutenant Stephen Marshall.«

Kate blickte auf den Schreibtisch hinunter, in dessen Platte ein kleiner Bildschirm so eingelassen war, dass der Befragte ihn nicht sehen konnte. Auf dem Monitor waren zwei graue Kästchen dargestellt, die die Ergebnisse der beiden links und rechts neben Lieutenant Marshall summenden Detektoren anzeigten. Nach ein, zwei Millisekunden leuchteten beide hellgrün auf. Sie nickte.

»Bitte geben Sie diesmal eine *falsche* Antwort«, sagte Kate. »Nennen Sie Ihr Geschlecht.«

Marshall lächelte schwach. »Weiblich.«

Beide Kästchen leuchteten rot.
»Okay«, sagte Kate, »fangen wir also an. Sind Sie Angehöriger des Departments 19?«
»Ja.«
Grün.
»Im Rang eines Lieutenants?«
»Ja.«
Grün.
»Gehören Sie gegenwärtig der Überwachungsabteilung des besagten Departments an?«
»Ja.«
Grün.
»Ist Ihnen bewusst, dass Sie in dieser Stellung Informationen zu beschaffen und analysieren haben, die über *streng geheim* einzuordnen sind?«
»Ja.«
Grün.
»Haben Sie Ihre Stellung jemals für einen Zweck genutzt, der nichts mit Ihrem dienstlichen Auftrag zu tun hatte?«
Marshall war sichtlich verärgert. »Nein«, sagte er.
Rot.
»Ich möchte Ihnen raten, sich Ihre letzte Antwort sehr sorgfältig zu überlegen«, warf Paul Turner ein. »Lieutenant Randall stellt sie Ihnen jetzt noch mal.«
Marshall begann dunkelrot anzulaufen. »Hören Sie, das ist absolut ...«
»Lieutenant Marshall«, unterbrach Kate ihn. »Haben Sie Ihre Stellung jemals für einen Zweck genutzt, der nichts mit Ihrem dienstlichen Auftrag zu tun hatte?«
»Ja«, fauchte Marshall. »Sie wissen offenbar, dass ich's getan habe.«
Grün.
»Bitte erläutern Sie die Umstände, die zu dieser Antwort geführt haben«, sagte Kate.
»Ich hatte Probleme mit meiner Freundin«, sagte Marshall

mit schamrotem Gesicht und eisiger Stimme. »Sie hat sich komisch benommen, versucht, mir Dinge zu verheimlichen, mich sogar belogen. Also habe ich ein paar ihrer Telefongespräche abgehört.«

Grün.

»Wann hat sich dieser Vorfall ereignet?«, fragte Turner, der die weitere Befragung übernahm, während Kate sich zurücklehnte. Marshall starrte sie mit hasserfülltem Blick an, bevor er sich auf den Sicherheitsoffizier konzentrierte.

Die erste Befragung, dachte Kate. *Meine allererste, und ich habe mir bereits einen Feind gemacht. Jamie hat mich gewarnt, dass sie mich an den Galgen bringen wollen, wenn ich mich dazu hergebe.*

Sie konnte nicht ahnen, wie recht sie hatte.

6

Zivilisierte Männer

Château Dauncy
Aquitaine, Südwestfrankreich

»Noch etwas Wein?«, fragte die sonore Stimme voll ruhiger Autorität.

Admiral Henry Seward nickte und hob sein Glas mit leicht zitternder Hand. Ein Diener in tadelloser Abendkleidung, dessen Augen respektvoll schwach rot glühten, erschien neben ihm und füllte sein Glas mit einem dunkelroten, fast schwarzen Wein. Der Weinkeller des Châteaus enthielt Kostbarkeiten, bei denen selbst dem erfahrensten Sommelier die Augen übergegangen wären, und Abend für Abend wurden erlesene Weine heraufgebracht und dekantiert, obwohl niemals mehr als drei Personen speisten, meist sogar nur zwei.

Wie auch heute Abend wieder.

Henry Seward saß an einem Ende eines langen Tischs, an dem bequem zwanzig Gäste Platz gehabt hätten, und sein Gastgeber am anderen. Ein kleines Gespann von Vampiren bediente bei Tisch, umsorgte ihn mit einem Ausdruck respektvollen Entsetzens auf ihren blassen Gesichtern. Seward wusste jedoch, dass sie nicht ihn fürchteten.

Das Wesen, das ihnen Angst machte, saß mit einem schwachen Lächeln auf seinem schmalen Gesicht am anderen Tischende.

Vlad Tepes, der später in ganz Europa als Vlad Dracul und Vlad der Pfähler bekannt gewesen war und sich später den Namen

Graf Dracula beigelegt hatte, lehnte sich bequem zurück und betrachtete seinen Gast. Für Valeri Rusmanov, dessen Loyalität und Diensteifer zwar nicht zu bemängeln waren, der aber oft patzte, was Manieren oder Benimmfragen anging, war Seward nur »der Gefangene« – was für Vlad nicht akzeptabel war. Technisch war dieser Ausdruck zutreffend, weil Seward gegen seinen Willen in dem Schloss festgehalten wurde, aber er erzeugte eine Atmosphäre, die nach Draculas Ansicht zivilisierter Männer unwürdig war: Er taugte nicht für Männer, die Armeen befehligt und für ihre Überzeugungen gekämpft hatten. Deshalb bezeichnete er Henry Seward als seinen Gast und behandelte ihn bei ihren gemeinsamen Abendessen entsprechend. Die Behandlung, der der Direktor von Department 19 in den langen Nachtstunden nach dem Essen ausgesetzt war, war weit weniger zivilisiert, aber diese bedauerliche Tatsache ließ sich leider nicht ändern. Das heißt, sie war vom Standpunkt der Etikette aus bedauerlich. Aus persönlicher Perspektive fand Vlad die nächtlichen Folterungen Henry Sewards sehr reizvoll.

Der älteste Vampir der Welt musterte seinen Gast über den langen Tisch hinweg. Seward trug einen eleganten nachtblauen Anzug, den Vlad ihm bei einem der besten Pariser Schneider hatte anfertigen lassen. Einer von Valeris Dienern hatte ihn vorgestern abgeholt, und Vlad hatte befriedigt festgestellt, dass der Anzug tadellos saß. Das war nicht selbstverständlich gewesen, denn durch die Entbehrungen und Foltern, denen Seward im vergangenen Monat ausgesetzt gewesen war, verlor er rasch an Gewicht. Und trotz des eleganten Schnitts des Anzugs und der weichen Linien von Oberhemd und Krawatte ließen die ihm in langen Nächten zugefügten Wunden sich nicht gänzlich verbergen.

An Henry Sewards linker Hand fehlten jetzt zwei Finger; sie waren am Abend des Tages, an dem der Direktor von Schwarzlicht ins Château gebracht worden war, mit Zangen zerquetscht und abgerissen worden, bevor Valeri sie seinem Meister mit ungeheurer Befriedigung auf seinem kantigen breiten Gesicht präsentiert hatte. Die Fingerstümpfe waren sauber verbunden, und der Verband würde täglich von einem Vampir gewechselt, der früher Arzt gewesen war. Weitere Verbände, kleine weiße Kappen, bedeckten fünf Fingerspitzen Sewards und verbargen das rohe Fleisch, das beim Herausreißen der Fingernägel sichtbar geworden war. Das war eine uralte Folter, eine der ältesten, und obwohl nicht zu erwarten gewesen war, dass sie einen so entschlossenen und erfahrenen Mann wie Henry Seward brechen würde, hatte sie trotzdem gellende Schreie ausgelöst, die Musik in Vlads Ohren gewesen waren. Sie war auch ein guter Ausgangspunkt, um das Niveau zu markieren, von dem aus alles nur noch schlimmer werden konnte, wenn das Opfer weiter schwieg. Und es war tatsächlich viel, viel schlimmer geworden.

Unter dem Anzug war der Körper des Direktors mit Prellungen, Wunden und Verbrennungen übersät: Spuren von Misshandlungen durch einfache Schläge, mit Bleirohren und Plastikkabeln, durch Batteriekabel mit Krokodilklemmen. Wie es einem Mann seines Standes zukam, misshandelte Vlad ihn niemals selbst; stattdessen beobachtete er Valeri und zwei seiner Diener, die professionell gelassen blieben, während sie Qualen zufügten, bei der Arbeit. Aber unter seinem scheinbaren Desinteresse erfand sein Verstand zahlreiche weitere Möglichkeiten, und das Verlangen, sich selbst zu betätigen, wurde so mächtig, dass er sich beherrschen musste, um sie nicht wegzustoßen, um selbst Blut zu vergießen und mit bloßen Händen Schmerzen zuzufügen.

Trotz aller Bemühungen hatten sie aus Henry Seward bisher nicht mehr herausbekommen als seinen Namen, seinen Dienstgrad und seine Personalnummer bei Schwarzlicht. Vlad war von der Standhaftigkeit seines Gasts beeindruckt, obwohl er genau wusste, dass er Foltern anordnen konnte, denen sein Gast unmöglich würde widerstehen können. Aber er hatte es nicht eilig, auch wenn irgendwann der Punkt kommen würde, an dem er für den Fall, dass Valeri irgendetwas übersehen hatte, alles erfahren musste, was Seward wusste. Aber das hatte Zeit bis später.

Draculas Genesung machte bei regelmäßiger Versorgung mit

warmem Frischblut weiter gute Fortschritte. Er trank jetzt täglich drei bis vier Menschen leer, und jeder Tropfen Blut trug dazu bei, ihn wieder zu dem werden zu lassen, der er einst gewesen war. Valeri und seine Diener waren allnächtlich unterwegs und kehrten jeden Morgen mit neuen Opfern aus Dörfern und Kleinstädten im weiteren Umkreis zurück. Vlad hatte ihnen befohlen, möglichst viel Abstand vom Schloss zu halten; er hatte kein Interesse daran, eine Panik zu verursachen oder unliebsame Aufmerksamkeit auf seinen einsamen Schlupfwinkel zu lenken – nicht in diesem Augenblick, in dem er so dicht davorstand, seine einst so selbstverständlich ausgeübte Macht zurückzugewinnen. So weit war es noch nicht, noch lange nicht, aber er war auf dem Weg dorthin, kam dem Ziel mit jedem Schluck Blut näher. Und das Köstlichste daran war, dass Henry Seward ihm in Wirklichkeit kaum etwas hätte erzählen können, was er nicht ohnehin schon wusste.

Die Einsatzfrequenzen der einzelnen Abteilungen, die Zugangscodes zu ihren Stützpunkten und Computersystemen – solche Dinge hätten Vlad und Valeri äußerst nützlich sein können. Aber die beiden Vampire wussten recht gut, dass sie sofort nach Henry Sewards Entführung geändert worden sein würden, wodurch sein Wissen wertlos geworden war.

Das weiß er natürlich auch, dachte Dracula, ohne seinen Gast aus den Augen zu lassen. *Er muss es wissen. Trotzdem weigert er sich, uns diese Informationen zu geben. Bewundernswert.*

Bis seine Genesung abgeschlossen war und er wieder selbst kämpfen konnte, gab Dracula sich damit zufrieden, Seward die Illusion zu lassen, er leiste erfolgreich Widerstand. Wenn es so weit war, würde Seward ihm alles erzählen, ob er wollte oder nicht, und Vlad würde dem Erschöpften den Todesstoß versetzen und Schwarzlicht seinen aufgespießten Kopf zurückschicken. Aber vorerst war er noch damit zufrieden, Sewards Spiel mitzuspielen. Sie würden weiter mit seinen scheinbar schlimmsten Methoden versuchen, aus dem Direktor Informationen herauszuholen, die er nicht preisgeben wollte, und Seward würde weiter die Antwort verweigern. Das beließ ihm einen Rest Würde und half gegen die Langeweile, die Vlad seit seiner Wiedergeburt so stark empfand – eine Langeweile, die allmählich abzuklingen begann, je kräftiger sein Körper und Verstand wurden. Außerdem verschaffte es ihm einen angenehmen Tischgenossen und ersparte ihm Valeris stoisches Schweigen bei Tisch oder die Verlegenheit, ganz allein dinieren zu müssen.

Am anderen Tischende hatte einer der Diener Seward Wein nachgeschenkt. Vlad hob das Glas und wartete, bis der Gast seinem Beispiel folgte.

»*Noroc!*«, sagte der alte Vampir.

»*Noroc!*«, antwortete Henry Seward. Im vergangenen Monat hatte er den rumänischen Trinkspruch »Zum Wohl!« so viele Male ausgebracht – Abend für Abend, Glas für Glas –, dass er ihm fast zur zweiten Natur geworden war.

Er leerte das halbe Glas mit einem Zug, freute sich auf die schmerzstillende Wirkung, die der Alkohol haben würde, und fühlte seinen Arm zittern, als er das Glas wieder abstellte. Das gehörte zu dem Muskelzittern und den Krämpfen, unter denen er als Folge der allnächtlichen Foltern seit einem Monat vermehrt litt. Eine weitere Folge waren anhaltende Schlafstörungen, selbst wenn die Qualen vorüber waren: Sewards Körper litt unter ständigen Schmerzen und war so mit Adrenalin vollgepumpt, dass der Schlaf, wenn er endlich kam, unruhig, voller Alpträume und Echos von erlittenen Schmerzen war.

Henry Seward wusste, dass sein Körper zu versagen begann. Es war nicht auf eine bestimmte Folter, sondern auf die kumulative Wirkung aller vorangegangenen zurückzuführen; er hatte angefangen, morgens Blut zu husten, und nach dem Urinieren Blutspuren im WC entdeckt. Er hustete ständig und war schon außer Atem, wenn er mehr als fünf oder sechs Treppenstufen bewältigen musste. Ihm war klar, dass er nicht mehr lange zu leben hatte, und weil er wusste, dass Dracula ihn niemals aus diesem Gefängnis entlassen würde, hatte er sich damit abgefunden, dass er seine Angehörigen und Freunde nie wiedersehen würde. Ihm war auch bewusst – obwohl Dracula das vielleicht nicht erkannte –, dass er sich weigerte, Informationen preiszugeben, die völlig wertlos waren.

Der Direktor wusste recht gut, dass Dracula glaubte, mit ihm zu spielen – dass er ihn standhaft und tapfer sein ließ, um im richtigen Augenblick zuzupacken und ihm seine letzten Geheimnisse zu entreißen. Aber der alte Vampir täuschte sich; Seward besaß keine weiteren Informationen, erst recht keine Geheimnisse, die ihm nützen konnten. Wenn das Ungeheuer bisher zurückgehaltene Foltern anwandte, würde er ihm alles erzählen; wenn der Vampir dann erkannte, dass die Informationen wertlos waren, würde Seward ihm Blut ins Gesicht spucken, bevor er starb. Bis dahin würde er die Zähne zusammenbeißen, alle Qualen ertragen und Dracula Abend für Abend in dieser bizarren Nachahmung von Normalität bei Tisch Gesellschaft leisten, als seien sie alte Schulfreunde, die in ihrem Club dinierten.

»Was gibt es heute?«, fragte er mit einem Blick zu den Dienern hinüber.

»Ringeltaube, glaube ich«, antwortete Dracula. »Das ist Ihnen hoffentlich recht?«

»Oh, durchaus«, antwortete Seward. Seit Valeri ihn strampelnd und kreischend in die Lüfte entführt hatte, während unter ihm Männer und Frauen, die er befehligt hatte, um ihr Leben kämpften, hatte er hier stets exzellent gespeist und getrunken. Allerdings war das keine große Überraschung: Dracula war als Mensch ein Fürst und später als Vampir ein Graf in Transsylvanien gewesen; in beiden Rollen hatte er stets das Beste für sich beansprucht.

Der Mann und der Vampir saßen sich schweigend gegenüber, als die Diener plötzlich ausschwärmten und Silbertabletts auf den Tisch und vor die beiden stellten. Als die Deckel abgenommen wurden, kamen feines Gänseleberparfait und selbstgebackene Brioches zum Vorschein, bei deren Anblick Seward trotz gleichmäßig pochender Schmerzen das Wasser im Mund zusammenlief. Er machte sich darüber her, ohne auf Draculas leicht vorwurfsvollen Gesichtsausdruck zu achten, und war in kaum einer Minute mit seiner Portion fertig. Dann lehnte er sich zurück, spürte, wie das Essen in seinem Magen Energie freisetzte, während die Hirnanhangdrüse Endorphine ausschüttete.

Das Essen machte ihn kühn. Bei den bisherigen Mahlzeiten hatte er sich damit abgefunden, dass nur Konversation gemacht und über Belanglosigkeiten aus Draculas und seiner Vergangenheit gesprochen wurde, die keinen Anstoß erregen konnten. Es wurde Zeit, dass sich das änderte.

»Sie sind noch immer schwach«, sagte er.

Dracula legte den Kopf leicht schief. »Wie bitte?«

»Das war eine einfache Feststellung. Sie sind weiterhin schwach. Sie sind noch längst nicht wieder im Vollbesitz Ihrer Kräfte.«

»Wie kommen Sie darauf?«

Seward sah sich im Speisezimmer um. »Das sehe ich mit eigenen Augen«, sagte er. »Weshalb würden Sie sich sonst von Dienern beschützt hier verkriechen?«

Dracula runzelte die Stirn. »Beschützt?«, wiederholte er. »Sie fühlen sich dadurch geehrt, dass ich ihnen gestatte, mir zu dienen. Das ist der Höhepunkt ihres belanglosen Lebens.«

Der Direktor lächelte. »Nein, das reden Sie sich nur ein. Es muss schwierig sein, sich eingestehen zu müssen, dass sogar der schwächste Vampir im Schloss Sie mit einer Hand erledigen könnte, wenn er wollte.«

Als in den Augenwinkeln des ersten Vampirs dunkles Rot zu brodeln begann, empfand Seward tiefe Befriedigung. Dann wurde der Blick des alten Vampirs wieder klar, und Dracula begann zu lachen: ein grausiges Bellen, das leise begann, aber stetig lauter und lauter wurde.

»Wunderbar«, sagte er, als sein Lachanfall endlich aufgehört hatte. »Ich verstehe Sie jetzt. Sie haben gehofft, mich mit diesem Kommentar ärgern zu können, ja? Sie haben angenommen, ich würde ihn für impertinent halten. Ich bedaure sehr, dass ich Sie enttäuschen muss, mein lieber Admiral.«

Seward schluckte trocken. »Man wird Sie aufspüren«, sagte er und wünschte sich, seine Worte würden wahr. »Schwarzlicht wird Sie aufspüren und aufhalten. Aus Ihrer Wiederauferstehung wird nichts.«

»Sie gleichen einem Kind«, sagte Dracula. Seine Stimme klang warm und freundlich. »Sie verstehen nichts. Mein Wiederaufstieg hat schon begonnen, mein lieber Admiral. Während wir hier reden, bin ich draußen im Dunkel. Ich bin überall. Ich bin *Legion*.«

»Wovon reden Sie überhaupt?«, fragte Seward, dem ein kalter Schauder über den Rücken lief.

Dracula schüttelte den Kopf. »Das erfahren Sie früh genug«, sagte er.

Weitere Diener kamen hereingehuscht, trugen ab und deckten die Plätze vor dem Vampir und seinem Gast neu. Dann verschwanden sie, während ein zweites Team zugedeckte Schüsseln auftrug.

Dracula nahm den Warmhaltedeckel von dem Silbertablett vor ihm ab und bedachte Seward mit einem breiten, zufriedenen Lächeln.

»Genau wie ich dachte«, sagte er. »Ringeltaube. *Bon appétit.*«

7

Friss oder Stirb

»Also, wo fangen wir an?«, fragte Patrick Williams.

»Unser Nachrichtendienst stellt eine Liste möglicher Aufenthaltsorte zusammen«, antwortete Holmwood. »Seit dem frühen Morgen lassen wir alle verfügbaren Satelliten die Umgebung von Broadmoor aufklären. Sie haben über hundert Wärmequellen geortet, mit denen wir anfangen.«

»Okay«, sagte Dominique Saint-Jacques. »Dann also los!«

Der Kommissarische Direktor nickte. »Ich entsende Teams mit Listen von jeweils fünf möglichen Zielen. Sie dürfen ausnahmsweise tagsüber operieren, also versuchen Sie, sie zu vernichten, bevor die Sonne untergeht. Alle üblichen Vorsichtsmaßregeln gelten weiter, und ich möchte, dass die Beteiligten gewarnt werden, dass diese Ziele viel gefährlicher sind als die Vampire, mit denen sie's sonst zu tun haben. Ich setze ein Zeitlimit von acht Stunden fest, nach denen die Teams zurückkommen müssen. Ob sie alle fünf Ziele oder nur zwei oder gar keines vernichtet haben, ist mir egal. Nach acht Stunden kehren sie in den Stützpunkt zurück. Ich will nicht, dass der noch einsatzfähige Rest des Departments sich leichtsinnig veraugabt. Verstanden?«

»Klar, Sir«, bestätigte Dominique.

»Ausgezeichnet. Dies gilt übrigens auch für alle Teams, in denen Rekruten Dienst tun; ihre Ausbildung geht weiter, sobald diese Bedrohung ausgeschaltet ist. Passt im Einsatz auf sie auf und bringt sie heil wieder heim. Verstanden?«

»Ja, Sir«, sagten die Angehörigen des Sonderkommandos Stunde null im Chor.

»Gut. Weggetreten!«

Jamie verließ den Aufzug und ging den Korridor von Ebene B entlang.

Aufspüren und vernichten, dachte er. *Einfach so. Dreihundert außergewöhnlich gefährliche Vampire aufspüren und vernichten. Überhaupt kein Problem.*

Er hatte das Kontrollzentrum mit unbehaglich knurrendem Magen verlassen. Für ihn stand außer Zweifel, dass der Massenausbruch letzte Nacht in Broadmoor von Dracula oder zumindest Valeri inszeniert worden war und das Potenzial hatte, erschreckend viele Opfer zu fordern. Andererseits hatte dieses Manöver auch einen positiven Aspekt: Ein so großes Unternehmen, das eindeutig den Zweck verfolgte, das Department 19 und seine Schwesterorganisationen in aller Welt für längere Zeit in Atem zu halten, ließ den Schluss zu, Dracula sei der von ihnen berechneten Stunde null nicht weit voraus – falls überhaupt. Aber das alles würde den Männern und Frauen, die jetzt ausrückten, um die ausgebrochenen Vampire aufzuspüren, nur ein schwacher Trost sein.

Jamie zog seine Konsole aus der Gürteltasche und tippte im Gehen:

M-3/OP_EXT_E1/LIVE_BRIEFING/BR4/SOF

Er drückte die Sendetaste und wusste, dass tief unter ihm in der runden Arena des Spielplatzes jetzt John Mortons und Lizzy Ellisons Konsolen vibrieren würden. Er fragte sich, wie lange sie brauchen würden, um sich auf Ebene 0 im Besprechungsraum vier einzufinden, und tippte auf zehn Minuten.

Fünf Minuten brauchen sie wahrscheinlich, um den richtigen Raum zu finden, sagte er sich. *Mir ist's anfangs auch nicht anders ergangen.*

Jamie erreichte seine Unterkunft, hielt seinen Dienstausweis an den Scanner neben der Tür und stieß sie auf, als das grüne Lämpchen aufflammte. Dankbar für die Gelegenheit, sich ein paar Minuten auszuruhen, ließ er sich auf sein Bett fallen; angesichts der von Cal Holmwood skizzierten Situation würde er das in den kommenden Tagen nicht mehr sehr oft tun können. Allerdings war das eigentlich nichts Neues: Das Leben im Department 19 war wegen der hohen Einsätze, die ständig auf dem Spiel standen, körperlich und geistig erschöpfend. Brachten Jamie und seine Kameraden nicht die volle Leistung, starben Menschen – so einfach war das. Jeder Agent war sich darüber im Klaren und fand seine persönliche Methode, um damit zurechtzukommen, aber das war nicht immer einfach.

Jamie spürte, dass ihm die Augen zufallen wollten, obwohl er erst vor drei Stunden aufgewacht war und auf dem Display seiner Konsole ein Kästchen mit der Mitteilung gesehen hatte, er habe eine Nachricht von Larissa. Er hatte den Knopf ÖFFNEN gedrückt und die Nachricht von seiner Freundin gelesen, wie sie auf dem kleinen Bildschirm erschien.

Hi! Dir geht's hoffentlich gut? Bin ungefähr noch eine Stunde wach, falls du Zeit & Lust hast, mich anzurufen ... x

Jamie hatte sich anzeigen lassen, wann die Nachricht eingegangen war. Um 7.32 Uhr, als er offenbar so fest geschlafen hatte, dass er nicht einmal das Piepsen der Konsole gehört hatte. Er hatte im Kopf rasch mit den Zeitzonen jongliert.
Eine halbe Stunde vor Mitternacht in Nevada. Zu spät.
Er hatte mit dem Gedanken gespielt, Larissa trotzdem anzurufen – bestimmt würde sie nicht allzu ärgerlich sein, wenn er sie weckte –, aber dann hatte er doch beschlossen, sie schlafen zu lassen. Als er jetzt über das Ausmaß der Schrecken nachdachte, von denen sie im Kontrollzentrum erfahren hatten, wünschte er sich, er hätte Larissa angerufen; es hätte ihm gutgetan, eine aufrichtig freundliche Stimme zu hören. Eine Sekunde lang überlegte er, ob er nach nebenan gehen und an die Tür des benachbarten Zimmers klopfen sollte, in der – zumindest theoretisch – einer seiner besten Freunde wohnte, aber er wusste, dass das Zeitverschwendung gewesen wäre.

Außer zum Schlafen war Matt Browning dieser Tage kaum mehr in seinem Zimmer. Jamie wusste, dass er es abgelehnt hatte, eine geräumigere Unterkunft im Sicherheitsbereich des Projekts Lazarus zu beziehen, und obwohl er den Grund für die Weigerung seines Freundes bewunderte – Matt wollte sich nicht gänzlich von der Arbeit vereinnahmen lassen –, war sie größtenteils sinnlos gewesen. Matts Leben drehte sich jetzt gänzlich um das Projekt Lazarus, Punktum. Jamie vermisste seinen Freund, aber er war nicht sauer auf ihn; wie hätte er das sein können, wenn Matt sich ganz dem vermutlich wichtigsten Projekt von Schwarzlicht widmete. Andererseits hätte er Matt vielleicht einmal zu einem Drink in der Offiziersmesse oder wenigstens einem gemeinsamen Mittagessen drängen sollen. Das letzte Mal, dass sie länger als ein paar Minuten miteinander geredet hatten, weil sie sich zufällig auf einem Korridor begegnet waren, lag schon länger zurück.

Andererseits war es kaum zweiundsiebzig Stunden her, dass er zuletzt mit Larissa gesprochen hatte, aber sie fehlte ihm schrecklich. Sie hatten fast eine Stunde lang über eine abhörsichere Videoverbindung gesprochen: Jamie nach seinem letzten Einsatz ausgepowert; Larissa munter und fröhlich, weil ihr Tag wegen der acht Stunden Zeitunterschied eben erst begann. Die freudige Aufregung in ihrer Stimme, als sie ihm von Dreamland, dem NS9-Stützpunkt und den Männern und Frauen erzählte, die ihn bevölkerten, hatte in seinen Ohren bittersüß geklungen. Er wusste, dass sie wegen ihrer Abkommandierung zum NS9 auf Colonel Holmwood wütend gewesen war, und glaubte zu wissen, dass sie sich ebenso nach ihm sehnte wie er nach ihr, aber in ihrer Art lag jetzt eine unbekümmerte Heiterkeit, die er genoss und zugleich fürchtete.

Er war glücklich darüber, dass sie glücklich war. Nach allem, was sie in den letzten Jahren durchgemacht hatte – vor allem bei dem Überfall auf den Ring, bei dem sie fast ganz verbrannt war –, hatte sie das weiß Gott verdient. Aber er war auch neidisch auf ihr zeitweiliges neues Leben außerhalb der Düsterkeit, die Schwarzlicht umgab, die *ihm* zu folgen schien, wohin er auch ging; er war neidisch darauf, dass sie neue Leute, neue Orte und Dinge kennenlernte. Und ein winziger Teil seines Ichs, der rachsüchtige, selbsthasserische Teil, der nach dem Tod seines Vaters an die Oberfläche gekommen und in Jahren voller Einsamkeit und Schikanen gewachsen war, stellte ihm flüsternd immer wieder zwei Fragen, die aus den dunkelsten Winkeln seines Verstands zu kommen schienen:

Was ist, wenn sie dich vergisst? Was ist, wenn sie nicht mehr zurückkommen will?

Er schob diesen defätistischen Gedanken von sich fort, stand vom Bett auf und nahm sich eine Flasche Wasser aus dem kleinen Kühlschrank unter dem Schreibtisch. Dann trat er auf den Korridor hinaus, zog die Tür hinter sich zu und versuchte, sich ganz auf die bevorstehende Einsatzbesprechung zu konzentrieren.

Jamie loggte sich am Terminal im Besprechungsraum vier ein und fand die Liste der seinem Team zugeteilten Ziele vor. Er übertrug sie auf dem Großbildschirm hinter ihm, dann wartete er auf die Ankunft der Mitglieder seines frisch zusammengestellten Teams.

Sie ließen ihn weniger als zwei Minuten warten. Morton und Ellison kamen in ihren dunkelblauen Rekrutenuniformen hereingeplatzt – beide mit roten Gesichtern, weil sie, wie Jamie ahnte, auf der Suche nach dem richtigen Raum mehrere Minuten lang rennend auf den kreisförmigen Korridoren der Ebene 0 verbracht haben würden. Sie waren mit Schweiß und angetrocknetem Blut bedeckt, aber beider Gesichter kündeten von resolutem Enthusiasmus.

»Freut mich, euch zu sehen«, sagte Jamie. »Habt ihr euch auf dem Weg hierher verlaufen?«

Morton schien das verneinen zu wollen, aber Ellison kam ihm zuvor. »Ja, Sir«, sagte sie. »Die Korridore sehen alle gleich aus, Sir.«

»Daran gewöhnt ihr euch noch«, sagte Jamie und lächelte seinen Teamgefährten zu. »Glaubt mir.«

Die beiden Rekruten nickten sichtlich erleichtert.

»Setzt euch«, forderte Jamie sie auf und wies mit der Hand auf die Kunststoffstühle an dem langen Tisch in der Mitte des Raums. Morton und Ellison taten wie geheißen. Jamie, der sie beobachtete, fragte sich, ob er nach seiner Ankunft im Ring ebenso nervös und dienstbeflissen gewesen war.

Wahrscheinlich nicht, dachte er. *Außer meiner Mom war mir alles scheißegal. Ich habe mich benommen, als gehöre dieser Laden mir.*

Die Erinnerung daran war ihm peinlich, aber nicht allzu sehr. Er hatte getan, was getan werden musste, um seine Mutter zu retten, und allein das zählte. Ihm war bewusst, dass er damit viele Agenten gegen sich aufgebracht hatte und dass nicht alle ihm seine vermeintliche Arroganz und Respektlosigkeit von damals verziehen hatten.

»Agenten«, sagte er mit fester Stimme. »Heute Morgen hat Kommissarischer Direktor Holmwood FLÜCHTENDE SCHATTEN genehmigt, ein Unternehmen der Prioritätsstufe eins mit Beteiligung des gesamten Departments. Was Sie auf dem Bildschirm sehen können, ist unser kleiner Beitrag dazu.« Als er einen Tastenbefehl eingab, wurde der erste Name auf der Liste ihrer Zielpersonen durch den Scan eines Aufnahmebogens des Broadmoor Hospitals ersetzt. »Letzte Nacht«, fuhr er fort, »hat eine unbekannte Anzahl von Vampiren für einen Massenausbruch aus dem Broadmoor Hospital in Berkshire gesorgt. Aufnahmen von Überwachungskameras und Infrarotaufnahmen von Satelliten lassen darauf schließen, dass alle freigelassenen Patienten vorsätzlich verwandelt worden sind, und eine Analyse unseres Wissenschaftlichen Diensts zeigt, dass sie weit gefährlicher zu sein scheinen, als es frisch verwandelte Vampire für gewöhnlich sind. Das alles bedeutet, dass jetzt fast dreihundert hochgefährliche Vampire auf freiem Fuß sind. FLÜCHTENDE SCHATTEN soll sie aufspüren und vernichten, damit diese neue Gefahr möglichst rasch beseitigt wird. Noch Fragen?«

Morton hob eine Hand, und Jamie nickte ihm zu. »Wieso erzählen Sie uns das, Sir?«, fragte der junge Mann.

»Ihre Ausbildung ist vorübergehend ausgesetzt worden«, antwortete Jamie. »Ab sofort sind Sie aktive Agenten von Department 19, bis dieses Unternehmen abgeschlossen ist. Danach kehren Sie auf den Spielplatz zurück – vorher nicht. Ist das verstanden?«

Morton, der blass geworden war, nickte stumm. Ellison beobachtete ihn mit großen Augen, während sie die Hand hob.

»Ja?«, fragte Jamie.

»Sie haben aufspüren und vernichten gesagt, Sir«, sagte Ellison. »Richtig?«

»Ja, das stimmt.«

»Wie soll das funktionieren?«

»Wie meinen Sie das?«

»Ich meine, die Leute werden erwarten, dass die Patienten zurückgebracht werden, Sir. Die Medien werden den Ausbruch sensationell aufbauschen, und die Angehörigen der Ausgebrochenen werden wissen wollen, was passiert ist. Wir reden hier von verwundbaren Menschen, Sir, von Leuten mit schweren Psychosen.«

»Jetzt nicht mehr«, warf Morton ein. »Wir reden von Vampiren.«

Ellison warf ihrem Teamgefährten einen scharfen Blick zu, dann konzentrierte sie sich wieder auf Jamie.

»Die Medien wissen noch nichts«, sagte er. »Wenn die Geschichte durchsickert, was sie bestimmt tut, sorgen wir dafür, dass nicht über sie berichtet wird. Die Anwohner von Broadmoor werden zum Schweigen verpflichtet, und wenn es notwendig wird, die Öffentlichkeit über das Schicksal der Patienten aufzuklären, erfindet unser Sicherheitsdienst eine glaubwürdige Story. Ich weiß nicht, wie sie aussehen wird, fragen Sie also nicht danach, und das ist ohnehin nichts, worüber Sie sich Sorgen machen müssen. Uns gehen nur die fünf Vampire etwas an, deren Vernichtung uns befohlen worden ist.«

»Okay, Sir«, sagte Ellison, obwohl ihr sichtlich unbehaglich zumute war. Morton warf ihr einen wütenden Blick zu, dann flüsterte er etwas, das Jamie nicht verstand. Ellison wandte sich ihm mit vor Wut blitzenden Augen zu und öffnete den Mund, um zu antworten.

»Agenten!«, blaffte Jamie, sodass beide auf ihren Stühlen zusammenzuckten. »Dies ist keine Übung im Rahmen Ihrer Ausbildung, sondern ein realer Einsatz. Sie hören mir jetzt aufmerksam zu, sonst nehme ich an, dass Sie dieser Aufgabe nicht gewachsen sind, und schicke Sie wieder nach unten. Wollen Sie das?«

»Nein, Sir«, sagten sie im Chor.

»Gut«, antwortete Jamie. »Das ist gut, denn dies ist ein Unternehmen der Prioritätsstufe eins, bei dem Agenten ihr Leben verlieren werden. Die auf Filmen festgehaltene Stärke der ausgebrochenen Vampire ist äußerst beunruhigend, deshalb wollen wir uns konzentrieren, okay? Ich möchte, dass wir in einer Stunde bewaffnet und dreifach kontrolliert startbereit sind, also wäre jetzt eine gute Zeit zu erfahren, wen zum Teufel wir eigentlich suchen.«

Morton und Ellison beugten sich nach vorn, konzentrierten sich nun ganz auf ihren Teamführer. Jamie rang sich ein Lächeln ab, das ihre Spannung abbauen sollte, und begann ihnen zu erklären, was sie außerhalb des Stützpunkts erwartete, obwohl er recht gut wusste, dass nichts, was er sagte, sie auf die raue Wirklichkeit vorbereiten konnte.

Ich kann schon zufrieden sein, wenn ich die beiden lebend zurückbringe.

8

Der verschwundene Harker

Drei Monate zuvor

WORTPROTOKOLL
INTERVIEW MIT ALBERT HARKER, 12. JUNI 2002

(Tonband Start)
JOHNNY SUPERNOVA: *Okay, es ist an.*
ALBERT HARKER: *Was ist an?*
JS: *Das Tonbandgerät. Es läuft.*
AH: *Oh. Na, schön.*
JS: *Sagen Sie bitte Ihren Namen fürs Tonband.*
AH: *Albert Harker.*
JS: *Alles klar. Ich werde Sie Albert nennen, wenn das okay für sie ist?*
AH: *Ja, klar.*
JS: *So. Albert. Sie haben sich an mich gewandt und mir dieses Interview angeboten. Vielleicht fangen Sie damit an, dass Sie mir den Grund sagen.*
AH: *Danke. Ich wollte Ihnen dieses Interview geben, damit die Leute die Wahrheit erfahren.*
JS: *Die Wahrheit worüber?*
AH: *Über Vampire, Mr. Supernova. Über Schwarzlicht. Über meine Familie.*
JS: *Ich fürchte, mein Bockmist-Spürgerät hat gerade angeschlagen. Weil Sie von Vampiren gesprochen haben.*
AH: *Richtig, das habe ich.*
JS: *Nun, dann wollen wir gleich klare Verhältnisse schaffen. Ihr*

Standpunkt – was Sie zu mir sagen – ist also, dass Vampire real sind? Dass sie in diesem Augenblick in der realen Welt existieren?
AH: Das ist korrekt.
JS: Und wieso erwarten Sie, dass ich etwas so Lächerliches glaube?
AH: Weil es die Wahrheit ist.
JS: Haben Sie irgendwelche Beweise? Können Sie Ihre Behauptung durch irgendetwas belegen?
AH: Nur durch mein Wort.
JS: Ich habe einen Wagen geschickt, um Sie aus einem Obdachlosenasyl zu diesem Interview holen zu lassen, Albert. Ich kann sehen, dass Sie in beiden Ellbogenbeugen Einstiche haben. Und Sie finden, ich sollte in einer so wichtigen Sache auf Ihr Wort vertrauen?
AH: Das liegt ganz bei Ihnen, Mr. Supernova. Diese Entscheidung kann ich Ihnen nicht abnehmen.
JS: Oh, die treffe ich selbst, machen Sie sich deswegen nur keine Sorgen. Also. Bevor wir zu der angeblichen Existenz dieser Vampire kommen, müssen Sie mir etwas anderes erklären. Sagen Sie mir, wieso ausgerechnet Sie in der Lage sein sollten, von ihnen zu wissen, falls sie real sind. Aus meiner Sicht scheint praktisch jeder sie für eine Fiktion zu halten, und ich muss Ihnen leider sagen, dass Sie von Anfang an nicht sonderlich überzeugend gewirkt haben.
AH: Sie kennen meinen Familiennamen?
JS: Allerdings.
AH: Und ich darf annehmen, dass Sie als Journalist ein belesener Mann sind?
JS: Ich denke schon. Einigermaßen.
AH: Und Sie sehen keine Verbindung?
(Pause)
JS: Dracula? Sie reden von Dracula?
AH: Sehr gut, Mr. Supernova. Dracula, ja. Mein Urgroßvater war Jonathan Harker, der Held von Bram Stokers Erzählung. Die in Wirklichkeit geschichtliche Tatsachen wiedergibt, statt, wie behauptet, ein Roman zu sein.
JS: Sie sind heroinsüchtig, nicht wahr, Albert?
AH: Das spielt keine Rolle.

JS: *Dracula war also keine Story. Alles ist wirklich passiert. Verstehe ich Sie da richtig?*

AH: *Das tun Sie. Alles hat sich ziemlich so ereignet, wie Stoker es niedergeschrieben hat. Er hat die Geschichte von Abraham van Helsing gehört, den er hier in London kennenlernte.*

JS: *Van Helsing hat wirklich gelebt?*

AH: *Offensichtlich. Je früher Sie diese einfachen Tatsachen akzeptieren, desto schneller und weniger schmerzhaft wird die Erkenntnis.*

JS: *Nicht frech werden, Kumpel. Denken Sie daran, wer hier wen bezahlt.*

AH: *Entschuldigung. Ja, Mr. Supernova, van Helsing war ebenso real wie John Seward, Quincey Morris und Arthur Holmwood, dessen Urenkel in diesem Augenblick im Oberhaus sitzt. Und natürlich auch mein Urgroßvater. Sie alle waren so real wie Sie und ich.*

JS: *Was den Umkehrschluss nahelegt, dass auch Dracula real war.*

AH: *Korrekt. Er war real und ist wie von Stoker geschildert gestorben. Und mein Vorfahr und seine Freunde sind heimgekehrt. Aber Dracula war nicht der einzige, sondern nur der erste Vampir der Welt. Im Lauf der Zeit hat es weitere gegeben.*

JS: *Und?*

AH: *Und mein Großvater und seine Freunde sind ermächtigt worden, Jagd auf sie zu machen und sie zu vernichten. Im Auftrag des Empires.*

JS: *Von wem?*

AH: *Von Premierminister William Gladstone. Im Jahr 1892.*

(Pause)

JS: *Das ist Ihr Ernst, nicht wahr? Sie wollen mich nicht etwa verarschen?*

AH: *Das ist mein völliger Ernst, Mr. Supernova. Dies ist das größte Geheimnis der Welt, ein Geheimnis, das meine Familie und andere über ein Jahrhundert lang gehütet haben. Und ich erzähl's jetzt Ihnen.*

JS: *Weshalb? Ich meine, welches Motiv haben Sie außer dem Geld?*

AH: *Meine Familie und ich sind ... stehen uns nicht sehr nahe.*

JS: *Sie tun das also aus Boshaftigkeit. Ich meine, wenn das alles*

stimmt, wenn Sie kein Spinner sind, dann haben Sie jede Menge Schwierigkeiten zu erwarten, wenn ich jemanden finde, der dieses Interview bringt.
AH: Das ist mein Problem. Aber ja, ich denke, dass sie nicht gerade begeistert sein wird.
JS: Sind Sie deswegen gefährdet? Oder noch wichtiger: Bin ich es?
AH: Meines Wissens nicht. Aber ich kann für nichts garantieren, Mr. Supernova. Schwarzlicht operiert völlig außerhalb der Gesetze, die für Sie und mich gelten.
JS: Schwarzlicht?
AH: Die Organisation, die Vampire jagt und ihre Existenz geheim hält. So heißt sie nicht wirklich, aber so ist sie schon immer genannt worden. Ihre Gründung verdankt sie den genannten vier Männern, die eine Begegnung mit Dracula überlebt hatten.
JS: Was genau ist das für eine Organisation?
AH: Ich war nie selbst bei Schwarzlicht. Aber es ist eine Art Sondereinheit zur Bekämpfung des Übernatürlichen.
JS: Langsam, nur langsam. Sie haben es nie gesehen?
AH: Nicht von innen, Mr. Supernova. Es ist die allergeheimste Organisation dieses Landes. Aber es gibt eine Tradition in Bezug auf die Nachkommen der damaligen Gründer. Wir erhalten automatisch die Chance, dort einzutreten, wenn wir einundzwanzig werden.
JS: Und Sie haben wohl abgelehnt?
AH: Ganz recht.
JS: Weshalb?
AH: Weil ich keine Lust hatte, mein Leben damit zu verbringen, Ungeheuer zu jagen. Und weil ich niemals so werden wollte wie mein Vater.
JS: Warum nicht, Albert?
AH: Weil er ein Tyrann, ein Sadist und ein Hochstapler war, der meinen Bruder vorgezogen hat. Ihn hat er geliebt, während er mich nur geduldet hat, woraus er auch vor niemandem einen Hehl machte.
JS: Aber als es so weit war, hat er Sie trotzdem aufgefordert, in Schwarzlicht einzutreten?
AH: Es hat ihm bestimmt fast das Herz gebrochen, dass er das tun

musste. Aber die Regeln, die Traditionen der Organisation, der er sein Leben gewidmet hatte, erforderten es. Heute glaube ich, dass sie das Einzige war, woraus er sich jemals wirklich etwas gemacht hat. Ja, als ich einundzwanzig wurde, hat er mich gefragt. Ich habe ihn nie glücklicher gesehen als in dem Augenblick, in dem ich ablehnte.

JS: Wie muss man sich das vorstellen? Sie wachen am Geburtstag auf, und Ihr Dad kommt rein und sagt: ›Glückwunsch, mein Junge, übrigens gibt es Vampire wirklich, und ich gehöre einer Geheimorganisation an, die sie bekämpft, und nun kannst du auch zu uns kommen.‹

(Harker lacht)

AH: Ganz ähnlich läuft die Sache ab. Er hat allerdings viel mehr geredet und Wörter wie Ehre und Pflicht und Opfer gebraucht. Aber, ja, ungefähr so war's.

JS: Und Sie haben nein gesagt. Wie hat er reagiert?

AH: Er hatte Mühe, sich seine Freude nicht anmerken zu lassen. Dann hat er mich ungefähr eine Stunde lang angebrüllt, mich als Feigling und Baby beschimpft und mir erklärt, er schäme sich, mein Vater zu sein. Für ihn ist alles perfekt gelaufen.

JS: Wie das?

AH: Weil er mich nun offen hassen durfte, Mr. Supernova. Ich hatte ihm endlich einen guten Grund dafür geliefert, indem ich sein Lebenswerk abgelehnt hatte. Und er brauchte mich nicht tagtäglich bei Schwarzlicht um sich zu haben. Ich weiß nicht, was er getan hätte, wenn ich ja gesagt hätte.

(Pause)

JS: Aber Sie haben's nicht getan. Was ist dann passiert? Er vertraut Ihnen ein großes Geheimnis an, und normalerweise sagt jeder ja, aber Sie sagen nein. Wie kann das funktionieren?

AH: Er hat mich davor gewarnt, irgendjemandem zu erzählen, was ich gehört hatte. Wenn ich das täte, würde man mich einsperren, hat er gesagt, und außerdem würde mir ohnehin niemand glauben. Ein paar Tage später hat er mir einen Vordruck mitgebracht, den ich unterschreiben musste, irgendeine Verpflichtungserklärung. Und das war's dann. Wir haben nie mehr miteinander geredet.

JS: Sie haben Ihren Bruder erwähnt. Ist er eingetreten?

AH: Natürlich. Klar ist er eingetreten. Er war mein Vater en miniature. Er konnte es kaum erwarten.
JS: Was haben Sie stattdessen getan?
AH: Mein Studium abgeschlossen. Nach London gezogen. Drogen entdeckt und sie sehr, sehr lieben gelernt.
JS: Wie hat Ihre Familie darauf reagiert?
AH: Sie hat sich bei der erstbesten Gelegenheit von mir losgesagt. Ich hätte die Familienehre befleckt, hieß es, und sei daheim nicht mehr willkommen. Sie haben sich von mir abgewandt, Mr. Supernova.
JS: Was für Scheißkerle.
(Pause)
AH: Auf Partys oder in Bars fiel mir dann häufiger auf, dass Leute, die nicht zu mir oder meinen Freunden gehörten, mich anstarrten. Und ein paarmal bin ich heimgekommen und wusste, dass jemand in meiner Wohnung gewesen war. Nichts war verändert oder hat gefehlt. Da waren Profis am Werk, aber ich hab's trotzdem gewusst. Ich vermute, dass sie mich auf ihre spezielle Weise im Auge behalten haben.
JS: Weil sie Angst hatten, Sie könnten auspacken?
AH: Weiß ich nicht. Ich nehm's aber an.
JS: Aber Sie haben nichts erzählt. Zumindest bis jetzt. Warum nicht?
AH: Ich wollte alles vergessen. Ihr blödes kleines Department war mir scheißegal, und ich konnte mir denken, dass mir ohnehin niemand glauben würde. Also hab ich versucht, das Ganze zu vergessen.
JS: Wieso reden Sie jetzt?
AH: Aus Boshaftigkeit, Mr. Supernova, genau wie Sie gesagt haben. Und weil ich's satt habe, das mit mir herumzuschleppen. Ich möchte davon befreit sein.
(Pause)
JS: Eine klasse Story, wissen Sie das? Das schwarze Schaf, der Sohn einer angesehenen Familie, von allem abgeschnitten und seinem Schicksal überlassen, Heroin, Obdachlosigkeit, Beschattung durch Unbekannte, die Ihre Wohnung durchsuchen. Geiles Zeug, Kumpel, echt geil. Aber ich sehe noch immer ein Problem.
AH: Nämlich?

JS: Vampire. Schwarzlicht. Ich hab einfach ... ich sehe keine Möglichkeit, dass ich irgendwas von dem, was Sie mir erzählen, für wahr halten könnte.

AH: Ich verstehe Ihre Position, Mr. Supernova. Besser als Sie ahnen, das können Sie mir glauben. Aber es ist wahr. Ich kann Ihnen erzählen, was ich von meinem Vater weiß, aber das ist alles. Alles Weitere müssen Sie selbst recherchieren.

JS: Erzählen Sie's mir.

AH: Die pathetische Ehrfurcht in der Stimme meines Vaters kann ich nicht imitieren, fürchte ich, aber ich weiß noch ziemlich alles, was er gesagt hat. Wie schon erwähnt, wurde Schwarzlicht Ende des neunzehnten Jahrhunderts gegründet. Nun, in den seither vergangenen hundertzehn Jahren hat es sich ziemlich verändert. Von meinem Vater weiß ich, dass es mit vier Männern in einem Haus am Piccadilly angefangen hat, aber jetzt gleicht es eher dem SAS: eine streng geheim operierende Elitetruppe, die das Übernatürliche kontrolliert. Ich bezweifle, dass Sie Schwarzlicht irgendwo offiziell erwähnt finden werden, aber Sie können es gern versuchen und mich widerlegen. Und zu den Vampiren? Niemand weiß, wodurch Dracula übermenschlich geworden ist, aber er war jedenfalls der Erste. Bei seinem Tod hat er nur eine Handvoll Vampire hinterlassen, die er persönlich verwandelt hatte. Die haben wiederum andere verwandelt ... und so weiter und so fort. Diese Vermehrung von Vampiren hat zum Ausbau von Schwarzlicht geführt.

JS: Was war mit den Vampiren selbst? Jesus, ich kann nicht glauben, dass ich dieses Wort ausspreche – aber was treiben sie eigentlich? Sie spuken nachts herum, wie, und verwandeln sich in Fledermäuse und Wölfe?

AH: Nein, Mr. Supernova. Dass sie sich verwandeln, hat Bram Stoker zur Unterhaltung seiner Leser eingeführt – wie die Empfindlichkeit gegen Kreuze und Weihwasser. Die funktionieren so wenig wie Knoblauch oder fließendes Wasser. Aber der Rest ist wahr. Sie sind stark und schnell und vertragen kein Sonnenlicht. Ihre Augen glühen rot. Und sie müssen Blut trinken, um zu überleben.

JS: Was für Blut?

AH: Irgendwelches, soviel ich weiß.
JS: Menschliches?
AH: Ja. Natürlich.
JS: Also beißen sie Leute?
AH: Das tun sie. Sie beißen Leute, und wenn ihre Opfer nicht sterben, werden sie selbst Vampire.
JS: Wieso gibt es dann nicht Tausende, Zehntausende von ihnen? Warum sehen wir sie nicht an jeder Straßenecke?
AH: Meines Wissens deshalb, weil nur sehr wenige ihrer Opfer überleben. Und weil Schwarzlicht sich größte Mühe gibt, ihre Existenz geheim zu halten.
(Pause)
JS: Was soll ich mit all diesen Informationen anfangen, Albert?
AH: Ich verstehe Ihre Frage nicht.
JS: Sie sind ein intelligenter Mann. Sie wissen, dass jeder Redakteur im ganzen Land mich lachend wegschickt, wenn ich dies alles aufschreibe und einreiche. Kein Mensch würde mir glauben. Ich sitze hier, sehe Sie an und glaube, dass Sie jedes Wort, das Sie sagen, ernst meinen, aber ich kann es trotzdem nicht als Wahrheit akzeptieren. Ich sehe einfach nicht, wie das sein kann. Wie kommt es, dass noch nie jemand von Schwarzlicht ausgepackt hat? Warum ist nie ein Vampir an die Öffentlichkeit gegangen? Warum sind die Zeitungen nicht voll von Vermissten und von blutleer aufgefundenen Leichen? Wissen Sie, was ich meine?
AH: Sie sind Journalist, nicht wahr?
JS: Yeah.
AH: Tun Sie Ihre Arbeit. Was ich Ihnen erzählt habe, ist alles wahr. Graben Sie also nach, Mr. Supernova. Finden Sie heraus, was Sie können. Finden Sie nichts, was meine Behauptungen untermauert, können Sie die Sache meinetwegen gern vergessen. Aber wenn Sie auch nur den kleinsten Beweis für meine Aussagen finden, stehen Sie vor dem größten Scoop der Menschheitsgeschichte. Das ist bestimmt ein paar Tage Arbeit wert, selbst wenn sich dann zeigen sollte, dass Sie mich von Anfang an richtig eingeschätzt haben. Und warum hat nie jemand von Schwarzlicht ausgepackt? Ich könnte mir vorstellen, dass

es für das Personal von Schwarzlicht sehr schwierig wäre, mit Außenstehenden zu sprechen, ohne überwacht zu werden – und wenn jemand das täte, stünde er wahrscheinlich schnell vor einem Kriegsgericht. Und die Vampire? Welches Interesse sollten sie daran haben, ihre Existenz öffentlich bekannt zu machen? Damit ihre potenziellen Opfer wissen, dass es sie gibt, damit die Regierung ihnen offen den Krieg erklären kann? Und zuletzt muss ich Ihnen leider mitteilen, Mr. Supernova, dass die Zeitungen voller Geschichten über verschwundene Personen und Leute sind, denen schreckliche Dinge angetan wurden. Und dazu kommen Hunderte von Toten und Vermissten, von denen die Boulevardpresse gar nicht erst berichtet.

(Pause)

JS: Ich denke, wir sind jetzt fertig, Albert.

AH: Das glaube ich auch –

JS: Wo kann ich Sie finden? Für den Fall, dass ich weitere Fragen habe?

AH: Das können Sie nicht. Wenn ich in ein paar Monaten noch lebe, weil weder die Vampire noch Schwarzlicht mich umgelegt haben, melde ich mich wieder.

JS: Das ist plemplem. Das wissen Sie, nicht wahr? Das ist verrückt.

AH: Tun Sie einfach Ihre Arbeit, Mr. Supernova. Das ist der einzige Rat, den ich Ihnen geben kann. Behandeln Sie dies wie jede andere Story und sehen Sie zu, was Sie rauskriegen können. Ich wünsche Ihnen viel Erfolg, das tue ich wirklich.

JS: Danke. Auch wenn ich nicht recht weiß, wofür.

(Ende der Aufnahme)

Kevin McKenna ließ den schmalen Ordner auf seinen Schreibtisch fallen und atmete geräuschvoll aus. Ihm kam es vor, als hätte er während der gesamten Lektüre den Atem angehalten. Der erloschene Zigarettenstummel fiel ihm von den Lippen und erschreckte ihn, weil er ihn ganz vergessen hatte.

Jesus, Johnny, dachte er. *Wie verzweifelt musst du gewesen sein?*

Das Wortprotokoll war ein solcher Unsinn, dass McKenna

sich fast für seinen früheren Mentor schämte. Dieser seichte Boulevardtratsch passte so wenig zu dem Johnny Supernova, den er früher gekannt hatte, dass er ernsthaft traurig war.

Um ihn muss es weit schlimmer gestanden haben, als ich geahnt habe. Der Johnny, den ich gekannt habe, hätte diesen Kerl hohnlächelnd rausgeworfen.

McKenna stand auf und blätterte den Ordner ganz durch. Er enthielt noch vier, fünf Seiten Notizen in Johnny Supernovas unverkennbarer Schrägschrift. Er klappte ihn zu, hielt ihn über den Papierkorb aus Metall neben seinem Schreibtisch. Dann zögerte er jedoch.

Er hat dir dies als Vermächtnis hinterlassen. Es wäre respektlos, es einfach wegzuwerfen.

Er legte den Ordner wieder auf den Schreibtisch, nahm seine Jacke mit und verließ rasch die Redaktion. Eine Minute später stand er im Aufzug und sah auf seine Uhr.

Die zweite Halbzeit müsste ich noch mitbekommen, dachte er.

Dann fühlte er sich plötzlich traurig. Er hatte lange nicht mehr wirklich an Johnny Supernova gedacht, auch nicht, als Zeitungen und Zeitschriften Nachrufe auf ihn gebracht hatten. Schon damals hatten sie längst nicht mehr in der gleichen Welt gelebt.

Goodbye, Johnny. Schlaf gut, du verrückter Hundesohn.

9

Der Schock des Neuen

Stevenage, Herfordshire

»Er ist weg!«, rief Alex Jacobs. »Eine Ebene höher!« Angela Darcy fluchte, dann rannte sie mit John Carlisle neben sich zu der Betonrampe.

Das Einsatzteam F-5 war auf der Rückfahrt zum Ring gewesen, als die Überwachungsabteilung sich gemeldet und ihnen ein neues Ziel zugeteilt hatte. Teamführerin Angela Darcy hatte keine Fragen gestellt; sie hatte lediglich ihren Fahrer angewiesen, die neuen Koordinaten so schnell wie möglich anzusteuern. Sie war müde und wusste, dass auch ihr Team erschöpft war. Sie hatten in einem nördlichen Vorort von London einen Vampir erledigt: ein für Carlisle ideal geeigneter Routineeinsatz. Der Rekrut war bis vor kaum einem Monat, als verstärkt Männer und Frauen angeworben worden waren, um die Verluste durch Valeris Überfall wettzumachen, bei der Eliteeinheit Special Boat Service in Portsmouth gewesen. Er hatte sich unter Angelas Anleitung bewährt; sie war von der Ruhe und Übersicht beeindruckt, die er bei bisher zwei Einsätzen bewiesen hatte – beides Eigenschaften, die sie bei Alex Jacobs schon immer als selbstverständlich voraussetzte. Der schweigsame, erfahrene Agent hatte lange beim Nachrichten- und Sicherheitsdienst gearbeitet, aber gleich nach dem Überfall auf den Ring, bei dem das Department hohe Verluste erlitten hatte, seine Rückversetzung in den Aktivenstand beantragt. Angela hatte ihn in den ersten Tagen aufmerksam beobachtet, um zu sehen, ob er etwa eingerostet war, aber in diesem Punkt war nichts zu befürchten; Jacobs füllte den schwarzen Kampfanzug eines Agenten aus, als habe er ihn nie ausgezogen.

Sie hatten ihr Ziel, einen desorientierten, randalierenden Vampir Anfang zwanzig in einem zerfetzten weißen Kliniknachthemd, genau an dem vom Überwachungsdienst angegebenen Ort angetroffen: auf dem Güterbahnhof Stevenage. Angela hatte ihr Team mit schussbereiten Waffen angeführt, um einen weiteren Vampir von seinen Qualen zu erlösen, bevor sie zum Stützpunkt zurückfahren würden, wo ihre warmen Betten auf sie warteten. Die Zielperson, deren Augen rot glühten, war wie ein in die Enge getriebenes Tier zitternd und sich windend vor ihnen zurückgewichen. Angela hatte eben »Feuer!« befehlen wollen, als der Vampir sich mit angstvoll geweiteten Augen herumwarf, über die Gleise flüchtete und mit einem Riesensatz in den ersten Stock des Parkhauses neben dem Bahnhof sprang.

Angela stockte der Atem. Sie hatte den Vampir nur verschwommen wahrgenommen – als weißen Strich, der verschwunden war, bevor sie auch nur den Zeigefinger am Abzug ihres T-Bones krümmen konnte.

»Jesus«, sagte Carlisle. Der Rekrut sah zu der massiven Betonstruktur des Parkhauses auf. »So schnell habe ich noch keinen sich bewegen sehen.«

Jacobs sagte nichts. Er drehte sich nur um, klappte sein Visier hoch und bedachte Angela mit einem Blick, dessen Bedeutung klar war.

Ich auch nicht.

Angela spürte ein körperliches Unbehagen, das sie jedoch resolut unterdrückte. »Mitkommen«, sagte sie.

Sie führte ihr Team über menschenleere Bahnsteige zurück und aus dem Bahnhofsgebäude. Das Parkhaus ragte hoch in den Nachthimmel auf: ein hässlicher Betonklotz, in dem um diese Zeit nur schwach einige gelbliche Lichter brannten.

»Glaubst du, dass er noch dort drinnen ist?«, fragte Jacobs.

»Weiß ich nicht«, antwortete sie, ohne das Gebäude aus den Augen zu lassen. »Kommt, wir sehen mal nach.«

Angelas Stiefel polterten über den Beton, als sie zur obersten Ebene des Parkhauses hinaufrannte. Sie hatten den Vampir durchs ganze Gebäude gejagt, ohne ihn mehr als nur flüchtig zu Gesicht zu bekommen. Jetzt empfand sie Erleichterung, als sie an der Rampe stehend das oberste Parkdeck überblickte.

Die letzte Ebene, dachte sie. *Deine Flucht ist zu Ende.*

Carlisle und Jacobs, beide mit geschlossenen Visieren und schussbereiten Waffen, schlossen zu ihr auf. Zwischen den massiven Betonsäulen, die das Dach des verwahrlosten Gebäudes trugen, parkten nur eine Handvoll Autos. Aus manchen der zahlreichen Risse in der Decke tropfte Wasser, und in der Luft hing deutlicher Benzin- und Ölgeruch.

»Wo ist er?«, fragte Jacobs.

»Irgendwo hier oben«, sagte Angela. »Los, ausschwärmen.«

Die drei Gestalten in schwarzen Uniformen bewegten sich langsam über das Parkdeck, vergrößerten dabei die Abstände zwischen sich. Angela ging links außen, hatte ihr T-Bone an der Schulter, atmete flach und gleichmäßig. Der thermografische Filter ihres Visiers verwandelte das Parkdeck in eine kalte, abweisende Landschaft aus Grau- und Blautönen.

»Passt gut auf«, sagte sie über das Kommunikationssystem, das sie verband. »Wir wollen ihn simpel und schnell erledigen.«

Drei Stiefelpaare klickten leise über den Beton. In der Ferne konnte Angela Autos auf der Umgehungsstraße hören, aber hier im Parkhaus war es still. Sie spürte, wie ihr ein kalter Schauder über den Rücken lief, als sie daran dachte, wie schnell der Vampir über die Gleise gerannt war, aber sie versuchte, ihr Unbehagen zu ignorieren.

Kein Grund zur Sorge. Nur ein Routineeinsatz.

Sie suchte die weite Fläche vor ihnen ab, dann kontrollierte sie die Position ihrer Teamgefährten. Jacobs ging fünf Meter rechts von ihr, bewegte sich im gleichen Tempo wie sie, und Carlisle hielt noch einmal fünf Meter Abstand. Angela lächelte grimmig zufrieden, während sie die beiden beobachtete, aber ihr Lächeln erstarrte, als eine Stimme über das Parkdeck hallte.

»Lasst mich in Ruhe«, knurrte sie. »Ich will nur in Ruhe gelassen werden.«

Angela Darcy machte abrupt halt. »Stopp«, sagte sie, dann klappte sie ihr Visier hoch, als ihre Teamgefährten den Befehl ausführten. Sie suchte die leere Fläche nach dem Vampir ab, der gesprochen hatte. Dabei wurde ihr bewusst, dass die tragenden Säulen so breit waren, dass er sich leicht hinter einer verstecken konnte.

Sie griff langsam an ihr Koppel und schaltete den Helmlautsprecher ein. »Warum kommen Sie nicht heraus?«, fragte sie mit übers Parkdeck hallender Lautsprecherstimme. »Sie brauchen keine Angst zu haben.«

»Ich hab keine Angst!«, kreischte der Vampir mit schriller Stimme, die von den Betonwänden widerhallte. »Ich hab keine hab keine hab keine! Lasst mich in Ruhe!«

»Das können wir nicht«, antwortete sie ruhig. »Kommen Sie einfach raus.«

Keine Antwort.

Angela suchte das Parkdeck nochmals ab, konnte aber keine Spur des Gesuchten entdecken. Es gab nichts: keinen Schatten, keine Bewegung, nichts, was seine Position hätte verraten können. Sie sah zu Jacobs, der sein T-Bone locker in den Händen hielt, dann zu Carlisle hinüber, der mit schussbereiter Maschinenpistole MP5 zwischen zwei Säulen stand.

Im nächsten Moment bewegte sich etwas. Sie riss die Augen auf und öffnete den Mund, aber für einen Warnruf war es bereits zu spät.

Der Vampir kam hinter einer der Säulen hervor – so plötzlich, als habe er sich aus der Luft materialisiert. Carlisle begann, sich ihm zuzuwenden, wobei er die MP5 schwenkte, aber er war viel zu langsam; eine der Fäuste des Vampirs traf mit schussähnlichem Knall sein Helmvisier. Der harte Kunststoff zersplitterte, sodass scharfkantige Splitter sich in Gesicht und Hals des Agenten bohrten, der nun aus zahlreichen Wunden blutete. Carlisle ging bewusstlos zu Boden, aber sein Körper wurde von

Krämpfen geschüttelt, die seine Fersen auf den Beton trommeln ließen.

Der Vampir heulte, ein ohrenbetäubendes Triumphgeheul, und richtete seinen rot glühenden Blick auf Jacobs, als der erfahrene Agent sein T-Bone hob.

Jacobs bemühte sich, die Angst zu unterdrücken, die sein Herz jagen ließ, und sich ganz auf das Ungeheuer vor ihm zu konzentrieren. Der beinahe nackte Vampir war nur mehr mit den wehenden Fetzen seines Anstaltsnachthemds bekleidet. Der Mann war mager, fast unterernährt, und sein rasierter Schädel war großflächig mit rosa Narbengewebe überzogen. Seine Augen glühten rot, und sein offener Mund ließ kräftige weiße Reißzähne sehen.

Jacobs hielt das T-Bone an seine Schulter gepresst und zielte den Lauf entlang auf die Brustmitte des Vampirs. Er begann den Zeigefinger zu krümmen, aber bevor er auch nur Druckpunkt nehmen konnte, war sein Ziel verschwunden, weil das Ungeheuer tief geduckt auf ihn zu rannte.

Es stürmte heran, packte die linke Hand des Agenten, riss sie hoch und drückte sie nach hinten. Sein rechter Zeigefinger drückte unwillkürlich ab, sodass der Metallpflock die Betondecke traf, von der er abprallte, bevor er harmlos wegrollte. Der Griff des Vampirs war unglaublich kräftig, und Jacobs schrie auf, als er spürte, wie seine Handgelenkknochen sich aneinanderrieben; er schlug mit der freien Hand nach dem Ungeheuer, aber dieser Abwehrversuch blieb ohne Wirkung. Das zu einer rot glühenden Fratze verzerrte Gesicht des Vampirs tauchte vor seinem auf, und Jacobs spürte, wie Angst sich zur Panik steigerte, als seine Hände wie in einem Schraubstock steckend nach vorn gerissen wurden, sodass sein Körper in der Taille abknickte und er Mühe hatte, sich auf den Beinen zu halten.

Angela Darcy unterdrückte die in ihr aufsteigende Panik und zwang sich, Ruhe zu bewahren, um ihre Pflicht tun zu können. Ihr Team war blitzschnell dezimiert worden: John Carlisle, der aus vielen Schnittwunden blutete, wand sich auf dem Beton, während Alex Jacobs von dem Vampir wie eine sich windende, protestierende Marionette vorgeführt wurde.

Hier stimmt was nicht, konnte sie noch denken. *Ganz und gar nicht.*

Zu stark.

Zu schnell.

Angela hob ihr T-Bone und sah sofort, dass sie nicht abdrücken durfte, weil es unmöglich war, das Ungeheuer mit dem Metallpflock zu erledigen, ohne Jacobs zu treffen. Sie rammte das T-Bone in sein Halfter, riss ihren UV-Strahler heraus, zielte damit auf den Vampir und drückte gleichzeitig ab. Ein purpurroter Lichtstrahl schoss übers Parkdeck, erfasste ihn und setzte ihn in Brand, bevor er reagieren konnte.

Dunkelrotes Feuer leckte über den Körper des Vampirs, der sich schwarz verfärbte, und er begann aus zahlreichen Hautrissen zu bluten. Er heulte vor Schmerzen, ließ aber Jacobs' Hände nicht los; der Agent war durch seine Uniform vor den Flammen geschützt, aber als sie auch ihn einhüllten, schrie er so laut wie der Vampir. Angela musste erschrocken zusehen, wie der brennende, heulende Vampir Jacobs noch weiter nach vorn zog und dann mit seinem in Flammen stehenden Arm auf die Unterarme des Agenten schlug. Jacobs' Arme brachen mit grausig lautem Knacken; seine gellenden Schreie klangen kaum noch menschlich, als der Vampir ihn wegstieß, sodass er zu Boden ging, und sich ihr zuwandte.

Angela riskierte einen Blick auf ihren auf dem Beton liegenden Teamgefährten; seine Unterarme waren zersplittert, und die nutzlosen Hände ragten in unnatürlichem Winkel auf. Dann konzentrierte sie sich wieder auf die in Flammen stehende Monstrosität, die auf sie zugeschlurft kam. Brennende Klumpen vom Körper des Vampirs fielen zu Boden, als er sich bewegte, und zischten und dampften auf dem kalten Beton. Angela wich langsam vor ihm zurück und achtete dabei auf Abstand; sie hatte schon zweimal gesehen, wie schnell der Vampir war, und wollte nichts riskieren. Ohne sein sich auflösendes Gesicht aus den Augen zu lassen, hob sie ihre MP5, schoss das Magazin auf die Beine des Vampirs leer und zerschmetterte ihm beide Knie und die Oberschenkelknochen. Er sackte zu Boden, gab keinen Laut mehr von sich und schwankte mit ausgebreiteten Armen und dem Mund voll Feuer auf seinen zertrümmerten Knien.

Jesus, dachte sie. *Heiliger Jesus!*

Angela Darcy hatte während ihrer streng geheimen Laufbahn schon viele schreckliche Dinge erlebt, aber dies gehörte zu den allerschlimmsten Anblicken, die sie je gehabt hatte. Sie holte tief Luft, ließ die MP5 vor ihrem Körper baumeln und zog wieder ihr T-Bone. Der Vampir schien sie anzusehen, aber wo seine Augen gewesen waren, loderten jetzt purpurrote Flammen, sodass sie sich ihrer Sache nicht ganz sicher war. Das T-Bone fühlte sich schwer an, als sie aufs Herz des zuckenden, brennenden Ungeheuers zielte und abdrückte.

Die Überreste des Vampirs explodierten mit einem Schwall aus siedendem Blut, das sich auf dem schmutzigen Betonboden verteilte. Angela war schon in Bewegung; sie spurtete übers Parkdeck, schrie in ihr Helmmikrofon und forderte dringend einen Rettungshubschrauber für ihre verwundeten Teamgefährten an.

10

In Gesprächen

Jamie Carpenter stand auf Ebene C vor einer Tür, atmete tief durch und bemühte sich, seinen jagenden Puls zu verlangsamen. Er hatte Morton und Ellison mit dem Auftrag zurückgelassen, sich mit den – zugegebenermaßen spärlichen – Informationen über ihren Einsatz vertraut zu machen. Von den fünf Vampiren, die ihnen zugeteilt worden waren, war bisher erst einer identifiziert worden: Eric Bingham, ein paranoider Schizophrener, der geschnappt worden war, als er versucht hatte, seine dreijährige Nichte zu erwürgen, war von einer Kamera gefilmt worden, als er in Peterborough an einer Polizeistation vorbeischlenderte. Die Gesichtserkennungssoftware des Überwachungsdiensts hatte sein Gesicht sofort identifiziert, seinen Standort festgestellt und ihn verfolgt, als er sich langsam nach Süden weiterbewegte. Die vier anderen Ziele blieben rätselhaft – lediglich Wärmequellen auf Satellitenbildern. Bevor Jamies Team gegen sie eingesetzt wurde, würden sie unter Einsatz aller Mittel so weit wie möglich identifiziert werden, denn Informationen darüber, ob und wie gewalttätig sie vor ihrer Haft gewesen waren, konnten lebensrettend sein.

Sie sollten in gut eineinhalb Stunden aufbrechen, deshalb hatte Jamie seine Teamgefährten angewiesen, in fünfundsiebzig Minuten im Hangar zu sein. Er war zum Speisesaal unterwegs gewesen, um verspätet zu frühstücken, als Jack Williams angerufen und ihm das Neueste erzählt hatte.

Angela Darcys Teamgefährten lagen im Krankenrevier und wurden vom Medizinischen Dienst von Schwarzlicht versorgt. Jacobs' gebrochene Arme waren gerichtet und geschient, Carlisles Schnittwunden gesäubert und genäht worden. Beide würden sich wieder erholen, aber Jacobs würde mehrere Monate lang dienstunfähig sein, und Carlisle hatte in einer Notoperation ein Plastiksplitter entfernt werden müssen, der fast seine Halsschlagader durchtrennt hatte.

»Ein einziger Vamp hat beide außer Gefecht gesetzt«, berichtete Jack. »Angela sagt, dass sie so was noch nie erlebt hat.«

Jamie bedankte sich für diese Warnung und ermahnte ihn, sich im Einsatz vorzusehen. Jack ermahnte ihn seinerseits und trennte die Verbindung.

Die Tür vor Jamie unterschied sich durch nichts von den Hunderten von Türen auf den Ebenen B und C, den Wohngeschossen des Stützpunkts, aber was sich dahinter befand, ließ sein Herz rascher schlagen. Er streckte eine behandschuhte Hand aus, registrierte angewidert ihr deutliches Zittern und klopfte kräftig an.

Schweigen.

Jamie klopfte nochmals an und wollte sich schon abwenden und weggehen, als er eine tiefe Stimme hörte.

»Wer ist da?«

»Ich bin's«, antwortete er. »Jamie.«

Einige Sekunden lang passierte nichts. Dann öffnete sich leise klickend das Schloss, und die Tür sprang einen Spalt weit auf. Jamie streckte eine Hand aus und stieß sie ganz auf. Dahinter lag ein großer Raum, viel größer als seine eigene Unterkunft, der spärlich möbliert und vorbildlich aufgeräumt war. Der Schreibtisch war leer, das Bett ordentlich gemacht, der Fußboden blitzblank. Dem Schreibtisch gegenüber standen zwei Sessel. Einer davon war leer, der andere ächzte unter dem Gewicht des darin Sitzenden.

Das Monster, das nun wieder den Namen Victor Frankenstein trug, sah auf, als Jamie sein Zimmer betrat. Es trug ein weißes Hemd mit offenem Kragen, schwarze Hosen und Stiefel; aus Kinn und Wangen spross ein üppiger mehrfarbiger Vollbart, und das ziemlich lange Haar fiel ihm in die Stirn und bedeckte seine

Ohren. Seine Erscheinung war nicht vorschriftswidrig – wie die Special Forces kannte Schwarzlicht keine strenge Kleiderordnung –, aber sie machte Jamie trotzdem Sorgen. Auf einem Beistelltischchen neben dem Sessel standen ein Glas, eine Flasche Whisky und eine Schale mit Eiswürfeln. Auch diese Gegenstände machten ihm Sorgen, weil es gerade erst Mittag war.

»Hi«, sagte Jamie und ließ sich in den freien Sessel fallen.

»Guten Abend«, antwortete Frankenstein.

»Wir haben Nachmittag«, sagte Jamie und rang sich ein Lächeln ab. »Früher Nachmittag.«

»Das ist mir egal«, erwiderte Frankenstein. Er griff nach der Flasche, schenkte sich Whisky nach. »Wie geht's dir, Jamie? Wie kommst du zurecht?«

»Ganz gut«, antwortete er. »Alles war einfacher, als du noch auf mich aufgepasst hast.« Er lächelte erneut, um das Monster zu ermutigen und ihm zu schmeicheln. »Viel einfacher.«

»Das glaube ich dir«, sagte Frankenstein. »Jammerschade, dass du so rasch erwachsen werden musstest. Das hattest du nicht verdient.«

»Ich weiß«, bestätigte Jamie. »Aber so ist das Leben, nicht wahr? Manchmal passiert eben Schlimmes.«

Frankenstein nickte. »Manchmal passiert Schlimmes.«

Das Ungeheuer legte seine freie Hand auf die Brust und ließ sie dort ruhen. Unter dem Baumwollstoff waren kreuz und quer verlaufende Narben zu ertasten, die weit frischer als die vielen anderen waren, die seinen unebenen Körper entstellten. Mit einem Skalpell beigebracht hatte sie ihm Dante Valeriano, der selbsternannte Vampirkönig von Paris, den Frankenstein vor fast einem Jahrhundert schwer verletzt und der seit damals nach Rache gedürstet hatte. In Wirklichkeit war er ein Hochstapler gewesen, ein Arbeiterjunge aus Saint-Denis namens Pierre Depuis, der sich mit Frechheit und einer gut erfundenen Biografie zum Herrscher über die Pariser Vampire aufgeschwungen hatte. Jamie und ein kleines Agententeam hatten den Vampirkönig in dem Theater vernichtet, in dem er residierte, und den gefangenen Franken-

stein heimgeholt – aber erst, als Valeriano schon angefangen hatte, sich an ihm zu rächen.
Ihm ist gar nicht bewusst, dass er das macht, dachte Jamie. *Er merkt nicht, wie oft er seine Narben berührt.*

Jamie musste sich beherrschen, um nicht an seinen Hals zu greifen, wo hässliches rotes Narbengewebe sich vom Unterkiefer bis zur Schulter erstreckte: eine Erinnerung an die Suche nach seiner Mutter, die nun schon jahrelang zurückzuliegen schien. *Du bist nicht der Einzige*, sagte er sich. *Wir alle haben unsere Narben.*

»Wie geht's deiner Freundin?«, fragte Frankenstein. »Wie heißt sie gleich wieder? Die Vampirin?«

»Larissa«, antwortete Jamie widerstrebend. »Danke, ihr geht's gut.«

Frankenstein nickte. »Ist sie noch in Amerika?«

»Ja«, sagte Jamie.

»Dort ist sie am besten aufgehoben«, grunzte das Monster.

Jamie warf sich mit aller Macht auf den in ihm aufsteigenden Zorn und schaffte es irgendwie, ihn zu unterdrücken.

Bleib ruhig, ermahnte er sich. Er kann nichts dafür. Ganz ruhig bleiben.

Frankensteins erbitterter Vampirhass war uralt. Was er von dieser Spezies hielt, hatte er Jamie gleich bei ihrem ersten gemeinsamen Unternehmen erklärt: Für ihn waren sie Anomalien, Wesen ohne Lebensberechtigung auf dieser Welt. Seine neuerliche Begegnung mit Lord Dante hatte ihn in seiner Auffassung bestätigt, und obgleich Jamie ihn wiederholt darum gebeten hatte, war er nicht gewillt, Larissa zu verzeihen, dass sie ihre Zeit vergeudet hatte, als sie auf der Suche nach Marie Carpenter gewesen waren.

»Sie scheint glücklich zu sein«, sagte er so heiter wie möglich. »Vielleicht hast du also recht.«

Frankenstein starrte Jamie mit missgebildeten, mehrfarbigen Augen an; sie blinzelten nicht, und ihr starrer Blick wirkte sekundenlang warnend. »Was ist mit deiner anderen Freundin?«, fragte er. »Dem Mädchen von Lindisfarne? Kate, nicht wahr?«

»Der geht's gut«, sagte Jamie und wechselte dankbar das Thema. »Sie hat mit diesem neuen Projekt, an dem sie mit Paul Turner arbeitet, enorm viel zu tun. Ich bekomme sie im Augenblick kaum zu sehen.«

»So ist das Leben im Department«, sagte Frankenstein. »Es gibt ständig was Neues.«

»Allerdings!«, bestätigte Jamie. »Ich komme gerade von einer Besprechung des Sonderkommandos Stunde null. Du wirst nicht glauben, was ...«

»Ich will's nicht wissen«, unterbrach ihn das Monster.

»Ich weiß, aber ...«

»Jamie«, sagte Frankenstein mit einer Stimme wie Donnergrollen. »Das haben wir alles schon besprochen. Cal hat mir einen Platz in dem Sonderkommando angeboten, und ich habe ihn abgelehnt. Das weißt du genau. Ich verstehe nicht, warum es dir so schwerfällt, meine Entscheidung zu respektieren.«

Sie starrten sich mehrere Sekunden lang schweigend an.

»Du stehst noch auf der Inaktivenliste«, sagte Jamie zuletzt. Es war keine Frage, eher eine Feststellung.

»Richtig«, bestätigte Frankenstein.

»Weshalb?«

»Das liegt wohl auf der Hand. Ich bin gefährlich. Ich wäre bei keinem Unternehmen nützlich.«

»Du bist nur drei Tage im Monat gefährlich«, sagte Jamie. »Ich schlage ja nicht vor, dass du an diesen Tagen an Einsätzen teilnehmen sollst. Aber in der übrigen Zeit ...«

»Entschuldigung«, unterbrach Frankenstein ihn. »Darf ich erfahren, warum du glaubst, das ginge dich etwas an?«

Jamie spürte, dass er vor Ärger rot anlief. »Ich will dir sagen, warum mich das etwas angeht«, sagte er. »Es geht mich etwas an, weil ich mein Leben und das vier weiterer Leute riskiert habe, um dich aus diesem Theater in Paris rauszuholen und sicher heimzubringen. *Das* ist der Grund dafür.«

»Aber wieso hast du's getan?«, fragte Frankenstein. »Warum hast du so viel riskiert, um mich zu retten?«
»Warum?« Jamie beugte sich in seinem Sessel nach vorn. »Wie meinst du das, verdammt noch mal? Weil wir auf derselben Seite stehen. Weil ich dachte, wir seien Freunde. Weil ich nicht wollte, dass du stirbst. Such dir einen dieser Gründe aus. Dante hätte dich ermordet, wenn wir nicht rechtzeitig gekommen wären, und jetzt kannst du nur Whisky trinken und mir dumme Fragen stellen? Was zum Teufel ist mit dir los?«
»Du belügst dich selbst, Jamie«, sagte Frankenstein. Die Stimme des Monsters klang aufreizend ruhig. »*Warum hast du mich gerettet?*«
»Weil alles, was dir zugestoßen ist, meine Schuld war«, sagte Jamie laut. »Hätte ich nicht auf Tom Morris gehört, wäre auf Lindisfarne alles anders gelaufen. Du wärst nicht gebissen worden, wärst nicht ins Meer gestürzt, hättest dein Gedächtnis nicht verloren. Als wir erfahren haben, dass du noch lebst, hätte ich dich da sterben lassen sollen? Ich musste dich finden und heimholen. Kapiert? Ich *musste* es einfach tun.«
Frankenstein bedachte ihn mit einem offenen Lächeln, aus dem echte Wärme zu sprechen schien. »Ich weiß, Jamie«, sagte er leise. »Und wenn du glaubst, ich wüsste das nicht zu würdigen, irrst du dich gewaltig. Ich verdanke dir mein Leben, das ist die Wahrheit. Aber wir wissen beide, weshalb du das getan hast. Weil du dich schuldig gefühlt und geglaubt hast, meine Rettung könnte eine Art Wiedergutmachung für deinen vermeintlichen Fehler vom vergangenen Jahr sein. Wobei ich schon tausendmal versucht habe, dir zu erklären, dass das niemals *dein* Fehler war. Solcher Scheiß passiert eben, Jamie. Du hast einem Vorgesetzten geglaubt, den du für vertrauenswürdig halten musstest, und das ist schiefgegangen. Du hast die Schuld bei dir gesucht, was ich verstehen kann. Jetzt, da du mich gerettet und heimgebracht hast, kannst du diese Last, die du seit meinem Sturz mit dir herumgeschleppt hast, endgültig ablegen. Es war mein Ernst, als ich gesagt habe, dass ich dir mein Leben verdanke, Jamie. Aber das

bedeutet nicht, dass du das Recht hast, mir vorzuschreiben, wie ich den Rest meiner Jahre verbringen soll.«

Jamie spürte, wie sein Ärger sich verflüchtigte, und sank in seinen Sessel zurück.

»Ich verstehe«, sagte er. »Ich verstehe, wie schlimm Paris für dich war. Nicht wirklich, meine ich, aber ich kann's mir vorstellen.«

»Nicht nur Paris«, sagte Frankenstein. »Dante, Latour ... sie waren nur ein Teil von allem.«

»Von was denn?«, fragte Jamie.

»Das kannst du unmöglich verstehen«, sagte Frankenstein. »Ich hatte so viele Dinge verdrängt, die ich getan hatte, so gründlich verdrängt, dass ich selbst der Ansicht war, vielleicht nicht das Monster zu sein, für das mich alle hielten, weil meine guten Taten vielleicht schwerer wögen als meine Untaten. Aber das können sie nicht. So funktioniert die Sache nicht.«

»Wieso nicht?«, fragte Jamie. »Warum soll sie nicht so funktionieren?«

»Sie tut's eben nicht. Die Vergangenheit lässt sich nie wirklich verdrängen. Ich dachte, es wäre mir gelungen, und als sie zurückgekommen ist, hatte ich das Gefühl, alles wieder zum ersten Mal zu erleben. Das war so, als würde meine Seele vor meinen Augen zerrissen. Ich erwarte nicht, dass du mich bedauerst, Jamie, oder gar bemitleidest. Aber du musst begreifen, dass ich nicht mehr dort hinausgehen kann. Ich kann's einfach nicht.«

Jamie fühlte, wie sein Herz für den grau-grünen Riesen schlug, der einst feierlich geschworen hatte, die Familie Carpenter zu beschützen. Ihm war klar, was Frankenstein bei seinem Erklärungsversuch nicht ausgesprochen hatte.

Er schämt sich. Wegen seiner früheren Untaten. Für sich selbst.

»Die Sache, von der du nichts wissen willst, ist verdammt groß«, sagte Jamie. »Dort draußen sind Vampire eines neuen Typs unterwegs. Echt stark. Echt schnell. Angela Darcys Team hat letzte Nacht einen erledigt, aber er hat zwei Agenten außer Gefecht gesetzt, deshalb versuche ich es ein letztes Mal: Wir könnten deine Hilfe wirklich brauchen.«

»Tut mir leid«, wehrte Frankenstein ab. »Ich kann nicht. Was ist mit dir? Wann bist du wieder unterwegs?«

Jamie sah auf seine Uhr. »In ziemlich genau einer Stunde«, antwortete er. »Alle von der Aktivenliste sind heute oder morgen Nacht im Einsatz.«

»Du nimmst deine Rekruten mit?«

Jamie nickte. »Holmwood hat alle Auszubildenden vorübergehend aktiviert. Sobald diese Gefahr abgewendet ist, kehren sie auf den Spielplatz zurück, aber bis dahin gelten sie offiziell als Agenten.«

Frankenstein schenkte sich erneut Whisky nach. »Sind sie bereit?«, fragte er.

»Nein«, antwortete Jamie aufrichtig. »Aber ich glaube, dass sie zurechtkommen werden. Und das müssen sie ehrlich gesagt auch. Sie werden ins kalte Wasser geworfen, so einfach ist das.«

Das Monster nahm einen kleinen Schluck. »Pass gut auf sie auf.«

Jamie rang sich ein Lachen ab. »Beide sind älter als ich; sie war eine Art Auftragskillerin beim SIS, und er sollte von den Paras zum Special Air Service versetzt werden. Ich hoffe, dass sie auf *mich* aufpassen.«

Frankenstein stellte sein Glas ab und beugte sich nach vorn.

»Das meine ich ernst«, sagte er streng. »Mir ist egal, was sie wo und wie lange getan haben. Sie haben keine Ahnung von den Dingen, die du und ich gesehen haben. Deshalb wiederhole ich: Pass gut auf sie auf. Hast du verstanden?«

»Yeah«, antwortete Jamie. »Okay, klar, ich hab verstanden. Ich passe auf sie auf.«

Frankenstein lehnte sich zurück.

»Ich weiß, dass du dein Bestes tun wirst«, sagte er. Sein Blick wirkte sekundenlang heiter, und Jamie hatte das Gefühl, die Atmosphäre im Raum helle sich auf. »Aber lass uns von weniger trübseligen Dingen reden. Wie gefällt es Matt, an der Rettung der Welt mitwirken zu dürfen?«

Als Jamie antworten wollte, spürte er, wie die Konsole an seinem Gürtel einmal kurz vibrierte. Den Zeitpunkt für diese Erinnerung hatte er selbst so gewählt, dass er alles, was er sich vorgenommen hatte, erledigen konnte, bevor er mit seinem Team zusammentraf.

»Matt geht es gut«, antwortete er und stand auf. »Ich erzähle dir nächstes Mal mehr von ihm. Ehrenwort.«

»Du musst schon gehen?«

»Ja, ich habe noch einiges zu erledigen«, sagte er. »Tut mir leid.«

»Ich dachte, ihr wolltet erst in einer Stunde aufbrechen?«

»Tut mir leid«, wiederholte Jamie, als er sah, dass das Monster ein trauriges Gesicht machte. »Ich besuche dich morgen wieder, okay?«

»Also gut«, antwortete Frankenstein. »Viel Erfolg bei dem Einsatz. Pass gut auf dich auf. Und denk daran, was du mir versprochen hast. Halte dich …«

»Ja, ich weiß«, unterbrach Jamie ihn lächelnd. »Ich weiß, was ich dir versprochen habe. Du erinnerst mich bei jedem Besuch daran. Wir sehen uns also morgen.«

»Schön«, sagte Frankenstein mit der Andeutung eines traurigen Lächelns. »Dann bis morgen.«

»Wirklich?«, fragte Valentin Rusmanov, während er zwei Tassen Tee auf das niedrige Tischchen in der Mitte seiner Zelle stellte. »Das mussten Sie ihm wirklich versprechen?«

»Halte dich von Valentin fern««, bestätigte Jamie grinsend. »Daran erinnert er mich bei jedem Besuch.«

»Wunderbar«, sagte Valentin und streckte sich lässig auf der Chaiselongue aus, die vor einer der kahlen Betonwände der Zelle stand. »Normalerweise bin ich für Schmeicheleien wenig empfänglich, aber ich gestehe, dass mir bei dem Gedanken, dass das Monster eigens vor mir warnt, warm ums Herz wird. Hat es übrigens erwähnt, *warum* Sie sich von mir fernhalten sollen?«

»Er sagt, dass Sie nicht vertrauenswürdig sind«, antwortete

Jamie zwischen zwei Schlucken Tee. »Er akzeptiert die von Ihnen genannten Gründe für Ihr Hiersein nicht.«

»Nun, das kann ich ihm eigentlich nicht verübeln«, sagte Valentin. »Ich bin allerdings froh, dass Sie beschlossen haben, seine Warnungen zu ignorieren. Und seine Heuchelei ist mir ziemlich zuwider.«

»Wie meinen Sie das?«, fragte Jamie, indem er sich in der Zelle umsah.

Lamberton, Valentins langjähriger Butler, war in seiner Zelle nebenan, konnte aber jeden Augenblick auftauchen. Die uralten Vampire konnten die UV-Barrieren, die sie aufhalten sollten, mühelos passieren und taten das auch nach Belieben. Jamie vermutete, dass Lamberton diskret sein wollte, während sein Herr mit seinem Gast sprach; er wusste allerdings auch, dass das scharfe Ohr des Vampirs ihr Gespräch noch aus weit größerer Entfernung hätte belauschen können.

Seit Valentin im Ring eingetroffen war, um Schwarzlicht im Kampf gegen seinen ehemaligen Meister und seinen älteren Bruder zu unterstützen, hatte sich an der Einrichtung seiner Zelle viel verändert. Die elegante Chaiselongue, der Couchtisch aus Rosenholz und die beiden grünen Ledersessel waren neu hinzugekommen. Jamie wusste nicht, woher die Möbel kamen; sie waren offenbar das Ergebnis von Verhandlungen zwischen Valentin und Cal Holmwood, die er liebend gern mitgehört hätte.

Innerhalb des Departments polarisierte der Vampir weiterhin sehr – trotz seines selbstlosen Einsatzes beim Überfall seines Bruders auf den Stützpunkt. Er hatte Valeri vor aller Augen gestoppt und sein eigenes Blut für Larissas Rettung geopfert, kurz bevor das letzte Abwehrsystem des Stützpunkts – ein Ring aus unglaublich starken UV-Bomben – die beiden bis fast zur Unkenntlichkeit verbrannt hatte.

Für viele Agenten blieb er jedoch ein uralter, höchst gefährlicher Vampir; er war von Dracula persönlich verwandelt worden, und sie konnten einfach nicht glauben, dass er wirklich auf ihrer Seite stand. Von vielen wurde irgendein Verrat befürchtet, und diese Aussicht trug nicht ohne Grund zu der bedrückten Atmosphäre auf dem Stützpunkt bei: Niemand bei Schwarzlicht durfte ernstlich hoffen, Valentin aufhalten zu können, wenn er sich eines Tages gegen sie wandte.

Jamie wusste nicht recht, was er dem alten Vampir gegenüber empfand. Valentin war zweifellos ein Provokateur, und es lag nicht in seiner Natur, Vertrauen zu erwecken: Er hatte sich allen Forderungen widersetzt, seinen guten Willen dadurch zu beweisen, dass er einen Sprenggürtel trug oder sich einen GPS-Chip einpflanzen ließ. Aber er hatte Larissa sein eigenes Blut trinken lassen, nachdem Valeri ihr die Kehle aufgerissen hatte, und dafür würde Jamie ihm ewig dankbar sein. Andererseits war er nicht dumm; ihm war bewusst, dass Valentin wahrscheinlich nur eine Gelegenheit ergriffen hatte, sein Ansehen bei Schwarzlicht zu steigern. Aber es gab so viele potenzielle Ebenen von Bluff, Doppelbluff und Gegenbluff, dass seine wahren Motive sich vermutlich nie würden feststellen lassen. Jamie hatte beschlossen, Valentin nach seinen Taten zu beurteilen, aber zugleich wachsam zu bleiben und die rechte Hand ständig in der Nähe des Griffs seines T-Bones zu lassen.

Der Vertrauensvorschuss hatte sich als unerwartet einfach erwiesen, denn jenseits aller rationalen Analysen gab es einen einfachen Grund: eine schlichte Wahrheit, die Frankenstein das Herz brechen würde, wenn er sie hörte.

Jamie mochte Valentin.

Er mochte ihn sehr.

Der Vampir steckte auf übernatürliche Weise voller Leben: heiter, arrogant, geistreich und unendlich charmant. Sein Appetit auf die Welt um ihn war ansteckend – obwohl er ihn dazu gebracht hatte, Gräueltaten zu verüben, bei denen sich Jamie der Magen umdrehte –, und er hatte festgestellt, dass seine Stimmung sich besserte, wenn er mit dem Vampir zusammen war. Von Frankenstein – das gestand er sich mit einer Mischung aus Trauer und Schuldgefühlen ein – ließ sich das leider nicht sagen.

»Im Lauf seines langen Lebens hat das Monster Dinge getan,

vor denen vielleicht sogar ich zurückgeschreckt wäre«, antwortete Valentin. »Ich weiß, dass er jetzt das treue kleine Schwarzlicht-Hündchen ist, aber er war nicht immer so langweilig rechtschaffen. Deshalb kommt es mir heuchlerisch vor, wenn er über mich urteilt. Finden Sie nicht auch?«

»Nicht unbedingt«, sagte Jamie. »Er bereut, was er getan hat. Sie nicht. Macht das nicht einen ziemlich großen Unterschied?«

Der Vampir nickte lächelnd. »*Touché*, Mr. Carpenter. Aber beantworten Sie mir nur eine Frage: Macht sein Bedauern die Schmerzen ungeschehen, die er anderen zugefügt hat?«

Jamie schüttelte den Kopf.

»Ganz recht«, sagte Valentin. »Bedauern und Schuldgefühle und Selbstgeißelung sind schön und gut, aber auch sie können nichts ungeschehen machen. Ein Mörder kann hinter Gittern Gott finden oder eine Therapie machen oder seine Verbrechen bereuen. Das kann bewirken, dass er nie mehr mordet. Aber es macht seine Opfer nicht wieder lebendig.«

»Richtig«, sagte Jamie. »Aber es ist besser als die Alternative.«

»Die in diesem Fall ich verkörpere?«

»Richtig.«

»Aus Ihrer Perspektive ist das wohl richtig«, sagte Valentin und nahm einen kleinen Schluck Tee. »Aus meiner gibt es nichts Verächtlicheres, als sich für jemanden auszugeben, der man nicht ist. Irgendwann kommt der Tag, an dem mir jemand als Strafe für meine Untaten einen Metallpflock ins Herz treibt. Nach heutigen Moralbegriffen wäre das der Preis dafür, dass ich ein Leben nach meinem eigenen Geschmack gelebt habe. Und genau deshalb frustriert mich, dass Ihre Vorgesetzten es weiterhin nicht über sich bringen können, mir zu vertrauen. Ich habe nie behauptet, ein anderer zu sein, als ich bin, und werde auch jetzt nicht damit anfangen. Können Sie sehen, warum mich das so ärgert?«

»Das kann ich«, sagte Jamie. »Aber wenn Sie das wirklich überrascht, sind Sie nicht halb so clever, wie Sie zu sein glauben.«

Danach herrschte einen Augenblick Schweigen, bevor der alte Vampir in Lachen ausbrach, in das Jamie einstimmte. Der Scherz war riskant gewesen, aber er glaubte, Valentins Grenzen inzwischen ziemlich gut zu kennen, und war zuversichtlich gewesen, damit durchzukommen.

»Ich unterhalte mich wirklich gern mit Ihnen, Mr. Carpenter«, sagte Valentin, als ihr Lachen abgeklungen war. »In Ihnen steckt mehr Leben als in einem Dutzend Ihrer schwarz uniformierten Freunde.«

»Danke«, sagte Jamie breit grinsend.

Ich unterhalte mich auch gern mit dir. Ich freue mich auf jeden Besuch hier unten.

»Oh, bitte sehr«, sagte Valentin. »Also. Womit sind Sie im Augenblick beschäftigt, Mr. Carpenter?«

»Sie wissen, dass ich Ihnen das nicht sagen darf«, antwortete Jamie. »Außerdem sind Sie bestimmt längst informiert.«

Valentin lächelte. »Manches Murmeln dringt bis nach hier unten, ja. Die Inhaftierten zu befreien war ein sehr cleverer Schachzug meines früheren Meisters. Wirklich sehr clever.«

»Sie glauben, dass das Draculas Idee war?«, fragte Jamie. »Nicht Valeris?«

Valentin schnaubte. »Bitte«, sagte er mit vor Verachtung heiserer Stimme. »Der Gedanke, andere für sich kämpfen zu lassen, klingt zwar sehr nach meinem Bruder, aber diese Idee ist zu kühn, zu clever, um von ihm zu stammen. Nein, hier verschafft Dracula sich wieder Geltung, fürchte ich.«

»Das fürchte ich auch«, sagte Jamie. Er seufzte schwer.

»Wie ich höre, sind die ausgebrochenen Vampire außergewöhnlich stark. Wie verwirrend.«

Jamie musterte ihn prüfend. »Was wissen Sie darüber?«, fragte er.

»Nichts«, sagte der alte Vampir mit einem Glitzern in den Augen, das Jamie nicht gefiel. »Absolut nichts. Ihre Kollegen und Sie sind auf der Suche nach meinem früheren Meister vermutlich noch nicht weitergekommen?«

»Sie wissen, dass ich ...«

»Dass Sie mir das natürlich nicht sagen dürfen«, unterbrach

Valentin ihn. »Deshalb nehme ich einfach an, dass es so ist, und Sie brauchen nichts zu bestätigen oder zu dementieren. Wie ich Ihren Vorgesetzten schon mehrmals erklärt habe, gibt es eine Lösung für Ihr Problem.«

Jamie setzte sich auf. »Welche Lösung?«

»Mich, Mr. Carpenter«, sagte Valentin. »Sorry, ich dachte, das läge auf der Hand. Ich kann sie finden.«

»Wie?«

»Ich kenne die finsteren Winkel, in denen mein Bruder sich versteckt. Ich kenne die Männer und Frauen, mit denen er umgeht. Ich kann Informationen aus Leuten herausholen, die Ihnen nicht mal ihren Namen sagen würden. Und darüber hinaus kann ich sie *spüren*. Wir sind durch Blut verbunden. Ich könnte sie finden, aber man lässt mich nicht.«

»Warum nicht?«, fragte Jamie.

»Ihre Vorgesetzten trauen mir nicht, Mr. Carpenter, wie ich schon oft beklagt habe. Sie glauben, dass mein Hiersein eine List, irgendein Schwindel ist, und fürchten, dass ich zu meinem Bruder und meinem früheren Meister zurückgehe, wenn sie mich freilassen, und ihnen alles erzähle, was ich über diesen Stützpunkt und seine Besatzung weiß.«

»Das ist doch idiotisch«, sagte Jamie. »Was könnten Sie ihnen erzählen, was sie nicht längst von Valeris Spionen wissen? Wir haben seinen Überfall ohnehin nur mit Mühe überlebt.«

Valentin hob resigniert die Hände. »Ich habe dieses Argument ziemlich nachdrücklich vorgebracht«, antwortete er. »Leider sind sie weniger gut imstande als Sie, die einfache Logik dieses Sachverhalts zu erkennen. Also sitze ich untätig hier, ohne helfen zu dürfen, und langweile mich von Tag zu Tag mehr.«

Jamie dachte darüber nach, wie töricht die geschilderte Situation war. »Können Sie nicht einfach gehen?«, fragte er dann. »Brauchen Sie wirklich ihre Erlaubnis, wenn Sie den Ring verlassen wollen?«

»Mein lieber Mr. Carpenter«, erwiderte Valentin, »Ihr Vertrauen in meine Fähigkeiten schmeichelt mir. Das tut es wirklich.

Und ja, ich käme hier vermutlich raus, wenn es notwendig wäre. Aber sobald ich die Zelle verlasse, gibt es nur zwei Möglichkeiten: Ich müsste die Luftschleuse durchbrechen und mich nach oben vorkämpfen oder mich durch mehrere hundert Meter Erde und Beton graben. In beiden Fällen müsste ich vermutlich die Mehrzahl der Männer und Frauen auf diesem Stützpunkt liquidieren – eine Idee, die mir nicht besonders gut gefällt.«

»Ich rede mit ihnen«, versprach Jamie.

»Ich verlasse mich darauf, Mr. Carpenter. Mein Dank ist Ihnen sicher.«

»Cool«, sagte Jamie. Ihm war undeutlich bewusst, dass Valentin ihn um nichts gebeten hatte, sondern dass er freiwillig angeboten hatte, zugunsten des Vampirs bei seinen Vorgesetzten zu intervenieren, aber er schob diesen Gedanken beiseite. Was Valentin gesagt hatte, war vernünftig, das musste doch wohl jeder einsehen?

Die Konsole an seinem Gürtel vibrierte; er stellte das Signal erneut ab.

»Sie müssen fort?«, fragte Valentin.

»Bald«, sagte Jamie. Er stand auf und reckte sich.

»Diese neu verwandelten Vampire werden sich nicht selbst vernichten, stimmt's?«

»Vermutlich nicht«, antwortete Jamie lächelnd.

»Schade, echt schade«, sagte Valentin und stand auf. »Es war mir wie immer ein Vergnügen, mit Ihnen zu reden, Jamie.« Der Vampir streckte ihm die Hand hin, und Jamie schüttelte sie wie jedes Mal leicht verwirrt. So fühlte er sich immer, wenn er Valentins Zelle verließ – als habe er nur eine Hälfte ihres Gesprächs mitbekommen und das tatsächlich Wichtige habe sich von ihm unbemerkt ereignet.

»Danke, gleichfalls«, sagte er.

Valentin lächelte ein letztes Mal, dann schwebte er auf die Chaiselongue zurück und schlug das eselsohrige Taschenbuch auf, das auf dem Couchtisch gelegen hatte.

Jamie beobachtete ihn noch einige Sekunden lang, dann ging

er durch die UV-Barriere und spürte das vertraute Kribbeln auf der Haut. Er wandte sich nach rechts und ging rasch zum letzten Raum des Zellentrakts weiter.

Für Jamie war es jedes Mal ein seltsamer Moment, wenn er durch die UV-Barriere trat, die den quadratischen Raum umschloss, der jetzt die Wohnung seiner Mutter war. Der warme, behagliche Wohnraum, den sie sich geschaffen hatte, stand in so krassem Gegensatz zu dem nüchternen Betongrau der anderen Zellen, dass er Jamie jedes Mal zum Lachen reizte. Marie Carpenter stand mitten in dem makellos sauberen Raum und lächelte ihm nervös zu, als er auf dem Korridor erschien. Er kam durch die Barriere, umarmte seine Mutter und spürte, wie sie ihn sehr, sehr vorsichtig in die Arme schloss. Auch das reizte ihn zum Lachen: Seine Mutter hatte solche Angst, sie könnte ihn mit ihren Vampirkräften verletzen, dass sie ihn wie ein rohes Ei behandelte.

»Wie geht's dir, Mom?«, fragte er und löste sich aus ihrer Umarmung. »Alles okay?«

»Alles bestens«, sagte sie. Ihr Blick streifte wie immer die Narbe an seinem Hals. »Wie geht es dir, Schätzchen?«

»Nun, ich lebe noch«, antwortete Jamie lächelnd. Als sie die Stirn runzelte, bereute er seinen kleinen Scherz sofort. »Mir geht's gut, Mom«, sagte er hastig. »Echt.«

»Gut«, sagte sie. »Das ist gut.«

Sie standen lange da, sahen sich nur an.

»Ich könnte mich setzen, Mom«, sagte Jamie schließlich. »Was hältst du davon?«

»Ja«, sagte sie. »Ja, setz dich bitte. Nimm Platz. Möchtest du Tee?«

»Nein, danke«, antwortete er und ließ sich auf das braune Ledersofa fallen, das viele Jahre im Wohnzimmer ihres Hauses in Kent gestanden hatte.

»Entschuldige«, sagte Marie. »Ich hatte vergessen, dass du gerade welchen getrunken hast.«

Jamie wirkte kurz verwirrt, dann lachte er. »Du hast gehört, wie ich mit Valentin geredet habe.«

»Ich hab nicht gehorcht«, fügte sie rasch hinzu. »Nicht absichtlich. Ich hab's rein zufällig mitbekommen.«

»Schon in Ordnung, Mom«, sagte er. »Du kannst nichts dafür.«

»Möchtest du etwas anderes?«, fragte sie eifrig. »Ich habe gute Biskuits.«

»Danke, Mom, ich möchte nichts. Ich kann ohnehin nicht lange bleiben.«

Ihr Lächeln verschwand. »Hast du wieder einen Einsatz?«, fragte sie.

Jamie spürte wieder einen Lachreiz. Es war lächerlich, seine Mutter von Einsätzen reden zu hören – aber auch nicht lächerlicher als die Tatsache, dass sie jetzt als Folge von Alexandru Rusmanovs letztem Versuch, der Familie Carpenter zu schaden, eine Vampirin war, oder die Tatsache, dass sie bei dem Überfall auf den Ring gegen Valeris Vampire gekämpft und dabei Gewalttaten verübt hatte, die überhaupt nicht zu ihrem sanften Wesen passten.

»Ja«, antwortete er knapp. »Mehr darf ich nicht erzählen.«

»Wird es gefährlich?«, fragte sie und spielte nervös mit einer Packung Teebiskuits.

»Es ist immer gefährlich, Mom«, antwortete er. »Vergiss die Biskuits. Setz dich zu mir.«

Sie nickte, legte die Packung auf den Tisch zurück, der früher in ihrer Küche gestanden hatte, und setzte sich neben Jamie aufs Sofa.

»Alles okay mit dir?«, fragte er. »Hast du alles, was du brauchst?«

Sie nickte.

»Tut mir leid, dass ich nicht bleiben kann«, sagte er. »Aber ich komme dich morgen wieder besuchen. Ehrenwort.«

»Das hast du vorgestern auch gesagt«, stellte sie fest. »Und am Tag davor auch.«

Jamie fühlte, dass er rot wurde. Aber nicht aus Zorn wie zuvor bei Frankenstein, sondern weil er sich schämte. Er *hatte* seiner Mom vorgestern, vor drei Tagen und an vielen anderen Tagen versprochen, sie bald wieder zu besuchen. Irgendwie verschwitzte er das immer; alles Mögliche passierte, und er vergaß, was er versprochen hatte. Sie beklagte sich nie oder machte ihm deswegen Vorwürfe; dies war das erste Mal, dass sie es überhaupt erwähnte.

»Ich weiß«, sagte er leise. »Tut mir leid, Mom. Dort oben ... geht's manchmal ziemlich verrückt zu.«

Danach herrschte langes Schweigen. Der Gesichtsausdruck seiner Mutter – diese bedingungslose Liebe – brachte Jamie fast zum Weinen.

Ganz gleich, wie oft ich sie enttäusche, dachte er. *Sie verzeiht mir immer. Ich habe sie nicht verdient.*

»Hast du manchmal Angst?«, fragte Marie mit sanfter Stimme. »Wenn du nicht willst, brauchst du nicht zu antworten.«

Diese Frage traf ihn ins Mark. Er überlegte, ob er seine Mutter belügen sollte, entschied sich aber rasch dagegen; er hatte ihr versprochen, das ohne Rücksicht darauf, was er ihr sagen musste, niemals zu tun.

»Manchmal«, sagte er. »Im Allgemeinen nicht. Aber jetzt ...«

Marie runzelte die Stirn. »Ich habe gehört, wie du mit Valentin über neue Vampire gesprochen hast. Sind sie schlimmer als die gewöhnlichen?«

»Ich habe noch keinen leibhaftig gesehen«, antwortete Jamie. »Aber ja, sie scheinen ziemlich schlimm zu sein.«

»Musst du wirklich los?«, fragte sie.

Jamie nickte.

»Kann das nicht ein anderer übernehmen? Warum trifft's immer dich?«

»Nicht nur mich, Mom. Alle sind im Einsatz.«

»Dann muss es wirklich ernst sein«, sagte Marie. »Versprichst du mir, extra vorsichtig zu sein?«

Jamie lächelte. »Keine Sorge, Mom. Ich komme dich morgen besuchen, damit du siehst, dass mir nichts fehlt. Ehrenwort.«

Als sie ihm zulächelte, fürchtete Jamie plötzlich, ihm könnte das Herz brechen.
»Versprich nichts, was du nicht halten kannst, Schatz«, sagte sie. »Ich will dir das Leben wirklich nicht schwerer machen, ehrlich nicht. Es wäre nur nett, dich öfter und ein bisschen länger zu sehen. Das ist alles.«
»Tut mir leid, Mom«, wiederholte er. »Ehrlich. Ich komme dich morgen besuchen.«
»Okay«, sagte sie und drückte kurz seine Hand. »Ich freue mich schon darauf.«
Er hatte einen Kloß im Hals, als er jetzt aufstand. Marie schwebte mit ihm hoch, und er umarmte seine Mutter nochmals; sie drückte ihn eng an sich, bevor sie quer durch die Zelle schwebte, um sich Tee zu machen. Jamie, dessen Herz schmerzte, beobachtete sie noch einen Augenblick lang, dann ging er auf dem Korridor davon.

Marie Carpenter hörte die Schritte ihres Sohns verhallen.
Als er die Luftschleuse erreichte, ließ sie den bisher angehaltenen Atem schlagartig entweichen: ein lautes Ausatmen, das fast wie ein Schluchzen klang. Sie litt unter dem Wissen, dass Jamie tagtäglich in Gefahr war, aber noch mehr darunter, dass sie ihn so selten sah. Sie hatte geglaubt, das einzig Gute an den schrecklichen Unglücken, die ihre Familie befallen hatten, sei vielleicht, dass sie wieder mehr Zeit mit ihrem Sohn verbringen könne – wie vor Julians Tod, der sie als Witwe und Jamie als vaterlosen Teenager zurückgelassen hatte. Aber er war immer beschäftigt, er kam nie so häufig, wie er's versprochen hatte, und sie gab sich alle Mühe, sich nicht anmerken zu lassen, wie sehr sie das kränkte, wollte keine Last sein und ihm nicht noch mehr aufbürden, da er sich doch auf seine Sicherheit konzentrieren sollte. Manchmal war sie richtig wütend auf sich selbst; sie versuchte sich einzureden, dass er wichtigere Aufgaben hatte, als seine Mom zu besuchen, und gab sich alle Mühe, stolz auf ihn zu sein und ihn zu unterstützen, aber sie war einfach machtlos dagegen.

Ihr Sohn fehlte ihr.

»Störe ich?«

Marie drehte sich rasch um und sah einen großen, blendend aussehenden Mann in lässiger Haltung an der UV-Barriere stehen. Er trug einen eleganten dunkelblauen Anzug, und seine unglaublich blasse, fast durchsichtige Haut schimmerte unter den Leuchtstoffröhren.

»Natürlich nicht, Valentin«, sagte sie lächelnd. »Ich freue mich immer, Sie zu sehen.«

Der alte Vampir erwiderte ihr Lächeln, dann durchschritt er die Barriere, als sei das ein Kinderspiel. Marie hatte das nach Valentins erstem Besuch auch versucht, sich aber den Arm schlimm verbrannt. Unterdessen war sie jedoch mit Hilfe ihres neuen Freundes stärker und schneller geworden, sodass der Tag, an dem sie gefahrlos ihre Zelle verlassen konnte, vielleicht nicht mehr fern war. Nun stand er neben ihr, und seine Nähe bewirkte wie immer, dass sie das Gefühl hatte, jemand habe ihren inneren Thermostaten ohne Vorwarnung ein paar Grad höher gestellt.

»Haben Sie vorhin von Tee gesprochen?«, fragte er mit betörendem Lächeln.

»Richtig«, brachte sie heraus. »Sie können sich schon mal setzen.«

Er blieb noch einen Augenblick stehen, dann schwebte er elegant durch die Zelle und nahm auf dem Sofa Platz.

»Wie war es mit Jamie?«, fragte er.

Marie lächelte, als er ihren Sohn erwähnte, und begann zu reden, während sie sich daran machte, Tee zu kochen.

11

Zeit Heimzukehren

Acht Jahre zuvor

Johnny Supernova schloss die Tür seiner Wohnung hinter Albert Harker, dann legte er die Sicherungskette vor und ließ das zusätzlich angebrachte Schloss einschnappen.

Er hatte Erfahrung mit Verrückten, mit Verrücktheiten aller Art. Einmal hatte er mitgeholfen, eine Rocksängerin dazu zu überreden, nicht vom Dach ihres Hauses in St. John's Wood zu springen; ein andermal hatte er zu den Gästen gehört, die auf einer Party das Bad aufbrachen, in dem ein Teenager, der von Spinnen unter seiner Haut brabbelte, sich mit einer Rasierklinge große Teile der Haut von seinen Armen geschnitten hatte. Er hatte durch Drogen oder Berühmtheit ausgelösten Verfolgungswahn erlebt, dazu Gewalt und Horror und alle Arten von Missbrauch, Sadismus, Rachsucht und bei einer Gelegenheit, an die er nie anders als erschaudernd zurückdachte, den leeren, starren Blick einer Psychopathin, als sie in einer Hotelbar neben ihm stehend mit monotoner Stimme übers Wetter sprach.

Aber bei allen seinen Ausflügen in die dunkelsten Ecken der Gesellschaft hatte er noch nie erlebt, dass Verrücktheit so beherrscht und plausibel wirkte wie auf dem Gesicht und in der Stimme Albert Harkers. Was der Mann ihm erzählt hatte, war nichts weniger als Irrsinn, die Fantasien eines Kindes oder eines Verschwörungsfanatikers, aber die Erzählweise des Mannes hatte absolut nicht verrückt geklungen. Sie war im Gegenteil schrecklich überzeugend gewesen.

Johnny lief ein kalter Schauder über den Rücken, als er langsam ins Wohnzimmer zurückging und den auf dem Couchtisch stehenden Kassettenrecorder betrachtete. Das kleine schwarze Gerät wirkte beunruhigend, fast gefährlich, und er spielte sekundenlang mit dem Gedanken, es zu zertrümmern, um sich von ihm und der darin gespeicherten Story zu befreien. Irgendetwas ließ ihn jedoch zögern. Sein letzter Auftrag lag schon fast ein Vierteljahr zurück, und das Honorar dafür war längst ausgegeben. Er bezweifelte, dass irgendjemand Albert Harkers auf Wahnvorstellungen basierende Geschichte drucken würde, aber er hatte gelernt, niemals nie zu sagen; vielleicht ließ sich daraus etwas Verwertbares machen: eine Story über Väter und Söhne, über Brüder und die Fixierung der Oberschicht auf Familie und Tradition.

Johnny nahm den Recorder in die Hand und warf die kleine Kassette aus. Er schob sie in einen der beiden Schlitze der Stereoanlage im Regal neben dem Fenster, steckte eine leere Kassette in den anderen und kopierte das Interview. Freunde und Bekannten waren meist überrascht, wenn sie entdeckten, wie sorgfältig Johnny Supernova arbeitete, wenn es um Interviews ging. Notizen wurden eingescannt und auf seinem Laptop gespeichert; Tonbandkassetten wurden kopiert und mit einem Code beschriftet, den nur er verstand.

Die Kassetten surrten, bis wenig später ein lautes Piepsen verkündete, dass die Kopie fertig war. Johnny warf die neue Kassette aus, bezeichnete sie mit einer scheinbar willkürlichen Kombination aus Buchstaben und Ziffern und steckte sie in den Ständer unter der Anlage, der viele Dutzend identisch aussehender Kassetten enthielt. Nachdem er das Original wieder in den Recorder gesteckt hatte, ging er in seine kleine Küche. Er kochte sich Tee und war damit auf dem Rückweg ins Wohnzimmer, um sich das Interview noch mal anzuhören, als es an der Haustür klingelte.

Johnny runzelte die Stirn. Er erwartete keinen Besuch und achtete sorgfältig darauf, seine Adresse geheim zu halten. Im Lauf der Jahre hatte er zu viele verrückte Fans erlebt: Leute, die nach einer seltsamen Pilgerfahrt bei ihm aufkreuzten, weil sie mit ihm feiern oder auch nur seine Gesellschaft genießen wollten.

Früher hatte er solche Männer und Frauen hereingebeten, ihnen Wein und Bier, manchmal auch Drogen angeboten und sie herumhängen lassen, so lange sie wollten. Später hatte er sich angewöhnt, ihnen eine Tasse Tee zu geben, bei der sie sich ein paar Minuten lang aufwärmen konnten, und sie dann wegzuschicken. Heutzutage behauptete er, sie hätten sich in der Adresse geirrt und schlug ihnen die Tür vor der Nase zu.

Er stellte die Teekanne ab, verließ seine Wohnung und ging das Treppenhaus hinab. Dabei wünschte er sich plötzlich – nicht zum ersten Mal –, er hätte eine Türsprechanlage; dann hätte er hinter zwei massiven Schlössern sicher fragen können. Aber er hatte keine. Er blieb an der Haustür stehen und brachte sein Gesicht dicht an das Holz heran.

»Wer sind Sie?«, rief er und genierte sich, als er das Zittern in seiner Stimme hörte. »Wer ist da?«

»Metropolitan Police, Sir«, antwortete eine ausdruckslose, metallisch klingende Stimme. »Machen Sie bitte auf.«

Johnny reagierte nicht gleich. Dies war keineswegs das erste Mal, dass die Polizei vor seiner Tür stand.

»Wie kann ich Ihnen helfen?«, rief er.

»Wir müssen Sie wegen einer Sache sprechen, die die nationale Sicherheit betrifft, Sir«, antwortete die Stimme. »Helfen können Sie uns, indem Sie aufmachen.«

Nationale Sicherheit?

Johnny zögerte immer noch, irgendetwas machte ihn stutzig. Er bemühte sich, die Ursache für sein Unbehagen zu finden; als ihm das nicht gelang, atmete er tief durch und öffnete die Tür.

Sie war kaum einen Spalt weit offen, als sie aufflog und Johnny zurückstolpern ließ. Er verlor das Gleichgewicht, ging zu Boden und konnte sich gerade noch mit beiden Händen auf dem abgetretenen Läufer im Eingangsbereich abstützen. Als er sich aufgerappelt hatte, war die Haustür wieder geschlossen, und vor ihm standen zwei Gestalten in schwarzen Uniformen, die keinen Quadratzentimeter Haut erkennen ließen und deren Gesichter hinter den purpurroten Visieren ihrer schwarzen Helme versteckt lagen.

Einer der beiden trat auf ihn zu; als er eine behandschuhte Hand hob, geriet Johnny in Panik und wollte in seine Wohnung flüchten. Er schaffte es nicht.

Als Johnny nach dem Türrahmen griff, um sich in die Wohnung zu katapultieren, griffen Finger in sein Haar und rissen den Kopf scharf zur Seite. Er torkelte und knallte mit dem Schädel an die Wand. Er sah Sterne vor den Augen, hatte Mühe, auf den Beinen zu bleiben, und wurde von einem einzigen Gedanken beherrscht.

Nichts wie weg. Nichts wie weg. Nichts wie weg.

Er warf sich nach vorn, ohne Rücksicht auf die aufbrennenden Schmerzen, als er über die Schwelle stolperte und ihm große Haarbüschel ausgerissen wurden. Er versuchte die Wohnungstür zu schließen, aber ein schwerer schwarzer Stiefel hatte sich bereits in die Tür gestellt. Johnny wandte sich in Panik ab und hastete die kleine Treppe zur Küche hinauf. Schritte polterten hinter ihm her – grausig langsam und ruhig –, und Johnny erkannte, dass er in eine Sackgasse geraten war. Dann packten die Hände ihn wieder; er wurde durch die Küche ins Wohnzimmer gestoßen und auf sein abgewetztes Sofa geworfen. Er sah schreckensstarr zu den beiden schwarzen Gestalten auf. Eine von ihnen schien ihn hinter ihrem undurchsichtigen Visier zu beobachten, während die andere nach dem Kassettenrecorder griff und die PLAY-Taste drückte. Sofort drang Albert Harkers Stimme aus dem kleinen Lautsprecher.

»… ist das größte Geheimnis der Welt, ein Geheimnis, das meine Familie und andere über ein Jahrhundert lang gehütet haben. Und ich erzähl's …«

Der Schwarzuniformierte drückte die STOP-Taste und warf die Kassette aus. Er gab sie seinem Partner, der sie Johnny unter die Nase hielt.

»Ist das die Aufzeichnung Ihres Interviews mit Albert Harker?«, fragte er mit der seltsam ausdruckslosen Stimme, die Johnny schon an der Haustür gehört hatte.

Johnny nickte. Er brachte vor Angst kein Wort heraus.

Der Mann in Schwarz ließ die Kassette in einer Koppeltasche verschwinden.

»Wo sind Ihre Notizen?«, fragte er.

Er zeigte mit einem zitternden Finger darauf. Sein Notizbuch lag noch aufgeschlagen auf der Lehne seines Sessels. Der zweite Mann griff danach, blätterte es durch und steckte es ein.

Johnny fand die Stimme wieder. »He!«, rief er. »Da steht noch anderes Zeug drin.«

»Was für Zeug?«, fragte der Uniformierte.

»Normales Zeug«, antwortete Johnny. »Zeug, das ich für die Arbeit brauche. Die Notizen über Harker stehen auf den beiden letzten Seiten. Lassen Sie mich den Rest behalten, ... bitte?«

Eine lange Pause. Dann zog der Mann in Schwarz das Notizbuch aus der Tasche, riss die beiden letzten beschriebenen Seiten heraus und warf es auf den Couchtisch.

Bevor Johnny danach greifen konnte, umfasste eine behandschuhte Hand sein Kinn und hob den Kopf hoch. Das purpurrote Visier war kaum eine Handbreit von seinem Gesicht entfernt, und er musste gegen neuerliche Panik ankämpfen.

»Mr. Supernova«, sagte die schwarze Gestalt mit der ausdruckslosen Stimme, die ihm kalte Schauder über den Rücken jagte. »Ich rate Ihnen dringend davon ab, etwa zu versuchen, das heute Gehörte zu veröffentlichen. Die unbewiesenen Fantastereien eines Mannes, dessen langjährige Drogensucht so bekannt ist wie sein unerklärlicher Hass auf seine Familie, würden niemanden interessieren, sodass ihre Verbreitung sicher nicht in öffentlichem Interesse wäre. Eine Veröffentlichung dieser Story könnte das Aus für Ihre Karriere bedeuten, der es ohnehin schon sehr schlecht geht. Verstehen Sie, was ich sage?«

Johnny nickte hastig. Das Visier bewegte sich sekundenlang nicht, sodass er das Spiegelbild seines erschrockenen Gesichts auf der purpurroten Oberfläche sehen konnte. Dann ließ der Uniformierte sein Kinn los und richtete sich auf.

»Wir sind hier fertig«, sagte er. Der zweite Mann nickte, ging in die Küche hinaus und öffnete die Tür.

In der nächsten Sekunde waren sie verschwunden.
Er starrte ihnen einen Augenblick lang nach, dann sprang er vom Sofa auf. Er rannte mit kurzen, unsicheren Schritten durch den Raum und polterte die Treppe hinunter.
Der Hausflur war leer.
Die Tür war geschlossen.
Johnny ließ ein hohes, fast kindliches Schluchzen hören, flüchtete in seine Wohnung zurück und sperrte sich ein. Er hastete zu dem Kassettenständer und zog mit zitternder Hand die Aufnahme mit dem Harker-Interview heraus. Er hielt die Kassette fest umklammert, als er an der Wand entlang zu Boden glitt. Dann zog er die Knie bis zum Kinn hoch und begann zu schluchzen.

Eine Meile entfernt ging Albert Harker die Rampe zur London Bridge hinauf und fragte sich, weshalb er den Journalisten belogen hatte.
Nein, das stimmte nicht.
Er hatte nicht gelogen; was er Supernova erzählt hatte, war alles wahr gewesen. Aber bei seiner Schilderung, wie er sich geweigert hatte, ins Department 19 einzutreten, *hatte* er etwas ausgelassen.

Am Silvesterabend 1980 hatte Alberts Zwillingsbruder Robert ihn beiseitegenommen, ihn Geheimhaltung schwören lassen und ihm von Schwarzlicht erzählt.

Er war so aufgeregt, wie Albert ihn niemals zuvor erlebt hatte, und platzte fast vor Begeisterung darüber, was das neue Jahr für sie beide in petto hatte. Albert hörte zu, dann fragte er ihn, woher er von der Organisation wisse, die er geschildert hatte. Robert runzelte die Stirn; er wirkte verlegen wie jemand, der sich zu etwas hat hinreißen lassen, ohne die möglichen Konsequenzen zu bedenken.

»Dad hat mir davon erzählt«, sagte er schließlich. »An unserem Geburtstag, als er schon einen sitzen hatte. Er hat gesagt, nun dauere es nur noch ein Jahr, bis wir unser wahres Leben beginnen könnten. Ich habe gefragt, was er damit meine, und er hat's mir erzählt.«

»*Wo war ich da?*«, *fragte Albert. In seiner Brust machte sich das vertraute Gefühl breit, als werde sein Herz in Eis gepackt.*
»*Es war spät*«, *sagte Robert.* »*Du hast geschlafen.*«
»*Wieso erzählst du mir dann erst jetzt davon?*«
Robert sah kurz zu Boden, und Albert kannte die Antwort, bevor sein Bruder sie aussprach.
»*Er hat mir verboten, dir davon zu erzählen*«, *sagte Robert und hatte so viel Anstand, wenigstens reumütig zu wirken.* »*Am Morgen danach. Er hat gesagt, er hätte mir das nicht erzählen dürfen, und mich angewiesen, dir nichts zu sagen. Also hab ich's ihm versprochen. Entschuldige, Bert.*«
Albert schob die Kränkung beiseite, worin er reichlich Übung hatte, und versuchte stattdessen, sich darauf zu konzentrieren, was sein Bruder gesagt hatte – dass es für sie eine gemeinsame Zukunft gab, in der sie etwas tun würden, das unglaublich und aufregend und gefährlich war. Das neue Jahr, das ihm normalerweise nur Trübsinn brachte, erschien ihm plötzlich hell leuchtend und voller Chancen.
»*Schon gut*«, *antwortete er lächelnd.* »*Allerdings sieht's so aus, als müsstest du lernen, Geheimnisse besser zu bewahren.*«
Robert grinste. »*Und Dad auch. Weißt du, wer seiner Aussage nach bei Schwarzlicht arbeitet?*«
»*Wer?*«
»*Frankenstein.*«
»*Ohne Scheiß? Doktor Frankenstein gibt es wirklich?*«
Robert schüttelte den Kopf. »*Nicht der Doktor, das Monster. Es hat anscheinend den Namen seines Schöpfers angenommen. Um ihn zu ehren, glaub ich.*«
»*Frankensteins Monster existiert und arbeitet mit unserem Dad zusammen? Habe ich das richtig verstanden?*«
»*Jup*«, *antwortete Robert.* »*Und in einem Jahr tun wir das auch. Fang schon mal an, dich an diese Idee zu gewöhnen.*«
»*Ich brauche einen Drink*«, *sagte Albert, dann grinste er seinen Bruder an.* »*Einen großen.*«
Robert lachte hoch und laut und fröhlich. Die Zwillingsbrüder

legten sich die Arme um die Schultern und kehrten auf die Party zurück, als die Gäste ihren heiteren Countdown bis Mitternacht begannen.

Acht lange Monate freute Albert sich so sehr wie zuletzt als kleiner Junge auf seinen Geburtstag. Frühjahr und Sommer verstrichen quälend langsam, bis der ersehnte Tag endlich da war. Am Nachmittag des Vortags kehrte er aus Cambridge, wo er studierte, in sein Elternhaus zurück, genoss die fast greifbare Vorfreude beim gemeinsamen Abendessen und wünschte dann seiner Familie eine gute Nacht.

Er fand lange keinen Schlaf.

Als er am folgenden Morgen aufwachte, lief er aufgeregt die Treppe hinunter und traf seine Eltern und seinen Bruder beim Frühstück an; er gesellte sich in dem letzten glücklichen Augenblick, den sie gemeinsam erlebten, zu ihnen. Nachdem das Geschirr abgeräumt, der Champagner getrunken und die Geschenke ausgepackt waren, forderte Alberts Vater Robert auf, mit ihm in sein Arbeitszimmer zu kommen. Robert blinzelte Albert zu, als er ihrem Vater aus dem Speisezimmer und die Treppe hinauf folgte.

Eine Viertelstunde später kamen die beiden Männer zurück. Robert wirkte auffallend selbstgefällig, während ihr Vater aussah, als könnte er jeden Augenblick vor Stolz platzen. Die beiden schienen geweint zu haben, und Albert fühlte heiße Liebe in sich aufquellen, als sie wieder ihre Plätze am Esstisch einnahmen.

Nun bin ich an der Reihe, *dachte Albert aufgeregt*. Gleich ist's so weit. Jetzt fragt er mich.

Aber nichts passierte.

Die normale Unterhaltung ging weiter, und Albert erkannte mit langsam wachsendem Entsetzen, dass er nicht an die Reihe kommen würde. Er bemühte sich verzweifelt, einen Blick seines Bruders zu erhaschen, aber Robert wich seinem Blick beharrlich aus. Dann war das Frühstück vorbei, und die Familienmitglieder verliefen sich, gingen ins Wohnzimmer hinüber oder in den Garten hinaus.

Albert, der am Tisch sitzen blieb, konnte nicht glauben, dass dies wirklich mit ihm geschah, dass jemand – nicht einmal David Harker – tatsächlich so grausam sein konnte. Irgendwann hörte er, wie sein

Vater Robert rief. Eine halbe Minute später hörte er den Motor des Jeeps anspringen, hörte Reifen auf Kies knirschen und wusste, dass dies alles real war. Er stand vom Tisch auf, packte seinen Koffer und verließ das Haus, ohne mit jemandem ein Wort zu sprechen.

In Cambridge betrank er sich drei Tage lang, bevor er am vierten seinen Bruder anrief. Robert behauptete, nicht zu wissen, was passiert war, und sagte, er dürfe ohnehin nichts erzählen, selbst wenn er's wüsste. Er spiele jetzt nach neuen Regeln, sagte er, und Albert solle ihn nicht nach der Organisation fragen, über die sie an Silvester gesprochen hatten. Es sei für alle am besten, sagte Robert, wenn er vergäße, was er erfahren habe.

Albert musste sich beherrschen, um nicht ins Telefon zu kreischen. Das ist nicht fair! Das ist nicht fair! Du kriegst immer alles, und jetzt bekommst du auch dies, und ich gehe leer aus! DAS IST NICHT FAIR!

Stattdessen erklärte er Robert, er wolle ihn nie wiedersehen, und legte auf, bevor sein Bruder mit mehr als einigen Silben protestieren konnte. Dann machte er eine Flasche Wodka auf und wartete ab, ob sein Vater ihn von seinen Qualen erlösen würde oder nicht.

Wochen vergingen ohne irgendeine Nachricht von daheim, bis Albert an einem brütend heißen Nachmittag Ende August von einem betrunkenen Spaziergang im Park zurückkam und seinen Vater vor seiner Tür stehen sah. Er verzog wegen der verwahrlosten, unrasierten Erscheinung seines Sohns sichtlich angewidert das Gesicht, sagte aber nichts. Er wartete nur darauf, dass Albert die Tür aufschloss, und folgte ihm hinein.

Albert setzte sich in den Sessel am Fenster, während sein Vater stehen blieb. Er bot ihm weder Tee noch Kaffee noch sonst etwas an; ihn interessierte nur, was sein Vater, wie sie beide wussten, zu sagen hergekommen war. Das tat er in einem nüchternen, emotionslosen Tonfall, der Albert fast zum Weinen brachte. David Harker erklärte ihm rasch, es gebe eine Organisation namens Schwarzlicht, der alle Männer der Familie Harker angehört hatten – bis hin zu seinem Urgroßvater, der sie mitbegründet hatte. Er, Albert, habe das Recht, in sie einzutreten, wenn er das wünsche.

Und das war's.

Albert sah einen langen Augenblick zu ihm auf und wusste plötzlich, was geschehen war: Sein Vater hatte ihn nicht zum Eintreten auffordern wollen, hatte das offenbar nie beabsichtigt, aber irgendjemand, vermutlich einer seiner Vorgesetzten, hatte ihm gesagt, das sei obligatorisch. Also war er nach Cambridge gefahren und hatte seinem Sohn dieses Angebot in der verzweifelten Hoffnung, dass er nein sagen würde, so unenthusiastisch wie möglich unterbreitet. Albert überlegte einen Augenblick lang, ob er bloß aus gehässiger Boshaftigkeit ja sagen sollte. Aber er kam rasch wieder davon ab.

»Ich will nicht eintreten«, sagte er, beobachtete dabei seinen Vater scharf und sah genau, was er erwartet hatte: kurz aufblühende unkontrollierbare Erleichterung. Er fühlte etwas in seiner Brust zerbrechen und sagte, sein Vater finde wohl selbst hinaus. Ohne abzuwarten, ob er wirklich ging, schlurfte Albert ins Schlafzimmer hinüber und ließ sich aufs Bett fallen.

Vom Fluss kam ein eisiger Wind herauf, und Albert zog seinen Ledermantel enger um sich, als er über die Brücke hastete.

Er hatte Johnny Supernova in dem Glauben gelassen, er habe niemals in Schwarzlicht eintreten wollen, sondern das Angebot seines Vaters aus bösartiger Berechnung zurückgewiesen. In Wirklichkeit war sein einundzwanzigster Geburtstag der Tag gewesen, an dem er sein Herz vor dem Rest der Welt verschlossen hatte. An jenem Tag waren seine tiefsten Ängste bestätigt worden: dass er nichts taugte, dass er seinem Bruder unterlegen war, dass sein Vater ihn nie gewollt oder geliebt hatte. Die Realität war einfach und unendlich schmerzlich: Er hatte das Angebot seines Vaters abgelehnt, weil er den Gedanken, tagtäglich die Enttäuschung in seinem Blick sehen zu müssen, nicht ertragen konnte.

Albert stand mitten auf der Brücke, als eine schwarze Limousine neben ihm hielt. Er blieb stehen, um sie zu betrachten; ihre getönten Scheiben waren so schwarz wie der Lack des Fahrzeugs, das ein Diplomatenkennzeichen trug. Als die Beifahrertür geöffnet wurde, beugte er sich hinunter, um in den Wagen zu sehen.

Ein Mann mit Sonnenbrille, der einen schwarzen Anzug trug, erwiderte seinen Blick.

»Hat lange genug gedauert«, sagte Albert. »Ich hab ehrlich gesagt nicht geglaubt, dass ich so weit kommen würde. Ihr lasst anscheinend nach.«

»Kommen Sie bitte mit, Mr. Harker?«, fragte der Mann. Er reagierte mit keinem Wort auf das, was Albert gesagt hatte.

»Wohin?«, fragte er.

»Jemand möchte Sie sprechen, Mr. Harker«, antwortete der Mann. Als er sich leicht bewegte, öffnete sein Jackett sich etwas, sodass Albert die schwarze Pistole sehen konnte, die er in einem Schulterhalfter trug.

»Ich kann mir nicht vorstellen, wer das sein könnte«, behauptete Albert mit schwachem Lächeln.

Er sah sich rasch um. Unter ihm wälzte sich die graue Masse der Themse träge meerwärts, während auf beiden Flussufern Gebäude aus poliertem Stein und Glas und Stahl das Sonnenlicht reflektierten. Der Himmel darüber war leuchtend blau, die Wolken waren von reinstem Weiß. Ein herrlicher Tag, wie man ihn erhofft, wenn man sich morgens zum Aufstehen zwingt. Albert Harker atmete noch mal tief durch, dann stieg er hinten in die Limousine ein.

Sie fuhren rasch beschleunigend nach Norden davon, ließen den Fluss hinter sich zurück.

Albert beobachtete die vorbeiziehende Großstadt mit eigentümlicher Wehmut; er hatte das Gefühl, er werde sie nie wiedersehen. Die Tatsache, dass der Mann mit der Sonnenbrille es nicht für nötig gehalten hatte, ihm die Augen zu verbinden, ließ darauf schließen, dass es keine Rückfahrt geben würde; ihnen war es offenbar egal, ob er sah, wie er seinen Bestimmungsort erreichte.

Der Wagen pflügte durch dichten Verkehr auf der Aldwych, kroch über Kingsway und Woburn Place und erreichte die Euston Road. Jenseits der schmutzigen Straßen voller Abfälle in der Umgebung des Bahnhofs King's Cross, die nach Alberts Erinnerung noch vor einem Jahrzehnt viel, viel schlimmer ausgesehen hatten, bog er nach Norden auf den York Way ab und fuhr den Güterbahnhof und den schlammig trägen, fast stehenden Kanal entlang. Der Motor der schweren Limousine arbeitete kaum hörbar, als sie zur Camden Road weiterfuhr, wo sie in der Einfahrt eines hohen, schmalen Stadthauses hielt.

Der Mann mit der Sonnenbrille forderte Albert auf, sitzen zu bleiben, während er selbst ausstieg. Im nächsten Augenblick öffnete sich die Tür neben ihm – von dem Mann mit so unerschütterlicher Höflichkeit aufgehalten, dass Albert Mühe hatte, ein Lachen zu unterdrücken. Er stieg ohne Eile aus und blickte zu dem Haus auf. Fünf Steinstufen führten zu einer schwarzen Haustür hinauf, die in der warmen Nachmittagsluft offen stand. Albert sah zu dem Mann mit der Sonnenbrille hinüber, der sich nicht bewegte.

»Kommen Sie nicht mit?«, fragte er.

Der Mann gab keine Antwort. Albert starrte ihn einen Moment lang an, der sich ewig dehnte, dann überquerte er die Einfahrt und stieg langsam die Stufen hinauf. Als er das Haus betrat, sah er einen Mann in dem langen, schmalen Flur stehen. Er trug den gleichen schwarzen Anzug wie sein Kollege draußen und ließ durch nichts erkennen, dass er Albert Harker wahrnahm; er stand mit vor dem Schritt zusammengelegten Händen bewegungslos da und trug einen deutlich sichtbaren Ohrhörer. Ihm gegenüber stand eine Tür offen. Albert näherte sich ihr zögernd, bemühte sich, sein jagendes Herz zu beruhigen, und trat über die Schwelle.

Es war ein langgezogener, hoher Raum, der in einem halbkreisförmigen Erker mit einem leeren Sofa endete. Davor stand Alberts Vater.

»Hallo, Sohn«, sagte David Harker in seiner Schwarzlichtuniform. Seine Arme hingen locker herab, und sein Gesicht war ausdruckslos. Albert öffnete den Mund, um zu antworten, aber in diesem Augenblick erklang hinter ihm eine weitere Stimme, die ihn erstarren ließ.

»Hallo, Bert.«
Albert drehte sich langsam um und sah seinen Bruder an der Tür stehen. Auch er trug eine schwarze Uniform, und neben ihm stand ein Mann, den Albert nicht kannte.
»Robert«, sagte er. »Was tust du ...«
»Sieh mich an, Albert«, verlangte David scharf. »Dein Bruder wollte dabei sein, aber es geht hier allein um dich und mich.«
Er zwang sich dazu, sich wieder umzudrehen. Sein geübter Blick erkannte zwei schwachrosa Flecken auf den Wangenknochen seines Vaters. Diese Flecken hatte er schon als Kind kennen und fürchten gelernt; sie waren ein sicheres Anzeichen dafür, dass Davids Geduld erschöpft und ein schrecklicher Wutausbruch zu befürchten war.
»Hallo, Vater«, sagte er so ruhig wie möglich. Unter diesen drei Männern, deren Loyalität zueinander weit stärker war als die Loyalität, die irgendjemand aus seiner Familie ihm gegenüber empfand, fühlte er sich plötzlich unglaublich einsam. »Was kann ich für dich tun?«
David trat einen Schritt vor. »Was hast du ihm erzählt, Albert?«
»Wem erzählt?«
»Dem Journalisten. Was hast du ihm erzählt?«
Albert zuckte mit den Schultern. »Alles«, sagte er.
»Warum?«, knurrte David Harker. »Um Himmels willen, warum?«
»Weil ich wusste, dass du dann Schwierigkeiten bekommen würdest«, antwortete Albert mit einem Lächeln.
David war blitzschnell heran. Eine verschwommene schwarze Bewegung, dann krachte seine Faust gegen Alberts Mund und warf ihn zu Boden. Albert fühlte Schmerzen in seinem Kopf explodieren, spürte seine Unterlippe aufplatzen, sodass sein Mund voll Blut lief. Seine Magennerven verkrampften sich, und er stützte sich vom Fußboden ab. Er spuckte Blut aufs Parkett des Wohnzimmers, dann richtete er sich kniend auf und sah zu seinem Vater auf. Irgendwo hinter sich hörte er eine vage vertraute

Stimme wie aus großer Ferne rufen, jemand solle sich beherrschen, aber er achtete nicht weiter darauf. Er hatte nur Augen für das vor Wut verzerrte rote Gesicht seines Vaters, aus dem reiner, unverfälschter Hass sprach.

»Du dummer Junge«, sagte David Harker gefährlich leise. »Du dummer, erbärmlicher kleiner Junge. Er wird niemals ein Wort von dem veröffentlichen, was du ihm erzählt hast. Du hast also nur deine Familie beschmutzt – wieder einmal. Wieso konntest du nicht bei den anderen Junkies in diesem Rattenloch in Southwark bleiben? Oder einfach wie so viele andere an einer Überdosis sterben? Damit hättest du uns allen viel erspart.«

»Ich ... freue mich«, sagte Albert und grinste mit blutverschmierten Zähnen, »dich ... enttäuscht ... zu haben ... Vater.«

David Harker ballte erneut die Faust, aber diesmal war Alberts Bruder da, packte seinen Arm und hielt ihn fest.

»Nicht nochmal«, sagte Robert, indem er seinen knienden Bruder angewidert musterte. »Nicht auf diese Weise, Dad. Das ist nicht unsere Art.«

David funkelte Robert zunächst an, aber dann sprach aus seinem Blick so offenkundiger Stolz, dass Albert ihn wie einen Stich in der Brust spürte, als durchbohre ein Eiszapfen sein Herz.

»Du hast natürlich recht«, sagte David. »Danke, Robert.« Er klopfte seinem Sohn auf die Schulter, dann sahen die beiden Männer auf den Knienden hinab. Albert blutete so stark aus dem Mund, dass seine Hemdbrust rot war. Er starrte sie seinerseits mit Angst und Hass im Blick an.

»Das war lange überfällig«, sagte David. »Das hätte ich schon vor zehn Jahren tun sollen. Deine Mutter hat mich dazu überredet, dich in Ruhe zu lassen; sie hat mir eingeredet, auch du würdest irgendwann lernen, was es heißt, ein Mann, ein Harker zu sein. Auf sie gehört zu haben war ein Fehler, das erkenne ich jetzt.« Er nickte zur Tür hinüber. »Schafft ihn mir aus den Augen«, sagte er. »Ich will sein Gesicht nie mehr sehen.«

Albert war plötzlich steif vor Entsetzen.

Sie bringen mich um, dachte er. *Sie bringen mich um, o Gott, ich hab's nicht so gemeint, ich hab nicht gedacht, dass sie's wirklich tun würden, o Gott, ich hab's nicht gewusst. Ich hab's nicht gewusst.*

Hände packten ihn an den Armen, und er begann zu schreien, schlug im Griff der Männer, die ihn festhielten, wild um sich. Er kreischte nach seinem Bruder, nach seinem Vater, er brüllte, ihm tue alles leid, er bat schreiend um eine weitere Chance, eine endgültig letzte Chance. Aber Robert und David sahen seelenruhig, mit ausdruckslosen Mienen zu, wie Albert hinausgeschleppt wurde.

Er kämpfte bis zur Haustür weiter, trat um sich und wand sich und kreischte gellend laut, und als eine der Hände seinen Arm losließ, verdoppelte er seine Anstrengungen. Dann traf ein gewaltiger, schwerer Schlag seine Niere und machte ihn jäh kraftlos. Der Schmerz war ungeheuer, unbeschreiblich, und er musste sich hilflos übergeben, während sein plötzlich schlaffer Körper aus dem Haus und zu dem im Leerlauf wartenden Wagen geschleift wurde.

Der Mann mit der Sonnenbrille wartete mit etwas in der Hand an dem großen schwarzen Kofferraum lehnend. Als sie näher kamen, sah Albert, dass er eine halb mit einer klaren Flüssigkeit gefüllte Injektionsspritze in der Hand hielt. Er versuchte, seinen kraftlosen Beinen zu befehlen, ihn von dem Mann und seiner Spritze wegzutragen, aber das klappte nicht; der Faustschlag ins Gesicht und der Nierenhaken hatten seinen Körper förmlich gelähmt. Er wurde hochgerissen, dann trat der Mann mit der Sonnenbrille mit der Andeutung eines Lächelns auf dem Gesicht vor.

»Nicht ...«, brachte Albert mit einer Stimme heraus, die kaum mehr als ein klagendes Krächzen war. »Bitte ... nicht ...«

Der Mann gab keine Antwort, und als die Nadel in seinen Hals stach, war Albert nur mehr zu einem einzigen Gedanken fähig.

Dies ist nicht real. Nichts davon ist real.

Die Augen fielen ihm zu, und sein Körper wurde schlaff, als er auf den Rücksitz der Limousine gezerrt und gestoßen wurde.

Als er aufwachte, war es draußen dunkel.

Während seine Augen sich blinzelnd öffneten, versuchte Albert, die Arme zu heben, und merkte, dass nichts passierte. Sein Verstand war benommen und wie in Watte gepackt: ein Zustand, den er nach jahrelanger Heroinsucht gut kannte – aber dies war etwas anderes. Etwas Ungewohntes. Er konzentrierte sich mit aller Kraft und schaffte es, die zitternden Hände langsam ans Gesicht zu heben. Seine Lippen waren geschwollen und mit pulvrig angetrocknetem Blut bedeckt. Er rieb sich die Augen mit den Handballen, dann sah er sich um. Er saß allein auf dem Rücksitz des stehenden Wagens. Vorn saß der Fahrer, der starr geradeaus sah; der Beifahrersitz neben ihm war leer. Albert rutschte auf dem Sitz nach links und spähte durch die Windschutzscheibe nach vorn.

In einiger Entfernung ragte ein großes Gebäude auf, das durch die gelben Lichtkreise von in Klinkermauern eingelassenen Lampen erhellt wurde. Der Mann mit der Sonnenbrille – er hatte sie immer noch nicht abgesetzt – stand vor dem Wagen an einem hohen Maschendrahtzaun und sprach mit einer Frau in einem weißen Arztkittel. Während Albert die beiden beobachtete, gestikulierte die Frau lebhaft, machte abwehrende Handbewegungen und schüttelte heftig den Kopf. Der Mann mit der Sonnenbrille ließ sie anscheinend ausreden; dann beugte er sich leicht nach vorn und sprach fast eine Minute lang ohne Pause auf sie ein. Als er sich wieder aufrichtete, wirkte die Frau mit ihrem blassen Gesicht und den hängenden Schultern wie geschrumpft. Der Mann zog ein Bündel Papiere aus der Innentasche seines Jacketts und gab es ihr; sie überflog die Papiere, zog einen Kugelschreiber aus der Brusttasche und zeichnete jedes Blatt einzeln ab. Dann gab sie die Papiere zurück, machte kehrt und ging davon, ohne sich noch einmal umzusehen. Der Mann mit der Sonnenbrille sah ihr nach, bevor er zu der Limousine zurückkam. Er öffnete die hintere Tür, stieg bei Albert ein und wandte sich breit grinsend an ihn.

»Willkommen in Ihrem neuen Heim, Mr. Harker«, sagte er in glattem, öligem Tonfall. »Fahrer, bitte weiter.«

Sie fuhren langsam an, und Albert beobachtete, wie das in den Metallzaun eingelassene Tor zur Seite glitt. Als der große Wagen durch die breiter werdende Lücke rollte, sah Albert ein weißes Rechteck, das langsam an seinem Fenster vorbeizog. Während Angst und Elend sich in seinem driftenden, wankenden Verstand verkrallten, rutschte er von dem Mann mit der Sonnenbrille weg, drückte sein Gesicht an die Scheibe und las die beiden Wörter, die in großen blauen Buchstaben auf dem Schild standen:

BROADMOOR HOSPITAL

12

Startklar

Wie Jamie vorausgesetzt hatte, warteten Morton und Ellison im Hangar auf ihn.

Pünktlich, sagte er sich. *Zumindest schon mal ein guter Anfang.* Die beiden frisch beförderten Agenten standen hinter dem schwarzen Van, den das Einsatzteam M-3 zugewiesen bekommen hatte. Jamies Stiefel polterten auf dem Beton, als er zu ihnen hinüberging und sich darauf vorbereitete, zu sagen, was gesagt werden musste. Auf der Fahrt zum Hangar hinauf hatte er überlegt, ob er seinen Rekruten erzählen sollte, was Angela Darcys Team zugestoßen war; er hatte keine Ahnung, ob dieser zusätzliche Druck nützlich sein würde, aber andererseits widerstrebte es ihm, sie ihren ersten Einsatz beginnen zu lassen, ohne dass sie wussten, was sie dort draußen wirklich erwartete.

»Agenten«, sagte Jamie, als er vor ihnen haltmachte.

»Lieutenant«, erwiderten sie.

»Waffen und Ausrüstung kontrolliert?«, fragte Jamie mit prüfendem Blick auf ihre Uniformen. Er sah sofort, dass alles da war – bestimmt das Ergebnis zahlloser Kontrollen auf der Schlafsaalebene C –, aber es gab Vorschriften, die eingehalten werden mussten.

»Ja, Sir.«

»Zielinformationen analysiert?«

»Ja, Sir.«

»Einsatzbedingungen klar?«

»Ja, Sir.«

»Gut. Agent Morton, wer ist unsere Zielperson?«

»Eric Bingham, Sir.«

»Agentin Ellison«, sagte Jamie und wandte sich ihr zu. »Welche Erkenntnisse hat die Identifizierung der Zielperson geliefert?«
»Der Mann ist seit Langem als gewalttätig bekannt, Sir«, antwortete Ellison. »Paranoide Schizophrenie, vor gut zehn Jahren diagnostiziert. Eine Verurteilung wegen versuchten Mordes, mehrere Vorstrafen wegen Körperverletzung.«
»Was bedeutet das alles zusammengenommen?«
»Sofort schießen, Sir. Und weiter draufhalten.«
»Stimmt haargenau. Hört auf mich, tut, was ich befehle, vergeudet keine Zeit mit dem Versuch, mit ihm zu reden oder ihn gefangen zu nehmen. Wir spüren ihn auf, erledigen ihn und fahren weiter. Klar?«
»Ja, Sir.«
»Gut. Passt jetzt auf. Ein erfahrenes Team unter Führung einer unserer besten Agentinnen ist heute Morgen mit zwei Schwerverwundeten zurückgekommen. Verwundet worden sind sie von einem einzigen Vampir, einem der aus Broadmoor Ausgebrochenen. Das besagte Team war nicht ausreichend informiert und hat dafür büßen müssen. Wir werden diesen Fehler nicht machen. Ist das klar?«
Weder Morton noch Ellison antworteten. Sie waren leicht blass geworden, und ihre Lippen waren zu schmalen Strichen zusammengepresst.
Jetzt ist's so weit, dachte Jamie. *Sie kommen damit zurecht oder nicht. Sie sind bereit oder nicht. Das wird sich zeigen.*
»Okay«, sagte er und zog die Hecktür des Vans auf. »Dann also los!«

Der Van raste durch den dichten Wald, der den Ring umgab, und sein starker Motor brummte unter den Füßen der Agenten, die er transportierte.
Das Einsatzteam M-3 saß angeschnallt in drei der Konturensitze im Laderaum des Fahrzeugs und hatte Waffen und Ausrüstung sicher in Fächern zwischen den Sitzen verstaut. Jamie saß mit flach auf dem Boden gestellten Füßen aufrecht da; er war

schon viele Dutzend Male zu solchen Einsätzen aufgebrochen und hatte unter normalen Umständen so viel Vertrauen zu den Ortungs- und Abwehrsystemen des Vans, dass er sich fast entspannen konnte. Aber dies waren keineswegs normale Umstände; obwohl sein Magen rebellierte und er noch immer darüber erschrocken war, was Alex Jacobs und John Carlisle zugestoßen war, musste er sich weiter bemühen, Ruhe auf sein neues Team zu projizieren.

Jamie hatte mehrmals versucht, eine Unterhaltung mit seinen Rekruten zu beginnen, aber immer nur sehr knappe Antworten erhalten; schließlich hatte er aufgegeben und sie ihren Gedanken überlassen. Deshalb war die Spannung im Inneren des Vans schon in diesem frühen Stadium ihres Einsatzes gefährlich hoch; seine Teamgefährten waren offenbar sehr nervös, aber Jamie fürchtete, jede Erwähnung dieser Tatsache könnte ihre Nervosität noch verschlimmern. Stattdessen klappte er den Kontrollschirm herunter und rief eine Karte von Ostengland mit zwei sich bewegenden Punkten auf. Der schwarze Punkt markierte ihren Van, der Richtung Süden raste.

Der rote Punkt war Eric Bingham, ihr Ziel.

Er war weiterhin in Peterborough, schien sich seit seinem Ausbruch aus Broadmoor dort verkrochen zu haben. Er bewegte sich, aber nur mit äußerst geringem Radius, und die Abteilung Überwachung hatte ihn in einem Lagerhaus in einem längst aufgegebenen Industriegebiet geortet, das er seit nunmehr sechs Stunden nicht mehr verlassen hatte. Dies war die erste wirklich gute Nachricht, die Jamie an diesem Tag gehört hatte, denn ein verlassenes Lagerhaus bedeutete keine Zivilisten, keine potenziellen Geiseln und so gut wie keine Gefahr von Kollateralschäden. Als Teamführer war ihm ein Limit von fünf gesetzt worden – eine Regelung, an die er sich niemals würde gewöhnen können.

Erledigen wir die Vampire auf unserer Liste, ohne dass mehr als fünf Außenstehende sterben, ist alles cool. Das ist die Gleichung. Einer der Unseren für jeden von ihnen. Mathematik mit Blut und Menschenleben geschrieben.

Von dem Limit für Kollateralschäden hatte Jamie seinen Rekruten lieber nicht erzählt; er rechnete sich aus, dass sie schon genügend andere Sorgen hatten. Jetzt beobachtete er den Bildschirm mit dem beunruhigenden Gefühl, sie führen zwangsläufigen Ereignissen entgegen.

Eine Stunde später kam die Stimme ihres Fahrers aus der Bordsprechanlage, die Fahrerkabine und Laderaum miteinander verband.

»Wir sind einen Kilometer entfernt, Sir. Soll ich näher ranfahren?«

»Klar«, sagte Jamie. »Auf leise umschalten. Dann setzen Sie uns bei hundert Metern ab.«

»Verstanden«, bestätigte der Fahrer.

Das Motorengeräusch verstummte, als der beinahe lautlose Elektroantrieb einsetzte. Das klang, als sei der Motor ausgefallen, aber Innenbeleuchtung und Bildschirm blieben hell, und das Fahrzeug rollte gleichmäßig weiter.

»Waffen fertig machen«, sagte Jamie und sah seine Teamgefährten an. Beide schienen ruhig geworden zu sein – ein Zustand, den er gern für echt gehalten hätte. Da sie nicht mehr im Ring, sondern in der realen Welt waren, in der geschossen wurde, um einen Auftrag auszuführen und ein Ziel zu zerstören, konnte er hoffen, dass Morton und Ellison wieder zu dem werden würden, was sie eigentlich waren: erstklassig ausgebildete Spezialisten, die schon Dutzende Male in lebensgefährlichen Situationen gewesen waren. Dies war der Augenblick der Wahrheit, in dem die Ausbildung und Erfahrung hoffentlich stärker sein würden als die Angst, in dem sie erkennen würden, dass sie leisten *konnten*, was ihnen befohlen wurde.

Morton und Ellison machten sich synchron daran, Waffen und Ausrüstung einzuhaken. Das tat auch Jamie, ohne die beiden dabei aus den Augen zu lassen; ihm gefiel die kalte Entschlossenheit in ihrem Blick. Als sein Team dann einsatzbereit war, rang er sich ein Lächeln ab.

»Okay, es geht los«, sagte er. »Wir bleiben ruhig, wir tun, was von uns erwartet wird, und wir fahren heim. So einfach ist das. Klar?«

»Klar, Sir«, antworteten sie.

Das Einsatzteam M-3 spurtete mit Jamie in der Mitte und fünf Meter Abstand zueinander über den rissigen Asphalt. Der Van war weggefahren, sobald sie ausgestiegen waren; selbst in einer so gottverlassenen Gegend wie dieser konnte er unerwünschtes Aufsehen erregen, deshalb würde der Fahrer ihn irgendwo unauffällig abstellen, bis er aufgefordert wurde, die drei abzuholen.

Sie waren auf sich allein gestellt.

Das ehemalige Industriegebiet war kahl und unbelebt wie die Mondoberfläche. Die Fahrbahnen und Gehsteige lagen voller Müll, und auf beiden Seiten standen dunkel und brütend leere Bürogebäude, Fabrikhallen und Lagerhäuser. Fast alle Fensterscheiben waren eingeworfen, aber die Gebäude wirkten nicht baufällig; sie sahen nur verlassen aus. Jamie fragte sich, was den Exodus ausgelöst haben mochte, der hier stattgefunden haben musste. Hatten die Firmen, die hier produziert hatten, einfach zugemacht? Standorte geschlossen? Die Produktion ins Ausland verlegt? Alles wirkte sinnlos traurig: für einen Zweck erbaut, den es nicht mehr gab und der wohl nie wiederkehren würde.

Vor dem Team ragte die zweigeschossige Fabrikhalle auf, die sein Ziel war; eine Hinweistafel an der Straße verkündete, hier habe die Firma MCM TIEFKÜHLKOST residiert. Der Haupteingang, den früher vermutlich die Arbeiter benutzt hatten, war mit einer schweren Kette und einem glänzenden Stahlschloss gesichert gewesen, die jetzt beide zerrissen und verbogen auf dem Asphalt lagen. Die Eingangstür selbst stand einen Spalt weit offen, als die drei Agenten sie erreichten.

»Jesus«, flüsterte Morton. »Dazu braucht man 'ne Menge Kraft.«

»Richtig«, sagte Jamie. »Aber kein Grund zur Beunruhigung.«

»Nicht gerade subtil«, stellte Ellison fest. »Ihm ist's anscheinend egal, ob er geschnappt wird.«

»Ich bezweifle, dass er klar denkt«, sagte Jamie. »Hat er nicht rechtzeitig Blut getrunken, dürfte er vor Hunger wahnsinnig sein. Hat er's getan, bleibt er doch weiter der Geisteskranke, der er schon vorher war. Ich erwarte von keinem unserer Ziele vernünftiges Verhalten, und ihr solltet das auch nicht tun.«

»Wie sieht unser Plan aus?«, fragte Morton.

»Wir spüren ihn auf«, sagte Jamie. »Was nicht schwierig sein dürfte. Für IR-Kameras muss er wie ein Feuerwerk aussehen. Dann vernichten wir ihn.«

»Okay«, sagte Morton.

»Gut«, sagte Jamie. »Kommt mit.«

Er streckte eine Hand aus, zog die Tür etwas weiter auf, schlüpfte hindurch und verschwand im Dunkel. Morton und Ellison folgten ihm mit schussbereit in den Händen gehaltenen T-Bones.

Die Rezeption, an der früher Besucher von MCM TIEFKÜHLKOST empfangen worden waren, wirkte nicht mehr einladend. Die Theke, aus der ein paar gekappte Leitungen ragten, war mit einer dicken Staubschicht bedeckt, die Neonröhren darüber waren erloschen. Rechts neben der Theke befand sich eine einzelne Tür, die in das Lagerhaus führen musste. Auch sie stand offen.

Jamie durchquerte den Empfangsbereich und sah durch die Tür. Vor und über ihm erstreckte sich ein höhlenartiger schwarzer Raum. Nirgends eine Bewegung, nirgends ein Laut. Das Lagerhaus, das früher bis zur Decke voller Paletten mit Tiefkühlkost gestanden haben musste, schien leer zu sein.

»Infrarot«, flüsterte Jamie. »Er ist irgendwo dort drinnen. Feuer bei Feindkontakt.«

Morton und Ellison zogen ihre T-Bones in die Schultern ein, während Jamie seines vom Koppel loshakte und in den Händen hielt, als er sein Team in das Lagerhaus führte. Idealerweise würde nicht er Eric Bingham erledigen; es war wichtig, dass seine neuen Teamgefährten sich möglichst rasch daran gewöhnten, Vampire zu vernichten. Aber die Umstände waren alles andere als ideal, und seit Jamie von Angela Darcy und ihrem Team gehört hatte, wollte er nichts riskieren; bot sich die Chance zu einem tödlichen Schuss, würde er sie augenblicklich nutzen.

Jamie drehte den Drehknopf an seinem Gürtel, der die visuellen Modi seines Helms kontrollierte, und beobachtete, wie der kalte Beton von Boden und Wänden des Lagerhauses zu dunkelblauen, fast schwarzen Farbflächen wurde. Im nächsten Augenblick sah er, dass seine Ankündigung Morton gegenüber richtig gewesen war.

Eric Bingham war nicht schwer zu finden.

Am hintersten Ende des Lagerhauses kauerte in der Ecke zusammengerollt eine kugelartige, gelb und orangerot leuchtende Gestalt.

»Dort!«, sagte Ellison, deren Stimme in den Helmen ihrer Teamgefährten erklang.

»Hab ihn«, bestätigte Jamie. »Ellison geht voraus. Morton und ich bleiben dicht hinter ihr.«

Ellison trat an ihm vorbei nach vorn und näherte sich langsam dem Vampir. Morton blieb neben Jamie, während sie ihrer Teamgefährtin dichtauf folgten und fast lautlos das leere Gebäude durchquerten. Als sie zehn Meter von ihrem Ziel entfernt waren, empfingen Jamies Helmmikrofone ein seltsames Geräusch: tiefe, rasselnde Laute, die er jäh erkannte.

Eric Bingham knurrte.

»Was zum Teufel ist das?«, fragte Ellison.

Bevor Jamie antworten konnte, setzte sich die gelb-orangerote Kugel in Bewegung, explodierte förmlich und kam auf sie zugerast.

»Ich sehe euch!«, kreischte Bingham, während er durch die Luft flog und sie mit seiner Körperhitze blendete. Jamie fuhr zurück, tastete nach dem Helligkeitsregler für sein Visier und befahl seinem Team, das Feuer zu eröffnen.

»Jesus!«, rief Ellison aus und schoss ihr T-Bone ab. Das Projektil zischte an dem heranstürmenden Vampir vorbei und traf metallisch klirrend eine Wand. Morton tat nichts; für Jamie, der sein keuchendes Atmen in den Kopfhörern hatte, war klar, dass er vor Angst starr war.

Jamie riss den Lauf seines T-Bones dorthin herum, wo der Vampir sein musste, und drückte ab. Der Metallpflock schoss aus der Waffe, verschwand aber im Dunkel. Jamie fluchte, griff nach oben und klappte sein Visier hoch. Die Dunkelheit in dem Lagerhaus lastete fast körperlich auf ihm, füllte sein Gesichtsfeld mit flimmernden grauen und schwarzen Punkten. Der Metallpflock kam mit lautem Surren an seinem Draht in den Lauf von Jamies T-Bone zurück und wurde mit dumpfem Schlag verriegelt.

»Wo ist er?«, rief Ellison. »Ich sehe ihn nicht mehr.«

»Sammeln«, befahl Jamie laut. Er kniff die Augen zusammen, um das Flimmern zu beseitigen. »Team zu mir!«

Die geisterhaften Gesichter seiner Teamgefährten schienen sich zu materialisieren, als nun auch sie ihre Visiere hochklappten. Sie waren blass und hatten weit aufgerissene Augen, als sie sich bei Jamie sammelten.

»Wo ist er?«, wiederholte Ellison halblaut. »Ich kann ihn nirgends sehen.«

»Still«, flüsterte Jamie. »Alle beide.« Er klappte sein Visier herunter und fluchte erneut: Die von Bingham abgestrahlte sengende Hitze hatte die Helmsensoren durchbrennen lassen. Das Visier wurde allmählich klar, aber nur langsam, ganz langsam, deshalb klappte er es wieder hoch und zog seine Stablampe aus ihrer Koppelschlaufe. Die LED gab einen hellen weißen Lichtstrahl ab, mit dem er rasch das Dunkel des Lagerhauses vor ihnen absuchte.

Nirgends eine Bewegung.

Auch Morton und Ellison schalteten ihre Stablampen ein, sodass jetzt drei Lichtstrahlen, die sich öfters kreuzten, kleine runde Flecken der riesigen Halle beleuchteten. Jamie konnte seine Teamgefährten deutlich hören, spürte die Angst in ihrer hektischen Atmung.

»Nicht aufregen«, flüsterte er. »Ganz ruhig bleiben.«

»Ist er noch da?«, fragte Morton. Seine Stablampe leuchtete die entferntesten Ecken aus.

»Weiß ich nicht«, fauchte Jamie. »Ich sehe nicht besser als ihr.« Er klappte sein Visier herunter, wünschte sich verzweifelt, es wäre wieder klar, und schob es fluchend nach oben zurück. Seine Stablampe erfasste etwas, das vor dem Lichtstrahl flüchtete, wobei es eine lange rosa Spur hinterließ. Er drehte sich langsam im Kreis und bemühte sich, die Lampe stabil zu halten, obwohl seine Hand zu zittern drohte.

»Was machen wir jetzt?«, flüsterte Ellison. »Sir? Was machen wir ...«

In der Millisekunde, bevor Eric Bingham mitten durch sein Team krachte und die drei zu Boden warf, spürte Jamie eine kleine Druckwelle hinter sich; dann knallte er der Länge nach auf den Betonboden und sah den Vampir in der Dunkelheit verschwinden. Er sprang sofort wieder auf, ignorierte seine schmerzenden Schultern und leuchtete mit jagendem Herzen und laut in den Ohren pochendem Puls in die Richtung, in die Bingham geflüchtet war. Er sah eine Bewegung, versuchte, ihr mit dem Lichtstrahl der Stablampe zu folgen, und verlor sie wieder aus den Augen.

Morton und Ellison rappelten sich auf und blieben dicht in seiner Nähe.

»Wir sind leichte Ziele«, zischte Morton. »Er kann uns sehen, aber wir ihn nicht. Wir müssen hier raus.«

»Nur ruhig, Agent«, sagte Jamie. »Versuchen Sie einfach, das Ziel zu finden.«

»Wir müssen hier raus«, wiederholte Morton mit leiser, unsteter Stimme.

»Du hast gehört, was er gesagt hat, John«, sagte Ellison mahnend. »Komm jetzt, wir brauchen dich.«

»Ich sehe euch!«, kreischte Eric Bingham. Seine Stimme hallte durch das leere Lagerhaus, schien aus allen Richtungen gleichzeitig zu kommen. »Ich sehe euch sehr gut!«

Jamie versuchte, das Adrenalin zu ignorieren, das sein Körper ausschüttete, das schreckliche Kreischen des Vampirs, und sich auf die vor ihm liegende Aufgabe zu konzentrieren. Er machte einen großen Schritt in die Richtung, in die Bingham verschwunden war, kontrollierte seine Atmung, ließ sich von der Dunkelheit einhüllen und wartete darauf, dass sie ihre Geheimnisse preisgab.

»Wir müssen hier raus«, sagte Morton erneut, aber Jamie ignorierte ihn. Er wartete auf die kleine Druckwelle, die das Kommen des Vampirs ankündigte. Die Stablampe hielt er an den Lauf seiner Maschinenpistole gedrückt, während er bewegungslos ins stille Dunkel horchte und kühle Nachtluft auf dem Gesicht spürte.

Bewegung.

Hinter ihm.

Jamie warf sich herum, riss die MP5 hoch und gab aus der Drehung heraus einen Feuerstoß ab. Flammen schlugen aus der Mündung, während die Schüsse ohrenbetäubend von den Wänden widerhallten. Die Stablampe beleuchtete seine Teamgefährten, die sich zu Boden warfen, dann zeigte sie etwas, das sich verkrümmt und flatternd in Kopfhöhe bewegte und eine Spur aus Blutstropfen auf dem Boden hinterließ. Er hörte einen gutturalen Schrei, dann herrschte wieder Schweigen.

Morton war als Erster auf den Beinen. Seine Augen blitzten, und seine Lampe blendete Jamie, als er ihm ins Gesicht leuchtete. »Was zum Teufel haben Sie ...«

Jamie streckte eine Hand aus, schlug die Stablampe beiseite. »Hier«, sagte er und beleuchtete den Beton vor sich, auf dem sich hellrote Flecken abzeichneten. Er folgte ihnen zu einer dunklen Masse auf dem Hallenboden, die sich in dem hellen Lichtstrahl deutlich abzeichnete.

»Jesus«, flüsterte Ellison.

Eric Bingham lag in einer rasch größer werdenden Blutlache und starrte mit angstvoll geweiteten Augen zu ihnen auf. Er war ein Mann mittleren Alters, eher fünfzig als vierzig, und wirkte auf der weiten Betonfläche liegend überraschend klein. Seine Brust war von Kugeln zerfetzt, und sein rechter Arm ruhte zersplittert neben dem Körper.

»Bitte«, sagte er, wobei ihm Blut aus dem Mund und übers Kinn lief. »Ich weiß nichts. Ich hab's ihnen gesagt. Bitte.«

Nun beleuchteten auch die Lichtstrahlen von Mortons und Ellisons Stablampen diesen traurigen Anblick.

»Ich hab danebengeschossen«, sagte Ellison. »Als er uns angegriffen hat. Mein Schuss ist danebengegangen.«

»Meiner auch«, sagte Jamie. »Alles ist so schnell passiert. Das tut es immer.«

»Lieutenant …«, begann Morton.

»Schon gut«, unterbrach Jamie ihn. »Vergessen wir's. Ellison?«

»Ja, Sir?«

»Erledigen Sie ihn.«

»Ja, Sir«, antwortete Ellison. Sie trat vor und zog ihren Metallpflock.

Bingham beobachtete sie verständnislos. »Bitte«, wiederholte er. »Ich hab's ihnen gesagt. Ehrlich. Bitte.«

Ellison verharrte noch einen Augenblick außer Reichweite des gesunden Arms. Dann stürzte sie sich auf den Vampir und stieß ihm den Metallpflock in die Brust. Sie hörten ein dumpfes Knirschen, dann zerplatzte Eric Bingham in einer dampfenden Blutwolke. Ellison sprang so rasch zurück, dass sie nur wenig davon abbekam, und steckte den Pflock wieder in ihre Koppelschlaufe.

»Das war nicht richtig«, sagte Morton.

Die drei Agenten saßen wieder in ihrem Van, waren angeschnallt abfahrbereit. Jamie hatte den Fahrer angewiesen, noch zu warten, während er von der Abteilung Überwachung neue Informationen anforderte, weil er hoffte, seit ihrer Abfahrt aus dem Ring sei ein weiteres ihrer Ziele identifiziert worden. Die Verbindung war hergestellt, und sie warteten auf die Datenübertragung.

»Was denn?«, fragte Jamie. Er hatte auf den Touchscreen gestarrt, aber etwas in der Stimme seines Teamgefährten bewog ihn dazu, ihn prüfend zu mustern.

»Na, das«, erwiderte Morton. Er war auffällig blass, fast grau, und seine Augen waren glasig. »Der Vampir. Bingham. Das ... war verkehrt.«

»Wir haben getan, was wir tun mussten«, sagte Ellison. »Nichts ist schiefgegangen.«

»Das behaupte ich auch nicht«, sagte Morton.

»Was ist Ihnen unrichtig vorgekommen?«, fragte Jamie.

»Ich bin Soldat«, sagte Morton. »Oder war zumindest einer. Ich habe schon überall auf der Welt gekämpft – aber niemals so. Das war nicht human.«

»Doch, das war es«, widersprach Jamie. »Fangen Sie bloß nicht an, etwas anderes zu denken. Bingham war ein Mann mit einer Krankheit, die ihm übernatürliche Kräfte verliehen hat. Er war kein Monster, kein Dämon oder dergleichen.«

»Es war nicht richtig«, wiederholte Morton. Er starrte Jamie an, der nicht wegsah – auch weil er zu wissen glaubte, wovon sein Teamgefährte in Wirklichkeit sprach.

Er hat Angst gehabt. Wahrscheinlich hatte er vergessen, wie Angst sich anfühlt.

»Ich bin keine Soldatin«, sagte Ellison. »Bin nie eine gewesen. Aber ich möchte wetten, dass ich mehr Menschen liquidiert habe als ihr beide zusammen. War Bingham stärker und schneller als sie? Natürlich. War er beängstigender? Eindeutig. Aber er war trotzdem nur eine Zielperson, die erledigt werden musste. So musst du die Sache sehen, John. Glaub mir, das hilft.«

Jamie sah zu Ellison hinüber, die sich ganz auf ihren Teamgefährten konzentrierte.

Mit ihr hab ich Glück gehabt, dachte er. *Großes Glück.*

Auf dem Bildschirm wurde ein grauer Downloadbalken durch ein Fenster mit zwei Zeilen Text ersetzt.

M-3 / UPDATE-ANFORDERUNG
KEINE NEUEN INFORMATIONEN VERFÜGBAR

Jamie wandte sich wieder John Morton zu und traf seine Entscheidung. »Ich beende diesen Einsatz«, sagte er. »Wir fahren zum Ring zurück.«

Ellison runzelte die Stirn. »Unser Zeitfenster steht noch fünfeinhalb Stunden offen, Sir.«

»Das weiß ich«, sagte Jamie. »Aber ich mache nicht Jagd auf unbekannte Ziele mit einem neuen Agenten, dem dabei unwohl ist. Es ist zu unsicher.«

»Ich komme schon zurecht«, sagte Morton sofort. »Ehrlich. Ich muss mich nur erst an diesen Gedanken gewöhnen.«

»Ich weiß, was Sie jetzt durchmachen, sagte Jamie. »Und glauben Sie mir, ich werde das nicht an die große Glocke hängen. Aber für heute sind wir fertig. Wir fahren nach Hause.«

»Tun Sie's nicht«, sagte Morton. »Bitte. Die anderen lachen uns aus, wenn wir unseren ersten Einsatz einfach so abbrechen.«

»Jetzt reicht's, John«, wies Ellison ihn scharf zurecht. »Wenn er sagt, dass wir fertig sind, sind wir fertig.«

»Schon gut«, sagte Jamie. »Diese Sache fällt höchstens auf mich zurück. Ehrenwort.«

Hoffentlich hat das überzeugend geklungen, dachte er. *Ich weiß nämlich nicht sicher, ob das stimmt.*

Als sie im Hangar des Stützpunkts aus dem Van gestiegen waren, wandte Jamie sich an sein Team.

»Gute Arbeit«, sagte er. »Ehrlich. Dort draußen ist ein Vampir weniger unterwegs, und wir sind heil zurückgekommen. Glaubt mir, das ist Erfolg genug. Seht zu, dass ihr euch ausruht, und ich schicke euch eine SMS, sobald ich den morgigen Dienstplan habe. Weggetreten.«

Seine neuen Teamgefährten standen nebeneinander vor ihm. Ellison war blass, aber ihr Blick war hellwach, und Jamie merkte, dass er bereits voller Bewunderung für sie war; sie nickte, bedachte ihn mit einem knappen Lächeln und ging zu den Aufzügen davon. Morton blieb noch stehen; sein Gesicht war verkniffen, er schob das Kinn vor, und seine Lippen bildeten eine schmale Linie.

»Möchten Sie etwas sagen, Agent?«, fragte Jamie.
Morton starrte ihm sekundenlang ins Gesicht, dann schüttelte er den Kopf. »Nein, Sir«, sagte er, machte kehrt und stiefelte durch den Hangar davon.
Jamie sah ihm mit einem flauen Gefühl im Magen nach.
Er hatte Morton angelogen, hatte sie beide belogen, denn was ihr Team geleistet hatte, war keineswegs gute Arbeit gewesen. Sie hatten das erste ihrer Ziele vernichtet, aber ein laufendes Unternehmen abzubrechen würde peinliche Fragen seiner Vorgesetzten nach sich ziehen. Auf der Rückfahrt zum Ring hatte er seine Entscheidung immer wieder hinterfragt und war sich jetzt nicht mehr sicher, ob sie wirklich richtig gewesen war.
Vielleicht hatte Morton recht gehabt; vielleicht hätte der unerfahrene Agent nur mehr Zeit gebraucht, um zu begreifen, was im Fall Bingham nötig gewesen war, um sich seiner Angst zu stellen und sie zu überwinden. Vielleicht hatte er überreagiert und war beim ersten Anzeichen von potenzieller Gefahr in Panik geraten. Aber Jamie hatte in seiner kurzen Zeit als Agent von Schwarzlicht zu viele eigene Verwundete, zu viele Tote gesehen, um Risiken eingehen zu wollen; dafür stand zu viel auf dem Spiel.
In *einem* Punkt hatte er jedoch die Wahrheit gesagt: Er würde dafür sorgen, dass etwaiger negativer Fallout aufgrund des abgebrochenen Unternehmens nur ihn traf. Er würde nicht zulassen, dass Morton oder Ellison den Kopf für seine Entscheidung hinhalten mussten.
Jamie suchte den Hangar nach dem Wachhabenden ab und winkte ihn zu sich heran.
»Ist eine Nachbesprechung angesetzt?«, fragte er.
»Nein, Sir«, antwortete der Agent. »Nur schriftliche Berichte, Sir.«
»Okay. Danke.«
Der Mann nickte und kehrte an seinen Platz zurück. Jamie ging in Gegenrichtung davon – zu den Aufzügen am Ende des Korridors auf Ebene 0. Er war erleichtert darüber, dass er dem

Kommissarischen Direktor nicht mündlich Bericht erstatten musste; er hatte keine Lust, gleich jetzt zu erklären, was sich ereignet hatte.

Das hatte Zeit bis morgen früh.

Zwei Minuten später stand Jamie vor der Tür seiner Unterkunft, die fast genau in der Mitte des langen, bogenförmigen Korridors auf Ebene B lag. Er zog seinen Dienstausweis aus seiner Brusttasche, entriegelte die Tür und öffnete sie. Auf seinem kleinen Schreibtisch lag ein neuer Stapel Rundschreiben, die er jedoch kaum eines Blickes würdigte. Stattdessen streifte er die Uniform ab, hängte sie an die Haken hinter der Tür und ließ sich aufs Bett fallen. Er schloss die Augen und war dreißig Sekunden später eingeschlafen.

Bums.

Jamie blinzelte widerstrebend und stöhnte unwillkürlich. Sein Gehirn trat langsam in Aktion, fühlte sich schwer und träge an.

Bums. Bums bums.

Die dumpfen Schläge hallten durch seinen müden Kopf, als er sich dazu zwang, die Augen zu öffnen. Er tastete nach seiner Konsole und las die weißen Zahlen am oberen Rand des Displays.

02:32:56

Bums bums bums bums.

Er fluchte laut, schwang die Beine über die Bettkante und stolperte durch den Raum. Er zog die Uniform wieder an, dann öffnete er die Tür.

Draußen auf dem Korridor stand Colonel Jacob Scott, der alte australische Colonel. Hinter ihm standen mit blassen Gesichtern die Mitglieder des Sonderkommandos Stunde null.

»Lieutenant Carpenter«, sagte Colonel Scott. Seine sonst so freundliche Stimme klang knapp und geschäftsmäßig. »Sie müssen mitkommen.«

»Habe ich etwas verbrochen?«, fragte Jamie. Er war sich keines Vergehens bewusst, das solchen Aufwand gerechtfertigt hätte, aber ihm fiel kein anderer Grund dafür ein, dass die Führungsspitze des Departments ihn mitten in der Nacht aus dem Bett holte.

»Natürlich nicht«, antwortete Colonel Scott. »Aber es gibt eine Situation, die unsere Aufmerksamkeit erfordert.«

Jamie ächzte. »Hätten Sie mir keine SMS schicken können?«

»Nicht solange das TIS arbeitet«, erwiderte Scott. »Bis die Überprüfung abgeschlossen ist, gilt jegliche elektronische Kommunikation als unsicher.«

Jamie sah zu Paul Turner hinüber. »Diese Sache ist ernst, was?«, fragte er.

»Ja, Lieutenant«, sagte Colonel Scott. »Sie ist ernst.«

13

Soziale Netzwerke

*Stavely, North Derbyshire,
eine Woche zuvor*

Greg Browning setzte seinen Kopfhörer auf und machte sich bereit, mit einem Mann zu sprechen, den er nie zu Gesicht bekommen hatte.

Er saß an dem Schreibtisch seines Sohnes, in dem Zimmer, in dem Matt geschlafen hatte, bis der Staat und seine gesichtslosen, beängstigenden Männer in Schwarz ihn entführt hatten. Dass Matt zum zweiten Mal verschwunden war, lag jetzt fast einen Monat zurück, und vor drei Wochen hatte seine Frau ihn verlassen und ihre Tochter. Kam ihr Sohn zurück, bestand vermutlich eine Chance, dass auch sie zurückkehrte, aber das war ihm ziemlich egal; als ihr Sohn zum zweiten Mal verschwand, war etwas in ihr zerbrochen, und er hatte die Frau, die sie geworden war, kaum noch erkannt. Tatsächlich war Greg erleichtert gewesen, als sie endlich ihre Koffer gepackt hatte. Nun konnte ihn nichts mehr von dem ablenken, was ihn als Einziges noch interessierte: den Staat dafür büßen zu lassen, was er seiner Familie angetan hatte.

Sein Chef hatte mehrmals versucht, mit ihm über seine Obsession, wie er sie nannte, zu sprechen, aber Greg weigerte sich, darüber zu diskutieren. Als er dann ins Büro gerufen worden war und seine Kündigung erhalten hatte, war er nicht überrascht gewesen; am Arbeitsplatz hatte er seit Monaten – seit Matts erstem Verschwinden – immer weniger geleistet. Er nahm es seinem Chef nicht übel; der Mann war außerstande, die Wirklichkeit der Welt um sich herum zu erkennen.

Einige Tage später hatte ihn eine psychologisch geschulte Mitarbeiterin des örtlichen Gesundheitsdiensts aufgesucht, vermutlich auf Veranlassung seines früheren Arbeitgebers, und er hatte ihre Fragen gleichbleibend höflich beantwortet. Wenig später war ein Scheck über eine Behindertenrente gekommen, dem einen Monat später ein weiterer gefolgt war. Die Schecks bewiesen, dass die Gemeinde ihn als geisteskrank eingestuft hatte, aber Greg sah keinen Grund, sie zu korrigieren; er entdeckte im Gegenteil eine erfreuliche Symmetrie darin, dass die Kommune seinen Kreuzzug gegen den Staat finanzierte.

Als sei eine Schlange bereit, ihren eigenen Schwanz zu fressen.

Drei Tage nachdem der Staat seinen Sohn nachts zum zweiten Mal entführt hatte, hatte Greg die hysterischen Proteste seiner Frau ignoriert und mit der systematischen Durchsuchung von Matts Computer begonnen. Er hatte sofort eine lange Liste von Webseiten über Vampire und das Übernatürliche, aber nichts wirklich Ungewöhnliches gefunden; das meiste war Kinderkram über Blut und Reißzähne und nächtliche Poltergeister. Aber als er den PC schon herunterfahren wollte, hatte sich in einer Ecke des Bildschirms ein Chatfenster mit einer Nachricht geöffnet. Er hatte die darin enthaltenen Anweisungen ausgeführt, ohne recht zu wissen, weshalb, und war so auf eine Webseite gestoßen, die ihm – so erschien es ihm – zum ersten Mal ein Stück von der Realität gezeigt hatte.

Die Seite, die weder einen Namen noch eine URL hatte, schien aus einer willkürlichen Folge von Ziffern und Buchstaben zu bestehen und basierte auf einer einfachen Prämisse: Vampire waren real, und der Staat wusste von ihrer Existenz und unterhielt eine streng geheime Truppe, um sie zu bekämpfen. Sie enthielt schriftliche Berichte, verschwommene Fotos, bruchstückhafte Tonbandmitschnitte – lauter Dinge, die keinen unbeteiligten Beobachter überzeugt hätten. Greg Browning war jedoch alles andere als ein unbeteiligter Beobachter; er hatte gesehen, wie ein Hubschrauber ohne Kennung auf einer ruhigen Wohnstraße gelandet war, und hatte erdulden müssen, wie schwarz uniformierte Gestalten durch sein Haus stürmten und seinen Sohn und ihn mit Maschinenpistolen bedrohten. Und in seinem Garten hatte er gesehen, wie ein schwer verletztes Mädchen, das eigentlich gar nicht mehr leben konnte, sich aufbäumte und einen Mann in einem ABC-Schutzanzug biss, bevor es seinem Sohn vor seinen Augen die Kehle aufriss.

Die Webseite hatte nicht genügend Durchschlagskraft, um den Staat wirklich in die Ecke zu drängen und die Wahrheit aus ihm herauszuprügeln, aber Greg erkannte sofort, dass sie kurz davorstand.

Verlockend kurz davor.

Fast ohne nachzudenken rief er das Textverarbeitungsprogramm seines Sohns auf und begann zu schreiben. Er schilderte alle Einzelheiten jener Nacht, die sein Leben für immer verändert hatte, tippte rasend schnell und ignorierte die Rufe seiner Frau und ihre Bitten, herauszukommen und Matts Zimmer unverändert zu lassen. Dafür brauchte er fast die ganze Nacht; die Sonne ging bereits auf, als er den Text zum letzten Mal speicherte. Er kopierte ihn mit zitternder Hand in die Box für Nachrichten an den Webmaster, doch bevor er ihn abschickte, hielt er ein, weil ihn verspätet ein schrecklicher Verdacht befiel.

Was ist, wenn dies nicht real ist? Wenn alles eine Falle ist?

Er hatte die Anweisungen in der Instant Message befolgt und einen Proxyserver benutzt, um die Webseite aufzurufen, aber er hatte keine Ahnung, wie sicher diese Methode wirklich war. Was war, wenn die Webseite nur eine raffinierte Falle war, die Leute zu dem Eingeständnis brachte, dass sie die Wahrheit kannten, damit der Staat sie verschwinden lassen konnte? Was war, wenn er im Begriff war, sich eine große Zielscheibe auf die Stirn zu malen?

Greg schloss den Browser und fuhr den PC herunter. Er saß noch lange da und starrte den dunklen Bildschirm an, während er auf die Sirenen in der Ferne wartete, bevor er sich aufs Bett seines Sohns fallen ließ und in einen leichten, unruhigen Schlaf fiel. Als er nach drei Stunden aufwachte, schaltete er den Computer wieder ein, um den Browserverlauf zu löschen und vielleicht das Gerät selbst zu zerstören.

Damit ist dann Schluss, dachte er. *Fall abgeschlossen.*

Aber er erkannte schnell, dass er das nicht über sich brachte.

Stattdessen rief er zu seiner Frau hinunter, sie solle ihm das Frühstück bringen, und machte sich daran, die Webseite von A bis Z zu lesen. Als er damit fertig war, war er ein veränderter Mann: voll Feuer, das er früher nie gekannt hatte, und dem Drang, etwas, irgendetwas gegen die Ungeheuerlichkeiten zu tun, die ihn umgaben. Er wusste jetzt, dass Matts Entführung kein Einzelfall gewesen war; es gab Berichte über Kindesentführungen in aller Welt, bei denen Kinder auf ruhigen Wohnstraßen verschwunden oder von gesichtslosen schwarzen Gestalten aus ihren Betten geholt worden waren. Er fing an, die Webseite stündlich zu besuchen, und behielt diese Gewohnheit bei, während um ihn herum seine Ehe, sein Job und sein Leben zusammenbrachen.

Als aber ein Tag nach dem anderen verstrich, begann das Feuer, das so plötzlich in ihm aufgeflammt war und so hell gelodert hatte, schwächer zu werden. Wie zu erwarten war, wurde die Seite höchst selten aktualisiert, weil Ereignisse, die berichtenswert waren, logischerweise sehr selten waren. Auf der Suche nach etwas Neuem, in das er sich verbeißen konnte, las Greg alle Postings und Userkommentare Dutzende von Malen. Sein eigener Bericht über Vampire und die Männer in Schwarz schmorte weiter auf der Festplatte seines Sohns, aber er konnte sich nicht dazu überwinden, ihn zu posten. Stattdessen beobachtete und wartete und hoffte er weiter.

Das Posting, das alles änderte, erschien über Nacht.

Wie alle Berichte war es anonym, aber es stammte angeblich von einem Überlebenden des Überfalls auf Lindisfarne durch den Weltuntergangskult Children of God, von dem Greg vor einigen Monaten gehört hatte, wie er sich vage erinnerte. Sein Bericht begann mit einigen kurzen Absätzen, die Greg fast in Tränen ausbrechen ließen.

DER ÜBERFALL AUF DIE INSEL LINDISFARNE WURDE NICHT VON DEN »CHILDREN OF GOD« VERÜBT, DIE ES ALS GRUPPIERUNG VERMUTLICH NIE GEGEBEN HAT.
DER ÜBERFALL AUF LINDISFARNE WURDE VON EINER GROSSEN, STRAFF ORGANISIERTEN GRUPPE VON VAMPIREN AUSGEFÜHRT. DAS WEISS ICH, DENN ICH WAR DORT.
IN JENER NACHT HABE ICH GESEHEN, WIE MEINE FREUNDE UND NACHBARN GEFOLTERT & ERMORDET WURDEN. SEIT JENER NACHT IST MEINE TOCHTER VERSCHWUNDEN. DIE BEHÖRDEN HABEN MIR MEHRMALS MITGETEILT, SIE SEI TOT, ABER ICH KANN DAS EINFACH NICHT GLAUBEN.

Dann schilderte der Verfasser den Überfall auf die Insel in erschreckenden, schaurigen Details: die roten Augen und weiß glänzenden Reißzähne, das Blut und die hilflosen Schreie, die hemmungslose Gier der Angreifer, zu verstümmeln und zu morden. Er berichtete, wie ihm selbst und einigen anderen die Flucht auf dem Boot eines Nachbarn gelungen war; wie seine Tochter bei der Leiche ihrer besten Freundin stehen geblieben war und so das Boot verpasst hatte. Als es ohne sie abgelegt hatte, hatte der Erzähler noch einen letzten Blick auf das wehende blonde Haar seiner Tochter erhascht, als sie zum Inselinneren zurücklief.

Der Bericht ging über den eigentlichen Überfall hinaus und schilderte, wie der Autor anschließend mehrmals Besuch von der örtlichen Polizei und von Männern und Frauen bekommen hatte, die sich nicht auswiesen. Sie hatten ihm mitgeteilt, seine vermisste Tochter sei vermutlich tot, und ihn davor gewarnt, mit Dritten darüber zu sprechen, was sich in jener Nacht wirklich ereignet hatte. Die Geschichte mit den Children of God mussten alle Überlebenden erzählen, wenn sie nicht schlimme Konsequenzen erdulden wollten. Nach einem Monat war ihm mitgeteilt worden, seine Tochter sei nun offiziell tot, obwohl ihr Leichnam nie gefunden worden war, und der Fall abgeschlossen.

Für Greg war dieses Posting nichts weniger als der Heilige Gral.

Männer in Schwarz kamen darin keine vor, weil der Verfasser keine gesehen hatte. Aber er hatte *Vampire* gesehen, das stand für Greg außer Zweifel. Die Beschreibung passte genau zu dem, was er in seinem Garten gesehen hatte, und er glaubte nicht, dass der Staat so genaue Informationen posten lassen würde, selbst wenn die Webseite eine Falle war. Die Verantwortlichen hätten keinen Grund, das zu riskieren.

Er postete sofort eine Antwort, in der er den Verfasser für seinen Mut und seine Ehrlichkeit lobte und ihm mitteilte, dies habe ihn inspiriert. Dann tat er, was er gleich nach seiner Entdeckung der versteckten Webseite hätte tun sollen: Er kopierte seine eigene Story in die Box für Mitteilungen und klickte auf POSTEN.

Greg konnte nicht beurteilen, wie viele Menschen Zugang zu der Webseite hatten, aber in den folgenden achtundvierzig Stunden schienen *Alle* Kommentare zu den beiden neuen Berichten zu posten. Gemeinsam lieferten sie immer genauere Beschreibungen von den Akteuren der geheimen Welt, die sie ans Tageslicht bringen wollten: von den Vampiren und den Männern in Schwarz, die Jagd auf sie machten. Es gab keine Bildbeweise, aber die Worte waren überzeugend genug; die Verfasser wurden für ihren Mut und ihre Wahrheitsliebe gelobt, während Diskussionen darüber entstanden, was aus Gregs Sohn und der Tochter des Überlebenden von Lindisfarne geworden sein mochte. Gleichzeitig begannen die beiden Männer, die alle diese Aktivitäten ausgelöst hatten, miteinander zu korrespondieren: anfangs nur zögerlich in Form von Kommentaren zu den Postings des anderen, dann regelmäßiger durch verschlüsselte Postings über die Webseite.

Nun würden sie zum ersten Mal miteinander sprechen.

Greg benutzte ein Programm, das er über ein zutiefst paranoides Usenet-Forum, das er ebenfalls frequentierte, heruntergeladen hatte; als er fertig war, war er in einem Labyrinth aus Proxyservern und IP-Divertern versteckt, für dessen Entwirrung der beste GCHQ-Analyst eine Stunde gebraucht hätte. Er rief zufrieden

Skype auf, schaltete die Videofunktion aus und wartete auf den Anruf.

Nach weniger als einer Minute war ein Klingelzeichen zu hören. Greg klickte auf das grüne Symbol ANNEHMEN und beobachtete, wie die Verbindung hergestellt wurde und die Uhr zu laufen begann. Eine Sekunde später kam eine Stimme aus den Lautsprechern.

»Hallo?«

Real, dachte Greg. *Er ist real. Gott sei Dank.*

»Hallo«, antwortete er. »Freut mich mit Ihnen zu reden, Kumpel. Freut mich echt.«

»Gleichfalls«, sagte die Stimme. Sie klang freundlich und warm, sprach mit starkem Nordostakzent. »Wusste ehrlich gesagt nicht, was mich erwartet. Ich war schon darauf gefasst, dass meine Tür aufgebrochen werden würde, sobald ich Ihren Usernamen anklicke.«

Greg lachte. »Ich auch, Kumpel. Ich horche noch immer mit einem halben Ohr nach Hubschraubern.«

Der Mann am anderen Ende lachte herzhaft.

»Wie soll ich Sie nennen?«, fragte Greg. »Meinetwegen können wir unsere richtigen Namen benutzen, wenn Ihnen das recht ist?«

»Noch nicht«, wehrte der andere Mann ab. »Nichts für ungut.«

»Oh, ich verstehe«, antwortete Greg. »Wie sonst?«

»Nennen Sie mich North«, sagte die Stimme. »Und ich werde Sie South nennen. Was halten Sie davon?«

»Einverstanden«, sagte Greg.

»Großartig«, sagte North. »Ich möchte wirklich bloß fünf Minuten online bleiben, wenn's Ihnen recht ist. Ich bin so gut getarnt wie nur möglich, aber ich denke, wir sollten unser Glück nicht überstrapazieren. Wollen wir also gleich zur Sache kommen?«

»Unbedingt«, sagte Greg und lächelte in der leeren Stille von Matts Zimmer.

»Das mit Ihrem Jungen tut mir leid«, sagte North. »Ich kann nicht glauben, dass sie mit einem Hubschrauber mitten auf Ihrer Straße gelandet sind. Das ist unglaublich.«

»Danke«, sagte Greg. »Und mir tut das mit Ihrer Tochter leid, ehrlich. Was den Hubschrauber betrifft, konnte ich's auch nicht glauben. Ich dachte, ich hätte geträumt. Das habe ich sogar noch lange gedacht. Als mein Sohn nicht zurückkam, habe ich alle unsere Nachbarn nach dem Hubschrauber gefragt. Keiner wollte zugeben, dass er ihn gesehen hatte.«

»Dreckskerle«, sagte North.

»Sie hatten bloß Angst«, sagte Greg. »Der Staat will uns alle einschüchtern. Was ist mit den anderen, die gesehen haben, was Sie gesehen haben?«

»Überall das Gleiche«, antwortete North. »Frage ich sie danach – die wenigen, die noch da sind –, erzählen sie mir genau, was die Cops uns eingebläut haben. Und wissen Sie, was das Unheimliche daran ist? Sie glauben es. Sie glauben es wirklich. Als hätten sie die Erinnerung an die wirklichen Ereignisse gelöscht.«

Greg wusste sehr gut, wovon North sprach; seine Frau und er hatten genau das Gleiche getan, als Matt ihnen zurückgegeben worden war: Sie hatten die Männer in Schwarz und das Mädchen und den Hubschrauber aus ihrem zuvor wohlgeordneten bürgerlichen Leben gelöscht.

»Ich weiß, was Sie meinen, Kumpel«, sagte er leise. »Das können Sie mir glauben.«

Danach herrschte sekundenlang Schweigen, das aber alles andere als unbehaglich war; dies war die zwanglose Stille zweier Menschen, die glauben, eine verwandte Seele gefunden zu haben.

»Eigentlich verrückt«, sagte North schließlich. »Ich rede heutzutage kaum noch mit Leuten. Es lohnt die Mühe nicht, wenn man nichts glauben kann, was man hört. Cops, Regierung, Fernsehen, Zeitungen ... alles Bockmist. Selbst Ihnen kann ich noch nicht vertrauen, dafür ist es noch zu früh. Aber sogar wenn Sie einer der Männer in Schwarz wären und mich verhaften wollten, sobald er rausgekriegt hat, wie viel ich weiß, tut's gut, mal mit jemandem reden zu können. Wissen Sie, was ich meine?«

»Ja«, antwortete Greg sofort. »Ein Teil meines Ichs wird sich immer wünschen, ich wüsste nicht, was ich weiß. Ich wollte das nie. Das alles ist mir aufgenötigt worden, und dann sollte ich die Klappe halten und es wieder vergessen. Deshalb tut's gut, darüber reden zu können, Kumpel. Echt gut.«

»Ich fahre ungefähr einmal pro Woche aufs Festland«, sagte North. »Sie wissen, wo ich lebe, also dürfte das keine Überraschung sein. Ich fahre nach Keswick oder nach Alnwick rauf, manchmal bis nach Berwick, und beobachte Leute. Ich beobachte, wie sie einkaufen, Händchen halten, ihre Kinder anbrüllen, zum Bus rennen, und bin neidisch. Ich beneide sie um die Dinge, die sie nicht wissen, um die Art, wie sie einfach in den Tag hineinleben, ohne die Gefahren zu kennen, von denen sie auf allen Seiten umgeben sind. Manchmal wünsche ich mir, ich könnte in mein altes Leben zurückkehren. Aber ich weiß, dass ich das nicht kann.«

»Mir geht es genauso«, sagte Greg. »Wir müssen mit den Karten spielen, die wir bekommen haben, stimmt's?«

»Richtig«, bestätigte North. »Was mit mir passiert, ist mir gleichgültig, das können Sie mir glauben. Mein Leben ist seit dem Tag vorbei, an dem meine Tochter entführt wurde. Aber das heißt nicht, dass ich sterben *will*, zumindest noch nicht. Stattdessen will ich mich rächen, will eine Möglichkeit finden, ihnen heimzuzahlen, was sie mir angetan haben. Und ich will alle warnen, dass sie die Nächsten sein können, denen passiert, was Ihnen und mir zugestoßen ist.«

»Wie?«, fragte Greg. »Genau das will ich auch, Kumpel, aber wie? Fangen wir an, Leute aufzuklären, verschwinden wir. Das wissen Sie so gut wie ich. Und außerdem glaubt uns sowieso niemand.«

»Ich weiß«, sagte North. »Wir brauchen jemanden mit einer größeren Stimme als unsere, jemanden, den sie nicht so einfach zum Schweigen bringen können.«

»Und wir brauchen Beweise«, sagte Greg, der an die ausdruckslosen Gesichter seiner Nachbarn, die ängstliche Miene des Polizeibeamten dachte, der ihm erklärt hatte, er könne nichts wegen Matts Verschwinden unternehmen, weil ihm von ganz oben befohlen worden sei, die Ermittlungen einzustellen. »Wenn wir Beweise hätten, könnten wir vielleicht einen Journalisten finden, der etwas tun würde. Ich meine, dies ist die größte Story der Welt, Kumpel. Das heißt, wenn wir jemanden dazu überreden könnten, sie zu bringen.«

»Welche Beweise könnten wir beschaffen?«, fragte North. »Ich habe nichts außer dem, was ich gesehen habe. Haben Sie mehr?«

»Nein«, antwortete Greg. »Nichts.«

Darauf herrschte wieder Schweigen, länger als zuvor, das erst endete, als Gregs Handy zu piepsen begann. Er nahm es von der Platte von Matts Schreibtisch und sah, dass seit Beginn ihres Gesprächs vier Minuten verstrichen waren.

»Ich mache jetzt Schluss«, sagte er. Er konnte die Traurigkeit in seiner Stimme hören; er wusste, dass er wieder auf sich allein gestellt sein würde, sobald die Verbindung getrennt war. »Aber wir müssen bald wieder miteinander reden. Wir müssen gemeinsam überlegen, was zum Teufel wir tun können.«

»Einverstanden«, sagte North. »Ich melde mich wieder. War schön, mit Ihnen zu reden.«

»Gleichfalls, Kumpel«, sagte Greg, dann klickte er das rote Feld BEENDEN an. Seine Hand zitterte leicht, als er den Computer herunterfuhr.

Er hatte den ersten Schritt getan. Nun gab es kein Zurück mehr.

14

Mädchen gegen Jungen

Edwards Air Force Base, Kommando Groom Lake
Nevada, USA
Gestern

Die Bedienung stellte Larissa eine Schüssel Geflügelsalat hin, von der eine fünfköpfige Familie satt geworden wäre, weckte sie damit aus ihrem Tagtraum und brachte sie in die neonhelle Realität von Sam's Diner zurück. Larissa bedankte sich und begann zu essen.

Wie so häufig war sie in Gedanken bei Jamie gewesen. Sie freute sich darauf, ihn anzurufen, sobald der Zeitunterschied das zuließ; in England war es jetzt mitten in der Nacht, und sie wollte ihn nicht wecken. Bei ihrem letzten Gespräch vor drei Tagen war alles in bester Ordnung gewesen, zumindest oberflächlich: Larissa hatte nach Kate und Matt gefragt, nach seiner Mom, nach Frankenstein und dem Department, für das er geboren worden war, und Jamie hatte mit gewohntem Enthusiasmus geantwortet und sie über das neue Projekt Lazarus informiert, über Kates schmerzliche Entscheidung, zum Team für interne Sicherheitsüberprüfung zu gehen, und die Bemühungen, Schwarzlicht wieder auf Soll-Stärke zu bringen. Er hatte ihr erklärt, er habe Sehnsucht nach ihr, und sie hatte ihm das Gleiche versichert: augenblicklich und vorbehaltlos.

Mitten in ihrem Gespräch hatte es jedoch eine Lücke gegeben, eine Pause, die sie vermutlich beide wahrgenommen hatten, obwohl keiner sie angesprochen hatte. Larissa wusste, dass sie von ihr ausgegangen war – wegen eines kurz nach ihrer Ankunft in Nevada aufgetauchten Problems, das sie sich noch immer nicht mit ihrem Freund zu besprechen traute.

Oder mit sonst jemandem.

Sie genehmigte sich eine Gabel Geflügelsalat und nahm einen großen Schluck von ihrem Root Beer, dem dunklen, schäumenden Getränk, das zu den vielen kleinen neuen Genüssen gehörte, die das NS9 zu bieten hatte.

»Erde an Larissa?« Die sanfte Stimme klang spöttisch und ließ sie lächeln. Kara, eine Pilotin in der Hubschrauberstaffel von NS9, sah sie fragend an; ihre leuchtend grünen Augen standen in auffälligem Gegensatz zu ihrem dunkelbraunen Teint und dem rabenschwarzen Haar.

»Sorry«, antwortete Larissa und grinste breit. »Ich hab nur überlegt, wo ich eine interessantere Gesellschaft fürs Abendessen finden könnte.«

Kara brach in lautes Gelächter aus, während Danny und Kelly, beide NS9-Agenten im ersten Dienstjahr, mit gespielter Empörung reagierten. Kelly, eine große, kräftige junge Frau aus Tennesse, die am Mississippi aufgewachsen war, schlug scheinbar wütend mit der flachen Hand auf den Tisch. Danny, ein lautstarker, geselliger Junge aus Virginia, dessen Eltern beim CIA an bis heute streng geheimen Unternehmen beteiligt gewesen waren, tat so, als wolle er wegen Larissas Beleidigung aufstehen und weggehen.

Aaron, der blasse, stille israelische Nachrichtenanalyst, der wie ein Bibliothekar aussah, sich aber weigerte, über seine Einsätze beim Mossad zu reden, fasste Danny lachend an den Schultern und drückte ihn wieder auf seinen Stuhl. Larissa beobachtete diese Pantomime mit dem behaglich warmen Gefühl, unter Freunden zu sein.

Ihre Abkommandierung zum NS9 sollte Brücken bauen und war Bestandteil einer neuen Vereinbarung von Organisationen zur Bekämpfung des Übernatürlichen in aller Welt, ihr Wissen und ihre Ressourcen zu vereinigen – eine Übereinkunft, die nach dem Überfall auf den Ring und der Entführung Henry Sewards getroffen worden war. Larissa sollte zwei Monate in Nevada bleiben und in dieser Zeit sechs amerikanische Agenten auswählen, die mithelfen würden, die durch Valeri Rusmanovs Überfall gerissenen Lücken auszufüllen. Auch alle übrigen Organisationen weltweit wollten Agenten nach England abordnen, sodass Schwarzlicht bald das erste multinationale Department mit Männern und Frauen aller Kulturen und Nationalitäten sein würde.

Aus dem Augenwinkel heraus sah Larissa, dass Tim Albertsson sie beobachtete. Tim, der zweite Amerikaner, den sie hier in der westlichen Wüste kennengelernt hatte, war theoretisch ihr Vorgesetzter, obwohl er niemals den Eindruck erweckt hatte, als seien sie nicht gleichrangig, und ihr keine Befehle erteilte, sondern sie eher bat, dieses oder jenes zu tun. Der Spezialagent war im ganzen NS9 enorm beliebt: höflich, gesellig, unangestrengt charmant.

Und er fühlte sich offensichtlich zu ihr hingezogen.

Larissa, die von Natur aus nicht zu Selbstüberschätzung neigte, war sich sicher, dass sie die Situation richtig deutete. Sie fühlte sich überwiegend geschmeichelt, auch wenn ein kleiner Teil ihres Ichs leicht beunruhigt war; Tim Albertsson war fünfundzwanzig, und obwohl sie selbst zwanzig, fast einundzwanzig war, sah sie noch immer wie siebzehn aus.

So werde ich dank Grey immer aussehen, dachte sie. *Ewig siebzehn, während alle um mich herum alt werden. Klasse.*

Trotzdem hatte sie Tim gern. Er war aufgeschlossen, optimistisch und großzügig, und sie konnte der Versuchung nicht widerstehen, ein bisschen mit ihm zu flirten. Aber sie ermutigte ihn nicht, etwas wegen der Gefühle zu unternehmen, die er bestimmt für sie empfand, zumindest nicht wissentlich; sie liebte Jamie und hätte nie etwas getan, das ihn verletzen konnte. Aber er war weit fort, und sie konnte nicht anders, als die Tatsache zu genießen, dass Tim sie gern hatte.

Der Umstand, dass sie die meiste Zeit miteinander verbrachten, entschärfte die Situation nicht gerade. Tim hatte sie gebeten, ihn bei der Ausbildung neuer Rekruten zu unterstützen, für die er anscheinend mit seinem geheimnisvollen Dienstgrad zuständig war. Sie arbeiteten nun seit über einer Woche mit derselben Gruppe aus nervösen, eifrigen Männern und Frauen, und heute hatte Tim Larissa gebeten, ihnen zu demonstrieren, womit sie's wirklich zu tun hatten.

Neun Augenpaare starrten Tim und Larissa nervös an.
Die Rekruten waren auf einer Seite des NS9-Trainingszentrums angetreten, nach dessen Vorbild der »Spielplatz« im Ring erbaut worden war. Unter Tims wachsamem Blick hatten sie acht Tage lang zeigen müssen, was sie konnten, während Larissa sie hinter den Einwegspiegeln der Zuschauergalerie beobachtet und ihre Leistungen kommentiert hatte. Sie waren gerannt und hatten gekämpft. Sie hatten sich quälende achtundvierzig Stunden lang durch die Weißsandwüste geschleppt, hatten Schlafentzug ertragen müssen und waren gezwungen worden, zu planen und zu improvisieren, während Geist und Körper sich nach Ruhe sehnten. Sie hatten endlos mit ihrem neuen Handwerkszeug geübt: dem T-Bone, das mit Druckluft einen Stahlbolzen verschoss, der Maschinenpistole MP5 von Heckler & Koch, dem Sturmgewehr HK416, der Pistole Glock 17, UV-Strahlern und UV-Handgranaten. Sie waren ohne Rücksicht auf ihre bisherigen Einsätze in Strategie und Taktik, in Straßen- und Häuserkampf, Kfz-Wartung und Nahkampf ausgebildet worden. Jeder von ihnen war mit blauen Flecken übersät; jeder hatte auf den blauen Boden geblutet, auf dem sie jetzt standen.

Keiner hatte aufgegeben.
Jetzt stand Larissa erstmals vor ihnen und hörte zu, wie Tim sie vorstellte.

»Lieutenant Larissa Kinley kommt vom Department 19, meine Damen und Herren. Außerdem ist sie eine Vampirin. Falls jemand damit ein Problem hat, soll er die Hand heben, damit ich Ihnen zeigen kann, wie wenig Geduld ich mit ignoranten Rekruten habe. Irgendjemand?«

Keiner hatte die Hand gehoben, aber Larissa hatte gespürt,

dass neun Blicke sie fixierten. Ihr war bewusst, dass das auch an der Erwähnung von Department 19 lag: Schwarzlicht war das originale Department fürs Übernatürliche, zu dem Agenten in aller Welt noch immer ehrfürchtig aufsahen. Den größten Effekt hatte jedoch das Wort Vampir gehabt; sie wusste, dass sie die erste Vampirin war, die diese Männer und Frauen jemals gesehen hatten, und dass sie gespannt auf eine Demonstration ihrer Fähigkeiten warteten. Ihre Mienen zeigten Larissa, dass manche Angst vor ihr hatten. Das bereitete ihr kein Vergnügen, aber sie war um ihretwillen froh; Angst vor Vampiren war die einzig vernünftige Reaktion.

»Also gut«, sagte Tim. »Larissa hat sich freundlicherweise bereit erklärt, an der heutigen Nahkampfausbildung mitzuwirken. Ihre Chancen stehen recht schlecht, das sage ich Ihnen gleich, aber vielleicht überrascht mich ja der eine oder andere von Ihnen angenehm. Larissa?«

»Danke.« Sie trat vor. »Holen Sie Ihre T-Bones.«

Die Rekruten sahen sich an; sie trugen Kampfanzüge, aber keine Waffen. Laut Dienstplan erwartete sie eine Nahkampfausbildung.

»Die heutige Ausbildung findet unbewaffnet statt, Larissa«, warf Tim ein.

»Keine Sorge«, antwortete sie mit einem Blick zu ihm hinüber. »Sag ihnen, dass sie die Waffen holen sollen. Das geht in Ordnung.«

Tim zuckte mit den Schultern, warf ihr einen »Hoffentlich weißt du, was du tust«-Blick zu und wandte sich an seine Rekruten, die weiter unsicher zögerten.

»Habt Ihr den Befehl nicht gehört?«, brüllte er. »Waffen und Ausrüstung holen, aber dalli! Marsch, marsch!«

Die Rekruten rannten übers Trainingsgelände zu ihren Spinden, legten ihre Koppeln an und bewaffneten sich. Larissa fiel auf, wie lange das dauerte, weil dieser Vorgang ihnen noch nicht in Fleisch und Blut übergegangen war. Schließlich traten sie mit nervös in ihren behandschuhten Händen gehaltenen T-Bones wieder an.

»Das ist meine erste Lektion für Sie«, sagte Larissa und schritt die Front ab. »Kommen Sie einem Vampir niemals körperlich nahe, solange Sie noch eine einzige Waffe besitzen. T-Bones, Schusswaffen, Strahler, Handgranaten ... setzen Sie alles ein, bevor Sie auch nur an einen Nahkampf mit einem Vampir denken. Ist das verstanden?« Die Rekruten nickten. »Okay«, sagte sie und lächelte aufmunternd. »Versuchen Sie, mich zu erschießen.«

Die Rekruten wechselten unsichere Blicke. »Wen von uns meinen Sie?«, fragte die in der Mitte stehende Frau, die dafür offenbar ihren ganzen Mut zusammengenommen hatte.

»Sie alle«, antwortete Larissa. Dann betätigte sie einen Muskel, den von allen Anwesenden nur sie besaß. Ihre oberen Reißzähne wurden ausgefahren, und ihre Augen glühten in dunklem Lavarot. Die Rekruten wichen wie ein Mann einen halben Schritt zurück und starrten mit weit aufgerissenen Augen Tim an. Der Spezialagent zuckte mit den Schultern und versuchte, sich nicht anmerken zu lassen, was er dachte; in Wirklichkeit war er besorgt, weil dies weit über eine gewöhnliche Übungseinheit hinausging, aber ein Teil seines Ichs versicherte ihm, er brauche sich keine Sorgen zu machen. Die Rekruten hoben nervös ihre T-Bones und zielten damit auf Larissa.

»Feuer!«, knurrte sie, und sie drückten ab.

Neun Metallpflöcke surrten durch die Luft. Larissa sprang schneller hoch, als menschliche Augen ihr folgen konnten, drehte sich in der Luft und schoss als schwarzer Schatten davon, der zwei rote Linien hinter sich herzog. Während sie scharf einkurvte, sammelte sie mit ausgestreckten Händen die neun T-Bone-Drähte ein; als sie kräftig daran ruckte, wurden den Rekruten, von denen mehrere hinschlugen, die Waffen aus den Händen gerissen. Larissa machte halt, schwebte in der Luft über ihnen und blickte mit roten Augen und enttäuschtem Gesichtsausdruck auf sie hinab.

»Schusswaffen«, fauchte sie. »Strahler. Los, los, macht schon!«

Die Rekruten verdoppelten ihre Anstrengungen, versuchten

sie mit UV-Strahlern zu treffen und schossen mit Sturmgewehren, deren Schussknalle in dem geschlossenen Raum ohrenbetäubend laut waren. Larissa war wieder in Bewegung, flitzte mit weit weniger als Höchstgeschwindigkeit durch die Luft und wich allem mühelos aus. Nichts kam auch nur in ihre Nähe: kein Geschoss, kein purpurroter Lichtstrahl. Sie tanzte durch die Luft, bis die Gewehre leergeschossen und die Batterien der Strahler leer waren.

Zuletzt warf die Frau, die vorhin gesprochen hatte, eine UV-Handgranate nach ihr. Larissa verdrehte sich in der Luft, schlug die Handgranate zu Boden und setzte neben ihr auf. Ihr Stiefel zertrat die Kugel aus Metall und Glas, bevor sie detonieren konnte; sie zerplatzte zischend und Funken sprühend.

»Das war's«, knurrte sie.»Keine Waffen mehr. Wer will der Erste sein?«

Ein mit Muskeln bepackter Rekrut trat vor. Sein Gesichtsausdruck wirkte ziemlich selbstgefällig; dies war offenbar eine Kampfart, die ihm vertraut war. Er ließ seine Knöchel knacken, dann kam er auf sie zu: leicht auf den Fußballen tänzelnd, die Arme locker herabhängend. Als Larissa fast in Reichweite war, täuschte er eine Linke an, der er eine rechte Gerade folgen ließ. Seine Faust kam näher, als sie erwartet hatte, ohne sie jedoch zu berühren. Larissa wich zur Seite aus, dann schoss ihre Rechte nach vorn und bekam das Handgelenk des Mannes zu fassen. Sein selbstgefälliger Gesichtsausdruck schwächte sich ab und verschwand ganz, als sie ihn mühelos herumriss und fester zupackte. Sie konnte spüren, wie seine Knochen nachgaben; der Rekrut wurde leichenblass, warf den Kopf in den Nacken und schrie laut auf.

Sie hob ihn mit einem schlanken Arm in die Luft und warf ihn dann im letzten Augenblick, bevor sein Handgelenk brach, zu Boden. Er prallte schwer auf und blieb vor Schmerzen stöhnend liegen. Die anderen Rekruten beobachteten sie absolut entsetzt. Genau das hatte Tim beabsichtigt: Sie hatte die Türen öffnen und den Rekruten demonstrieren sollen, wie ihre neue Welt wirklich aussah. Im Innersten wusste Larissa, dass sie das lediglich nur ansatzweise getan hatte, aber sie wollte die Neulinge nicht zu sehr entmutigen.

»Nehmt 'ne Auszeit«, rief sie ihnen zu. Sie hatte diesen Ausdruck mehrfach von Tim gehört und mochte ihn. Er wirkte wie gewünscht; die Rekruten gingen langsam in die Hocke – auch der eine, der sie zu treffen versucht hatte und sich jetzt sein rasch anschwellendes Handgelenk hielt.

»Ich bin nicht normal«, erklärte sie ihnen lächelnd. »Ich habe eine militärische Ausbildung und übe meine Kräfte täglich. Ich bin schneller und stärker als fast jeder Vampir, dem ihr jemals begegnen werdet. Die meisten, auf die ihr stoßt, werden schnell und wild sein, aber sie wissen nicht, wie man kämpft, wie sie ihre Vorteile nutzen oder eure Waffen abwehren können. Hört auf Tim, hört auf eure Ausbilder und haltet euch im Einsatz gegenseitig den Rücken frei, dann kommt ihr zurecht. Okay?«

Auf einigen Gesichtern erschien ein vorsichtiges Lächeln, während andere Rekruten nickten.

»Cool«, sagte Larissa. »Wir sehen uns heute Abend in der Bar. Die erste Runde geht auf mich. Weggetreten.«

Aus dem Lächeln wurde ein Grinsen. Während die Rekruten sich lebhaft zu unterhalten begannen, ging sie zu Tim Albertsson hinüber.

»Wie war ich?«, fragte sie.

»Erschreckend gut«, antwortete Tim lächelnd. »Diese Lektion werden sie nicht so schnell vergessen. So viel ist sicher.«

»Briten sind bissig«, sagte Aaron, der Danny weiter an den Schultern festhielt. »Weißt du das nicht?«

»Doch, weiß ich«, sagte Danny, dann grinste er Larissa an. »Ich hab ihre Reißzähne gesehen, Mann, glaub mir, ich weiß Bescheid.«

Am Tisch wurde erneut gelacht, und Larissa stimmte fröhlich ein. Während sie sich wieder über ihren Geflügelsalat hermachte, beklagte Kara sich über das jähe Ende ihrer Beziehung zu einem

Marineflieger namens Bobby, von dessen ernsthaften Absichten sie fast überzeugt gewesen war.

»Wie schaffst du das, Larissa?«, fragte sie. »Ich weiß, dass du normalerweise mit Jamie im Ring zusammen bist, aber trotzdem ... Das muss schwierig sein.«

»Manchmal schon«, antwortete Larissa aufrichtig. Sie legte Messer und Gabel weg. »Es hat ehrlich gesagt schon Zeiten gegeben, in denen unsere Beziehung auf der Kippe gestanden hat. Als vor ein paar Monaten – vor dem Überfall auf den Ring – das alles mit Valentin und Frankenstein passiert ist, habe ich bezweifelt, dass sie das überstehen würde. Echt nicht. Das Dumme ist nämlich, dass wir uns erst seit einem halben Jahr kennen und auf keine lange gemeinsame Geschichte zurückblicken können, die einen verbindet, wenn die Dinge schwierig werden. Aber wir haben die Krise überstanden. Und sollte unsere Beziehung jemals in die Brüche gehen, was ich nicht hoffe, würden wir auch das überleben. Weil ich nicht glaube, dass es schon mal zwei Leute gegeben hat, die in den ersten Monaten ihrer Beziehung durch so viel Scheiße gewatet sind wie wir.«

»Wirklich beeindruckend«, sagte Kara mit breitem Lächeln. Aus dem Augenwinkel heraus sah Larissa, dass Tim Albertsson nicht lächelte. »Du kannst wirklich glücklich sein, dass du dich in jemanden verliebt hast, der bei Schwarzlicht arbeitet. In jemandem, den du niemals belügen musst, was dein Leben betrifft, oder?«

»Ja«, bestätigte Larissa. »Das weiß niemand besser als ich. In den beiden ersten Jahren nach meiner Verwandlung habe ich tagtäglich gelogen, nur um überleben zu können. Das möchte ich nie wieder tun müssen.«

»Aber machst du dir keine Sorgen um ihn?«, fragte Tim. »Sich nicht belügen zu müssen, ist schön und gut, und ich kann mir vorstellen, wie großartig das ist, aber der Nachteil ist doch, dass du genau weißt, wie gefährlich seine Einsätze sind. Ist das nicht schwierig?«

»Natürlich ist's das«, antwortete Larissa und wandte sich dem

Spezialagenten zu. »Bei jedem Abschied ist mir bewusst, dass ich ihn vielleicht nicht wiedersehen werde. Aber er kommt schon klar. Er hat schon viele scheinbar aussichtslose Situationen überlebt, und wir haben die Risiken gekannt, als wir unterschrieben haben. Letztlich läuft alles darauf hinaus, dass ich weiß, dass er zu mir zurückkommen wird, wenn er *kann*.«

Tim nickte, ohne mehr zu diesem Thema zu sagen.

»Wie auch immer«, sagte Kara. »Was ist übrigens mit Dominique Saint-Jacques? Larissa, du kennst ihn, stimmt's? Ich habe sein Bild in dem Bericht über das Unternehmen in Paris gesehen und denke, er wäre vielleicht genau der Richtige, um mir über die Sache mit Bobby hinwegzuhelfen.«

»Ich kenne Dominique«, sagte Tim lächelnd. »Von einem längeren Einsatz in Somalia vor ein paar Jahren. Du müsstest vermutlich eine Nummer ziehen.«

»Was soll das heißen?«, fragte Kara aufgebracht. »Dass ich nicht gut genug für ihn bin?«

»Hab ich das gesagt?«, fragte Tim breit grinsend. »Das hast *du* behauptet, nicht ich. Ich habe nur gesagt, du müsstest vermutlich eine Nummer ziehen. Er ist ein sehr beliebter junger Mann.«

Larissa achtete nicht weiter auf Tim und Kara, die sich scherzhaft wegen eines Mannes zankten, der fünftausend Meilen von hier entfernt war. Auf der anderen Seite des Tischs hatten Kelly, Danny und Aaron die Köpfe zusammengesteckt und sprachen leise miteinander, aber für Larissas übernatürlich scharfes Gehör gab es kein Flüstern. Sie hörte es fast so gut, wie gewöhnliche Menschen schreiende Stimmen hörten. Und jetzt hörte sie Aaron sagen: »... wenn ich's wüsste, würde ich's dir sagen. Aber ich weiß es nicht. Kein Mensch weiß, wer er ist.«

»Um wen geht's?«, fragte Larissa. Sie blendete die Diskussion über Karas Attraktivität aus und beugte sich nach vorn. »Niemand weiß, wer er ist?«

»Der Mann in der Zelle«, sagte Aaron. Sein mild-erstaunter Gesichtsausdruck zeigte Larissa, dass er sich über ihre Frage wunderte. »Den niemand sehen darf. Du weißt nichts von ihm?«

»Anscheinend nicht«, antwortete Larissa. »Wer ist er?«

»*Wissen wir nicht*«, sagte Danny. Er sprach sehr langsam wie mit einem Kind, dann grinste er sie an. »Das ist sozusagen der springende Punkt.«

»Ach, leck mich doch«, sagte Larissa lächelnd. »Welche Story steckt dahinter?«

»Von der ist auch nicht viel bekannt«, erwiderte Kelly. »Vor ungefähr einem Monat hat's Generalalarm gegeben, weil jemand ins Sperrgebiet eingedrungen war, aber der Alarm ist nach zehn Sekunden wieder abgeblasen worden. Es hat keine Mitteilung gegeben, wir mussten nicht antreten, und dann ...«

»... und dann hat das Department in General Allens Auftrag bekannt gegeben«, übernahm Aaron, »dass der Zutritt zum Zellenblock verboten ist und Zuwiderhandlungen streng bestraft werden. Gerüchteweise heißt es, dass in einer der Zellen ein Mann sitzt, aber niemand weiß, wer er ist und ob er überhaupt existiert. Das Ganze ist ein schwarzes Loch.«

»Bizarr«, meinte Danny. »Echt verrückt.«

Larissa dachte darüber nach. »Er sitzt in einer gewöhnlichen Zelle, stimmt's?«, fragte sie. »Nicht in einer für Vampire?«

»In einer gewöhnlichen«, bestätigte Aaron. »Einfach ein Betonwürfel.«

»Merkwürdig«, sagte Larissa. »Welche Theorien gibt's darüber?«

»Ich habe gehört, dass er Allens Bruder sein soll«, sagte Kelly. »In der Offiziersmesse hat jemand erzählt, er sei kompromittiert worden, und der General habe ihn hergeholt, bis Gras über die Sache gewachsen ist.«

»Weshalb sollte er seinen eigenen Bruder in eine Zelle stecken?«, wandte Aaron ein. »Was würde es schaden, ihm eine freie Unterkunft zuzuweisen?«

»Wer weiß?«, fragte Danny. »Vielleicht ist er irgendein Informant, von dem wir nach dem Willen des Direktors nichts erfahren sollen.«

»Und warum sollen wir nichts erfahren?«, fragte Kelly.

Aaron sah zu Larissa hinüber, die langsam nickte. »Weil der Feind sogar hier seine Augen und Ohren haben kann«, sagte sie leise. »Glaubt mir, ich weiß, wovon ich rede.«

Die vier saßen einen Augenblick lang schweigend da, ließen Larissas Worte auf sich wirken. Dass Schwarzlicht von zwei Angehörigen verraten worden war, hatte in allen anderen übernatürlichen Departments große Besorgnis ausgelöst. Die Vorstellung, zusätzlich zu den in der Außenwelt drohenden Gefahren könnte es in den eigenen Reihen Verräter geben, war so beunruhigend, dass kein Agent länger über sie nachdenken mochte.

»Vielen Dank, Larissa«, sagte Danny und schob seinen erst zur Hälfte gegessenen Hamburger von sich weg. »Mir ist der Appetit vergangen.«

»Das wäre nicht das Schlimmste«, sagte Kelly mit einem theatralischen Blick auf den Bauchumfang ihres Freundes. »Du brauchst wirklich bald eine größere Uniform.«

»Du bist die größte ...«

Der dekorative Ausdruck, mit dem Danny sie hatte belegen wollen, ging in Larissas und Aarons lautem Gelächter unter. Tim und Kara hörten sofort auf, sich zu zanken und wollten wissen, was so lustig gewesen sei. Während Aaron sie auf den neuesten Stand brachte, beobachtete Larissa lächelnd ihre Freunde. Aber im Hintergrund ihres Verstands dachte sie weiter an den namenlosen Mann in seiner Zelle und fragte sich, wie sie herausbekommen könnte, wer er war.

51 Tage bis zur Stunde null

15

Einer von uns

Jamie schloss sich Jack Williams auf dem Korridor der Ebene B an, als das Sonderkommando Stunde null Jacob Scott folgte.

»Weißt du, was los ist?«, fragte er ihn leise.

Jack schüttelte den Kopf. »Ich weiß nicht mehr als du, Kumpel. Jacob hat irgendwas, das er uns erzählen will. Ich glaube nicht, dass schon irgendwer weiß, worum es sich handelt.«

»Hängt es mit Dracula zusammen?«

»Das glaube ich nicht«, sagte Jack. »Ich denke, es geht um was anderes.«

Die beiden Agenten gingen einige Zeit schweigend nebeneinander her, bevor Jamie fragte: »Wie war's heute Nacht bei euch?«

»Okay«, antwortete Jack. »Wir haben die beiden ersten Vamps auf unserer Liste erledigt. Wollten uns noch den dritten vornehmen, aber er war in Bewegung, also hab ich Schluss gemacht. Wie war's bei dir?«

»Wir haben einen erwischt«, sagte Jamie.

»Haben deine Neuen sich bewährt?«

»Gewissermaßen«, sagte Jamie. »Ellison wird mal klasse, das sieht man schon jetzt. Sie ist eiskalt. Aber Morton ist irgendwie ausgeflippt, wenn ich ehrlich sein soll. Ich vermute, dass die Begegnung mit einem echten Vampir ihn mehr erschreckt hat, als er erwartet hatte. Aber wenn man bedenkt, dass sie eigentlich noch in der Ausbildung sind, waren sie in Ordnung. Deine?«

»Besser als erwartet«, sagte Jack. »Sind nicht in Panik geraten, waren nicht starr vor Schrecken, haben jeden Befehl prompt ausgeführt. Hast du gehört, was Angela gemacht hat?«

»Ich bin zurückgekommen und gleich ins Bett gegangen«, antwortete Jamie. »Was hat sie gemacht?«

»Sie hat Holmwood erklärt, sie wolle ein neues Team«, berichtete Jack lächelnd. »Ihre beiden Leute liegen im Krankenrevier, aber sie will sofort wieder los. Cal musste ihr befehlen, ins Bett zu gehen.«

Jamie grinste. Angela Darcy, der schönen, tödlichen ehemaligen Geheimagentin, traute er alles zu; er hatte sie in Paris im Einsatz gesehen, nachdem sie sich freiwillig zu dem Unternehmen zur Befreiung Frankensteins gemeldet hatte, und war beeindruckt und zugleich ein bisschen eingeschüchtert gewesen. So nonchalant, so elegant tödlich war sonst nur noch Larissa Kinley, die aber als Vampirin ganz andere Voraussetzungen mitbrachte. Dass Angela so freundlich war und so gern flirtete wie sie gefährlich war, machte sie umso reizvoller, und es war eine allgemein bekannte Tatsache, dass mindestens ein halbes Dutzend ihrer Kameraden in sie verknallt war.

»Das überrascht mich nicht«, sagte er.

»Mich auch nicht«, bestätigte Jack. »Mich wundert, dass Cal den Mut aufgebracht hat, ihr das zu befehlen.«

Jack lachte, und Jamie stimmte ein. Beide genossen die enge Freundschaft, die bald nach dem ersten Kennenlernen zwischen ihnen entstanden war. In dem halben Jahr, in dem Jamie nun im Ring war, hatten sie oft Seite an Seite gekämpft, und Jack hatte zu den Agenten gehört, die sich freiwillig für die Rettungsaktion in Paris gemeldet hatten. Jamie hatte ihn sehr gern mitgenommen, denn Jack war nicht nur ein Freund, sondern auch ein erstklassiger Agent und eine geborene Führerpersönlichkeit.

Die Gruppe wartete am Ende des Korridors, bis ein Aufzug herunterkam; dann zwängten sich alle in die Kabine, die sie zur Ebene A hinaufbrachte. Jacob Scott führte sie auf dem Zentralkorridor weiter bis zu der Suite des Kommissarischen Direktors. Er klopfte energisch an, dann wartete er. Nach etwa einer Minute wurde aufgemacht, und Cal Holmwoods verschlafenes Gesicht erschien in dem Türspalt.

»Was ist los?«, fragte er. »Jacob? Was soll dieser Auflauf?«

»Ich muss Ihnen etwas zeigen, Sir«, antwortete Colonel Scott. »Dürfen wir bitte reinkommen?«

Holmwood war sichtlich irritiert. »Muss das gleich sein, Jacob? Hat das nicht Zeit bis morgen früh?«

»Nein, Sir«, antwortete Scott. »Leider nicht, Sir.«

Der Kommissarische Direktor seufzte. »Also gut, kommt alle rein.« Er öffnete die Tür seiner Unterkunft. Jacob Scott trat als Erster ein, und das Sonderkommando Stunde null folgte ihm. Sobald der Letzte eingetreten war, schloss Holmwood die Tür und fragte, was zum Teufel passiert sei.

»Das ist schneller erklärt, wenn ich's Ihnen zeige, Sir«, sagte Scott. »Können Sie die Aufnahmen der Überwachungskamera von dem Ausbruch in Broadmoor aufrufen?«

»Weshalb?«, fragte Holmwood. »Die werden noch analysiert. Ich habe noch nicht mal einen vorläufigen Bericht.«

»Wie gesagt, Sir, es geht schneller, wenn ich's Ihnen zeige«, wiederholte Colonel Scott.

Holmwood betrachtete die übrigen Männer, die schweigend in seinem Arbeitszimmer standen. »Paul«, sagte er, als sein Blick auf Major Turner fiel. »wissen Sie, was hier gespielt wird?«

»Nein, Sir«, antwortete der Sicherheitsoffizier. »Das ist Jacobs Show.«

Jamie sah zu Jack hinüber, der kurz die Augen aufriss – eine Reaktion, die genau das besagte, was sie ausdrücken sollte.

Heiliger Scheiß. Die Sache muss ernst sein.

Holmwood überlegte kurz, dann seufzte er. »Gut, ich lade den Film hoch«, sagte er. »Verraten Sie mir auch, worauf ich achten soll?«

»Wenn Sie den Innenhof während des Ausbruchs zeigen, Sir«, antwortete Scott, »sage ich's Ihnen, sobald ich's sehe.«

Holmwood grunzte, dann ließ er sich in den Schreibtischsessel fallen. Er fuhr seinen PC hoch und gab einige Tastenbefehle ein. An der Wand gegenüber leuchtete ein Großbildschirm auf, und die Agenten wichen nach beiden Seiten aus, damit ihn jeder sehen konnte. Holmwood navigierte durch das Intranet von Schwarzlicht und rief aus einem Hunderte von Gigabytes großen Ordner mit Filmaufnahmen über den Ausbruch aus Broadmoor eine Datei mit der Bezeichnung EXT_COURTYARD auf. Nach einem Doppelklick begann auf dem Bildschirm ein Schwarzweißfilm zu laufen.

Die Kamera war auf der Rückseite des Torhauses über der bogenförmigen Durchfahrt angebracht; von dort aus erfasste sie den Innenhof bis zum Eingang des Hauptgebäudes. Als der Film begann, stand mitten im Bild ein Range Rover mit offener Fahrertür, neben der ein Mann stand. Zwischen dem Wagen und dem Haupteingang lag eine Gestalt in einem weißen Krankenhausnachthemd, die so plötzlich aufsprang, dass einige Zuschauer erschrocken tief Luft holten. Der Patient spurtete über den Innenhof, sprang auf die Motorhaube, hämmerte mit bloßen Fäusten auf die Frontscheibe ein und schaffte es, eine Hand durchs Glas zu bekommen. Dann schoss der Range Rover rückwärts davon, raste unter der Kamera hindurch und verschwand aus dem Bild.

»Wer war in dem Wagen?«, fragte Brennan betroffen leise.

»Benjamin Dawson«, antwortete Paul Turner, ohne den Bildschirm aus den Augen zu lassen. »Und Charles Walsh. Beide aus Crowthorne, dem Ort unterhalb von Broadmoor. Beide verstorben.«

Jamie sagte nichts. Er hatte nur Augen für die schrecklichen Ereignisse, die auf dem Bildschirm zu sehen waren. Das Video war stumm, was alles noch schlimmer machte; ohne die Schreie, die ihn in Wirklichkeit begleitet hätten, wirkte der Horror irreal. Auf dem Innenhof bewegte sich einige Augenblicke lang nichts, bis eine zweite Gestalt irgendwo von oben ins Bild fiel. Sie krachte aufs Pflaster, wobei sie sich offenbar ein Bein brach, und kroch in Richtung Tor davon. Sekunden später fielen zwei, dann drei weitere Patienten ins Bild. Manche rannten zum Tor, während andere auf dem Hof stehen blieben, als wüssten sie nicht recht, was sie tun sollten.

Dann wurde die Tür des Haupteingangs von innen mit solcher Gewalt aufgestoßen, dass sie an die Klinkermauer schlug und zersplitterte. Ein hünenhafter Mann in einem weißen Nachthemd erschien auf der Schwelle; seine glühenden Augen zeigte der Schwarzweißfilm in flackerndem Weiß. Er machte langsam ein paar Schritte ins Freie, dann warf er den Kopf in den Nacken und heulte lautlos den Nachthimmel an. Plötzlich wimmelte es auf dem Hof von Gestalten, als die frisch verwandelten Insassen von Broadmoor aus dem Hauptgebäude quollen: erst Dutzende, dann anscheinend Hunderte, die hüpften, durcheinanderliefen und sich anrempelten – ein breiter Strom von Vampiren, die ihre neue Freiheit genossen. Sie begannen über den Hof zu laufen, flitzten unter der Kamera hindurch und verschwanden in der Nacht.

»Stopp!«, rief Jacob Scott plötzlich. »Genau hier!«

Jamie beobachtete den australischen Colonel; Scotts Blick war starr auf den Bildschirm gerichtet, sein von Wind und Wetter gegerbtes Gesicht wirkte sorgenvoll blass. Cal Holmwood hielt den Film an, spulte ihn zurück, bis Jacob erneut »Stopp!« rief, und gab dann einen weiteren Tastenbefehl ein. Das Standfoto wurde automatisch scharf gestellt, bis es wie ein Foto aussah.

»Was sehen wir hier?«, fragte er.

Jacob Scott trat an den Bildschirm heran. Er streckte eine zitternde Hand aus und deutete auf einen Mann, der ohne sichtliche Eile über den Innenhof ging.

»Ihn«, sagte Scott. »Ich wollte, dass Sie ihn sehen.«

»Wer ist er?«, fragte Jamie.

»Einer von uns«, antwortete der Colonel. »Das ist Albert Harker.«

16

Geheim heißt Geheim

zwanzig Minuten später

»Das kann ich nicht glauben«, murmelte Cal Holmwood. »Ich habe David Harker gekannt. Ich kann nicht glauben, dass er seinem eigenen Sohn das angetan haben soll.«

»Er hat's aber getan, Sir«, sagte Jacob Scott mit unsicher leiser Stimme. »Ich war dort. Ich habe die Unterlagen selbst gesehen.«

Jamie hatte mit allmählich wachsendem Entsetzen die lange traurige Geschichte Albert Harkers gehört. Colonel Scott hatte sie ausführlich erzählt, nichts ausgelassen und die Grausamkeit, die anscheinend im Innersten der Familie Harker lauerte, detailliert geschildert. Wie Albert Harker von Vater und Bruder unter falschem Namen in Broadmoor eingewiesen worden war, wo er bleiben sollte, bis er ihr Geheimnis mit ins Grab nahm.

Wie konnten sie nur?, fragte Jamie sich erschrocken. *Wie kann man das einem Menschen antun?*

»Ich kenne diese Männer nicht«, sagte er. »Sie sind keine Agenten mehr, stimmt's?«

»Sie sind beide tot«, antwortete Holmwood. »David ist vor über einem Jahrzehnt gestorben, Robert ... wann? Vor ungefähr zwei Jahren?«

Paul Turner nickte. »Kein halbes Jahr nach dem Tod seiner beiden Söhne«, bestätigte er.

Vor Jamies innerem Auge stand eine Bronzeplakette im Rosengarten am Rand des Stützpunkts. »Die Brüder Harker sind beim Absturz der ersten *Mina* umgekommen«, sagte er langsam. »John und George. Sie waren Roberts Söhne.«

»Davids Enkel«, bestätigte Holmwood. »Und Alberts Neffen, obwohl ich bezweifle, dass sie je von seiner Existenz erfahren haben. Ich bezweifle, dass ihr Vater seinen Bruder oft erwähnt hat.«

»Aber *Sie* wussten, dass Albert existiert«, stellte Jamie fest. »Sie haben David Harker gekannt und müssen gewusst haben, dass er zwei Söhne gehabt hatte. Haben Sie sich nie Gedanken über den anderen gemacht?«

»Wir wussten, dass Albert ... anders war«, sagte Holmwood. »Ich meine, das war ein offenes Geheimnis. Es war ein Skandal, als er uns abgewiesen hat, und wir wussten, dass David verdammt wütend war. Aber von allem anderen hatte ich keine Ahnung.«

»Davon hat niemand gewusst, Sir«, bestätigte Jacob Scott. »David und Robert haben's gewusst, und ich war eingeweiht. Das war's aber schon.«

»Warum waren Sie eingeweiht?«, fragte Paul Turner. »Wieso waren Sie überhaupt dort, Jacob? Das war offensichtlich eine Familienangelegenheit.«

»Robert hat mich gebeten, ihn und seinen Vater zu begleiten, als sie Albert den Vorschlag unterbreiten wollten, dem Department beizutreten«, antwortete Scott. »Er hat mir erklärt, sein Vater habe nach ihm und einem Mann verlangt, zu dem er Vertrauen habe. Und da er mir vertraute, bin ich mitgegangen.«

»Ich verstehe nicht, weshalb David außer Robert noch jemanden dabeihaben wollte«, sagte Holmwood.

»Darüber habe auch ich mir Gedanken gemacht, Sir«, antwortete Scott, wobei er kurz zu Boden sah. »In den letzten Jahren habe ich sehr viel darüber nachgedacht. Ich denke, dass David Angst hatte, er könnte zu weit gehen, wenn Robert, Albert und er die Einzigen wären, die davon wüssten.«

Was der Colonel damit andeuten wollte, hing schwer in der Luft.

Jesus, dachte Jamie. *Jesus Christus.*

»Soll das heißen ...«, begann Jack Williams, aber der Kommissarische Direktor unterbrach ihn.

»Ich denke, wir wissen recht gut, was Jacob meint, Jack«, sagte

Holmwood rasch. »Und bevor wir das Andenken eines loyalen Angehörigen des Departments kreuzigen, möchte ich Sie alle daran erinnern, dass Jacob keine gesicherten Erkenntnisse hat, sondern uns erzählt, was er *glaubt*. Ist das jedem klar?«

»Richtig«, stimmte Scott zu. »Sie haben mich gefragt, was ich denke. Ich weiß nicht bestimmt, was David durch den Kopf gegangen ist.«

»Aber Sie haben bereitwillig mitgemacht?«, fragte Paul Turner eisig. »Sie haben Ihrem Freund freiwillig geholfen, seinen Bruder grundlos für den Rest seines Lebens in eine Irrenanstalt zu stecken?«

»Mit Bereitwilligkeit hatte das nichts zu tun!«, protestierte Colonel Scott energisch. »Weder damals noch jetzt! Und Robert und David waren auch nicht glücklich darüber! Es hat ihnen das Herz gebrochen, wie Albert sich verändert hatte, wie er sie hasste und ihnen wehtun wollte. Aber sie haben ihre Gefühle zurückgestellt und getan, was getan werden musste. Für uns alle, für das Wohl des Departments.«

»Für das Wohl des Departments«, wiederholte Turner langsam. »Reden Sie sich das wirklich ein, Jacob?«

»Zum Teufel mit Ihnen, Paul«, knurrte Scott. »Schwingen Sie sich nicht zum Richter über mich auf, wenn ich genau weiß, wen Sie alles auf dem Gewissen haben. Glauben Sie, ich hätte Serbien vergessen? Oder Belfast?«

»Genug!«, brüllte Cal Holmwood und schlug mit der flachen Hand auf den Schreibtisch. »Jacob, warum erfahren wir das erst jetzt? Wieso haben Sie uns das nicht bei der gestrigen Besprechung des Sonderkommandos Stunde null erzählt?«

Scott erwiderte den Blick des Kommissarischen Direktors nur kurz, dann sah er zu Boden.

»Ich weiß, weshalb«, sagte Paul Turner. »Soll ich's ihnen erzählen, Jacob, oder wollen Sie das selbst tun?«

Scott warf dem Sicherheitsoffizier einen hasserfüllten Blick zu. »Tun Sie's ruhig«, sagte er. »Ich sehe, dass Sie danach gieren.«

»Also gut«, sagte Turner. »Vor ungefähr einer Stunde haben

wir die Aufforderungen für die nächsten TIS-Überprüfungen verschickt. Jacob steht an dritter Stelle auf der Liste. Inzwischen kennt fast jeder Agent einige der Fragen, die wir stellen. Bei einer geht es um Vorfälle, die nach Ansicht des Befragten die Sicherheit des Departments – absichtlich oder unabsichtlich – gefährdet haben könnten.«

»Sie wussten, dass Sie auffliegen würden«, sagte Holmwood zu Colonel Scott. »Deshalb wollten Sie vorher reinen Tisch machen. Habe ich recht?«

Jacob starrte den Kommissarischen Direktor niedergeschlagen an, dann nickte er. »Ich habe nicht geglaubt, dass das jemals eine Rolle spielen würde«, sagte er heiser. »Bis gestern nicht. Das war keine Angelegenheit, die mit Schwarzlicht zu tun hatte, Cal. Das war eine Familiensache.«

»Eine abscheuliche Sache««, sagte Jack Williams laut.

»Ich neige dazu, Ihnen zuzustimmen«, bestätigte Holmwood. »Aber unabhängig davon, wie wir über David Harkers Entscheidung denken, hat er uns eine Situation hinterlassen, die wir bewältigen müssen. Erstens möchte ich, dass ein Ermittlerteam den Journalisten aufspürt, mit dem Harker im Jahr 2002 gesprochen hat, denn der Mann könnte in Gefahr sein. Andrews, schicken Sie sofort ein Team los, das ihn herbringt.«

»Ja, Sir«, antwortete Amy Andrews.

»Gut«, sagte Holmwood. »Zweitens will ich, dass ein Team losgeschickt wird, um Albert Harker zu finden. Im Idealfall würde er hergebracht und inhaftiert, aber wenn sich das als unmöglich erweist, ist er genau wie jeder andere Vampir zu behandeln.«

»Lassen Sie mich das machen«, bat Jacob Scott. Er reckte den Unterkiefer vor, und seine Stimme klang ruhig und fest. »Ich kann ihn zurückholen, Sir. Ich weiß, dass ich's kann!«

»Kommt nicht in Frage, Jacob«, wehrte Holmwood ab. »Sie haben ab sofort Stubenarrest und gehören dem Sonderkommando nicht mehr an, bis das Ergebnis einer gründlichen Überprüfung durch den Sicherheitsdienst vorliegt. Haben Sie mich verstanden?«

Scott riss erschrocken die Augen auf und schien kurz davor zu sein, in Tränen auszubrechen. »Ja, Sir«, brachte er mit einer Stimme heraus, die kaum mehr als ein Krächzen war.

»Okay«, sagte Holmwood. »Jack, ich möchte, dass Sie sich um Albert kümmern. Ich sorge dafür, dass der Überwachungsdienst seinen Standort mit höchster Priorität ermittelt. Sobald wir den haben, setzen wir ihn unter falschem Namen auf Platz eins Ihrer Zielliste. Verstanden?«

»Ja, Sir«, sagte Williams. »Danke für das Vertrauen, Sir.«

»Also gut«, fuhr Holmwood fort. »Alle anderen machen weiter wie gewohnt. Dass kein Außenstehender erfährt, was wir hier besprochen haben, ist hoffentlich klar? Höre ich auch nur den Namen Albert Harker irgendwo auf dem Stützpunkt, stelle ich Sie alle vor ein Kriegsgericht und pfeife auf die Konsequenzen. Ist das verstanden?«

»Ja, Sir«, sagten die Agenten im Chor.

»Schön«, sagte Holmwood und seufzte schwer. »In solchen Augenblicken weiß ich wieder genau, warum ich den verdammten Job nicht haben wollte. Lieutenant Carpenter, mit Ihnen muss ich noch reden. Alle anderen verschwinden gefälligst. Weggetreten!«

Jamie ächzte innerlich. Jack Williams warf ihm einen fragenden Blick zu, den er mit einem kaum merklichen Kopfschütteln beantwortete. Jack wies mit dem Daumen auf die Tür und nickte. Was er damit andeuten wollte, war klar.

Ich warte draußen auf dich.

Dann war Jack fort, und Jamie war mit dem Kommissarischen Direktor allein.

»Was ist gestern passiert, Lieutenant?«, fragte Holmwood und lehnte sich in seinen Stuhl zurück.

»Sir, ich habe noch keine Zeit gehabt, meinen Bericht …«

»Sparen Sie sich den Scheiß, Jamie«, unterbrach der Kommissarische Direktor ihn. »Erzählen Sie mir einfach, was passiert ist.«

Jamie holte tief Luft. »Ich habe das Unternehmen vorzeitig

abgebrochen, Sir. Meiner Ansicht nach war es für mein Team zu gefährlich, im Einsatz zu bleiben.«

»Dort draußen ist's immer gefährlich«, stellte Holmwood fest. »Was war gestern anders?«

»Einer meiner beiden Neuen hat beim ersten Zusammentreffen mit einem Vampir schlecht reagiert, Sir. Er war starr vor Schreck und wäre beinahe verwundet worden. Unsere übrigen Ziele waren nicht identifiziert, sondern nur Hitzepunkte auf dem Bildschirm, deshalb habe ich entschieden, das Unternehmen abzubrechen.«

»Ohne Genehmigung?«

»Ja, Sir«, sagte Jamie. »Tut mir leid, Sir.«

Cal Holmwood rieb sich die Schläfen und schloss kurz die Augen. »Dieser Rekrut«, sagte er dann. »Wie heißt er?«

»Morton, Sir. John Morton.«

»Morton«, wiederholte der Kommissarische Direktor seufzend. »Nicht jeder ist als Agent geeignet, Jamie. Was die Leute waren, bevor sie zu uns gekommen sind, ist keine Garantie für irgendwas.«

»Genau das meine ich auch, Sir«, sagte Jamie, der sich bemühte, ruhig und vernünftig zu sprechen. »Ich halte ihn nicht für einen hoffnungslosen Fall, durchaus nicht. Aber ich glaube, dass er für reale Einsätze noch nicht bereit ist.«

»Seine Ausbildung geht weiter, sobald diese Krise überwunden ist«, sagte Holmwood. »Das gilt für ihn wie für alle anderen Rekruten. Ich werde Terry anweisen, ihn im Auge zu behalten, aber ansonsten weiß ich nicht, was ich im Moment tun könnte.«

»Ich möchte, dass er auf die Inaktivenliste gesetzt wird, Sir«, sagte Jamie.

»Ausgeschlossen!«, sagte Holmwood sofort. »Wir brauchen jeden einzelnen Mann. Das wissen Sie so gut wie ich.«

»Sir, wenn wir ...«

»Lieutenant Carpenter«, unterbrach Holmwood ihn ungeduldig, »verstehen Sie, was im Augenblick passiert? Womit wir's zu tun haben?«

»Ja, Sir«, sagte Jamie. »Natürlich verstehe ich das. Aber ich ...«

»Dort draußen sind noch immer über zweihundert verwandelte Broadmoor-Irre unterwegs, Jamie, und Sie haben mit eigenen Augen gesehen, wozu sie imstande sind. Die gewöhnlichen Vamps werden mit jeder Minute kühner, Dracula wird stärker und stärker, und wir haben keine Ahnung, wo er ist und ob Henry Seward überhaupt noch lebt. Deshalb verstehen Sie hoffentlich, dass ich nicht gestatten kann, dass ein gesunder Mann auf diesem Stützpunkt bleibt und seine verdammten Däumchen dreht.«

Jamie versuchte es ein letztes Mal. »Ich verstehe, Sir. Darf ich ihn wenigstens zur psychologischen Begutachtung schicken, wenn Sie ihn nicht auf die Inaktivenliste setzen wollen? Vielleicht genügt das schon, Sir.«

»Einverstanden«, sagte Holmwood. »Veranlassen Sie, was Sie für richtig halten. Aber bei Ihrem nächsten Einsatz ist er wieder mit dabei.«

»Ja, Sir«, bestätigte Jamie widerstrebend. »Danke, Sir.«

Als Jamie die Tür zur Unterkunft des Kommissarischen Direktors hinter sich schloss, sah er Jack Williams mit leicht besorgter Miene an der Wand gegenüber lehnen.

»Alles in Ordnung?«, fragte Jack.

»Klar doch«, behauptete Jamie. Er rang sich ein Lächeln ab. »Er hat nur nach Morton gefragt. Keine große Sache.«

»Sicher?«

»Ganz bestimmt«, sagte Jamie, als die beiden sich in Bewegung setzten. »Mach dir deswegen keine Sorgen. Vor allem jetzt nicht. Wie findest du die Sache mit Jacob? Unglaublich, nicht wahr?«

Jack riss die Augen übertrieben weit auf, während er mit seinem Freund Schritt hielt. »Ohne Scheiß«, sagte er. »Ich glaube nicht, dass so was schon mal vorgekommen ist.«

»Dass ein Nachkomme verwandelt worden ist?«, fragte Jamie. Jack, der in friedlicheren Zeiten ins Department gekommen war, hatte die reguläre 13-monatige Agentenausbildung absolviert und wusste deshalb viel mehr über die Geschichte von Schwarzlicht als Jamie.

»Das weiß ich ziemlich sicher«, bestätigte Jack. »Zumindest ist kein aktiver Nachkomme jemals verwandelt worden, das weiß ich ganz bestimmt. Viele von ihnen sind gefallen, aber keiner ist verwandelt worden.«

Viele von ihnen sind gefallen, dachte Jamie, der selbst von einem Gründer abstammte. *Danke für den Hinweis, Jack.* »Eine große Sache«, sagte er. »Dass Holmwood dich auf ihn angesetzt hat, meine ich.«

»Findest du?«, fragte Jack. »Das müsste ein Einsatz wie jeder andere sein. Er ist ein Ausbrecher wie alle anderen. Ich darf nur nicht erzählen, wen wir wirklich jagen.«

»Trotzdem«, sagte Jamie beharrlich. »Von allen Anwesenden hat Cal sich für dich entschieden. Darauf solltest du stolz sein, Kumpel. Wirklich stolz.«

Jack lächelte. »Ich bin zufrieden«, gestand er ein. »Es bedeutet, dass ich in den letzten Monaten einiges richtig gemacht habe, denke ich.«

Jamie, der genau wusste, wie angesehen sein Freund im gesamten Department war, weigerte sich, diese Antwort zu kommentieren; er legte nur den Kopf leicht schief und zog die Augenbrauen hoch.

»Yeah, schon gut«, sagte Jack breit grinsend. »Meine Leute sind hammercoole, auf Vampire spezialisierte Super-Ninjas, und Holmwood wäre verrückt gewesen, wenn er ein anderes Team genommen hätte. Besser?«

»Besser«, bestätigte Jamie und erwiderte das Lächeln seines Freundes. Sie gingen bis zum Aufzug am Ende des Korridors auf Ebene 0 weiter. Jack drückte den Rufknopf, und sie warteten in geselligem Schweigen auf die Kabine.

»Wir sehen uns nicht besonders oft, Jack«, sagte Jamie plötzlich. »Das ist nicht verwunderlich, wenn man bedenkt, was hier alles los ist. Aber es ist trotzdem schade.«

»Das finde ich auch«, stimmte Jack zu. Der Aufzug kam, und

die beiden Agenten traten in die Kabine. »Außer meinem Team bekomme ich in letzter Zeit niemanden mehr zu sehen. Das ist oft schwierig.«

»Ich weiß«, sagte Jamie. »Nach jedem Einsatz will man nur noch schlafen.«

»Larissa fehlt dir bestimmt.«

»Klar tut sie das«, sagte Jamie. »Aber auch als sie noch hier war, hatten wir immer weniger Zeit füreinander. Und nun ist sie auf der anderen Seite der Welt. Ich weiß, weshalb sie dort ist, und freue mich, dass es ihr in Nevada zu gefallen scheint. Nur ändert das nichts daran, dass sie mir fehlt.«

»Aber sie kommt bald wieder zurück, nicht wahr?«, fragte Jack. »Und wir müssen mal wieder miteinander quatschen. Beim Frühstück, beim Lunch oder sonst wann. Vielleicht morgen.«

Jamie nickte. »Unbedingt. Morgen.«

Der Aufzug wurde langsamer und hielt auf der Ebene B. Als die Tür aufging, überlegte Jamie, ob er Jack kurz umarmen sollte, aber dann ließ er es doch lieber. »Bis bald«, sagte er und ging den Korridor entlang davon.

»Bis bald, Jamie!«, rief Jack, bevor die Aufzugtür sich wieder schloss.

Während die Angehörigen der Sonderkommission Stunde null nach dem Gespräch mit Cal Holmwood zu den Aufzügen gingen, die sie in ihre Unterkünfte zurückbringen sollt, marschierte Paul Turner in Gegenrichtung davon.

Er hatte geschlafen, als Colonel Scott an seine Tür geklopft hatte, aber jetzt war er hellwach; die traurige, unerfreuliche Geschichte Albert Harkers hatte den letzten Rest Müdigkeit vertrieben. Turner hatte schon immer – vor allem seit dem Tod seines Sohns – an Schlaflosigkeit gelitten; wo er früher alle dienstfreien Zeiten dazu genutzt hatte, heimzufahren und die Nacht mit Caroline zu verbringen, verließ er den Ring heutzutage nur noch aus dienstlichen Anlässen. Es gab zu viel, worum er sich kümmern musste, zu viele Dinge, die erledigt werden mussten, wenn er sicherstellen wollte, dass Shauns Ende ein Einzelschicksal blieb.

Caroline hielt sich so gut, wie man nur hoffen konnte, wenn man den katastrophalen doppelten Verlust bedachte, den sie in jener Schreckensnacht erlitten hatte, und erinnerte allmählich wieder an ihr früheres Ich. Sie war eine Seward und hatte schon früher überdurchschnittlich viel erdulden müssen, aber Sohn und Bruder verlieren zu müssen hatte ihre Leidensfähigkeit auf eine harte Probe gestellt. Paul wusste, dass sie beide noch weit davon entfernt waren, Shauns Tod verarbeitet zu haben; dazu war ihr Schmerz noch zu frisch, zu groß. Aber das Pflichtgefühl, das sie teilten, half ihnen über diese Tage hinweg.

Es gab Arbeit zu tun. Die Trauer konnte warten.

Paul Turner liebte seine Frau tiefer und inniger, als jeder Agent des Departments für möglich gehalten hätte, und er hatte seinen Sohn ebenso geliebt. Shauns Tod hatte ein gähnendes Loch in seine Mitte gerissen, das ihn ständig niederzuziehen versuchte; nur seine ungeheure Willenskraft hielt ihn in Bewegung, sodass er weiter einen Fuß vor den anderen setzte, wie er's jetzt tat.

Der Sicherheitsoffizier ging durch die Nachrichtenabteilung mit ihrem lärmenden Betrieb und öffnete die elektronisch gesicherte Tür des TIS-Bereichs. Der Empfang war wie immer besetzt, und er nickte dem Agenten hinter der Theke zu; der Mann richtete sich etwas auf und nickte seinerseits. Turner durchquerte den Empfangsbereich und betrat die kleine Lounge, um die verbleibenden Stunden bis zu den ersten Befragungen damit zu verbringen, Kaffee zu trinken, die gestrigen Protokolle durchzusehen und möglichst wenig an seine Frau und seinen Sohn zu denken. Deshalb war er überrascht, Kate Randall auf dem Sofa liegen zu sehen, als er die Tür aufstieß. Sie ließ den Ordner sinken, in dem sie gelesen hatte, und lächelte ihm zu. Erstmals seit Shauns Tod spürte Turner wieder eine väterliche Aufwallung.

»Konnten Sie nicht schlafen?«, fragte sie.

»Doch, ich habe sogar geschlafen«, antwortete er. »Jacob Scott hat mich geweckt.«

Kate runzelte die Stirn. »Wieso denn das?«

Turner dachte über die möglichen Konsequenzen ihrer Frage nach. Berief er sich darauf, die Sache sei geheim, würde sie sich nicht beschweren; zum Wesen von Schwarzlicht gehörte es, dass immer einige Agenten mehr wussten als alle anderen. Aber er wollte Kate nicht anlügen. Er konnte sich vorstellen, was sie durch ihre Meldung zum TIS riskiert hatte, und wusste genau, weshalb sie sich freiwillig gemeldet hatte: weil sie seinen Sohn geliebt hatte und auf diese Weise sein Andenken ehren wollte. Als er den Mund öffnete, um ihre Frage zu beantworten, wurde ihm bewusst, dass er im Begriff war, gegen eine der wichtigsten Regeln des Departments zu verstoßen, die ihm als Sicherheitsoffizier hätte heilig sein müssen; er würde ihr erzählen, was vorhin bei einer streng geheimen Zusammenkunft der Angehörigen des Sonderkommandos Stunde null besprochen worden war.

»Wir belügen einander nicht, Kate«, sagte er. »Das stimmt doch?«

»Ja«, bestätigte Kate sofort, »das stimmt.«

»Gut. Erinnern Sie sich an die Ansprache, die Kommissarischer Direktor Holmwood nach dem Überfall auf den Ring gehalten hat?«

»Natürlich.«

»Wissen Sie noch, dass er gesagt hat, er würde eine Projektgruppe aufstellen, die eine Taktik gegen den Wiederaufstieg Draculas ausarbeiten soll?«

»Das Sonderkommando Stunde null?«, fragte Kate.

Turner blinzelte, dann gestattete er sich ein kleines Lächeln. »Ich hätte mir denken können, dass Sie das bereits wissen«, sagte er. »Darf ich annehmen, dass Lieutenant Carpenter Ihnen davon erzählt hat?«

Auf Kates Gesicht erschien ein besorgter Ausdruck.

»Schon in Ordnung«, sagte Turner rasch. »Ich stauche ihn nicht für etwas zusammen, das ich gerade selbst tun wollte. Jamie hat Ihnen davon erzählt, nicht wahr?«

»Ja«, sagte Kate. »Bei einer Aussprache vor Valeris Überfall haben wir uns versprochen, in Zukunft keine Geheimnisse mehr voreinander zu haben. Also hat er's uns erzählt.«

»Uns?«

»Matt und Larissa und mir.«

Paul Turners Lächeln wurde breiter. Er wusste recht gut, dass Jamie Carpenter glaubte, er könne ihn nicht leiden, sei unfair zu ihm und hacke ständig auf ihm herum, und war damit zufrieden, dem jungen Agenten diesen Glauben zu lassen. In Wirklichkeit war genau das Gegenteil der Fall: Im gesamten Department gab es kaum einen Agenten, den Turner mehr bewunderte als den jungen Carpenter, dessen Standhaftigkeit, Temperament und absolute Loyalität gegenüber Freunden ihn fast schmerzhaft an sein eigenes jüngeres Ich erinnerten. Natürlich hatte Jamie seinen engsten Freunden von dem Sonderkommando Stunde null erzählt; Turner wusste genau, was dem Jungen durch den Kopf gegangen sein würde.

Er hat etwas gewusst, das seine Freunde erfahren mussten. Weil es seiner Überzeugung nach zu ihrer Sicherheit beitragen würde. Also hat er's ihnen erzählt. Ganz einfach.

»Deshalb hat Jacob mich geweckt«, sagte Turner. »Er gehört dem Sonderkommando an, beziehungsweise hat ihm bis vor einer Viertelstunde angehört. Er wollte uns etwas zeigen.«

»Was denn?«, fragte Kate.

»Einen Überwachungsfilm mit einer Szene von dem Ausbruch in Broadmoor. Dabei hat sich herausgestellt, dass Albert Harker, einer der wenigen Nachkommen, die sich geweigert haben, zu uns zu kommen, dort seit fast zehn Jahren eingesperrt war. Und nun ist er dort draußen unterwegs – als ein Vampir wie alle anderen.«

»Jesus«, sagte Kate. »Wie schrecklich!«

Turner nickte. »Ich habe Alberts Zwillingsbruder Robert gekannt. Und ich habe seinen Vater *verehrt*. Als ich hier angefangen habe, war David der Agent, dem alle nachgeeifert haben, ich natürlich auch. Trotzdem war es nach Jacobs Darstellung David, der Albert in Broadmoor hat einweisen lassen, während Robert tatenlos zugesehen hat.«

»Aber wieso?«, fragte Kate. »Was hatte er getan?«

Turner zuckte mit den Schultern. »Einem Journalisten ein Interview gegeben. Anscheinend wollte er seinem Vater oder seinem Bruder oder beiden eins auswischen. Das weiß ich nicht genau. Ein Verstoß gegen die Geheimhaltungsvorschriften, den unser Sicherheitsdienst in zehn Minuten hätte ausbügeln können. Aber Alberts Vater hat ihn offenbar für gravierender gehalten.«

Turner durchquerte den Raum, ließ sich in den Sessel hinter dem kleinen Schreibtisch sinken und rieb sich das Gesicht mit den Händen. Er fühlte sich leer, wie ausgebrannt.

»Danke, dass Sie mir das erzählt haben«, sagte Kate.

»Nichts zu danken«, antwortete Turner, dann begann er zu lachen: mit dumpfen Lauten ohne jeglichen Humor, die in Kates Ohren eher wie ein Schluchzen klangen.

»Gehen Sie lieber, damit Sie etwas Schlaf bekommen, Sir«, schlug sie vor. »Das lohnt sich noch. Unsere erste Befragung beginnt in fünf Stunden.«

»Auch darüber wollte ich mit Ihnen sprechen«, sagte Turner. Er ließ die Hände sinken und sah sie an. »Sie kennen den Dienstplan?«

Kate nickte wortlos.

»Kommen Sie damit zurecht?«

»Bestimmt«, antwortete sie. »Es musste früher oder später passieren. Merkwürdig nur, dass sie beide heute Vormittag an die Reihe kommen, aber ich bin ehrlich gesagt froh, wenn ich sie hinter mir habe.«

»Gut«, sagte Turner. »Und Sie brauchen sie nicht allein zu befragen. Ich bin pünktlich da.«

»Ja, ich weiß«, bestätigte Kate. »Dann sehen wir uns also um halb acht? Nachdem Sie etwas geschlafen haben.«

Turner lachte. »Das ist eigentlich nicht nötig.«

Kate legte den Ordner weg, stand vom Sofa auf, durchquerte die Lounge und hielt ihm lächelnd die Tür auf.

»Ich bestehe darauf, Sir«, sagte sie.

17

Alte Rechnungen

Gestern

Albert Harker schritt durch die Straßen von Clerkenwell und staunte über die Kraft, die er durch seinen Körper strömen fühlte. Ungefähr alle zehn Schritte stieg er in die Luft, schwebte über den rissigen Gehsteigplatten und genoss das unbeschreibliche Gefühl, nicht länger am Boden kleben zu müssen.

Die Straßen um ihn herum waren menschenleer. Die Sonne würde in weniger als eineinhalb Stunden aufgehen, und die Männer und Frauen, die die hiesigen Bars und Nachtclubs bevölkert hatten, waren längst mit Taxis und Nachtbussen heimgefahren, ohne etwas von dem Ungeheuer in ihrer Mitte zu ahnen. Wenn Harker seinen Willen bekam, würden sie nicht mehr lange ahnungslos bleiben; sie würden ihm für sein Vorhaben nicht dankbar sein, das wusste er, aber er glaubte, sie würden im Lauf der Zeit einsehen, dass ihm nur ihr bestes Interesse am Herzen lag.

Gewarnt sein heißt gewappnet sein, dachte er, als er das Gartentor aufstieß, dass zu Johnny Supernovas Haustür führte. Dieses Haus hatte er vor fast zehn Jahren zum letzten Mal besucht – an seinem letzten Abend als freier Mann. In seiner langen Zeit in Broadmoor hatte man ihm einzureden versucht, sein Wissen basiere auf Wahnvorstellungen, und als er nicht die geringste Neigung erkennen ließ, ihnen zu glauben oder mit ihnen zusammenzuarbeiten, hatten sie versucht, es ihm mit allen Mitteln auszutreiben. Mit Hypnose, kognitiver Psychotherapie und natürlich Elektroschocks hatte man wieder und wieder versucht, seine Erinnerungen zu löschen. Aber er hatte sich an sie geklammert wie ein Ertrinkender an einen Rettungsring; seine Erinnerungen waren alles, was er noch besaß, und er wusste, dass sie real waren, auch wenn man ihm immer wieder das Gegenteil einzureden versuchte.

Das Haus vor ihm war still und dunkel. Harker spähte zu den Fenstern des Apartments im ersten Stock hinauf und sah leere Glasquadrate ohne Jalousien oder Vorhänge. Er stieg in die Luft, staunte wieder darüber, wie leicht das war und wie natürlich es sich anfühlte, und erreichte die Fenster im ersten Stock.

Das Zimmer dahinter war leer. Das Durcheinander aus Möbeln, Büchern und Schallplatten, durch das er vor Jahren auf Zehenspitzen gegangen war, war verschwunden, Wände und Fußboden waren leer, und eine dicke Staubschicht bedeckte alle waagerechten Flächen. Harker ließ sich von der Schwerkraft langsam wieder herabziehen, während sein Verstand auf Hochtouren arbeitete. Er war darauf gefasst gewesen, dass Supernova nicht mehr hier wohnte, denn der Journalist war schon immer flatterhaft und unzuverlässig gewesen. Harker war enttäuscht, weil er sich gewünscht hätte, nicht gleich zu Anfang seines Unternehmens auf Schwierigkeiten zu stoßen, aber trotzdem unbeirrt. Nachdem er sich durch einen raschen Blick davon überzeugt hatte, dass er nicht beobachtet wurde, schwang er ein Bein mit der Gewalt einer Dampframme und trat die Haustür ein. Sie wurde aus den Angeln gerissen und zersplitterte in dem dunklen Flur, sodass ihre Bruchstücke den abgetretenen Läufer bedeckten. Er trat ein und sah sich um.

Der Flur war sauber und fast leer. Aber wie bei den meisten Mehrfamilienhäusern lag auf einem Wandregal hinter der Tür ein hoher Stapel ungeöffneter Postsachen. Harker blätterte ihn durch und fand sehr schnell, was er suchte: drei cremeweiße teure Umschläge mit dem Absender **CHESNEY, CLARKE, ABEL & WATT**, die an den **Testamentvollstrecker von Mr. J. Bathurst, Esq.**, adressiert waren.

Albert Harker fühlte Panik in sich aufsteigen. Er war darauf vorbereitet gewesen, dass es einige Zeit dauern könnte, seinen alten Bekannten aufzuspüren, aber er hatte nie geglaubt, Johnny Supernova könnte tot sein. Der Journalist war für seinen Plan unentbehrlich, für alles, was er erreichen wollte, für alles Gute, das er für die Welt tun wollte.

Beruhige dich, ermahnte er sich. Beruhige dich. Die Wohnung ist leer, was bedeutet, dass seine Habe anderswo lagert. Er wird Verwandte haben.

Irgendjemand wird Bescheid wissen.

Er riss den ersten Brief auf, überflog den Inhalt und grinste erleichtert, als sein Blick auf den Namen des Unterzeichners fiel, den er mit dem Briefkopf verglich. Er las das Schreiben noch mal, dann steckte er es in die Tasche seines Mantels, den er aus dem eingeschlagenen Schaufenster eines Herrenausstatters in der Liverpool Street geholt hatte, und trat wieder in das sich allmählich über London ankündigende Morgengrauen hinaus.

Tom Clarke parkte den BMW vor dem Haus, das er in den kommenden zwanzig Jahren seines Lebens abbezahlen würde, stellte den Motor ab und seufzte tief.

Er hatte einen grässlichen Tag hinter sich und wünschte sich nichts mehr, als eine Stunde lang in der Badewanne zu liegen, während seine Frau die Kinder ins Bett brachte, und dann eine Flasche Wein zu öffnen. Seine Sekretärin hatte sich telefonisch entschuldigt, sie sei krank – eine Unannehmlichkeit, über die er sich nicht ärgern durfte, wenn er bedachte, dass Janet sonst nie fehlte und immer vorbildlich arbeitete. Aber heute war einer dieser Tage gewesen ... er hatte drei Besprechungen gehabt, vormittags zwei mit Mandanten, nach dem Lunch eine mit den Partnern, und war ohne Janet auf alle drei erbärmlich schlecht vorbereitet gewesen. Dafür konnte sie natürlich nichts, aber er war trotzdem sauer auf sie.

Er stieg aus, betätigte die Fernbedienung und knirschte durch den Kies zur Haustür. Die Villa war Bonnies Traumhaus: ein riesiges Einfamilienhaus mit vier Schlafzimmern in einer der besten Straßen von Hampstead, das sie gekauft hatten, gleich nachdem

Tom Partner geworden war. Das war ein Kraftakt gewesen, aber sie kamen einigermaßen über die Runden, und solange Konzerne kleine Firmen schluckten und dazu juristischen Rat brauchten, würden sie's wohl weiterhin schaffen. Aber Geld war knapp, und er sah das Haus inzwischen mit völlig anderen Augen als Bonnie: als einen Mühlstein an seinem Hals, der ihn ständig in die Tiefe zu ziehen drohte.

Tom sperrte auf und öffnete die Haustür. Sofort war der zur Gewohnheit gewordene Soundtrack seines Lebens zu hören: James und Alec stritten sich laut kreischend, während Bonnie halbherzig versuchte, zwischen ihnen zu schlichten.

Er stellte seinen Aktenkoffer auf den Tisch in der Diele und ging ins Wohnzimmer, in dem vertrautes Chaos herrschte. Im Fernseher lief brüllend laut eine schrille, schräge DVD, während James und Alec sich auf dem hochflorigen Teppich prügelten, wobei sie es irgendwie schafften, nicht an die im ganzen Raum herumliegenden Spielsachen zu geraten. Bonnie saß in ihrem Lieblingssessel und strahlte ihre Söhne so dümmlich stolz an, dass Tom am liebsten gekotzt hätte. Bevor er hallo sagen konnte, klingelte es an der Haustür, und er ging für diese Ablenkung dankbar hinaus. Durch die Milchglasscheibe der Haustür war undeutlich eine dunkle Gestalt zu erkennen. Tom drückte die Klinke und öffnete die Tür – ein Schwätzchen mit den Zeugen Jehovas oder dem Spendensammler einer Wohltätigkeitsorganisation erschien ihm erfreulicher, als ins Wohnzimmer zu seiner Familie zurückkehren zu müssen.

Die Haustür war nicht einmal halb offen, als eine Faust durch die Lücke schoss und gegen Tom Clarkes Nase krachte. Sie brach mit lautem Knacken, dann schoss ein dicker Blutstrahl heraus, als er zurückstolperte. Der Schmerz traf seine Stirnmitte wie ein weiß glühender Blitz; seine Füße verhedderten sich, er krachte zu Boden und schlug die Hände vors Gesicht, während hochrotes Blut zwischen seinen Fingern hervorquoll.

»Tom?«, rief Bonnie. »Alles in Ordnung, Schatz?«

Tom schluckte krampfhaft und rang nach Atem, während die

dunkle Gestalt lautlos eintrat und die Tür hinter sich absperrte. Er bemühte sich, scharf zu sehen, versuchte, sich auf den Unbekannten zu konzentrieren, der in sein Haus eingedrungen war, aber seine Augen waren voller Blut und Tränen. Die Gestalt ging an ihm vorbei, ohne ihn auch nur eines Blickes zu würdigen; Tom streckte eine Hand aus und wollte sie am Knöchel festhalten, aber der Unbekannte trat die Hand achtlos beiseite und verschwand im Wohnzimmer.

Eine Sekunde später setzte das Kreischen ein.

Der erste gellend laute Schrei traf Tom wie ein Eimer kaltes Wasser, machte seinen Kopf sofort wieder klar und schickte einen Stromstoß durch seine Glieder. Er wälzte sich auf den Bauch, richtete sich kniend auf, kam unsicher auf die Beine und torkelte zur Wohnzimmertür. Er taumelte über die Schwelle und sah sich mit einer alptraumhaften Szene konfrontiert: Bonnie lag aus vollem Hals schreiend auf dem Boden, während ein Mann mit schrecklichem Lächeln über ihr stand und ihre Söhne an der Kehle gepackt hielt. Die Gesichter der Jungen waren vor Angst verzerrt, und Tom konnte sehen, dass Jamie sich nass gemacht hatte; der dunkle Fleck auf seinem Schlafanzug reichte bis fast zu den Knien hinunter.

»Tun Sie ihnen nichts!«, krächzte Tom dumpf, weil ihm Blut in die Kehle lief. »Bitte. Wir haben Geld und Schmuck. Aber bitte tun Sie ihnen nichts!«

»Mr. Clarke?«, fragte der Mann mit kultivierter und bemerkenswert ruhiger Stimme. »Thomas Clarke?«

»Der bin ich«, antwortete Tom und starrte den Unbekannten an. Er trug einen teuren Mantel zu einem Anzug und Schuhen, die in die Anwaltskanzlei gepasst hätten, in der Tom jeden Tag arbeitete. Sein Haar begann schütter zu werden, und er war auffällig blass, aber seine graublauen Augen glänzten hektisch lebhaft.

»Wir haben etwas zu besprechen, Sie und ich«, sagte der Unbekannte. »Private Dinge. Darf ich annehmen, dass eine Luxusvilla wie Ihre einen Keller hat?«

»Wir haben einen Keller«, bestätigte Tom, dessen Stimme merklich zitterte. Bonnie starrte mit angstvoll geweiteten Augen zu den Jungen auf. Aus James' und Alecs Blick sprach schreckliches Vertrauen in ihren Vater: die feste Überzeugung, Daddy werde alles in Ordnung bringen.

»Gibt's dort unten ein Telefon?«, fragte der Unbekannte. »Oder sonst irgendein Kommunikationsmittel? Aber lügen Sie mich nicht an.«

»Nein«, sagte Tom. »Nur Weinregale und unseren Safe. Wir haben Geld ...«

»Ihr Geld interessiert mich nicht, Mr. Clarke«, unterbrach ihn der Mann. »Ich bin wegen einer wichtigeren Sache hier als einem kleinen Einbruch. Deuten Sie noch mal etwas anderes an, dürfen Sie entscheiden, welchen dieser reizenden Jungen ich ermorden soll. Vielleicht passen Sie dann endlich besser auf.«

Bonnie schrie entsetzt auf, und James und Alec fingen an, kreischend im Griff des Unbekannten zu zappeln. Ihre Reaktionen auf seine Worte schienen dem Mann egal zu sein.

»Okay«, sagte Tom und hob die Hände, als ergebe er sich. »Ich tue, was Sie wünschen. Sagen Sie nur, was Sie wollen.«

»Der Keller«, sagte der Mann. »Lässt er sich absperren?«

»Ja«, antwortete Tom.

»Von innen oder von außen?«

»Von außen.«

»Sehr gut. Wo ist die Tür?«

»In der Diele.«

»Mr. Clarke«, sagte der Unbekannte. »Ich möchte, dass Sie hinausgehen und diese Tür öffnen. Dann sperren wir Ihre Familie nett und ruhig in den Keller. Anschließend unterhalten wir beide uns miteinander. Ist so weit alles klar?«

»Ja«, antwortete Tom. »Völlig klar.« Sein Herz jagte, und sein Magen rumorte, aber der Gedanke, seine Frau und seine Söhne im Keller unterzubringen, wo sie zumindest räumlich von diesem Verrückten entfernt waren, ließ etwas Hoffnung in ihm aufkeimen.

Vielleicht kommen sie lebend davon, dachte er. *Selbst wenn ich nicht überlebe.*

»Gut«, sagte der Mann. »Bevor wir gehen, möchte ich, dass Ihre Frau und Sie ihre Taschen ausleeren. Nur für den Fall, dass darin Handys stecken, die Sie zu erwähnen vergessen haben. Also bitte!«

Tom zog sofort sein Smartphone aus der Innentasche seines Jacketts und warf es auf das beige Ledersofa. Aus den Hosentaschen kamen seine Geldbörse und die Schlüsselkarte fürs Büro, die beide neben dem Handy landeten. Was er in der Tasche behielt, würde sich hoffentlich nicht unter dem Anzugstoff abzeichnen.

»Danke«, sagte der Unbekannte, bevor er sich Bonnie zuwandte. »Mrs. Clarke?«

Tom beobachtete, wie seine Frau, die jetzt leise weinte, ihre Jeanstaschen leerte. Sie enthielten ihr Mobiltelefon, Kaugummi und sonst nichts.

»Ausgezeichnet«, sagte der Mann. »Gehen Sie also voraus, Mr. Clarke. Und machen Sie um Ihrer Familie willen bitte keine Dummheiten.«

Tom nickte, dann verließ er nach einem letzten verzweifelten Blick zu seinen Söhnen hinüber das Wohnzimmer. Der Eingang zum Keller lag am Ende der Diele gleich neben der Küchentür; seine weiß lackierte Holztür ließ sich von außen absperren. Er drehte den Schlüssel nach links, zog die Tür auf und blieb steif daneben stehen. Im nächsten Augenblick kam Bonnie aus dem Wohnzimmer auf ihn zugewankt – mit dem Gesichtsausdruck einer Frau, die in einem Alptraum gefangen ist und nicht weiß, wie sie daraus erwachen soll. Sie stieg unsicher die ersten Stufen hinunter, dann drehte sie sich um und wartete auf ihre Söhne. Der Unbekannte trug sie aus dem Wohnzimmer herüber, als wögen sie nichts, und setzte sie vor ihrem Vater ab.

»Geht mit eurer Mutter, Jungs«, sagte Tom mit erstickter Stimme. »Na los, geht schon.«

James und Alec rannten durch die Kellertür und stürzten sich auf ihre Mutter, die fast das Gleichgewicht verlor, aber doch mühsam auf den Beinen blieb. Dann umklammerten die drei sich schluchzend und Unverständliches flüsternd.

»Schließen Sie die Tür, Mr. Clarke«, verlangte der Mann. »Wenn Sie die Wahrheit gesagt haben, sind die drei dort unten durchaus in Sicherheit.«

Als Tom langsam die Tür schloss, sah er zuletzt noch die nach oben gewandten Gesichter seiner Angehörigen, die ihn aus dem Dunkel bittend anstarrten.

»Stört es Sie, wenn ich mich setze?«, fragte der Unbekannte. Sobald die Kellertür abgeschlossen war, war Tom ins Wohnzimmer vorausgegangen und hatte wie angewiesen auf dem Sofa Platz genommen.

»Nein«, sagte er langsam. »Bitte sehr.«

»Danke«, sagte der Mann und ließ sich in den Sessel fallen, in dem Bonnie die meisten Abende verbrachte. Tom hoffte, er würde seine Frau noch oft dort sitzen sehen. Aber wenn er in das blasse, lächelnde Gesicht des anderen blickte, schätzte er seine Chancen nicht besonders gut ein.

»Also, Mr. Clarke«, sagte der Unbekannte und schlug lässig die Beine übereinander, »ich interessiere mich sehr für den Tod eines Mannes, der öffentlich als Johnny Supernova bekannt war. Vor allem für die näheren Umstände seines Todes und ob er vielleicht ein Testament hinterlassen hat. Würden Sie mir freundlicherweise alles erzählen, was Sie über diese Dinge wissen?«

Tom starrte den Mann verständnislos an. *Deshalb* hatte er hier eingebrochen? Nicht wegen Geld oder Schmuck, nicht mal wegen Informationen, die tatsächlich wertvoll waren, weil sie Insidergeschäfte oder Offshoreguthaben betrafen? Nur um nach Johnny Supernova zu fragen?

»Gestorben ist er an einer Überdosis Heroin«, antwortete er. »In seiner Wohnung in Clerkenwell. Ein Testament hat er nicht hinterlassen.«

»Schade«, sagte der Unbekannte und schüttelte betrübt den

Kopf. »Allerdings überrascht mich das nicht besonders. Was ist mit Angehörigen? Gibt es Hinterbliebene?«

»Nur eine Schwester«, antwortete Tom. »Sie wollte nichts mit ihm zu schaffen haben. Seine letzte Story scheint von ihr gehandelt zu haben. Nicht gerade schmeichelhaft, um es vorsichtig auszudrücken. Sie scheint sich kurz vor seinem Tod geweigert zu haben, ihm Geld zu leihen.«

»Was ist mit seinem Nachlass? Seiner persönlichen Habe?«

»Alles in Treuhandverwaltung«, antwortete Tom. »Im kommenden Monat wird es verkauft, um seine Kreditkartenschulden und einige Honorarvorschüsse zu tilgen. Es hat lediglich ein Vermächtnis gegeben, das ich einem alten Freund übermittelt habe.«

»Woraus hat das Vermächtnis bestanden?«, fragte der Mann, indem er sich plötzlich aufsetzte.

»Aus einem Umschlag«, antwortete Tom. »Mit der Tonbandaufzeichnung eines Interviews, einer Transkription und einigen Notizen.«

»Haben Sie das Interview gelesen?«

»Ja.«

»Wovon hat es gehandelt?«

»Von lauter Unsinn«, sagte Tom. »Kinderzeug über Vampire und Geheimorganisationen.«

»Mit wem wurde das Interview geführt?«

»Weiß ich nicht mehr«, antwortete Tom.

»Mit einem gewissen Harker?«, fragte der Mann. »Albert Harker?«

Tom starrte ihn an, als sein Gedächtnis angestoßen wurde. »Woher wissen Sie das?«, fragte er langsam.

Der Unbekannte lächelte. »Das war das einzige Interview, das ich je gegeben habe, Mr. Clarke. So was prägt sich ein.«

»Mein Gott«, sagte Tom. Er riss die Augen weit auf. »Großer Gott, Sie ...«

Albert Harkers Augen glühten plötzlich erschreckend rot, und er bewegte sich unglaublich schnell. Er packte Tom Clarke an der Kehle, schnitt ihm das Wort ab und hob den strampelnden, sich windenden Mann wie eine Puppe hoch.

»Wem hat er den Umschlag vermacht?«, fragte der Vampir, indem er Toms Gesicht bis auf wenige Zentimeter an seines heranbrachte. »Wer hat das Tonband jetzt?«

»McKenna«, stieß Tom hervor. Sein Schädel begann zu pochen, weil Harkers Finger ihm die Halsschlagader abdrückten. »Kevin ... McKenna ... Er ist ... Journalist ... bei *The* ... *Globe*.« Nie gekannte Panik durchflutete seinen Körper, und er riss in verzweifelter Angst die Augen auf, während er eine Hand in der rechten Hosentasche vergrub.

»Danke«, sagte Albert Harker schwer ausatmend. »Vielen Dank, Mr. Clarke. Sie haben mir sehr geholfen.«

Er wollte den Anwalt eben aufs Sofa zurückfallen lassen, als Tom Clarke seinen Autoschlüssel herauszog und ihm ins Auge bohrte.

Der Schmerz war gewaltig, breitete sich wie ein Atompilz in seinem Kopf aus. Harker warf seinen Kopf in den Nacken, fühlte den Augapfel reißen, als der Schlüssel seine weiche Oberfläche durchstieß, und heulte die Wohnzimmerdecke an. Die Hälfte seines Sehvermögens verschwand augenblicklich in einer dunkelroten Wolke; Harker ließ den Mann fallen, schlug die Hände vors Gesicht und drückte die Haut zusammen, als versuche er, den Schmerz irgendwie herauszuquetschen. Sein Verstand kreischte gekränkt und zornig, und als er wieder klar zu denken versuchte, hörte er ein unregelmäßiges Scharren und zwang sich dazu, das gesunde Auge zu öffnen.

Tom Clarke kroch aus dem Wohnzimmer, schleppte sich beharrlich in Richtung Diele. Harker stieß einen Wutschrei aus und war mit einem Satz bei ihm, ohne darauf zu achten, dass aus dem zerstörten Auge eine gelbliche Flüssigkeit auf den Teppich platschte, während er sich bückte und Clarke im Genick packte. Der Anwalt schrie auf und versuchte vergeblich, sich aus dem Griff des Vampirs zu befreien. Harker riss den um sich Schlagenden und Tretenden hoch und drückte ihm mit beiden Händen den Hals zu. Seine Finger gruben sich in Clarkes Fleisch, sodass Blut über Hals und Arme des Zappelnden floss. Der Mann bekam große Augen, dann öffnete er den Mund zu einem lautlosen Schmerzensschrei, während stählerne Finger sich tiefer in seinen Hals gruben, bevor der Vampir mit einem gellend lauten Wutschrei die Hände nach oben riss.

Tom Clarkes Kopf wurde ihm mit einem grausigen Geräusch, als zerreiße ein Stück Packpapier, vom Rumpf gefetzt. Blut schoss hervor, tränkte Decke, Wände und Teppichboden des Wohnzimmers und klatschte auf die Sitzgarnitur aus Leder. Harker warf den Kopf beiseite, machte eine bedeutungsvolle kleine Pause und verschloss dann mit seinem Mund den Halsstumpf, aus dem Blut sprudelte. Er trank lange und gierig und empfand dabei ein geradezu überwältigendes Vergnügen, das seinen Körper durchflutete und ihn wie elektrisiert kribbeln ließ, als würde sein Fleisch von gerechtem Feuer verzehrt. Er spürte, wie sein Augapfel nachwuchs und heilte, dann kehrte sein Sehvermögen mit schockierender Helligkeit zurück, als würde in einem dunklen Zimmer ein Fensterladen aufgestoßen.

Als er gesättigt war, ließ er die Leiche achtlos fallen und stieg in die Luft auf. Während seine Kehle pulsierte und sein Körper unbeherrschbar zitterte, warf er den Kopf in den Nacken und wartete darauf, dass der Gefühlskick abklang. Nach einigen Minuten war es so weit: sein Puls wurde langsamer, das taube Gefühl in den Fingerspitzen verschwand. Wie ein Mann am Rand einer Panikattacke atmete er gleichmäßig tief durch, dann sank er langsam auf den blutgetränkten Teppich herab, während eine Erkenntnis ihn durchflutete.

Deswegen morden Vampire: wegen dieser herrlichen, gottähnlichen Ekstase.

Harker ging zitternd durchs Wohnzimmer, machte einen Bogen um die größten Blutlachen und trat in die Diele hinaus. Seine Beine schienen sich wie von selbst zu bewegen, und seine Augen glühten in einem grausigen, lustvollen Rot, als er die Kellertür aufsperrte. Er starrte die dunkle Treppe hinunter, und seine Atmung war tief und gleichmäßig, während sein übernatürlich scharfes Gehör in dem Raum unter ihm keuchende Atemzüge und hektisches Flüstern wahrnahm. Er trat einen Schritt vor und blieb dann stehen, als er eine flüsternde Frauenstimme hörte.

»Keine Angst«, sagte sie, »ich lasse nicht zu, dass er euch was tut. Versprochen!«

O Gott. O lieber Gott.

Das Glühen in Albert Harkers Augen erlosch, als ihm bewusst wurde, was er eben hatte tun wollen. Sein Magen rebellierte, und ihm war leicht schwindlig; er schloss die Kellertür wieder ab, rannte auf plötzlich unsicheren Beinen durch die Diele, riss die Haustür auf und flüchtete in die Nacht hinaus.

18

Die wichtigste Mahlzeit des Tages

Kate Randall starrte den Dienstplan des Teams für interne Sicherheitsüberprüfung an und versuchte, das flaue Gefühl in ihrem Magen zu ignorieren.
Du wusstest, dass es dazu kommen würde, sagte sie sich. *Irgendwann endet jeder hier. Dies ist eine Befragung wie jede andere.*
Nach schlechtem Start waren die Befragungen des ersten Tages durchaus erfolgreich verlaufen: Sie hatten keine Hinweise auf Verrat am Department entdeckt und waren allem Anschein nach nicht belogen worden. Stephen Marshalls Eingeständnis, er habe seine Position in der Überwachungsabteilung dazu missbraucht, seine Freundin zu bespitzeln, war seinem Vorgesetzten gemeldet worden, der es disziplinarisch ahnden würde. Aber es betraf nichts, wofür das TIS zuständig war; was in ihre Zuständigkeit *fiel*, hatten sie bisher nicht entdecken können.
Kate las nochmals die erste Zeile des Dienstplans und spürte, wie ihre Magennerven sich verkrampften.

0800 BROWNING, MATT

Hinter ihr wurde die Tür der TIS-Lounge geöffnet.
»Morgen«, sagte sie und drehte sich mit ihrem Stuhl um.
Paul Turner, der nach den zusätzlichen Stunden Schlaf, auf denen sie letzte Nacht bestanden hatte, merklich erholt wirkte, lächelte sie an. »Morgen«, sagte er. »Na, sind Sie bereit für die erste Befragung?«
»Unbedingt«, antwortete Kate sofort. »Behandeln wir ihn

nicht wie jeden anderen, sind unsere Überprüfungen sinnlos, nicht wahr?«

»Richtig«, bestätigte Turner. Aus seinem Blick sprach so offensichtlicher Stolz auf Kate, dass sie verlegen errötete. »Stimmt genau.«

Danach herrschte einige Sekunden lang behagliches Schweigen, bis Turners Konsole summte. Er hakte sie vom Koppel los und hob sie ans Ohr. Nachdem er die Meldung mit einem knappen »Verstanden!« bestätigt hatte, sah er zu Kate hinüber.

»Er ist da«, sagte der Major. »Ich veranlasse, dass er angeschlossen wird; Sie informieren sich über seine Akte und kommen in fünf Minuten nach, okay?«

»Wird gemacht«, antwortete Kate.

Als Turner die Lounge verlassen hatte, trat Kate an den stählernen Karteischrank, der eine Wand des Raums einnahm. Er enthielt die Personalakten sämtlicher Agenten des Departments 19 – von den Rekruten, die sich noch in der Ausbildung befanden, bis hinauf zu Cal Holmwood, dem Kommissarischen Direktor. Als sie die rechte Hand auf ein schwarzes Sensorfeld legte, wurde das Objektiv eines Iris-Scanners auf einem Kunststofffuß ausgefahren. Kate sah in das Objektiv und ließ den roten Laserstrahl ihren Augapfel abtasten. Als ein dezentes Klicken anzeigte, dass die Sicherheitsschlösser entriegelt waren, zog sie das zweite Schubfach auf und fuhr mit dem Zeigefinger über die Reiter mit den Namen. Sie fand Matt Brownings Personalakte, zog sie heraus und setzte sich damit aufs Sofa, um sie durchzublättern.

Vier Minuten später ging Kate mit der Akte unter dem Arm in den Befragungsraum hinüber. Sie lächelte noch; obwohl sie die Geschichte, wie Matt zu dem Projekt Lazarus gekommen war, sehr gut kannte, weil sie selbst daran beteiligt gewesen war, brachte seine tollkühne Verwegenheit sie jedes Mal wieder zum Lachen. Matt hatte sich in Gefahr begeben – in weit größere Gefahr, als er damals geahnt hatte –, weil er darin eine Chance sah, in den Ring zurückzukehren, wo er Freunde gefunden hatte und nützliche Arbeit leisten zu können glaubte. Als Agent wäre er nie auch nur halb so gut gewesen wie Jamie oder sie, ganz zu schweigen von Larissa, die sich zu einer erschreckenden Naturgewalt entwickelte. Aber auf seine eigene Weise war er so zäh und tapfer wie jeder im Department, auch wenn er aus der angeborenen Bescheidenheit, die Kate so an ihm liebte, sicher energisch gegen diese Einschätzung protestiert hätte.

Kate stieß die Tür des Befragungsraums auf und sah, dass die Techniker des Nachrichtendiensts mit ihrer Arbeit fertig waren. Matt saß auf dem Stuhl zwischen zwei Rollwagen mit Überwachungsgeräten, von denen Spiralkabel zu Sensoren an Brust, Armen und Hals führten. Sie lächelte ihm zu, als sie neben Paul Turner Platz nahm, und Matt erwiderte ihr Lächeln fast zaghaft. Als Turner zu ihr hinübersah, nickte sie nachdrücklich.

Bringen wir's hinter uns.

»Lieutenant Browning«, sagte der Major in freundlichem, höflichen Tonfall. »Verstehen Sie den Zweck der von Lieutenant Randall und mir durchgeführten Überprüfung?«

»Ja, Sir«, antwortete Matt. »Sie suchen Verräter.«

Turner lächelte. »Ganz recht, Lieutenant. Beantworten Sie unsere Fragen wahrheitsgemäß, dann haben Sie nichts zu befürchten.«

Matt nickte wortlos. Kate gönnte ihm noch eine kurze Pause, dann räusperte sie sich.

»Dies ist TIS-Befragung Nummer siebenundfünfzig«, sagte sie ins Mikrofon. »Durchgeführt von Lieutenant Kate Randall, NS303, 78-J, in Anwesenheit von Major Paul Turner, NS303, 36-A. Sagen Sie mir bitte Ihren Namen.«

»Matt Browning.«

Kate blickte auf den Schreibtisch hinunter, in dessen Platte ein kleiner Bildschirm so eingelassen war, dass der Befragte ihn nicht sehen konnte. Auf dem Monitor waren zwei graue Kästchen dargestellt, die die Ergebnisse der beiden links und rechts neben Matt summenden Detektoren anzeigten. Nach ein, zwei Millisekunden leuchteten beide hellgrün auf. Sie nickte.

»Bitte geben Sie diesmal eine *falsche* Antwort«, sagte Kate.
»Nennen Sie Ihr Geschlecht.«

Matt grinste. »Weiblich.«

Beide Kästchen wurden leuchtend rot.

»Okay«, sagte Kate. »Mr. Browning, Sie sind Lieutenant im Department 19?«

»Ja.«

Grün.

»Arbeiten Sie gegenwärtig an dem geheimen Projekt Lazarus des Wissenschaftlichen Diensts mit?«

»Ja.«

Grün.

»Woraus besteht diese Arbeit?«

»Das ist geheim«, sagte Matt.

Grün.

»Nicht uns gegenüber, Lieutenant«, stellte Paul Turner fest. »Bitte beantworten Sie die Frage.«

»Lazarus ist für jedermann geheim, Sir«, sagte Matt fast entschuldigend. »Außer Sie holen Kommissarischen Direktor Holmwood her, damit er mich von meiner Schweigepflicht entbindet.«

Grün.

Kate lächelte. Sie war plötzlich sehr stolz auf Matt; sie wusste, wie einschüchternd der TIS-Befragungsraum war, weil sie sich dieser Prozedur gleich nach Paul Turner unterzogen hatte. Und sie ahnte, dass Matt vielleicht noch mehr Angst vor dem Major hatte als die meisten übrigen Agenten. Aber seine Loyalität dem Projekt Lazarus und seinen Zielen gegenüber war stärker als seine Nervosität. Sie setzte die Befragung fort, die ohne besondere Vorkommnisse zu Ende ging.

Als die Techniker Matt von dem Kabelgewirr befreit hatten, stand er auf, rieb sich die Stellen, wo Sensoren gesessen hatten, und lächelte Kate an. Sie waren im Befragungsraum allein; Paul Turner war in die TIS-Lounge verschwunden, nachdem er Kate angewiesen hatte, vor der nächsten Befragung zum Frühstück zu gehen.

»Das war nicht allzu schlimm«, sagte Matt. »Ich habe hoffentlich bestanden?«

»Natürlich«, versicherte Kate ihm lächelnd. »Genau wie erwartet.«

»Gut«, sagte Matt etwas zu eifrig. »Das ist gut. Ich war echt nervös, obwohl ich ...«

»Obwohl du nichts zu verbergen hattest«, ergänzte Kate. »Aber das ist in Ordnung, Matt, das ist normal. Alle Leute, die zu uns kommen, sind nervös. Das ist sozusagen der Zweck der Übung.«

Matt nickte. »Ja, das stimmt wohl.«

Kate sah auf die Uhr, dann nickte sie Matt aufmunternd zu. »Ich bin ganz ausgehungert«, stellte sie fest. »Ich gehe frühstücken, und du kommst mit. Wir haben schon ewig nicht mehr miteinander geredet.«

»Ich müsste wirklich wieder ins Labor«, sagte Matt. »Wir stehen kurz vor einem ...«

»Sollte in der nächsten halben Stunde ein Mittel gegen Vampirismus entdeckt werden«, unterbrach Kate ihn lächelnd, »schickt Professor Karlsson dir bestimmt eine SMS. Los, komm schon! Ich *muss* einen Kaffee haben.«

Matt grinste breit. »Also gut«, sagte er, »ich gehe mit. Ich habe seit Wochen kein Frühstück mehr bekommen, das nicht aus einem Automaten stammte.«

Kate stellte ihr Tablett auf einen Tisch im rückwärtigen Teil der Kantine – möglichst weit von den Agenten entfernt, die vor den Warmhalteplatten, Obstschalen und Kaffeeautomaten anstanden. Sie hatte eine Schale mit einer halben Grapefruit, einen Teller mit einem Toast und zwei schlecht pochierten Eiern, ein großes Glas Orangensaft und zwei dampfende Becher Kaffee. Sie hatte nicht übertrieben, im Augenblick trank sie täglich mindestens ein Dutzend Becher Kaffee, damit ihr Gehirn und ihre Glieder beweglich blieben. Das Loch in ihrem Inneren, das Shauns Umrisse hatte, drohte ständig, sie zu verschlingen, und Koffein war eines der Mittel, die sie benutzte, um außer Reichweite zu bleiben.

Matts Tablett krachte auf den Tisch und löste bei Kate lautes Gelächter aus. Er grinste verlegen und nahm hinter einem Berg aus Essen Platz: Schinken, Rührei, Cornflakes, Würstchen, Champignons, gebackene Bohnen, Toast. Um diese Mengen hinunterzuspülen, standen ein Becher Tee, ein Glas Milch und ein Glas Wasser bereit. Er machte sich über sein Frühstück her wie ein Mann, der gerade halb verhungert aus der Wüste zurückgekehrt ist.

»Sag mal, hast du in den letzten Wochen *überhaupt* irgendwas gegessen?«, fragte Kate halb im Scherz. »Du bekommst dort unten doch regelmäßig zu essen, oder?«

Matt nickte zunächst nur, weil er den Mund voll hatte. »Keine Angst, Essen gibt's reichlich«, sagte er und griff nach seinem Tee. »Es ist sogar ziemlich gut. Die Küche ist ständig besetzt und kocht einem zu jeder Tages- und Nachtzeit, was man sich wünscht.«

»Kein Wunder, dass du kaum mehr raufkommst. Wirklich Tag und Nacht?«

»Yeah. Dort unten geht's ziemlich heiß her, Kate. Überstunden sind die Regel.«

»Wie viele hast du denn schon?«

»Viele«, sagte Matt und wandte sich wieder seinem Teller zu. Kate sah zu, wie er aß; er schien nicht viel Gewicht verloren zu haben, deshalb machte sie sich keine Sorgen wegen seines Gesundheitszustands. Aber ihr Freund wirkte völlig erschöpft, war auffällig blass, fast aschfahl, und hatte schwere dunkle Tränensäcke unter den Augen.

»Und wie läuft es so?«, fragte sie. »Mit Lazarus, meine ich. Wie kommt ihr voran?«

Matt sah auf und grinste mit vollem Mund an. Er hätte bis zum Jüngsten Tag im Befragungsraum gesessen, bevor er Paul

Turner etwas über das Projekt Lazarus erzählt hätte, aber bei Kate war das anders. Als ihre Beziehungen zueinander einen Tiefstand erreicht hatten, bevor Jamie nach Paris aufgebrochen war und Vampire den Stützpunkt überfallen hatten, hatten die vier – Kate, Jamie, Larissa und er selbst – sich geschworen, einander in Zukunft alles zu erzählen; Geheimnisse, Lügen und verschwiegene Absichten hatten sie fast entzweit und sie gelobt, es nie wieder so weit kommen zu lassen.

»Viel gibt's eigentlich nicht zu erzählen«, sagte er. »Wir machen Fortschritte bei der Entschlüsselung des DNA-Strangs von Vampiren und haben einige Elemente des Proteins isoliert, das die Verwandlung auslöst. Ein theoretisch brauchbares Trägerenzym ist in Entwicklung, und wir analysieren weiter die Daten, die Jamie bei Christopher Reynolds sichergestellt hat.«

Kate nickte. Sie hatte kaum ein Wort von dem verstanden, was Matt sagte, aber das sollte er nicht merken; daher pickte sie ein Thema heraus, über das sich unbefangen diskutieren ließ.

»Sind Reynolds' Ergebnisse denn nützlich?«, fragte sie. »Ich dachte, er hätte in genau entgegengesetzter Richtung geforscht.«

»Glaub mir, sie sind nützlich«, sagte Matt. »Die Prozesse verlaufen natürlich anders, aber sein Generalplan ist eine gute Grundlage für unsere Arbeit. Professor Karlsson glaubt, dass der Zugang zu seiner Arbeit uns mindestens ein Jahr gespart hat.«

Arbeit, dachte Kate angewidert. *Er hat gefoltert. Und gemordet.*

»Er war ein Genie«, fuhr Matt fort. »Verbrecherisch. Aber ein Genie.«

»Schon möglich«, sagte Kate. »Trotzdem bin ich froh, dass Jamie ihn erschossen hat.«

Matt grinste breit. »Ich auch«, sagte er. »Sogar sehr.«

»Also geht alles seinen Gang?«, fragte Kate, während sie eines ihrer Eier aufschnitt und auf einer Scheibe Toast verteilte. »Keine wichtigen Durchbrüche, keine großen Heureka-Augenblicke?«

Matt schüttelte den Kopf. »Nein, leider nicht. Tatsache ist, dass wir jeden Tag ein bisschen weiterkommen. Aber wenn wir keine magische Abkürzung finden oder jemand einen fantastischen Einfall hat, der sich als richtig erweist, dürfte alles noch sehr lange dauern. Vielleicht Jahre.«

»Obwohl ihr euch alle wie verrückt reinhängt«, stellte Kate fest. »Für mich unvorstellbar. Ich begreife nicht, wie *irgendwas* jahrelang erforscht werden muss.«

»Die cleversten Köpfe der Welt versuchen seit Jahren, die Stringtheorie zu beweisen«, sagte Matt. Er trank einen kleinen Schluck Tee. »Und ich bin sicher, dass sie alle angestrengt arbeiten.«

»Hast du mal mit Jamie darüber gesprochen?«, fragte Kate.

Matt schüttelte erneut den Kopf. »Nein. Ich sehe ihn in letzter Zeit ehrlich gesagt sehr selten. Aber er weiß, dass wir lange brauchen werden. Das hat Reynolds ihm selbst erklärt, als er sich noch als Talbot ausgegeben hat – wahrscheinlich einer der seltenen Augenblicke, in denen er nicht gelogen hat.«

»Für Jamie muss das schlimm sein«, murmelte Kate. »Seine Mom *und* seine Freundin.«

»Das stimmt wohl«, bestätigte Matt. »Für ihn steht bei Lazarus mehr auf dem Spiel als für die Leute, die tatsächlich daran arbeiten. Und wenn ich dazu beitragen könnte, es zu beschleunigen, damit Larissa und Marie schneller geheilt werden können, täte ich's, das weißt du. Richtig?«

»Natürlich weiß ich das«, sagte Kate. »Und Jamie weiß es auch.«

Matt lächelte flüchtig, dann machte er sich daran, den Rest seines Frühstücks zu vertilgen. Kate folgte seinem Beispiel; als ihre Teller leer waren, lehnte sie sich zurück und griff nach ihrem zweiten Kaffee. Matt, der seinen Tee fast ausgetrunken hatte, sah sie erwartungsvoll an.

»Was?«, fragte sie stirnrunzelnd. »Habe ich Ei im Gesicht?«

»Nein«, sagte Matt. »Ich habe dir von Lazarus erzählt. Jetzt bist du dran.«

»Ich soll dir vom TIS erzählen?«

Matt nickte.

»Da gibt's auch nicht viel zu erzählen«, sagte sie und stellte ihren Becher ab. »Unsere Arbeit hat gerade erst angefangen. Bisher gibt es nichts zu melden.«

»Nichts?«, fragte Matt.

Kate überlegte, ob sie ihm von dem Lieutenant vom Überwachungsdienst erzählen sollte, der seine Freundin bespitzelt hatte, verzichtete dann aber darauf. Sie hatten sich zwar absolute Offenheit zugesichert, dies konnte sich jedoch nicht auf die privaten Indiskretionen anderer erstrecken.

»Nichts«, bestätigte sie. »Was nur gut ist.«

»Wann nehmt ihr euch Jamie vor?«

»Das weiß ich nicht«, log Kate. »Die Namen wählt der Computer jeden Abend zufällig aus.«

»Dann war Reynolds also der letzte Verräter?«

»Das wissen wir noch nicht«, sagte Kate. »Aber wir haben bisher niemanden entdeckt, der ein Sicherheitsrisiko darstellen könnte.«

»Was ist mit Major Turner?«

»Was soll mit ihm sein?«

»Wie ist die Zusammenarbeit mit ihm?«, fragte Matt. »Wie ist er so im persönlichen Umgang?«

Kate nahm einen großen Schluck Kaffee, während sie darüber nachdachte. »Er ist ein ... bemerkenswerter Mann«, sagte sie schließlich. »Ich kenne niemanden, der sich mehr in seine Arbeit reinkniet als Paul. Das spornt ehrlich gesagt an.«

»Und das kommt nicht daher, dass ... nun, du weißt schon, dass er ...«

»Dass er Shaun verloren hat?«, fragte Kate, die erriet, was ihr Freund sagen wollte. »Das spielt bestimmt eine große Rolle. Er hat seinen Sohn verloren, weil das Department nicht sicher war, weil wir aufgehört hatten, einander zu beobachten, einander wirklich anzusehen, und keiner von uns beiden will, dass jemandem passiert, was Shaun zugestoßen ist. Aber das Ganze ist kein persönlicher Rachefeldzug, auch wenn manche das vielleicht glauben. Für keinen von uns beiden.«

»Na ja, lieber du als ich«, sagte Matt mit schwachem Lächeln. »Ich hab noch immer Schiss vor ihm.«

»Damit bist du nicht allein«, antwortete Kate ebenfalls lächelnd. »So wirkt er auf die meisten Leute.«

»Aber nicht auf dich?«

»Nicht mehr«, sagte sie. »Wir ... nun, wir haben ein ziemlich nahes Verhältnis zueinander. Sogar ein sehr nahes. Ich würde Paul mein Leben anvertrauen.«

»Das täte ich auch«, sagte Matt. »Trotzdem hab ich weiter Schiss vor ihm.«

Kate lachte, und nach ungefähr einer Sekunde stimmte Matt in ihr Lachen ein. In ihrem Lachen lagen Wärme und Fröhlichkeit, aber auch lässige Entspanntheit im Umgang miteinander, die Kate wieder auf eine vertraute Idee brachte.

Das müssen wir öfters machen. Auch mit Jamie und Larissa, wenn sie wieder da ist.

Matts Lachen verklang, und er öffnete den Mund ... um dann doch nichts zu sagen. Als ausgezeichnete Beobachterin, der nicht leicht etwas entging, hatte Kate etwas so Auffälliges wie Matts abgebrochenen Satz bemerkt. Jetzt beugte sie sich zu ihm hinüber.

»Was hast du auf dem Herzen?«

»Nichts«, sagte Matt und wurde knallrot. »Ich wollte dir nur ... ach, es ist nichts.«

»Natürlich hast du etwas auf dem Herzen«, sagte Kate mit sanfter Stimme. »Erzähl's mir, Matt.«

Er schluckte krampfhaft. Sein Gesicht war weiter feuerrot. »Es gibt da ... ein Mädchen, eine junge Frau«, sagte er schließlich. »Sie arbeitet bei uns unten. Sie heißt Natalia.«

Ein Mädchen, dachte Kate innerlich grinsend. *Natürlich steckt dahinter ein Mädchen. Nun, hoffentlich ist sie besser für ihn geeignet als das letzte Mädchen, in das er verknallt war. Angela Darcy hätte ihn in Stücke gerissen. Vermutlich buchstäblich.*

»Also gut«, sagte Kate. »Ein Mädchen namens Natalia. Ich glaube nicht, dass ich sie kenne.«

»Bestimmt nicht«, antwortete Matt. »Sie wohnt im Lazarus-Bereich und verlässt das Labor kaum jemals.«

»Woher kommt sie?«

»Sie ist Russin«, sagte Matt, und Kate sah, wie seine Augen aufleuchteten, als er von ihr sprach. »Das RKSU hat sie vor ein paar Jahren von der Universität geholt und später zu uns abgeordnet, als wir das Forscherteam neu aufstellen mussten. Sie ist erst achtzehn, aber klüger als die meisten ihrer Kollegen. Ich möchte fast wetten, dass von uns allen nur Professor Karlsson ...« Matt verstummte und errötete dann nochmals, als ihm klar wurde, was er alles hervorgesprudelt hatte.

»Hast du schon mit ihr gesprochen?«, fragte Kate, die Mühe hatte, ein Grinsen zu verbergen. Matt war so süß, so enthusiastisch und schüchtern und unsicher.

»Ich rede jeden Tag mit ihr«, sagte Matt. »Sie sitzt nur fünf Schreibtische von mir entfernt.«

»Nein«, widersprach Kate geduldig. »Hast du mit ihr *gesprochen?*«

»Oh«, sagte Matt und starrte auf die Tischplatte hinunter. »Nein.«

»Vielleicht solltest du das mal tun?«, schlug Kate lächelnd vor.

Matts Blick blieb noch einige Sekunden länger auf die Tischplatte gerichtet. Dann sah er mit einem zarten, scheuen Lächeln auf seinem erröteten Gesicht auf.

»Ich bin dafür, dass wir das Thema wechseln«, sagte er. »Was denkst du, wie kommt Larissa an beim NS9 klar? Ich habe seit ihrer Abreise nicht mal mehr mit ihr telefoniert. Glaubst du, dass sie's schafft, keinen Ärger zu bekommen?«

19

Krieg gegen Drogen, Teil Eins

Nuevo Laredo, Mexiko
Gestern

Larissa zog unter einem Kugelhagel den Kopf ein, blieb am Fuß der niedrigen Ziermauer in Deckung und grinste Tim Albertsson an. Der Spezialagent erwiderte ihren Blick mit offenem Mund und glänzenden Augen.
»Wie viele?«, fragte er.
Larissa hob den Kopf, sah über die Mauerkrone und zog ihn so rasch wieder ein, dass Tim nur eine verschwommene Bewegung wahrnahm; diesmal fiel kein einziger Schuss, so übernatürlich schnell war sie gewesen.
»Vier«, sagte sie ruhig,
Tim sah die große Wiese hinunter, die noch vor Kurzem ein untadelig gepflegter Rasen gewesen war. Am Fuß der sanft abfallenden Fläche konnte er die schwarzen Gestalten der übrigen Mitglieder seines Teams sehen, die gleich am offenen Tor des Landsitzes hinter Nebengebäuden in Deckung gegangen waren. Sie waren mindestens fünfzig Meter entfernt – also keine wirkliche Hilfe, falls die Vampire über ihnen angriffen, aber das schien Larissa nicht die geringsten Sorgen zu bereiten. Die Vampirin strahlte förmlich, ihre Augen glühten hochrot, die ausgefahrenen Reißzähne blitzten, ihr sonst so blasser Teint war rosig angehaucht.
Blutgier, dachte Tim. *Die habe ich noch nie aus der Nähe gesehen, aber das ist's. Sie ist jetzt ganz Vampirin.*
»Kann's losgehen?«, fragte sie und fixierte ihn mit glühenden Augen.

Tim nickte. »Ich lasse die anderen nachkommen«, sagte er. Er hob sein Funkgerät, aber Larissa ergriff sein Handgelenk und hielt es fest. Obwohl ihr Griff sanft war, wusste er genau, dass er die Hand keinen Millimeter würde bewegen können, wenn sie nicht wollte.

»Die kommen schon von allein«, sagte sie. »Ich rede jetzt nur von dir und mir. Bist du bereit?«

Tim starrte sie ganz in ihrem Bann stehend an. Dann nickte er. »Also los!«, sagte er.

Sie waren in der Sporthalle gewesen, um die Rekrutenausbildung zu beaufsichtigen, als das Training durch General Allens Eintreten unterbrochen wurde.

In ganz Dreamland herrschte große Besorgnis, seit der NS9-Direktor vor wenigen Stunden in einer Generalversammlung das gesamte Department darüber informiert hatte, in das Hochsicherheitsgefängnis Supermax in Colorado sei nicht nur eingebrochen worden, sondern die Gefangenen seien auch alle verwandelt worden. Die Entschlossenheit, die Larissa bei Beginn der Versammlung auf den Gesichtern ihrer neuen Kollegen gesehen hatte, war sehr rasch in etwas völlig anderes umgeschlagen, als General Allen einige Szenen vorgeführt hatte, die eine Überwachungskamera in den Außenbezirken von Denver gefilmt hatte.

Die Kamera blickte auf die Folgen eines Verkehrsunfalls hinunter, der sich auf einer vierspurigen Schnellstraße ereignet hatte. Mehrere Autos, bestimmt ein Dutzend oder mehr, lagen wie Skulpturen aus zerquetschtem Metall auf dem Asphalt verstreut, und mindestens eines war auf dem Dach liegen geblieben. Andere Wagen, deren Fahrer noch rechtzeitig hatten anhalten können, stauten sich in beiden Richtungen meilenweit, und der Verursacher dieses Chaos war deutlich sichtbar: Er stand in einem roten Häftlingsoverall, den er bis zur Taille herabgestreift hatte, mitten auf der Schnellstraße.

Der Mann stapfte auf den Fahrbahnen hin und her, schlug die

Scheiben verunglückter Fahrzeuge ein und schien dabei lautlos zu brüllen. Er war kahl geschoren, und sein stark tätowierter Körper war mit Muskeln bepackt: Er glänzte im Scheinwerferlicht des Polizeihubschraubers, dessen grelles Licht der Ausgebrochene eben erst wahrzunehmen schien. Der Häftling blieb mitten auf der Fahrbahn stehen und starrte nach oben in die Kamera. Dann sprang er mit einem lässigen, fast nonchalanten Satz in die Luft und schoss auf das Objektiv zu wie ein Hai, der aus der Meerestiefe auftaucht.

Nach einem krachenden Aufprall verschwand der Vampir aus dem Bild, und die Kamera begann wild zu tanzen. Gleichzeitig war zu hören, wie der Pilot und die Besatzung der Maschine schrien und brüllten, und die Zuschauer holten erschrocken tief Luft, als eine heftig mit Armen und Beinen rudernde Gestalt von der Kamera wegfiel und kurz darauf auf den Asphalt knallte, wo sie bewegungslos liegen blieb. Die Kamera tanzte immer wilder, bis Bild und Ton schließlich ausfielen. Zuletzt war noch eine verzweifelte Stimme zu hören, die »Mayday!« schrie.

Larissa sah sich im Saal um, als das Video endete und der Großbildschirm wieder das NS9-Logo zeigte. Ihre neuen Kollegen waren blass, starrten mit vor Schreck geweiteten Augen vor sich hin. Sie war nicht überrascht, als Tim Albertsson als Erster sprach. »Er ist stärker, als er sein sollte«, sagte er. »Als frisch Verwandelter.«

»Richtig«, stimmte General Allen vom Podium aus zu. »So stark dürfte er nicht sein.«

»Wie ist das möglich?«, fragte ein Agent, den Larissa nicht kannte.

»Das wissen wir nicht«, gab Allen zu. »Aber von Departments in aller Welt gehen ähnliche Meldungen ein. Wir werden ermitteln, was sich in Colorado abgespielt hat, aber bis dahin möchte ich, dass Sie sich darüber im Klaren sind, was dort draußen lauert. Diese Vampire scheinen stärker zu sein als alle, mit denen Sie es bisher zu tun hatten, und ich erwarte, dass Sie sich entsprechend vorbereiten. Habe ich mich klar genug ausgedrückt?«

Die Agenten murmelten zustimmend. General Allen musterte die Männer und Frauen seines Departments sekundenlang, dann nickte er und sprach weiter.

Larissa hatte den Saal aufrichtig betroffen und mit dem verzweifelten Wunsch nach einem Einsatz verlassen; sie wollte helfen, wollte einen echten Beitrag für das Department leisten, dem sie vorübergehend angehörte.

Sie hatte erwartet, wieder einem der Einsatzteams zugeteilt zu werden, mit denen sie in den letzten Wochen unterwegs gewesen war; deshalb war sie zutiefst enttäuscht, als auf ihrer Konsole wieder genau die Nachricht erschien, die sie an den meisten Tagen ihres Aufenthalts in Nevada erhalten hatte: Lieutenant Kinley wurde angewiesen, weiter an der Rekrutenausbildung teilzunehmen. Tim Albertsson hatte bisher nichts gesagt, aber sie wusste, dass auch er ihre Situation unbefriedigend fand. Als General Allen unerwartet in die Ausbildungsarena kam, um mit ihnen zu sprechen, sah sie auf Tims Gesicht die gleiche Aufregung, die auch ihren Puls beschleunigte.

»Über diese Gruppe höre ich nur Gutes«, sagte der General mit einem Blick zu den Rekruten hinüber. »Dem Ausbildungsplan voraus. Stimmt das?«

»Ja, Sir«, bestätigte Tim. »Sie reagieren gut, Sir.«

»Worauf reagieren sie gut?«, fragte Allen lächelnd. »Dass ein Teenager ihnen in den Hintern tritt?«

»Ja, Sir«, antwortete Tim, der ein Grinsen unterdrücken musste. »Das hat echt Eindruck gemacht, Sir.«

»Das kann ich mir denken.« Allen wandte sich an Larissa. »Haben Sie sie mit Samthandschuhen angefasst, Lieutenant Kinley? Seien Sie bitte ehrlich.«

»Ja, Sir«, erwiderte Larissa, die nicht wusste, ob das die Antwort war, die der General erwartete. »Ich wollte ihnen nicht wehtun, Sir. Nun, zumindest nicht zu sehr.«

General Allen brach in Gelächter aus, in das Tim eine Sekunde später einstimmte. Larissa tat das nicht, weil es ihr widerstrebte, über eigene Scherze zu lachen, aber sie gestattete sich ein kleines Lächeln.

»Also gut«, sagte General Allen wieder ernst, »ich brauche Sie beide in einer Viertelstunde im Besprechungsraum drei. Wir haben neue Geheimdienstinformationen, die eine sofortige Reaktion erfordern. Sehen Sie zu, dass jemand Sie im Training vertritt, und seien Sie pünktlich oben, klar?«

»Ja, Sir«, bestätigte Larissa.

»Ja, Sir«, bestätigte Tim keine Sekunde später, bevor er hinzufügte: »Das hätten Sie uns allerdings auch per SMS mitteilen können, Sir.«

»Ich komme ab und zu ganz gern hier runter«, sagte Allen und sah sich in der Arena um. »Dieser Raum bringt viele Erinnerungen zurück. In einer Viertelstunde, Agenten.«

Der Direktor wandte sich ab und verließ die Arena. Die beiden sahen Allen nach; sobald die Tür hinter ihm zugefallen war, klatschte Tim die Hände zusammen.

»Toll!«, sagte er aufgeregt. »Jetzt bekomme ich endlich zu sehen, was du wirklich kannst.«

»Vielleicht«, sagte sie. »Wir wissen noch nicht, wie der Auftrag aussieht.«

»Fast das ganze Department ist heute Morgen ausgerückt, um Jagd auf Supermax-Ausbrecher zu machen«, sagte Tim. »Das sind die schlimmsten Kerle, die brutalsten, gefährlichsten Häftlinge von allen – und wir bilden hier unten Rekruten aus? Wenn sie uns jetzt plötzlich doch brauchen, muss es sich um eine große Sache handeln.«

Larissa nickte, Tims Worte klangen vernünftig. Sein Team bestand nur aus Spezialagenten – ein etwas nebulöser Dienstgrad, mit dem sie nichts Rechtes anfangen konnte –, und sie wollte endlich mit eigenen Augen sehen, was sie so speziell machten.

»Schon möglich«, sagte sie. »Treffen wir uns in zehn Minuten dort?«

»Klar doch«, sagte Tim breit grinsend.

Larissa war nicht im Geringsten überrascht, als Tim bereits auf einem der Stühle vor dem hölzernen Rednerpult saß, als sie acht Minuten später die Tür des Besprechungsraums drei öffnete. Er sah sich um, als sie hereinkam, und nickte ihr ernst zu.

Geschäftsmäßig, dachte Larissa. *Kein Lächeln, kein Flirten mehr. Ganz nüchtern. Gut.*

General Allen ließ sie nicht lange warten.

Der Direktor trat kaum eine Minute später durch eine Seitentür herein, nickte beiden knapp zu und trat ans Rednerpult. Er drückte einen Knopf seiner Konsole, um den Bildschirm hinter sich zu aktivieren, und rief ein Infrarotbild eines Aufklärungssatelliten auf: eine große Villa, deren parkartiger Garten von einer Mauer umgeben war. Mehrere Gestalten, von denen die meisten hellgelb leuchteten, bewegten sich im Park und durch die vielen Räume.

»Agenten«, sagte General Allen, »was Sie hier sehen, ist die Villa, in der Garcia Rejon in Nuevo Laredo residiert. Rejon ist ein ehemaliger mexikanischer Heeresgeneral und der gegenwärtige Boss des Wüstenkartells. Er ist vor sechs Jahren aus der Armee ausgeschieden, als bekannt wurde, dass seine Brigade Drogentransporten des Kartells Schutz gewährt und Leibwächter für seine führenden Männer gestellt hat. Ein Jahr nach seiner Entlassung wurden der damalige Boss des Kartells, seine Frau, seine Kinder, seine Geliebten, sein Hauspersonal und seine Leibwächter in einer einzigen Nacht von Garcia Rejons Männern ermordet. An diesen Morden beteiligt war der ehemalige Hauptmann Roberto Alaves, dessen Frau eine begeisterte Konsumentin des Hauptprodukts des Wüstenkartells ist. Vor drei Jahren haben wir sie bei einem Wochenendausflug nach San Diego mit acht Gramm geschnappt, Alaves umgedreht und ihn dazu gebracht, gegen Rejon auszusagen. Obwohl fast die Hälfte der von Alaves benannten Zeugen ermordet wurde, hat die DEA eine Verurteilung erreicht: Rejon hat viermal lebenslänglich in einem Bundesgefängnis bekommen. Die Mexikaner haben ihm zum Abschied nachgewinkt, und er ist nach Colorado verfrachtet worden. Ende der Geschichte.«

»Bis letzte Nacht«, sagte Larissa. »Richtig, Sir?«
»Richtig«, bestätigte der General. »Weder Rejon noch seine engsten Vertrauten, die mit ihm einsaßen, konnten wir bisher wieder eintreiben. Für den Fall, dass er nach Hause will, kontrollieren wir die Grenze, aber wir können nicht jeden Meter überwachen – vor allem nicht, wenn's um Männer geht, die fliegen können. Heute Morgen wurden die Einwohner von Nuevo Laredo mit diesem charmanten Bild im Lokalfernsehen konfrontiert.«

Allen rief das nächste Bild auf. Larissa holte erschrocken tief Luft und hörte Tim Andersson neben sich geräuschvoll ausatmen. Das Bild zeigte offenbar das Geschäftsviertel von Nuevo Laredo mit einem vierspurigen Boulevard, über den eine neu aussehende Fußgängerbrücke führte, und Hochhäusern aus Stahl und Glas im Hintergrund.

An der Brücke hingen vier nackte, verstümmelte Männer.

Dünne Kabel waren um ihre Hälse geschlungen und am Betongeländer der Brücke festgeknotet worden; auf dem grauen Asphalt unter ihnen hatte sich eine große Blutlache gebildet, die mit rosa und dunkelroten Klumpen durchsetzt war. Das HD-Foto zeigte die Wunden der Männer grausig detailliert, und Larissa entdeckte etwas, bei dem ihr Magen rebellierte: Aus der Lache führten Pfotenabdrücke heraus, als hätten Hunde einen Teil des Bluts aufgeleckt.

Jenseits der aufgehängten Männer standen drei große Kastenwagen mit weit offenen Hecktüren unter der Brücke. Sie enthielten mehr aufgestapelte und miteinander verschlungene Leichen, als Larissa zählen konnte. Die Laderäume der Fahrzeuge waren voller Blut, das Arme und Beine, Hände und Gesichter bedeckte. Einige der Mordopfer, deren Gesichter noch vom Todeskampf verzerrt waren, waren aus den Wagen gerutscht – *wahrscheinlich von Hunden herausgezerrt worden*, dachte sie – und lagen in unnatürlich verdrehter Haltung auf dem Asphalt.

»Achtundsechzig tote Männer und Frauen«, sagte der General. »Das gesamte Wüstenkartell, darunter die gesamte Führungsspitze. Augen ausgestochen, Finger und Zehen abgehackt, Zungen herausgeschnitten, Genitalien verstümmelt. Jeweils bei lebendigem Leib.«

»Jesus«, sagte Tim. »Todesursache?«

»Blutverlust«, sagte Allen. »Sie sind gefoltert und liegen gelassen worden. Keine Schussverletzungen, keine offensichtlich tödlichen Wunden.«

»Keine Gnade«, sagte Larissa. »Hier ist's nicht bloß darum gegangen, diese Leute zu beseitigen. Die Morde sind eine klare Ansage.«

»Was für eine Art Ansage?« fragte Tim mit einem Blick zu ihr hinüber.

»Ich bin wieder da«, antwortete sie. »An mir kommt ihr nicht vorbei. Etwas in dieser Art.«

»Erste Geheimdienstmeldungen aus Mexiko bestätigen, dass Sie recht haben«, sagte General Allen. »Die Lage ist erwartungsgemäß ziemlich verworren, aber wir wissen, dass die ermordeten achtundsechzig Kartellangehörigen kurz nach Mitternacht aus ihren Häusern entführt und vor Tagesanbruch unter der Brücke zurückgelassen wurden. Einer der DEA-Agenten im Kartell, der zu seinem und unserem Glück unterhalb der Ebene der Ermordeten arbeitet, meldete heute Morgen, er sei wie alle anderen in Garcia Rejons Villa zitiert und über den Führungswechsel informiert worden. Er hat Rejon mit eigenen Augen gesehen. Dann sind er und die übrigen Soldaten und Straßendealer mit dem Befehl heimgeschickt worden, das Geschäft wie gewohnt weiterzuführen.«

Der Direktor machte eine Pause und blickte auf die beiden Agenten hinunter, die an seinen Lippen hingen.

»Ich brauche Ihnen bestimmt nicht zu erklären, dass eine Gruppe von Vampiren an der Spitze eines der größten und brutalsten mexikanischen Drogenkartelle eine ernsthafte Gefahr für die Sicherheit der Vereinigten Staaten darstellt – vor allem wenn diese Vampire so unglaublich stark wie der in Denver sind. Dies ist der Punkt, an dem Sie beide eingreifen sollen. Tim, Sie überqueren mit Ihrem Team, dem Lieutenant Kinley vorübergehend beigeordnet wird, heute Nachmittag die Grenze. Um 20.48 Uhr, zehn Minuten nach Sonnenuntergang, dringen Sie in Rejons Komplex ein. Von da an keine weiteren Vorschriften, keinerlei Restriktionen. Sie vernichten alle Vampire, die Sie antreffen, und kommen wieder zurück. Klar?«

»Klar, Sir«, bestätigte Tim sofort. »Ich muss allerdings fragen, Sir, ob es nicht klüger wäre, bei Tageslicht anzugreifen?« Er warf Larissa einen entschuldigenden Blick zu, und sie tat ihr Bestes, um nicht vor Wut glühende Augen zu bekommen.

»Unsere Überwachung zeigt, dass alle Fenster von Rejons Villa schwarz verhängt sind«, antwortete der General. »Außerdem sind offenbar nicht alle seine Leibwächter verwandelt worden. Der Vorteil, Lieutenant Kinleys besondere Fähigkeiten nutzen zu können, wiegt schwerer als die Nachteile eines nächtlichen Angriffs.«

»Verstanden, Sir«, sagte Tim. Er sah nochmals zu ihr hinüber und zuckte bedauernd mit den Schultern. Larissa wusste genau, was diese Geste bedeuten sollte.

Nichts gegen dich, aber ich musste fragen.

»Ausgezeichnet«, sagte General Allen und drückte erneut einen Knopf seiner Konsole. Diesmal zeigte der Bildschirm eine Pyramide aus mit Namen beschrifteten Fotos. Die Spitze bildete General Garcia Rejon, ein gut aussehender Mann mit hagerem Gesicht, Dreitagebart und durchdringenden braunen Augen. Unter ihm waren drei Männer mit dem Dienstgrad Oberst angeordnet, dann folgten eine Reihe Leutnants und mehrere Reihen Soldaten. »Nach unseren Erkenntnissen ist das die neue Führung des Wüstenkartells«, sagte Allen. »Die meisten dieser Männer, die inzwischen alle verwandelt sein dürften, scheinen sich in Garcia Rejons Komplex aufzuhalten. Der General und seine Obersten sind Prioritätsstufe eins, die übrigen Prioritätsstufe zwei. Ziel des Einsatzes sollte sein, dass keiner dieser Männer am Leben bleibt.«

»Kollateralschäden?«, fragte Tim Albertsson. »Sie haben von nicht verwandelten Leibwächtern gesprochen?«

»Unwichtig«, erwiderte Allen, und Larissa lief ein kleiner Schauder über den Rücken. »Ihre Ziele sind die Vamps der Prioritätsstufen eins und zwei. Klar?«

»Ja, Sir«, sagte Tim nachdrücklich.

»Lieutenant Kinley?«, fragte der Direktor sie. »Dies ist ein Unternehmen mit Genehmigung des Präsidenten. Fühlen Sie sich dem gewachsen?«

Ich weiß nicht, dachte Larissa. *Ich bin Soldatin, keine Mörderin. Aber das kann ich Ihnen nicht erklären.*

»Ja, Sir«, antwortete sie. »Ich fühle mich dem gewachsen.«

»Gut«, sagte General Allen und lächelte ihr zu. »Ich bin froh, dass Sie diesmal mithelfen, Larissa. Ich wollte, ich könnte Sie in Aktion sehen.«

»Danke, Sir.«

»Nichts zu danken. Ich möchte, dass Sie um siebzehn Uhr starten. Alle benötigten Informationen finden Sie auf Ihren Konsolen; Sie studieren die Unterlagen, weisen Ihr Team ein und führen dieses Unternehmen durch. Sobald Sie zurück sind, erwarte ich einen vollständigen Bericht. Weggetreten.«

Tim Andersson spannte die Beinmuskeln an; er wollte gerade über die niedrige Mauer springen, hinter der sie in Deckung gegangen waren, als Larissa geräuschlos als schwarzer Strich im Abendhimmel verschwand.

Er staunte über die Geschwindigkeit, mit der sie in weniger als einer Sekunde in der Dämmerung verschwand. Nervöse spanische Stimmen, die an sein Ohr drangen, bewiesen ihm, dass auch Rejons Männer etwas gesehen hatten, das sie sich anscheinend nicht erklären konnten. Tim kauerte hinter der Ziermauer, fühlte Adrenalin durch seinen Körper kreisen und wusste nicht, was er tun sollte. Er hob den Kopf und spähte über die Mauerkrone; der Ziergarten dahinter war mit zwei kreisförmigen Blumenbeeten und einem Springbrunnen in der Mitte nur wenige hundert Quadratmeter groß. Dahinter stand Garcia Rejons Villa: ein weitläufiges Herrenhaus mit schwarz verhängten Fenstern und bunkerartigen Betonwänden, dessen Umrisse sich von dem rasch dunkler werdenden Abendhimmel abhoben. Eine weitere niedrige Mauer schloss den Garten zu der mit Kies bestreuten Auffahrt hin ab, hinter der vier von Rejons frisch verwandelten Vampiren mit Sturmgewehren AR-15 in Deckung lagen.

Tim gab sich einen Ruck. Er hatte keine Ahnung, was Larissa machte, aber er wusste, dass er nicht unbegrenzt lange in Deckung bleiben und darauf warten durfte, dass sie ihre Absichten kundtat. Als er die Beinmuskeln sprungbereit anspannte und noch einmal tief durchatmete, hörte er plötzlich ein schrilles Pfeifen, das rasch näher kam. Er hob eben noch rechtzeitig den Kopf, um eine dunkle Masse zu sehen, die vom Himmel kommend jenseits des Gartens einschlug.

Hinter der Mauer, die sofort Risse bekam und nach vorn auf eines der Blumenbeete krachte, gab es eine Eruption aus Erde und Blut. Während Tim sie ungläubig beobachtete, segelten zwei große Körper durch die Luft und schlugen auf dem Rasen vor dem Springbrunnen auf. Die Vampire wälzten und wanden sich im Gras, rissen mit Ellbogen und Absätzen braune Furchen und bluteten beide aus so vielen Wunden, als sei eine Handgranate neben ihnen detoniert.

Der Anblick von Blut elektrisierte Tim, der jetzt hastig über die niedrige Mauer sprang, während Kampfgeräusche und Schmerzensschreie den Garten erfüllten; er ignorierte sie jedoch und konzentrierte sich nur auf die verletzten Vampire. Als er auf die erste Gestalt zustürmte, zog er bereits seinen Metallpflock und stieß ihn in die Brust des Liegenden. Der Vampir zerplatzte mit lautem Knall und bespritzte Tims Uniform mit Blut und Fleischfetzen, aber das nahm der Spezialagent kaum wahr. Er bewegte sich weiter, hob erneut seinen Pflock und pfählte den zweiten Vampir, der mit dumpfem Knall zerplatzte, als Tim zu der Stelle rannte, wo Rejons Männer in Deckung gelegen hatten.

Hinter der eingestürzten Mauer hing eine Staubwolke in der Luft. Tim hob sein T-Bone an die Schulter, klappte das Helmvisier herunter und verstellte den Drehknopf an seinem Koppel.

Das thermografische Bild zeigte ihm gelbliche Wirbel, weil noch heißer Staub in der Luft schwebte. Mittendrin stand eine einzelne Gestalt, die dunkelrot, aber auch grellweiß pulsierte. Tim klappte sein Visier wieder hoch und bewegte sich mit schussbereitem T-Bone langsam weiter.

»Larissa?«, rief er. »Bist du das dort drinnen?«

»Ich bin's!«, antwortete die Vampirin laut. »Fang!«

Aus der Staubwolke kam etwas auf ihn zugeflogen. Tim nahm die linke Hand vom Lauf seiner Waffe und schnappte es sich aus der Luft; es fühlte sich rau und glitschig an, und er senkte den Blick, um zu sehen, was Larissa ihm zugeworfen hatte. Es war der abgerissene Kopf eines jungen Mannes, der ihn mit weit aufgerissenen Augen anstarrte, während seine Lippen sich noch bewegten, als versuche er zu sprechen. Tim betrachtete ihn angewidert.

Weiß sie das?, fragte er sich dabei. *Weiß sie, dass sie so wird?*

Das Geräusch von Stahl, der an Knochen vorbeischrammte, ließ ihn aus seinen Gedanken aufschrecken, und er ließ den Kopf im letzten Augenblick fallen, bevor er wie ein Ballon platzte und seine Uniform von den Knöcheln bis zu den Knien mit Blut bespritzte.

»Gut gefangen«, sagte Larissa, die aus der Staubwolke herangeschlendert kam. Ihre Augen glühten rot, als sie ihn mit blitzenden Reißzähnen anlächelte.

»Danke«, brachte Tim heraus. Hinter sich konnte er den Rest seines Teams herankommen hören. »Du hättest mich warnen können, bevor du seinen Rumpf pfählst.«

Larissa brachte den Mund so dicht an sein Ohr heran, dass er ihren heißen Atem spürte. »Sei nicht so ein Baby«, flüsterte sie. Dann wandte sie sich ab und ging den Herantrabenden entgegen, die in der Mitte des Ziergartens haltmachten. Tim blieb noch sekundenlang unbeweglich stehen und konnte an nichts anderes als die Vampirin denken; er stand völlig in ihrem Bann, das wusste er seit mehreren Wochen. Seit dem Tag ihrer Ankunft, wenn er ganz ehrlich sein wollte. Aber jetzt empfand er etwas Neues; er empfand Angst.

Er fürchtete sich vor ihr. Und zu seiner Überraschung änderte das nichts an seinen Gefühlen für sie. Sie schienen im Gegenteil nur stärker zu werden.

Schluss mit dem Scheiß, verdammt noch mal, dachte er und schüttelte heftig den Kopf, als könne er so wieder klar denken. *Dies ist ein Einsatz gegen Vampire mit höchster Prioritätsstufe. Reiß dich zusammen!*

Tim holte tief Luft und machte kehrt, um zu seinem Team zu sprechen. Die Worte erstarben auf seinen Lippen, als eine Hand, gebräunt und runzlig und unglaublich kräftig, sich um seinen Hals schloss.

20

Der Schlaf der Gerechten

Jamie Carpenter fühlte sich leicht schwindlig, als er dem vertrauten Korridor auf Ebene B folgte.
Ein Nachkomme der Gründer, Jesus.
Er hielt seinen Dienstausweis an den Scanner an der Tür zu seiner Unterkunft, stieß die Tür auf und trat ein. Die Überfälle auf das Broadmoor Hospital und ähnliche Einrichtungen in aller Welt dienten offenbar dazu, die übernatürlichen Departments in Atem zu halten und von ihrer gegenwärtig wichtigsten Aufgabe abzuhalten: Dracula aufzuspüren, bevor es zu spät war. Aber nun schien der Plan einen Bonus gebracht zu haben, den weder Valeri noch sein Meister hatten vorhersehen können: Eine alte Wunde, die bis ins Herz von Schwarzlicht reichte, war wieder aufgerissen worden.
Was er wohl will?, fragte Jamie sich, als er die Uniform gegen Boxershorts und ein T-Shirt eintauschte. *Was würde ich wollen, wenn ich ein Jahrzehnt lang grundlos in einem Irrenhaus eingesperrt gewesen wäre?*
Über diese Frage dachte er weiter nach, als er sich an dem kleinen Eckwaschbecken die Zähne putzte und dabei sein Spiegelbild betrachtete. Seine Augen waren blutunterlaufen und hatten schwere graue Tränensäcke. Die Narbe an seinem Hals war in den Monaten, seit seine Haut im Labor des Chemikers Bliss mit Säure verbrannt worden war, etwas verblasst, aber sie war noch immer deutlich sichtbar: ein rosa Fleck auf rauer Haut und glänzendem Narbengewebe, den er als ständigen Teil seiner selbst zu akzeptieren gelernt hatte. Er trank zwei Gläser Wasser, und als er sich auf dem Bett ausstreckte, wurde ihm klar, dass er die Antwort

auf seine Frage längst kannte. Sie bestand aus einem einzigen Wort.

Rache. Wenn ich Albert Harker wäre, würde ich mich rächen wollen.

Dieser Gedanke war unheimlich, und als seine Konsole im Dunkel piepsend zum Leben erwachte, fuhr er leicht zusammen. Er nahm sie vom Nachttisch, war froh, dass Larissa nicht hatte sehen können, wie leicht er zu ängstigen war, und sah eine überfällige Meldung auf ihn warten. Er rief sie auf, las den Inhalt und stöhnte.

Brillantes Timing. Einfach fantastisch. Herzlichen Dank.

Fünf Stunden später öffnete Jamie die Augen.

Der dicke Nebel aus Übermüdung, aus dem er sich morgens meist herauskämpfen musste, fehlte auf eigenartig wundervolle Weise; sein Kopf war klar, und er fühlte sich körperlich erholt wie seit Monaten nicht mehr. Erstaunt stellte er fest, dass der Radiowecker auf seinem Nachttisch 8.43 Uhr anzeigte. Für ihn und jeden anderen Agenten war es unglaublich selten, so lange ausschlafen zu können. Alarme, eingehende SMS, außerplanmäßige Besprechungen – alle diese Dinge bewirkten, dass man im Ring kaum einmal eine Nacht durchschlafen konnte.

Jamie stand schwungvoll auf und schaltete seinen kleinen Wasserkocher ein. Er machte sich einen Becher Pulverkaffee, den er zum Abkühlen auf den Schreibtisch stellte, bevor er unter die Dusche ging. In dem geräumigen Sanitärblock der Ebene B stand er unter dem heißen Wasser, das all die kleinen Schmerzen wegschwemmte, die sich morgens allmählich bemerkbar machten, und dachte über John Morton nach.

Die meisten Agenten des Departments 19 hatten sich schon beim Militär, in den Geheimdiensten oder in Spezialeinheiten der Polizei bewährt, wenn sie im Ring eintrafen, um die Ausbildung zu beginnen; ihre früheren Qualifikationen zählten jedoch wenig, wenn sie erstmals einem lebenden Vampir gegenüberstanden. So war es auch bei Morton gewesen: Die Realität hatte ihn offenbar so schockiert, dass er sofort begonnen hatte, alles anzuzweifeln. Das war nach Jamies Erfahrung natürlich, vielleicht sogar nützlich, aber es stellte ihn vor ein Problem. Die Situation, in der sie sich befanden – dass Hunderte von besonders gefährlichen Vampiren auf freiem Fuß waren –, ließ die normalerweise für Rekruten angestrebte flache Lernkurve einfach nicht zu, was wiederum bedeutete, dass er demnächst mit John Morton würde reden müssen, worauf er sich nicht gerade freute.

Jamie frottierte sich trocken und ging in seine Unterkunft zurück. In der Zwischenzeit war eine Nachricht für ihn eingegangen, die er mit einem Knopfdruck aufs Display seiner Konsole holte.

M-3 / WEITERE_ANWEISUNGEN_ABWARTEN /
BEREITSCHAFT_HALTEN

Er seufzte erleichtert auf.

Dadurch gewinne ich etwas Zeit. Hoffentlich genug.

In den Schlafsälen der Rekruten auf Ebene A würden Morton und Ellison inzwischen wach sein. Jamie überlegte kurz, ob er ihnen den Vormittag freigeben sollte, entschied sich dann aber doch dagegen. Sie mit Samthandschuhen anzufassen nützte niemandem; ein paar Stunden mit Terry auf dem Spielplatz würden ihnen guttun. Er schickte ihnen rasch eine entsprechende SMS, dann setzte er sich an den Schreibtisch, zog den ältesten Bericht aus dem schwankenden Papierstapel und machte sich daran, ihn zu studieren.

Eine Stunde später piepste seine Konsole erneut. Jamie ließ den Bericht sinken, den er gerade las, rieb sich mit den Handballen die Augen und rief die Nachricht auf, obwohl er zu wissen glaubte, wie sie lauten würde.

NS303,67-J / TIS_BEFRAGUNG / 1100

Er sah auf seine Armbanduhr, die 10.36 Uhr anzeigte.
Jesus! Als ob wir nichts Wichtigeres zu tun hätten.

Dieselbe Nachricht hatte auf ihn gewartet, als er in den frühen Morgenstunden aus dem Dienstzimmer des Kommissarischen Direktors zurückgekommen war. Ein Teil seines Ichs hatte gehofft, Kate oder sogar Paul Turner selbst werde seine Befragung wegen der Anforderungen des Unternehmens FLÜCHTENDE SCHATTEN und der Konsequenzen von Jacob Scotts Enthüllungen verschieben.

Das wäre offenbar zu viel verlangt.

Jamie schloss die Augen und stellte sich vor, wie es sein würde, Kates TIS-Fragen zu beantworten. Dann stand er auf, schüttelte rasch den Kopf und begann seine Uniform anzuziehen. Er schlüpfte in den schwarzen Overall, zog den Reißverschluss hoch und überzeugte sich davon, dass alle Taschen geschlossen waren. Er steckte die Füße in weiche Springerstiefel, deren Leder anfangs so hart gewesen war, dass seine Zehen geblutet hatten, und verknotete die Schnürsenkel fest. Obwohl er den Ring nicht verlassen würde, kam die Glock 17 ins Halfter an seinem Koppel. Nach einem letzten prüfenden Blick in den Wandspiegel verließ er den Raum und ging rasch zu dem Aufzug am Ende des gebogenen Korridors. Als die Kabine kam, trat er hinein, drückte den Knopf G und sah dabei nochmals auf seine Uhr.

Zwanzig Minuten. Genug Zeit, um zu frühstücken, bevor ich zum TIS rauffahre.

Der Aufzug hielt ruckfrei an. Jamies Absätze klickten auf dem harten Fußboden, als er sich auf den Weg zum Speisesaal machte.

Mit leerem Magen werde ich das nicht schaffen, dachte er. *Vielleicht stellt nicht Kate die Fragen. Falls Paul Turner mich löchert, muss ich in Bestform sein.*

21

Der Krieg gegen Drogen, Teil Zwei

Nuevo Laredo, Mexiko
Gestern

Larissa warf sich herum, riss den Metallpflock schneller von ihrem Koppel, als ein menschliches Auge verfolgen konnte, und warf ihn. Er zischte als silberner Blitz durch die Luft und traf den Kopf des Vampirs, der Tim gepackt hielt. Er klappte weg, als Blut aus einem Loch in seiner Stirn quoll und seine rot glühenden Augen sich ungläubig weiteten. Während Tim, der unverletzt war, sich mit beiden Händen an den Hals griff, war Larissa mit einem Satz bei dem Vampir, zog den Pflock aus seiner Stirn und stieß ihn in sein Herz. Eine Blutfontäne schoss in die warme Abendluft und platschte als dichter roter Regen aufs Gras.

Tim Andersson ließ langsam die Hände sinken und wandte sich ihr zu. Larissas Schläfen pochten von dem Geruch frisch vergossenen Bluts; sie konnte hören, wie ihr eigenes Blut in ihren Adern röhrte, konnte spüren, wie ihre Augen und Wangen feurige Hitze abstrahlten. Sie atmete schwer, aber nicht vor Anstrengung; dies war etwas Urtümliches, das Hecheln eines Raubtiers auf der Jagd. Sie war noch imstande, klar zu denken, wusste noch, wer sie war, wo sie war und was sie tat, aber diese Informationen wirkten matt und fern.

Ihr Teamführer blickte auf die Überreste des Vampirs hinab, der ihn am Hals gepackt hatte, dann sah er wieder zu ihr hinüber. »Danke«, sagte er.

»Keine Ursache«, antwortete sie. »Aber lass dich nicht noch einmal so leicht beschleichen.«

Tim kniff die Augen zusammen und starrte sie lange an. Sie hielt seinem Blick stand, bis er sich abwandte, um seinem Team Anweisungen zu geben. »Wir gehen durch die Haustür rein«, sagte er halblaut. »Dann kämmen wir einen Raum nach dem anderen durch. Beim Vorrücken Feuerschutz geben. Was sich bewegt, wird vernichtet.«

»Ja, Sir«, knurrte Larissa wie das restliche Team.

»Okay«, sagte Tim. »Los jetzt!«

Er lief tief geduckt voraus, und sie folgten ihm die Auffahrt zum Haupteingang der Villa hinauf. Das Haus war nach all den Schüssen und Schreien bedrohlich still. Tim hob die rechte Hand und wies mit zwei Fingern auf die Haustür. Anna Frost, die stille, ernsthafte kanadische Spezialagentin, deren Name so gut zu ihr passte, und José Rios, der gut aussehende, unverschämt charmante Dominikaner, der Scharfschütze bei der Marineinfanterie gewesen war, bevor das NS9 ihn abgeworben hatte, rannten voraus und gingen mit schussbereiten Sturmgewehren HK416 auf beiden Seiten des Eingangs in Stellung

»Larissa«, sagte Tim leise. »Siehst du bitte nach, ob jemand zu Hause ist?«

Larissa nickte grinsend, dann schwebte sie lautlos davon. Sie spürte, wie ihre Reißzähne gegen die Unterlippe drückten, als sie vor der mit Schnitzereien reich verzierten Tür aufkam, atmete tief durch und schlug mit beiden Handflächen kräftig gegen das Türblatt. Die massive Holztür explodierte wie aufgesprengt nach innen.

Aus dem Hausinneren waren Schreckensschreie und ängstlich aufgeregte spanische Stimmen zu hören. Larissa kehrte mit einem Sprung zurück, landete hinter Tim. Der Teamführer wurde von zwei Spezialagenten flankiert: Jill Flaherty, einer großen, athletischen früheren NSA-Agentin, die seine Stellvertreterin war, und Pete Rushton, einem lauten, unverbesserlich optimistischen Kalifornier, der fast ein Jahrzehnt bei der Delta Force gedient hatte. Frost und Rios schoben sich mit schussbereiten Waffen um den zersplitterten Türrahmen und verschwanden im Haus.

»Klar!«, meldete Rios laut.

»Los!«, rief Tim. Flaherty und Rushton rannten durch die aufgebrochene Tür und an Frost und Rios vorbei, die ihnen jetzt Feuerschutz gaben. Tim setzte sich ebenfalls in Bewegung, und Larissa folgte ihm. Sekunden später versammelte das Team sich als ein von Waffen starrender schwarzer Klumpen in der riesigen Eingangshalle.

»Keine Begrüßungsparty«, sagte Rushton. »Das ist einfach unhöflich.«

Larissa, deren Augen dunkelrot glühten, lächelte ihm zu.

»Als Erstes nehmen wir uns dieses Geschoss vor«, sagte Tim, ohne auf die Bemerkung seines Teamgefährten einzugehen. »Raum für Raum. Systematisch, ohne Überraschungen.«

»Ja, Sir«, sagte Flaherty. Sie trat mit ihrer MP7 in einer Hand und ihrer Konsole in der anderen vor. Das Display zeigte den Bauplan der Villa. »In der Mitte dieser Ebene liegen drei Räume. Weitere achtzehn entlang der Außenwand, Sir.«

»Haben wir keine Satellitenunterstützung?«, fragte Larissa. »Einundzwanzig Zimmer zu durchsuchen, kann ewig dauern.«

»Ich habe einen Satelliten angefordert«, antwortete Tim. »Die Abteilung Überwachung meldet, dass die Bilder ›jeden Augenblick‹ kommen sollen. Bis dahin sind wir auf uns allein gestellt.«

»Aber einundzwanzig ...«

»Keine Diskussionen«, wehrte Tim ab. »Wir müssen uns eben beeilen. Frost, Sie übernehmen die Spitze.«

Anna Frost nickte und durchquerte die Eingangshalle bis zu einer geschlossenen dunklen Holztür. Mit ihrem HK416 im Anschlag und dem Team dicht hinter sich atmete sie tief durch, dann trat sie die Tür auf und hockte schon seitlich neben ihr in Deckung, als sie aufschwang. In dem Raum dahinter bewegte sich nichts, auch fiel kein Schuss. Frost sah sich fragend nach Tim um, der wortlos durch die offene Tür deutete. Sie nickte nochmals und trat über die Schwelle. Im gleichen Augenblick hörte Larissa etwas, das nur jemand mit ihrem übernatürlich scharfen Gehör wahrnehmen konnte.

Ein winziges Atemholen.

»Stopp!«, rief sie.

Aber ihre Warnung kam zu spät.

Als Frost den Raum betrat, pfiff etwas Silbernes durch die Luft, traf ihren Helm, dass Funken stoben, und warf sie zu Boden. Während ihre Knie nachgaben, verdrehte sie den Oberkörper und gab instinktiv einen langen Feuerstoß ab. Mündungsfeuer flackerte, und das Hämmern des HK416 hallte ohrenbetäubend durch das ganze Haus.

»Hinterher!«, rief Tim Albertsson und rannte voraus.

Larissa kam ihm zuvor. Sie flitzte nur verschwommen wahrnehmbar zu der Stelle, wo Frost lag, riss die Agentin mühelos mit einer Hand hoch und zog ihr T-Bone mit der anderen. Sie schob Frost hinter sich, zielte mit ihrer Waffe hinter die Tür und erstarrte.

Auf dem Fußboden lag eine junge Frau Anfang zwanzig. Sie trug einen orangeroten Bikini und blutete aus mindestens einem Dutzend Schusswunden. Blut war an die Wand hinter ihr gespritzt und sammelte sich auf dem Fußboden unter ihr. In einer schlaffen Hand hielt sie eine lange Machete. Die Augen der Toten starrten blicklos zur Decke auf.

Das restliche Team stürmte mit schussbereiten Waffen herein und kam zum Stehen, als es Larissas Blick folgte.

»Jesus«, sagte Flaherty. »Wer zum Teufel ist das?«

»Anna«, sagte Tim und fasste die Kanadierin an den Schultern. »Sind Sie verwundet?«

Larissa ließ sie los. Frost schwankte leicht, schaffte es aber, auf den Beinen zu bleiben.

»Mir fehlt nichts«, murmelte sie. »Dumm von mir. Tut mir leid, Sir.«

»Schon gut«, sagte Tim. »Hauptsache, Sie sind okay.«

»Sir«, sagte Flaherty. Der Teamführer wandte sich ihr zu. »Dies ist keine Vampirin. Hier liegt eine Frau, Sir.«

Anna Frost klappte ihr Visier hoch. »Eine Frau?«, fragte sie mit unsicherer Stimme.

»Richtig«, bestätigte Flaherty. Sie kniete neben der jungen Frau und ließ den Strahl ihrer UV-Stablampe über ihre Haut gleiten.

»Sie ist tot?«, fragte Frost. »Ich habe sie erschossen?«

Tim drehte sich ruckartig nach ihr um. »Sie hat Sie angegriffen, Agentin. Das dürfen Sie nicht vergessen. Sie haben nur Ihre Pflicht getan.«

Frost nickte, aber ihr blasser graugrüner Teint zeigte, dass sie keineswegs überzeugt war. Larissa starrte sie hilflos an, dann hörte sie im Zimmer nebenan etwas: ein leises Kratzen und Rascheln wie von nackten Füßen auf Parkett.

»Wir bekommen gleich Besuch«, flüsterte sie warnend.

Nach einem Blick auf ihr Gesicht wies Tim seine Leute an, in Deckung zu gehen. Rushton zog Frost und Flaherty mit sich hinter das große Ledersofa, das mitten im Raum stand, während Tim und Rios hinter dem schweren Schreibtisch am Fenster verschwanden. Larissa schwebte unter die Decke, wo sie sich verankerte und mit ihrem T-Bone auf die noch geschlossene Tür zielte.

Danach folgte eine lange unheilschwangere Pause. Nichts bewegte sich, nichts gab einen Laut von sich, bis Larissa ein scharfes Atemholen hörte, bevor im nächsten Augenblick die Tür aufgestoßen wurde.

Sie krachte mit ohrenbetäubendem Knall gegen die Wand, während eine Horde durch die Öffnung quoll – gellend laut schreiend und kreischend und Hände voller Metall über den Köpfen schwenkend.

»Stopp!«, brüllte Tim Albertsson und richtete sich mit dem Gewehr im Anschlag hinter dem Schreibtisch auf. Die anderen folgten seinem Beispiel und zielten auf die kreischende Horde, die angesichts der schwarz uniformierten Agenten erschrocken halt machte.

In der Nähe der Tür zusammengedrängt standen sieben Frauen in knappen Bikinis. Die Älteste von ihnen schien Mitte zwanzig zu sein, einige waren kaum älter als Teenager. Bewaffnet waren sie mit einem Sammelsurium aus Küchenmessern, Macheten und weiteren scharfen Haushaltswaren; ein Mädchen hatte sogar eine Pflanzkelle.

»Weg mit den Waffen!«, befahl Tim laut. »Los, weg damit!«

Die Frauen ließen sofort fallen, was sie in den Händen hielten; die improvisierten Waffen schepperten aufs Parkett, ein Messer blieb vibrierend im Holz stecken. Alle wirkten ängstlich und elend, und mehrere versuchten, ihre fast nackten Körper mit Armen vor der Brust und Händen im Schritt zu bedecken. Eine große, dunkelhäutige Frau stand mit locker herabhängenden Armen in der vordersten Reihe und starrte die schwarz Uniformierten unerschrocken an. Sie schien etwas sagen zu wollen, als sie plötzlich sah, was in der Ecke hinter der anderen Tür lag. Sie schlug die Hände vor den Mund und kreischte durch die Finger. Dann stolperte sie vorwärts, bis Rios sie anbrüllte, sie solle stehen bleiben.

»*Bastardo!*«, schrie sie. »*Asesino! Olivia, mi pobrecita, mi querida ángel* ...«

Sie verstummte krampfhaft schluchzend.

»Tim«, sagte Larissa über Funk, sodass nur das Team sie hören konnte. »Unternimm was, bevor diese Sache aus dem Ruder läuft.«

Tim nickte, dann wandte er sich wieder an die Frauen, die jetzt alle in Tränen aufgelöst waren, zitternd schluchzten und auf die Erschossene zeigten. »Ladys«, sagte er, »identifizieren Sie sich.«

Die Dunkelhäutige, die als Erste gekreischt hatte, starrte ihn offen hasserfüllt an. »Ich bin Eva«, fauchte sie.

»Eva«, wiederholte Tim. »Kann ich mit Ihnen reden? Können wir vernünftig miteinander reden?«

»Mit Mördern rede ich nicht«, sagte Eva. »Oder mit Feiglingen.«

»Sie hat mich angegriffen«, sagte Frost leise. »Ich musste mich verteidigen.«

»Mit Ihrem Gewehr, Ihrem Helm und Ihrer schusssicheren Weste«, sagte Eva, indem sie Frost verächtlich musterte. »Sie hatte nur ein Stück Metall, das nicht mal scharf war. Wie gefährlich hätte sie Ihnen werden können?«

»Eva, sehen Sie mich an«, forderte Tim sie auf. Hinter ihr begannen die anderen Frauen auf Spanisch zu flüstern, und er wollte die Situation so rasch wie möglich entschärfen. Ein etwaiger Angriff konnte sein Team nicht wirklich gefährden. Aber er wusste, dass nicht alle Frauen überleben würden, falls seine Leute sich verteidigen mussten; vielleicht würde gar keine überleben.

»Wieso sind Sie hier, Eva?«, fragte er. »Was tun Sie alle hier in diesem Haus?«

Sie starrte ihn sekundenlang an. »Wir verpacken«, sagte sie schließlich.

»Sie verpacken was?«

»Das Produkt«, antwortete sie. »Im Keller. Wir strecken es und verpacken es und stellen Sendungen zusammen.«

»Warum seid ihr so angezogen?«, fragte Larissa.

Eines der jüngeren Mädchen meldete sich zu Wort »Damit wir nicht stehlen«, sagte sie mit schwankender Stimme. »Sie uns nix trauen.«

Jesus, dachte Larissa. *Wie demütigend!*

»Und weil sie gern schauen«, sagte Eva. »Die Männer. Sie schauen gern.« Hinter ihr murmelten die anderen Frauen zustimmend.

»Wieso sind Sie allein hier oben?«, fragte Tim weiter. »Wo ist General Rejon?«

»Unten«, antwortete Eva. »Als die Schießerei angefangen hat, hat er uns raufgeschickt. Wir sollten kämpfen.«

»Weiß er, wer wir sind?«, fragte Tim. »Weshalb wir hier sind?«

Eva schüttelte den Kopf. »Der General glaubt, dass Sie von einem anderen Kartell sind.« Sie betrachtete ihre Uniformen. »Aber ich glaub's nicht.«

»Er hat Sie mit solchen ›Waffen‹ raufgeschickt, um Sie kämpfen zu lassen?«, fragte Larissa mit vor Zorn bebender Stimme. »Mit nichts bekleidet? Obwohl er gehört haben muss, dass die Angreifer Schusswaffen haben?«

Eva zuckte mit den Schultern. »Ob wir sterben, spielt keine Rolle. Wir verpacken zu acht, ohne Olivia noch zu siebt. Sterben wir alle, wollen morgen hundert Mädchen unsere Jobs. Sagen wir nein, wir wollen nicht kämpfen, bringt der General uns persönlich um. Also kämpfen wir.«

»Nein, das tut ihr nicht«, sagte Tim. »Ihr nehmt die Leiche eurer Freundin mit, seht zu, dass ihr ein paar Klamotten findet und verschwindet so schnell wie möglich. Haben Sie mich verstanden, Eva?«

»Was wir erzählen dem General morgen?«, fragte eine der Frauen mit sorgenvoller Miene. »Wie wir erklären?«

»Darüber brauchen Sie sich keine Sorgen zu machen«, versicherte Tim ihr. »Eva, Sie haben gesagt, dass der General unten ist?«

Sie nickte.

»Zu dumm«, sagte Flaherty stirnrunzelnd. »Nach unten führt nur ein Eingang. Aus der Bibliothek nebenan.«

»Der General will nicht fliehen«, sagte Eva. »Er hat uns gesagt, dass er nicht wieder ins Gefängnis will. Lieber will er sterben.«

»Dann soll er haben, was er will«, fauchte Larissa. »Wozu stehen wir noch hier herum, wenn er unten ist?«

»Wie viele von ihnen sind unten?«, fragte Tim mit einem warnenden Blick zu Larissa hinüber.

»Mit dem General elf.«

»Sagen Sie die Wahrheit, Eva?«

»Ja.«

»Sie sagt die Wahrheit, Sir«, bestätigte Flaherty. »Eben kommt Bildunterstützung. Wir haben jetzt Satellit. Zwölf Menschen und ein Vampir in diesem Geschoss, elf Vampire ein Stockwerk tiefer.«

»Gut«, sagte Tim. »Danke.«

»Yeah, großartig«, sagte Larissa. »Nur schade, dass wir diese Informationen nicht hatten, bevor wir eine Unbeteiligte erschossen haben.«

»Larissa?«, sagte Tim halblaut.

»Was?«
»Halt deine verdammte Klappe. Das ist ein Befehl.«
Larissa starrte ihren Teamführer sekundenlang an.
Das war nicht seine Schuld, dachte sie. *Es war niemandes Schuld. Scheiße passiert eben.*
»Ja, Sir«, sagte sie, ohne seinem Blick auszuweichen.
»Danke.« Tim wandte sich wieder an Eva. »Der General und seine Männer. Welche Waffen haben sie?«
»Messer«, antwortete Eva. »Und Schusswaffen. Viele, viele Schusswaffen.«

Das Team aus Spezialagenten stand in General Rejons Bibliothek vor der Tür, die in den Keller des Gebäudes hinunterführte. Der verdunkelte Raum mit Parkettboden war luxuriös möbliert, drei der Wände waren mit bis zur Decke reichenden Bücherschränken verdeckt. Fast die ganze vierte Wand nahm ein Panoramafenster mit Blick auf den Ziergarten und das parkartige Grundstück bis hinunter zum Tor ein. Diese Aussicht wäre normalerweise idyllisch gewesen, aber heute war sie mit Flecken von vergossenem Blut gesprenkelt, die im letzten Abendlicht gerade noch sichtbar waren.

Eva hatte ihre verängstigten, trauernden Kolleginnen aus dem Haus geführt, wobei zwei Mädchen die tote Olivia getragen hatten. Sie waren wortlos gegangen, aber Frost hatte ihre Blicke nicht erwidern können, als sie an ihr vorbeigezogen waren; ihr Gesicht war blass und abgehärmt.

»Anna«, sagte Tim. »Ich möchte, dass Sie diese Tür bewachen. Kommt jemand die Treppe herauf, der nicht zu uns gehört, erledigen Sie ihn.«

»Mir geht's gut, Sir«, sagte Frost. »Sie brauchen mich nicht hier oben zu lassen.«

»Ich weiß«, antwortete Tim. »Aber diese Tür muss bewacht werden, und ich will, dass Sie das tun. Verstanden?«

»Ja, Sir«, sagte Frost. Ihr Gesichtsausdruck kündete von tiefstem Elend.

»Wir anderen gehen dort runter«, fuhr Tim fort und nickte

zur Tür hinüber. »Unten erwarten uns elf Vampire, die auf dieser Welt nichts verloren haben. Visiere runter, Waffen schussbereit. Bringen wir's hinter uns, damit wir heimfliegen können. José, Sie übernehmen die Spitze.«

Rios nickte, ging zu der Tür, trat sie auf und sprang im selben Augenblick zurück, um Abstand zu dem leeren Raum dahinter zu gewinnen. Das Satellitenbild zeigte, dass alle elf Vampire an einem Ort versammelt waren: in einem langgestreckten Raum in der Kellermitte, aber man konnte nicht vorsichtig genug sein, wenn man es mit Vampiren zu tun hatte.

»Nichts«, meldete Rios. Er trat über die Schwelle und begann die Kellertreppe hinabzusteigen. Larissa beobachtete, wie Flaherty und Rushton ihm folgten; ihr Magen rebellierte heftig, und ihre Augen brannten mit bisher nie gekannter Glut.

Sie war zorniger als je zuvor in ihrem Leben.

Die protzige Residenz inmitten dieses Parks, die ganzen Kunstwerke, Luxuswagen und die erlesene Einrichtung waren eine Beleidigung für die überwältigende Mehrheit aller Menschen, der Männer und Frauen, die sich abrackerten und ein anständiges Leben zu führen versuchten. Das Haus war ein Palast, der auf Tod und Elend erbaut war – auf der Entbehrlichkeit von Männern und Frauen wie Olivia, dieses armen Mädchens, das nur mit einem Bikini bekleidet mit einer stumpfen Machete einen Soldaten angegriffen hatte, weil ihr Arbeitgeber sie mit dem Tod bedroht hatte, wenn sie nicht kämpfte.

All ihr Geld und ihre Waffen nützen ihnen jetzt nichts mehr, dachte sie, und ihr Verstand wurde so mit dem bittersüßen Drang überflutet, Gewalt zu verüben, dass sie die Worte kaum bilden konnte.

Nichts kann ihnen jetzt mehr helfen.

Sie stiegen lautlos die Treppe hinunter, nahmen jeweils zwei Stufen auf einmal und standen dann in einem mit Holz getäfelten Korridor.

Seine linke Wand war mit gerahmten alten Filmplakaten bedeckt: *Tarzan, Robin Hoods Abenteuer, King Kong, Die Glorreichen Sieben*. An der Wand gegenüber hingen Schwarzweißfotos von Filmstars, Politikern, Musikern und Models. Von allen Fotos lächelte auch ein gut aussehender Uniformierter mit einem buschigen Schnauzer: der Mann, der kein Mann mehr war, der Vampir, den ihr Team aus Spezialagenten vernichten sollte.

»Flaherty«, sagte Tim über Funk. »Haben wir noch Satellit?«

»Ja, Sir«, bestätigte Flaherty.

»Wie sind die Räume hier unten angeordnet?«

»Ein Raum links von uns«, sagte Flaherty und deutete auf eine Tür zwischen zwei Plakaten. »Hinter der rechten Wand liegt ein zweiter, saalartig großer Raum. An den Rändern sind kleinere Kammern abgetrennt, aber die Mitte ist ganz frei. Die Vamps sind am hinteren Ende versammelt.«

»Okay«, sagte Tim. »Bleiben Sie dran. Melden Sie jede Bewegung.«

»Ja, Sir«, antwortete Flaherty.

Der Teamführer hob die Hand und deutete auf die Tür links vor ihnen. Rios und Rushton näherten sich ihr lautlos, gingen links und rechts von ihr in Stellung. Tim Albertsson und Flaherty bauten sich mit schussbereiten T-Bones hinter ihnen auf, während Larissa ihnen den Rücken freihielt. Nach kurzer Pause drückte Rios die Klinke herunter, stieß die Tür auf. Tim stürmte mit Flaherty hinter sich voraus; Rios, Rushton und Larissa bildeten die Nachhut.

Der lange und breite Raum war mit Metalltischen vollgestellt, vor denen eine Anzahl von Hockern standen. Auf den mit Blech beschlagenen Arbeitsflächen standen eine uralte Apothekerwaage und mit einem weißen Pulver gefüllte Plastikwannen, neben denen Stahllöffel und Holzstäbe lagen. Ein Wandregal enthielt viele Dutzend rechteckiger kleiner Päckchen in braunem Packpapier, ein anderes Boxen mit kleinen Klarsichttüten. In einer Ecke des Raums war ein Radio eingesteckt – die einzige Konzession an Leichtfertigkeit in diesem geschäftsmäßig tristen Raum.

»Hier haben die gearbeitet«, sagte Larissa. »Die Packerinnen.«
Tim nickte. »Leg eine UV-Handgranate auf den Tisch dort drüben«, wies er sie an. »Mit Bewegungszünder. Ich will hier unten keine Überraschungen erleben.«

Larissa zog eine UV-Handgranate aus einer Koppelschlaufe, legte sie zwischen zwei Plastikwannen und drehte den Schalter drei Klicks nach rechts, sodass er zu blinken begann, als das Team den Raum verließ. Larissa warf einen letzten Blick hinein, bevor sie die Tür schloss, und fühlte den Zorn in ihrer Brust: heiß und scharf und tröstlich.

Ihre Zeit ist fast abgelaufen, General, dachte sie. *Ich schneide Ihnen Olivias Namen ins Herz ein, bevor ich's Ihnen aus der Brust reiße.*

Sie sammelten sich mit schussbereiten Waffen auf dem Korridor.

»Satellit?«, fragte Tim.

»Unverändert«, meldete Flaherty.

»Okay. Was liegt noch zwischen uns und ihnen, sobald wir um diese Mauer kommen?«

»Betonpfeiler«, sagte Flaherty. »Möbel. Ich tippe auf Sofas und Tische.«

»Also gut. Wenn wir vorgehen, will ich gleiche Abstände sehen. Stellen wir sie, greifen Jill und Larissa die rechte Flanke an, Pete und José mit mir die linke. Klar?«

Rushton und Rios nickten.

»Wir wollen diese Sache schnell und sauber erledigen«, fuhr Tim fort. »Denkt daran, dass dies ganz andere Vampire sind; sie sind stärker und schneller, und die meisten haben militärische Erfahrung. Nehmt sie aufs Korn und erledigt sie. Lasst euch nicht abschneiden und geht zurück, wenn es die Situation erfordert. Kein überflüssiges Heldentum! Hast du zugehört, Larissa?«

Sie nickte zustimmend. Feuer kreiste durch ihre Adern, forderte Gewalt und drängte sie, Fleisch zu zerfetzen und Blut zu vergießen.

»Okay«, sagte Tim. »Bringen wir's hinter uns.«

Larissa folgte ihren Teamgefährten um die Ecke am Endes des holzgetäfelten Korridors, war darauf gefasst, dass gleich Schüsse fallen würden, und hielt ihre HK MP5 locker in den Händen.

Nichts bewegte sich. Nichts machte das geringste Geräusch.

Der saalartige Raum, an dessen Ende sie sich befanden, war wie von Flaherty angekündigt lang und breit; die Wände waren mit Holz getäfelt, der Boden war mit Parkett ausgelegt. In weiten Abständen standen Sichtbetonpfeiler, die offenbar die Kellerdecke trugen, und zwischen ihnen standen Couchtische, Sessel und Sofas zu Sitzgruppen angeordnet. Alle Oberflächen waren mit einer dünnen Schicht eines weißen Pulvers bedeckt, überall standen Bierflaschen und Weingläser neben Aschenbechern, die von Zigarettenkippen und Zigarrenstummeln überquollen. Der Gestank von Tabak und Whiskey vermengte sich mit etwas Stechendem, das fast wie Benzin roch. Am rückwärtigen Ende des Raums, wo nach Flahertys Auskunft General Rejon und seine Soldaten auf sie warten würden, befanden sich eine lange, üppig bestückte Bar und halbkreisförmig aufgestellte Sofas vor einem Großbildfernseher. Auf der Theke stand ein kleiner Kühlschrank, der nach Larissas Überzeugung Blut enthalten würde.

»Was zum Teufel?«, fragte Tim. »Flaherty?«

»Kann ich mir nicht erklären, Sir«, antwortete sie. »Der Satellit erkennt in diesem Keller die Wärmesignaturen von elf Vampiren. Wir müssten sie hier vor uns haben.«

»Können Sie irgendwelche Vamps sehen?«, fragte Tim. »Ich nämlich nicht.«

»Nein, Sir«, antwortete Flaherty eisig.

»Gut«, sagte Tim, »freut mich, dass ich nicht der Einzige bin. Los, weiter.«

Das Team schwärmte aus, um in einer Linie vorzugehen. Der größte Teil des Fußbodens war mit einem riesigen Teppich mit einem komplizierten geometrischen Muster bedeckt. Auf der Holztheke der Bar standen drei zur Hälfte mit einer klaren Flüssigkeit gefüllte Gläser, an denen Kondenswasserperlen herabrollten. Aus einem Aschenbecher mit einem zerdrückten Zigarrenstummel stieg träge ein dünner Rauchfaden auf.

»Sie waren hier«, sagte Larissa. »Bis vor Kurzem.«

Tim klappte sein Visier hoch und funkelte sie an. »Das hilft uns weiter«, knurrte er missmutig. »Sonst noch irgendwelche Kommentare?«

Larissa gab keine Antwort; sie öffnete nun ebenfalls das Visier und fixierte den Teamführer mit ausdruckslosem Blick. Nach zwei, drei Sekunden sah er weg.

»Also gut«, sagte Flaherty, indem sie ebenfalls ihr Visier hochklappte. »Am besten versuchen wir …«

Das ohrenbetäubende Rattern von Schnellfeuerwaffen erfüllte die Luft, hallte von den holzgetäfelten Wänden wider und machte die Agenten fast taub. Der riesige Teppich hob sich und tanzte, als ein Kugelhagel hindurchging, der die Luft mit heißem, tödlichem Blei anfüllte. Ein Querschläger streifte Larissas Helm und ließ sie zurückstolpern, während ihre Teamgefährten sich in Deckung warfen. Sie klappte das Visier herunter und spürte, wie ihre Reißzähne sich leicht in die Unterlippe bohrten und ihre Augen sich mit brennender Glut füllten.

»An die Wände zurück!«, befahl Tim laut.

Larissa war mit einem Satz in der Luft, wobei der Pulverdampf unter der Decke ihr fast den Atem verschlug, und schoss dann vorwärts, ohne sich um Tims Befehl zu kümmern. Sie stieß wieder herab, raste Schwindel erregend schnell über den Boden dahin und riss den Teppich hoch und zur Seite. Darunter wurde eine große, durch die Schüsse fast ganz zersplitterte Falltür sichtbar.

»Sie sind dort unten!«, rief Larissa, sodass ihre Stimme in aller Ohren hallte. Sie warf den Teppich beiseite, stieg wieder hoch und schwebte in der rauchigen Luft. Dann zielte sie mit ihrer MP5 auf die Überreste der Falltür und schoss ein Magazin darauf leer. Ihre Teamgefährten folgten ihrem Beispiel; ohrenbetäubend laute Feuerstöße ratterten minutenlang, bis der letzte verstummte. Dann herrschte wieder Stille in dem von beißendem Pulverdampf erfüllten Raum.

»Hallo, meine Freunde«, rief eine tiefe, entfernte Stimme. »Ich bin General Garcia Rejon und heiße Sie in meinem Heim herzlich willkommen. Wollen Sie nicht herunterkommen und sich vorstellen?«

Larissa knurrte unwillig: ein Laut, der in ihrer Kehle aufstieg. »Warum zum Teufel haben wir nichts von dem zweiten Kellergeschoss gewusst?«, fragte sie aufgebracht.

»Das ist hier nicht eingezeichnet«, sagte Flaherty. »Tut mir leid.«

»Ich kann Sie sehen, meine Freunde«, rief General Rejon. »Aber ich kann Sie nicht hören. Wollen Sie denn nicht mit mir reden? Ist das nicht der Zweck Ihres Besuchs?«

Tim drehte den Regler an seinem Koppel. »Also gut, ich rede mit Ihnen, General«, sagte er mit elektronisch verstärkter Stimme, die durch den Keller halte. »Worüber wollen Sie reden.« Während er sprach, hakte er zwei UV-Handgranaten los.

»Wie wär's mit Hausfriedensbruch?«, rief General Rejon. »Oder Einbruch? Oder Mord?«

»Sie wollen über Mord reden?«, fragte Tim. »Gern. Reden wir also darüber.«

Er bückte sich tief und ließ die beiden UV-Handgranaten wie Kegelkugeln zu der Falltür rollen; sie holperten über den leicht unebenen Boden und plumpsten über den Rand. Danach herrschte sekundenlang absolute Stille, bevor die Handgranaten fast gleichzeitig mit lautlosen grellen Lichtblitzen detonierten, deren Widerschein durch unzählige gezackte Einschusslöcher drang.

Sofort erfüllte ein ohrenbetäubender Chor schmerzlich jammernder Stimmen die Luft, während der Kellerboden aufriss und brennende, schreiende Vampire sehen ließ. Das purpurrote Licht erlosch allmählich, und Larissa lächelte befriedigt, als sie sich in den Kampf stürzte.

General Rejon und seine Männer stoben nach allen Richtungen auseinander, während purpurrote Flammen ihre Körper einhüllten und ihre Gesichter zu schmerzlich verzerrten Fratzen wurden.

Damit habt ihr nicht gerechnet, was?, dachte Larissa erbarmungslos.

Zwei der brennenden Gestalten versuchten den Ausgang zu erreichen, schwankten mit schlurfenden, stolpernden Schritten durch den Keller. Während ihre Teamgefährten die brennenden verängstigten Vampire angriffen, schwebte Larissa mühelos durch den beißenden Rauch und zog wieder ihr T-Bone. Sie zielte sorgfältig, drückte ab und traf einen der flüchtenden Vampire in den Rücken. Der Stahlpflock durchschlug seinen Körper, trat neben dem Brustbein aus und flog zur Rückwand des Raums weiter, an der er zu Boden klirrte. Der Vampir torkelte, griff sich mit beiden Händen an die Brust und zerplatzte dann in einer dunkelroten Blutwolke.

Der zweite Flüchtende schrie auf, als Blutspritzer sein Gesicht trafen. Larissa sah Panik in den Augen des Mannes, sah aber auch, dass seine Zunge unwillkürlich hervorkam, um das Blut seines Freundes von seinen Lippen zu lecken, während sein Gesicht zu einer Maske des Schreckens erstarrt war. Sie stieß in elegantem Schwung auf ihn herab, zog dabei ihren Metallpflock aus der Koppelschlaufe. Der Vampir hob einen brennenden, halb verkrüppelten Arm zu einer vergeblichen Abwehrbewegung; sie schlug ihn mühelos beiseite und stieß ihm den Stahlpflock ins Herz. Dem Vampir drohten die Augen aus den Höhlen zu quellen, bevor er über ihren Helm und ihre Uniform zerplatzte.

Larissa spürte den befriedigenden Schlag, mit dem der zurückgespulte Pflock ihres T-Bones im Lauf der Waffe verriegelt wurde. Ihre Teamgefährten griffen die übrigen Vampire an, hielten sie auf Abstand, erledigten sie mit Schüssen und T-Bone-Pflöcken. Ihr Lächeln wurde breiter; diese ausgebrochenen Vampire mochten stärker und schneller als die meisten frisch Verwandelten sein, aber mit ihren durch ultraviolettes Feuer verbrannten und verwüsteten Körpern waren sie den Spezialagenten nicht gewachsen.

Als sie zurückflog, um zu helfen, pfählte Flaherty einen Vampir, den ein gut platzierter Feuerstoß aus Tims HK416 an die

Wand getrieben hatte. Er zerplatzte und hinterließ einen riesigen roten Fleck an der Wand, von dem Blut herabtropfte. Die Gerüche von brennendem Fleisch und kochendem Blut füllten Larissas Nase, machten sie leicht benommen, riefen sie zum Kampf. Als sie sich wieder ins Getümmel stürzen wollte, kamen plötzlich Wasserfluten von der Decke des großen Raums: die Sprinkleranlage des Gebäudes war ausgelöst worden. Die letzten purpurroten Flammen erloschen, und von dem verbrannten Fleisch der Vampire stiegen gewaltige Dampfschwaden auf.

»Stopp!«, sagte Tims Stimme über Funk.

Der Dampf verzog sich und enthüllte eine Schreckensszene, als die sieben verbliebenen Vampire mit ruinierten Körpern über den mit Einschusslöchern übersäten Fußboden krochen. Ihre Leiber waren schwarz verbrannt, und sie schienen ohne Augen ziellos herumzukriechen, als bewegten ihre Glieder sich nur mehr instinktiv. Einige wenige krochen auf allen vieren, die anderen bewegten sich lediglich auf den Ellbogen fort. Sie wandten den herankommenden Agenten die Köpfe zu, blieben aber stumm, wenn man von einzelnen kehligen Lauten absah.

Larissa konnte es nicht über sich bringen, auch nur das geringste Mitgefühl für sie zu empfinden; sie fand im Gegenteil, sie kämen zu leicht davon. Sie landete neben Tim Andersson, der seinen Stahlpflock in der Hand hielt und damit rasch die beiden nächsten Vampire pfählte, die mit erbärmlich kleinen Blutwolken zerplatzten. Larissa sah zu, ohne irgendetwas zu empfinden. Rios pfählte zwei an der Rückwand des Raums und kam wieder zu den anderen zurück, die am Rand der ehemaligen Falltür standen. Auf dem Fußboden krochen die letzten drei Vampire ziellos im Kreis.

»Der Raum ist sicher«, sagte Flaherty. »Gut gemacht, alle zusammen.«

»Erledigt sie«, sagte Tim und nickte zu den Vampiren hinüber. Rushton flitzte vor und pfählte sie rasch nacheinander. Sie zerplatzten, tränkten den durchlöcherten Fußboden mit Blut und Körperflüssigkeiten. Larissa holte tief Luft, dann nahm sie ihren

Helm ab, um ihn zu kontrollieren, während ihre Teamgefährten sich erleichtert anlächelten; sie entdeckte eine lange Schramme, wo eine von Vampiren abgefeuerte Kugel ihn gestreift hatte.

Glück gehabt, dachte sie.

Als Tim den Mund öffnete, um zu sprechen, hörte Larissa ein leises Klicken unter ihnen.

Sie wich in dem Augenblick zurück, in dem Garcia Rejon mit einer riesigen schwarzen Schrotflinte in den Händen durch den beschädigten Fußboden heraufplatzte. Seine Augen glühten in wildem Rot, und sein Mund war zu einem grausigen Grinsen verzerrt, als er abdrückte. Larissa hörte einen ohrenbetäubend lauten Knall, bevor ein Strom aus weiß glühendem Feuer ihre linke Kopfseite streifte. Sie spürte sofort einen brennenden Schmerz, warf sich zur Seite und griff nach der schmerzenden Stelle. Ihre Finger berührten sie, und Larissa fuhr zusammen, weil ihr Ohr fehlte. Als sie ihre Hand vor die Augen führte, war der Handschuh glitschig von Blut.

Aus Larissas Mund drang ein kehliges Knurren, als ihre Teamgefährten das Feuer auf den General eröffneten und ihn durch den Raum trieben, wobei er die Schrotflinte verlor. Sie rannte nach vorn, bückte sich und hob die Schrotflinte auf, als Rejon zum Sprung ansetzte und mit einem laut splitternden Knirschen durch die Kellerdecke verschwand. Sie knurrte nochmals, weil die Vampirin in ihr sie jetzt fast völlig unter Kontrolle hatte, und nahm die Verfolgung auf, ohne auf Tim Albertsson zu achten, der ihr nachbrüllte, sie solle dableiben.

Larissa platzte durch das Loch, das der General hinterlassen hatte, wie eine Leiche, die aus einem Grab aufsteht.

Die sie umgebende Luft war stickig und heiß, und eine Mischung aus Gerüchen stieg ihr in die Nase: Blut, Schweiß, verbranntes Fleisch, Elektrizität. Sie schwebte über einer auf drei Seiten von einer Mauer umgebenen weiten Rasenfläche hinter dem Haus; vor ihr lag ein schwarzes Wäldchen mit weit auseinander stehenden Bäumen, zwischen denen absolute Dunkelheit herrschte. Von irgendwoher kam eine freundliche, warme Stimme durch die Nachtluft herangeschwebt.

»Wo sind deine Freunde, Schlampe? Trauen sich wohl nicht, im Freien gegen mich anzutreten?«

Larissa lachte trotz der von ihrer linken Kopfseite ausstrahlenden starken Schmerzen. »Sie haben Angst«, bestätigte sie. »Aber nicht vor dir.«

Rejon lachte. »Du glaubst, dass sie Angst vor dir haben? Vor einem kleinen Mädchen in Uniform?«

»Richtig. Und sie sind bei Weitem nicht die Einzigen.«

Ein Knurren hallte durch die Bäume. »Pass auf, was du sagst, Schlampe.«

»Ich sage, was ich will«, knurrte Larissa zurück. »Ich lasse mir von keinem etwas sagen, der unbewaffnete Frauen gegen Soldaten losschickt, während er sich selbst wie ein Tier unter der Erde verkriecht.«

»Huren kommen und gehen«, sagte Rejon – jetzt wieder in freundlichem Tonfall. »Manchmal stirbt eine, dann ziehe ich am nächsten Tag los und hole eine Neue. Sie betteln mich um Jobs an. Sie tun alles. Wie du's auch tun würdest.«

»Du bist ein Schwein«, fauchte Larissa, deren Augen hellrot glühten. »Du bist ein Tier, das sich vor einem kleinen Mädchen versteckt. Du bist erbärmlich.«

»Du glaubst, dass ich mich verstecke, Schlampe? Ich sehe, wo du stehst. Siehst du mich auch?«

Sie starrte ins Dunkel. Selbst mit ihrem übernatürlich scharfen Blick sah sie nur Baumstämme und dichtes dunkelgrünes Unterholz.

»Hier bin ich«, sagte der General fast neckend. »Willst du nicht näher kommen?«

Larissa wusste, dass sie vorsichtig sein musste. Garcia Rejon war viel stärker, als er als neuer Vampir hätte sein dürfen, und er war schon lange vor seiner Verwandlung ein gewalttätiger, sadistischer Mann gewesen. Aber das war ihr egal; *ihre* Vampirseite lechzte nach Gewalt, und was von der vernünftigen, menschlichen

Larissa übrig war, wollte Rejon unbedingt dafür bestrafen, was in seinem Haus einem Mädchen zugestoßen war, dessen Leben er als buchstäblich wertlos betrachtet hatte. Sie schwebte näher an den Rand des Wäldchens heran, erwartete den Angriff, war darauf vorbereitet, genoss die Aussicht darauf.

Garcia Rejon ließ sie nicht lange warten.

Eine verschwommene Faust schoss hinter einem der dicken Baumstämme hervor, traf Larissas Kinn, ließ Schmerzen durch ihren Kopf zucken und warf sie rückwärts. Das Lächeln auf ihrem Gesicht blieb, auch als ihre Unterlippe jetzt stark zu bluten begann, aber sie spürte, wie ihr ein kalter Schauder über den Rücken lief.

Stark, dachte sie. *So stark. Stärker haben bisher nur zwei zugeschlagen: Alexandru und Valeri Rusmanov. Jesus.*

Angst hatte Larissa nicht; sie war davon überzeugt, dem General überlegen zu sein. Aber die brutale Kraft des Vampirs hatte sie überrascht, und die Vorstellung, dass weltweit Hunderte von frisch Verwandelten wie er auf freiem Fuß waren, war erschreckend. Aber darüber konnte sie sich später Sorgen machen. Der General kam hinter dem Baum hervor und lächelte sie an; seine Uniformjacke hatte große Blutflecken, aber seine Arme hingen locker am Körper herab, seine Stiefel schwebten eine Handbreit über dem Erdboden, und seine Augen glühten dunkelrot.

»Dir scheint ein Ohr zu fehlen«, sagte Rejon in freundlichem Gesprächston. »Das tut sicher weh.«

»Das ist nichts«, wehrte Larissa ab. »So wie du.«

Rejon legte den Kopf schief. »Schon möglich«, sagte er. »Aber was werde ich dir antun? Das ist sicher kein Nichts.«

Larissa starrte ihn an, dann wurde ihr Lächeln breiter, und sie ließ die Schrotflinte ins Gras fallen. Sie hob eine blasse, schmale Hand, streckte den Zeigefinger aus und forderte ihn auf, herzukommen.

Rejon grinste breit, dann stürmte er mit ausgebreiteten Armen auf sie zu. Larissa sprang rückwärts in die Luft, die sie um sich rauschen hörte, und rammte dem angreifenden Vampir einen

Stiefel ins Gesicht. Sein Nasenbein brach mit lautem Knacken, das durch den Garten hallte und das Grinsen von seinem Gesicht wischte. Er torkelte zurück, ging schwer zu Boden, hielt sich mit beiden Händen das Gesicht und heulte seinen Schmerz in die Nacht hinaus.

»Du hast mir die Nase gebrochen, du SCHLAMPE!«

»Das tut sicher weh«, sagte Larissa, während sie elegant auf dem Rasen landete. Sie bezweifelte, dass das stimmte – bestimmt nicht im Vergleich zu den Wunden, die der General als Soldat und Boss eines Drogenkartells davongetragen hatte –, aber sie ahnte, dass es hier nicht um körperliche Schmerzen ging. Das Problem war vielmehr, dass ein junges Mädchen ihn verletzt hatte.

Das schmerzt am meisten, dachte sie. *Garantiert.*

Rejon nahm die Hände von seiner blutenden Nase und starrte Larissa mit glühendem Hass an. Dann griff er laut knurrend wieder an, wobei er die Fäuste in verschwommenen Bogen schwang. Larissa tänzelte rückwärts, aber er war schneller als erwartet, schneller als fast jeder Vampir, mit dem sie's bisher zu tun gehabt hatte. Seine rechte Faust zischte heran, traf die blutige Wunde, wo ihr Ohr gewesen war, und ließ sie vor Schmerz aufschreiend auf ein Knie sinken. Ihr Mund stand noch schreiend offen, als Rejons andere Faust aus der Dunkelheit herangedonnert kam, ihre Kehle traf und sie rückwärts ins Gras warf. Der Schmerz war überwältigend, und als sie versuchte, Luft in ihre Lunge zu saugen, machte sie eine schreckliche Entdeckung.

Ich bekomme keine Luft mehr.

Sie lag mit wogender Brust und weit aufgerissenen Augen auf dem Rücken und kämpfte gegen die Panik an, die in ihr zu explodieren drohte. Garcia Rejon trat mit schrecklichem Lächeln an sie heran und blickte mit einem Gesichtsausdruck auf sie herab, der an Mitleid grenzte und Larissa wütender machte als je zuvor. Sie öffnete den Mund, brachte aber nur ein kaum hörbares Krächzen heraus; sie hatte hämmernde Kopfschmerzen, weil ihre Lunge nach Luft schrie, während ihre Hände die verletzte Kehle massierten, um sie vielleicht wieder funktionsfähig zu machen.

Der General stellte sich breitbeinig über sie, dann kniete er sich hin, sodass er Larissas Oberschenkel zwischen den Beinen hatte und sie auf dem Rasen festnagelte.

»Ich bin erbärmlich, sagst du?«, sagte er. »Ein Tier? Ich will dir zeigen, was ein Tier macht.«

Er griff mit riesigen, in der Nachtluft dunklen Pranken nach ihrem Gesicht; Larissa beobachtete sie wie in Zeitlupe und sah die Hornhaut an seinen Daumen, die sich ihren Augen näherten. Als sie den Mund zum vielleicht letzten Atemzug aufriss, spürte sie eine Veränderung in ihrer Kehle: Luft pfiff in die nach Sauerstoff lechzende Lunge und verlieh ihr sofort neue Kräfte, während die Panik abklang. Ihre Rechte schoss den Körper entlang nach unten und packte den Vampir zwischen den Beinen. Er hatte gerade noch Zeit, die Augen weit aufzureißen, bevor sie mit aller Gewalt zudrückte und etwas platzen spürte.

Garcia Rejons Aufschrei war unirdisch: ein gellend lautes Heulen aus den dunkelsten Tiefen seiner schwarzen Seele. Er wollte sich befreien, aber sie hielt eisern fest und zuckte zusammen, als sie etwas reißen spürte. Der Schrei des Vampirs erreichte grausige neue Höhen, um plötzlich in ein kaum hörbares Krächzen überzugehen, als seien seine Stimmbänder gerissen. Larissa ließ ihn los, während ihre andere Faust gegen seine gebrochene Nase hämmerte, sie in dem schmerzverzerrten Gesicht breitschlug und den Vampir rückwärts wegschleuderte. Rejon schlug schwer auf, während Larissa sich aufrappelte und hasserfüllt auf ihn zutrat.

Der Vampir starrte sie an, und Larissa erkannte helle, leuchtende Angst in seinem Blick. Er schob sich mit blutverschmiertem Gesicht und vor Schmerz zitternd rückwärts durchs Gras. Larissa kam bewusst langsam auf ihn zu, er sollte jede Sekunde seines Entsetzens, seiner Machtlosigkeit auskosten. Dann machte der General halt, und seine Augen verengten sich, während auf seinem Gesicht ein schwaches Lächeln zu erscheinen begann.

Larissa setzte zum Sprung an, um ihn zu erledigen, bevor sich auswirken konnte, was ihn lächeln ließ. Sie war kaum noch zwei

Meter von ihm entfernt, als der General die Schrotflinte hochriss, die er im Gras gefunden hatte, und abdrückte.

Der Schussknall war selbst hier im Freien ohrenbetäubend laut. Eine Riesenfaust boxte Larissa in den Magen, etwas Großes, das aus Feuer zu bestehen schien, und sie war vor Schmerz außer Atem, als sie auf Garcia Rejons Brust landete und ihm die Schrotflinte aus den Händen riss. Blitzschnell schwang sie sie in einem flachen Bogen durch die warme Abendluft und gegen die Schläfe des Generals. Der Holzkolben der Waffe zersplitterte, und Blut schoss aus dem Loch, das er zurückließ. Rejon verdrehte die Augen nach oben und wand sich in Krämpfen. Larissa wälzte sich ins Gras, stieß sich mit den Füßen von dem verletzten Vampir weg und rappelte sich auf, während gerechtes Feuer in ihren Augen brannte.

Sie lud die Schrotflinte nach, konnte nur noch an Gewalt denken.

»Sieh mich an!«, kreischte sie. »Sieh mich an, du Ungeheuer!«

Garcia Rejon verdrehte die Augen, dann fixierte er unsicher ihr Gesicht. Er stemmte sich mit blutender Schläfe und lautlos arbeitendem Mund langsam auf den Ellbogen hoch. Larissa drückte ab. Die Schrotladung zerschmetterte seine rechte Schulter und warf ihn ins Gras zurück, in dem er sich heiser, aber kaum hörbar schreiend wand. Sie trat vor, lud erneut nach. Der zweite Schuss zerschmetterte das linke Bein des Generals, trennte es beinahe durch und ließ seine Augen fast aus den Höhlen quellen. Die dritte Ladung zertrümmerte sein rechtes Knie, und der vierte Schuss ging in die linke Schulter. Was von Rejon noch übrig war, wand sich krächzend in dem von Blut nassen Gras, als Larissa ihm einen Fuß auf die Brust setzte.

Trotz seiner schweren Verletzungen schaffte Garcia Rejon es noch, sie mit einem Auge zu fixieren. Während sein Leben verebbte, öffnete er den Mund, aus dem ein Blutschwall kam, und versuchte sie anzuspucken, ohne mehr als eine rote Blase auf den Lippen erzeugen zu können. Larissa hob den Fuß und trat mit aller Kraft auf seine Brust. Ihr Stiefel drückte das Brustbein des

Vampirs ein und zerquetschte sein Herz an den Rippen. Rejon zerplatzte, und das wenige Blut, das sich noch in seinem Körper befand, plätscherte ins Gras und färbte Larissas Hosenbeine.

Sie atmete tief durch, legte den Kopf in den Nacken und schloss die Augen. Ihre Vampirseite war befriedigt, und der Rest ihres Ichs empfand Trauer und Schmerzen. Sie ließ sie auf sich einwirken, hieß sie willkommen; ihre größte Angst war, dass irgendwann der Tag kommen würde, an dem Gewalt ihr nicht mehr verwerflich erschien.

»Jesus!«

Das war Tim Albertssons vertraute Stimme, und sie öffnete die Augen, als sie sich ihm zuwandte. Er stand neben Flaherty im Gras, und hinter ihnen zog Rushton eben Rios durch das Loch im Rasen herauf.

»Tut mir einen Gefallen«, sagte Larissa. »Nächstes Mal zählen wir die Toten, bevor wir Entwarnung geben. Einverstanden?«

Ihre Teamgefährten starrten sie mit großen Augen an.

»Larissa ...«, brachte Tim heraus. »Dein ...«

»Was?« fragte sie.

»Dein Magen«, sagte er.

Larissa sah stirnrunzelnd an sich herab.

Über ihrem Koppel hatte sie eine tellergroße Einschusswunde, ein gähnendes Loch, aus dem Blut in dunklen Bächen spritzte. Der Anblick ihrer Verletzung ließ den Schmerz jäh zurückkehren.

»Oh«, sagte sie distanziert. »Das.«

Sie spürte, wie ihre Augen nach oben rollten, als die Beine unter ihr nachgaben, und dann umgab sie kühle, leere Dunkelheit.

22

Auf der Spur der Toten

ERMITTLUNGSTEAM D9

BERICHT NR.: 6931/H
VORGELEGT: 0745 GMT
VON: MAJOR ALAN HARDY/NS303; 41-C
FÜR: KOMMISSARISCHER DIREKTOR
CALEB HOLMWOOD/NS303, 34-D
EINSTUFUNG: STRENG GEHEIM (STUNDE NULL)

Das von mir auf Befehl zusammengestellte Ermittlerteam bestand aus mir und den Agenten Andrew Johnson (NS303, 55-R) und Katherine Elliot (NS303, 62-J). Wir hatten den Auftrag, John Bathurst, alias Johnny Supernova, aufzuspüren und zu seiner Sicherheit auf den Stützpunkt zu bringen.

Wir verließen den Ring gegen 02:50 Uhr und fuhren zu dem Haus 162B Clerkenwell Road, London, Mr. Bathursts letzter bekannter Anschrift. Unterwegs erhielten wir einen aktualisierten Bericht, aus dem hervorging, dass Mr. Bathurst tot ist (Kopie des Leichenscheins anbei), deshalb habe ich um Klarstellung unseres Auftrags gebeten.

Ich erhielt den neuen Befehl, möglichst festzustellen, ob Albert Harker seit seinem Ausbruch aus dem Broadmoor Hospital versucht hatte, Kontakt mit John Bathurst aufzunehmen – unter der Annahme, dass Harker nichts von Mr. Bathursts Tod wusste. Ich forderte eine Liste mit den Namen der Freunde und Bekannten des Toten an und fuhr wie befohlen weiter.

Wir erreichten das Haus 162B Clerkenwell Road und stellten fest, dass die Haustür aufgebrochen war. Sie war durch einen gewaltigen Tritt eines Menschenfußes in einem Lederstiefel aus den Angeln gerissen worden.

Auf dem Tisch in der Diele der Wohnung fanden wir zwei an Mr. Bathursts Testamentsvollstrecker gerichtete Schreiben der Anwaltsfirma Chesney, Clarke, Abel & Watt sowie einen ähnlich adressierten leeren Umschlag. Der Inhalt dieses Umschlags fehlte, war vermutlich mitgenommen worden. Wir öffneten die beiden anderen Umschläge, die identische Bitten um Auskunft wegen eines bestimmten Vermächtnisses enthielten. Unterzeichnet waren sie von Mr. Thomas Clarke, einem der Partner. Wir ließen uns von der Abteilung Überwachung seine Adresse geben und fuhren hin.

Als wir das Haus 67 Frognal Lane gegen 04:10 Uhr erreichten, brannte in mehreren Zimmern Licht, und die Haustür war nicht abgesperrt. Weil auf unser Klingeln und Klopfen niemand öffnete, betraten wir das Haus und fanden im Wohnzimmer Thomas Clarkes Leiche. Sein Kopf war vom Hals gerissen, und ein großer Teil seines Blutes fehlte, war vermutlich getrunken worden. Ich wies Agent Johnson an, den Tatort zu dokumentieren, während Agentin Elliott und ich das Haus durchsuchten.

Die restlichen Zimmer in Erdgeschoss und erstem Stock waren leer, wiesen auch keine Spuren von gewaltsamem Eindringen auf. Agent Johnson stieß wieder zu uns, und wir suchten nach einem vielleicht vorhandenen Kellergeschoss. Wir entdeckten im Erdgeschoss eine Kellertür, stiegen in den Keller hinunter und fanden dort Bonnie Clarke, James Clarke und Alec Clarke vor. Alle drei standen unter Schock, waren aber körperlich unversehrt. Wir wiesen sie an, im Haus zu bleiben, aber das Wohnzimmer nicht zu betreten, verständigten das zuständige Polizeirevier und schlossen unsere Ermittlungen am Tatort ab.

Als wir das Haus verließen, kam die Liste mit den Namen von John Bathursts Freunden und Bekannten. Sie enthielt einen einzigen Namen, den des Journalisten Kevin McKenna. Wir fuhren zu Mr. McKennas Haus 62A Kilburn Lane, das wir gegen 07:00 erreichten, und trafen dort Mr. McKenna an.

Gemäß der offiziellen Legende teilten wir ihm mit, ein entlassener Häftling, der noch eine alte Rechnung mit John Bathurst offen habe, könnte versuchen, Kontakt mit ihm aufzunehmen, und wiesen ihn an, sich in diesem Fall sofort mit der Polizei in Verbindung zu setzen. Erwarten weitere Anweisungen.

23

Der Ort der Wahrheit

Jamie ging durch die Nachrichtenabteilung und sah, dass Kate Randall ihn vor der Tür zu den Räumen des Teams für interne Sicherheitsüberprüfung erwartete. Sie lächelte, als er näher kam, und er widerstand diesmal dem Impuls, sie zu umarmen.
»Bist du bereit?«, fragte sie.
»Das Timing könnte besser sein«, antwortete Jamie. »Aber dann habe ich's wenigstens hinter mir.«
»Alles reine Routine, Jamie«, sagte Kate. »Beantworte die Fragen ehrlich, dann sind wir schnell mit dir fertig.«
»Kein Problem«, sagte er. »Geh voraus.«
Kate nickte, dann gab sie den Zugangscode auf dem Tastenfeld der Sicherheitstür ein. Als sie sich nach mehrmaligem Klicken öffnete, folgte Jamie Kate hinein. Hinter der kleinen Empfangstheke saß ein Agent; er sah Jamie entgegen und nickte, weil er ihn erkannte. Jamie erwiderte sein Nicken und betrat durch eine weitere Tür den Befragungsraum. Kate schloss die Tür und forderte ihn mit einer Handbewegung auf, auf dem Stuhl an der Rückwand des Raums Platz zu nehmen. Das tat er mit leichtem Widerstreben, während seine Freundin leise etwas in ihre Konsole sprach.
Im nächsten Augenblick wurde die Tür wieder geöffnet, und zwei Techniker der Nachrichtenabteilung kamen herein. Sie sagten kein Wort, während sie Jamies Brust und Hals mit einem Dutzend Sensoren bestückten; sie vermieden es sogar, ihn anzusehen.
»Was sind das für Geräte?«, fragte Jamie.
»Im Prinzip weiterentwickelte Lügendetektoren«, antwortete

Kate. »Nichts, was dir Sorgen machen müsste. Ich bin in ein paar Minuten wieder da, und dann können wir anfangen.«

»Lass dir Zeit«, sagte Jamie. »Ich warte einfach hier.« Er grinste, und sie lächelte ihm beim Hinausgehen über die Schulter zu.

Kate öffnete die Tür der TIS-Lounge und trat ein. Paul Turner sah von Jamie Carpenters Personalakte auf, die für jemanden, der erst seit weniger als einem Jahr Agent war, einen bemerkenswerten Umfang hatte.

»Drei Minuten«, sagte Kate. »Wenigstens dürft's diesmal schnell gehen.«

»Warten wir's ab«, sagte Turner und blätterte weiter in der Akte.

Die Techniker drückten den letzten Sensor an und verließen den Raum, sodass Jamie allein zurückblieb. Er versuchte, eine bequeme Sitzposition zu finden, rutschte auf dem glatten Kunststoff hin und her und gab den Versuch bald wieder auf, weil die Einrichtung des Befragungsraums nicht dafür entworfen war, Entspannung zu befördern. Sein Puls war beschleunigt, und er konzentrierte sich darauf, ihn zu beruhigen, indem er lange, tiefe Atemzüge machte. Sein Blick blieb auf die Tür gerichtet, während er sich vorzustellen versuchte, welche Fragen Kate ihm stellen würde.

Major Turner klappte die Akte Carpenter zu, ging mit Kate in den Empfangsbereich hinaus, öffnete die Tür des Befragungsraums und ließ ihr den Vortritt. Sie holte tief Luft, bevor sie eintrat. Jamie lächelte ihr zu, aber sein Lächeln wirkte nicht ganz echt; Kate versuchte beruhigend zu lächeln, als sie sich an den Schreibtisch setzte. Paul Turner sperrte die Tür hinter sich ab, bevor er auf dem Stuhl neben Kate Platz nahm.

Zehn Minuten, dachte sie. *Ja, dieses Verhör ist bizarr, ja, es ist unangenehm. Bleib streng sachlich und bring die Sache rasch hinter dich.*

»Lieutenant Carpenter«, sagte Paul Turner. »Verstehen Sie die

Bedeutung des Verfahrens, für das Lieutenant Randall und ich zuständig sind?«

»Ja, Sir«, antwortete Jamie, »das tue ich.«

»Ausgezeichnet. Antworten Sie ehrlich, dann sind wir bald fertig.«

Jamie nickte. Kate wartete noch einen Augenblick, bevor sie begann.

»Dies ist TIS-Befragung Nummer achtundsechzig. Durchgeführt von Lieutenant Kate Randall, NS303, 78-J, in Anwesenheit von Major Paul Turner, NS303, 36-A. Sagen Sie mir bitte Ihren Namen.«

»Jamie Carpenter.«

Grün.

»Bitte geben Sie diesmal eine *falsche* Antwort«, sagte Kate. »Nennen Sie Ihr Geschlecht.«

Jamie lächelte. »Weiblich.«

Rot.

»Okay«, sagte Kate, »wir können anfangen. Mr. Carpenter, sind Sie gegenwärtig Lieutenant im Department 19?«

»Ja.«

Grün.

»Ist Ihnen bewusst, dass jeder Aspekt Ihrer Rolle im Department 19 als streng geheim oder höher eingestuft ist?«

»Ja.«

Grün.

»Verstehen Sie, weshalb die breite Öffentlichkeit nichts von unserer Existenz erfahren darf?«

»Ja.«

Grün.

»Haben Sie jemals etwas getan, das diese Geheimhaltung gefährdet hat?«

Jamie schwieg sekundenlang. »Ja«, sagte er dann.

Grün.

»Bitte erläutern Sie, was mit der vorigen Antwort gemeint war.«

»Ich habe befohlen, dass einer unserer Hubschrauber auf einer Pariser Wohnstraße landet.«
Grün.
»Wieso haben Sie diese Entscheidung getroffen, Lieutenant?«
»Colonel Frankenstein war verwundet und in einem Zustand, der unliebsames Aufsehen hätte erregen können. Meiner Einschätzung nach hätten wir den vorgesehenen Abholpunkt nicht rechtzeitig erreicht.«
Grün.
»Hatten Sie sich die möglichen Folgen Ihrer Entscheidung überlegt?«
»Ja.«
Grün.
»Und zu welchem Schluss sind Sie gelangt?«
»Dass Colonel Frankensteins Leben das Risiko wert war.«
Grün.
Kate lächelte innerlich. Dies war der erste Vorfall in Jamies Personalakte, den der Nachrichtendienst gekennzeichnet hatte, obwohl er ihn in seinem damaligen Einsatzbericht selbst erwähnt hatte. Sie war erleichtert, dass Jamie ihn jetzt wieder offen ansprach.
»Lieutenant Carpenter«, fuhr sie fort. »Haben Sie sich jemals an Aktivitäten mit dem Zweck beteiligt, dem Department zu schaden oder es zu behindern?«
»Nein.«
Grün.
»Haben Sie jemals dienstliche Informationen an Personen außerhalb des Departments weitergegeben?«
»Ja.«
Grün.
»Wer war mit der vorigen Antwort gemeint?«
»Matt Browning.«
Grün.
»Bitte erläutern Sie die näheren Umstände.«
Jamie räusperte sich. »Als Matt aus seinem Koma erwachte,

habe ich ihm erzählt, wo er war, und angedeutet, was wir hier tun. Er hat mir erklärt, er wolle uns helfen, und ich habe ihm geraten, wenn er das ernst meine, solle er versuchen, zu uns zurückzukehren.«

Grün.

Kate spürte, wie die Anspannung in ihren Schultern sich etwas löste. In der Akte ihres Freundes war dieser Vorfall mit Matt besonders hervorgehoben, und sie war froh, dass er ihn selbst angesprochen hatte.

»Warum haben Sie geheime Informationen an einen Außenstehenden weitergegeben?«, fragte sie.

»Das kann ich nicht genau sagen«, antwortete Jamie. Er war leicht errötet, was Kate darauf zurückführte, dass ihm die Erinnerung an sein damaliges Verhalten peinlich war. Oder vielleicht war er verärgert; in diesem Fall hoffte sie, dass sein Ärger sich nicht gegen sie richtete. »Matt hatte etwas an sich, das in mir Vertrauen zu ihm geweckt hat. Meiner Ansicht nach litt er nicht wirklich an Gedächtnisverlust, was bedeutete, dass er bereits wusste, dass Vampire existieren – und dass er Agenten in Aktion gesehen hatte. Aber vor allem war ich der Überzeugung, er wolle uns wirklich helfen.«

Grün.

»War Ihnen bewusst, dass Sie gegen Vorschriften des Departments verstoßen haben, als Sie Matt Browning geheime Informationen zugänglich gemacht haben?«

»Ja.«

Grün.

»Lieutenant Carpenter, haben Sie jemals geplant, dem Department auf irgendeine Weise zu schaden?«

»Nein.«

Grün.

»Haben Sie außer bei der Ausführung von Befehlen Ihrer Vorgesetzten jemals mit übernatürlichen Wesen über das Department gesprochen?«

»Nein.«

Grün.
»Würden Sie jemals das Vertrauen Ihrer Vorgesetzten missbrauchen?«
»Nein.«
Grün.
»Gibt es irgendwelche Vorfälle, bei denen Sie die Sicherheit des Departments absichtlich oder unabsichtlich gefährdet haben könnten?«
»Ja.«
Grün.
»Bitte erläutern Sie Ihre vorige Antwort.«
»Matt hätte anderen Leuten erzählen können, was er von mir erfahren hat«, sagte Jamie. »Er hätte das Department mit meinen Informationen nicht gefährden können, aber ich denke, er hätte ein paar peinliche Fragen stellen können.«
Grün.
»Hat es weitere Vorfälle gegeben?«
»Nein.«
Grün.
Kate atmete langsam aus. »»Danke, Lieutenant Carpenter«, sagte sie. »Wir sind ...«
»Lieutenant Carpenter«, warf Paul Turner ein. Sie wandte sich ihm stirnrunzelnd zu.
»Ja, Sir?«, fragte Jamie. Er kniff die Augen leicht zusammen, als er zu dem Sicherheitsoffizier hinübersah.
»Betrachten Sie sich als Nachkomme eines der Gründer?«, wollte der Major wissen.
Jamie runzelte die Stirn. »Ich verstehe nicht, was ...«
»Beantworten Sie bitte meine Frage, Lieutenant.«
»Ja«, sagte Jamie nach langer Pause. »Ich betrachte mich als Nachkomme der Gründer.«
Grün.
»Glauben Sie, deshalb etwas Besseres als gewöhnliche Agenten zu sein?«
»Natürlich nicht«, antwortete Jamie mit finsterer Miene.

Grün.
»Sind Sie stolz darauf, ein Nachkomme zu sein?«
»Ja, das bin ich.«
Grün.
»Weshalb?«
»Kate«, sagte Jamie und sah zu ihr hinüber. »Ist das wirklich ...«
»Lieutenant Carpenter«, sagte Paul Turner gefährlich leise. »Ich darf Sie bitten, sich auf mich zu konzentrieren, wenn ich mit Ihnen spreche. Und ich darf Sie bitten, meine Frage zu beantworten.«
Jamie starrte den Sicherheitsoffizier mit unergründlicher Miene an. »Also gut«, sagte er schließlich. »Wie lautet die Frage doch gleich?«
»Weshalb sind Sie stolz darauf, ein Nachkomme der Gründer zu sein, Lieutenant Carpenter?«
»Weil ich stolz auf die Männer bin, die meine Vorfahren waren!«, sagte Jamie. »Ich bin stolz auf ihre Taten. Sie geben mir das Gefühl, Teil von etwas Besonderem zu sein.«
Grün.
»Und das macht Sie zu etwas Besonderem?«, fragte Turner.
»Das habe ich nicht gesagt.«
Grün.
»Ich habe gehört, was Sie gesagt haben, Lieutenant. Macht Sie das zu etwas Besonderem?«
»Nein.«
Grün.
»Fühlen Sie sich für den Zustand verantwortlich, in dem Colonel Frankenstein sich jetzt befindet?«
»Ja.«
Grün.
»Bitte erläutern Sie Ihre vorige Antwort.«
»Hätte ich ihm vertraut, bevor wir nach Lindisfarne aufgebrochen sind, wäre er nicht von dem Werwolf angegriffen worden.«
Grün.

»Das können Sie nicht bestimmt wissen«, sagte der Sicherheitsoffizier. »Finden Sie es nicht egoistisch, zu glauben, alles passiere nur Ihretwegen?«

»Ich glaube nicht, dass alles nur meinetwegen passiert.«

Grün.

»Wünschen Sie sich, Ihre Mutter wäre keine Vampirin?«

Langes, bedeutungsschweres Schweigen erfüllte den Raum, während Jamie Paul Turner in flammendem Zorn anstarrte.

»Natürlich tue ich das«, sagte er schließlich widerstrebend.

Grün.

»Wünschen Sie sich, Colonel Frankenstein wäre kein Werwolf?«

»Ja.«

Grün.

»Lieben Sie Ihre Mutter?«

»Paul«, sagte Kate scharf. »Aufhören!« Sie war blass, und ihre Augen waren geweitet, aber Turner sah nicht mal zu ihr hinüber.

»Lieben Sie Ihre Mutter, Lieutenant Carpenter?«

»Ja«, sagte Jamie mit Hass in der Stimme. »Das tue ich. Sogar sehr.«

Grün.

»Sie würden alles tun, damit sie wieder normal wird, korrekt?«

»Nein.«

Grün.

»Wirklich nicht?«

»Nein«, wiederholte Jamie.

Grün.

»Warum nicht? Sie haben mir gerade erzählt, dass Sie sie lieben. Sogar sehr.«

»Ich weiß, worauf Sie hinauswollen«, knurrte Jamie. »Sie halten sich für oberschlau, was? Aber Sie irren sich. Ich liebe meine Mutter sehr, und ich wünsche mir jeden Tag, Colonel Frankenstein wäre nichts zugestoßen. Aber ich würde das Department niemals ihretwegen verraten, selbst wenn ich alles Mögliche versprochen bekäme.«

Grün.
»Warum nicht, Lieutenant Carpenter?«
»Weil keiner der beiden das wollen würde.«
Grün.
»Ist das der einzige Grund?«
»Nein.«
Grün.
»Warum noch?«
»Weil ich kein Verräter bin, Major Turner. So einfach ist das.«
Grün.
Einige Sekunden lang schienen alle in dem Befragungsraum den Atem anzuhalten; die Luft wirkte stickig, vergiftet und mit Spannung geladen. Als der Druck so weit gestiegen war, dass eine Explosion unvermeidbar schien, sprach Paul Turner wieder.
»Danke, Lieutenant Carpenter«, sagte er ruhig. »Wir sind fertig.«
Jamie starrte den Sicherheitsoffizier an, dann drehte er den Kopf leicht zur Seite, um Kate anzusehen. Sie spürte, dass ihr Gesicht vor Wut und Verlegenheit brannte, und konnte dem Blick seiner hellblauen Augen nicht standhalten; stattdessen fixierte sie beschämt den in die Schreibtischplatte eingelassenen Bildschirm.
»Also gut«, sagte Jamie langsam. »Danke.«
Paul Turner stand auf und öffnete die Tür zur Nachrichtenabteilung. Die beiden Techniker kamen zurück; sie machten sich daran, Jamie von den Sensoren zu befreien, während Turner, der auf Kate wartete, die Tür aufhielt. Sie stand zögernd auf und achtete darauf, jeglichen Blickkontakt mit Jamie zu vermeiden, als sie hinausging. Der Sicherheitsoffizier ging an Kate vorbei, hielt ihr die Tür der TIS-Lounge auf und folgte ihr hinein.
»Er ist sauber«, sagte Turner, sobald sie allein waren. »Wer ist der Nächste?« Sein geschäftsmäßiger, fast gleichgültiger Tonfall raubte Kate fast den Verstand.
»Was sollte das?«, fragte sie leise, aber hörbar aufgebracht.
Turner runzelte die Stirn. »Was denn?«
»Sie wissen genau, was ich meine«, sagte sie mit lauter wer-

dender Stimme. »Das. Dieses ganze Zeug mit seiner Mutter und Frankenstein. Warum zum Teufel haben Sie das alles angesprochen?«

Turner musterte sie erstaunt, dann schien er plötzlich zu merken, wie aufgebracht sie war. Sein Gesichtsausdruck wurde sanfter.

»Das war nichts Persönliches, Kate«, sagte er. »Ich weiß, dass Lieutenant Carpenter und ich nicht immer einer Meinung sind, aber ich versichere Ihnen, dass ich nicht den heimlichen Wunsch habe, ihn zu quälen. Ich weiß auch, dass er das glaubt, aber es ist die Wahrheit.«

Der Sicherheitsoffizier goss sich einen Becher Kaffee aus der Thermoskanne auf dem Schreibtisch ein, dann goss er einen zweiten ein, den er Kate gab. Sie nahm ihn wortlos entgegen und wartete darauf, dass er weitersprach.

»Als TIS sollen wir nicht nur aufspüren, was Leute vielleicht früher getan haben«, sagte er, setzte sich aufs Sofa und trank einen kleinen Schluck Kaffee. »Es geht auch um die Zukunft. Zu diesem Projekt gehört die Einschätzung, ob irgendein Agent ein potenzielles Sicherheitsrisiko darstellt – und darauf haben meine Fragen an Jamie abgezielt. Ich habe keine Sekunde lang geglaubt, er sei ein Verräter oder könnte einer werden. Ich habe nie bezweifelt, dass er unseren Test bestehen würde, und bin froh, dass er's getan hat. Aber seine Lebensumstände machen ihn angreifbar, und ich musste sie erforschen. Tom Morris hat uns verraten, weil Alexandru ihn mit etwas ködern konnte, das ihm wichtiger war als Schwarzlicht. Dass das Angebot substanzlos war, spielt keine Rolle. Unsere Feinde könnten Jamie Dinge anbieten, die er wollen, vielleicht sogar verzweifelt wollen würde, und ich musste ihm klarmachen, dass wir darüber Bescheid wissen.«

»Ich verstehe, Sir«, sagte Kate. »Aber das heißt nicht, dass mir das gefällt.«

»Mir gefällt es auch nicht«, sagte Turner. »Ich habe Sie gewarnt, dass man uns dafür hassen würde, Kate. Glauben Sie, dass ich das im Scherz gesagt habe?«

277

»Nein«, seufzte sie. »Ich weiß, dass das Ihr Ernst war.«

Turner musterte sie prüfend. »Wir haben noch drei Befragungen vor dem Mittagessen«, sagte er. »Und am Nachmittag weitere acht. Wenn wir fertig sind, möchte ich, dass Sie sich den Abend freinehmen. Und ich meine *frei*, verstanden? Gehen Sie in die Bar, gehen Sie joggen, gehen Sie früh ins Bett. Machen Sie, was Sie wollen, solange es nichts mit unserer Arbeit zu tun hat. Und lüften Sie jetzt Ihren Kopf aus; die nächste Befragung beginnt in zwanzig Minuten.«

Kate nickte und ging zur Tür. Sie wollte zur Ebene 0 hinauffahren, um etwas frische Luft zu schnappen, vielleicht sogar ein paar Minuten joggen. Deshalb stöhnte sie vernehmlich, als der Agent am Empfang ihren Namen rief, als ihre Hand schon auf der Klinke der Sicherheitstür lag.

»Ja?«, fragte sie und drehte sich wieder um.

»Jemand möchte Sie sprechen«, sagte der Agent entschuldigend. »Ich habe ihr gesagt, dass Sie beschäftigt sind, aber sie wollte warten. Sorry, Kate.«

»Schon gut«, antwortete sie und rang sich ein Lächeln ab. »Ich rede mit ihr. Ich brauche ohnehin eine Pause.«

Eine Ebene tiefer kauerte eine dunkel gekleidete Gestalt in der Mitte von Zimmer 261.

Auf dem Fußboden stand eine Plastikwanne mit einer exakt bemessenen Mischung aus Äthanol und Kunstdünger – eine Terroristen in aller Welt wohlbekannte Kombination. Von einem Metalldreibein hingen Sprengladungen aus einem halben Dutzend Handgranaten herab: gleichmäßig angeordnet und eben von der wasserklaren Flüssigkeit bedeckt. Von den Ladungen führten Drähte zu einem einfachen Zünder, der aus einem Kupferstreifen mit Scharnier bestand, durch den ein Stromstoß fließen und die Sprengladungen zünden würde. Der Zünder war an ein Funkgerät angeschlossen; sobald es einen bestimmten Ton empfing, würde es noch drei Sekunden warten, bevor es den Zündkontakt herstellte.

Die dunkle Gestalt stellte den Zünder scharf und schaltete das Funkgerät ein. Dann schlüpfte sie lautlos hinaus und verschwand den Korridor entlang.

Eineinhalb Stunden später öffnete sich der Aufzug an einem Ende der Ebene B.

Der gebogene Korridor vor ihr war lang, und sie brauchte mehrere Minuten, um die Tür zu erreichen. Sie drückte ihren Dienstausweis an den Scanner im Türrahmen, hörte den lauten Piepton, der anzeigte, dass die Tür offen war, blieb dann noch einen Augenblick stehen und dachte – nicht zum ersten Mal – darüber nach, wie viele merkwürdige Wendungen ihr Leben in den vergangenen Monaten genommen hatte.

Sie stieß die Tür nach innen auf. Grellweißes Licht blendete sie, eine Flutwelle aus Hitze und Krach schleuderte sie quer über den Korridor, und dann wurde es dunkel um sie.

24

Der Krieg gegen Drogen, Teil Drei

Nuevo Laredo, Mexiko
Gestern

»Larissa.«

Die Stimme schien aus der Ferne, von irgendwoher aus der Leere zu kommen. Larissa hatte einen kupfrigen Geschmack im Mund, als sie wieder zu sich selbst fand, festen Boden unter sich spürte und sich zwang, die Augen zu öffnen. Eine dunkle Gestalt füllte ihr Blickfeld, bevor sie allmählich deutliche Formen annahm. Sie erwies sich als Tim Albertsson, der mit besorgtem Gesichtsausdruck auf sie herabsah.

»Tim?«, brachte sie heraus.

»Alles in Ordnung«, sagte er sichtbar erleichtert. »Keine Sorge, dir geht's gut. Alles ist okay.«

Hinter ihm sah Larissa seine Teamgefährten stehen. Sie waren um ihren Führer versammelt und starrten auf sie hinab. Sie sah sich auf die Ellbogen gestützt langsam um. Sie lag unter einem Nachthimmel mit tiefen Wolken im warmen Gras des von Mauern umgebenen Gartens; sie hatte den schweren, kupfrigen Geruch von Blut in der Nase und erinnerte sich plötzlich wieder an alles.

Die Packerinnen. Rejon. Die Schrotflinte.

Sie bekam große Augen und fühlte Panik in sich aufsteigen, als sie an sich hinabsah. Ihre Uniform war zerfetzt, von der Schrotladung aufgerissen. Aber unter dem zerfetzten Gewebe war nur ihre flache weiße Bauchdecke zu sehen. Sie berührte sie zögernd mit einer blassen Hand, ertastete die feste Oberfläche mit den Fingern.

»Was ist passiert?«, fragte sie. Vor Erleichterung war sie den Tränen nahe.

»Du bist ohnmächtig geworden«, sagte Tim lächelnd. »Du hattest ein Loch im Körper, Larissa. So was hatte ich ... hatte noch keiner von uns gesehen. Wir konnten durch dich hindurchsehen!«

»Klasse«, sagte Larissa leise.

»Zum Glück hatte Rejon einen Kühlschrank mit Blut auf seiner Bar«, sagte Tim und hielt zwei leere Plastikflaschen hoch. »Ich habe sie in deinen Mund geleert. Du warst bewusstlos, aber du hast trotzdem getrunken. Reflexartig, nehme ich an. Und dann ...«

»Das Loch hat sich einfach geschlossen«, sagte Flaherty staunend. »Alles hat sich neu gebildet, die Knochen und die Organe und die Muskeln, dann neue Haut, und auf einmal war alles wieder so, als wäre nichts passiert.«

»Yeah«, sagte Larissa. »Verblüffend, nicht wahr?«

»Der hätte dich töten müssen«, stellte Tim fest.

»Hat er aber nicht.« Larissa rappelte sich auf, stand zunächst noch unsicher auf den Beinen und lächelte ihre Teamgefährten an. »Ob ihr's glaubt oder nicht, ich habe schon Schlimmeres überstanden.« Sie erinnerte sie daran, wie es gewesen war, bei lebendigem Leib durch die UV-Bomben zu verbrennen, die um den Ring herum detoniert waren, als Valeri Rusmanovs Überfall beinahe zu einem Sieg der Vampire geführt hatte.

»Jesus«, sagte Rushton. Er starrte sie mit einem Ausdruck an, der auf unheimliche Weise an Verehrung grenzte. »Wie *das* aussieht, möchte ich lieber nicht sehen.«

Larissas Lächeln verstärkte sich. »Hübsch war's nicht.«

Tim grinste, und seine Teamgefährten schienen sich vor ihren Augen sichtbar zu entspannen; weil sie sich jetzt keine Sorgen mehr um Larissa machen mussten, konnten sie sich verspätet über den Erfolg ihres Unternehmens freuen.

»Wir müssen weiter, Leute«, sagte Tim. »Flaherty, Sie machen mit Rushton und Rios im Keller sauber. Beseitigt alle Spuren, die uns verraten könnten. Dann kommt ihr wieder hoch und nehmt Frost mit. Wir sammeln uns in zehn Minuten in der Eingangshalle.«

»Ja, Sir«, sagte Flaherty und verschwand mit Rushton und Rios in dem Loch, das General Rejon bei seiner Flucht hinterlassen hatte. Sobald sie fort waren, trat Tim vor, nahm Larissas Gesicht in seine behandschuhten Hände und küsste sie.

Im ersten Augenblick war sie zu schockiert, um zu reagieren; seine Lippen waren fest auf ihre gedrückt, und sie begann zu spüren, dass wieder Hitze in ihre Augenwinkel kroch. Dann setzte schlagartig klare Überlegung ein, und sie stieß ihn heftiger von sich fort, als nötig gewesen wäre. Tim stolperte rückwärts, fing sich aber rasch wieder und starrte sie mit hochrotem Gesicht an.

»Lass das«, warnte sie ihn mit leiser Stimme.

»Sorry«, sagte er, indem er sie weiter gierig anstarrte. Er war kurzatmig, und seine Augen blitzten. »Nein, das ist nicht wahr. Es tut mir nicht im Geringsten leid.«

»Nun, das sollte es«, sagte Larissa. »Aber ich will kein Drama daraus machen. Tu's einfach nicht wieder, Tim.«

»Also gut«, sagte er, aber er starrte sie weiter an. Die Intensität seines Blicks erzeugte in ihrem Magen aufflackernde Wärme, die sie sofort wieder löschte.

Jesus. Was zum Teufel bildet er sich ein?

»Kriegst du das hin?«, fragte sie so ruhig wie nur möglich.

»Ich schon«, antwortete Tim. »Für dich kann ich natürlich nicht sprechen.«

Du arroganter Wichser.

»Gut«, sagte Larissa und hatte Mühe, sich zu beherrschen. »Dann wird's vermutlich Zeit, dass wir uns auf den Heimweg machen.«

»Einverstanden«, sagte Tim breit grinsend.

25

Von Jenseits des Grabes

Wapping, London

Kevin McKenna war schlecht gelaunt, als er den Aufzug des Redaktionsgebäudes von *The Globe* betrat, der ihn in die Tiefgarage bringen würde.

Sein Tag hatte damit begonnen, dass die Polizei ihn aus dem Bett klingelte, um ihn zu warnen, ein entlassener Häftling könnte versuchen, Kontakt mit ihm aufzunehmen, und damit geendet, dass der Chefredakteur ihn kurz nach fünf in sein Büro gerufen hatte – ein klassischer Überfall bei Büroschluss, den er meilenweit hatte kommen sehen. Der Boss hatte ihm erklärt, auch wenn seine Reportagen unverändert anspruchslos und gehässig seien – zwei Adjektive, die Colin Burton als Kompliment verstand –, seien die beiden Artikel, die er am Vortag abgeliefert habe, inakzeptabel. McKenna hatte gefragt, weshalb, obwohl er die Antwort schon kannte.

»Weil du keine heiße Nummer mehr bist, Kev«, sagte Colin. »Ich weiß, dass du mal eine warst, und ich weiß, dass du gern noch eine wärst, aber das bist du nicht. Du arbeitest nicht mehr bei *The Gutter*, du arbeitest für mich. Und meine Leser haben keinen Bock auf solchen Mist.« Er griff nach einem Artikel mit der Überschrift SELBSTGEMACHTE KUNST EROBERT MOSKAU und schwenkte ihn vor McKennas Gesicht. »Promis, Titten, Klatsch, Verbrechen, Fußball. *Davon* leben wir. Verstanden?«

»Verstanden«, bestätigte McKenna. »Tut mir leid, Chef.«

»Schon okay«, sagte der Chefredakteur seufzend. »Deine

Schreibe ist verdammt gut, Kev, ich behaupte nicht, dass sie's nicht ist. Aber unseren Lesern ist guter Stil scheißegal, wenn gleich der erste Absatz sie zu Tode langweilt. Bring etwas Pep rein, ja? Freizügige blonde Künstlerinnen, etwas russische Bandenkriminalität, irgendwas in dieser Art. Kapiert?«

»Ich weiß«, sagte McKenna, dessen Magen vor Selbsthass rebellierte. »Ich kümmere mich darum. Tschüs, Col.«

Tatsächlich hatte er gewusst, dass die Artikel nicht für den *Globe* geeignet waren, als er sie geschrieben hatte; sie waren seinem alten Zeug zu ähnlich, gehörten in die Kategorie von Artikeln, die er schon lange nicht mehr beim *Globe* durchzusetzen versuchte. In seinem ersten Jahr bei der Zeitung hatte der damalige Chefredakteur, der freundliche alte Trinker Bob Hetherington, ihn beiseitegenommen und aufgefordert, sich die Mühe zu sparen.

»Ich brauche niemanden, der versucht, das Rad neu zu erfinden«, hatte Hetherington gesagt. »Sorg dafür, dass unseres sich weiterdreht. *Das* ist dein Job.«

In den folgenden Jahren hatte er ab und zu ein Feature über Mode oder Musik geschrieben, aber nie wirklich dafür gekämpft oder protestiert, wenn es abgelehnt wurde. Ihm war bewusst, dass er in Wirklichkeit für sich selbst schrieb, weil er hoffte, sich dadurch einen letzten Rest Talent erhalten zu können.

In der Tiefgarage war es still, als McKenna aus dem Aufzug trat; seine Schuhabsätze klickten laut auf dem Betonboden, während die Autos und die massiven Pfeiler, die das Kellergeschoß trugen, im gelben Licht der Deckenleuchten lange Schatten warfen. Er war auf halbem Weg zu dem schwarzen BMW, den er sich geleistet hatte, als er vor zwei Jahren zum stellvertretenden Chefredakteur befördert worden war, als ihn ein seltsames Gefühl befiel: die unverkennbare Gewissheit, dass er hier unten nicht allein war.

Er machte halt, stand absolut still und horchte aufmerksam. Nichts.

In der Tiefgarage mit ihren über hundert Stellplätzen stand kein Dutzend Autos; das weitläufige Untergeschoß war fast leer.

Aber es gab genügend Orte, an denen ein Straßenräuber oder Cracksüchtiger sich im Schatten hinter den Pfeilern oder neben einem Wagen kauernd verstecken konnte.

»Hallo?«, rief er. »Wer da?«

Stille.

McKenna spürte, wie ihm ein Schauder den Rücken heraufkroch. Er hatte plötzlich Angst; die Ahnung, hier nicht allein zu sein, griff ihm wie eine kalte Hand ans Herz.

Ein schreckliches Gefühl von Verwundbarkeit überkam ihn, und er rannte mit laut durch den weiten Raum hallenden Schritten zu seinem Wagen. Ein Teil seines Gehirns, der rationale Teil, tadelte ihn, als er rannte, beschimpfte ihn als Feigling, aber er hörte nicht zu; er war völlig darauf konzentriert, sich in den BMW zu setzen, die Türen zu verriegeln und den Unbekannten auszusperren, der mit ihm hier unten war: tief hinter einem der Autos kauernd oder still wie eine Statue hinter einem der Betonpfeiler stehend, horchend und beobachtend und wartend.

Während McKenna rannte, zog er den Autoschlüssel aus der Tasche und drückte auf den Knopf des Schlüsselanhängers. Die Schlösser des BMWs öffneten sich mit einem Klicken, das laut und einladend klang. Er griff nach der Autotür, spürte die beruhigende Glätte des Kunststoffgriffs und wollte eben die Tür aufreißen und in den Wagen springen, als kalte Finger von hinten seinen Hals umschlossen und ihn hochrissen.

Er schrie lange und laut, strampelte mit den Beinen und spürte, wie seine Blase sich in einer warmen Flut aus Beschämung und Horror entleerte. Dann war er in der Luft; sein Körper schien zu schweben, als der Unbekannte, der ihn gepackt hatte, ihn durch die Garage warf. Er beobachtete, wie ihm der Betonboden entgegenkam, war geistig wie gelähmt und empfand vage, wie Schreckenswogen ihn durchfluteten. Er sah weiße Ovale von ausgespuckten Kaugummis, einen kleinen Ölfleck und einen weggeworfenen Kaffeebecher. Dann prallte er auf, wobei seine linke Schulter vor Schmerzen explodierte, und rutschte über den Boden, dass seine Absätze auf dem Beton quietschten.

McKenna blieb nach Luft japsend und mit vor Schmerz brennender Schulter als ein verkrümmter Haufen neben dem Notausgang zum Treppenhaus liegen. Sein erster Gedanke, der einzige zusammenhängende Gedanke seines in Panik taumelnden Verstands war, durch die Tür und die Treppe hinauf in sein Büro zu kriechen. Aber er machte den Fehler, sich umzusehen; was er dort sah, ließ ihn erstarren.

Ein Mann, der einen eleganten dunkelblauen Anzug trug und dessen Füße deutliche zehn Zentimeter über dem Beton schwebten, glitt auf ihn zu. Sein Gesicht war blass, sein Haar etwas schütter, aber seine Augen brannten wie glühende Kohlen, und sein Mund war zu einem freudigen Grinsen verzogen.

Nicht real, kreischte er innerlich. *Kann nicht real sein. Nicht real.*

Der Mann legte den Kopf leicht schief, dann schoss er mit einer Geschwindigkeit vorwärts, die McKenna nicht begreifen konnte: Eben war er noch fünf Meter entfernt, im nächsten Augenblick packten seine Hände ihn am Revers seines Jacketts und rissen ihn mühelos hoch. McKenna versuchte, den Kopf von den schrecklich rot glühenden Augen wegzudrehen, die nur noch eine Handbreit von seinem Gesicht entfernt waren, dann schrie er auf, als er gegen die Betonwand der Garage gestoßen wurde. Sein Hinterkopf schlug heftig dagegen, und ihm wurde kurz schwarz vor den Augen. Als er wieder klar sehen konnte, musterte der Mann ihn mit fast neugierigem Blick, wie eine Spinne eine Fliege betrachten würde, die sich in ihrem Netz verfangen hat. Die grausig roten Augen glühten brodelnd, und McKenna spürte, dass er kurz davor war, ohnmächtig zu werden, weil sein Verstand den Horror, mit dem er konfrontiert war, nicht mehr verarbeiten konnte.

Eine Hand des Mannes erschien wie aus dem Nichts und schlug ihm kräftig ins Gesicht – mit lautem Klatschen, das wie ein Schuss durch die leere Tiefgarage hallte und von den massiven Betonwänden zurückgeworfen wurde. McKenna riss die Augen auf, und sein Mund bildete vor Schock ein perfektes O.

»Sind Sie Kevin McKenna?«, fragte der Mann.

McKenna starrte ihn mit Tränen in den Augen an, war nicht imstande, ein einziges Wort herauszubringen. Der Mann schlug nochmals zu, fester, und McKenna schmeckte Blut von seiner aufgeplatzten Lippe, was sein gelähmtes Gehirn wachrüttelte.

»Ja«, keuchte er. »Ich bin Kevin McKenna.«

»Freut mich, Sie kennenzulernen«, sagte der Mann. »Hat Ihnen ein Anwalt im Auftrag des verstorbenen John Bathurst einen Umschlag übergeben?«

O Gott. O mein Gott!

»Johnny?«, fragte McKenna wie betrunken grinsend. »Johnny ist ... tot.«

Der Mann mit den roten Augen knurrte, ein kehliger Laut, der tief aus seinem Inneren kam, und fletschte die Zähne. Zwei lange scharfe Reißzähne traten aus dem Oberkiefer hervor und glitten über seine Eckzähne.

»Ich frage Sie noch mal, McKenna«, sagte der Mann. »Reden Sie wieder Unsinn, reiße ich Ihnen das Gesicht vom Schädel. Haben Sie einen Brief erhalten?«

Kevin McKenna kämpfte darum, seinen taumelnden Verstand in den Griff zu bekommen, während ungeahnte panische Angst ihn erfasste. *Wahr,* flüsterte eine innere Stimme. *Was Johnny dir geschickt hat. Alles wahr.*

»Ja«, krächzte er stockend. »Ich hab ... einen Brief bekommen. Von Johnny.«

Der Mann ließ ein breites, gut gelauntes Grinsen sehen. »Großartig«, sagte er, und seine Stimme klang plötzlich leicht und jovial wie die eines Nachrichtensprechers tagsüber. Seine Hand ließ das Jackett los; McKenna sackte zusammen und begann zu weinen, während der Mann einen Schritt zurücktrat und auf ihn hinabsah.

»Keine falschen Spielchen mehr, Mr. McKenna«, sagte er. »Unter Freunden, die Sie und ich bestimmt werden, sollte es keine Lügen geben. Darf ich Ihnen aufhelfen?«

McKenna versuchte, sich zu beherrschen, das Weinen einzustellen, das nach eigener Einschätzung hysterisch zu werden drohte; es gelang ihm nicht, aber er konnte sich wenigstens zu einem Nicken zwingen. Der Mann streckte ihm weiter breit grinsend eine schmale, blasse Hand hin. Nach längerem Zögern ergriff McKenna sie, obwohl sein Verstand eine Warnung nach der anderen kreischte. Aber der Mann zog ihn nur sanft hoch; er stand unsicher schwankend da, atmete schwer, während letzte Schluchzer seinen Körper erzittern ließen, und starrte in Augen, die nun weniger wild glühten als noch vor einigen Minuten.

»Gut«, sagte der Mann. »Nichts weiter passiert, was? Mein Name ist Albert Harker, und wir haben bereits festgestellt, dass Sie Kevin McKenna sind. Ein glücklicher Zufall, nicht wahr?«

McKenna nickte benommen. Seine Tränen versiegten allmählich, und der Schmerz in seiner Schulter war zu einem dumpfen Pochen abgeflaut. Sein unter Schock stehender Verstand konnte noch nicht wieder klar denken, aber er hatte sich wenigstens eine Vorgehensweise zurechtgelegt, die er für die beste hielt.

Tu alles, was er sagt. Verärgere ihn nicht. Tu alles, was er verlangt.

»Ich habe Sie offenbar etwas erschreckt«, sagte Albert Harker. »Dafür kann ich mich nur entschuldigen. Vielleicht wäre jetzt ein starker Drink angebracht?«

»Okay«, sagte McKenna mit zitternder Stimme.

»Ausgezeichnet«, sagte Harker strahlend. »Fahren wir also zu Ihnen.«

26

Zu dicht dran

Matt Browning saß im Labor des Projekts Lazarus an seinem Schreibtisch, als ein gedämpftes Knallen den Stützpunkt durchlief und Fußböden, Wände und Decken erzittern ließ. Danach folgte ein Augenblick verständnisloser Stille, bevor der Generalalarm losplärrte – mit einem an- und abschwellenden Heulton, der durch Beton und Stahl ging.

Matt hielt sich die Ohren zu und sprang auf. Das taten auch seine Kollegen; sie sahen sich mit schmerzverzerrten Gesichtern verzweifelt nach jemandem um, der ihnen sagte, was sie tun sollten. Matt hatte Mitgefühl mit ihnen, denn seine Kollegen waren reine Wissenschaftler, die keinen Begriff davon hatten, wie gefährlich die Situation außerhalb des Labors wirklich war. Er hegte keine Illusionen dieser Art; er war von einer Vampirin, die jetzt seine Freundin war, fast umgebracht worden, der erste Direktor des Projekts Lazarus hätte ihn ermordet, wenn Jamie nicht eingegriffen hätte, und er wusste aus den Erzählungen seiner Freunde, wie ernst die Lage außerhalb des Rings war. Während seine Kollegen wegen des Alarms schreiend darüber spekulierten, ob ein Generator oder ein Treibstofftank hochgegangen sei, behielt Matt für sich, was sich bestimmt noch als Tatsache erweisen würde.

Das war eine Detonation. Eine große.

Er betrachtete die verängstigten Männer und Frauen, fragte sich, wie er ihnen helfen könnte, und erstarrte.

Natalia Lenski war nicht da.

Angst durchlief ihn, floss wie ein Eimer Eiswasser durch seinen Körper. Grund zur Panik bestand eigentlich nicht; dass Natalia gerade in diesem Augenblick nicht im Labor war, konnte alle möglichen Gründe haben. Aber irgendetwas, irgendein Urinstinkt tief in seinem Inneren, begann darauf zu bestehen, dass hier etwas nicht stimmte.

Matt rannte durchs Labor, ohne auf das nervöse Starren seiner Kollegen zu achten, und drückte die Klinke der Haupttür herunter.

Nichts passierte. Das Tastenfeld neben der Tür blinkte stetig in höhnischem Rot.

Er schrie wütend auf, riss und zerrte und zog erneut an der Klinke, trommelte mit der anderen Faust gegen die Tür. Dann packten Hände ihn an den Schultern, drehten ihn um, und er blickte in das besorgte Gesicht von Professor Karlsson.

»Beruhigen Sie sich!«, rief der Direktor des Projekts Lazarus, der Mühe hatte, den Alarm zu übertönen. »Die Türen sind automatisch versiegelt! Das ist in Ordnung, Matt!«

Matt stieß die Hände des Professors weg. »Wo ist Natalia?«, rief er laut.

Daraufhin drehte Professor Karlsson sich um und suchte das Labor ab. Als er sich wieder Matt zuwandte, war seine Stirn sorgenvoll gerunzelt.

»Das weiß ich auch nicht!«, schrie er. »Wo steckt sie?«

»Keine Ahnung!«, rief Matt und zog seine Konsole aus der Gürteltasche. Sein Verstand brodelte vor Sorge um Natalia, die völlig unvorbereitet sein würde, falls über ihren Köpfen ein Angriff stattfand. Ein einziger klarer Gedanke schaffte es bis an die Oberfläche.

Ruf Jamie an. Er wird wissen, was zu tun ist.

Matt schaltete die Konsole ein und sah aufs Display.

Es war dunkel.

Er betätigte den Schalter noch mehrmals, ohne die Konsole zum Leben erwecken zu können. Matt warf sie mit einem wütenden Aufschrei an die Wand. Karlsson fuhr zusammen, hielt sich schützend die Hände vors Gesicht, als es Metall- und Plastikteile regnete, und hielt Matt dann wieder fest.

»Sie müssen sich beruhigen!«, rief er. »Wir sind hier sicher, Matt!«

»Klasse!«, antwortete Matt ebenso laut. »Aber was ist mit Natalia? Was ist mit meinen Freunden? Sie sind irgendwo dort draußen, und wir haben keine Ahnung, was zum Teufel passiert ist!«

Vier Ebenen über dem Projekt Lazarus war Jamie Carpenter in seiner Unterkunft, als die Detonation durch Ebene B donnerte und die Wände des kleinen Raums so sehr erschütterte, dass sein Schreibtisch umstürzte, wobei sich eine Papierflut über den Fußboden ergoss.

Er lag auf dem Bett, kochte noch immer wegen der demütigenden Qual, die seine TIS-Befragung gewesen war. Sein Hass auf Paul Turner, eine komplexe Empfindung, die stets dicht unter der Oberfläche lag, brannte heißer denn je. Und obwohl er wusste, dass der zweite Teil der Befragung – mit den unfairen, gemeinen Fragen, die anscheinend nur den Zweck gehabt hatten, ihn zu ärgern – das Werk des Sicherheitsoffiziers gewesen war, fiel es ihm schwer, Kate von dem Zorn und der Enttäuschung auszunehmen, die in ihm brodelten.

Er wusste, dass dies nicht ihre Schuld gewesen war, aber sie gehörte dazu, sie war die andere Hälfte des TIS-Teams, und auch wenn sie diesmal nicht Turners Komplizin gewesen war, hatte ihr Versuch, ihn zu bremsen, bestenfalls halbherzig gewirkt. Als sie ihm erzählt hatte, sie denke daran, zum TIS zu gehen, hatte er sie aufgefordert, ihren Entschluss gründlich zu überdenken, weil er sie unweigerlich unbeliebt machen würde. Nachdem er das indiskrete, entwürdigende Verfahren nun am eigenen Leib erlebt hatte, begann er zu glauben, er sei zu optimistisch gewesen.

Man wird sie nicht nur nicht mögen, dachte er mit einer bitteren Mischung aus Besorgnis und Schadenfreude. *Es wird weit schlimmer kommen.*

Alle werden sie hassen.

Dieser Gedanke beschäftigte ihn, als der ohrenbetäubende Knall durch Ebene B fegte. Jamie sprang vom Bett auf, während der Raum wie bei einem Erdbeben schwankte, und griff instinktiv nach seiner Glock 17. Sekunden später schrie er vor Schmerzen auf, als der Generalalarm losheulte, aber die Lähmung, die Matt und seine Kollegen erfasst hatte, konnte ihm nichts anhaben; er war aufgesprungen, hatte seine Unterkunft durchquert und drückte die Türklinke herunter, bevor der erste Heulton abschwoll.

Sie war verschlossen.

Jamie drehte sich um, sank auf die Knie und durchsuchte die von seinem Schreibtisch gerutschten Papiere nach dem Generalcode des Direktors, den Henry Seward Major Turner und ihm in der Nacht gegeben hatte, in der Shaun Turner gefallen und Admiral Seward selbst von Valeri Rusmanov entführt worden war. Er fand die laminierte Karte, rannte damit zur Tür, klappte die Abdeckung des Tastenfelds für Notfälle hoch und drückte die Karte dagegen. Der Balken am Unterrand des Displays leuchtete sekundenlang gelb, sodass Jamie zu glauben begann, der Code werde funktionieren. Aber dann wurde das ganze Tastenfeld rot, und er hämmerte frustriert an die geschlossene Tür.

Ohne nachzusehen wusste er, dass seine Konsole und sein Funkgerät ebenfalls tot sein würden; gab es einen Angriff im Inneren des Rings, trat automatisch eine allgemeine Bewegungs- und Kontaktsperre in Kraft – eine Maßnahme, von der nur Paul Turner als Sicherheitsoffizier und bestimmte Angehörige des Sicherheitsdiensts ausgenommen waren. Als er sie trotzdem überprüfte, sah er wie erwartet leblos leere Bildschirme.

Jamies Herz jagte, als er sich auf die Bettkante sinken ließ. Der Stützpunkt wurde doch nicht etwa schon wieder angegriffen? Der Frontalangriff Valeris und seiner Vampire war nur erfolgreich gewesen, weil Christopher Reynolds, der ursprüngliche Direktor des Projekts Lazarus und Spion des älteren Rusmanov, ihnen Informationen zu den Warn- und Überwachungssystemen des Stützpunkts verraten hatte. Alle Systeme waren seither ausgebaut und verbessert worden, und ihre technischen Einzelheiten gehörten jetzt zu den größten Geheimnissen von Schwarzlicht; wenn sie erneut verraten wurden, wären die Folgen unvorstellbar.

Das an- und abschwellende Heulen verstummte abrupt; an seiner Stelle erklang eine vertraute Stimme, die im gesamten Ring aus den Lautsprechern über allen Türen kam.

»Achtung«, sagte Paul Turner. »Es hat einen sicherheitsrelevanten Vorfall gegeben, der eine Bewegungs- und Kontaktsperre ausgelöst hat. Versuchen Sie bitte nicht, Ihren jetzigen Aufenthaltsort zu verlassen. Der Sicherheitsdienst ermittelt, und die Sperre wird so bald wie möglich aufgehoben. Danke.«

Jamie erwartete, dass der Alarm wieder losheulen würde; in diesem Fall wollte er seinen Helm aufsetzen und die Außengeräusche weit herunterregeln. Aber als auch nach einer halben Minute absolute Stille herrschte, holte er sich ein Glas Wasser und setzte sich wieder auf die Bettkante. Sein Herz hämmerte, aber er versuchte es ebenso zu ignorieren, wie er sich zu überhören bemühte, was seine innere Stimme ihm zuflüsterte.

Sie erzählte ihm, die Detonation habe geklungen, als habe sie sich auf seiner Ebene, ganz am Ende des gebogenen Korridors ereignet.

Wo Kate wohnte.

Paul Turner war allein in der TIS-Lounge, als die Detonation den Boden unter seinen Füßen erzittern ließ; er hatte Kate vor zehn Minuten zum Mittagessen geschickt und blätterte die Personalakte des Agenten durch, der nachmittags als Erster befragt werden sollte. Er war sofort auf den Beinen, ließ die Akte fallen, spurtete durch den Raum und wollte die Tür aufreißen. Aber die Klinke war verriegelt.

Turner fluchte, zog seinen Dienstausweis aus der Brusttasche und drückte ihn an den Scanner neben der Tür. Als Sicherheitsoffizier von Schwarzlicht konnte er praktisch jede Tür auf dem Stützpunkt öffnen; als draußen der Alarm losheulte, leuchtete das Display grün, und er riss die Tür auf. Der Agent an der TIS-Rezeption starrte ihn mit großen Augen an, als der Major durch den halbkreisförmigen Empfangsbereich stiefelte.

»Sie bleiben hier!«, blaffte Turner. Er hielt seinen Ausweis an den Scanner der Sicherheitstür, wartete ungeduldig, bis die schweren Schlösser sich klickend öffneten, und trat dann ins Chaos der Nachrichtenabteilung hinaus.

Agenten waren von den Schreibtischen aufgesprungen und versuchten schreiend und gestikulierend, sich trotz des Sirenengeheuls verständlich zu machen. Alle Bildschirme waren dunkel. Für Turner war dieser Anblick eine Erleichterung; bei sicherheitsrelevanten Vorfällen im Ring wurde der Zugriff auf die Datenbanken von Schwarzlicht automatisch für alle außer dem Sicherheitsdienst gesperrt, um die Terabytes von geheimhaltungsbedürftigen Informationen zu schützen. Er hakte seine Konsole vom Gürtel los und sah das Display aufleuchten.

Gut. Das ist gut.

Auf dem Weg zur Tür gab er ein paar kurze Tastenbefehle ein, damit das System den Ort der Detonation bestimmte und einen vorläufigen Bericht erstattete, und versuchte, die lauten Fragen der Agenten der Nachrichtenabteilung zu ignorieren.

»Bleiben Sie auf Ihren Plätzen!«, brüllte er, als er die Tür erreichte. »Und bewahren Sie um Himmels willen Ruhe!«

Seine Konsole piepste, als er auf den Korridor der Ebene A hinaustrat. Er berührte den Bildschirm, um die angeforderten Informationen abzurufen.

VORLÄUFIGER SCHADENSBERICHT

ERSTE SCHLUSSFOLGERUNG: DETONATION VON CHEMIKALIEN (SPEKTRALANALYSE LÄUFT).
CHARAKTERISTIKEN: EXPLOSIVER TEMPERATURANSTIEG. GEMESSENE HÖCHSTTEMPERATUR: 287 GRAD CELSIUS. VERHEERENDE DRUCKWELLE. DAUER: 1,09 SEKUNDEN. WIRKUNGSBEREICH: 112,2 Meter.
SCHÄDEN: OBERFLÄCHLICHE SCHÄDEN AUF DEM KORRIDOR VON EBENE B. STROMVERSORGUNG VON EBENE B UNTERBROCHEN (RESERVE AKTI-

VIERT). KLIMATISIERUNG VON EBENE B UNTER-
BROCHEN (RESERVE VERSAGT). ÜBERWACHUNGS-
SYSTEM AUF EBENE B UNTERBROCHEN (RESERVE
VERSAGT). FREQUENZSPEKTRUM AUF EBENE B
UNTERBROCHEN (RESERVE FUNKTIONIERT ZU
46 PROZENT).
BRANDBEKÄMPFUNG: FEUER MIT HALON und CO_2
GELÖSCHT.
ORT DER DETONATION: EBENE B, ZIMMER 261.

Paul Turner empfand eisige Wut und Empörung, als er den Bericht las.
Eine Bombe. Ein Sprengsatz hier im Ring. Wie können sie's nur wagen?
Er tippte eine neue Anfrage ein, um zu erfahren, wer auf Ebene B in Zimmer 261 wohnte. Das System lieferte die gewünschten Informationen sofort.

BEWOHNERIN: RANDALL, KATE (LIEUTENANT)/
NS303, 78 J

27

Ein allzu langer Schlaf

Kilburn, London

McKenna kam mit einem Viererpack Lagerbier den kurzen Flur zwischen Küche und Wohnzimmer seines kleinen Apartments entlang, ließ sich in den Sessel am Fenster fallen und riss eine neue Dose auf.

»Das Trio, das mich heute Morgen besucht hat«, sagte er und nahm einen großen Schluck. »Das war nicht die Polizei, stimmt's? Das waren die Leute, von denen Sie Johnny erzählt haben. Von diesem geheimen Department.«

Albert Harker nickte ihm vom Sofa aus zu. »Department 19. Oder Schwarzlicht, wie es oft genannt wird.«

»Was wollten die hier?«

»Ich vermute, dass sie Mr. Bathursts letzte bekannte Anschrift aufgesucht haben, wie ich auf Schreiben der Anwaltskanzlei gestoßen sind und die gleichen Nachforschungen angestellt haben wie ich. Und da Sie der Einzige sind, dem Mr. Bathurst etwas vermacht hat, konnten sie sich ausrechnen, dass ich versuchen würde, Verbindung zu Ihnen aufzunehmen.«

»Sie haben gesagt, ein entlassener Häftling könnte versuchen, Kontakt mit mir aufzunehmen. In diesem Fall sollte ich die Polizei anrufen.«

Harker lächelte. »Natürlich haben sie das getan. Das ist ihre Art, Mr. McKenna. Sie lügen.«

»Wozu?«

»Um Sie und alle anderen unter dem Vorwand, für Ihre Sicherheit zu sorgen, im Ungewissen zu lassen.«

McKenna trank nochmals aus seiner Dose, dann sah er den Vampir fragend an. »Und was wollen Sie, Mr. Harker?«, erkundigte er sich. »Sie haben das Tonband und die Abschrift, und ich gebe Ihnen mein Wort, dass ich niemandem von Ihnen erzählen werde. Mehr habe ich nicht zu bieten.«

Albert Harker schüttelte lächelnd den Kopf. »Mr. McKenna, das ist genau das Gegenteil von dem, was ich von Ihnen möchte. Ich *will*, dass die Welt von mir und meinesgleichen erfährt. Ich will Schwarzlicht und all seine Lügen und Morde enttarnen, und Sie sollen die große Enthüllungsstory schreiben. Na, wie klingt das?«

»Klingt total plemplem«, sagte McKenna. »Die absurdeste Geschichte, die ich je gehört habe.«

Harkers Miene verfinsterte sich, und in seinen Augenwinkeln flackerte es rot. »Das ist die größte Story aller Zeiten«, sagte er nachdrücklich leise. »Die größte Exklusivstory in der Geschichte des Journalismus, und ich gebe sie Ihnen. Dafür hätte ich etwas mehr Dankbarkeit erwartet.«

Dankbarkeit, dachte McKenna. *Klar. In meinem Wohnzimmer sitzt ein Vampir. Ein wirklicher, gehender, redender, atmender Vampir, der mir vor weniger als einer Stunde angedroht hat, er werde mir das Gesicht vom Schädel reißen. Und ich soll dankbar sein?*

Dann kniff er die Augen zusammen.

Ein Vampir. Ein echter Vampir, weil sie real sind. Ein realer Vampir.

Sein Verstand beschäftigte sich fast gegen seinen Willen damit.

Vergiss Oben-ohne-Fotos und Seitensprünge von Promis. Er ist verrückt, aber in einem Punkt hat er recht. Dies könnte die größte Story aller Zeiten werden. Und ich könnte exklusiv darüber berichten.

»Eine große Story«, sagte er vorsichtig. »Da stimme ich Ihnen vorbehaltlos zu. Aber Sie müssen einsehen, dass es nicht die geringste Chance gibt, dass jemand sie druckt. Sie sitzen auf meinem Sofa, und ich glaube Ihnen nur halb. Mein Chefredakteur wird sich ungefähr eine Minute lang schieflachen und mich dann rausschmeißen. Ich bekomme nie mehr einen Job als Journalist.«

»Ich verstehe Ihre Sorge«, sagte Harker. »Und Sie haben recht, wir brauchen mehr als das Wort eines einzigen Mannes, wenn wir überzeugend sein wollen. Wir brauchen Beweise, Zeugenaussagen von Männern und Frauen, die meinesgleichen begegnet sind – oder den Männern, die den Auftrag haben, sie vor uns zu schützen.«

»Wie machen wir das?«, fragte McKenna. »Wie sollen wir diese Leute finden?«

Harker lächelte. »Wir brauchen sie nicht zu finden, Kevin. Sie werden bereitwillig zu uns kommen. Sie haben sicher einen Blog, oder?«

»Sie wissen, was ein Blog ist?«

»Ich war in einer Anstalt, Kevin, nicht auf dem Mond. Ich kenne das Internet. Haben Sie einen Blog oder nicht?«

»Yeah.«

»Gut. Sie posten eine Aufforderung, dass sich Leute melden sollen, die Angehörige oder Freunde verloren haben und mit Drohungen dazu gezwungen wurden, darüber zu schweigen. Sie garantieren ihnen Anonymität und verlangen ihre Storys über Gestalten in schwarzen Uniformen oder Männer und Frauen mit scharfen Zähnen und roten Augen.«

»Und das soll ich wann tun?«

»Sofort. Wir dürfen keine Zeit verlieren.«

McKenna dachte über den Plan des Vampirs nach. Seine erste Reaktion war, dass die meisten Leute ihn auslachen würden, wenn er postete, was Albert Harker vorschlug – und wer nicht über ihn lachte, würde ihn bemitleiden. Dann schob er erstmals seit sehr langer Zeit seinen Selbsthass beiseite und war ehrlich zu sich selbst.

Was macht dir überhaupt Sorgen, verdammt noch mal? Hinter deinem Rücken lachen die Leute schon jetzt über dich. Das weißt du genau. Du bist eine Witzfigur, auch wenn du vorgibst, keine zu sein. Du bist ein Nichts. Du bist ein Niemand. Warum also nicht mit einem großen Knall abtreten?

Er trank sein Bier aus, riss die nächste Dose auf und griff nach seinem Laptop. Der PC stand auf dem Couchtisch, wo er ihn an diesem Morgen zurückgelassen hatte, als die Welt noch anders gewesen war – viel kleiner und sicherer, als sie ihm jetzt erschien.

Dann kam ihm eine schreckliche Idee. »Gut, ich schreibe also diesen Blog«, sagte er langsam. »Und nehmen wir mal an, Sie bekommen, was Sie wollen, und wir lassen den ganzen Laden auffliegen. Was passiert dann? Bringen Sie mich um?«

»Natürlich nicht«, sagte Harker und legte eine Hand aufs Herz. »Ich bin kein Ungeheuer, Kevin. Ich habe nicht die Absicht, irgendjemanden zu verletzen.«

McKennas kurzes Lachen klang mehr wie ein Grunzen. »So hat es sich nicht angefühlt, als Sie mich durch die Garage geworfen haben.«

»Ich musste sicherstellen, dass Sie mir zuhören«, sagte Harker. »Hätten Sie sich geweigert, mir zu helfen, mussten Sie so verängstigt sein, dass Sie nicht zur Polizei gehen würden. Ich versichre Ihnen, ich wollte Ihnen nichts tun.«

»Wie können Sie erwarten, dass ich das glaube?«, fragte McKenna.

»Ich kann nicht mehr tun, als Ihnen mein Wort zu geben. Ob Sie mir glauben, hängt allein von Ihnen ab.«

»Was würde passieren, wenn ich jetzt aufstehen würde, um zu gehen?«

»Ich würde versuchen, Sie davon abzubringen.«

»Und wenn ich darauf bestünde?«

»Ich würde ... Sie daran hindern, die Wohnung zu verlassen.«

»Wie?«

»Mein Freund«, sagte Harker und breitete die Hände aus – eine Geste, die anscheinend Aufrichtigkeit projizieren sollte. »Halten wir uns nicht mit solchen Dingen auf. Können wir nicht einfach sagen, dass wir hier sind und Arbeit zu tun haben? Wichtige Arbeit, für die zukünftige Generationen uns danken werden?«

McKenna starrte ihn lange an und versuchte die Angst zu unterdrücken, die sich in seiner Brust eingenistet hatte.

Ich glaube dir kein Wort, dachte er. *Ich kenne gewalttätige Männer. Sie haben diesen Look, diese Aura um sich. Genau wie du.*

»Also gut«, sagte er schließlich. »Ich poste einen Blog. Was dann?«

Harker lächelte. »Dann warten wir.«

»Was ist, wenn sich niemand meldet?«

»Keine Sorge«, erwiderte Harker. »Ich habe zwar einen Alternativplan, aber ich glaube fest daran, dass Ihr Aufruf Erfolg haben wird.«

McKenna klappte den Laptop auf, loggte sich ein und öffnete seinen Blog. Bevor er zu tippen begann, machte er nochmals eine Pause, in der seine Finger auf den Tasten ruhten.

»Das ist Ihnen wichtig, nicht wahr?«, fragte er den Vampir. »Ihnen geht's nicht nur um Rache für alles, was man Ihnen angetan hat, oder an Ihrer Familie. Sie wollen wirklich, dass die Öffentlichkeit erfährt, was um sie herum vorgeht.«

Aus Albert Harkers Blick sprach unbeirrbare Entschlossenheit. »Sie haben völlig recht, mein Freund«, sagte er leise. »Obwohl ich fast ein Jahrzehnt von Leuten, für die keine Gesetze galten, ohne Hoffnung auf Entlassung eingesperrt war, geht's hier nicht um Rache. Dies ist nichts weniger als ein Kreuzzug gegen alles, was Schwarzlicht in den Schatten verübt hat, und zugunsten aller Männer und Frauen, die sterben mussten, weil sie die Wahrheit, die sie hätte retten können, nicht erfahren durften. Und ich verspreche Ihnen eines, Kevin: Der Tag wird kommen, an dem Sie Leuten mit Stolz erzählen werden, dass Sie von Anfang an dabei waren.«

McKenna nickte und fing zu tippen an. Als die Worte zu fließen begannen – so leicht wie lange nicht mehr –, schwand ein kleiner Teil der Angst, die er empfand, seit er die Tiefgarage im Gebäude von *The Globe* betreten hatte. Dieses Gefühl wurde durch etwas anderes ersetzt, das seinem lange übersättigten Wesen nicht mehr vertraut war.

Aufregung.

28

Wo es wehtut

Eine schreckliche Minute lang bekam Paul Turner keine Luft mehr: Sein Blick blieb starr auf das Display seiner Konsole gerichtet, während sein Herz stillzustehen schien und seine Organe zu Wasser wurden. Dann setzte jahrelange Erfahrung ein; seine Finger flogen über die Tastatur, um die Konsole anzuweisen, Kate Randalls Ortungs-Chip zu finden. Das Gerät arbeitete, während Turner ungeduldig mit den Fingern auf den Bildschirm trommelte, dann zeigte es endlich das Suchergebnis an:

RANDALL, KATE (LIEUTENANT) / NS303, 78 J / ORTUNGS-
CHIP NICHT GEFUNDEN

Turner hakte die Konsole wieder an sein Koppel und spurtete zur Treppe zur Ebene B.

Das hat nichts zu bedeuten, sagte er sich unterwegs. *Das Überwachungssystem auf Ebene B ist zusammengebrochen. Wenn sie dort ist, lässt ihr Chip sich nicht orten. Das hat weiter nichts zu bedeuten.*

Während seine schweren Schritte von dem Betonboden widerhallten, hakte Paul Turner sein Sprechfunkgerät vom Koppel und loggte sich mit seinem Passwort ein. Als das kleine Display aufleuchtete, gab er mehrere Befehle ein, von denen einer die Mikrofone der Agenten in Lautsprecher umfunktionierte, die seine Stimme wiedergaben, auch wenn ihre Geräte ausgeschaltet waren.

»Sicherheitsverstoß auf Ebene B«, sagte er mit ruhiger Stimme, obwohl er weiterrannte. »Abteilungen Alpha, Bravo und Delta führen Sicherheitsprotokoll Alpha sieben aus. Abteilung

Charlie sofort zu Ebene B, Raum 261. Volle medizinische und forensische Ausrüstung. Ende.«

Das Protokoll Alpha 7 bestimmte, dass drei Viertel des Sicherheitsdienstes Zweierteams bildeten, die vor den wichtigsten Einrichtungen des Rings in Stellung gingen: vor dem Hangar, dem Projekt Lazarus, der Unterkunft des Kommissarischen Direktors und an zahlreichen weiteren Punkten. Das restliche Viertel des Dienstes würde am Ort der Detonation mit ihm zusammentreffen.

Kates Unterkunft. Wo die Bombe in Kates Zimmer hochgegangen ist.

Turner wusste, dass er eigentlich nicht so denken durfte: Falls die Bombe nur der Auftakt zu einem Generalangriff gewesen war, konnte das ganze Department gefährdet sein – und unter diesen Umständen war es unzulässig, sich bevorzugt um das Schicksal einer einzelnen Agentin zu kümmern. Aber als er schlitternd vor der Sicherheitstür zur Fluchttreppe zum Stehen kam und seinen Dienstausweis an den Scanner hielt, fühlte er sich außerstande, die Situation streng objektiv zu betrachten.

Nicht sie. Jeder andere. Nur nicht sie.

Die Tür wurde entriegelt, und er stieß sie auf. Vor ihm lag die scheinbar endlose, steinerne Fluchttreppe, die zwischen jeder Ebene einmal ihre Diagonale wechselte. Mit jagendem Herzen sprang Turner drei Stufen auf einmal nehmend hinunter und hielt seinen Ausweis an den Scanner der Tür zur Ebene B. Er riss sie auf und roch sofort Rauch, in den sich beißender Chemiegestank mischte, von dem ihm die Augen tränten.

Die Alarmsirene heulte noch immer an- und abschwellend. Turner machte kurz halt, rief den entsprechenden Code auf seiner Konsole auf und stellte sie ab. Während er mit einer Hand die Konsole festhakte, griff die andere nach seinem Funkgerät und schaltete auf die Wachfrequenz innerhalb des Rings um. Er ging langsam in den Nordteil der Ebene B weiter, sprach dabei in das Funkgerät und wies alle an, auf ihren Plätzen zu bleiben und weitere Befehle abzuwarten. Der Sicherheitsoffizier wusste, dass in bestimmten Bereichen des Stützpunkts Panik ausbrechen würde, aber das war bei einem Generalalarm mit Vollsperrung unvermeidlich. Trotzdem musste sie sein, damit Turner und seine Leute ihre Arbeit tun konnten – und um Kollaborateure oder feindliche Agenten an der Flucht zu hindern.

Der Schadensbericht war zutreffend gewesen; die durch die Detonation entstandenen Brände waren wie gemeldet bereits gelöscht. Aber der dabei entstandene Rauch war noch längst nicht abgezogen und begann die Atemwege zu reizen, als Turner weiterging. Weil sein Helm in seiner Unterkunft auf Ebene C lag, zog er Schutzmaske und -brille aus einer Koppeltasche und legte sie an. Auch mit Brille sah er nicht besser, aber sie schützte seine Augen vor dem beißenden Rauch, und die Maske würde Giftstoffe abhalten, die bei der Detonation freigesetzt worden waren.

Paul Turner ging mit schussbereiter Pistole langsam durch den Rauch weiter. Er bezweifelte, dass der Bombenleger sich noch in der Nähe herumtreiben würde, denn der Sprengsatz war bestimmt ferngezündet oder durch einen Zeitzünder zur Detonation gebracht worden. Aber er wollte sich nicht überrumpeln lassen, falls seine Annahme sich als falsch erweisen sollte.

Die Zahlen an den Türen auf der linken Gangseite wurden stetig höher – 235, 237, 239, 241 –, und der Rauch wurde umso dichter, je mehr er sich der Nummer 261 näherte. Turner bewegte sich lautlos, atmete flach und strengte Augen und Ohren an; als weit hinter ihm das Poltern von Stiefeln auf Beton hörbar wurde, lehnte er sich an die Wand und zielte mit seiner Glock in die Richtung, aus der die Geräusche kamen. Wenig später wurde in dem Rauch eine Gruppe schemenhafter schwarzer Gestalten sichtbar, die sich zu verfestigen schienen, als sie näher kamen. Ihre purpurroten Visiere verliehen ihnen ein vertraut roboterhaftes, anonymes Aussehen. Turner ließ die Pistole sinken und trat ihnen auf dem Korridor entgegen.

»Abteilung Charlie zur Stelle, Sir«, meldete der führende Agent, dessen Stimme wegen der Helmfilter seltsam ausdruckslos klang.

»Sind Sie das, Bennett?«, fragte Turner.
»Ja, Sir«, antwortete der Agent.
»Gut«, sagte Turner. »Mitkommen! Feuer frei auf Übernatürliche, alle anderen will ich lebend. Sofort Meldung, wenn sich irgendwas bewegt oder Wärme abstrahlt. Klar?«
»Klar, Sir.«
»Also los!«
Keine Minute später begann Turner die in der Schadensmeldung beschriebenen Zerstörungen mit eigenen Augen zu sehen. Der Korridor war durch Schwaden von Kohlenstoffdioxid aus der Feuerlöschanlage weiß verfärbt. In seiner Mitte lag eine rauchgeschwärzte massive Holzplatte, an der Mauerbrocken und verbogene Metallteile hingen. Die Trümmer wurden mehr, als Turner die Abteilung C an den Räumen 257 und 259 vorbeiführte, bevor er stehen blieb.

Der Eingang von Raum 261 war völlig zerstört.

Die Tür selbst war auf den Korridor hinausgeschleudert worden, wo sie halb unter Mauerbrocken vergraben lag; der größte Teil ihrer Holzbeplankung fehlte, sodass das Metallskelett darunter sichtbar war. Auch der Türrahmen war weggesprengt, sodass an seiner Stelle ein unregelmäßig gezacktes Loch gähnte. Aus dem Raum dahinter quoll dichter schwarzer Rauch, unter dem ein dünnes Rinnsal weißen Löschschaums auf den Korridor floss.

»Jesus!«, sagte Bennett. »Hoffentlich war niemand dort drinnen.«

Der Sicherheitsoffizier sah sich nach ihm um, funkelte ihn an. Am liebsten hätte er den Agenten mit bloßen Händen dafür erwürgt, dass er ausgesprochen hatte, was er selbst längst erkannt hatte: War Kate zum Zeitpunkt der Detonation in ihrer Unterkunft gewesen, konnten sie nicht hoffen, sie lebend aufzufinden.

»Bennett zu mir«, sagte er, indem er seine gesamte legendäre Selbstbeherrschung aufbot. »Die anderen suchen den restlichen Korridor ab und kommen dann zurück. Sperrt eine Zehnmeterzone ab und seht zu, was ihr tun könnt, damit dieser verdammte Rauch abzieht.«

»Ja, Sir«, sagte einer der Agenten und führte die Gruppe den Korridor entlang weiter. Bennett stand neben Turner und begutachtete schweigend den zerstörten Eingangsbereich von Raum 261; er schien erkannt zu haben, dass er im Augenblick nichts Besseres tun konnte, als die Klappe zu halten.

Paul Turner atmete tief durch. Auf dem Korridor wurde die Sicht allmählich etwas besser, aber der Raum vor ihnen war weiter durch Rauchschwaden und Chemikalienqualm verdunkelt. Er zog seine Stablampe aus der Koppelschlaufe und schaltete sie ein, aber auch ihr greller weißer Lichtstrahl drang nicht weit durch den Rauch.

»Vorsichtig«, sagte er. »Nichts berühren.«

»Ja, Sir«, bestätigte Bennett.

Turner nickte, dann ging er in Kate Randalls Unterkunft voraus.

Der kleine Raum war vollständig verwüstet.

Kleiderschrank, Schreibtisch und Nachttisch waren zersplittert gegen Wände und Decke geschleudert worden und hatten dort Kratzer und tiefe Schrunden hinterlassen. Das Bett war zerstört, in Stücke gerissen und durch die Detonation und den Brand, der hier gewütet hatte, bis das Halon-Löschsystem aktiviert worden war, rauchgeschwärzt und verbogen. Eine pechschwarze Vertiefung in der Mitte des Fußbodens ließ ahnen, wo sich der Sprengsatz befunden haben musste; von der Bombe selbst war nichts übrig geblieben, was mit bloßem Auge zu erkennen war.

Mit der Tür verbunden, dachte Turner. *Darauf würde ich mein Leben verwetten. Beim Öffnen gezündet – aber mit zwei, drei Sekunden Verzögerung, um sicherzustellen, dass sie eingetreten sein würde.*

Er sah sich in dem zerstörten Raum um. Die Wände waren wie Boden und Decke angekohlt und von Rauch geschwärzt, sodass man den Eindruck hatte, in einem riesigen Backofen zu stehen. Die dicken klumpigen Ablagerungen auf allen Oberflächen ließen sich nicht ohne weiteres identifizieren. Weil sie aus Kunststoff oder organischem Material bestehen konnten, war für Turner nicht feststellbar, ob er die verkohlten Überreste von Kate Randall vor sich hatte.

»Hier ist niemand, Sir«, sagte Bennett. »Wir müssen den Raum für die Spurensicherer absperren.«

»Augenblick noch«, sagte Turner. Er wollte nicht schon gehen; wenn Kate hier drinnen gewesen war, als der Sprengsatz detoniert war, wenn sie ihn überall an Wänden, Decke und Boden umgab, war dies das letzte Mal, dass er ihr nahe sein konnte. Die Spurensicherer würden den Raum unter die Lupe nehmen, ihn größtenteils zerlegen und die Teile zur chemischen und Spektralanalyse ins Labor schicken. Was vielleicht noch von Kate übrig war, würde in Petrischalen und Probengläsern enden.

»Sir!«, rief eine Stimme auf dem Korridor. Sie riss ihn aus seinen trüben Gedanken, und er drehte sich nach der zerklüfteten Öffnung um, die einst die Tür gewesen war. Die Abteilung C war zurück und hatte sich um die zerstörte Tür von Raum 261 versammelt.

»Was gibt's?«, fragte er und ging auf sie zu.

»Hier liegt jemand, Sir«, meldete ein Agent. »Unter der Tür.«

Paul Turner hatte das Gefühl, sein Herz setze kurz aus. Er konnte sekundenlang nicht mehr tun, als die Trümmer der demolierten Tür verständnislos anzustarren. Dann fiel seine Lähmung von ihm ab; er rannte los und sank neben seinen in die Hocke gegangenen Leuten auf die Knie.

»Lebendig?«, fragte er, während er zu erkennen versuchte, was unter der Tür lag. In einem Spalt zwischen dem Türrahmen und Mauerbrocken konnte er blasse menschliche Haut sehen.

»Ich kann Herzschläge hören, Sir«, bestätigte der Agent.

»Erst mal weg mit der Tür«, sagte Turner und packte eine Kante mit beiden Händen. Bennett fasste gegenüber an, und die beiden kippten den schweren Metallrahmen hoch und ließen ihn krachend auf die andere Seite fallen. Damit wirbelten sie eine große Staubwolke auf. Turner wedelte sie mit fast verzweifelter Hast weg.

Lieber Gott, lass es sie sein. Lass es sie sein.

Der Staub verzog sich, und sie beugten sich gespannt nach vorn.

Auf dem Fußboden vor ihnen lag halb unter Mauerbrocken und Holzsplittern begraben eine zierliche junge Frau: eine leichenblasse Blondine. Ihre Augen waren geschlossen, und sie blutete aus einer Platzwunde am Hinterkopf, aber ihre Brust hob und senkte sich gleichmäßig.

»Wer ist sie?«, fragte Turner. Er empfand große Enttäuschung, die er sich niemals würde verzeihen können; er hatte sich so sehr gewünscht, hier würde Kate Randall liegen, dass der Anblick einer anderen Frau schrecklich war. Er bedeutete, dass Kate doch in ihrem Zimmer sein, dort an den Wänden kleben musste.

Er bedeutete, dass sie vermutlich tot war.

Einer der Agenten hielt seine Konsole an den Unterarm der jungen Frau. Der Ortungs-Chip, der bei allen Agenten dort eingepflanzt war, wurde ausgelesen, sodass ihr Name auf dem Display erschien.

»Sie heißt Natalia Lenski«, sagte der Agent. »Vom Projekt Lazarus, Sir.«

»Was zum Teufel hatte sie dann auf Ebene B zu suchen?«

Der Agent zuckte mit den Schultern. »Keine Ahnung, Sir.«

29

Übertönen

Lincoln Country, Nevada, USA
Gestern

Larissa Kinley starrte das Loch in der Mauer an und fragte sich, wem sie es würde erklären müssen.

Sie hatte sich in die Sporthalle abgesetzt, sobald ihr Einsatzteam aus Nuevo Laredo zurückgekehrt war. Der Heimflug im Hubschrauber hätte ein Triumph sein sollen, was er für den größten Teil des Teams auch gewesen war; in dem Bewusstsein, gute Arbeit geleistet zu haben, hatten ihre Teamgefährten gelacht und gescherzt. Auch Tim Albertsson hatte mitgemacht, obwohl sie keine Sekunde lang glaubte, dass er in Gedanken wirklich bei seinem Team und dem gemeinsamen Erfolg war; stattdessen hatte er sich wie schon seit Wochen – das wurde ihr jetzt verspätet klar – auf eine einzige Person konzentriert.

Auf sie.

Obwohl sie gewusst hatte, dass Tim das nicht genehmigen würde, hatte sie um Erlaubnis gebeten, allein zurückfliegen zu dürfen. Sie hoffte, er werde dies als Bekräftigung dessen auffassen, was sie ihm in dem von Mauern umgebenen Garten hinter Garcia Rejons Luxusvilla erklärt hatte.

Er hat mich geküsst. Mehr ist nicht passiert. Er hat mich geküsst. Ich habe seinen Kuss nicht erwidert.

Nach der erwartungsgemäßen Ablehnung ihrer Bitte hatte sie sich auf einem möglichst weit von Tim entfernten Sitz angeschnallt und auf dem ganzen Rückflug geschwiegen. Weil sie nicht wusste, was sie womöglich sagen würde, hatte sie nicht gewagt, sich an der Unterhaltung zu beteiligen. Tim, der ein scharfsinniger Beobachter oder bemerkenswert gleichgültig war, hatte sie in Ruhe gelassen. Trotzdem hatte sie ihn dabei ertappt, wie er sie heimlich ansah: jedes Mal kaum länger als ein Wimpernschlag, aber deutlich erkennbar, wenn man wusste, worauf man zu achten hatte.

Wie lange sieht er mich schon so an? Warum habe ich das bisher nicht bemerkt?

Larissa entschuldigte sich, sobald der Hubschrauber auf dem Landefeld vor dem NS9-Hangar aufgesetzt hatte, und flüchtete in ihre Unterkunft. Als die Tür hinter ihr ins Schloss gefallen war, wandte sie sich sofort dem Bildschirm an der Wand gegenüber ihrem Bett zu, rief den abhörsicheren Videolink für NS9-Angehörige auf ... und zögerte dann fast fünf Minuten lang, den Knopf zu drücken, der Jamie über seine Konsole darüber informieren würde, dass sie ihn zu erreichen versuchte. Ihr Verstand arbeitete auf Hochtouren, ihre Gefühle und Gedanken überschlugen sich in wilden Kapriolen, und in ihrem Hinterkopf flüsterte wieder die verhasste Stimme, die ihr einreden wollte, sie sei dumm und hässlich und tauge nichts.

Vielleicht ist dir doch aufgefallen, wie Tim dich angesehen hat. Vielleicht hast du nichts gesagt, weil du nichts dagegen hattest. Vielleicht hat es dir gefallen, dass jemand dich so ansieht.

Sie verdrängte die Stimme so gut wie möglich und schloss das Interface. Dann wechselte sie aus ihrer Uniform in Sportkleidung und machte sich wenige Zentimeter über dem Boden schwebend auf den Weg in die Sporthalle.

Das stimmt nicht, sagte sie sich, als sie den schweren Sandsack mit den Fäusten zu bearbeiten begann. Obwohl sie nur verhalten zuschlug, schwang er bald wild hin und her. Jedes Mal, wenn ihre Knöchel ihn trafen, klang es wie ein Peitschenknall. *Ich hatte keine Ahnung, dass er mich mag, ehrlich nicht! Und ich habe ihn nie ermutigt. Wirklich nicht.*

Aber die Stimme in ihrem Hinterkopf gab sich damit nicht zufrieden; sie ätzte weiter, während Larissa immer wütender die Fäuste schwang.

Wieso hast du mit Tim nie über Jamie geredet? Sonst erzählst du doch jedem bereitwillig von ihm, gibst dir keine Mühe, seine Existenz zu verheimlichen. Wieso ist das bei Tim anders?

Der Sandsack schwang höher und höher, knarrte an seiner bis zur Decke hinaufreichenden Kette.

Ist dir nicht aufgefallen, dass er sich beim Abendessen immer neben dich setzt? Natürlich hast du's gemerkt, weil du ein cleveres Mädchen bist. Und es hat dir gefallen, nicht wahr?

Als ihre Fäuste den Sandsack bearbeiteten, begannen aus den Nähten Staubwölkchen zu quellen. Er war nur noch als schemenhafte rote Masse zu erkennen, die von Larissas übernatürlicher Kraft in Bewegung gehalten wurde.

Warum hast du Jamie nie von Tim erzählt? Seit du hier bist, warst du fast täglich mit ihm zusammen, aber du bist nie auf die Idee gekommen, deinem Freund von ihm zu erzählen? Warum sollten die beiden nichts voneinander wissen?

»Halt die Klappe«, flüsterte Larissa, während vertraute Gluthitze in ihre Augenwinkel trat. Der schwere Sack pendelte unglaublich schnell, und sie spürte, wie ihre Schultermuskeln spielten, als sie noch härter zuschlug.

Vielleicht willst du deshalb nicht zu Schwarzlicht zurück. Vielleicht hat das nichts damit zu tun, wie du angesehen oder behandelt wirst. Vielleicht hast du General Allen deshalb gefragt, ob er Jamie hierher versetzen lassen könnte – weil du weißt, dass er das nie täte. Vielleicht hoffst du darauf, hier bei Tim bleiben zu können.

»HALT DIE KLAPPE!«, schrie Larissa. Dieses heisere Brüllen schien aus den Tiefen ihres Körpers zu kommen und durch den Mund herauszuplatzen. Ihre roten Augen glühten im Neonlicht der Sporthalle, während die Reißzähne zum Vorschein kamen und sich in ihre Unterlippe bohrten. Sie legte alle Kraft und Wut in den nächsten Schlag, der den Sandsack mit der Gewalt einer Abrissbirne traf. Die Kette riss, und der schwere Sack flog durch die Sporthalle und schlug ein Loch in die gegenüberliegende Mauer, bevor er in einer großen Sandwolke explodierte.

Ihre Wut verflüchtigte sich augenblicklich. Sie starrte das

Loch an und genierte sich, weil sie sich an eine Szene aus ihrem alten Leben erinnerte, in dem sie noch kein Blut hatte trinken müssen, um überleben zu können. Damals hatte sie ein Glas an die Wand ihres Zimmers geworfen – eine völlig übersteigerte Reaktion auf irgendeinen elterlichen Tadel. Ihre Mutter hatte nichts gesagt, aber sie mit solcher Enttäuschung im Blick angestarrt, dass Larissa in Tränen ausgebrochen war, sie angeschrien, sich aufs Bett geworfen und den Kopf unters Kissen gesteckt hatte, weil sie den Blick ihrer Mom nicht mehr ertragen konnte. Ähnliche Scham empfand sie jetzt, obwohl die damalige und die heutige Situation sich in einem wichtigen Punkt unterschieden.

Ich habe mir nichts vorzuwerfen, dachte sie trotzig. *Ich liebe Jamie und würde ihn nie betrügen, aber das bedeutet nicht, dass ich ihm* alles *erzählen muss. Ich habe ein Recht auf ein eigenes Leben. Auf eigene Freunde. Und wer anders denkt, soll sich zum Teufel scheren.*

Larissa spürte, wie die Glut ihre Augen verließ, und atmete geräuschvoll aus. Sie schwitzte leicht und war plötzlich erschöpft; ihre Knochen fühlten sich bleischwer an, ihre Haut war dünn und rissig. Auf dem Weg zur Dusche wurde ihr klar, dass sie um eine Sache nicht herumkam: Sie musste mit Tim Albertsson reden. Sie fühlte sich nicht dazu verpflichtet, Jamie von Nuevo Laredo zu erzählen, aber sie musste ein ernstes Wort mit Tim reden, weil sie in seinem Blick unverkennbar deutlich gelesen hatte, dass er bei nächster Gelegenheit wieder versuchen würde, sie zu küssen. Diese Situation wollte sie – wie alle sonstigen gefährlichen Situationen – vermeiden, weil sich nie genau voraussagen ließ, was in der Hitze des Gefechts passieren würde.

Weil manchmal trotz allerbester Absichten schlimme Dinge passierten.

30

Vorläufige Schlußfolgerungen

Paul Turner stand auf dem Korridor der Ebene B und tippte rasch eine Nachricht auf dem Touchscreen seiner Konsole. Seine Erscheinung verriet nicht, welcher Aufruhr in seinem Inneren tobte.

Mach schon. Mach schon. Mach schon.

Das Display leuchtete auf, als die Konsole die Ergebnisse anzeigte:

CARPENTER, JAMIE / NS303, 67-J / B171
BROWNING, MATTHEW / NS303, 83-C / B173

Als man das herausgesprengte Türblatt angehoben hatte, war Turner kurz davor gewesen, in Panik zu geraten; die Vorstellung, Kate Randall zu verlieren, auf die er sich weit mehr verließ, als sie hoffentlich ahnte, und die eine der letzten Verbindungen zu seinem gefallenen Sohn darstellte, war undenkbar.

Der Anblick Natalia Lenskis – verletzt, aber offensichtlich lebend – hatte die einsetzende Panik weggewischt, sodass sein eisig analytischer Verstand wieder halbwegs normal arbeitete; starke Empfindungen waren dem Bewusstsein gewichen, dass es hier Probleme zu lösen, eine Krise zu bewältigen gab. Am wichtigsten war es, Cal Holmwood über die Situation Bericht zu erstatten, aber daran dachte der Sicherheitsoffizier jetzt nicht.

Kate Randall wurde vermisst. Das hatte für Turner oberste Priorität.

Seiner Überzeugung nach war der Sprengsatz durchs Öffnen der Tür ihrer Unterkunft gezündet worden, was Kates Tod äußerst unwahrscheinlich machte. Die Tür war nach außen aufgesprengt worden und hatte die kleine Lenski, die offenbar vor ihr gestanden hatte, unter sich begraben. Selbst wenn Kate zum Zeitpunkt der Detonation neben ihr gestanden hätte, war es praktisch unmöglich, dass sie spurlos ausgelöscht worden war.

Nein, sie wollte Kates Unterkunft allein betreten und hat so die Bombe gezündet. Den Sprengsatz, der für Kate bestimmt war.

Warum Natalia Lenski Kates Unterkunft hatte betreten wollen, musste später geklärt werden. Im Augenblick gab es eine weit wichtigere Frage, die ihm auf den Nägeln brannte:

Wo zum Teufel steckt sie?

Ihr Ortungs-Chip ließ sich nicht lokalisieren, was bedeutete – falls er damit recht hatte, dass sie nicht tot war –, dass sie irgendwo auf Ebene B sein musste, wo das Überwachungssystem durch die Detonation ausgefallen war. Diese Ebene diente fast ausschließlich zu Wohnzwecken und beherbergte normalerweise über siebzig Agenten, deren Zahl jedoch nach dem Überfall auf den Stützpunkt auf weniger als vierzig zurückgegangen war. Aber zu den Verbliebenen gehörten zwei von Kates besten Freunden bei Schwarzlicht: die beiden Teenager, deren Zimmernummern Turner soeben über seine Konsole ermittelt hatte.

171 und 173. Stimmt. Die beiden wohnen nebeneinander.

Turner marschierte den Korridor entlang. Er musste sich beherrschen, um nicht zu rennen, denn die Agenten der Abteilung C sollten nicht merken, wie durcheinander er in Wirklichkeit war. Auf beiden Seiten glitten identische Türen vorbei, bis er endlich vor der mit der Zahl 173 stand. Er hielt seine Karte an das schwarze Tastenfeld am Türrahmen und hörte, wie die Schlösser sich klickend öffneten. In letzter Sekunde, als er schon nichts mehr hätte unternehmen können, fragte er sich plötzlich, ob der Bombenleger auch die Zimmer von Kates Freunden in Sprengfallen verwandelt hatte, und staunte über seinen unvorstellbaren Anfängerfehler. Aber als die Tür sich öffnete, sah er keinen sich ausdehnenden Feuerball, sondern nur einen kleinen Raum voller

Bücher und Aktenordner. Das leere Bett war die einzige Fläche, auf der sich keine Papierberge türmten. Turner machte die Tür zu und ging zu Zimmer 171 weiter.

Jamie Carpenters Unterkunft.

Er benutzte seinen Generalcode, um die Schlösser zu entriegeln, war aber diesmal so vorsichtig, mit drei raschen Schritten seitlich von der Tür wegzutreten. Als die Tür aufschwang, hörte er eine laute jugendliche Stimme:

»Wer ist dort draußen? Zeigen Sie sich!«

Turner unterdrückte ein schwaches Lächeln, als er in die offene Tür trat. Jamie stand breitbeinig und mit seiner MP5 im Anschlag mitten im Zimmer.

Den Teenager, als der er hergekommen ist, gibt es nicht mehr. Was auch immer geschieht, er ist fort.

»Weg mit der Waffe, Lieutenant Carpenter«, wies er ihn ruhig an. Als Jamie sie sinken ließ, betrat Turner den kleinen Raum und stellte mit einem Blick fest, dass Kate nicht hier war.

»Was ist passiert, Sir?«, fragte Jamie.

»Nichts, was Ihnen Sorgen machen müsste, Lieutenant«, antwortete Turner. »Ich suche Lieutenant Randall. Wissen Sie, wo sie ist?«

Jamie runzelte die Stirn. »Kate?«, fragte er. »Ist sie nicht beim TIS?«

»Wenn sie beim TIS wäre, würde ich Sie nicht nach ihr fragen.«

»Ich weiß nicht, wo sie ist.« Jamie kniff die Augen zusammen. »Haben Sie ihren Chip abgefragt?«

»Natürlich«, bestätigte Turner. »Sie bleiben hier, bis Sie weitere Befehle erhalten, Lieutenant Carpenter.« Er machte kehrt und wollte den Raum verlassen.

»He!«, rief Jamie.

Turner blieb stehen, sah sich nach ihm um. »Was gibt's, Lieutenant?«

»Wieso wissen Sie nicht, wo Kate ist?«

»Machen Sie sich deswegen keine Sorgen«, sagte Turner.

»Bleiben Sie einfach hier. Wir heben die Vollsperrung möglichst bald auf.«

»Erzählen Sie mir doch nichts«, setzte Jamie aufgebracht nach. »Ich habe eine schwere Detonation gehört, die sich auf dieser Ebene ereignet haben könnte. Wenn Kate etwas zugestoßen ist, erzählen Sie's mir lieber gleich, bevor ich …«

»Bevor Sie was tun, Lieutenant?«, unterbrach der Sicherheitsoffizier ihn. »Was genau wollen Sie dagegen tun?«

Jamie starrte ihn an, und Turner empfand die gewohnte Mischung aus Bewunderung und Irritation, die ihn jedes Mal erfüllte, wenn er Julian Carpenters Sohn betrachtete. Dann wurde der Gesichtsausdruck des Teenagers sanfter.

»Ist mit Kate alles in Ordnung, Sir?«, fragte er. »Sagen Sie's mir bitte. Oder ist ihr etwas zugestoßen?«

Jamies Besorgnis um Kate war so offensichtlich echt, dass Turner spontan mit ihm fühlte.

»Das weiß ich nicht, Jamie«, erwiderte er. »Jemand hat in ihrer Unterkunft eine Bombe gelegt, aber ich glaube nicht, dass Kate dort war, als sie detoniert ist. Ihr Chip lässt sich nicht orten, aber durch die Druckwelle ist das Überwachungssystem auf dieser Ebene ausgefallen, sodass das nichts bedeuten muss. Ich gehe davon aus, dass sie anderswo ist.«

Jamie hatte große Augen bekommen. »Eine Bombe?«, wiederholte er. »In Kates Zimmer?«

Turner nickte.

»Ist jemand verletzt?«

»Eine junge Frau vom Projekt Lazarus.«

»Was hatte sie in Kates Zimmer zu suchen?«

»Das weiß ich nicht, Jamie. Vielleicht war sie sogar die Bombenlegerin. Die Detonation hat sich erst vor einer Viertelstunde ereignet, deshalb kann ich noch nicht jede einzelne Frage beantworten.«

»Kate muss also auf dieser Ebene sein?«

»Das ist die wahrscheinlichste Annahme.«

»Haben Sie nebenan nachgesehen? In Matts Zimmer?«

»Ja. Dort ist sie nicht.«

Jamie starrte sekundenlang blicklos vor sich hin. Paul Turner ahnte, dass es wichtig war, ihn ausreden zu lassen, obwohl er längst hätte unterwegs sein sollen, um Cal Holmwood Bericht zu erstatten.

Dann ließ Jamie ein kleines trauriges Lächeln sehen. »Ich weiß, wo sie ist«, sagte er.

»Wo?«, fragte Turner scharf. »Raus damit!«

Der junge Agent schüttelte den Kopf. »Kommen Sie, ich zeig's Ihnen.«

Die beiden Männer gingen schweigend den Korridor auf Ebene B entlang, bis Jamie vor einer der über hundert identischen Türen auf diesem Flur stehen blieb. Turner las die Zahl, die auf der glatten Oberfläche stand.

059

Sie kam ihm bekannt vor. Er runzelte die Stirn, während er sie anstarrte. Diese Kombination aus drei Ziffern kannte er, aber er wusste nicht, woher und konnte sich das Gefühl, sie sei wichtig, nicht recht erklären. Dann traf ihn die Erkenntnis wie ein Magenhaken.

Dies war Shauns Zimmer. 059. Hier hat mein Sohn gewohnt.

Turner streckte wortlos eine Hand aus und drückte seinen Dienstausweis an das schwarze Tastenfeld. Sein Magen rebellierte hörbar knurrend, und er konnte spüren, wie das Blut in seinen Schläfen pochte, aber er zwang seine Hände dazu, nicht zu zittern. Die Schlösser öffneten sich klickend, und die Tür ging auf. Weil Jamie anscheinend nicht vorausgehen wollte, trat Turner vor und stieß sie mit einer Mischung aus Sehnsucht und Angst im Herzen ganz auf. Sie knallte an die Wand des kleinen Raums, und Paul Turner sah vor sich Kate Randall auf der Kante von Shauns ehemaligem Bett sitzen.

Die Matratze war nicht bezogen, und der Rest des Zimmers war ähnlich kahl: Nachttisch und Schreibtisch waren abgeräumt, der Kleiderschrank war leer, die Wände waren frisch gestrichen.

Sobald der Sicherheitsdienst die nach dem Tod eines Agenten vorgeschriebenen Ermittlungen abgeschlossen hatte, war ihm Shauns persönlicher Besitz in einem einzigen Karton übergeben worden. Der Major hatte ihn nach Hause mitgenommen, um ihn seiner Frau geöffnet auf den Küchentisch zu stellen; er hatte keine Worte gefunden, die den Schlag für sie hätten irgendwie abmildern können.

»Paul?«, fragte Kate. »Jamie? Was macht ihr hier? Was ist passiert? Ich habe etwas gehört, das wie eine Explosion klang.«

Turner starrte sie einige Sekunden lang nur an. Dann trat er vor, zog sie hoch und umarmte sie kräftig. Kate lachte unwillkürlich, obwohl sie sichtlich verwirrt war. »He«, sagte sie. »Schon gut, schon gut. Was ist los?«

»Es hat einen Bombenanschlag gegeben, Kate«, sagte Jamie ruhig. Er stand weiter an der Tür und beobachtete die Umarmung mit einer Mischung aus Zufriedenheit und Unbehagen. »Jemand hat in deinem Zimmer einen Sprengsatz angebracht.«

»Was?«, fragte Kate. Sie riss die Augen auf. »Um Himmels willen, lassen Sie mich los, Paul! Was ist passiert?«

Paul gab sie sichtlich widerstrebend frei und trat zurück. »Jamie sagt die Wahrheit«, bestätigte er. »Jemand hat in Ihrem Zimmer einen Sprengsatz angebracht. Er ist detoniert, als die Tür geöffnet wurde.«

»Ist jemand verletzt worden?«, fragte Kate weiter.

»Eine junge Frau vom Projekt Lazarus«, antwortete Turner. »Sie heißt ...«

»Natalia Lenski«, sagte Kate erschrocken. »Großer Gott! Ist sie schwer verletzt?«

»Das glaube ich nicht«, sagte Turner und lächelte, als Kate erleichtert aufatmete. »Sie war noch draußen, als die Bombe hochgegangen ist. Die Tür hat die Druckwelle größtenteils abgelenkt.«

»Was wollte sie bei dir?«, warf Jamie ein. »Ich dachte, Matt sei der einzige Lazarus-Mitarbeiter, den du kennst.«

»Das stimmt auch«, sagte Kate. Sie sank auf die Bettkante zurück. »Ich habe heute Vormittag erstmals mit ihr gesprochen.«

»Lieutenant Carpenter«, sagte Turner. »Ich muss Sie bitten, für ein paar Minuten auf den Korridor hinauszugehen. Dies sind laufende Ermittlungen des Sicherheitsdiensts. Tut mir leid.«
Jamie starrte ihn an. »Soll das ein Witz sein?«
»Keineswegs, Lieutenant«, sagte Turner und zückte seinen Dienstausweis. »Verlassen Sie bitte den Raum.«
Jamie musterte den Sicherheitsoffizier lange forschend, dann nahm er ihm das Plastikkärtchen aus der Hand. Er benutzte es an der Tür, trat auf den Gang hinaus und warf Kate noch einen unergründlichen Blick zu, bevor sie sich hinter ihm schloss.
»Also, wie war das heute Morgen?«, fragte Turner, als die Schlösser klickend einrasteten.
Kate holte tief Luft und begann zu reden.

Kate atmete tief durch und zog die TIS-Sicherheitstür auf.
Draußen wartete nervös auf einer Schreibtischkante hockend eine zierliche junge Blondine in einem weißen Laborkittel. Ihr blasses Gesicht wirkte angespannt, die blauen Augen waren vor Nervosität weit aufgerissen.
»Hallo«, sagte Kate, ging zu ihr hinüber und streckte ihr die Hand hin. »Ich bin Kate Randall. Sie wollten mich sprechen?«
Die Blondine nickte. »Mein Name ist Natalia Lenski«, sagte sie. »Ich arbeite unten im … nun, Sie wissen schon.«
»Ich weiß, was Sie meinen«, sagte Kate lächelnd. »Freut mich, Sie kennenzulernen.«
»Gleichfalls«, antwortete Natalia. »Ich habe schon viel von Ihnen gehört.«
»Das ist schön«, sagte Kate. »Vermutlich. Was kann ich für Sie tun, Natalia?«
»Können wir irgendwohin gehen?«, fragte Natalia. »Wo wir ungestört sind?«
»Natürlich«, sagte Kate. »Kommen Sie, wir gehen ein paar Minuten ins Freie.«
Keine Ahnung, worauf sie hinauswill, dachte sie, aber so bekomme ich wenigstens etwas frische Luft.

Wenige Minuten später traten die beiden jungen Frauen durch das riesige zweiflüglige Hangartor ins Freie. Kate führte Natalia übers Vorfeld, über weite Grünflächen und in den Rosengarten, der an die Brüder John und George Harker erinnerte, die in dem brennenden Wrack der Mina, des ersten Jets von Schwarzlicht, umgekommen waren. Im rückwärtigen Teil dieses duftenden Refugiums stand eine weiße Gartenbank. Kate setzte sich, forderte Natalia mit einer Handbewegung auf, bei ihr Platz zu nehmen, und wartete geduldig, bis die Blondine zu sprechen begann.

»Glauben Sie mir, ich belästige Sie nicht gern«, sagte Natalia. »Ich weiß, dass Sie sehr beschäftigt sind. Aber ich kann nicht einfach so tun, als machte ich mir keine Sorgen um ihn.«

»Sorgen um wen?«, fragte Kate.

»Matt Browning«, erwiderte Natalia. »Er redet sehr häufig von Ihnen. Er hat mir erzählt, dass Sie und er Freunde sind, ja?«

»Richtig«, sagte Kate. »Sind auch Sie seine Freundin?«

»Ich denke schon«, sagte Natalia mit leichtem Stirnrunzeln. »Das ist ein bisschen schwierig. Deshalb wollte ich mit Ihnen reden.«

»Irgendwas nicht in Ordnung?«, fragte Kate. »Fehlt Matt etwas?«

»Das weiß ich nicht genau«, sagte Natalia. Sie senkte den Blick und spielte nervös mit den Fingern. »Er arbeitet so schwer. Als läge das gesamte Projekt auf seinen Schultern. Er lädt sich so viel Verantwortung auf und ist verzweifelt bemüht, seinen Freunden zu helfen.«

»Mir hat er erzählt, eure Forschungsarbeit könnte noch Jahre dauern«, sagte Kate.

»Das stimmt«, sagte Natalia. »Und ich fürchte, dass er ihren Abschluss nicht erleben wird. Robert hat mit ihm gesprochen, ihn nachdrücklich ermahnt, langsamer zu arbeiten, aber Matt hört auf niemanden.«

»Wer ist Robert?«

»Professor Karlsson. Unser Direktor.«

»Oh, okay. Und weiter?«

»Das ist alles«, sagte Natalia. »Ich wollte Sie bitten, mit ihm zu reden, damit er einsieht, dass er sich überanstrengt. Vielleicht hört Matt auf Sie, weil Sie seine Freundin sind. Und ich … bin es nicht.«

Dahinter steckt mehr, *dachte Kate plötzlich.* Hier läuft noch etwas anderes ab.

»Natalia«, *sagte sie sanft.* »Mögen Sie Matt?«

»Klar doch«, *antwortete Natalia lächelnd.* »Jeder mag ihn. Er ist sehr beliebt.«

»Nein, ich meine: Mögen Sie ihn?«

Natalia gab keine Antwort, aber ein rosa Schimmer überzog plötzlich ihr schönes blasses Gesicht.

Da haben wir's. Wow! Aber das ist nicht weiter kompliziert. Durchaus nicht.

»Also gut«, *sagte Kate und las die Uhrzeit von ihrer Konsole ab.* »Darüber sollten wir mal in aller Ruhe miteinander reden. Ich muss wieder ins TIS, aber in ungefähr einer Stunde beginnt meine Mittagspause. Können wir uns dann treffen?«

Die Blondine nickte.

»Wunderbar. Wollen Sie nicht einfach in einer Stunde in meine Unterkunft kommen? Bin ich noch nicht da, gehen Sie einfach rein, und ich komme möglichst bald nach. Dann können wir über Matt reden.« *Sie drückte sich absichtlich nicht klarer aus; sie wollte diese junge Frau, die sie bereits zu mögen begann, nicht in Verlegenheit bringen.*

»Ja, bitte«, *sagte Natalia.* »Das wäre sehr freundlich von Ihnen.«

»Kein Problem«, *sagte Kate.* »Ich wohne auf Ebene B, Raum 261. Der Code für die Tür lautet 2TG687B33. Können Sie sich den merken?«

Natalia nickte nur.

Natürlich kann sie das, dachte Kate. Sie arbeitet am Projekt Lazarus mit. Vermutlich ist sie ein amtlich anerkanntes Genie.

»Okay«, *sagte sie.* »Bin ich noch nicht da, warten Sie auf mich. Jetzt muss ich ins TIS zurück. Kommen Sie wieder mit rein?«

Natalia schüttelte den Kopf. »Ich bleibe noch ein bisschen hier draußen.«

»Okay«, *sagte Kate noch mal.* »Dann sehen wir uns unten. 261.« *Mit diesen Worten stand sie auf und joggte zu dem weit entfernten Hangartor zurück.*

»Sie müsste inzwischen im Krankenrevier sein«, stellte der Sicherheitsoffizier fest. Er stand auf und schlug mit der flachen Hand an die Tür, deren Schlösser sich sofort klickend zu öffnen begannen. »Ihr Puls war kräftig und regelmäßig. Hauptsächlich Prellungen und Schnittwunden. Sie hat etwas Blut verloren und sich vielleicht ein paar Rippen gebrochen. Aber weiter fehlt ihr nichts. Das würde ich nicht behaupten, wenn ich etwas anderes dächte.«

»Gut«, sagte Kate, die leichenblass geworden war. »Mir ist ganz schlecht, wenn ich daran denke, dass ... dass etwas, das mich treffen sollte ...« Sie brach in Tränen aus, als Jamie vom Korridor hereinkam. Er runzelte die Stirn, und Turner trat beiseite, als er sich neben Kate aufs Bett setzte und ihr einen Arm um die Schultern legte.

»He«, sagte Jamie und zog sie an sich. »Das ist in Ordnung. Angst zu haben ist keine Schande, Kate. Wir haben alle Angst.«

»Ich hab keine Angst, Jamie«, sagte sie, schob seinen Arm weg und starrte ihn mit blitzenden Augen an. »Ich bin verdammt *wütend!* Wie kann jemand es wagen, hier einen Bombenanschlag zu verüben? Was bilden diese Leute sich ein?«

Turner sah Kate bewundernd an. *Ich könnte sie unmöglich mehr lieben*, dachte er. *Selbst mit größter Mühe nicht.*

Jamie grinste zufrieden und stand auf. Turner trat vor und nahm seinen Dienstausweis wieder an sich, als auch Kate sich erhob.

»Was können wir tun?«, fragte sie lebhaft. »Sagen Sie uns, wie wir helfen können, Paul.«

»Am besten durch Nichtstun«, antwortete Turner. »In dieser Sache ist allein der Sicherheitsdienst zuständig. Ich begleite Sie jetzt zu Lieutenant Carpenters Unterkunft, in der Sie bleiben, bis die Sperre aufgehoben wird. Sie erzählen niemandem von unserem Gespräch, und falls jemand nachfragt, waren Sie die ganze Zeit bei Jamie. Ist das klar?«

Die beiden Agenten wollten protestieren, aber der Major schnitt ihnen das Wort ab. »Ich habe Ihnen erklärt, was Sie tun sollen«, sagte er. »Wollen Sie also wirklich helfen – oder nur wieder mal im Mittelpunkt der allgemeinen Aufmerksamkeit stehen?«

Kate und Jamie wechselten einen Blick. Sie schienen sich schweigend auf etwas zu verständigen, das Turner nicht deuten konnte.

»Also gut, Sir«, sagte Jamie. »Wir gehen zu mir.«

»Ausgezeichnet«, sagte Turner. »Danke, dass Sie sich dafür entschieden haben, meinem ausdrücklichen Befehl nachzukommen. Sehr freundlich von Ihnen.«

Jamie lief rot an, aber er schwieg, als der Sicherheitsoffizier zur Seite trat und auf die offene Tür zeigte; er ging wortlos hindurch, und Kate folgte ihm. Turner sah sich ein letztes Mal in dem Zimmer um, in dem sein Sohn gelebt hatte – ein Raum, in dem er zu dessen Lebzeiten viel zu selten gewesen war –, dann trat er auf den Korridor hinaus und zog die Tür ins Schloss.

Auf dem Weg zu Jamies Unterkunft fragte Paul Turner endlich nach etwas, das ihn brennend interessierte.

»Kate«, sagte er halblaut. Sie sah zu ihm hinüber. »Wie sind Sie in Shauns Zimmer gekommen?«

Sie lief feuerrot an. Jamie ließ keine Reaktion erkennen; er ging ruhig weiter und sah angelegentlich nach vorn, wofür Turner ihm dankbar war.

»Shaun hat mir den Code gegeben«, sagte Kate. »Ich dachte, er würde geändert werden, aber das ist nicht passiert. Ich gehe manchmal hin, wenn ich Ruhe und Frieden brauche. Und weil ... nun, das wissen Sie.« Sie rang sich ein schwaches Lächeln ab. »Mir kommt's vor, als sei dort noch ein bisschen von ihm da. Wissen Sie, was ich meine?«

Turner nickte.

Ja. Ich weiß genau, was du meinst.

Kate wirkte erleichtert, als sie wieder nach vorn blickte. Er beobachtete sie von der Seite aus und überlegte, ob er ihr erzählen sollte, dass er einige grässliche Sekunden lang die Zimmernummer seines Sohns nicht erkannt hatte. Er wusste, dass sie ihn nicht verurteilen würde, und für ihn hätte es befreiend sein können, jemandem zu gestehen, dass er nicht immer ein Mustervater gewesen war. Aber dann entschied er sich doch dagegen; Kate hatte nichts davon, wenn er seine Selbstzweifel äußerte und sich zu den Schuldgefühlen bekannte, die ihn keine Nacht mehr ruhig schlafen ließen.

»Haben Sie Ihre Unterkunft durchsuchen lassen?«, fragte Cal Holmwood.

Der Kommissarische Direktor von Department 19 saß mit aufgestützten Ellbogen an seinem Schreibtisch und ließ das Kinn auf seinen gefalteten Händen ruhen. Er wirkte erschöpft, aber nicht aus Schlafmangel, sondern aufgrund einer Müdigkeit, die sich tief in Körper und Seele festgesetzt hatte. Turner war dabei, ihm einen vorläufigen Bericht über den Bombenanschlag und seine Folgen zu erstatten, und hatte eben den Ort der Detonation erwähnt, als Holmwood ihn unterbrach.

»Nein, Sir«, antwortete er. »Wozu?«

»Was ist, wenn der Anschlag dem Team für interne Sicherheitsüberprüfung gegolten hat, Paul? Wenn er nichts mit Dracula oder der Stunde null zu tun hatte? Womöglich war Kate nicht die einzige Zielperson.«

Turner starrte Holmwood an. Diese Möglichkeit hatte er nicht berücksichtigt. Warum zum Teufel war er nicht selbst darauf gekommen? Er war so damit beschäftigt gewesen, Kate Randall aufzuspüren, dass er nie ernsthaft über das Motiv des Bombenanschlags nachgedacht hatte. Er hakte sein Funkgerät vom Koppel und wies die Abteilung B des Sicherheitsdiensts an, unter Beachtung aller Vorsichtsmaßnahmen sofort seine Unterkunft zu durchsuchen.

»Entschuldigen Sie, Sir«, sagte er. »Das hätte auf der Hand liegen müssen. Ich weiß nicht, was in mich gefahren ist.«

»Nichts, Paul«, sagte Holmwood nachdrücklich. »Sie arbeiten für drei und versuchen, uns über Wasser zu halten, während wir uns von dem Überfall erholen. Seien Sie nicht so hart mit sich selbst. Und fahren Sie fort.«

»Ja, Sir«, antwortete der Major. »Die Überwachungssysteme auf Ebene B sind größtenteils noch ausgefallen, aber wir haben einen ersten Bericht des Überwachungsdiensts. Die Kameras zeigen niemanden, der Agent Randalls Unterkunft betritt oder verlässt, obwohl die Tür zweimal auf- und zugegangen zu sein scheint. Die Bombe hat offenbar aus leicht erhältlichen Materialien bestanden und ist über Funk durch Sprengladungen gewöhnlicher Handgranaten gezündet worden. Das ist leider alles, was wir bisher wissen, Sir.«

Holmwood atmete geräuschvoll aus. »Das ist nicht viel«, sagte er. »Können Sie schon vorläufige Schlussfolgerungen ziehen?«

»Keine, die ich beweisen könnte, Sir«, antwortete Turner. »Eine Erklärung drängt sich allerdings auf.«

»Welche?«

Als der Major antworten wollte, wurde er durch ein lautes Summen aus seinem Funkgerät unterbrochen; er sah den Kommissarischen Direktor fragend an, der zustimmend nickte. Turner drückte die Sprechtaste des Geräts.

»Agent Grant, Abteilung Bravo, mit einem Bericht, Sir«, antwortete eine blechern klingende Stimme. »An der Innenseite der Tür Ihrer Unterkunft war eine Bombe angebracht. Wir haben sie entschärft und zur Untersuchung ins Labor geschickt. Kommen.«

»Gut gemacht, Agent«, sagte Turner. Vertraute Wut stieg in ihm auf und setzte sich behaglich wie ein alter Freund in seiner Brust fest. »Weitermachen. Ende.«

»Ja, Sir. Ende.«

Turner schaltete das Gerät aus und legte es auf Cal Holmwoods Schreibtisch. Der Kommissarische Direktor, dessen Gesichtsausdruck schwer zu deuten war, beugte sich nach vorn. »Wie lauten Ihre Empfehlungen, Paul? Sagen Sie mir, was Sie brauchen.«

»Ich bitte um Erlaubnis, die Vollsperrung bis morgen früh verlängern zu dürfen«, sagte Turner. »Ich will wissen, wo jeder ist, während meine Leute ihre Arbeit tun. Von Einsätzen zurückkommende Teams können in Schlafsäle beordert werden. Ich weiß, dass das bedeutet, dass etliche Unternehmen ausfallen müssen, aber ...«

»Genehmigt«, sagte Holmwood. »Wir können nicht gegen Vampire kämpfen, wenn wir auf dem eigenen Stützpunkt angegriffen werden.«

»Genau das finde ich auch, Sir.«

Danach folgte längeres Schweigen.

»Sie haben gesagt, eine Erklärung dränge sich auf«, sagte Holmwood schließlich. »Ich würde sie gern hören, obwohl ich zu wissen glaube, wie sie lautet. Und welche Schlussfolgerungen daraus zu ziehen sind.«

Turner nickte. »Wesentlich mehr wissen wir, sobald die gespeicherten Daten des Überwachungssystems ausgewertet sind«, sagte er. »Aber allein die Aufzeichnungen der Kameras sind ziemlich entlarvend. Meiner Überzeugung nach reden wir von einem Vampir.«

31

Von altem Groll zu neuer Meuterei

Zwölf Tage zuvor

»Das also ist Ihre Zelle?«

Valentin Rusmanov sah breit grinsend von seinem Buch auf. Jenseits der UV-Barriere, die die Vorderwand seiner Zelle bildete, stand Frankensteins Monster und starrte ihn unverhohlen hasserfüllt an.

»In der Tat«, sagte er und erhob sich elegant. »Gefällt sie Ihnen?«

»Kaum«, sagte Frankenstein, dessen Stimme von den Betonwänden widerhallte. »Wenn's nach mir ginge, wären Sie nur ein Blutfleck auf dem Fußboden.«

»Lebhafte Fantasie«, sagte Valentin. »Kann ich irgendwas für Sie tun, Mr. Frankenstein, oder sind Sie nur hergekommen, um dümmliche Drohungen auszustoßen?«

Frankenstein schwieg einige Sekunden lang. Sein großes grau-grünes Gesicht blieb still, seine missgestalteten Augen waren zusammengekniffen, die Hände hingen zu Fäusten geballt an seinen Seiten herab. Sein Haar war lang, sein ungepflegter Vollbart wucherte. Zum Anzug trug er ein weißes Oberhemd ohne Krawatte, und der Metallpflock an seinem Gürtel wirkte im Verhältnis zu seiner hünenhaften Gestalt winzig.

»Ich möchte mit Ihnen reden«, sagte er schließlich. »Darüber, weshalb Sie hier sind.«

»Hier in dieser Zelle oder hier auf diesem Stützpunkt?«

»Auf diesem Stützpunkt«, sagte Frankenstein. »Ich will wissen, wieso Sie weiterhin behaupten, auf unserer Seite zu stehen. Meiner Vermutung nach tun Sie das, weil es Sie amüsiert.«

»Interessant«, sagte Valentin. »Mir fallen Hunderte von Dingen ein, die ich lieber täte, als mit einem runderneuerten Feigling zu diskutieren, aber nachdem mir im Augenblick keine davon zur Verfügung steht, bleibt mir wohl keine andere Wahl. Kommen Sie also rein und machen Sie's sich bequem.«

Frankenstein fletschte kurz die Zähne, trat dann aber mit finsterer Miene durch die schimmernde Barriere in die Zelle.

»Nehmen Sie Platz«, sagte Valentin. »Kann ich Ihnen etwas anbieten? Tee? Wein? Blut? Oh, Entschuldigung, dem haben Sie abgeschworen, nicht wahr?«

»Meine Geduld hat Grenzen, Vampir«, knurrte Frankenstein, als er sich auf einen der beiden Stühle neben dem schmalen Bett sinken ließ. »Sie ist keineswegs unendlich.«

»Das glaube ich Ihnen gern«, sagte Valentin. Er schwebte mühelos auf den freien Stuhl und schlug die Beine übereinander. »Ich vermute allerdings, dass Sie's irgendwie schaffen werden, sich zu beherrschen, auch wenn das noch so lästig ist. Ich kann mir nicht vorstellen, dass Sie Ihren Vorgesetzten erklären möchten, warum Sie ohne ihre Genehmigung im Zellenblock waren und im Krankenrevier gelandet sind.«

Frankenstein sagte nichts; er starrte den uralten Vampir nur an, während er langsam seine Rechte auf die Brust legte und dort ruhen ließ.

»Ich muss sagen, dies ist sehr belebend«, sagte Valentin nach einer schweigend verbrachten Minute. »Ich genieße derartige Wortgefechte. Nachdem die Aufgabe, diese Farce fortzuführen, offenbar mir zufällt, will ich versuchen, ein neues Diskussionsthema zu finden. Wie wär's mit der Wirkung von Opium auf einen fast menschlichen Körper? Oder mit Stil und Kunst der Jazz-Ära in New York? Oder …«

»Ich will, dass Sie ihn in Ruhe lassen«, sagte Frankenstein. Seine Stimme rumpelte wie ein Erdbeben, und in seinen Augen brannte Hass.

Valentin lächelte. »Von wem reden Sie?«

»Das wissen Sie verdammt genau«, knurrte Frankenstein. »Jamie Carpenter. Und seine Freunde. Halten Sie sich von ihnen fern.«

»Wozu sollte ich das um Himmels willen tun?«

»Weil ich es verlange«, sagte das Monster mit angewiderter Miene. »Ich kann ihnen vielleicht nicht die Augen für Ihre Scharade öffnen, aber ich lasse nicht zu, dass sie Opfer des Verrats werden, den Sie unweigerlich begehen werden, wie wir beide wissen.«

»Ah, ich verstehe«, sagte Valentin. »Stellen wir uns doch einen Augenblick lang vor, ich würde mich dafür entscheiden, Sie völlig zu ignorieren. Was wären die Folgen einer solchen Entscheidung?«

»Ihre Vernichtung«, sagte Frankenstein. »Und die Ihres Dieners.«

»Interessant. Und wie würden Sie das Mr. Holmwood gegenüber rechtfertigen?«

»Eine Rechtfertigung wäre nicht nötig. Cal teilt meine Meinung über Sie.«

»Und die wäre?«, fragte Valentin in ruhigem, höflichen Tonfall.

»Dass Sie eine Bestie sind«, sagte Frankenstein.

»Aha«, sagte Valentin. Er lehnte sich auf seinem Stuhl zurück, faltete die Hände und stützte das Kinn auf die Daumen. »Dann will ich Sie etwas anderes fragen. Lassen wir Ihre Meinung über mich und Ihre ärgerliche Angewohnheit, Drohungen auszusprechen, die Sie niemals in die Tat umsetzen könnten, einmal beiseite, würde mich interessieren, warum ausgerechnet Sie sich das Recht herausnehmen wollen, darüber zu bestimmen, mit wem Mr. Carpenter Umgang haben darf?«

»Ich habe seinem Großvater etwas versprochen«, antwortete Frankenstein. »Dass ich seine Familie beschützen würde. Jamie ist der letzte Überlebende.«

»Interessant«, sagte Valentin. »John Carpenter scheint ein Mann gewesen zu sein, der gern Vereinbarungen geschlossen hat. Er und ich haben damals vereinbart, dass wir uns gegenseitig unser Leben lang nicht mehr belästigen würden – ein Deal, den ich freiwillig auf seine Nachkommen ausgeweitet habe.«

Frankenstein kniff die Augen zusammen. »Sie lügen!«

»Glauben Sie, was Sie wollen«, sagte Valentin. »Ich habe kein Interesse daran, Sie zu überzeugen. Bei meiner Ankunft in dieser Luxusherberge habe ich Major Turner alles erzählt, also dürfte es irgendwo ein Wortprotokoll davon geben, falls Sie die Berechtigung haben, es einzusehen.«

»Um meine Berechtigung brauchen Sie sich keine Sorgen zu machen«, wehrte Frankenstein ab.

»Tatsächlich nicht?«, fragte Valentin. Er legte den Kopf schief. »Wie ich höre, haben Sie das Angebot ausgeschlagen, der Sonderkommission anzugehören, die den Kampf gegen meinen Bruder und seinen Meister koordiniert, und verlassen Ihre Unterkunft nur selten. Sollte ich falsch informiert sein, weil Sie in Wirklichkeit aktiv im innersten Führungskreis von Schwarzlicht mitarbeiten, bitte ich aufrichtig um Entschuldigung.«

Frankenstein gab keine Antwort, aber sein blass gewordenes Gesicht nahm eine fahlgraue Färbung mit deutlichem Grünstich an.

Das hat gesessen, dachte Valentin. *Glashäuser, mein Freund. Glashäuser.*

»Darf ich aus Ihrem Schweigen schließen, dass meine Informationen richtig sind?«, fragte er.

»Ja«, grunzte Frankenstein. »Was Sie sagen, ist wahr, auch wenn ich mir nicht vorstellen kann, von wem Sie das haben. Aber das ändert nichts an der Sache, deretwegen ich hergekommen bin.«

»Na gut«, sagte Valentin. Ihre Unterhaltung begann ihn zu langweilen; das Monster zu necken und zu quälen war fast zu leicht und verlor rasch seinen Reiz. »Sie haben Ihre Argumente vorbringen können. Ich habe sie mir angehört, obwohl ich keineswegs dazu verpflichtet war. Jetzt müssen Sie sich meine anhören.«

»Ich bin nicht …«

»Still!«, fuhr Valentin ihn an. Er spürte Hitze in seinen Augenwinkeln und ermahnte sich dazu, ruhig zu bleiben. »Wenn Sie wissen, was gut für Sie ist, halten Sie den Mund und hören mir zu. Mich aufzufordern, nicht mit Jamie Carpenter zu verkehren, hat nichts damit zu tun, ihn zu beschützen. Ich verstehe, weshalb Sie das nicht akzeptieren wollen, aber es ist die Wahrheit. Ihn zu beschützen würde bedeuten, Ihre Unterkunft zu verlassen, Waffen anzulegen und an seiner Seite zu stehen, während er im Kampf gegen Vampire sein Leben riskiert. Sie sind erkennbar außerstande oder nicht willens, das zu tun. Sie haben bestimmt Ihre Gründe, deren Ursachen ich in einer bestimmten europäischen Hauptstadt vermute, aber das berechtigt Sie nicht dazu, auf mich zornig zu sein, nur weil Sie Ihr einst gegebenes Versprechen nicht mehr halten können. Deshalb sage ich Ihnen jetzt klipp und klar: Ich werde verkehren, mit wem ich will und wann ich will. Und angesichts der Tatsache, dass ich in diesem Betonbunker eingesperrt bin, sollten Sie sich vielleicht fragen, wer den Kontakt zwischen Jamie und mir, der Ihnen solche Sorgen macht, angebahnt hat. Also. Habe ich mich klar genug ausgedrückt? Oder soll ich kürzere Worte verwenden?«

»Völlig klar«, knurrte Frankenstein. »Danke für Ihre Einschätzung von Dingen, von denen Sie absolut nichts verstehen.«

Valentin zuckte mit den Schultern, lächelte dem Monster zu. »Dann klären Sie mich bitte auf«, verlangte er. »Erklären Sie mir, weshalb Sie zu verängstigt sind, um Jamie und seine Freunde unterstützen zu können.«

Frankenstein erhob sich langsam, als laufe ein Film von einem Lawinenabgang rückwärts. Valentin machte keine Bewegung; auch sein Lächeln blieb unverändert, aber er spannte die Muskeln an, um reagieren zu können, falls das Monster dumm genug war, ihn angreifen zu wollen.

»Sollte Jamie mich brauchen«, sagte Frankenstein leise, aber bestimmt, »bin ich da. Wie versprochen.«

»Und wie wollen Sie erkennen, dass er Sie braucht?«

»Er wird's mir sagen.«

Valentins Lächeln wurde zu einem Grinsen. »Sind Sie sich da sicher?«

Frankenstein wandte sich ab und ging langsam durch die Zelle. An der UV-Barriere sah er sich nochmals nach Valentin um.

»Ich will nicht, dass Jamie erfährt, dass dieses Gespräch jemals stattgefunden hat«, sagte er. »Meinen Sie's wirklich gut mit ihm, werden Sie wissen, weshalb.«

»Von mir erfährt er nichts«, versicherte Valentin ihm. »Und Sie können jederzeit gern wiederkommen. Ich hatte vergessen, wie amüsant es ist, mit leeren Drohungen konfrontiert zu werden.«

Frankenstein starrte ihn sekundenlang an, dann ging er durch die Barriere, ohne sich noch mal umzusehen. Valentin hörte, wie die schweren Schritte des Monsters, das in Richtung Luftschleuse davonging, auf dem Korridor verhallten. Dann atmete er langsam geräuschvoll aus.

Frankensteins Einschüchterungsversuche waren lachhaft gewesen. Trotz der Größe und Erfahrung des Monsters zweifelte Valentin nicht im Geringsten daran, dass er ihn mit nur einer Hand in Stücke hätte reißen können. Aber er war sehr erleichtert, dass es nicht dazu gekommen war, denn jede tätliche Auseinandersetzung mit dem Monster hätte sofort Lamberton auf den Plan gerufen, und Valentin hatte keine Lust, mit schwer bewaffneten Soldaten in einer langen Betonröhre um sein Leben kämpfen zu müssen.

Außer er entschloss sich selbst dazu.

Valentin stieg mit einer eleganten Pirouette in die Luft, genoss dabei die Kühle auf der Haut und ließ sich langsam aufs Bett sinken.

Langweilig ist's hier selten, dachte er und griff nach seinem Buch. *Das muss man ihnen lassen.*

50 Tage bis zur Stunde null

32

Das Netz zuziehen

Jamie Carpenter sah sich in dem Kontrollzentrum um, als Cal Holmwood die Versammlung eröffnete. Die vertrauten Gesichter, die er schon Dutzende von Malen in diesem Raum gesehen hatte, sahen anders aus: älter, abgehärmter.
Erschöpft.
Die Vollsperrung war vor ungefähr einer Stunde aufgehoben worden, und seither hatte im gesamten Stützpunkt ein alles erstickender Verfolgungswahn geherrscht. Agenten, Wissenschaftler, Nachrichtendienstler, Zivilarbeiter … alle hockten mit sorgenvollen Mienen überall im Ring in kleinen Gruppen zusammen. Es war keine regelrechte Panik, aber ein tiefes Unbehagen schien das gesamte Department erfasst zu haben. Männer und Frauen beobachteten einander nervös, weil sie nicht wussten, wem sie noch trauen konnten. Falls es dem Bombenleger darum gegangen war, in Schwarzlicht Angst und Misstrauen zu säen, war ihm das bewundernswert gelungen. Allerdings verfestigte sich bei höheren Dienstgraden die Theorie, der Anschlag habe andere Gründe gehabt.
»Die Krisensitzung der Sonderkommission Stunde null ist eröffnet«, sagte Cal Holmwood. »Die Mitglieder sind vollzählig anwesend. Wie Sie alle wissen, ist gestern Nachmittag nach einer Bombendetonation in einer Unterkunft auf Ebene B eine Vollsperrung über den Ring verhängt worden. Ich möchte Major Turner bitten, uns auf den neuesten Stand zu bringen. Paul?«
»Ja, Sir«, sagte Turner. »Die Ermittlungen laufen noch, aber einiges kann ich Ihnen schon jetzt mitteilen. Inklusive Zünder und Sprengladung war die Bombe aus Materialien gebaut, die im

Ring frei verfügbar sind. Wir haben bisher keinen visuellen Beweis dafür gefunden, dass jemand Raum 261 betreten hat, nachdem Lieutenant Randall ihn gestern Morgen verlassen hat. Die forensische Untersuchung geht weiter, aber die bisher gesicherten Spuren lassen keine eindeutigen Schlüsse zu.«

»Natürlich tun sie das«, sagte Patrick Williams. »Die Bombe in Kates Unterkunft hat ein Vampir gelegt, der sich schneller bewegt hat, als unsere Kameras ihn erfassen konnten. Aus meiner Sicht bleibt damit nur ein Verdächtiger übrig.«

»Die Ermittlungen laufen noch«, wiederholte Paul Turner mit warnendem Unterton in der Stimme. »Alle Möglichkeiten, menschliche und übernatürliche, werden genau untersucht. Als Nächstes ...«

»Wieso führen wir dieses Theater auf?«, fragte Andrew Jarvis, der plötzlich blass vor Wut war. »Jeder weiß, dass Valentin Rusmanov die Bombe gelegt hat, aber anstatt in den Zellenblock runterzugehen und ihn zu vernichten, was wir schon vor Wochen hätten tun sollen, ermitteln wir gegeneinander und suchen irgendeine komplizierte Antwort, obwohl die Wahrheit uns ins Gesicht starrt. Damit tun wir genau das, was er erreichen wollte.«

»Agent«, sagte Turner halblaut, »unterbrechen Sie mich bitte nicht noch einmal.« Er starrte Jarvis mit gletschergrauen Eisaugen an, bis der Agent nach wenigen Sekunden den Blick senkte. »Valentin Rusmanov ist natürlich ein Tatverdächtiger«, fuhr er fort und sah sich um, als wolle er alle herausfordern, ihn zu unterbrechen. »Und ich wette, dass die Hälfte unserer Leute ihn bereits für schuldig hält. Sollte sich zeigen, dass er hinter dem Anschlag steckt, schieße ich ihm persönlich einen Pflock ins Herz. Aber hier sind weitere Faktoren am Werk, die darauf schließen lassen, dass der Anschlag nicht nur eine Panik auslösen sollte.«

»Das hat er aber getan«, sagte Amy Andrews leise. »Alle, mit denen ich seit Aufhebung der Vollsperrung geredet habe, sind zutiefst verunsichert. Sie wollen wissen, wie wir Dracula stoppen sollen, wenn wir uns nicht mal im eigenen Haus sicher fühlen können. Gerüchteweise habe ich sogar von Fahnenflucht gehört. Können Sie uns darüber etwas sagen, Major Turner?«

Turner sah sie an. »Drei Agenten sind rund zehn Meilen außerhalb des Rings aufgegriffen worden. Sie sind jetzt in Haft. Mehr kann ich vorerst nicht dazu sagen.«

»Jesus«, murmelte Brennan. »Deserteure. Die hat's bei uns noch nie gegeben.«

»Was sind die anderen Faktoren?«, fragte Jamie. Er hatte Paul Turner, der sich ihm jetzt zuwandte, keine Sekunde aus den Augen gelassen.

»Wie bitte, Lieutenant Carpenter?«

»Die Faktoren, die darauf schließen lassen, dass der Anschlag nicht nur Panik auslösen sollte.«

Über Turners Gesicht zog ein Ausdruck, den Jamie nicht gleich deuten konnte.

Dankbarkeit, vermutete er. *Wer hätte das gedacht?*

»Erstens«, sagte Turner, »haben wir den Ort, an dem der Sprengsatz detoniert ist, Lieutenant. Wozu eine Bombe in Lieutenant Randalls Unterkunft legen, wenn der Täter offenbar von unseren Überwachungskameras nicht zu erfassen ist? Warum nicht eine in der Kontrollzentrale, in der Cafeteria oder unter der *Mina II* zünden? Jedes dieser Ziele wäre weit lohnender gewesen. Was hat Lieutenant Randall an sich, das sie zu einem lohnenden Ziel macht?«

»Sie gehört dem TIS an«, sagte Angela Darcy. »Hier geht es um das TIS.«

»Unsinn!«, widersprach Brennan. »Jarvis hat recht, dieser Anschlag trägt Valentins Handschrift. Ich weiß nicht, ob er im Auftrag seines Meisters oder auf eigene Faust gehandelt hat, aber diese Sache hängt eindeutig mit Dracula zusammen«

»Kate hat nichts mit Dracula zu tun«, wandte Jamie ein. »Oder mit Valentin.«

»Sie war dabei, als er übergelaufen ist, stimmt's?«, sagte Brennan. »Oder als er angeblich übergelaufen ist. Ihr habt beide mit ihm geredet. Vielleicht hat sie etwas gesagt, das ihm missfallen hat. Oder er hat einfach irgendeine Unterkunft genommen und zufällig ihre erwischt.«

»Dann können Sie uns vielleicht erklären, Agent Brennan«, sagte Turner, »weshalb ein identischer Sprengsatz in meiner Unterkunft gefunden wurde.«

Von allen Seiten des Tischs waren besorgte Ausrufe zu hören, aber Jamie fiel auf, dass Cal Holmwood keine Miene verzog.

Sie wussten, was dahintersteckt, dachte er. *Turner und Holmwood. Sie haben's gewusst. Wir sollten nur allein darauf kommen.*

»Das weiß ich nicht«, gestand Brennan ein. »Dafür habe ich keine Erklärung.«

»Lieutenant Darcy hat schon eine geliefert«, sagte Holmwood. »Ich will nicht behaupten, dass der Anschlag nichts mit Dracula zu tun hatte, denn vielleicht stellt sich noch eine Verbindung zwischen dem Bombenleger und ihm heraus. Und ich versichere Ihnen, dass *niemand* Valentin Rusmanov als Verdächtigen ausschließt. Aber die TIS-Befragungen, der Zeitpunkt und die Orte der Anschläge ergeben ein schlüssiges Gesamtbild. Dies war kein direkter Angriff der Vampire auf uns. Der Anschlag hat dem Team für interne Sicherheitsüberprüfung gegolten. Er ist von jemandem verübt worden, der sich schützen wollte, weil er etwas zu verbergen hat.«

»Was machen wir also?«, fragte Angela Darcy.

»Das TIS setzt seine Befragungen fort«, antwortete Paul Turner. »Wir haben schon fast ein Viertel des Personals befragt. Der Bombenleger muss jemand sein, den wir noch nicht befragt haben.«

»Einverstanden«, sagte Holmwood. »Ich möchte, dass das TIS mit Hochdruck weiterarbeitet. Irgendjemand unter uns ist höchst gefährlich, und wir müssen ihn aufspüren, bevor er erneut zuschlagen kann.«

»Ich habe einen Vorschlag«, sagte Jarvis. »Ich möchte, dass das TIS Valentin Rusmanov auf Platz eins seiner Befragungsliste setzt. Ich nehme Ihre Argumente zur Kenntnis, aber sie überzeugen mich ehrlich gesagt nicht. Ich traue dem Vampir nicht.«

»Ich habe nichts dagegen«, sagte Holmwood. »Und Sie, Major Turner?«

»Keinesfalls, Sir«, sagte Turner mit einem kurzen vernichtenden Blick zu Jarvis hinüber. »Die Befragungen gehen heute Nachmittag weiter, und ich bin gern bereit, Valentin als Ersten dranzunehmen. Vielleicht können wir dann aufhören, Schatten nachzujagen.«

»Was ist mit uns anderen?«, fragte Jack Williams. »Was sollen wir tun?«

»Weitermachen«, antwortete Holmwood. »In zwei, drei Stunden werden alle Teams reaktiviert. Sie haben Ihre Listen mit Ihren Zielpersonen. Für Sie ändert sich nichts.«

»Meine Teamgefährten sind noch nicht vom TIS befragt worden«, sagte Brennan. »Ich übrigens auch nicht. Ziehen wir trotzdem los?«

»Unbedingt«, bestätigte Holmwood. »Wir können nicht alle, die noch nicht befragt wurden, auf die Inaktivenliste setzen – nicht in der gegenwärtigen Situation. Aber seien Sie wachsam. Fällt Ihnen irgendwas auf, erstatten Sie sofort Meldung. Verstanden?«

Brennan nickte.

»Okay«, sagte Holmwood. »Noch Fragen?«

»Ja, Sir«, sagte Angela Darcy. »Was ist mit Albert Harker, Sir?«

»Wir glauben, dass Harker letzte Nacht im Norden von London einen Rechtsanwalt namens Thomas Clarke ermordet hat«, sagte der Kommissarische Direktor. »Clarke war der Testamentsvollstrecker von John Bathurst, auch als Johnny Supernova bekannt – der Journalist, dem Harker ein Interview gegeben hat, bevor er in Broadmoor eingewiesen wurde. Wir versuchen noch immer festzustellen, ob es in Bathursts Nachlass irgendetwas gegeben hat, das Harker vielleicht an sich bringen wollte.«

»Vielleicht gibt er dem Journalisten die Schuld an seiner Einweisung«, sagte Patrick Williams. »Weil Bathurst tot ist, rächt er sich vielleicht an Leuten, die mit ihm in Verbindung standen.«

»Daran haben wir auch schon gedacht«, sagte Turner. »Zum Glück steht auf der Liste von Bathursts Bekannten nur ein Name: der seines früheren Kollegen Kevin McKenna. Ihm ist mitgeteilt worden, dass ein entlassener Häftling, der eine alte Rechnung mit John Bathurst offen hat, versuchen könnte, mit ihm Kontakt aufzunehmen. In diesem Fall soll er sofort die Polizei verständigen. Als Vorsichtsmaßnahme hören wir sein Handy ab.«

»Okay«, sagte Patrick. »Wir haben also keine Ahnung, wo Harker ist.«

»Vermutlich hat er sich irgendwo verkrochen«, sagte Turner. »Er weiß, dass wir nach ihm fahnden.«

»Das denke ich auch«, sagte Cal Holmwood. »Trotzdem geht die Fahndung mit Hochdruck weiter, und ich halte Sie darüber auf dem Laufenden. Was die übrigen Ausbrecher aus Broadmoor betrifft, machen wir solide Fortschritte. Bisher sind zweiundsiebzig als vernichtet gemeldet, aber noch zweihundertsechs sind auf freiem Fuß. Die Listen von Zielpersonen werden fortlaufend aktualisiert, und der Einsatzbefehl bleibt in Kraft, bis diese Sache vorbei ist.«

»Admiral Seward?«, fragte Jamie ruhig.

»Major Landis hat von dieser Front keine Fortschritte gemeldet, Lieutenant Carpenter. *Sonstige* Fragen?«

Am Tisch herrschte Schweigen.

»Gut, das wär's dann«, sagte der Kommissarische Direktor. »Wie immer ist alles, was hier besprochen wurde, streng geheim. Ich möchte Sie jedoch bitten, nach Wegen zu suchen, wie Sie Ihre Teams beruhigen können. Wir alle haben unsere Arbeit zu tun, und dies ist keine Zeit für Panik oder für Leute, die Fehler machen, weil sie Angst haben. Weggetreten.«

Jamie marschierte auf Ebene B den Korridor entlang, hielt seinen Dienstausweis an das Tastenfeld im Türrahmen seines Zimmers und lächelte, als er hinter der Tür vertraute Stimmen hörte.

Keine Geheimnisse, dachte er und stieß die Tür auf.

Auf seinem Bett saßen Kate Randall und Matt Browning; sie

hatten die Tür mit dem Zugangscode geöffnet, den sie beide auswendig kannten.

»Hi«, sagte er. »Was läuft?«

»Nicht viel«, sagte Matt lächelnd. »Außer dass eine Kollegin von mir bei einem Bombenanschlag, der einer Freundin von mir gegolten hat, verletzt worden ist. Und wie geht's dir?«

Jamie lachte. »So gut wie nie«, sagte er und ließ sich auf den Schreibtischstuhl fallen. »Die Kameras haben nicht erfasst, wer gestern Morgen in Kates Unterkunft war, in Paul Turners Zimmer ist eine weitere Bombe gefunden worden, deshalb glauben Cal und er, dass die Anschläge mit dem TIS zusammenhängen, während die restliche Sonderkommission dafür Valentin verantwortlich macht. Oh, außerdem weiß niemand, wo Albert Harker steckt. Von daher ist alles paletti, klar.«

»Jesus«, sagte Kate. »In Pauls Zimmer ist ein Sprengsatz gefunden worden?«

Jamie nickte. »Und gestern Abend entschärft worden.«

»Nun, damit ist ja wohl alles klar«, sagte Matt, der Kate ansah. »Major Turner und du. Steckt dahinter nicht das TIS, wär's ein astronomischer Zufall.«

»Ich denke, du hast recht«, sagte Kate. »Hat irgendwer eine Theorie?«

Jamie schüttelte den Kopf. »Nur dass jemand etwas zu verbergen hat und bereit ist, zwei Agenten zu ermorden, um es geheim zu halten.«

»Jesus«, sagte Kate noch mal. »Ich muss immer an Natalia denken. Wenn sie schwer verletzt oder gar ...«

»Ist sie aber nicht«, unterbrach Jamie sie. »Sie wird bald wieder gesund.«

»Ich weiß«, sagte Kate. »Aber der Anschlag hat nicht ihr gegolten, Jamie. Sie hatte absolut nichts mit dieser Sache zu tun.«

»Richtig«, bestätigte Matt. »Aber *wieso* war sie dort, als die Bombe hochgegangen ist? Wollte Sie dich besuchen oder so was?«

»Weiß ich nicht«, sagte Kate.

»Okay«, sagte Matt. »Aber wenn die Bombe gezündet wurde,

als deine Tür geöffnet wurde, muss Natalia sie geöffnet haben. Wie hat sie das geschafft?«

»Woher soll ich das wissen?«, fauchte Kate. »Frag sie doch selbst, wenn sie wieder aufwacht.«

Ganz ruhig, dachte Jamie. *Reiß ihm nicht den Kopf ab.*

»So viel also zur Sitzung der Sonderkommission Stunde null«, sagte er.

»Ich muss zu Lazarus zurück«, kündigte Matt an. »Unsere Personallage ist angespannt, seit Natalia im Krankenrevier liegt.«

»Kann ich mir denken«, sagte Jamie. »Und du, Kate?«

»TIS«, sagte sie. »Paul hat mir eine SMS geschickt, dass wir heute Nachmittag weitermachen. Die Bombe in seiner Unterkunft hat er nicht erwähnt, aber das überrascht mich nicht. Also dürfte der Tag lang werden. Was ist mit dir?«

»Ich muss ein Gespräch führen, vor dem ich mich lange gedrückt habe«, antwortete Jamie.

»Mit wem?«, fragte Matt.

»Mit einem meiner Rekruten«, sagte Jamie. »John Morton.«

»Ich habe gehört, dass du mit deinem Team vorzeitig zurückgekommen bist«, sagte Kate. »Alles in Ordnung?«

»Weiß ich nicht«, sagte Jamie. »Ehrlich nicht. Nachdem sein erster Schuss danebengegangen war, hat er angefangen, über Vampire zu reden – dass unser Kampf gegen sie nicht rechtens ist. Ich habe Holmwood gebeten, ihn in die Reserve zu versetzen, aber das wollte er nicht. Allerdings hat er einer psychologischen Begutachtung zugestimmt – und das muss ich Morton jetzt mitteilen. Wird sicher sehr spaßig.«

»Todsicher«, sagte Kate.

»Apropos spaßig«, fügte er breit grinsend hinzu. »Dir steht heute Nachmittag ein Vergnügen bevor. Major Turner und dir.«

Kate runzelte die Stirn. »Wie meinst du das?«

»Das erfährst du früh genug«, sagte Jamie.

33

Spiel mit dem Feuer

Lincoln County, Nevada, USA
Gestern

Larissa klopfte an die Tür von Tim Albertssons Unterkunft und wartete darauf, dass der Spezialagent öffnete.

Sie hatte überraschend gut geschlafen; ihre Müdigkeit war offenbar stärker gewesen als ihr Unbehagen darüber, dass Tim sie überrumpelt und geküsst hatte. Als sie aus der Dusche gekommen war, hatte sie ihr Spiegelbild begutachtet, am Magen den runden Fleck neuer Haut gesehen, der blasser als der Rest war, und nachträglich verstanden, weshalb sie in der Sporthalle so erschöpft gewesen war. Manchmal vergaß sie, dass ihr Körper häufig Extreme erduldete, die einen gewöhnlichen Menschen umgebracht hätten; ihr erschien das auf bizarre Weise normal.

Als ihr Klopfen unbeantwortet blieb und in Tims Zimmer keine Bewegung zu hören war, gab sie auf. Weil ihre Konsole keine Befehle anzeigte und sie für heute nicht als Ausbilderin eingeteilt war, hatte sie sich mit Tim aussprechen und dann ein paar Freunde zusammentrommeln wollen, um einige Stunden wohlverdienter Freizeit mit ihnen zu genießen. Noch auf dem Korridor von Ebene 3 schrieb sie eine Nachricht, um ihre Freunde zu fragen, wo sie waren. Als sie an den Aufzügen wartete, kam nach einem Piepston die erste Antwort.

MORGEN, GOLDSTÜCK. BIS NACHMITTAGS IN SAN DIEGO, UM MIR NEUE BEWERBER VON DEN SEALS ANZUSEHEN. KARA UND DANNY AUCH HIER. BLEIB SAUBER OHNE MICH. TIM

Larissa fuhr zusammen, als sie das las.

Einerseits unterschied der Tonfall dieser Nachricht sich nicht von den Dutzenden von anderen, die Tim ihr schon geschickt hatte, was zu beweisen schien, dass er nicht sauer auf sie war, wie sie befürchtet hatte. Andererseits war es ein so offenkundiger Flirtversuch, dass Larissa sich darüber ärgerte, so lange gebraucht zu haben, um die Situation zu erfassen.

Ich muss mit ihm reden, wenn er zurück ist, dachte sie. *Sobald er zurück ist.*

Ihre Konsole piepste erneut, und sie berührte den Bildschirm. Zwei Nachrichten erschienen untereinander.

Habe Geheimdienstausbildung.
Vielleicht sehen wir uns später. Aaron.

Noch in Colorado. Fliege demnächst zurück, so Gott will. Kelly.

Larissa lächelte und steckte die Konsole in ihre Koppeltasche zurück.

Kelly gehörte dem Eingreifteam an, das nach Colorado entsandt worden war, um die Folgen des Ausbruchs aus dem Hochsicherheitsgefängnis Supermax einzudämmen. Sie hätte schon gestern zurückkommen sollen, hatte aber im letzten Augenblick neue Befehle erhalten. Den Grund dafür hatte sie ihnen nicht sagen dürfen – was wie dieser Ausbruch mit der Stunde null zusammenhing, unterlag in allen Departments der Welt strengster Geheimhaltung –, aber ihr Verhalten ließ darauf schließen, dass sie davon keineswegs begeistert war.

Larissa ermahnte alle in einer Sammelnachricht, auf sich aufzupassen, dann betrat sie den Aufzug und drückte den mit 0 bezeichneten Knopf. Eine Minute später stand sie in dem riesigen halbkreisförmigen Hangar und blickte über den vor Urzeiten ausgetrockneten Papoose Lake hinaus. Schon um diese Zeit – kurz vor 8.30 Uhr – betrug die Außentemperatur über 35°C und stieg weiter an. Mittags würde sie bei gut über 40°C liegen, und die starke Sonneneinstrahlung hätte gewöhnliche Haut binnen Minuten verbrannt; ihre eigene empfindliche Haut wäre beim ersten Strahl der grellen Wüstensonne von einem Inferno aus purpurrotem Feuer verzehrt worden.

Der Schatten lag wenige Meter vor dem Rand des Hangars; sein flirrender Rand bezeichnete die Grenze von Larissas bewohnbarer Welt. Sie starrte ihn an, war sich der ihr auferlegten Beschränkungen schmerzhaft bewusst; andererseits hatte sie ihren Frieden damit gemacht und schaffte es sogar, bestimmte Aspekte ihrer Einschränkungen zu genießen, aber ihr Verstand sah sie letztlich weiter als Fluch: als eine Haftzelle, die ihr überallhin folgte. Ihre Vampirseite, die sie mehr und mehr als eine andere Person betrachtete, machte sich aus solchen Dingen wenig; sie war nur an Blut und Gewalt interessiert. Larissa versuchte, nicht allzu viel darüber nachzudenken, und freute sich über einen Gedanken, der scheinbar aus dem Nichts kam, ihr Herz höher schlagen ließ und ihre Laune besserte.

Ich habe einen Tag frei, sagte sie sich. *Erstmals seit undenkbar langer Zeit gibt es absolut nichts, was ich tun müsste.*

Diese Erkenntnis schwappte wie kühles Wasser über sie hinweg. Sie wusste, dass im Lauf des Tages vermutlich Befehle auf ihrer Konsole erscheinen würden, aber die konnte sie ausführen, wenn sie kamen; vorerst war sie frei. Und während sie auf die glühend heiße Salzfläche des Papoose Lake hinausstarrte, wurde ihr klar, dass es etwas gab, das sie schon immer hatte tun wollen.

Zehn Minuten später war Larissa in ihrer Unterkunft und loggte sich ins NS9-Netzwerk ein. Die Zugangsberechtigung hatte sie gleich nach ihrer Ankunft erhalten – ein etwas überraschender Vertrauensbeweis, selbst wenn man berücksichtigte, dass die Departments enger zusammenarbeiten wollten. Sie hatte damit gerechnet, dass ihr Zugang wie der eines Gasts auf bestimmte Bereiche beschränkt sein würde, aber zu ihrer Überraschung stand ihr das gesamte NS9-Netzwerk offen. Bisher hatte sie es kaum genutzt, weil sie ihre dienstfreie Zeit meistens mit

Freunden verbracht hatte. Aber sie nutzte es jetzt, um Informationen über den hier einsitzenden Häftling zu finden, der offiziell nicht existierte.

Larissa hatte in der zur Bowlinganlage gehörigen Bar mit einem Agenten des NS9-Sicherheitsdiensts gesprochen und ihn geradeheraus nach dem Häftling gefragt. Der Mann hatte große Augen gemacht, bevor er rasch die Existenz eines Häftlings leugnete. Aber Larissa hatte nicht lockergelassen, sondern den Agenten mit einer Kombination aus ihrem englischen Akzent und reichlich Bourbon immer hilfloser gemacht. Sie versicherte ihm, er solle ihr nicht erzählen, *wer* der Häftling sei, sondern sie interessiere nur das Datum seiner Ankunft in Dreamland. Das hätte sie von jedem erfahren können. Niemand würde jemals wissen, dass er's ihr gesagt hatte. Schließlich war der Agent weich geworden; sie hatte sich bedankt, ihn auf die Wange geküsst und ihn verwirrt in sein Glas starrend an der Theke zurückgelassen.

Larissa rief die Wachbücher des Sicherheitsdiensts auf und gab das Datum ein, das der Agent ihr genannt hatte. Der Häftling musste irgendwie auf dem Stützpunkt angekommen sein – vermutlich unangemeldet, wenn sie bedachte, dass Kelly ihr von einem kurzen Alarm erzählt hatte, den es an dem fraglichen Tag gegeben hatte. Hoffentlich war diese unangemeldete Ankunft irgendwo dokumentiert.

Das System lieferte die Ergebnisse für einen Mittwoch vor vier Wochen. Es gab zwei Hauptspalten für Ein- und Ausfahrten, in denen die Einträge untereinander aufgereiht waren. Die meisten erschienen in beiden Spalten; das waren Teams, die zu Einsätzen ausrückten, von denen sie dann später zurückkehrten. Es gab auch Ausfahrten ohne Einfahrten, vermutlich von Agenten, die zu längeren Einsätzen entsandt wurden – wie Kelly gegenwärtig nach Colorado. Hätte sie an den folgenden Tagen nachgesehen, hätte sie bestimmt irgendwann entsprechende Einfahrten gefunden.

An dem Tag, der sie interessierte, gab es in der Spalte Einfahrten nur zwei Einträge ohne entsprechende Ausfahrten. Einer sah wie fast alle anderen aus: eine Reihe von Personenkennziffern, die Codebezeichnung des Einsatzes sowie Zugangscode und Anflugsektor des Flugzeugs beim Einflug in den gesperrten Luftraum von Dreamland. Dies war vermutlich ein Team gewesen, das den Stützpunkt am Vortag oder noch früher verlassen hatte. Der zweite Eintrag sah jedoch ganz anders aus.

Wo mindestens eine Personenkennziffer hätte stehen sollen, gähnte eine Lücke. Auch die Codebezeichnung des Einsatzes fehlte, und der Einflugsektor war durch das Wort TOR ersetzt. Und der angegebene Zugangscode unterschied sich auffällig von allen vergleichbaren Codes.

Das ist er, dachte sie aufgeregt. *Das ist er, wer immer er ist. Hier ist er angekommen.*

Larissa notierte sich den Zugangscode, schloss die Wachbücher und öffnete den Turnusplan des Sicherheitsdiensts. Das war ein großes Arbeitsblatt mit allen Wachposten und Sicherheitseinrichtungen von Dreamland: ein riesiger Plan, der nicht nur den NS9-Stützpunkt, sondern auch die USAF-Einrichtungen am Groom Lake und das gesamte Raketenversuchsgelände White Sands umfasste. Hier waren über hundert Zufahrten verzeichnet, die von herkömmlichen Wachgebäuden mit Schranken bis zu Wachposten reichten, die unterirdische Einrichtungen für schmutzige Projekte kontrollierten: chemische und biologische Waffen, Kernforschung mit minimiertem Fallout, Kernfusionswaffen der nächsten Generation – lauter Verstöße gegen Dutzende von internationalen Verträgen, alles so tief vergraben, dass selbst modernste Satelliten nichts entdecken konnten.

Sie suchte den Dienstplan für Tor 1, den Wachposten mit Schranke, der die Zufahrt auf der langen Straße vom Highway 375 herüber kontrollierte und in den Verschwörungstheorien von Beobachtern der Area 51 als Hauptor bekannt war. Es stand auf staatlichem Land und blieb den Blicken der Öffentlichkeit hinter Schildern verborgen, die Neugierige vor dem Weiterfahren warnten.

Er ist dort reingekommen?, fragte Larissa sich. *Auf der Straße? Das ist verrückt.*

Sie fand die richtige Spalte und folgte ihr bis zu dem gewünschten Datum nach unten. Dienst an der Schranke hatte am bewussten Tag Senior Airman Lee Ashworth gehabt. Larissa schloss den Plan, fragte die Personalabteilung nach Ashworth und bekam sofort seine Personalakte. Sie suchte rasch die wichtigste Eintragung: Senior Airman Ashworth' gegenwärtigen Dienstort.

Bitte lass ihn nicht versetzt worden sein. Bitte.

DIENSTORT: Edwards AFB, ABTEILUNG 559.
GOLD-STAFFEL. Groom Lake.

Larissa betrachtete das Foto des Mannes, prägte es sich ein und meldete sich aus dem Netzwerk ab. Zwei Minuten später stand sie am Ende des Korridors auf Ebene 3 und schwebte ungeduldig auf und ab, während sie darauf wartete, dass der Aufzug kam.

Sie stieg auf Ebene 1 aus und hastete den Hauptkorridor entlang zu ihrem Ziel, das auf der anderen Seite des Stützpunkts hinter einer schweren Sicherheitstür lag.

Tim Albertsson hatte ihr den Tunnel an ihrem zweiten Tag in der Wüste gezeigt.

General Allen hatte ihm den Auftrag erteilt, Larissa herumzuführen, damit sie ein Gefühl für die Anlage bekam. Für die funktionellen Einrichtungen hatten sie kaum zwei Stunden gebraucht: Speisesaal, Sporthallen, ihre Unterkunft, Kontrollzentrum und Hangar. Nach dem offiziellen Rundgang hatte Tim angefangen, ihr zu zeigen, was er als das »spaßige Zeug« bezeichnete: die Schießplätze, die unheimlichen, längst aufgegebenen Forschungslabors in den Tiefen des Berges und den Tunnel.

Der fast einen Kilometer lange Tunnel führte unter dem Berg zwischen Groom Lake und Papoose Lake hindurch und endete in dem Gebäudekomplex, den die Außenwelt als Area 51 bezeichnete. Er gehörte zu einem weit verzweigten Netzwerk aus Tunneln, abgedeckten Verbindungsgängen und Schutzdächern, die alle den Zweck hatten, die hier arbeitenden Männer und Frauen vor den immer schärfer werdenden Augen von Spionagesatelliten zu schützen. Jetzt erfüllten sie einen weiteren Zweck, an den ihre Erbauer sicher nie gedacht hatten: Sie gaben Larissa die Möglichkeit, sich auch tagsüber auf beiden Stützpunkten weitgehend frei zu bewegen.

Sie erreichte die massive Sicherheitstür und hielt ihren Dienstausweis an das Lesegerät am Türrahmen. Elektromagnetische Schlösser lösten sich, und die Tür schwang an gut geölten Angeln auf. Larissa trat hindurch, zog sie hinter sich zu, stieg dann in die Luft auf und beschleunigte. Sie schoss mit für menschliche Augen schwindelerregender Geschwindigkeit vorwärts: Eben hatte sie noch bewegungslos in der Luft gehangen, im nächsten Augenblick war sie ein an den Rändern rot glühender schwarzer Strich. Für den fast einen Kilometer langen Tunnel brauchte sie keine fünf Sekunden; dann landete sie elegant vor einer identischen Sicherheitstür am anderen Ende, entriegelte sie mit ihrem Dienstausweis und betrat einen halbkreisförmigen Vorraum mit steril blitzenden Edelstahlwänden.

»Stillhalten«, verlangte eine elektronische Stimme.

Larissa befolgte diese Anweisung, während Geräte in Decke und Wänden ihren Ortungs-Chip auslasen, sie von allen Seiten fotografierten und ihre Ankunftszeit registrierten.

»Weitergehen«, sagte die Stimme nach kurzer Pause. Sie unterdrückte den absurden Drang, danke zu sagen, und ging durch die Tür, die sich vor ihr öffnete.

So gelangte sie ins Kontrollzentrum Groom Lake, einen großen runden Saal voller Radarschirme, Seismografen-Anzeigen und langen Reihen von Monitoren mit Satellitenbildern. Die Wachleiterin sah auf und nickte ihr zu; das Personal des Kontrollzentrums hatte sich längst daran gewöhnt, sie auf diese Weise eintreffen zu sehen. Larissa erwiderte ihr Nicken und fragte die Offizierin, wo die Gold-Staffel zu finden sei.

»Gebäude B12«, antwortete die Wachleiterin. »Wissen Sie, wo das ist?«

»Danke, ich finde es schon«, antwortete sie.

Gebäude B12 war ein niedriger rechteckiger Bau fast in der Mitte des Komplexes, sodass es für Larissa kein Zugangsproblem gab: der Weg bis zum Eingang lag unter dem zentralen Sonnensegel, das ihr Schutz vor der sengenden Wüstensonne bot. Die Diensträume der Gold-Staffel bestanden aus einem weitläufigen Großraumbüro mit abgetrennten kleinen Büros entlang der Rückwand des Gebäudes. Als Larissa die Tür aufstieß, schlug ihr geschäftiges Summen entgegen, in das sich Funkverkehr und das stetige Piepsen von Radarschirmen mischten. Sie trat an den nächsten Schreibtisch und sagte hallo zu der dort sitzenden Sergeantin.

»Oh, hi«, antwortete die Frau. Sie wirkte kurz verwirrt, dann streckte sie die Hand aus. »Sie sind Larissa, nicht wahr? Ich bin Carla Monroe.«

Sie ergriff die ausgestreckte Hand und nickte. »Larissa Kinley«, sagte sie dabei.

»Freut mich, Sie kennenzulernen«, sagte Carla. »Kann ich irgendwas für Sie tun? Ich will nicht unhöflich sein, aber wir sind ziemlich beschäftigt. Heute findet ein Testflug statt.«

»Was testen Sie?«, fragte Larissa.

»Den Prototyp der F-71«, antwortete Carla. »Mit bis zu halber Höchstgeschwindigkeit, deshalb sind alle ein bisschen nervös.«

»Wie hoch ist die halbe Geschwindigkeit?«

»Ungefähr Mach fünfkommadrei.«

»Wow!«

»Yeah.«

»Dann will ich Sie nicht länger aufhalten«, sagte Larissa lächelnd. »Ich suche Senior Airman Lee Ashworth.«

»Zweites Büro von links dort hinten«, sagte Monroe und zeigte auf eine der in die Rückwand des Gebäudes eingelassenen Türen. »Er ist unser Verbindungsmann zum Testzentrum der

Luftwaffe, deshalb würde ich ihn lieber nicht stören, wenn's nicht dringend ist. Er ist vor Testflügen immer ein bisschen cholerisch.«

»Ich werd's mir merken«, sagte Larissa. Sie lächelte Carla Monroe nochmals zu und ging durch das Großraumbüro weiter. Als sie die Tür erreichte, klopfte sie energisch an und trat sofort ein, damit der Senior Airman sich nicht erst erkundigen konnte, wer da sei.

»Wer zum Teufel sind Sie?«, fragte er laut, noch bevor sie die Tür hinter sich geschlossen hatte. Lee Ashworth saß an einem Schreibtisch unter einem schmalen Fenster: ein hagerer Mittzwanziger mit schwer zu bändigendem schwarzen Haar, rot angelaufenem Gesicht und gehetztem Blick, aus dem sofortige Abneigung zu sprechen schien. Larissa fand, er sehe wie ein Mann unter extremem Stress aus.

»Ich bin Larissa Kinley«, antwortete sie. »NS9.«

»Soll mich das beeindrucken?«, schnaubte Ashworth.

»Nein«, sagte Larissa. »Sie haben danach gefragt, also hab ich's Ihnen gesagt.«

Ashworth starrte sie sekundenlang an, dann grunzte er. »Was wollen Sie, Kinley?«, fragte er. »Wir stehen kurz vor einem Testflug, und meine Schicht endet in genau zweihundertvier Minuten, deshalb müssen Sie entschuldigen, wenn ich keine Lust auf ein Schwätzchen habe.«

»Ich verspreche Ihnen, Sie nicht lange aufzuhalten. Ich wollte mich nur nach dem Mann erkundigen, der am 22. Januar durch Tor eins auf den Stützpunkt gekommen ist. Sobald Sie mir sagen, wer er war, verschwinde ich wieder.«

Ashworth riss die Augen auf, und sein schon gerötetes Gesicht lief gefährlich dunkelrot an. »Was wissen Sie über ihn?«, fragte er.

»Nichts«, antwortete Larissa. »Deshalb frage ich Sie ja.«

»Soll das ein Witz sein? Wissen Sie, was mir blüht, wenn rauskommt, dass ich mit Ihnen darüber geredet habe?«

»Es wird nicht rauskommen«, versicherte Larissa ihm. »Ich

will niemandem Schwierigkeiten machen, ich muss nur wissen, wer er ist. Ich denke, er könnte wichtig sein.«

»Ich weiß nicht, wer er ist«, sagte Ashworth. »Ehrlich nicht!«

»Ich glaube Ihnen«, sagte Larissa. »Sie sollen mir nur erzählen, was Sie wissen. Alles andere kriege ich selbst raus.«

»Das tun Sie bestimmt«, sagte Ashworth. »Aber nicht mit meiner Hilfe. Und jetzt verschwinden Sie gefälligst aus meinem Büro.«

Larissa machte keine Bewegung; sie starrte den Senior Airman nur an, während die unbehagliche Stimmung sich stetig verstärkte. Ashworth' Schreibtisch war fast zwanghaft ordentlich aufgeräumt; Ordner, Handbücher und Schriftstücke hatten genau gleiche Abstände zueinander, ihre Kanten waren exakt ausgerichtet. Die einzige Konzession an irgendetwas Persönliches war ein gerahmtes Farbfoto, auf dem eine hübsche Blondine die Arme um zwei grinsende Kinder legte.

»Also gut«, sagte sie schließlich. »Wir reden dann später noch mal.«

»Nicht, wenn's nach mir geht«, sagte Ashworth.

Sie bedachte ihn mit ihrem besten Lächeln, dann wandte sie sich ab und verließ das kleine Büro.

Ich komme dir näher, dachte sie, *als sie das Gebäude B12 verließ. Ich bin dir auf den Fersen, wer immer du auch bist.*

Larissa war so in Gedanken versunken, dass sie nicht hörte, dass mehrere Stimmen im Chor ihren Namen über den zentralen Platz des Komplexes riefen. Sie merkte auch nicht, dass irgendjemand in ihrer Nähe war, bis eine Hand auf ihre Schulter fiel und die Vampirin in ihr reagieren ließ. Ihre Augen färbten sich rot, die Reißzähne fuhren aus, und sie ergriff die Hand und schleuderte ihren Besitzer durch die Luft. Noch bevor er aufschlug, warf sie sich mit glühenden Augen und gefletschten Reißzähnen herum, nur um drei ihrer Freunde vor sich zu sehen.

»Jesus, Larissa!« Kara sah sie mit erschrocken geweiteten Augen an.

Larissa starrte Danny und Kelly an, die ähnlich entsetzt neben ihrer Freundin standen. Dann hörte sie ein leises Stöhnen hinter sich, fühlte die Glut in ihren Augen abklingen, als die Reißzähne sich zurückzogen, und sah sich um, um festzustellen, was sie getan hatte, wen sie diesmal verletzt hatte.

»Ganz schön stark«, sagte Tim Albertsson, auf dessen Gesicht ein Lächeln erschien. Er saß auf dem Asphalt und ließ eine Schulter kreisen, um ihre Beweglichkeit zu prüfen. Seine Uniform war am Rücken staubig, aber er betrachtete Larissa nachdenklich, nicht so wütend, wie sie erwartet hatte.

»Jesus«, flüsterte sie vor Verlegenheit errötend. »Tim, das tut mir schrecklich leid. Ich war in einer eigenen Welt, als du ... Tut mir echt leid!«

»Schon gut«, sagte er und rappelte sich allmählich auf. »Nichts passiert. War ohnehin mein Fehler, ich hätte dich nicht so überraschen dürfen. War unüberlegt von mir.«

Ich bin wie ein wildes Tier, dachte Larissa von dunklen Nebelschwaden aus Selbsthass umgeben. *Für den Umgang mit mir gibt's Vorsichtsmaßregeln.*

Tim trat vor, legte ihr einen Arm um die Schultern und wandte sich mit ihr den drei anderen zu. Karas Blick war nicht mehr erschrocken, und Danny und Kelly begannen zu lächeln, aber das allgemeine Unbehagen war noch immer mit Händen zu greifen.

»Nichts passiert«, wiederholte Tim. »Schleicht euch nicht an sie ran, möchte ich euch allen raten. Sonst spielt ihr mit eurem Leben.« Er grinste, und Larissa spürte, dass Dankbarkeit sie wie eine Woge durchflutete. Kara lachte, Dannys und Kellys Lächeln wurde zu einem Grinsen, und plötzlich war alles wieder in Ordnung.

Danke!, dachte sie, als sie zu Tim aufsah. Seit Arm lag noch immer um ihre Schultern, aber sie glaubte, das tolerieren zu können – zumindest noch für kurze Zeit.

»Wie war's in Colorado?«, fragte sie.

»Kalt«, antwortete Kelly kopfschüttelnd. »Voller Vampire.«

»San Diego war sonnig und voller halbnackter Kampfschwimmer der Navy«, sagte Kara. »Wenn dir diese Vorstellung besser gefällt?«

Kelly zeigte ihrer Freundin grinsend den Stinkefinger.

»So«, sagte Tim, der sich weiter auf Larissa konzentrierte. »Nachdem wir dich jetzt gefunden haben, müssen wir dich schleunigst nach Dreamland zurückschaffen.«

»Befehle?«, fragte sie.

Lara schüttelte den Kopf. »Wir haben zwei Tage Urlaub bekommen.«

»Urlaub?«

»Achtundvierzig Stunden frei, Larissa«, sagte Tim mit einem Blick auf seine Uhr. »Die offiziell vor dreiundsiebzig Minuten begonnen haben. Deshalb müssen wir uns beeilen. Nach Vegas fahren wir fast zwei Stunden.«

»Vegas?«, fragte Larissa. »Wir fahren nach Las Vegas?«

»Nun, *wir* ganz sicher«, sagte Kelly und sah sich bei den anderen um. »Aber wir hoffen, dass du mitkommst. Was sagst du?«

Larissa runzelte die Stirn. »Warum sollte General Allen uns zwei Tage freigeben? Die Supermax-Ausbrecher sind noch nicht alle gefasst, wir sind mitten in der Ausbildung der neuen Rekruten, und das …«

»Wen kümmert's?«, unterbrach Kara sie. »Ich bin dafür, schleunigst abzuhauen, bevor er sich die Sache anders überlegt.«

»Trotzdem ist das unverständlich«, sagte Larissa beharrlich. »Wir arbeiten nicht mal zusammen. Weshalb sollten wir fünf gleichzeitig Urlaub bekommen?«

»Du weißt, warum«, erklärte Tim ihr lächelnd. »Du sagst es nur nicht.«

Larissa dachte darüber nach. Hätten Tim und sein Team aus Spezialagenten nach Nuevo Laredo von Allen Sonderurlaub bekommen, hätte sie das überrascht, aber es wäre wenigstens plausibel gewesen. Aber die vier vor ihr stehenden Personen hatten nichts miteinander gemeinsam, außer dass sie …

»Weil wir Freunde sind«, sagte sie langsam. »Hab ich recht?«

»Natürlich«, bestätigte Tim. »Du weißt, dass der Direktor dich bewundert, und du bist nicht mehr lange hier. Dies ist ein Geschenk von ihm für dich. Wir anderen dürfen nur mit, weil wir deine Freunde sind. Wie du dir denken kannst, sind wir ziemlich scharf darauf, dass du nach Vegas mitkommst.«

»Aber es gibt jede Menge zu tun«, protestierte Larissa. »Ich sehe nicht, wie wir einfach ...«

»Pass auf, die Sache ist ganz einfach«, unterbrach Kelly sie. »Wenn der Direktor nicht dächte, dass das Department uns zwei Tage entbehren kann, ließe er uns nicht gehen. Willst du nicht einfach darauf vertrauen, dass er weiß, was er tut, mit uns nach Vegas fahren und dich nach der Rückkehr bei ihm bedanken? Was sagst du dazu?«

Auf Larissas Gesicht erschien ein strahlendes glückliches Lächeln. »Ich sage ja.«

34

Die Summe unserer Teile

»Verbannen Sie mich auf die Reservebank?«, fragte John Morton. »Das tun Sie, nicht wahr?«

Jamie schüttelte den Kopf, spielte auf Zeitgewinn. Er hatte nicht damit gerechnet, dass der Rekrut so rasch erfassen würde, was hinter dem Besuch seines Teamführers in seinem Schlafsaal auf Ebene A steckte. »Nein«, sagte er, »Sie kommen nicht auf die Reservebank. Aber Sie sollen wissen, bevor Sie's von anderer Seite erfahren, dass ich den Kommissarischen Direktor gebeten habe, Sie auf die Inaktivenliste zu setzen. Das hat er abgelehnt.«

Morton starrte ihn an. »Sie wollen mich nicht in Ihrem Team haben?«

»Das stimmt nicht«, sagte Jamie. »Ich will, das Sie in bester Form bereit sind, sich den Gefahren dort draußen zu stellen. Aber ich glaube nicht, dass Sie das sind.«

»Mir geht's gut«, behauptete der Rekrut. Er zog seinen Schreibtischstuhl heraus, drehte die Lehne nach vorn und setzte sich so dem Teamführer gegenüber. »Wirklich, Sir, mir geht's gut.«

»Das glaube ich nicht«, sagte Jamie halblaut. »Ich glaube, dass Sie Angst haben.« Er sah, dass Morton rot anzulaufen begann, und beeilte sich, die Situation zu entschärfen. »Das ist keine Kritik, John. Jeder braucht unterschiedlich lange, um sich daran zu gewöhnen, ein Teil von Schwarzlicht zu sein, sich mit der Realität abzufinden, mit der er hier konfrontiert wird. Das ist keine Schande.«

»Ich habe schon manchmal Angst gehabt, Jamie«, sagte Morton. »Ich *kenne* Angst. Dies ist etwas anderes.«

Aber du gestehst ein, dass es irgendwas gibt, dachte Jamie. *Immerhin ein Anfang.*

»Was denn?«, fragte er. »Diese Sache bleibt unter uns.«

Morton starrte einige Sekunden lang seine Hände an. »Afghanistan«, sagte er schließlich. »Letztes Jahr war ich mit einem Aufklärungsbataillon der Marines in den Bergen der Provinz Helmand im Einsatz. Ich habe alles gesehen, was Sie gesehen haben – und vermutlich noch etwas mehr. Tote Kinder, Männer, die wegen Gerüchten gefoltert worden waren, Frauen als Opfer von Massenvergewaltigungen, weil sie Mädchen lesen gelehrt hatten. Eines Morgens sind wir in ein Dorf eingerückt, in dem drei bis fünf Talibankämpfer versteckt sein sollten. Wir hatten das Gebiet die ganze Nacht aus zwanzig Meilen Entfernung mit Drohnen aus der Luft angegriffen. Ich weiß nicht, wie viele Raketen das waren, vielleicht fünfzig, vielleicht hundert, keine Ahnung. Aber ich weiß, dass das Tal aus der Luft überwacht wurde, sodass garantiert niemand flüchten konnte.

Im Morgengrauen wurden wir dann zu sechst losgeschickt. Als wir über den letzten Grat kamen, lag das Dorf in Trümmern vor uns. Alles platt, nirgends eine Bewegung. Wir sind einfach die Fahrspur entlanggegangen, weil in dieser Trümmerwüste niemand mehr leben konnte. Ungefähr zwanzig Meter außerhalb des Dorfs haben wir die erste Tote gefunden: eine alte Frau, die mit zerfetztem Unterleib im Staub auf dem Bauch lag. In der Mitte des ehemaligen Dorfs gab es einen kleinen Platz, kaum größer als dieser Saal. Dort lagen zwei Kinder, die sich an den Händen hielten. Beide tot. In den Ruinen der Häuser haben wir weitere Leichen entdeckt, oft nur Teile davon, fast alle Kinder und Frauen. Dazwischen zwei, drei Männer, alt und grau, mit langen Vollbärten.

In der anderen Hälfte des Dorfs haben wir einen toten Jugendlichen und das einzige überlebende Wesen gefunden: einen mageren Köter. Der Hund war dabei, von dem Jungen zu fressen, hatte ihm schon ein Loch in den Bauch gebissen. Mein Kamerad Brody hat ihn erschossen, und wir sind zum Abholpunkt zurückmarschiert. Nach letzter Zählung waren es vierunddreißig Tote: dreizehn Frauen, vier Männer, wenn man den Jugendlichen mitzählte, und siebzehn Kinder. Keine Spur von Talibankämpfern, und im Feldlager konnte uns niemand die Meldung zeigen, die den Angriff ausgelöst hatte. Also wurde ein geschönter Bericht geschrieben, von der CIA redigiert und zuletzt ganz unterdrückt. Zwei Tage danach bekamen wir einen Orden und waren eine Woche später daheim.«

»Jesus«, sagte Jamie.

»Richtig«, sagte Morton. »Andere Sachen waren fast genauso schlimm, aber diese war am schlimmsten. Als ob sie keine Menschen mehr seien, und damit meine ich nicht nur, dass sie tot waren. Sie waren nicht heil, sie waren zerbrochen und zerstört. Wissen Sie, was ich damit ausdrücken will?«

Jamie dachte an die terrorisierten, verstümmelten Mönche auf Lindisfarne, die Männer und Frauen, die zur Unterhaltung der Fraternité de la Nuit missbraucht, gefoltert und ermordet worden waren, und nickte. »Ja, ich weiß«, sagte er ruhig. »Das können Sie mir glauben.«

Morton starrte ihn lange an, dann lächelte er verkniffen, schmerzlich.

»Das tue ich«, sagte er. »Man merkt es Leuten an, wenn sie Dinge gesehen haben, die sie nie mehr vergessen können. Irgendwie verändert das ihren Blick. In Ihren Augen ist's auch zu sehen. Ich hab in Afghanistan und davor im Irak Angst gehabt. Wenn Sie da keine haben, sind Sie ein Idiot oder ein Lügner. Aber das war gestern nicht das Problem. Ich kann's nicht erklären.«

»Versuchen Sie's«, forderte Jamie ihn auf.

»Die Vampire«, sagte Morton langsam. »Sie sind verkehrt ... nicht richtig. Besser kann ich's nicht ausdrücken. Ich war schon häufiger in Lebensgefahr und habe schon öfter Leuten gegenübergestanden, die mich umlegen wollten, als ich zählen kann. Ich fürchte den Tod nicht. Aber Vampire kommen mir vor wie nicht real. Oder als ob sie nicht real sein sollten. Aber das sind sie, und das ist nicht richtig. Nichts davon fühlt sich *richtig* an, Sir.«

»Sie brauchen nur mehr Zeit«, antwortete Jamie. »Irgendwann kommen Sie damit zurecht, ich weiß, dass Sie's tun werden.«

»Ellison ist längst so weit«, sagte Morton. »Sie ist für diese Arbeit geboren – genau wie Sie. Ich vielleicht nicht. Vielleicht ist das die ganze Wahrheit.«

»Dafür wird niemand geboren«, sagte Jamie. »Sie gehen zu streng mit sich ins Gericht, John. Sie haben danebengeschossen, sofort angefangen, sich deswegen Vorwürfe zu machen, und überreagiert. So was passiert. Das wird nicht Ihr letzter Fehlschuss gewesen sein, und er macht mir auch keine Sorge. Was mir Sorgen macht, sind Ihre Äußerungen nach der Vernichtung Binghams. Ich kann in meinem Team niemanden brauchen, der daran zweifelt, ob die Vernichtung von Vampiren eine gute Idee ist.«

Morton nickte. »Das verstehe ich«, sagte er leise.

Die beiden Agenten saßen eine Zeit lang schweigend da. Schließlich brach Jamie das Schweigen. »Mal ganz ehrlich: Finden Sie, dass Sie auf die Aktivenliste gehören?«

Morton zuckte mit den Schultern. »Weiß nicht. Was denken Sie?«

»Was ich denke, wissen Sie.«

»Ich will mithelfen«, sagte Morton. »Ich will nicht hier zurückbleiben, während alle anderen draußen kämpfen. Das ist nicht meine Art, Sir.«

»Sie sind mir keine Hilfe, wenn ich mir im Einsatz ständig Sorgen um Sie machen muss«, sagte Jamie. »Das verstehen Sie, nicht wahr?«

Morton nickte schweigend.

Jamie musterte ihn prüfend, dann rieb er sich die Augen und seufzte. »Der Direktor sagt, dass Sie aktiv bleiben können – also bleiben Sie aktiv. Aber das bedeutet nicht, dass ich Sie nicht im Van lasse, wenn mir das nötig erscheint.«

»Ich verstehe, Sir.«

»Und ich schicke Sie zum Wissenschaftlichen Dienst hinunter, damit die Psychologen Sie begutachten können. Ohne Widerrede.«

»Wann?«

»Gleich jetzt. Sobald wir hier fertig sind. Sie werden unten erwartet.«

»Okay«, sagte Morton. »Sonst noch was?«

»Nein«, sagte Jamie. »Wir reden noch mal miteinander, wenn das Gutachten vorliegt. Bis dahin bleiben Sie in meinem Team. Wollen Sie das?«

»Ja, Sir«, sagte Morton. »Danke, Sir.«

Jamie wartete auf der Ebene A vor dem Aufzug, als seine Konsole vibrierte. Er angelte sie aus der Koppeltasche und war dankbar dafür, dass sie ihn von seinen Gedanken ablenkte; er hatte erwartet, dass Morton zornig werden, ihn bedrohen oder vielleicht sogar tätlich angreifen würde. Das ruhige, unsichere Verhalten des Rekruten war irgendwie weit beunruhigender gewesen.

Er sah das Nachrichtensymbol auf dem Display und drückte darauf.

ALLE_EINSATZTEAMS_REAKTIVIERT /
DIENSTPLÄNE_FOLGEN

Wird allmählich Zeit, dachte Jamie. *Die Sperre hat uns schon eine ganze Nacht gekostet.*

Die Konsole in seiner Hand piepste erneut, dann erschien eine zweite Nachricht. Die Überwachungsabteilung hatte den zweiten Vampir auf ihrer Liste als den 46-jährigen Ausbrecher Alastair Dempsey identifiziert und seinen mutmaßlichen Aufenthaltsort in Central London ermittelt. Das Einsatzteam M-3 sollte um 16:00 Uhr abfahren, um seinen Auftrag fortzuführen.

Jamie sah auf seine Armbanduhr und stellte fest, dass er noch fast fünf Stunden frei hatte. Er leitete die Nachricht an seine Teamgefährten weiter und wies sie an, sich um 15:30 Uhr im Hangar mit ihm zu treffen. Er überlegte, ob er Morton daran erinnern sollte, dass das Gutachten darüber entscheiden würde, ob er mitkommen durfte oder nicht, entschied sich dann aber doch dagegen. Der Rekrut war ohnehin schon so verunsichert, dass weitere Ermahnungen vermutlich sinnlos waren. Als der Aufzug kam, drückte er den Knopf H, schloss die Augen und lehnte sich an die Wand.

Zwei Minuten später trat Jamie aus der Luftschleuse, die den Zugang zum Zellenblock von Schwarzlicht kontrollierte. Er nickte dem Agenten zu, der das Besucherbuch führte, und marschierte mit klickenden Stiefelabsätzen den glatten Boden des langen Korridors entlang.

Als er an den Zellen vorbeiging, in denen Valentin und sein Kammerdiener Lamberton einsaßen, blickte er starr nach vorn. Aus dem Augenwinkel heraus nahm er wahr, dass der jüngste Rusmanov ihn beobachtete, aber er zwang sich, stur weiterzugehen.

Nicht heute. Vergiss nicht, du bist hier, um deine Mom zu besuchen.

Als er sich der hintersten Zelle links näherte, drang der süßliche Geruch von Himbeertee durch die UV-Barriere, stieg ihm in die Nase und löste eine fast schmerzlich starke Nostalgiewelle aus: Er weckte Erinnerungen an die Küche ihres alten Hauses, an den Tisch, an dem er seine Hausaufgaben gemacht und mit seiner Mutter darauf gewartet hatte, dass sein Dad von seinem Job im Verteidigungsministerium heimkam, in dem er in Wirklichkeit nie gearbeitet hatte. Die Wahrheit war weit komplizierter gewesen und hatte sich ihnen erst lange nach Julian Carpenters Tod offenbart.

Jamie trat vor die UV-Barriere und lächelte. Seine Mutter saß auf dem Sofa, trank mit kleinen Schlucken Tee aus der Tasse, die er ihr als Zwölfjähriger zu Weihnachten geschenkt hatte, und löste ein Kreuzworträtsel. Sie sah auf, bevor er ein Wort sagen konnte, und lächelte ihn an.

»Hallo, Schatz«, sagte sie. »Komm rein.«

Jamie trat durch die Barriere, spürte dabei ein vertrautes Kribbeln auf der Haut. »Wie geht's dir, Mom?«, fragte er und beugte sich zu ihr hinunter, um sie zu umarmen – eine Begrüßung, die sie wie immer sehr vorsichtig erwiderte. »Alles okay?«

»Oh, mir geht's gut«, antwortete sie, ließ ihn los und machte neben sich auf dem Sofa Platz. »Und dir? Oben alles in Ordnung?«

»So ziemlich«, sagte Jamie und ließ sich neben sie aufs Sofa fallen. »Ich darf dir nicht erzählen, was alles läuft, aber mir geht's bestens. Kate und Matt auch.«

»Die Wände haben gezittert«, sagte Marie. Sie war plötzlich sorgenvoll blass. »Das hat geklungen, als sei eine Bombe detoniert.«

»Darüber darf ich nicht reden, Mom«, sagte Jamie etwas schroffer als beabsichtigt. »Das weißt du.«

»Ja, ich weiß«, antwortete Marie. »Aber ich hätte gedacht, du würdest mich wissen lassen, dass dir nichts passiert ist. Ich hab mir Sorgen gemacht.«

Jamie spürte, dass er voller Scham und Schuldgefühl errötete. *Die Detonation hat den ganzen Ring erschüttert*, dachte er, *und sie war allein hier unten, ohne zu wissen, was geschehen war. Ich hätte ebenso gut tot sein können.*

»Sorry, Mom«, sagte er. »Ich hab mir nichts dabei gedacht.«

»Das tust du nie«, stellte Marie fest. Ihr Tonfall war kühl, aber nicht wütend, eher enttäuscht. »Ich liebe dich, Jamie, mehr als sonst jemanden auf der Welt, und weiß, dass du sehr beschäftigt bist und wichtige Arbeit leistest. Aber ich bin deine Mom, die sich Sorgen um dich macht. Tut mir leid, wenn das für dich eine Belastung ist.«

Jamie fühlte, dass ihm Tränen in die Augen steigen wollten. »Es ist keine«, sagte er mit erstickter Stimme. »Tut mir echt leid, Mom. Der gesamte Stützpunkt war über Nacht gesperrt, aber ich hätte gleich morgens runterkommen sollen, um dich zu beruhigen. Ich wollte nicht, dass du dir Sorgen machst.«

Sie lächelte ihn so liebevoll an, dass er das Gefühl hatte, sein Herz würde seine Brust sprengen. »Ich weiß, dass du das nicht wolltest, Jamie. Ich habe nie geglaubt, dass ich dir egal bin, ehrlich nicht. Und ich bin so stolz auf dich. Denk nur ab und zu an mich, okay?«

»Wird gemacht«, antwortete Jamie. Sein Inneres stand in Flammen, war von einer hoch explosiven Mischung aus Schuldgefühlen, Selbsthass und bedingungsloser Liebe in Brand gesetzt. »Ich will mir mehr Mühe geben, Mom. Versprochen!«

35

In den Untergrund gehen

Vier Stunden später

»Jesus«, sagte Lizzy Ellison. »Ich wollte, ich hätte das nicht gelesen.«

Der Van mit dem Einsatzteam M-3 war auf der Fahrt nach Süden, fraß die Meilen bis zur Hauptstadt gleichmäßig in sich hinein. Ellison und Morton hatten Kopien der Broadmoor-Akte ihrer Zielperson durchgeblättert und waren dabei zusehends blass geworden. Jamie, der noch versuchte, sein Gespräch mit seiner Mutter und das Ergebnis von Mortons Begutachtung durch den Psychologen zu verarbeiten, war froh gewesen, eine Beschäftigung für seine Teamgefährten zu haben – auch wenn sie so grausig war wie die Biografie Alastair Dempseys.

Vor achtzehn Jahren hatten Dempseys Schwester und ihr Mann zwei Wochen Urlaub auf Fuerteventura gemacht und ihre achtjährige Tochter in seiner Obhut zurückgelassen. Das kam regelmäßig vor, denn Sharon und Nick schätzten sich glücklich, einen Babysitter für Beth zu haben, der nicht nur ein Verwandter, sondern auch Grundschullehrer und Freiwilliger der St. John Ambulance war. Sie kamen erholt und entspannt heim und holten ihre Tochter bei Alastair ab. Ihre Tochter wirkte etwas schweigsamer als sonst, aber das führte Sharon darauf zurück, dass sie wieder nach Hause musste; Alastair war schon immer Beth' Liebling gewesen.

Am folgenden Morgen erzählte die Kleine ihrer Mutter, in den Wänden von Alastairs Haus lebe eine Gespensterlady, die traurig sein müsse, weil sie nachts geweint habe. Sharon fragte sie, ob sie schwindle, und Beth schwor beim Leben ihres Hamsters, das sei die Wahrheit. Sie fragte ihre Tochter, ob sie ihrem Onkel von der Gespensterlady in den Wänden erzählt habe, und Beth sagte nein, sie habe sie nur aus einem Spalt im Fußboden unter ihrem Bett gehört und gefürchtet, dass Onkel Alastair ihr nicht glauben würde.

Als er an diesem Abend von der Arbeit kam, erzählte Sharon die Geschichte ihrem Mann, der nur lachte. Beth hatte eine manchmal ärgerlich lebhafte Fantasie, und Nick glaubte, dies sei wieder mal eine ihrer Geschichten. Sharon gab zu, er habe vermutlich recht, aber das Bild von einer Frau, die in den Wänden des kleinen alleinstehenden Hauses ihres Bruders gefangen war, ließ sie nicht gleich los, weil es so grausig war.

Zwei Tage später war sie mit Alastair beim Mittagessen und erzählte ihm, was ihre Tochter gesagt hatte. Sie lachten darüber und waren sich einig, Beth solle später mal Schriftstellerin werden. Sharon dachte nicht wieder an die Gespensterlady, bis sie am folgenden Sonntag bei Alastair vorbeifuhr, um ihn zu ihrem monatlichen Besuch bei ihrer in einem Pflegeheim lebenden Mutter abzuholen, und ihn wider Erwarten nicht antraf.

Nach vierundzwanzig Stunden, in denen ihre immer besorgteren Anrufe unbeantwortet blieben und seine Nachbarn, mit denen er befreundet war, ihr bestätigten, er habe nichts von einer bevorstehenden Reise gesagt, alarmierte Sharon die Polizei, die die Tür des Häuschens aufbrach, in dem er seit fast zwanzig Jahren lebte. In der Diele wurde eine offen stehende Tapetentür entdeckt, die in einen Keller hinunterführte, von dessen Existenz weder Sharon noch Nick etwas geahnt hatten. Der kleine unterirdische Raum war schwarz gestrichen, mit Kameras und Mikrofonen gespickt und mit mehreren Regalen für ärztliche Instrumente und Elektrowerkzeuge ausgestattet. In der Mitte des Raums fanden sie eine junge Frau in einer komplizierten Konstruktion aus Gurtzeug und Seilzügen hängend.

Sie war längst tot, und er war längst fort.

Binnen sechs Stunden war Alastair Dempsey der meistgesuchte Mann Englands. Alle Abendzeitungen und Fernsehnachrichten brachten sein Foto, und am folgenden Morgen explodierte die Boulevardpresse mit einer Lawine aus Wut und Empörung, forderte seine schleunige Verhaftung und warnte die Öffentlichkeit wieder und wieder davor, dass ein Ungeheuer auf freiem Fuß und womöglich auf der Suche nach dem nächsten Opfer sei.

Fünf Tage nach der Entdeckung des Geheimkellers mit dem Mordopfer wurde Dempsey gefasst, als er in Dover an Bord einer Fähre nach Frankreich zu gehen versuchte. Beim Anblick der bewaffneten Polizeibeamten wollte er flüchten, aber als er mit einem Container hinter sich in die Enge getrieben wurde, gab er auf und ließ sich abführen.

Das Verfahren gegen ihn im folgenden Jahr war ein Medienzirkus; er wurde zweimal im Gerichtssaal angegriffen, sodass der Richter zu der außergewöhnlichen Maßnahme griff, die Öffentlichkeit auszuschließen. Alastair Dempsey wurde wegen eines einzigen Mordes angeklagt – an der in seinem Keller aufgefundenen Frau, die als ein Callgirl namens Anna Bailey identifiziert wurde –, aber die Polizei ermittelte darüber hinaus wegen über dreißig Vermissten, ausschließlich Frauen, in den fünfzehn Jahren vor seiner Verhaftung gegen ihn. Und obwohl ihm keine weitere Tat nachgewiesen werden konnte, hielt der leitende Ermittler in mehreren Memos fest, seiner Überzeugung nach sei Dempsey in bis zu zwanzig dieser Fälle verwickelt gewesen.

Vor Gericht sprach der Angeklagte nur zweimal, um seinen Namen und seine Adresse zu bestätigen. Er weigerte sich, irgendwelche Fragen von Staatsanwalt oder Verteidiger zu beantworten, und ließ keinerlei Gemütsregung erkennen, als er lebenslänglich in eine psychiatrische Einrichtung eingewiesen wurde – ein Urteil, das die Zeitung *The Globe* zu der berühmt-berüchtigten Schlagzeile UND WERFT DEN SCHLÜSSEL WEG! angeregt hatte und nun durch übernatürliche Intervention verkürzt worden war.

Die drei Agenten saßen hinten in dem Van und beobachteten durch auf allen vier Seiten versteckt eingebaute Kameras, wie es in der Hauptstadt Abend wurde.

Vor ihnen ragte der Stahl- und Glasbau des Londoner King's College auf; durch die Außenmikrofone des Wagens konnte Jamie das Lachen und Schwatzen von Studenten, die das Gebäude verließen und auf der Strand davongingen, und dumpf wummernde Musik aus der Student's Union am Ende der Surrey Street hören.

»Ich kann hier nicht stehen bleiben«, sagte ihr Fahrer über die Bordsprechanlage. »Nicht länger als ein paar Minuten. Tut mir leid, Sir.«

»Kein Problem«, sagte Jamie. »Wir warten nur auf einen ruhigen Augenblick, um aussteigen zu können.«

Er hatte Verständnis für den Fahrer: Der große schwarze Van war viel zu auffällig, um in Central London auf einer belebten Straße geparkt werden zu können. Sobald die Fahrgäste ausgestiegen waren, würde er mit dem Van in einen Vorort fahren und dort auf den Befehl warten, zurückzukommen und sie abzuholen. Jamie stand seinerseits vor dem Problem, dass sein Team und er ebenfalls sehr auffällig waren, sodass er möglichst schnell von der Straße verschwinden wollte. Er beobachtete weiter die Bildschirme, wartete darauf, dass der Fußgängerverkehr nachließ, und hoffte auf eine Lücke, durch die sie sich ihrem Ziel annähern konnten.

Die U-Bahnstation Alswych, die noch ihren ursprünglichen Namen Strand Station trug, war Bestandteil der kurzlebigen Piccadilly Line gewesen, die 1994 geschlossen worden war. Die Station selbst stand jetzt unter Denkmalschutz, und die Tunnel und Bahnsteige unter ihr wurden regelmäßig als Drehorte für Filme und Fernsehproduktionen benutzt. Mehrere Versuche, die Linie wiederzubeleben, waren an den hohen bürokratischen Hürden gescheitert, die so viele Hauptstadtprojekte be- und verhinderten.

»Die Überwachung ist sicher, dass er dort unten ist?«, fragte Ellison.

»Angeblich schon«, antwortete Jamie.

»Woher will sie das wissen?«, fragte die Rekrutin. »Mir ist klar, dass unsere Satelliten Vampire aufgrund ihrer Wärmesignatur verfolgen können, aber aus Broadmoor sind in ungefähr einer halben Stunde fast dreihundert ausgebrochen. So viele Satelliten können wir nicht am Himmel haben.«

»Natürlich nicht«, sagte Jamie. »Die Überwachung hat alle Ausbrüche registriert, aber verfolgen konnte sie die einzelnen Ausbrecher nicht. Sie behält mindestens einen von der Liste jedes Teams genau im Auge, vergleicht die eingehenden Meldungen und wertet Treffer von Überwachungskameras im ganzen Land aus. Sobald ein Team eine Zielperson vernichtet hat, sucht die Abteilung aufgrund von letzten Sichtungen oder Wegprojektionen nach einer anderen und fängt an, sie zu überwachen.«

»Dann ist Dempsey auf seinem ganzen Weg von Broadmoor hierher beschattet worden?«, fragte Ellison.

Jamie schüttelte den Kopf. »Eric Bingham ist bis nach Peterborough verfolgt worden«, sagte er. »Als wir ihn vernichtet hatten, haben die Überwacher versucht, einen weiteren Vamp auf unserer Liste zu identifizieren. Alastair Dempsey ist letzte Nacht etwa eine Meile von hier von einer Überwachungskamera erfasst worden; allerdings war der Stützpunkt gesperrt, deshalb haben sie ihn hierher verfolgt. Er ist in die U-Bahn-Tunnel abgetaucht, aber die Pläne zeigen ein geschlossenes Tunnelsystem mit nur einem Ausgang. Wäre er wieder heraufgekommen, wäre er gesehen worden.«

»Ein geschlossenes System gibt es nicht«, wandte Morton ein. »Zu jeder Station gehören Notausstiege, Luftschächte, Fluchttreppen und dergleichen. Dempsey kann längst über alle Berge sein.«

Jamie musterte seinen Teamgefährten stirnrunzelnd. »Das mag stimmen, Agent«, sagte er. »Aber das Überwachungsgebiet hat einen Radius von zehn Meilen, und der Tunnel dort unten ist nur eine Meile lang. Also ...«

»Dieser Tunnel führt in weitere Tunnels«, unterbrach Morton

ihn, »die wiederum in weitere führen. Und so weiter und so weiter. Er kann schon überall in London sein, das wissen Sie genau!«

»Wenn Sie glauben, es sei sinnlos, dort runterzugehen«, sagte Jamie ruhig, »können Sie gern im Van bleiben.«

Der Rekrut starrte ihn an, dann schüttelte er langsam den Kopf.

Morton war kaum eine Stunde vor der Abfahrt des Teams von einem Psychiater des Wissenschaftlichen Diensts für Einsätze freigegeben worden. Die Beurteilung, die Jamie auf seiner Konsole gelesen hatte, war frustrierend kurz gewesen; sie schien sich mehr am Bedarf an einsatzfähigen Agenten als am Geisteszustand des Untersuchten zu orientieren. Jamie hatte weitere Einzelheiten angefordert und war schließlich von dem Psychiater angerufen worden, der ihm versichert hatte, mit dem Rekruten sei alles in Ordnung. Morton war anscheinend ein Intellektueller mit sehr gut ausgeprägtem Gewissen – beides Eigenschaften, die Jamie nutzen sollte, statt sich über sie zu beschweren, wie der Psychiater unerträglich gönnerhaft vorschlug.

Der Agent selbst wirkte seit ihrer Abfahrt mürrisch und hatte auf der Fahrt nach London nur sehr wenig gesprochen. Er war weder unhöflich noch erkennbar aufsässig gewesen, hatte Fragen beantwortet – meist jedoch nur einsilbig – und den Eindruck gemacht, als höre er aufmerksam zu, als Jamie ihnen die letzten Informationen gegeben hatte. Jamie glaubte, die psychiatrische Untersuchung sei ein ziemlicher Schlag für ihn gewesen. Auf der anderen Seite: Strengte er sich an, Jamies Urteil zu widerlegen, konnte das für das Team vorteilhaft sein. Aber als er Morton jetzt betrachtete, der steif auf seinem Platz im Wagenheck saß, war er sich seiner Sache nicht so sicher.

»Wir arbeiten mit den Informationen, die wir haben«, sagte er und zwang sich dazu, so ruhig wie nur möglich zu sprechen. »Und die Überwachung sagt, dass er dort unten ist. Bis wir diese Tunnel bis zum letzten Winkel abgesucht und nichts gefunden haben, gehen wir davon aus, dass sie recht hat. Ist das klar?«

»Ja, Sir«, sagte Morton.

»Gut«, sagte Jamie. »Sind Sie bereit?«

»Ja, Sir.«

»Ellison?«

Die dritte Angehörige des Einsatzteams M-3 hatte das Gespräch zwischen Morton und Jamie mit wachsendem Unbehagen verfolgt. Jetzt nickte sie. »Ich bin bereit, Sir. Wie sieht der Plan aus?«

»Wir gehen durch den Haupteingang rein«, sagte Jamie. Er hatte die Bildschirme im Auge behalten und sah nun, worauf er gewartet hatte: Der Gehsteig neben dem Van war vorübergehend leer. »Los jetzt, Beeilung!«

Er stieß die Hecktür des Vans auf; kühle Abendluft strömte herein, als Morton als Erster aus dem Fahrzeug sprang. Ellison folgte ihm mit einem schwachen Lächeln auf den Lippen. Jamie folgte ihnen, knallte die Tür zu und marschierte rasch zu der hellen Steinfassade der U-Bahnstation, wo seine Teamgefährten ihn erwarteten.

Das Vorhängeschloss an dem Scherengitter vor den roten Metalltüren des Gebäudes war intakt und mit einer dünnen Staubschicht bedeckt; somit war klar, dass seit Wochen niemand mehr das Gebäude auf herkömmliche Weise betreten hatte. Jamie hob den Kopf und entdeckte sofort, was er zu sehen erwartet hatte: eine zersplitterte Fensterscheibe im zweiten Stock.

So ist er reingekommen. Er war also hier, auch wenn Morton recht behalten sollte.

Ellison zog einen kleinen Metallzylinder aus einer Koppeltasche und besprühte das Vorhängeschloss mit flüssigem Stickstoff. Dabei war ein leises Knistern wie von Milch auf Cornflakes zu hören, bevor sie den Behälter umdrehte und damit kräftig auf den Stahlbügel schlug. Das Schloss zersplitterte, klirrte in hundert kleinen Stücken aufs Pflaster. Morton griff zwischen die Gitterstäbe, wickelte die Kette ab, zog das Scherengitter auseinander und stieß es einen Spalt weit auf.

Die Schalterhalle war einst prächtig gewesen, und etwas von dieser Pracht hatte sich in grünen und cremeweißen Kacheln, Holzschnitzereien um die Fahrkartenschalter, hohen Decken und überwölbten Durchgängen erhalten. Heutzutage war jedoch alles dick mit Staub bedeckt, und Beweise für den neuen Verwendungszweck des Gebäudes wurden im Licht ihrer Stablampen sichtbar: Kabeltrommeln, Verlängerungskabel, vergilbte Ausdrucke von Drehbuchseiten und Tagesplanungen.

Jamie wies Morton an, die Führung zu übernehmen, als sie durch die unbesetzten Sperren zu den schon lange stillstehenden Rolltreppen weitergingen, über die sie zu den Bahnsteigen gelangen würden. Ein einzelner Aufzug funktionierte noch, um technische Ausrüstung und faule Schauspieler und Regisseure zu den Bahnsteigen zu bringen, aber er war abgesperrt. Jamie hätte ihn ohnehin nicht benutzt; er wollte seine Umgebung ständig im Auge behalten können.

Hinter Morton kam Jamie, während Ellison mit schussbereit gehaltener MP5 die Nachhut bildete. Er hatte keine Waffe gezogen, aber seine Rechte ruhte leicht auf dem Griff seines T-Bones. Sie bogen um eine Ecke und bewegten die Lichtstrahlen ihrer Stablampen von einer Seite zur anderen, sodass die grünen Wandkacheln glänzten. Dann hob Morton plötzlich eine Hand: das Zeichen zum Anhalten.

»Was gibt's?«, fragte Jamie halblaut.

»Tür«, antwortete Morton. »Aufgebrochen.«

Jamie gab Ellison ein Zeichen, sie solle bleiben, wo sie war, und trat vor. Der Korridor wurde breiter, um Platz für drei nebeneinanderliegende Aufzüge zu schaffen, und in seine Seiten waren weiß lackierte Holztüren eingelassen. Eine davon stand halb offen; ihr Schloss war herausgebrochen und hing nur noch an einigen Holzsplittern.

»Überprüfen«, befahl Jamie.

Morton nickte, zog sein T-Bone und schlich lautlos vorwärts. Er erreichte die Tür und stieß sie mit dem Lauf seiner Waffe weiter auf. Sie öffnete sich an nur einer Angel hängend mit lautem

Knarren und gab den Blick auf einen Lagerraum frei, in dem sich leere Drahtkörbe bis zur Decke stapelten. Jamie stand mit schussbereitem T-Bone in der Tür, während Morton den Raum betrat und mit seiner Stablampe Wände, Decken und alle Ecken absuchte.

»Tür«, flüsterte er. Jamie nickte und folgte ihm in den Lagerraum. In dessen Rückwand befand sich eine zweite, ebenfalls aufgebrochene Tür. In der dicken Staubschicht, die den Fußboden bedeckte, waren deutlich Spuren zu sehen, die von der Tür weg zu der Stelle führten, wo Jamie stand. Morton verfolgte sie zurück, machte einen langen Hals und streckte den Kopf um den Türrahmen.

»Wendeltreppe«, sagte er leise. »Zu den oberen Stockwerken.«

Jamie nickte. »So ist er reingekommen«, sagte er. »Durchs Fenster, dann die Treppe hinunter und ...«

»Welches Fenster?«, fragte Ellison vom Korridor aus.

»Im zweiten Stock ist ein Fenster zersplittert«, sagte Jamie. »Das habe ich beim Reinkommen gesehen.«

»Danke für diese Information«, sagte Morton.

»Sorry«, sagte Jamie. »Ich dachte, Sie hätten es bestimmt selbst gesehen.«

Er folgte den Fußspuren mit dem Lichtstrahl seiner Stablampe über den Boden. Sie endeten an der aufgebrochenen Tür, aber das genügte; sie wussten alle, wohin Alastair Dempsey geflüchtet war.

»Die Rolltreppen führen einundzwanzig Meter tief hinunter«, sagte Jamie und ging auf den Korridor voraus. »Dort gibt's zwei Bahnsteige, einen auf jeder Seite. Ist Dempsey nirgends zu sehen, suchen wir zuerst den Ostbahnsteig ab. Der dazugehörige Tunnel ist schon 1917 geschlossen und zugemauert worden.«

»Und der Westtunnel?«, fragte Morton.

»Der ist seit 1994 geschlossen«, sagte Jamie. »Die Gleise sind noch da, und der Tunnel ist frei zugänglich. Er führt ungefähr eine halbe Meile weit nach Norden.«

»Eine halbe Meile?«, wiederholte Morton. »Glauben Sie

nicht, dass es in einer halben Meile Tunnel reichlich Verstecke gibt?«

»Dann sollten wir uns lieber auf die Suche machen«, sagte Ellison und funkelte ihren Teamgefährten an.

Jamie lächelte ihr rasch zu. »Einverstanden«, sagte er. »Morton, Sie führen wieder.«

»Ja, Sir«, antwortete der Rekrut und polterte die stehende mittlere Rolltreppe hinunter. Während der Lichtstrahl von Mortons Stablampe aufs untere Ende der Rolltreppe gerichtet blieb, suchten Jamie und Ellison weit ausholend ihre Umgebung ab, als sie ihm in die Tiefe folgten.

Unten sah Jamie mit einem Blick, dass sie den Ostbahnsteig ignorieren konnten. Die Bodenfliesen waren mit einer dicken Schmutz- und Staubschicht bedeckt, in der Dempseys Fußabdrücke deutlich zu erkennen waren: Er war mit großen Schritten durch die Schranke und den Durchgang zum Westbahnsteig gestiefelt. Am Fuß der Rolltreppe war es dunkler als oben im Gebäude; die Bahnsteigbeleuchtung war noch intakt, aber Jamie hatte nicht darum gebeten, sie einschalten zu lassen. Alastair Dempsey sollte nicht vorzeitig gewarnt werden, dass nach ihm gesucht wurde.

Die drei Agenten gingen lautlos durch die Schranke und erreichten einen perfekt erhaltenen Bahnsteig. Die Wand- und Deckenkacheln glänzten wie frisch poliert, und vor ihnen stand unbeleuchtet eine altmodische U-Bahn mit offenen Türen und leeren Sitzen.

»Scheiße, was macht die hier?«, fragte Morton.

»Muss 'ne Filmkulisse sein«, sagte Ellison.

»Echt unheimlich.«

»Was du nicht sagst«, antwortete Ellison und lächelte ihrem Teamgefährten aufmunternd zu.

Die Fährte führte nach Norden, dann verschwand sie am Ende des Bahnsteigs. Jamie führte sein Team, dessen leicht schwankende Stablampen grellweißes Licht warfen, mit schussbereiten T-Bones dorthin. Auf dem Bahnsteig war es heiß und schwül; die Luft hier unten war warm und modrig, fast zum Schneiden. Sie roch auch etwas faulig, und Jamie merkte, dass er unwillkürlich leicht die Nase rümpfte, als er das Ende des Bahnsteigs erreichte. Er klappte sein Visier herunter, stellte den Schalter an seinem Koppel auf thermografische Bildgebung um und sah in den Tunnel, der ihm als glatte dunkelrote Röhre ohne irgendwelche Details erschien.

Die Luftfeuchtigkeit legt die Sensoren flach, sagte er sich und klappte das Visier wieder hoch. *Unglaublich! Keine IR-Bilder, keine Satellitenaufnahmen, keine Konsolenanzeige. Willkommen im finstersten Mittelalter.*

Ein Betonsteg führte noch etwa drei Meter in den Tunnel, bevor vier breite Stufen ins Gleisbett hinunterführten. Die U-Bahn ragte vor ihnen auf, erschien aus dieser Perspektive unerwartet groß und wuchtig. Sie wirkte eigenartig bedrohlich, als schliefe sie nur; Jamie stellte sich vor, wie ihre Motoren plötzlich zu röhren begannen und die glatte Metallfront in der Dunkelheit schwankend hinter ihnen herjagte, während sie durch den Tunnel flohen, und spürte einen Schauder. Er kehrte dem Zug den Rücken zu, wobei seine Schultern sich leicht verkrampften, und leuchtete mit der Stablampe in die dunklen Tiefen des Tunnels.

Die Schienen glänzten im Lampenlicht. Zwischen und jenseits der silbern schimmernden Gleisstränge war der Tunnelboden mit Staub und Müll bedeckt. Halb umgekippte Stapel aus zerbröckelnden Ziegeln standen an den Wänden, und Plastikbeutel, die weiß Gott was enthalten mochten, waren zu glänzenden, von Kondenswasser feuchten Bergen aufgetürmt. Ratten huschten im Lampenlicht davon; ihre Krallen klickten auf dem harten Boden, und ihre Schwänze hinterließen Spuren im Staub.

»Mitkommen«, sagte Jamie, dessen Stimme weit weniger zuversichtlich klang, als er sich gewünscht hätte. Ihm war plötzlich sehr bewusst, wo sie waren, wen sie hier suchten und wie wenig sie auf Hilfe von außen zählen konnten, wenn hier unten etwas schiefging.

»Ja, Sir«, sagte Ellison energisch.

Jamie nickte und führte sein Team in den dunklen Rachen des Tunnels.

Sie suchten die breite Röhre mit ihren Stablampen ab, deren Lichtstrahlen einander überlappten. Von der Decke tropfte an vielen Stellen Wasser, das dunkle Pfützen bildete, die mit einem Ölfilm bedeckt waren. Zu dicken Bündeln zusammengefasste Stromkabel hingen wie glänzende schwarze Schlangen von der Tunneldecke herab. Die drei bewegten sich langsam und vorsichtig vorwärts: Die Gleise und Schwellen waren rutschig, der Boden uneben und voller Löcher und Spalten. Nur allzu leicht konnte man sich hier einen Knöchel verstauchen – und der Weg zurück zur Oberfläche, um ihn versorgen zu lassen, wurde immer länger.

»Frage«, flüsterte Morton.

»Was gibt's?«, fragte Jamie.

»Hat sich jemand mal überlegt, warum Dempsey hier unten sein sollte?«

»Wie meinst du das?«, warf Ellison ein.

»Wie ich's gesagt habe«, knurrte Morton. »Schließlich hat er weder hier bei der U-Bahn gearbeitet, noch war er Ingenieur oder Stadtplaner. Er hat nicht mal in London gelebt, verdammt noch mal. Woher wusste er also von dieser Station?«

»Warum fragen Sie ihn das nicht selbst, wenn wir ihn haben?«, flüsterte Jamie. »Schluss mit dem Gequatsche. Los, weiter!«

Wie von Morton vorausgesagt, kamen sie an mehreren Notausgängen vorbei, aber alle waren abgesperrt und schienen seit Jahrzehnten nicht mehr benutzt worden zu sein. Während das Team sich stetig weiter voranarbeitete, waren die drei sich schweigend bewusst, dass sie bald das Ende des Tunnels erreichen würden. Jamie konnte spüren, wie seine Magennerven sich vor nervöser Anspannung immer mehr verkrampften; er hatte die Konfrontation mit Alastair Dempsey schon viel früher erwartet, weil er geglaubt hatte, der frisch verwandelte Vampir sei lediglich vor der Sonne in die alten Tunnel geflüchtet und werde deshalb leicht aufzuspüren sein.

Dass sie ihn nicht verfehlt hatten, stand für ihn fest; dafür war der Tunnel einfach nicht breit genug. Stattdessen begann er zu fürchten, Dempsey sei über seine Fährte hinweg zurückgeflogen, weil er hoffte, etwaige Verfolger würden ihr blindlings eine halbe Meile weit in die falsche Richtung folgen. Trotzdem sprach Jamie diese schreckliche Befürchtung nicht aus; das hätte sie in seinen Gedanken zementiert und ihn gezwungen, seinem Team zu erklären, weshalb er es womöglich in die falsche Richtung geführt hatte. Als er sich bemühte, seinen Zorn auf sich selbst zu unterdrücken – *dumm, arrogant, wertlos* –, erreichten sie das Ende des Tunnels.

Die Tunnelröhre war hier durch eine Betonwand verschlossen, die sie ganz ausfüllte. Der graue Beton war mit Schmutz gesprenkelt und an einigen Stellen von Tropfwasser grün verfärbt; seine Oberfläche war noch glatt bis auf eine kleine Stelle an der rechten Tunnelwand. Dort absorbierte ein dunkles Loch – eben groß genug, dass ein Mann sich hindurchzwängen konnte – das Licht ihrer Stablampen.

»Okay«, sagte Ellison langsam. »Das hab ich nicht erwartet.«

Jamie äußerte sich nicht dazu. Er trat vor, stieg vorsichtig über Betonbrocken hinweg, kauerte vor dem Loch nieder und leuchtete hinein. Der weiße Lichtstrahl erhellte nur wenige Meter des dahinterliegenden Kriechgangs, aber er zeigte Jamie auch einen farbigen Klecks am gezackten Rand der Öffnung. Er beugte sich nach vorn und berührte ihn mit einem behandschuhten Finger. Der Klecks war rot.

»Das ist Blut«, flüsterte er. »Er ist hier durchgekrochen.«

»Durch dieses Loch?«, fragte Morton. »Soll das ein Witz sein?«

Jamie stand auf, drehte sich nach ihm um. »Nein«, sagte er ruhig, »das ist mein Ernst.«

»Wie sieht's auf der anderen Seite aus?«, fragte Ellison. »Haben Sie was sehen können?«

Jamie schüttelte den Kopf. »Bloß noch mehr Tunnel.«

Morton lachte, ein eigenartiges hohes Quieksen. »Mehr Tunnel? Dahinter liegt das gesamte Netz der Londoner Tube. Wir haben ihn *verloren*.«

»Schon möglich«, sagte Jamie. »Aber ich will wissen, wohin dieser Gang führt.«

»Wir haben ihn verloren«, wiederholte Morton. »Warum können Sie das nicht einfach akzeptieren?«

»Wieso machst du uns Schwierigkeiten?«, fuhr Ellison ihn an. »Was zum Teufel ist bloß mit dir los?«

»Was soll mit mir los sein?«, schrie Morton, dessen Stimme in dem stillen Tunnel ohrenbetäubend laut war, mit hektisch geweiteten Augen. »Ich will verhindern, dass wir unsere Zeit damit vergeuden, durch den Londoner Untergrund zu irren, und das spricht gleich gegen *mich*? Was ist mit *euch* beiden los? Dieser Plan ist LÄCHERLICH.«

Jamie musterte seinen Teamgefährten kritisch. Die Augen des Rekruten waren weit aufgerissen, seine Haut war leichenblass; im grellen Licht der Stablampe sah er gespenstisch aus.

»Agent Morton«, sagte er mühsam beherrscht. »Wenn Sie sich nicht beruhigen, muss ich Sie an die Oberfläche zurückschicken. Wollen Sie das?«

Morton starrte ihn mit feindselig glitzernden Augen an. »Natürlich nicht«, fauchte er. »Sir.«

Jamie trat einen Schritt auf ihn zu. »Sagen Sie mir die Wahrheit, John. Keine Ausflüchte. Fühlen Sie sich Ihrem Auftrag gewachsen?«

»Mir geht's gut«, behauptete Morton. »Ich halte diese Sache nur für keine gute Idee.«

Du siehst aber nicht aus, als ginge es dir gut, dachte Jamie. *Eher wie jemand, der jederzeit durchdrehen kann. Ich hätte dich fast im Van zurückgelassen, und jetzt wünsche ich mir* wirklich, *ich hätt's getan.*

»Das haben Sie klar zum Ausdruck gebracht«, sagte er. »Ich ziehe das aber trotzdem durch, deshalb will ich wissen, ob wir auf Sie zählen können. Das ist ungefähr das Einzige, was mich im Augenblick interessiert.«

Morton holte tief Luft und sah kurz zu Ellison hinüber, die ihn mit großer Sorge beobachtete.

»Ja, Sir«, sagte er und sah wieder seinen Teamführer an. »Sie können auf mich zählen.«

Der Kriechgang war eng, aber alle drei Agenten schafften es hindurch, ohne ihre Uniformen zu zerreißen oder ihre Ausrüstung zu beschädigen.

Der Tunnel jenseits der Betonwand war vom Aufbau her unverändert, aber Jamie erkannte binnen zehn Schritten, dass dies eine ganze andere Umgebung als die bisherige war. Die Wände dieses neuen Tunnelabschnitts waren farbig besprüht; Graffiti bedeckten sie vom Boden bis zur Decke: wilde Muster in Pink und Hellgrün und Weiß, Tags in Schwarz und Gelb und Gold. Gesichter starrten von den gewölbten Wänden auf sie herab, groteske Fratzen mit riesigen aufgerissenen Mäulern und starren Glotzaugen. Zwischen Lagen und Lagen alter Farben kamen Buchstaben zum Vorschein, die Wörter bildeten, die keine waren. Die Agenten leuchteten das chaotische Wandgemälde langsam ab, versuchten es zu begreifen.

»Verrückt«, sagte Ellison mit gepresster Stimme. »Wer hat das alles gesprüht?«

Jamie zuckte mit den Schultern. »Keine Ahnung«, sagte er. »Muss jahrelang gedauert haben.«

Morton sagte nichts; ihm stand der Mund offen, während er die Graffiti mit großen Augen anstarrte.

»Kommt«, forderte Jamie sie auf. »Wir müssen weiter.«

Sie marschierten mit einigem Abstand nebeneinander her, um die ganze Tunnelröhre im Blick zu haben. Ungefähr hundert Meter nach der Betonwand endeten die Gleise, woraufhin Ellison feststellte, dieser Tunnel könne nicht zum Hauptnetz der Londoner Tube gehören. Ihr Kommentar schien bedrohlich in der Luft zu hängen, aber Jamie fiel trotz aller Mühe keine einzige beruhigende Antwort ein. Als sie weitergingen, erfasste der Lichtstrahl seiner Stablampe einen an der Wand lehnenden zylindrischen Gegenstand, den er sich näher ansehen wollte.

Es war ein oben aufgeschnittenes großes Metallfass. Auf seinem Boden lagen verkohlte Holzstücke, aber auch Asche und angebrannte Zeitungsfetzen. Jamie griff hinein, holte eine Hand voll heraus und ließ das Zeug durch seine Finger rieseln. Morton und Ellison gingen im Tunnel weiter, folgten dem hellen Lichtschein ihrer Stablampen. Jamie beobachtete sie, während sein Verstand auf Hochtouren arbeitete, dann leuchtete er in die Tonne. Der Lichtstrahl zeigte ihm etwas Weißes, und er beugte sich tiefer, um es genauer sehen zu können.

Das Weiße war ein Häufchen sauber abgenagter Hühnerknochen. Jamie starrte es lange an, bevor ihm klar wurde, was er hier sah. Vor sich hatte er die Überreste von irgendjemandes Abendessen.

Er bekam große Augen. Dann setzte er sich in Bewegung und rannte hinter seinen Teamgefährten her, dass seine Stiefel über den Boden polterten und der Lichtstrahl seiner Stablampe wild über die Tunnelwände tanzte. Ellison und Morton hörten ihn kommen und drehten sich nach ihm um – beide mit fragendem Gesichtsausdruck.

»Achtung!«, brüllte Jamie. »Hier unten sind Leute! Achtung!«

Er kam schlitternd zum Stehen und leuchtete an ihnen vorbei in den dunklen Tunnel. Und an der Hell-Dunkel-Grenze sah er Gestalten, die sich zu bewegen begannen.

Viele Gestalten.

36

Stadt der Sünde

Las Vegas, Nevada, USA

Larissa war seit etwas über achtzehn Stunden in Las Vegas. Nachdem ihre Freunde ihr von dem überraschend gewährten Urlaub erzählt hatten, war sie eilig in ihre Unterkunft zurückgekehrt, hatte die wenige Freizeitkleidung, die sie über den Atlantik mitgebracht hatte, in ihre Sporttasche geworfen und war fast fünf Minuten zu früh am vereinbarten Treffpunkt gewesen. Tim war kurze Zeit später mit breitem Lächeln auf seinem sonnengebräunten Gesicht eingetroffen, die übrigen Freunde folgten ihm auf dem Fuß. Sie stiegen in einen der schwarzen Geländewagen, die an der Rückwand des Hangars aufgereiht standen: Tim als Fahrer, Kelly neben ihm, Larissa hinten zwischen Kara und Danny.

»Musik«, verlangte Kara, noch bevor Tim den Motor angelassen hatte.

»Kommt sofort«, sagte Kelly, zog ein Kabel aus der Mittelkonsole des Wagens und steckte es in ihr Smartphone. Als sie auf Zufallswiedergabe drückte, ließen wummernde Bässe und fetziges Schlagzeug den Wagen erzittern, während Tim den Motor anließ.

»Wo ist Aaron?«, fragte Larissa. »Kommt er nicht mit?«

»Hat keinen Urlaubsschein gekriegt«, sagte Tim. »Ich habe beim Direktor nachgefragt, aber er ist angeblich gerade unentbehrlich.«

»Im Gegensatz zu uns«, sagte Kara lachend. »Wir sind offenbar alle entbehrlich.«

»*Du* ganz bestimmt«, behauptete Tim grinsend. Sie schlug halbherzig nach ihm, aber er wehrte den Schlag mühelos ab, fuhr an und verließ den Hangar. Eine Viertelstunde später rollten sie durchs Haupttor; weitere zehn Minuten später waren sie in rascher Fahrt auf dem Highway 375 nach Osten unterwegs. Der große Wagen fraß die Meilen zwischen ihnen und Las Vegas stetig in sich hinein.

Während der ersten Stunde litt Larissa unter Schuldgefühlen, die fast körperlich schmerzten. Sie hatte sich Kellys Logik zu eigen gemacht: Wenn General Allen versuche, etwas Nettes für sie zu tun, solle sie es einfach dankbar annehmen. Aber diese Einstellung war rasch der Sorge darüber gewichen, was Jamie und Kate und Matt von ihrem Ausflug in das Sündenbabel Las Vegas halten würden. Larissa hoffte, sie würden sich für sie freuen und ihr diese Chance, sich ein bisschen zu amüsieren, nicht missgönnen, aber sie war selbst nicht recht davon überzeugt. Ihre Freunde würden arbeiten und kämpfen, während sie trank und tanzte und spielte. Als die Skyline von Las Vegas am Horizont auftauchte, hatte sie ihre Bedenken tief in ihrem Inneren vergraben. Sie existierten jedoch weiter, machten sich immer wieder einmal bemerkbar, waren scheinbar unzerstörbar.

Sie quartierten sich in einem Riesenhotel mit drei Türmen und einem eigenen künstlichen Strand ein. Kara hatte ihre Zimmer telefonisch reserviert, und Larissa fand sich rasch mit ihrer Reisetasche in einer Hand und einer Schlüsselkarte in der anderen in einem Expresslift wieder. Sie stieg im 26. Stock aus und folgte dem langen gewundenen Korridor, bis sie ihr Zimmer erreichte. Sie öffnete die Tür und tastete nach dem Lichtschalter, obwohl ihre übernatürlich scharfen Augen auch in der Abenddämmerung gut sahen; dann wurde sie auf die Aussicht aufmerksam und ließ die Hand sinken.

Wow!, dachte sie. *Ein echter Augenöffner. Umwerfend.*

Unter ihr erstreckte sich der Strip, der auf beiden Seiten von absurden Nachbildungen weltberühmter Bauwerke flankiert wurde: dem Eiffelturm, der Freiheitsstatue, der Großen Sphinx von Giseh. Autos rollten auf acht Fahrbahnen, starke bunte Scheinwerferstrahlen griffen in den Nachthimmel, und alles war hell und laut und voller Leben.

Larissa riss sich von dem grandiosen Anblick los, der so einzigartig amerikanisch war, dass sie darüber grinsen musste, und konzentrierte sich wieder auf den Lichtschalter. Sie fand ihn an der Wand neben der Tür, verbrachte mehrere Minuten lang damit, sich zu fragen, weshalb er nicht funktionieren wollte, und war kurz davor, ihn zu zertrümmern, als ihr der Schlitz für ihre Schlüsselkarte auffiel. Als sie die Karte hineinsteckte, erfüllte sanftes Licht den Raum. Sie packte ihre Sachen aus, hängte sie in den begehbaren Kleiderschrank, stellte ihre Waschsachen auf das riesige Granitwaschbecken und rief dann Kara an. Die Hubschrauberpilotin erklärte ihr, sie wollten sich in fünf Minuten unten vor dem »Sports Book« treffen. Larissa hatte keine Ahnung, was ein Sports Book war, versprach aber, pünktlich da zu sein.

Alles Weitere verschwamm ein bisschen.

Larissa fand das Sports Book, das nichts anderes als eine gigantisch vergrößerte Version der Wettbüros war, die es in jeder englischen Stadt gab, und traf dort mit ihren Freunden zusammen. Sie lachten viel und waren ausgelassen fröhlich, weil sie einmal den schweren NS9-Dienst hinter sich lassen und sich amüsieren durften, ohne ein schlechtes Gewissen haben zu müssen. Tim führte sie in die nächste Bar, in der es die ersten Drinks gab; mit Drinks ging es weiter, als sie einen der Craps-Tische heimsuchten, bevor ein Taxi sie zu einem Restaurant in einem Hotel brachte, das eine Nachbildung des Canal Grande in Venedig war. Weitere Drinks, eine kurze Einführung in die Welt des Blackjackspiels, dann im Taxi zurück ins Hotel und in einen Club, der kaum mehr als eine große schwarze Box war. Und dort wurde getanzt.

Endlos viel getanzt.

Larissa hatte inzwischen eine erstaunliche, wundervolle Entdeckung gemacht: Spannte sie die Muskeln an, die bewirkten, dass ihre Reißzähne ausgefahren wurden und ihre Augen sich rot verfärbten, war sie augenblicklich wieder nüchtern. Ihre Freunde hatten dagegen weniger Glück. Danny musste als Erster aufgeben; er versprach ihnen, pünktlich zum Frühstück zu kommen, bevor er leicht torkelnd verschwand. Kelly war die Nächste; eben hatte sie noch auf einem Ledersofa gesessen und freundlich mit jedem geplaudert, der ihr zuhören wollte, aber im nächsten Augenblick fielen ihr die Augen zu, und sie schnarchte leise.

»Sie muss ins Bett«, sagte Kara.

»Richtig«, antwortete Tim mit einem langen Blick zu Larissa hinüber.

Jetzt ist's so weit, dachte sie. *Kara bringt Kelly nach oben, und dann bist du mit Tim allein, und er wird vorschlagen, weitere Drinks zu holen, und du wirst keinen vernünftigen Grund haben, nein zu sagen. Dann wird er vorschlagen, zu tanzen. Und du weißt genau, was er dann versuchen wird. Wieder einmal.*

Sie wich seinem Blick nicht aus, erwiderte ihn mehrere Sekunden lang. Dann sah Tim zu Kara hinüber. »Ich bringe sie rauf«, sagte er. »Amüsiert euch schön! Wir sehen uns morgen beim Frühstück.«

Kara lächelte freudig überrascht und küsste Tim auf die Wange, bevor er die schlaftrunkene, verhalten protestierende Kelly hochzog und zum Ausgang führte. Als er ging, lächelte er Larissa mit einem schwer zu deutenden Ausdruck auf seinem gut aussehenden Gesicht zu. Sie sah ihm nach, ohne recht zu wissen, was sie empfand: Erleichterung, kein Zweifel, aber auch einen kalten Funken von etwas, das sie erst nach einigen Sekunden deuten konnte.

Sie fühlte sich abgewiesen.

Vielleicht versucht er's gar nicht noch mal, sagte sie sich. *Vielleicht will er mich nicht mehr.*

Dann drückte Kara ihr ein Glas mit einem grässlichen grünen Drink in die Hand, und Tim Albertsson verschwand aus ihren Gedanken, als sie das grellbunte Zeug herunterkippte. Im nächsten Augenblick waren Kara und sie wieder auf der Tanzfläche, auf der sie blieben, bis sie beide nicht mehr stehen konnten und sich in ihre bequemen Betten flüchteten.

Acht Stunden später sammelten sie sich zum Frühstück in einem der vielen Restaurants des Hotels.

Vier müde, blutunterlaufene Augenpaare starrten Larissa neidisch an, die nicht im Geringsten verkatert war und sich nun von allen vier Freunden anhören musste, sie hassten sie aus tiefster Seele. Sie lächelte nur und trank mit kleinen Schlucken ihren Kaffee.

Larissa empfand eine heitere Gelassenheit wie schon sehr lange nicht mehr. Die Last, die sie mit sich herumgetragen hatte – eine erdrückende Kombination aus Hass auf ihre Existenz als Vampirin, Sorge um Jamie und ihre Freunde, verzweifelte Neugier in Bezug auf die Familie, die sie ausgestoßen hatte, und die ständige bedrohliche Gegenwart von Dracula –, war von ihr abgefallen. Obwohl sie nicht so töricht war, etwa zu glauben, dieser Zustand könnte von Dauer sein, war sie für diese Atempause zutiefst dankbar.

Sie aß herzhaft und beobachtete, wie ihre Freunde ihr Essen lustlos auf den Tellern herumschoben, bis sie schließlich aufgaben und Tim die Rechnung verlangte.

»Okay, was ist der Plan?«, fragte er, während alle Geldscheine in die Tischmitte warfen. »Was wollt ihr heute tun?«

»Ich will nur sterben«, sagte Kelly. Sie war auffällig blass, und auf ihrer Stirn glänzte ein leichter Schweißfilm. »Kannst du das für mich arrangieren?«

»Schlafen«, sagte Danny, der seine blutunterlaufenen Augen mit einer Sonnenbrille tarnte.

»Schlafen«, echote Kara. »Ich will am Pool schlafen, bis ich mich besser fühle. Das dauert bestimmt nur drei bis vier Tage.«

Larissa lachte. Kara warf ihr einen finsteren Blick zu, konnte aber nicht ernst bleiben; auf ihrem Gesicht erschien ein strahlendes Lächeln, bevor sie laut aufstöhnte.

»Was möchtest du tun?«, fragte Tim und sah Larissa an.

»Ich kann nicht am Pool liegen, fürchte ich«, sagte sie. »Ich glaube nicht, dass ihr's heute Morgen ertragen könntet, mich in Flammen aufgehen zu sehen.«

»Oh, hey«, sagte Kara und setzte sich stirnrunzelnd auf. »Das war unüberlegt von mir. Wir brauchen nicht an den Pool zu gehen, Larissa. Wir können ...«

»Red keinen Unsinn«, unterbrach Larissa sie. »Das ist in Ordnung. Geht raus an den Pool, Leute. Mir geht's hier drinnen auch sehr gut.«

»Bestimmt?«, fragte Danny. Er zog die Sonnenbrille herunter, um sie prüfend zu mustern. »Wie Kara schon sagte, das wäre keine große Sache.«

»Lasst mal gut sein«, antwortete Larissa. »Ich schlage vor, dass ein paar Stunden lang jeder sein Ding macht und wir uns früh zum Abendessen treffen. Sagen wir um sechs?«

»Klingt gut«, sagte Kelly. »Vielleicht fühle ich mich bis dahin wieder wie ein Mensch.«

»Also gut«, sagte Larissa. »Sechs Uhr. Am besten wieder vor dem Sports Book.«

»Einverstanden«, sagte Tim. »Dann bis später.«

»Klar«, sagte sie und stand vom Tisch auf. »Amüsiert euch gut. Vielleicht mit ein paar Cocktails?«

Ihre Freunde stöhnten laut, und Larissa lächelte in sich hinein, als sie davonging. Sie verließ das Restaurant, ging geradewegs ins Casinogeschoß hinunter, spürte die dort herrschende etwas kühlere Temperatur und roch die Hintergrundgerüche von Rauch und Schweiß, die auch die riesigen Deckenventilatoren nie ganz vertreiben konnten. Sie durchquerte den weitläufigen Spielbereich, schlängelte sich mühelos durch Studentengruppen und Junggesellenpartys, um Familien im Urlaub, vorbei an alten Männern und Frauen, die den Tag damit verbringen würden, die Spielautomaten zu füttern, und um die Männer in dunklen Anzügen und mit fleischfarbenen Ohrhörern, die alles überwachten.

Larissa fand einen Blackjacktisch mit einem freien Platz, bestellte bei der Bedienung, die sofort neben ihr erschien, einen Kaffee, und legte einen Fünfzigdollarschein auf den grünen Filz. Sie hatte keine Ahnung, wie viele Stunden sie gespielt hatte, als Tim Albertsson sich auf den Stuhl neben ihr sinken ließ.

»Na, wie läuft's?«, fragte er.

»Nicht schlecht«, antwortete sie und lächelte ihn an. »Wie war's am Strand?«

»Heiß«, sagte Tim. »Viel zu heiß für mich.«

»Warum bist du dann mitgegangen?«

»Weil ich den anderen keinen Anlass geben wollte, über uns zu tratschen.«

Larissas Lächeln verblasste. »Sie reden über dich und mich?«

»Natürlich tun sie das«, sagte Tim.

»Und was sagen sie?«

»Nichts Schlechtes«, sagte Tim, dem anzumerken war, dass er sich wünschte, er hätte dieses Thema nicht angeschnitten, denn ihre Stimme hatte plötzlich kalt und abweisend geklungen. »Sie wissen, dass ich dich mag. Das ist schon alles. Und sie denken, dass du mich vielleicht auch magst. Ein bisschen.«

Jesus. Eine schöne Bescherung.

»Woher wissen sie das?«, fragte sie.

»Woher wissen sie was?«

»Dass du mich magst.«

Tim zuckte mit den Schultern. »Weil ich's ihnen gesagt habe.«

Larissa öffnete den Mund, um zu protestieren, aber er schnitt ihr das Wort ab.

»Ich hab's ihnen gesagt, weil es wahr ist und sie meine Freunde sind. Ich weiß, dass du mit Jamie zusammen bist, und respektiere das, ob du's glaubst oder nicht, aber ich glaube auch, dass du mich magst – vielleicht mehr, als du dir eingestehen willst. Vielleicht sähe vieles anders aus, wenn du keinen Freund hättest oder dauerhaft hier stationiert wärst. Aber so ist es leider nicht, und ich will verhindern, dass eine peinliche Situation entsteht, wenn ich nächsten Monat zu Schwarzlicht abkommandiert werde. Deshalb habe ich dich auch aufgesucht. Du bist meine Freundin, Larissa, und ich will nicht, dass ein Problem zwischen uns steht.«

»Meinst du das wirklich ernst?«, fragte Larissa. »Sag's mir lieber gleich, wenn das nicht dein Ernst ist, denn ich werde stinksauer, wenn du mich in dem Glauben lässt, alles sei okay, und mich dann bei nächster Gelegenheit wieder zu küssen versuchst. Was echt ein ganz beschissener Trick war, falls du das nicht gemerkt haben solltest.«

Tim nickte beschämt. »Ja, ich weiß«, sagte er. »Das ist sonst nicht meine Art, das weißt du hoffentlich. Es ist nur in der Hitze des Augenblicks passiert.«

»Ich glaube dir«, sagte sie. »Das ist schon in Ordnung. Solange es nicht wieder passiert.«

»Bestimmt nicht«, sagte Tim. »Ich hab keine Lust, es mir mit dir zu verderben, Larissa. Schließlich hab ich gesehen, wozu du imstande bist.«

Sie lachte und spürte dabei, wie die Anspannung, die ihre Schultern verkrampft hatte, sich teilweise löste.

»Sind wir also quitt?«, fragte er. »Ich tue nichts mehr, was dumm oder unangemessen wäre, und dafür nimmst du mich zu Schwarzlicht mit, wenn du zurückgehst. Abgemacht?« Tim streckte ihr die Hand hin; Larissa verdrehte die Augen, weil er auf dem Handschlag beharrte, und schüttelte sie.

»Abgemacht«, sagte sie. »Jetzt halt die Klappe und spiel dein Blatt.«

Sie spielten zufrieden einige Stunden lang, bis Larissa ankündigte, sie wolle hinaufgehen und sich fürs Abendessen umziehen.

Tim nickte und erklärte ihr, er wolle noch ein paar Runden spielen. Sie ließ ihn am Tisch sitzen, durchquerte das Casino und fuhr mit dem Aufzug nach oben. In ihrem Zimmer trank sie die zwei Liter Blut, die sie aus Dreamland mitgebracht hatte, zog sich aus und trat in die riesige Duschkabine, die das halbe Bad einnahm. Das herabprasselnde heiße Wasser half ihr, wieder einen klaren Kopf zu bekommen, aber es konnte das Versprechen, das sie gerade gegeben hatte und jetzt heftig bedauerte, nicht wegwaschen.

Tim Albertsson war von Schwarzlicht besessen. Sein Großvater, ein schwedischer Offizier, hatte über zwei Jahrzehnte lang dem FTB, der deutschen Behörde für Übernatürliches, angehört.

Als Tim vom NS9 angeworben worden war, hatte sein Großvater ihm von den europäischen Departments erzählt, deren Geschichte und räumliche Nähe zum Geburtsort des Vampirismus ihnen eine Aura verliehen, die Departments auf anderen Kontinenten niemals besitzen würden. Und vor allem hatte er ihm vom Department 19 vorgeschwärmt, das lebende Legenden begründet hatten: van Helsing, Harker, Seward, Holmwood.

Innerhalb von fünf Jahren hatte Tim dreimal seine Versetzung zu Schwarzlicht beantragt, aber jeder seiner Anträge war mit der Begründung abgelehnt, er sei für NS9 zu wichtig. Aber General Allen hatte Larissa zugesichert, sie könne sich die sechs Agenten, die mit ihr nach England gehen sollten, selbst aussuchen, solange sie unter dem Rang eines Majors standen; das war eine faire Regelung, denn sie konnte kaum erwarten, dass der NS9-Direktor seine Führungskräfte gehen ließ, auch wenn General Allen mithelfen wollte, dass Schwarzlicht wieder auf die Beine kam. Diese Regelung, von der sie Tim bei einem Abendessen in Sam's Diner erzählt hatte, war für ihn ein Fingerzeig Gottes gewesen, eine Möglichkeit, seinen größten Wunsch erfüllt zu bekommen.

Ich kann ihn nicht mitnehmen, dachte sie. *Soll er mit Jamie und mir und Kate und Matt rumhängen? Unmöglich! Damit wäre keinem geholfen. Ich kann nur hoffen, dass er das versteht.*

Larissa stellte die Dusche ab, frottierte sich und zog das hübsche graue Kleid an, das ihre Mutter ihr zu Weihnachten geschenkt hatte, bevor sie verwandelt worden war. Es hatte zu den wenigen Dingen gehört, die sie in ihrem Zimmer hatte zusammenraffen können, während ihre Mutter unten ins Telefon gekreischt hatte, die Polizei solle kommen und ihre Tochter abführen. Es passte noch gut, weil sie ab dem Augenblick, in dem Grey seine Zähne in ihren Hals geschlagen hatte, im Prinzip zu wachsen aufgehört hatte. Sie betrachtete sich damit im Spiegel und empfand für kurze Zeit schmerzliche Nostalgie, als sie daran zurückdachte, wie sie es erstmals zu Weihnachten getragen hatte: eine aufgeregte Sechzehnjährige, deren ganzes Leben noch vor ihr lag.

Dieses Mädchen existiert nicht mehr, dachte Larissa. *Schon lange nicht mehr.*

Sie föhnte ihr Haar, damit es in sanften Wellen bis auf die Schultern herabfiel, legte sparsam Make-up auf, fuhr dann nach unten, um sich mit ihren Freunden zu treffen, und fragte sich, was dieser Abend bringen würde.

Der Club war einfach das Lächerlichste, was Larissa je gesehen hatte.

Er bestand aus einem riesigen Halbkreis, auf dem sich kaum bekleidete Gestalten drängten, die sich zu einem pulsierenden House-Track drehten und wanden, der den Fußboden erzittern und ihre Knochen vibrieren ließ. Ein Ring aus Tischen mit roten Lederbänken und je einer chromblitzenden Metallstange für Stripperinnen umgab eine leicht im Boden versenkte Tanzfläche. An der linken Wand des Raums lieferte eine lange Bar Drinks in jeder vorstellbaren Größe, Form und Farbe.

Tim rief etwas, aber die Musik war so laut, dass selbst Larissas übernatürlich scharfes Gehör es nicht erfassen konnte. Als er es noch mal versuchte, zuckte sie mit den Schultern und schüttelte den Kopf. Schließlich machte er eine Handbewegung, als trinke er etwas, und sah seine Freunde an, die nickend und mit hochgereckten Daumen reagierten. Als er mit Kelly hinter sich in Richtung Bar verschwand, deutete Danny auf die Tanzfläche und zog die Augenbrauen hoch. Kara und Larissa nickten, und die drei machten sich daran, sich einen Weg durch die Menge zu bahnen.

Sie wurden fast augenblicklich getrennt.

Eben war Larissa noch dicht hinter ihren Freunden gewesen; im nächsten Augenblick stand sie allein. Sie suchte die dampfende Masse aus Menschenleibern nach Kara oder Danny ab, ohne sie jedoch entdecken zu können. Sie beschloss, aus einer anderen Perspektive weiter nach ihnen zu suchen, und arbeitete sich langsam zu dem großen Pool vor, der jenseits der offenen Türen des Clubs lag.

Sie trat in die warme Abendluft hinaus und beobachtete die

Szene. Der Pool hatte einen breiten Rand, wo das Wasser nur knöcheltief war; Männer und Frauen tanzten wie wild in dem seichten Wasser, spritzten und stampften und fielen gelegentlich auf den Rücken. Viele der Frauen trugen nur BHs oder Bikinioberteile und fanden bewundernde Zuschauer. Larissa ließ sie weitertanzen und machte einen Rundgang um den Pool. Der Ring aus zweigeschossigen *Cabanas* war voller Männer und Frauen, die Bier aus Flaschen tranken und Zigarren rauchten, während links von ihr eine in den Pool hinausragende Halbinsel mit Spielautomaten und -tischen aufwartete. Darüber musste Larissa lächeln; in Las Vegas war die nächste Spielgelegenheit nie weiter als einige Sekunden entfernt.

Sie überlegte, ob sie hingehen und ein paar Runden spielen sollte, während sie darauf wartete, dass ihre Freunde sie fanden, als ihr ein Geruch in die Nase stieg, bei dem sie sich mühsam beherrschen musste, damit ihre Augen normal und ihre Reißzähne eingefahren blieben. Sie war es nicht gewöhnt, diesen starken Geruch wahrzunehmen, ohne ihre Uniform und ihre Waffen zu tragen.

Der Geruch eines anderen Vampirs.

Sie blieb ruckartig stehen und suchte die Menge mit den Augen ab. Draußen am Pool herrschte weniger Gedränge, aber auch hier schlenderten viele Leute über die nassen Steine am Beckenrand und drängten sich lachend, schwatzend und lärmend um die *Cabanas*. Larissa ignorierte sie alle; sie war auf der Suche nach einem speziellen Wesen. Und dann entdeckte sie es so plötzlich, als leuchte ein Spotlight von dem über dem Pool aufragenden Hotel herab.

Die Vampirin war eine Frau Anfang zwanzig, die ein blaues Sommerkleid trug und einen Longdrink in Form eines riesigen Reagenzglases in der Hand hielt. Sie hatte langes honigblondes Haar und einen makellosen blassen Teint, war barfuß und schlenderte langsam den Beckenrand entlang. Äußerlich unterschied sie sich durch nichts von den vielen schönen Frauen in dem Club, aber Larissa zweifelte keinen Augenblick daran, dass sie eine Vampirin war; irgendwie wusste sie das einfach.

Sie ging auf die Frau zu, ohne sie eine Sekunde aus den Augen zu lassen. Als sie dicht heran war, sprach sie die Unbekannte leise an.

»Du bist wie ich.«

Die Frau wandte sich ihr zu. Auf ihrem blassen Gesicht stand ein irritierter Ausdruck, und Larissa sah in ihren grünen Augen kurz etwas Rot aufblitzen.

»Kennen wir uns?«, fragte sie.

Larissa schüttelte den Kopf. »Nein«, antwortete sie. »Aber du weißt, was ich bin. Wir sind gleich.«

Die Frau kniff die Augen zusammen und schien widersprechen zu wollen, aber dann erschien ein Lächeln auf ihrem Gesicht, und sie lachte sogar. »Wie hast du mich erkannt?«

»Weiß ich nicht genau«, sagte Larissa. »Ich habe einen anderen Vampir gerochen, aber ich weiß nicht genau, wie ich auf dich gekommen bin. Ich hab dich einfach gesehen.«

»Du konntest mich riechen?«, fragte die Frau. Ihr Lächeln verblasste. »Wie meinst du das?«

»Das ist kein schlechter Geruch«, sagte Larissa rasch. »Er ist nur … Kannst du ihn nicht riechen? Wenn ein anderer Vampir in der Nähe ist?«

Die Frau legte den Kopf in den Nacken und atmete tief ein. »Ich rieche etwas«, sagte sie dann. »Irgendwie an den Rändern, wenn du weißt, was ich meine. Bist du das?« Larissa nickte. »Merkwürdig. Wieso habe ich das noch nie gerochen?«

»Keine Ahnung«, sagte Larissa. »Vielleicht weil du bisher nie mit anderen Vampiren zusammengekommen bist?« Diese Vorstellung erschien ihr lächerlich, noch während sie das sagte; sie konnte sich keine Welt vorstellen, in der Vampire nicht zum Alltag gehörten.

»Ich war mal mit einem befreundet«, sagte die Frau. »Ein Kerl in L. A. Aber er war meines Wissens der einzige Vampir, dem ich je begegnet bin.«

»Wow!«, sagte Larissa. Ihr fiel nichts anderes ein.

»Wieso?«, fragte die Frau. »Hast du viele Vampire gekannt?«

Larissa lächelte. »Das ist noch untertrieben.«

»Wirklich?«, fragte die Frau. »Ich bin Chloe. Möchtest du einen Drink? Ich habe das Gefühl, dass wir eine Menge zu besprechen haben.«

»Wahrscheinlich hast du recht. Ich bin Larissa. Und ich könnte ein Bier vertragen.«

Chloe lächelte und nahm Larissa an der Hand; das war ein seltsames Gefühl, aber sie ließ sich von der Frau zu der Bar bei den Spieltischen führen, wo Chloe ein Bier und für sich einen weiteren riesigen Cocktail bestellte. Als sie ihre Getränke hatten, folgte Larissa ihr zwischen den Craps-Tischen hindurch zum Rand der Halbinsel, wo Chloe sich hinsetzte und die Füße ins Wasser hängen ließ. Nach kurzem Zögern streifte auch Larissa die Schuhe ab und setzte sich neben sie.

»Seit wann bist du schon verwandelt?«, fragte sie.

»Verwandelt?«, fragte Chloe. Sie schien das Wort auszukosten. »Nennt man das so? Ist das der offizielle Ausdruck dafür?«

»Es gibt keinen offiziellen Ausdruck«, sagte Larissa. »Manche Leute sprechen von verwandelt.«

»Vor ungefähr einem Jahr«, sagte Chloe. »Jemand hat mich am Superbowl-Wochenende in einem Club in New Orleans gebissen. Ich hab mir nicht viel dabei gedacht, bis am nächsten Morgen mein Arm in Brand geraten ist, als ich die Vorhänge aufgezogen habe.« Sie lächelte, und Larissa erwiderte ihr Lächeln.

»Wie hast du den ersten Hunger überstanden?«, fragte sie.

»Ich habe einen Hund umgebracht«, berichtete Chloe nüchtern. »Er hat dem schwulen Paar in dem Bungalow neben uns gehört. Ein kleiner Hund, ein fieser winziger Kläffer, aber er hat gereicht. Und was ist mit dir? Wann bist du verwandelt worden?«

»Vor fast drei Jahren«, sagte Larissa. »Auf einem Jahrmarkt in England, wo ich herkomme, hat mich ein alter Mann gebissen. Ich glaube, dass er wollte, dass ich sterbe, aber ich bin mir der Sache nicht ganz sicher. Einer seiner Gefährten hatte Mitleid mit mir; er hat mir etwas Blut gegeben und mir erklärt, wo ich Zuflucht finden könnte, aber dort wollte ich nicht hin. Ich dachte, meine Eltern würden mir helfen.«

»Sie haben's nicht getan?«

»Nein«, sagte Larissa mit einem traurigen kleinen Lächeln. »Ich hab ein halbes Jahr auf der Straße gelebt.«

»Eine verrückte Zeit«, sagte Chloe. »Bevor ich Derek kennengelernt habe – den Kerl, den ich erwähnt habe –, musste ich alles selbst rauskriegen, weißt du? Das Blut, das Sonnenlicht, das Schweben. Aber ich hab's irgendwie geschafft.«

Schweben, dachte Larissa, *sie hat schweben gesagt. Nicht fliegen.*

»Ja, ich weiß«, sagte sie. »Es ist schwierig, auf sich allein gestellt zu sein.«

Sie saßen einige Zeit in geselligem Schweigen nebeneinander. Larissa bewegte ihre Füße sanft im Wasser, spürte die kleinen Wellen auf ihrer Haut.

»Hast du jemals Schwierigkeiten gehabt?«, fragte sie zuletzt. »Seit du verwandelt bist, meine ich.«

»Was für Schwierigkeiten?«, wollte Chloe wissen.

»Dass Leute versucht haben, dich umzubringen. Diese Art Schwierigkeiten.«

Chloe lachte. »Ich tue keinem Menschen etwas, wieso sollte dann jemand ein Problem mit mir haben? Und wer wären diese Leute? Die Cops?«

»Gewissermaßen«, sagte Larissa. »Es gibt Leute, die Jagd auf Vampire machen. Geheime militärische Organisationen. Du hast nie von ihnen gehört?«

»Nö«, sagte Chloe, »kein Sterbenswörtchen. Woher weißt du das alles?«

Ich dachte, das wüssten alle Vampire.

»Jemand hat es mir erzählt«, log sie. »Ein Mann, den ich in Rom gekannt habe. Einer wie wir.«

Chloe lächelte. »Ich denke, dass er dir vielleicht ein bisschen imponieren wollte. Indem er eine erfundene Story erzählt und sie aufgemotzt hat, damit sie aufregend und gefährlich klingt.«

»Wahrscheinlich hast du recht«, sagte Larissa lächelnd. »Er hat auch behauptet, Dracula sei real.«

Chloe lachte laut. »Dracula?«, fragte sie. »Der alte Kerl aus dem Film? Der mit dem Cape?«

»Genau der. Ich glaube, er konnte sich in eine Fledermaus verwandeln.«

»Ich wollte, das könnte ich auch«, kicherte Chloe. »Das könnte supernützlich sein.«

Larissa lachte, trank ihr Bier aus und stellte die leere Flasche neben sich ab. »War nett, mit dir zu reden, Chloe«, erklärte sie der anderen Frau. »Aber ich muss jetzt gehen und meine Freunde suchen.«

»Geh nur«, sagte Chloe. »Ich bleibe noch eine Weile hier. Pass gut auf dich auf.«

Leichter gesagt als getan, dachte Larissa. *Ich werd's jedenfalls versuchen.*

Sie ließ Chloe mit den Füßen im Wasser sitzen und ging in das Clubgebäude zurück. Als sie sich mühsam einen Weg durch eine der offenen Türen bahnte, prallte sie fast mit Tim Albertsson zusammen, der zwei Flaschen Bier in den Händen trug. Er lächelte, rief ihren Namen eben laut genug, dass sie ihn hören konnte, und gab ihr eine der Flaschen. Sie rief ihm ein Danke zu und protestierte nicht, als er ihren Arm nahm und wieder nach draußen führte.

»Sorry«, sagte er, als sie genügend Abstand von den Türen hatten. »Dort drinnen war überhaupt kein Wort mehr zu verstehen. Vorhin ist die halbe Air Force volltrunken eingelaufen. Hab fast eine Viertelstunde gebraucht, um mich durch sie durchzukämpfen. Hast du die anderen gesehen?«

»Danny und Kara wollten zur Tanzfläche, als ich sie aus den Augen verloren habe«, antwortete Larissa. »Ich dachte, Kelly sei bei dir.«

»Wir haben uns verloren, bevor wir an der Bar ankamen«, sagte er. »Sieht so aus, als wären wir zu zweit allein.« Er lächelte, und Larissa nahm einen großen Schluck Bier, wobei sie den Kopf in den Nacken legte und in den Nachthimmel aufsah. Als sie den Kopf wieder senkte, hatte Tim den Abstand zwischen ihnen verringert; sein Gesicht war nur eine Handbreit von ihrem entfernt, und sein Blick bohrte sich in ihren, und Larissa spürte, wie ihr ein kalter Schauder über den Rücken lief.

»Tu's nicht«, sagte sie warnend. »Denk an dein Versprechen.«

»Ich werde dich nicht wieder küssen«, sagte er halblaut. »Aber ich tät's gern. Und ich weiß, dass ein Teil deines Ichs sich das von mir wünscht.«

Sie standen sich unbeweglich und atemlos gegenüber; die Zeit schien so langsam abzulaufen, dass jede Sekunde fast eine Ewigkeit lang dauerte. Dann vibrierte Larissas Smartphone in ihrer Tasche und brach den Bann dieses tödlich gefährlichen Augenblicks. Sie errötete heftig, angelte das Handy aus ihrer Tasche und trat dabei einen Schritt zurück, von Tim weg. Auf dem Bildschirm stand ein einziges Wort.

JAMIE

Scham, heiß und bitter, durchflutete sie, als sie den Namen ihres Freundes anstarrte

Ich hab nichts getan. Ich hab nichts getan.

Sie drückte den Knopf ABLEHNEN auf dem Display und steckte das Smartphone wieder ein. Dann trat sie einen Schritt vor, während vertraute Hitze ihre Augenwinkel ausfüllte.

»Genug«, sagte sie und bemühte sich, ihre Stimme nicht zu einem Knurren werden zu lassen. »Jetzt reicht's!«

Tim starrte sie sekundenlang an, dann nickte er. »Entschuldige«, sagte er. »Komm, wir suchen die anderen, okay?«

Larissa ließ ihn noch etwas zappeln. »Okay«, sagte sie dann. »Gute Idee.«

Tim ging in den Club und zur Tanzfläche voraus. Während sie ihm folgte, betrachtete sie den protzigen Luxus des Clubs zutiefst angewidert, als nähme sie ihn erst jetzt *wirklich* wahr.

Ihr Mobiltelefon vibrierte erneut, und sie musste sich beherrschen, um nicht frustriert aufzuschreien. Sie zog es aus der Tasche, las wieder Jamies Namen und drückte noch mal auf ABLEHNEN.

Was ist bloß mit dir los?, fragte sie sich scharf. *Wieso bist du in diesem grässlichen Club, während deine Freunde versuchen, die Welt zu retten? Was zum Teufel denkst du dir dabei?*

Sie drängte sich durch die Menge, ohne darauf zu achten, wie ihre Ellbogen und Schultern die Leute um sie herum rammten, und genoss die Schmerzensschreie und lauten Flüche, die sie verfolgten. Ein halbes Dutzend Tische am Rand der Tanzfläche war von den Soldaten der Air Force besetzt, die Tim erwähnt hatte; es schienen einige Dutzend zu sein, die meisten in Ausgehuniform, die laut lachten und johlten und einen Drink nach dem anderen kippten. Sie hatten Horden von neugierigen Mädchen angelockt, deren nackte Bäuche und Oberschenkel im flackernden Diskolicht des Clubs glänzten, als sie über und auf die Tische kletterten, um an sie heranzukommen. Larissa blieb kurz stehen, um sie zu beobachten, während Abscheu in ihr aufstieg. Dann teilte sich das Meer aus blauen Uniformen, und sie holte erschrocken tief Luft.

Mitten auf einer der roten Lederbänke saß Lee Ashworth mit einer halbvollen Wodkaflasche in einer Hand und einer hübschen Blondine, die kaum volljährig zu sein schien, im anderen Arm. Der Senior Airman unterhielt sich lachend mit einem Kameraden, während die Kleine sich an ihn kuschelte, nahm zwischendurch einen Schluck aus der Pulle und schien seine Umgebung gar nicht wahrzunehmen.

Vor Larissas innerem Auge erschien das gerahmte Foto von einer Blondine und zwei lächelnden Kindern, das auf Ashworth' Schreibtisch stand.

Sie zog ihr Smartphone aus der Tasche, drückte auf das Kamerasymbol, zoomte Lee Ashworth heran und machte rasch ein paar Fotos von ihm.

Jetzt hab ich dich, dachte sie.

Larissa wandte sich ab und schloss zu Tim auf, der sich weiter zum Ausgang durchkämpfte. Sie wurde von einem einzigen Gedanken beherrscht, der ihr – das wusste sie – in den letzten Wochen nicht so oft in den Sinn gekommen war, wie es wünschenswert gewesen wäre.

Du fehlst mir, Jamie. Ich wollte, du wärst hier.

37

Am seidenen Faden

Jamie Carpenter kam schlitternd zwischen seinen beiden Teamgefährten zum Stehen, zog seine MP5 aus der Koppelschlaufe und schloss mit der anderen Hand sein Visier.
»Was zum ...«, begann Morton.
»Schnauze«, knurrte Jamie. »Visier. Waffen. Wir sind hier unten nicht allein.«
Morton bekam noch größere Augen, dann setzten Ausbildung und Instinkt sich durch. Er klappte sein Visier herunter, riss die MP5 aus der Koppelschlaufe und hielt sie schussbereit, wobei er mit der linken Hand seine Stablampe an den kurzen Lauf drückte. Ellison folgte seinem Beispiel, und die drei Agenten bewegten sich gemeinsam weiter: in Keilformation Schulter an Schulter, sodass drei grellweiße Lichtfinger in die Dunkelheit griffen.
Jamie bewegte seine Lampe langsam von links nach rechts, ohne außer der mit Graffiti bedeckten Tunnelwand etwas zu sehen. Am äußersten Rand des hellen Bereichs schien sich etwas zu bewegen, aber als er die Stablampe leicht anhob, war nichts zu erkennen.
»Dort ist nichts«, flüsterte Morton. »Das bilden Sie sich nur ein.«
»Ich weiß, was ich gesehen habe«, sagte Jamie, der weiter mit zusammengekniffenen Augen in das nachtschwarze Dunkel vor ihnen starrte. »Irgendwas hat sich bewegt.«
»Aber jetzt nicht mehr«, sagte Morton.
Jamie ignorierte ihn. Er hatte eine Bewegung gesehen, das stand fest; sogar mehr als nur eine. Und das waren keine Ratten,

streunende Hunde oder in der Stadt lebende Füchse gewesen; dafür waren die Gestalten viel zu groß gewesen.

»Was tun wir jetzt, Sir?«, flüsterte Ellison. »Wir können nicht bloß hier rumstehen.«

Jamie fluchte herzhaft. »Das weiß ich«, sagte er. »Lassen Sie mich nachdenken.«

Ich habe etwas gesehen, sagte er sich. *Das weiß ich bestimmt.*

Irgendwo vor ihnen – in dem nachtschwarzen Tunnel ließen sich Entfernungen unmöglich genau schätzen – klirrte etwas Metallisches, dem ein leises Zischen folgte. Dann flammte die Arbeitsbeleuchtung im Tunnel auf, und Jamie sah, dass er recht gehabt hatte.

Sein Team war von einer Schar aus schätzungsweise dreißig Männern und Frauen umgeben. Einige von ihnen trugen Waffen – Holzknüppel, Eisenstangen, in einem Fall sogar etwas, das wie ein Schirmgestell aussah –, aber darauf achtete Jamie nicht, als seine Augen sich an das helle Licht gewöhnten. Was seine Aufmerksamkeit fesselte, war eine einfache, unwiderlegbare Wahrheit: Die aus dem Dunkel aufgetauchten Männer und Frauen bildeten die bei weitem merkwürdigste Menschenansammlung, die er jemals gesehen hatte.

Die meisten von ihnen waren schmutzig, ihre Gesichter und Hände schwarz von Staub und Dreck, ihre Kleidung kaum mehr als Lumpen, aber auf ihrer Haut und ihren Lumpen leuchteten grelle Farben in Mustern, die sorgfältig aufgetragen zu sein schienen. Ihre langen Haare bildeten Hörner und Wellen und waren mit Kunstblumen und Federn und Silberpapierfetzen geschmückt. Fünf oder sechs in der Menge waren nackt, aber am gesamten Körper bunt bemalt. Ein Mann, dessen Gesicht rot-grün eingefärbt war, trug einen dunkelblauen Anzug und hielt einen beigen Aktenkoffer in der Hand. Seine wild vom Kopf abstehenden Haare waren kunstvoll gefärbt, aber sein Blick war geistesabwesend, als sei er 1986 zum Lunch gegangen und ein Vierteljahrhundert später in diesem U-Bahn-Tunnel aufgewacht.

»Runter mit den Waffen«, befahl Jamie über Funk, den nur

sein Team hören konnte. »Niemand tut etwas ohne meinen Befehl.« Morton und Ellison gaben keine Antwort, aber sie gehorchten und senkten ihre Maschinenpistolen, sodass die Mündungen zu Boden wiesen.

Eine Frau trat mit einem Holzstab in der Hand vor. Sie war einmal hübsch gewesen, so viel war trotz der Schmutz- und Farbschichten auf ihrem Gesicht noch zu erkennen. Sie trug ein kurzes, leichtes Kleid, das einst gelb gewesen sein mochte, aber jetzt schmutzig-dunkelgrau mit braunen und schwarzen Streifen war. Links war sie barfuß, am rechten Fuß trug sie eine alte braune Sandale. Sie betrachtete die drei Agenten offen misstrauisch.

»Seid ihr Polizisten?«, fragte sie. »Aber nicht lügen! Ich erkenne Lügner.«

»Nein«, sagte Jamie. »Wir sind keine Polizisten.«

»Soldaten?«

»Gewissermaßen«, sagte Jamie.

»Steckt darunter ein Gesicht?«

Jamie zögerte, dann griff er nach oben und klappte sein Visier auf. Einige Sekunden später folgten Morton und Ellison seinem Beispiel.

»So jung«, sagte die Frau. »Was macht ihr hier unten?«

»Wir suchen jemanden«, sagte Jamie. »Er müsste letzte Nacht hier runtergekommen sein.«

Die Frau zuckte mit den Schultern. »Hier kommen nachts viele Leute runter.«

»Aber er wäre neu gewesen. Und er wäre vermutlich aufgefallen. Bewegt sich schneller als die meisten, hat irgendwas mit den Augen?«

»Ein Vampir, was?«, fragte die Frau. »Von denen kommen manchmal welche hier runter. Aber sie dürfen nicht bleiben. Auf ihre Selbstbeherrschung ist kein Verlass.« Jamies Gesichtsausdruck ließ sie gackernd lachen. »Es gibt viele, die über Vamps Bescheid wissen, junger Soldat. Wer lange genug in den Schatten lebt, kennt sich aus.«

»Sie leben hier unten?«, fragte Ellison.

»Irgendwas dagegen?«, fragte die Frau.

»Nein, nein«, sagte Ellison hastig. »Ich hab nur aus Neugier gefragt.«

»Neugierige Katzen verbrennen sich die Tatzen, Missy. Denken Sie daran.«

»Wir wollen Ihnen keine Schwierigkeiten machen«, versicherte Jamie ihr und warf Ellison einen scharfen Blick zu. »Der Vampir, den wir suchen, ist ein verurteilter Krimineller. Bringt ihr uns zu ihm, ziehen wir sofort mit ihm ab.«

»Was er gemacht hat, ist mir egal«, fauchte die Frau. »Die meisten von uns hier unten haben Dinge getan, die sie lieber nicht getan hätten. Warum sollten wir euch zu diesem Mann bringen? Das heißt, falls er überhaupt hier ist.«

Weil wir drei euch alle umlegen könnten, ohne auch nur in Schweiß zu geraten, dachte Jamie. *Und ihr keine Chance hättet, uns aufzuhalten.*

»Weil er gefährlich ist«, sagte Jamie. »Glauben Sie mir, Sie wollen ihn nicht hier unten haben. Wie viele Frauen leben hier?«

»Etliche«, antwortete sie und kniff die Augen zusammen. »Was ist mit ihnen?«

Jamie sagte nichts; er ließ sie zwei und zwei zusammenzählen und beobachtete befriedigt ihren unbehaglichen Gesichtsausdruck, als sie die Verbindung herstellte.

»Vielleicht kann ich Ihnen helfen«, sagte sie langsam. »Wie heißen Sie, Soldat?«

»Jamie.«

»Jamie was?«

»Jamie muss reichen, fürchte ich.«

»Aye, das hab ich mir gedacht. Ich heiße Aggie. Wenn Sie sagen würden, dass ich hier den Befehl hab ... nun, das war nicht richtig, aber anderseits auch nicht ganz falsch. Jackie?«

Ein Mädchen, fast noch ein Teenager oder ganz knapp Anfang zwanzig, trat vor. Sie trug Jeans und einen riesigen Fuchspelzmantel, in den Hunderte von dünnen Streifen Metallfolie eingeflochten waren.

»Du hast ihn gesehen, als er heute Nacht reingekommen ist, stimmt's?«, fragte Aggie.
»Jo«, sagte Jackie.
»Ist er noch da?«
»Ich hab ihn nicht weggehen sehen«, antwortete sie. »Zuletzt war er unten bei den anderen.«
»Wie viele seid ihr dort unten?«, fragte Jamie.
»Das ist von Tag zu Tag verschieden, Soldat«, sagte Aggie. »Manchmal sind wir ungefähr hundert, an manchen Tagen nur fünf. Wir führen keine Listen.«
»Kommt und geht ihr alle durch die Station?«, fragte Ellison. »Wie kommt's, dass niemand das merkt?«
Aggie lachte. »Durch die Station kommt niemand rein. Die ist der letzte *Ausweg*, falls es mal Schwierigkeiten geben sollte. Überall in der Stadt gibt's mehr Eingänge, als sogar ich mich erinnern kann.«
»Wieso sind Sie so angezogen?«, fragte Morton plötzlich. »Muss jeder hier unten sich so kleiden?«
»Wie angezogen, Soldat?«
»Die Farben und die Federn und die kleinen Metallfolien.«
Aggie sah an sich hinab, dann lachte sie. »Das Schwarz ist Ihre Uniform, richtig? Nun, dies ist unsere. Wir sind die Beschützer dieses Orts. Wir werden Wächter genannt.«
»Wächter wovon?«
»Was bewacht werden muss«, sagte Aggie. »Was sonst.«
Jamie musste sich beherrschen, um nicht laut loszulachen; diese Leute waren das Verrückteste, was er in seiner Dienstzeit bei Schwarzlicht gesehen hatte – und das war viel. Und er hatte bereits angefangen, Aggie zu mögen; sie war bis zur Grobheit direkt, aber unter ihrem schmutzigen Äußeren arbeitete ein hellwacher Verstand, und er merkte, dass er Spaß daran hatte, mit ihr zu reden.
»Führen Sie uns zu ihm?«, fragte er. »Bitte?«
Aggie legte den Kopf schief, kniff die Augen zusammen und dachte offenbar über seine Bitte nach. Schließlich nickte sie.

»Wir bringen Sie hin, Soldat. Ich weiß nicht, ob ich glaube, dass er so böse ist, wie Sie sagen, aber wenn Sie seinetwegen hergekommen sind, muss er sich dafür verantworten. Wer die Gesetzeshüter zu uns runterholt, bekommt sie selbst auf den Hals. Kommen Sie mit, Soldat, und sagen Sie Ihren Freunden, dass sie die Mündungen ihrer Waffen nach unten gerichtet lassen sollen. Ich will hier keine Ballerei hören.«

»Ich auch nicht«, sagte Jamie.

Die Schar, die durch den stillgelegten Tunnel mitten unter Central London zog, hätte jedem Augenzeugen lächerlich erscheinen müssen.

Angeführt wurde der Zug von Aggie und Jamie, die gleichmäßig nebeneinander ausschritten. Hinter ihnen kamen Morton und Ellison, die sichtlich verwirrt wirkten, während sie ihrem Teamführer durchs Halbdunkel folgten. Nach den beiden Rekruten kamen Aggies übrige Wächter: zwei lockere Reihen von bemerkenswert aussehenden Männern und Frauen, die mühelos über den unebenen Untergrund schlenderten, wobei ihre eingeflochtenen Folien- und Silberpapierröllchen glitzerten, wenn sie die Arbeitsleuchten im Tunnel passierten.

Jamie hatte seinen Blick unterwegs aufmerksam nach vorn gerichtet. Ihr Einsatz hatte sich völlig anders entwickelt, als er erwartet hatte, und er war entschlossen, in der gewandelten Situation konzentriert zu bleiben. Er hielt es für sehr unwahrscheinlich, dass Alastair Dempsey freiwillig aufgeben würde, aber indem sie mit Aggie und ihren bemalten Wächtern aufkreuzten, würden sie ihn hoffentlich überraschen und vernichten können, bevor er flüchten oder Tunnelbewohner verletzen konnte.

Er hatte Aggie nach den Leuchten gefragt, aber sie hatte nur gegrunzt, ein großer Junge wie er sollte doch wissen, wie Lampen funktionierten, und er hatte nicht weiter nachgehakt. Vermutlich hatte jemand ein Kabel aus dem Tunnel zu einer Stromquelle an der Oberfläche geführt – eine Leistung, die großen Wagemut und beträchtliche technische Kenntnisse erfordert haben musste. Er hätte gern mehr über diesen seltsamen Ort erfahren, aber er wollte Aggie nicht noch mehr verärgern, als er es bereits getan hatte, indem er mit seinem Team in ihr Territorium eingedrungen war.

Kein Wunder, dass sie mir nichts erzählen will, dachte er. *Vermutlich denkt sie, dass ich mit hundert Polizeibeamten zurückkomme und sie alle vertreiben werde.*

Diese Ansicht wäre jedoch irrig gewesen, denn Jamie hatte schon beschlossen, den Tunnel in seinem Bericht nicht zu erwähnen. Niemand brauchte auf ihn aufmerksam gemacht zu werden; da er kein Schlupfwinkel für Vampire oder sonstige übernatürliche Wesen war, ging er das Department nichts an. Er beherbergte lediglich eine Gruppe von Menschen, die vermutlich sonst keine Bleibe hatten.

»Wie weit ist's noch?«, fragte er. Der Tunnel schien endlos lang zu sein, weil die gelblichen Lampen jeweils nur die zehn Meter unmittelbar vor ihnen erhellten.

»Nicht mehr weit«, grunzte Aggie. »Wir sind bald dort. Dann könnt ihr euren Vampir mitnehmen und uns in Ruhe lassen.«

Ich bezweifle, dass das so einfach wird, dachte Jamie. *Obwohl ich hoffe, dass ich unrecht habe. Das hoffe ich wirklich.*

»Vielleicht wär's am besten«, sagte er vorsichtig, »wenn Sie's uns dreien überließen, ihm gegenüberzutreten. Warnen Sie uns kurz vor dem Ziel, dann können Sie und die anderen zurückbleiben.«

»Scheiß drauf«, sagte Aggie milde. »Wir sind die Wächter dieses Orts, nicht ihr. Ihr tut, was wir wollen, nicht andersrum.«

Meinetwegen sollst du deinen Willen haben, sagte Jamie sich. *Zumindest jetzt noch.*

Nach einiger Zeit, die Jamie nicht genau hätte abschätzen können – seinem Gefühl nach weniger als eine Viertelstunde, vielleicht sogar nur zehn Minuten, wurde der Tunnel plötzlich doppelt so breit, und Aggie blieb stehen.

»Das hier ist die Kreuzung«, sagte sie. »Hier haben sich zwei Linien gekreuzt, die beide längst abgebaut sind. Geradeaus, wo die Feuer sind, findet ihr euren Vampir.«

Jamie starrte in die Dunkelheit. Nach einigen Sekunden konnte er ein ganz schwaches orangerotes Leuchten erkennen, das meilenweit entfernt zu sein schien.

Sie hat unglaublich scharfe Augen, dachte er. *Vermutlich sieht nicht mal Larissa so gut.*

»Was liegt dort vorn?«, fragte er.

»Ein totes Gleis«, sagte Aggie. »Eine Art Kreis, aber der ist eigentlich keiner mehr. Im Krieg sind dort Luftschutzbunker und alles mögliche Zeug gebaut worden.«

»Wie viele Fluchtwege gibt es dort?«

»Haut er ab, bevor wir die Kreuzung überqueren, sind's zu viele. Tut er's nicht, dann sind es zwei. In der linken Tunnelwand gibt's eine Tür mit einer Treppe zu einer alten Umspannstation. Sie ist einer der Hauptzugänge. Sobald wir drüben sind, liegen alle anderen hinter uns. Lasst ihr ihn nicht an euch vorbei oder durch die Tür flüchten, sitzt er in der Falle.«

Ein totes Gleis, dachte Jamie. *Ausgezeichnet.*

»Habt ihr das alles mitbekommen?«, fragte er seine Teamgefährten, die beide nickten. »Ellison, sobald wir drüben sind, beziehen Sie sofort Posten vor der Tür. Morton, Sie bleiben bei mir. Wir bringen die Sache hier unten zu Ende. Klar?«

»Klar«, bestätigte Ellison. Morton nickte nur, wobei er Jamie anstarrte.

»Okay«, sagte Jamie. »Aggie, wollen Sie uns hinführen? Wenn wir uns unter Ihre Leute mischen, kann er uns weniger leicht entdecken.«

»Aye«, sagte Aggie. »Das klingt vernünftig.«

Jamie nickte und trat in die bunt bemalte Schar zurück. Morton und Ellison folgten seinem Beispiel, steckten die MP5 weg und zogen ihre T-Bones. Die drei Agenten trugen ihre Waffen mit locker herabhängenden Armen, damit sie für jemanden, der die Annäherung der Schar beobachtete, nicht gleich ins Auge fielen.

»Also los«, sagte Jamie. Aggie nickte und führte sie über die Kreuzung.

Der Kreuzungsbereich war riesig; die Gleise waren längst abgebaut, aber die Stelle, wo sie sich einst gekreuzt hatten, war durch hellere Stellen auf dem Tunnelboden noch immer deutlich erkennbar. Als Jamie im Mittelpunkt kurz haltmachte, war er von vier Tunnelöffnungen umgeben. Hinter ihm lag der Tunnel, aus dem sie gerade kamen; vor sich hatte er ihr Ziel, an dem Alastair Dempsey sich hoffentlich entspannte, ohne etwas von ihrer Anwesenheit zu ahnen. Links und rechts führten Tunnel zu unbekannten Zielen ins Dunkel.

Aggie hat recht, dachte Jamie. *Kommt er an uns vorbei, ist er weg.*

Sein Herz begann schneller zu schlagen; er versuchte jedoch nicht, sich von dem Klopfen in seiner Brust vereinnahmen zu lassen, und nutzte es stattdessen, um seinen Verstand auf das zu fokussieren, was vor ihnen lag. Klappte alles plangemäß, würde die Sache sekundenschnell vorbei sein, aber er wusste aus Erfahrung, dass selten etwas nach Plan verlief, wenn es um Vampire ging – vor allem um so starke und gefährliche Vampire wie Alastair Dempsey.

Jamie sah sich kurz um und beobachtete, wie seine Teamgefährten mit der bunten Schar der Wächter Schritt hielten. Beide wirkten ruhig; ihr Blick war klar, ihre Schultern hingen locker herab, ihr leiser Schritt war stetig.

Gut, dachte er, *Morton hat sich wieder unter Kontrolle. Wurde auch Zeit.*

Er sah gerade noch rechtzeitig wieder nach vorn, als sie in den Tunnel traten, der ihr Ziel war. Jetzt konnte er die Feuer deutlich sehen: Auf beiden Seiten eines weiten Raums brannte je eines. Gestalten kauerten an ihnen oder schlenderten scheinbar ziellos zwischen ihnen umher; er war eben imstande, einzelne Menschen zu erkennen, als eine Stimme durch den Tunnel hallte.

»Wer da?«, rief sie. »Bist du's, Aggie?«

»Aye«, antwortete sie ebenso laut. »Ich und die Meinen.«

»Habt ihr was gefunden?«

»Nichts«, rief sie. »Vielleicht war jemand da, aber jetzt ist er fort.«

»Das ist nicht gut, Aggie.«

»Hey, was soll ich dagegen machen?«

Die andere Stimme verstummte.

»Visiere«, flüsterte Jamie über Funk und klappte seines herunter. Ein Blick über die Schulter zeigte ihm, dass seine Teamgefährten die Anweisung befolgt hatten, also sah er wieder nach vorn, als sie sich den Feuern näherten. Die Flammen warfen einen fast unheimlich orangeroten Schein, und er bekam große Augen, als er sah, wie viele Menschen in dem Tunnel mit dem toten Gleis versammelt waren: mindestens hundertfünfzig Männer und Frauen, vielleicht sogar mehr. Als Jamie sich eben zu fragen begann, wie sie ihre Zielperson finden sollten, ohne sich zu verraten, entdeckte er den Gesuchten.

Alastair Dempsey lehnte hinter einem der Feuer an der Tunnelwand. Er trug ein dunkles Hemd zu schwarzen Jeans, stand etwas abseits von den anderen und beobachtete die herankommende Schar von Männern und Frauen mit gespannter Aufmerksamkeit; auf seinem Gesicht stand ein Ausdruck, der Jamie nicht gefiel.

Der ist ein wildes Tier, dachte er. *Er wittert, dass irgendetwas nicht stimmt, obwohl er noch nicht weiß, was es ist.*

Er wollte seinen Teamgefährten eben die Position des Gesuchten zuflüstern, als Mortons Stimme, verstärkt durch das Helmmikrofon, ertönte – in dem geschlossenen Raum des Tunnels war sie ohrenbetäubend laut.

»Alastair Dempsey«, brüllte Morton. »Hände hoch und vortreten!«

Dempsey war noch über zehn Meter weit entfernt, aber Jamie sah, wie seine Augen sekundenschnell feurig rot wurden, während ein grausiges Lächeln auf sein Gesicht trat.

»Du verdammter ...«, begann Ellison, aber die Morton zugedachte Verwünschung ging in dem sofort ausbrechenden Chaos unter.

Jamie, der Dempsey weiter fixierte, war entschlossen, den Vampir nicht aus den Augen zu lassen, während er seinen Zorn darüber, dass Morton sie um ihr Überraschungsmoment gebracht hatte, zu ignorieren versuchte. Aber er sah sofort, dass er nicht zum Schuss kommen würde.

Menschen liefen blindlings durcheinander, rempelten sich an, fielen übereinander und schickten gewaltige Funkenregen in die Luft, als sie durch die Feuer trampelten. Männer und Frauen gingen stolpernd zu Boden, und Jamie hörte in dem Gebrüll der Erwachsenen auch schrille Schreckensschreie von Kindern. Aggie drehte sich um und starrte ihn empört und vorwurfsvoll an, aber er zwang sich dazu, nicht auf sie zu achten; er versuchte weiter, sich auf Dempsey zu konzentrieren, ihre Zielperson im Auge zu behalten, musste dann aber mit wachsendem Entsetzen feststellen, dass er den Vampir nicht mehr sehen konnte.

»Sir?«

»Was gibt's, Ellison?«, fauchte er, während er weiter die brodelnde Menge vor sich absuchte.

»Er hat mich, Sir.«

Jamie fühlte das Blut in seinen Adern zu Eis werden. Er drehte sich langsam nach Ellison um, die stocksteif stillstand. Über ihrer rechten Schulter hing breit grinsend und mit glutroten Augen das Gesicht eines Mannes in mittleren Jahren.

»Keine Bewegung«, knurrte er. »Wenn Sie sich bewegen, ist sie tot.«

Jamie ließ das T-Bone fallen, zog seine Glock und zielte damit auf den Vampir; gleichzeitig war eine verschwommen schnelle Bewegung zu sehen, als Dempsey Ellisons Kopf zurückzog und seine Fingernägel gegen die blasse Haut ihrer Kehle presste. Dabei schüttelte er warnend den Kopf. Jamie machte keine Bewegung, aber er ließ auch seine Pistole nicht sinken; die zielte weiter auf den über der Schulter sichtbaren Teil von Dempseys Gesicht.

»Ruhe bewahren«, sagte er über Funk. »Ganz ruhig bleiben, wir hauen Sie raus.«

»Ja, Sir«, sagte Ellison, deren Stimme nur ihre Teamgefährten hören konnten. »Was ist der Plan?«

»Lassen Sie mir einen Augenblick Zeit«, antwortete er. »Morton, wo zum Teufel sind Sie?«

Keine Antwort.

Jamie riskierte innerlich fluchend einen raschen Blick nach rechts. Morton, dessen Waffe nutzlos in seinen Händen hing, stand dem Vampir gegenüber. Männer und Frauen strömten an ihm vorbei, aber er nahm sie anscheinend nicht mal wahr; er stand wie angewurzelt da.

»Morton!«, blaffte Jamie. Seine Stimme dröhnte direkt in Mortons Ohren, und der Rekrut schrie vor Schreck auf und klappte sein Visier hoch, als er zurückwich, sodass seine fest zusammengekniffenen Augen zu sehen waren. Als er sie wieder öffnete, war sein Blick klar, und er wandte sich vor Scham dunkelrot seinem Teamführer zu.

»Sie bewachen jetzt die Tür«, sagte Jamie, der sich bemühte, seinen Zorn zu beherrschen. »Sagen Sie kein Wort mehr ohne geschlossenes Visier. Also los, gehen Sie schon!«

Morton nickte mit weit aufgerissenen Augen, dann machte er sich die Tunnelwand entlang auf den Weg.

Alastair Dempsey runzelte die Stirn; er atmete schwer, und sein Blick irrlichterte wie der eines in die Enge getriebenen Tiers.

Jamie sah sich rasch in dem weiten Raum um und stellte fest, dass nur etwa vierzig Menschen zurückgeblieben waren, die seine Konfrontation mit Dempsey starr vor Schrecken beobachteten. Er drehte den Schalter an seinem Koppel, sodass seine Stimme nach außen übertragen wurde.

»Keiner bewegt sich!«, rief er mit elektronisch verstärkter Stimme. »Dies hat nichts mit euch zu tun. Keiner von euch ist in Gefahr, außer er bewegt sich, nachdem ich euch jetzt gewarnt habe.« Er konzentrierte sich wieder auf den Vampir. »Alastair Dempsey«, sagte er. »Ergeben Sie sich. Für Sie gibt's keinen Ausweg mehr.«

Übers Gesicht des Ausbrechers huschte ein überraschter Ausdruck, dann grunzte er lachend. »Kommt nicht in Frage«, knurrte er. »Dort lasse ich mich nicht wieder einsperren. Nicht noch mal. Niemals!«

»Geben Sie auf«, drängte Jamie. »Für Sie gibt's hier keinen Ausweg.«

Der Vampir schüttelte den Kopf. »Wer sind Sie?«, fragte er heiser. »Special Branch der Met Police?«

»Wer wir sind, spielt keine Rolle«, sagte Jamie.

»Für mich schon«, sagte Dempsey und zog Ellison rückwärtsgehend mit sich. »Wollen die Ärzte mich so dringend zurückhaben? Oder seid ihr nur hier, um mich zu liquidieren?«

»Wir sind hier, um Sie zu erledigen«, sagte Morton von seinem Platz an der Tür aus.

»SCHNAUZE, VERDAMMT NOCH MAL!«, brüllte Jamie mit durch den weiten Raum hallender Stimme, weil er seinen Zorn auf seinen Teamgefährten nicht mehr beherrschen konnte.

»Warum?«, fragte Dempsey. »Was habe ich getan, für das ich nicht längst gebüßt habe?«

»Sie sind ein Vampir«, antwortete Morton.

Dempsey lachte. »Und das gibt Ihnen das Recht, mich zu erledigen?«

Morton gab keine Antwort.

Jamie betätigte nochmals den Schalter an seinem Koppel und sprach über Funk mit Ellison, sodass niemand mithören konnte. »Sobald ich jetzt! sage, werfen Sie den Kopf möglichst weit nach links. Klar?«

»Ja, Sir«, bestätigte Ellison.

Dempsey machte einen weiteren Schritt rückwärts und zog die Geisel mit sich, wobei sein Blick hektisch zwischen den beiden schwarzen Gestalten hin und her ging. Jamie folgte seiner Bewegung schweigend mit der Glock.

»Jetzt!«, sagte er.

Ellison warf sofort den Kopf nach links. Dempsey überraschte das völlig; sein Griff lockerte sich, und die Finger glitten über ihre Haut, weil sie sich zur Seite warf. Als Ellison zu Boden ging und sich über eine Schulter abrollte, wurde Dempseys ganzer Kopf sichtbar, und Jamie schoss seine Pistole darauf leer.

In dem abgeschlossenen Raum des Tunnels waren die Schussknalle ohrenbetäubend laut. Die Männer und Frauen, denen er stillzuhalten befohlen hatte, schrien entsetzt auf und hielten sich die Ohren zu, als sie sich zu Boden warfen. Dempsey, dessen Überlebensinstinkt weit älter war als seine Verwandlung, machte einen Satz rückwärts und verdrehte dabei seinen Körper. Die beiden ersten Geschosse trafen seinen Kopf, rissen ihm das linke Ohr ab und ließen sein linkes Auge mit einem Schauer aus gelblicher Flüssigkeit explodieren. Die restlichen durchschlugen Arm und Schulter und ließen den Vampir schwer zu Boden gehen, als der Hammer der Glock mit trockenem Klicken auf eine leere Kammer traf.

Jamie setzte sich in Bewegung und hob dabei sein T-Bone auf, aber Dempsey sprang auf, bevor er zielen konnte. Vor Zorn und Schmerzen schrill kreischend, während sein Blut mit hohem Druck aus einem Dutzend Einschusswunden spritzte, lief er zu der Tür in der Tunnelwand.

»Achtung, er kommt!«, rief Jamie und spurtete hinter ihm her. »Morton!«

Morton trat mit schussbereit gehaltenem T-Bone und dem Zeigefinger am Abzug vor. Das mit Blut bedeckte Ungeheuer torkelte kreischend und blutend und heulend auf ihn zu; sein verbliebenes Auge glühte dunkelrot, und sein weit aufgerissener Mund schien voller Reißzähne zu sein. Morton wich unwillkürlich einen halben Schritt zurück, dann drückte er ab. Der Metallpflock schoss in einer explodierenden Gaswolke aus dem Lauf und raste auf den Vampir zu.

Aber der halbe Schritt zurück bewirkte, dass Morton sein Ziel fast verfehlte: Der Metallpflock durchschlug Dempseys Schulter, riss einen Fleischklumpen von der Größe einer Grapefruit heraus und ließ den Vampir erneut gellend laut vor Schmerzen aufschreien. Morton griff nach dem Pflock an seinem Koppel, aber er war zu langsam; Dempsey rammte ihn beiseite und schmetterte ihn gegen die Tunnelwand, noch bevor er den Pflock aus der Koppelschlaufe ziehen konnte.

Jamie spurtete quer durch den weiten Raum und war mit einem Satz durch die Tür, während sein T-Bone schussbereit die Treppe hinaufzeigte. Er brüllte dem entkommenden Vampir ein halbes Dutzend grässlicher Flüche nach, dann steckte er seinen Kopf wieder durch die Tür.

»Das wird eine Meldung geben!«, rief er. »Los, folgt mir hier raus!« Er verschwand wieder, und seine Schritte polterten die Metalltreppe hinauf.

Ellison sah ihm nach, dann drehte sie sich suchend nach ihrem Teamgefährten um.

Morton hockte zusammengesunken auf dem Boden, starrte diagonal durch den von Echos erfüllten Tunnel. Er saß mit großen, fast verständnislosen Augen vollkommen still. Sie rappelte sich auf, zuckte wegen der in ihrer Schulter pulsierenden, stechenden Schmerzen zusammen und folgte seinem Blick.

Dann stockte ihr der Atem.

»Oh, Scheiße«, sagte sie.

Auf dem Tunnelboden lag, von dem Metallpflock aus Mortons T-Bone getroffen, Jackie, die junge Frau, bei der Aggie sich nach Alastair Dempsey erkundigt hatte. Der orangerote Feuerschein beleuchtete ihr blasses Gesicht; ihre Augen starrten zur Tunneldecke auf, und ihre Lippen bewegten sich lautlos. Blut quoll aus ihrer Kehle, lief über den Pelzmantel, färbte ihn schwarz. Sie ballte die Hände schwach zu Fäusten und streckte die Finger wieder, während die dunkelrote Blutlache unter ihr stetig größer wurde.

Ellison, die Morton völlig vergessen hatte, rannte quer durch den weiten Raum. Sie sank neben der Schwerverletzten auf die Knie, nahm ihren Helm ab, um sie nicht zu ängstigen, und begutachtete die Verletzung. Die Wunde war tief und großflächig; obwohl der Metallpflock durch Dempseys Schulter abgebremst worden war, hatte er ihren Hals fast ganz durchschlagen und war erst von der Halswirbelsäule aufgehalten worden. Ellison starrte sie hilflos an, denn sie wusste, dass sie keine Hilfe leisten konnte. Wären sie höchstens eine Minute von einem Krankenhaus mit einem Traumazentrum von Weltklasse gewesen, hätte sich vielleicht, ganz *vielleicht* etwas machen lassen. Aber hier unten, in einem Tunnel unterhalb der City, war der jungen Frau nicht zu helfen.

Jackie erwiderte ihren Blick. Ellison starrte die Sterbende an und zwang sich dazu, nicht wegzusehen und das Einzige zu tun, wozu sie imstande war: die junge Frau fühlen zu lassen, dass sie nicht allein war. Sie nahm Jackies Hand, erwiderte ihren Blick und sah zu, wie sie den letzten Atemzug tat. Jackies Brust zitterte einmal, zweimal, dann hob sie sich nicht mehr. An ihrer Unterlippe hing eine blutige Schaumblase. Nach einigen Sekunden platzte sie, und Ellison spürte, dass sie Tränen in den Augen hatte.

»Lassen Sie sie«, sagte eine Stimme.

Ellison drehte sich um und sah einen Mann, der über ihr stand. Er hatte die Hände wie zum Gebet krampfhaft vor der Brust gefaltet und starrte Jackies Leiche ungläubig entsetzt an.

»Lassen Sie sie«, wiederholte er mit zitternder Stimme. »Bitte. Ich nehme sie mit.«

Ellison sah forschend zu ihm auf, dann nickte sie langsam. Sie wandte sich wieder der Toten zu, zog den Metallpflock behutsam aus ihrem Hals und machte Platz. Der Mann kniete nieder, legte den Kopf auf Jackies Brust und brach in Tränen aus. Sie beobachtete ihn einige Sekunden lang, dann rappelte sie sich auf und stolperte zu ihrem Teamgefährten zurück.

Morton hatte sich nicht bewegt; er starrte weiter blicklos die vor ihm ablaufenden grausigen Bilder an. Ellison ging neben ihm in die Hocke und packte ihn an den Schultern.

»Sieh mich an«, forderte sie ihn so energisch auf, wie sie im Augenblick konnte. »Sieh mich an, John. Das war ein Unfall. Ein *Unfall*. Der hätte jedem von uns passieren können. Hörst du mich?«

Morton starrte sie verständnislos an. Sie fasste mit beiden

Händen unter seine Achseln und versuchte ihn hochzuziehen, aber das klappte nicht; er war unbeweglich, ein totes Gewicht.

»John«, sagte sie drängend. »Steh auf! Komm jetzt, John.«

Sie nahm plötzlich eine Bewegung hinter sich wahr und sah sich um; die Tunnelbewohner näherten sich langsam – mit bitterstem Leid auf fast allen Gesichtern. Angeführt wurde die Schar von Aggie, die Ellison mit zusammengekniffenen Augen anfunkelte.

»Verschwindet von hier!«, fauchte sie. »Lasst uns unsere Toten. Kommt nie wieder hierher.«

Ellison erwiderte Aggies Blick und versuchte, ihr wortlos wenigstens einen Teil der Trauer zu vermitteln, die sie empfand. Jackie hatte das Los, das ihr zugefallen war, nicht verdient; sie war schuldlos in den Tornado aus Blut und Tod geraten, der Schwarzlicht ständig und überall zu umgeben schien. Aggie erwiderte ihren Blick, ohne eine Miene zu verziehen, bis Ellison resigniert nickte.

»Okay«, sagte sie. »Wir müssen weiter, John. Steh auf, verdammt noch mal! Sofort!«

Morton sagte nichts; er rappelte sich langsam auf und betrachtete Ellison mit stummer Verzweiflung auf seinem blassen Gesicht.

»Heute reden wir zum zweiten Mal über John Morton, Sir«, sagte Jamie. Er stand mit seinem Helm unter dem Arm vor Cal Holmwoods Schreibtisch. Noch bevor ihr Van London verlassen hatte, hatte er dem Direktor eine SMS geschickt und ihm mitgeteilt, dass er ihn sofort nach seiner Rückkehr sprechen müsse. »Und diesmal ist eine junge Zivilistin umgekommen. Das war ein Unfall, der aber passiert ist, weil er in Panik geraten ist. Ich sage Ihnen zum zweiten Mal, Sir, dass er für unsere Einsätze nicht geeignet ist. Zumindest vorläufig noch nicht.«

Holmwood schloss sekundenlang die Augen, dann betrachtete er Jamie müde. »Hat die Überwachung nach Ihrer Meldung Dempsey orten können?«

»Ja, Sir. Sie ist noch an ihm dran.«
»Gut«, sagte Holmwood. »Das ist immerhin etwas.«
»Ganz recht«, bestätigte Jamie. »Aber was ist mit Morton, Sir?«

Der Kommissarische Direktor seufzte. »Sie wollen noch immer, dass er auf die Inaktivenliste gesetzt wird?«

»Ja, Sir. Mehr denn je.«

Holmwood sagte lange nichts. Er schien kaum richtig wach zu sein, wirkte wie ein Mann mit fast leerer Batterie. »Okay«, sagte er zuletzt. »Tun Sie, was Sie für das Beste halten. Wenn das bedeutet, dass er auf die Inaktivenliste kommt, haben Sie meine Genehmigung dafür.«

»Danke, Sir«, sagte Jamie und spürte, wie Erleichterung ihn durchflutete.

»Schon gut. Noch irgendwas?«

»Nein, Sir. Ich habe nichts mehr.«

»Gott sei Dank«, sagte Holmwood mit dem dünnsten Lächeln, das Jamie je gesehen hatte. »Gehen Sie und sehen Sie zu, dass Sie etwas Schlaf bekommen.«

38

Die Punkte miteinander verbinden

Lindisfarne, Northumberland

Pete Randall ging, in einer eigenen Welt verloren, die Klippen an der Nordküste der Insel entlang, die sein Leben lang seine Heimat gewesen war.

In der Ferne ragten die massiven Steingebäude des Klosters Lindisfarne in den Nachmittagshimmel auf. Dieser alte Hort theologischer Gelehrsamkeit, der zwei Wikingereinfälle überstanden hatte, war in einer einzigen Nacht von Ungeheuern zerstört worden, über die Pete Randall niemals reden durfte – die er, amtlich mehrfach verwarnt, niemals gesehen haben durfte, obwohl sie ihm noch ganz deutlich vor Augen standen.

Die wenigen Mönche, die die Nacht, in der seine Tochter verschwunden war, überlebt hatten, hatten in den Tagen danach die Insel verlassen. Nun standen die teilweise zerstörten alten Gebäude leer; sie würden vermutlich noch stehen, wenn die letzten Häuser über dem Hafen eingestürzt waren. Pete trat nach vorn an den Rand der Klippe, setzte sich und ließ die Beine über die Felskante baumeln. Unter ihm brandete die Nordsee gegen die Felsen; Gischt, kalt und salzig, wurde explosionsartig hochgeschleudert und ließ die Beine seiner Jeans feucht werden, brannte auf der Haut. Aber das merkte er kaum.

In Gedanken war er in der Vergangenheit.

Als Kate sechs gewesen war, war er einmal in einer kalten Januarnacht mit ihr hier oben gewesen, um die Feuer von abgefackeltem Gas über weit entfernten Bohrinseln zu beobachten. Die Lesters waren vor Kurzem auf die Insel gezogen, und ihre Tochter Julie war sofort Kates beste Freundin geworden – eine Freundschaft, die andauern würde, bis Julie mit dem Gesicht voll Blut und fast ganz nach hinten gedrehtem Kopf auf dem Hafenkai liegend zurückgeblieben war.

Andy Lester arbeitete auf Bohrinseln; ungefähr alle drei Monate flog er mit dem Hubschrauber nach Aberdeen und fuhr nach Lindisfarne weiter, um zwei kostbare Wochen bei seiner Familie zu verbringen, bevor er wieder auf See zurückkehrte. Diese Lebensweise, die Pete als schwere, gefährliche Arbeit kannte, war Kate, die Lindisfarne erst ein paar Mal verlassen hatte, fast unvorstellbar glanzvoll erschienen. Als Pete ihr erzählt hatte, an klaren Tagen könne man die Bohrinseln, und in klaren Nächten die hohen Flammensäulen sehen, die von abgefackeltem Gas stammten, hatte sie ihm nicht glauben wollen, sondern dieses Schauspiel selbst sehen wollen. Er hatte eine klare Nacht abgewartet, in der das dunkle Wasser sich scheinbar endlos weit erstrecken würde, die Zustimmung seiner Frau eingeholt, die wieder krank war, weil der Krebs, an dem sie letztlich sterben würde, sich erneut bemerkbar machte, und Kate dick vermummt quer über die Insel geführt.

Sie hatten ungefähr dort gesessen, wo Pete jetzt saß, aus Plastikbechern heiße Schokolade getrunken, die er aus einer Thermosflasche eingeschenkt hatte, und den Horizont beobachtet. Ungefähr zehn Minuten lang war nichts passiert. Dann war am Horizont plötzlich eine brausende orangerote Feuersäule aufgestiegen, die selbst aus dieser Entfernung – über viele Meilen schwarzer See hinweg – unglaublich riesig gewirkt hatte. Kate hatte vor Begeisterung gekreischt; Pete hielt sie für den Fall, dass sie vor Aufregung zu nahe an den abbröckelnden Rand geriet, fest am Kragen ihrer Jacke gepackt. Sie waren über eine Stunde lang dort oben geblieben, und Pete hatte darauf gewartet, dass der Reiz des Neuen verblasste, bis er gemerkt hatte, dass dieser Fall nicht eintreten würde; Kate hatte jede tosende Feuersäule mit dem Jubel begrüßt, der sonst nur für ihre Weihnachtsgeschenke reserviert war.

Er hatte nie erfahren, weshalb die fernen Feuer ihr solche Freude machten, und nun würde er sie niemals mehr fragen können. Er war zu dem Schluss gekommen, Kate habe sie als Beweis für die Existenz weiterer Dinge außerhalb ihrer kleinen Insel gesehen – Dinge, die anders und größer und strahlender waren als das, was um sie herum passierte. In ihren Knochen hatte etwas gesteckt, eine Art Wanderlust, deren Sprießen und Gedeihen er stolz, aber trotzdem mit wehmütiger Trauer im Herzen beobachtet hatte.

Er hatte immer gewusst, dass seine Tochter eines Tages fortgehen, dass Lindisfarne ihr niemals groß genug sein würde. Seine Frau und er hatten sich mit dieser schlimmen Aussicht abgefunden. Kate würde auf Besuch kommen, und sie würden weiterhin einander haben. Aber dann war Annie gestorben, sodass Kate und er allein zurückgeblieben waren, und Pete hatte erkannt, dass ihre Pläne, ihre Sehnsucht nach einem größeren, weiteren Leben, vorerst auf Eis gelegt waren, vielleicht für immer. Er wusste, dass sie ihn nicht alleinlassen würde, und diese Erkenntnis erfüllte ihn mit weit größerer Trauer, als er zuvor bei der Aussicht auf ihr Weggehen empfunden hatte.

Aber nun war sie fort, und er *war* allein.

Sein Mobiltelefon summte, und er zog es heraus. Auf dem Display wurde eine SMS von SOUTH angezeigt, bei der ihm ein aufgeregter kleiner Schauder über den Rücken lief. Nachdem sie die ganze Woche lang mehrmals täglich Mails ausgetauscht hatten, hatten sie endlich den Mut gefunden, ihre Telefonnummern auszutauschen.

Er rief die SMS auf.

SEHEN SIE SICH FOLGENDES SCHNELLSTENS AN.
HTTP://WWW.KEVINMCKENNA.
WORDPRESS.COM/BLOG/NEWS/032154

Pete las den Text zweimal, versuchte irgendeine versteckte Bedeutung zu finden, steckte das Handy wieder ein und machte sich auf den Heimweg. Er beeilte sich nicht besonders; dass dieser Link sein Leben verändern würde, glaubte er eigentlich nicht. Er konnte nicht ahnen, wie sehr er sich täuschte.

KEVINMCKENNA.COM – die Homepage des preisgekrönten Journalisten Kevin McKenna
ROTE AUGEN UND SCHWARZE UNIFORMEN
Gepostet von KEVIN

Ich habe lange und intensiv nachgedacht, bevor ich dieses Posting geschrieben habe. Glaubt mir, das habe ich.
Ich habe über das Risiko nachgedacht – ob ich mich gefährden würde, wenn ich das schreibe. Ich habe an die Männer und Frauen gedacht, die dies vielleicht lesen werden, und ob sie danach besser schlafen werden. Ich habe an die Regierung und Sicherheitsbehörden unseres Landes gedacht und hätte Verständnis dafür, wenn Sie mir nicht glauben würden. Ich habe über das alles nachgedacht und bin zur unerschütterlichsten Schlussfolgerung meines Lebens gelangt:
Das Risiko lohnt sich. Die Sache ist zu wichtig.
Im Augenblick werde ich nicht mehr erklären, als schon im Titel meines Postings steht – wenn Sie nicht wissen, wovon ich rede, sollten Sie dankbar sein, wie bisher weiterleben und keinen weiteren Gedanken auf diese Sache verschwenden. Aber wenn Sie's wissen ...
Wenn Sie's wissen, möchte ich von Ihnen hören. Ich will Ihre Storys hören. Ich will wissen, wie viele von Ihnen dort draußen leben.
Benutzen Sie einen Proxyserver und posten Sie Ihre Geschichten unter Kommentare – ich garantiere Ihre Anonymität. Ansonsten braucht niemand den Kopf aus der Deckung zu stecken, zumindest vorläufig nicht. Bekomme ich die Reaktion, die ich erwarte, haben Leute den Mut, über ihre Erlebnisse zu sprechen, werden wir erleben, denke ich, dass diese Seite sich rasch entwickelt. Aber warten wir's einfach ab.
Rote Augen. Schwarze Uniformen.
Erzählen Sie mir davon. Ich glaube Ihnen.

Kevin McKenna

39

Der Hauptverdächtige

Bei den Männern und Frauen des Nachrichtendiensts für Interne Sicherheit rief Valentin Rusmanovs Erscheinen genau die Reaktion hervor, die der uralte Vampir sich gewünscht hatte.

Obwohl er von Agenten des Sicherheitsdiensts mit schussbereiten T-Bones eskortiert wurde, schlenderte er durch das Großraumbüro der Abteilung, als mache er einen Morgenspaziergang. Valentin war ein Superstar, einer der ältesten Vampire der Welt, den Dracula persönlich verwandelt hatte, und Gelegenheiten, ihn aus solcher Nähe zu bestaunen, gab es nicht allzu oft.

Er war wie immer tadellos elegant gekleidet, wofür sein aufmerksamer Kammerdiener Lamberton sorgte. Sein blasses, gut aussehendes Gesicht war glatt, der anthrazitgraue Anzug mit schneeweißem Oberhemd und dezenter Krawatte war frisch aufgebügelt, seine schwarzen Schuhe glichen blitzblanken Spiegeln. Sämtliche Mitarbeiter des Nachrichtendiensts ließen sofort ihre Arbeit liegen und gafften ihn ungeniert an. Valentin lächelte gutgelaunt und nickte den Agenten zu, an deren Schreibtischen er vorbeikam. Es gab nur wenige Dinge, die er mehr genoss, als Aufmerksamkeit zu erregen, und die Faszination auf den Gesichtern der Männer und Frauen an ihren kleinen grauen Arbeitsstationen war ihm ein Hochgenuss.

Kate Randall erwartete ihn vor der Sicherheitstür, die in den TIS-Bereich führte. Sie beobachtete, wie er auf sie zukam, und fand die Reaktion ihrer Kollegen abstoßend.

Er ist ein Rockstar, dachte sie. *Obwohl er Tausende von Menschen ermordet hat. Sie sind wie Kids, die einen Star anhimmeln.*

Valentin ließ die letzten Schreibtische hinter sich und bedachte sie mit einem strahlenden Lächeln. »Miss Randall«, sagte er und streckte ihr die Hand hin. »Welch Vergnügen, Sie wiederzusehen. Ihnen geht's hoffentlich gut?«

Kate schüttelte ihm kurz die Hand. »Danke, sehr gut, Mr. Rusmanov. Wenn Sie bitte mitkommen, wir wollen diese Sache so schnell wie möglich hinter uns bringen.«

»Wie professionell Sie sind«, sagte Valentin anerkennend. »Obwohl erst gestern einer Ihrer Kollegen versucht hat, Sie zu ermorden. Bravo, Miss Randall. Bravo.«

Geh nicht darauf ein, ermahnte sie sich. *Gib ihm nicht, was er will.*

»Wenn Sie wie gesagt mitkommen wollen, Mr. Rusmanov«, antwortete Kate und rang sich ein schmallippiges Lächeln ab. Sie tippte den Code der Sicherheitstür ein, die sich surrend und klickend öffnete. Dann zog sie die Tür auf, und Valentin trat mit seinen Bewachern dicht hinter sich in den TIS-Empfangsbereich.

Kate schloss die Augen, holte tief Luft und sammelte sich für die vor ihr liegende Aufgabe. Als sie die Augen wieder öffnete, sah sie, dass die Kollegen vom Nachrichtendienst sie stumm anstarrten.

»Habt ihr nichts zu arbeiten?«, fauchte sie, dann verschwand sie im TIS-Bereich und zog die Tür hinter sich zu.

Kate führte Valentin und seine Bewacher in den Befragungsraum und überließ es den Technikern, ihn auf dem Stuhl sitzend an die Geräte anzuschließen. Der Vampir ließ das alles scheinbar gutgelaunt über sich ergehen, als betrachte er die ganze Sache als amüsante Abwechslung, aber sie war nicht ganz davon überzeugt; sie glaubte, tief im Innersten müsse Valentin diese Prozedur als erniedrigend oder zumindest als lästig empfinden.

Das hoffe ich sehr, dachte Kate. *Hoffentlich ist er stinksauer.*

Sie öffnete die Tür der Lounge und nickte Paul Turner zu. Der Sicherheitsoffizier blätterte auf dem Sofa sitzend in der Akte Valentin Rusmanov. Dieses Dokument von der Stärke eines Telefonbuchs war das Ergebnis der ersten Befragung, die unmittelbar nach Valentins Desertion zu Schwarzlicht stattgefunden hatte.

»Zwei Minuten«, sagte Kate.

Turner klappte die Akte zu und sah lächelnd zu ihr auf. »Gut«, sagte er. »Sie haben nichts dagegen, wenn ich die Fragen stelle, nicht wahr? Das ist die beste Lösung, denke ich.«

»Das glaube ich auch«, sagte Kate. »Wie tief wollen Sie eindringen?«

»Wir haben schon nach ziemlich allen nützlichen Dingen gefragt, über die er Auskunft geben will«, sagte Turner und schlug mit der flachen Hand auf die Akte. »Eine Überprüfung würde ungefähr eine Woche dauern. Es gibt ein paar Dinge, nach denen ich noch mal fragen möchte, nachdem er jetzt verdrahtet ist, aber der Schwerpunkt liegt auf gestern.«

»Glauben Sie, dass er's war?«, fragte Kate.

»Nein«, antwortete Turner knapp. »Und Sie?«

Kate schüttelte den Kopf. »Ein Teil von mir hofft, dass er's war«, sagte sie. »Für uns alle wär's viel einfacher, wenn seine Desertion eine Lüge wäre und er weiterhin für Dracula arbeiten würde. Aber ich glaube nicht, dass das der Fall ist.«

»Ich auch nicht«, bestätigte Turner. »Würde er noch für Dracula arbeiten, kann ich mir nicht vorstellen, dass er seine Zeit damit vergeuden würde, Sie und mich auszuschalten. Aber das glauben viele Agenten, zumindest vorerst noch. Deshalb müssen wir diese Sache abschließen und weiter unsere Arbeit tun. Irgendjemand dort draußen verheimlicht etwas, und wir müssen rauskriegen, wer das ist.«

Bevor er den nächsten Anschlag verübt, dachte Kate, der ein kalter Schauder über den Rücken lief.

»Also gut«, sagte sie. »Bringen wir's hinter uns.«

»Bevor wir reingehen«, sagte Turner, »müssen Sie mir noch etwas versprechen.«

»Was?«

»Dass Sie sich nicht von ihm faszinieren lassen«, sagte Turner.

»Was er auch sagt, was er auch von Ihnen verlangt. Geben Sie ihm nicht, was er will.«

»Keine Sorge«, sagte Kate grimmig lächelnd. »Von mir bekommt er nichts.«

Als sie den Befragungsraum betraten, saß Valentin mit lässig übereinandergeschlagenen Beinen auf dem Stuhl. Seine Bewacher standen mit schussbereiten T-Bones links und rechts neben ihm.

»Major Turner«, sagte der Vampir freundlich lächelnd. »Ich glaube wirklich, dass ich in den letzten hundert Jahren – wenn ich Lamberton einmal ausnehme – mit niemandem so viel geredet habe wie mit Ihnen. Es kann wohl kaum *noch* etwas geben, nach dem Sie mich fragen wollen? Vielleicht nach meinen sexuellen Neigungen? Nach der Regelmäßigkeit meines Stuhlgangs?«

»Mr. Rusmanov«, sagte Turner. »Ich danke Ihnen, dass Sie gekommen sind.«

»Oh, bitte sehr«, antwortete Valentin. »Ihr Dank impliziert allerdings, dass ich in dieser Sache eine Wahl gehabt hätte. Sollte das zutreffen, hat mir das leider niemand gesagt.«

»Wir wissen beide recht gut, dass wir Sie kaum hätten zwingen können, Ihre Zelle zu verlassen, wenn Sie nicht freiwillig mitgekommen wären«, sagte Turner. »Ich war nur höflich. Ich kann damit aufhören, wenn Sie wünschen.«

Valentin grinste. »Höflichkeit ist heutzutage selten geworden, Major Turner, und meine Hochachtung dafür, dass Sie diese Tradition am Leben erhalten, ist Ihnen sicher.«

»Danke«, antwortete der Sicherheitsoffizier. Er setzte sich an den Schreibtisch, und Kate glitt auf den Stuhl neben ihm. Sie kontrollierte das in die Schreibtischplatte eingelassene Display und stellte fest, dass das System betriebsbereit war.

»Dies ist TIS-Befragung Nummer 072«, sagte Turner mit ausdrucksloser, nüchterner Stimme. »Durchgeführt von Major Paul Turner, NS303, 36-A, in Gegenwart von Lieutenant Kate Randall, NS303, 78-J. Sagen Sie mir bitte Ihren Namen.«

»Ist's so weit?«, fragte Valentin. »Hat die Befragung offiziell begonnen?«

»Das hat sie«, bestätigte Turner. »Sagen Sie mir bitte Ihren Namen.«

»Valentin Rusmanov.«

Grün.

»Bitte geben Sie diesmal eine *falsche* Antwort«, sagte Turner. »Nennen Sie Ihr Geschlecht.«

»Weiblich« antwortete Valentin.

Rot.

Kate holte tief Luft

Los jetzt!, dachte sie. Wir ziehen das jetzt durch!

»Mr. Rusmanov«, sagte Turner. »Gestern Nachmittag sind in zwei Räumen des Stützpunkts Sprengsätze angebracht worden, die offensichtlich Angehörige dieses Departments töten sollten. Haben Sie die fraglichen Sprengladungen angebracht?«

»Glauben Sie etwa, dass ich das war?«, fragte Valentin stirnrunzelnd. »Halten Sie wirklich so wenig von mir, Major Turner? Nach all den Stunden, die wir miteinander verbracht haben?«

»Beantworten Sie bitte meine Frage. Haben Sie die Bomben gelegt?«

»Natürlich nicht.«

Grün.

»Wissen Sie, wer's gewesen ist?«

»Nein.«

Grün.

»Besitzen Sie Informationen, die uns helfen könnten, den Attentäter aufzuspüren?«

»Leider nicht.«

Grün.

Kate atmete hörbar aus. Die Ergebnisse entsprachen genau ihren Erwartungen, aber trotzdem war sie erleichtert gewesen, die grünen Lichter aufleuchten zu sehen; seit die Sonderkommission Stunde null gestern zusammengetreten war, hatte ein ungelöstes Problem im Raum gestanden.

Was zum Teufel hätten wir dagegen tun sollen, wenn er's gewesen wäre?

»Danke, Mr. Rusmanov«, sagte Turner. »Jetzt möchte ich Sie zu einem anderen Thema ...«

»Sie haben nicht geglaubt, dass ich's war, nicht wahr?«, fragte Valentin. Er streckte die Beine aus und legte sie an den Knöcheln übereinander.

»Mr. Rusmanov, ich bin nicht ...«

»Ich bin sicher, dass viele Ihrer Kollegen mich für den Täter halten«, fuhr Valentin fort. »Schon deswegen, weil diese Schlussfolgerung auf der Hand liegt und die Mehrheit von ihnen nicht übermäßig clever ist. Deshalb verstehe ich, dass ich aufgefordert wurde, mich dieser Befragung zu unterziehen, aber ich gestehe, dass ich neugierig bin, aus welchem Grund Sie mich schon vorher für unschuldig gehalten haben. Wollen Sie so freundlich sein? Aus Höflichkeit, wenn schon aus keinem anderen Grund?«

»Mr. Rusmanov«, sagte Paul Turner. »Wir sind nicht hier, um Ihre Neugier zu befriedigen. Wir sind hier, um ...«

»Entschuldigen Sie, Major«, unterbrach Valentin ihn, »aber ich habe nicht mit Ihnen gesprochen, fürchte ich. Ich habe mit Miss Randall gesprochen.«

Kate runzelte die Stirn. »Mit mir?«, fragte sie. »Wieso interessiert Sie, was *ich* denke?«

»Weil ich weiß, weshalb Major Turner mich nicht für den Täter gehalten hat«, sagte der Vampir. »Er ist ein Mann der Beweise, der Wahrscheinlichkeiten, und ich bezweifle nicht, dass er durch Anwendung gesunder, aber zweifellos todlangweiliger Logik zu dem Schluss gekommen ist, dass ich's nicht war. Sie dagegen haben sich an diesem grauen, trübseligen Ort Ihre Lebendigkeit bewahrt, während Ihr Kollege mich nur noch langweilt.«

»Vielleicht wär's klug, sich daran zu erinnern, dass Sie hier zu Gast sind«, sagte Turner halblaut. »Und dass meine Geduld nicht grenzenlos ist.«

»Dann vernichten Sie mich doch!«, rief Valentin aus, indem er die Arme ausbreitete und die Schultern zurücknahm. »Und erklären Sie dem guten alten Mr. Holmwood anschließend, dass Sie's getan haben, weil ein Vampir unhöflich zu Ihnen war. Das versteht er bestimmt.«

Turner gab keine Antwort, aber er lächelte schwach und wich Valentins Blick nicht aus.

Brauchen wir ihn irgendwann nicht mehr, dachte Kate, *wird Valentin einige seiner Äußerungen bereuen. Paul vergisst sie nicht, das weiß ich bestimmt.*

»Die Anschläge waren nichts, was Ihrer Art entsprochen hätte«, antwortete sie. »Deshalb habe ich sie Ihnen nicht zugetraut.«

»Das müssen Sie mir erklären«, sagte Valentin.

»Ich habe mir genau das Gleiche überlegt wie Major Turner. Wären Sie unter falschen Vorwänden hier, würden Sie noch für Dracula arbeiten, hätten Sie bestimmt mehr getan, als nur zwei Bomben zu legen. Und ...«

»Weiter«, verlangte Valentin mit breitem, beunruhigendem Lächeln. »Bitte.«

»Das war irgendwie nicht Ihr Stil«, sagte Kate. »Sprengfallen und selbstgebastelte Bomben? Ich hatte das Gefühl, für so was seien Sie sich zu gut.«

Valentins Lächeln wurde zu einem Grinsen. »Ausgezeichnet, Miss Randall. Wirklich sehr gut. Sie können sich gut in andere hineinversetzen, was?«

»Weiß ich nicht«, sagte Kate. »Darüber habe ich noch nie nachgedacht.«

»Oh, natürlich haben Sie das«, widersprach Valentin. »Jeder denkt ständig über sich nach. Wir denken darüber nach, worin wir gut und worin wir schlecht sind, und wir vergleichen uns unaufhörlich mit denen, die uns umgeben. Sie zum Beispiel. Sehen Sie sich als die treue Gefährtin des großen Jamie Carpenter? Natürlich tun Sie das nicht, auch wenn der Rest der Welt Sie so wahrnimmt. Sie sehen sich als intelligente, scharfsinnige junge Frau, cleverer als die meisten, und leiden darunter, in Mr. Carpenters Schatten leben zu müssen. Oder irre ich mich?«

»So, das reicht«, sagte Turner. Er warf Kate einen Blick zu, den sie sofort verstand.

Geben Sie ihm nicht, was er will.

»Habe ich Sie gekränkt?«, fragte Valentin mit vor Unaufrichtigkeit triefender Stimme. »Dann bitte ich um Verzeihung. Das war nicht meine Absicht.«

»Doch, das wollten Sie«, sagte Kate. »Aber das ist in Ordnung. Und in manchen Punkten haben Sie sogar recht, Mr. Rusmanov. Hat man so lange gelebt wie Sie, erwirbt man sich ziemlich gute Menschenkenntnis, nehme ich an. Aber was Jamie betrifft, irren Sie sich. Ich leide nicht unter ihm und bin stolz darauf, seine Freundin zu sein. Und es ist mir ziemlich egal, ob Sie mir glauben oder nicht.«

»Ich glaube Ihnen«, sagte Valentin mit sanfter Stimme. »Und ich weiß, dass er Ihnen gegenüber das Gleiche empfindet.«

Kate wusste, dass sie genau das tat, was sie nicht tun sollte, indem sie sich von Valentin in ein Gespräch über sich selbst und ihre Freunde verwickeln ließ. Ihn interessierten nur ihre Reaktionen, mit denen er spielte; für ihn war dies alles nur ein grausames Spiel, ein amüsanter Zeitvertreib.

»Hat er Ihnen das selbst gesagt?«, fragte sie fast widerwillig.

»Indirekt«, antwortete der Vampir. »Seine Mutter war so freundlich, diese Information weiterzugeben.«

Kate runzelte die Stirn. »Wann haben Sie mit Marie gesprochen?«

»Oh, ich besuche sie gelegentlich«, sagte Valentin. »Ich habe dort unten leider nicht viel Gesellschaft, aber glücklicherweise liebt Mrs. Carpenter nichts mehr als eine Kanne Tee und kultivierte Unterhaltung. Auf diese Weise sind sie und ich recht gute Freunde geworden.«

»Wenn Sie ihr etwas antun«, sagte Turner mit einer Stimme wie Polareis. »Wenn Sie sie aufregen oder ängstigen oder auf irgendeine Weise zu manipulieren versuchen, vernichte ich Sie … und garantiere Ihnen, dass Cal Holmwood kein Wort darüber verlieren wird. Sie hat nichts mit dieser Sache zu tun.«

»Mit welcher Sache?«, fragte Valentin stirnrunzelnd.

»Mit dem, was wir tun. Sie ist eine Zivilistin. Sie ist schuldlos.«

»Ihre Meinung von mir lässt sich wirklich nicht verbessern, nicht wahr?«, fragte Valentin. »Major Turner, ist Ihnen bewusst, dass ich vor langem geschworen habe, keinem Mitglied der Familie Carpenter etwas anzutun, wobei ich darauf hinweisen möchte, dass Sie absolut nichts dagegen tun könnten, wenn ich meine Meinung ändern würde. Ich genieße Maries Gesellschaft und weiß, dass dieses Gefühl auf Gegenseitigkeit beruht. Ich habe lediglich versucht, sie darüber aufzuklären, was sie geworden ist, und ihr eine Schulter zum Ausweinen angeboten, wenn sie sich Sorgen um ihren Sohn macht. Ich kann noch immer Gefühle empfinden, Major, und mit Menschen umgehen, ohne den Wunsch zu haben, sie zu foltern und zu ermorden. Ich bin nicht das Ungeheuer, für das Sie mich offenbar halten.«

»Nein«, sagte Turner. »Sie sind schlimmer. Sie verbergen Ihre Grausamkeit hinter der Maske der Freundschaft. Eine überzeugende Maske, das gebe ich zu. Aber trotzdem nur eine Maske.«

»Ich maße mir nicht an, zu versuchen, Sie von Ihrer Auffassung abzubringen, Major Turner«, sagte Valentin. »Sie müssen eben glauben, was Sie glauben.«

»Genau«, bestätigte Turner. »Das werde ich tun.«

»Wie Sie wünschen. Dann wollen wir Major Turner bei seinem Glauben lassen und weitermachen, wo wir unterbrochen wurden«, sagte Valentin und lächelte Kate zu. »Dass Jamie stolz darauf ist, Ihr Freund zu sein, weiß ich, weil *Sie* das große Thema sind, für das seine Mutter sich endlos begeistern kann. Marie bekommt glänzende Augen, wenn sie mir versichert, wie gern sie Sie hat. Außerdem neigt sie dazu, mir Dinge zu erzählen, die sie vor Jamie geheim hält – Dinge, die …«

»Nicht«, sagte Kate.

»Was nicht?«, erkundigte Valentin sich.

»Spielen Sie keine Spiele mit mir. Ich brauche nicht zu wissen, was Marie Ihnen erzählt hat.«

»Ich habe nicht versucht, mit Ihnen Spiele zu spielen«, sagte Valentin freundlich. »Ich hätte Ihnen erzählt, wie sehr Marie Ihre Freundin Larissa hasst und wie glühend sie hofft, dass ihr Sohn zur Besinnung kommen und sich rettungslos in Sie verlieben wird. Aber das habe ich Ihnen nicht erzählt, nicht wahr?« Das Lächeln des uralten Vampirs verschwand, und in seinen äußersten Augenwinkeln zuckte kurz rote Glut auf. »Du meine Güte«, sagte er leise. »Das war gedankenlos von mir.«

Kate lief ein kalter Schauder über den Rücken, breitete sich durch den ganzen Körper aus.

Das wollte ich nicht wissen. Ehrlich nicht!

»Mr. Rusmanov«, knurrte Paul Turner. »Die heutige Befragung ist beendet. Danke, dass Sie sich Zeit für uns genommen haben.«

»So bald?«, fragte Valentin seufzend. »Ich hatte gerade angefangen, mich zu amüsieren.«

»Sie kennen Jamie überhaupt nicht«, fauchte Kate. »Sie wissen nichts über ihn oder mich oder Larissa. Sie wissen gar nichts!«

»Lieutenant Randall«, sagte Turner und starrte sie drohend an.

»Sie machen sich aus nichts etwas«, warf sie Valentin vor. »Sie sind nur hier, weil Ihnen die Idee missfällt, vor Dracula kuschen zu müssen, aber Sie sind zu feige, es allein mit ihm aufzunehmen. Sie sind ein erbärmlicher Feigling.«

»Kate ...«

»Sie sind clever, Sie leben schon seit ewigen Zeiten, und es amüsiert sie, Menschen zu manipulieren, ihnen Geschichten zu erzählen und zu sehen, was passiert. Aber das ist kein Spaß. Das ist jämmerlich. Jamie zieht jeden Tag los, um zu versuchen, das Dunkle daran zu hindern, die Welt zu beherrschen, und was tun Sic inzwischen? Sie hocken in Ihrer Zelle und denken sich kleine Projekte und Tricks aus und klopfen sich dann selbst auf die Schulter, weil Sie so clever sind. Sie sind ein Nichts. Das weiß ich, Sie wissen's, und Jamie weiß es auch.«

Valentin runzelte einige Sekunden lang die Stirn, bevor er große Augen bekam und in Gelächter ausbrach: ein hoher femininer Laut, von dem sich Kates Nackenhaare sträubten. »Ach, du meine Güte«, sagte er. »Ich dachte immer, Sie wüssten Bescheid. Aber Sie haben keine Ahnung, nicht wahr? Keiner von Ihnen.«

»Eine Ahnung wovon?«, fragte Paul Turner.

»Mr. Carpenter hat es sich zur Gewohnheit gemacht, mich häufig in meiner Zelle zu besuchen«, antwortete Valentin. »Ich habe angenommen, das tue er mit Erlaubnis seiner Vorgesetzten, aber nun sehe ich, dass ich mich getäuscht habe. Wie peinlich.«

Kate starrte den alten Vampir an. »Sie lügen«, warf sie ihm vor.

»Sicher denken Sie das«, sagte Valentin. »Aber ich weiß auch, dass ein cleveres Mädchen wie Sie darauf kommen muss, dass sich das sehr leicht überprüfen lässt. Fragen Sie ihn einfach selbst, wenn Sie ihn das nächste Mal sehen. Fragen Sie Ihren Freund, den Sie anscheinend so gut kennen. Aber seien Sie nicht überrascht, wenn Ihnen nicht gefällt, was er Ihnen erzählt.«

Major Turner stand mit einem Ruck auf. Sein Stuhl scharrte misstönend über den Fußboden.

»Zum allerletzten Mal«, sagte er mit gefährlich leiser, wütender Stimme. »Die heutige Befragung ist beendet. Agenten, bringen Sie Mr. Rusmanov in seine Zelle zurück. Spricht er oder atmet er auch nur auf eine Weise, die Ihnen nicht gefällt, haben Sie meine ausdrückliche Erlaubnis, ihn auf der Stelle zu vernichten. Und jetzt schaffen Sie ihn mir aus den Augen!«

40

Mit guten Vorsätzen gepflastert

Pete Randall las Kevin McKennas Posting, las es nochmals, las es ein drittes Mal. Sein Herz jagte, während sein Gehirn plärrte, er solle vorsichtig sein, sich die Sache gründlich überlegen, nicht blindlings in eine Falle tappen.

Er googelte McKenna und seufzte sofort erleichtert auf. Den Mann gab es offenbar wirklich; all die Artikel von und über ihn waren zu zahlreich, um gefälscht sein zu können. Aber in seiner Vita wies nichts darauf hin, dass er so etwas schreiben würde; er war kein investigativer Journalist von der Sorte, die korrupte Politiker und schillernde Betrüger entlarvt, und schien seit Jahren nichts Bedeutendes mehr geschrieben zu haben.

Aber er weiß Bescheid. Irgendwie ist er eingeweiht. Und das sagt er öffentlich.

Pete saß mit seinem Notebook auf den Knien da und war wie gelähmt bei dem Gedanken daran, was er tun sollte. Was er tun *wollte*, war klar: Er wollte das Kommentarkästchen unter McKennas Posting anklicken und sein gebrochenes Herz darin ausschütten.

Aber das tat er nicht.

South weiß es bestimmt. Ich werde ihn fragen, was ich tun soll.

Als er eine SMS an ihn zu schreiben begann, erschien die Telefonnummer des Mannes auf dem Display. Er starrte sie an, dann drückte er sanft mit einer Fingerspitze darauf.

Das Telefon klingelte, und Petes Herz sank.

Natürlich geht er nicht ran. So dämlich ist er nicht. Bestimmt hat er nicht mal einen Anrufbeantworter.

»North?«

Pete hätte beinahe das Handy fallen lassen. »Yeah«, sagte er. »Ich bin's.«

»Was soll der Scheiß, Kumpel?«, fragte South ärgerlich. »Das war so nicht abgesprochen! Sie wissen doch, dass nichts leichter zu orten ist als ein Mobiltelefon.«

»Ja, ich weiß«, sagte Pete. »Tut mir leid, ich bin nur ... ich kann dieses Posting nicht glauben. Ich weiß nicht, was ich damit tun soll, und wollte mit jemandem darüber reden.«

Nun folgte eine Pause.

»Schon gut«, sagte South in etwas wärmerem Tonfall. »Machen Sie sich deswegen keine Sorgen. Sie haben's also gelesen?«

»Yeah«, antwortete Pete. »Ich kann's nicht recht glauben. Halten Sie's für echt?«

»Ich denke schon«, sagte South. »Ich weiß es nicht, ich bin mir nicht sicher, aber ich denke, dass es echt ist. Ich habe hin und her überlegt, ohne einen Grund zu finden, aus dem sie's tun sollten. Wenn ich voraussetze, dass sie uns – und alle anderen wie wir – überwachen, kann ich keinen Zweck darin erkennen. Ist das ein Versuch, uns auszuhorchen? Uns aus der Deckung zu locken? Wozu denn? Wieso lassen sie uns nicht einfach verschwinden, wenn sie uns für ein potenzielles Problem halten?«

Pete spürte, dass ihm ein kalter Schauder über den Rücken lief. »Das hab ich mir auch überlegt«, sagte er.

»*Ist* er aber echt«, sagte South, »muss man den Mut dieses Kerls ...«

Danach herrschte langes Schweigen.

»Was machen wir also?«, fragte Pete schließlich. »Mein erster Gedanke war, ihm zu erzählen, was Kate und mir zugestoßen ist. Was denken Sie?«

»Genau das Gleiche«, sagte South. »Ich bin gerade dabei, noch mal durchzulesen, was ich für die andere Webseite geschrieben habe. Dann schicke ich's sofort ab.«

»Sind Sie sich sicher?«, fragte Pete. »Dass es das Richtige ist?«

»Natürlich bin ich das nicht«, antwortete South hörbar irritiert. »Aber wenn ich ehrlich sein soll, Kumpel, ist mir das scheißegal. Schnappen sie mich, weil ich das gepostet habe, und werfen mich irgendwo in eine Zelle oder erledigen mich mit einem Genickschuss, kann ich's nicht ändern. Ich habe nichts mehr, was sie mir nehmen könnten. Wenn dieser Kerl also versuchen will, etwas zu tun, möchte ich ihm wenigstens dabei helfen. Sie etwa nicht?«

Zwei Stunden später nahm Kevin McKenna weit von Lindisfarne entfernt einen Schluck aus seiner Bierdose, während Albert Harker, dessen Reißzähne unter der zu einem breiten Grinsen verzogenen Oberlippe sichtbar waren, über seine Schulter hinweg mitlas.

Der Journalist und der Vampir hockten in einem anonymen Zimmer eines Hauses einer Hotelkette in einem westlichen Vorort von London vor McKennas Laptop. Das Haus in Kilburn hatten sie keine halbe Stunde nach der Veröffentlichung des Blogs verlassen: Harker in der Kleidung, die er trug, McKenna mit einer Sporttasche voller hastig zusammengeraffter Kleidungsstücke, Notizbücher, Kugelschreiber und Waschzeug. Er konnte nicht beurteilen, ob der Vampir recht hatte, wenn er behauptete, Schwarzlicht werde ihn als Verfasser des Blogs abholen, aber er hatte keine Lust, das zu riskieren.

»Wundervoll«, sagte der Vampir. »Einfach wunderbar. Nach nicht mal sechs Stunden haben wir schon zwei detaillierte Augenzeugenberichte über Schwarzlicht und Vampire. Besser hätt's nicht laufen können.«

McKenna nickte, während Harker durchs Zimmer schwebte, um sich einen dampfenden Becher Kaffee zu holen. Er war überrascht gewesen, als die Storys unter seinem Blog erschienen waren: Storys voller Hubschrauber und Soldaten und Blut und Tod, die, wie schrecklich sie auch waren, zwingend überzeugend klangen. Er bemühte sich, ruhig zu bleiben, sich nicht gleich mitreißen zu lassen, aber das gelang ihm nur teilweise.

Stimmt das alles, dachte er, *hat er recht. Dies ist die Story des Jahrhunderts.*

»Wie geht's weiter?«, fragte er vorsichtig. »Wir haben zwei Personen, die Vampire gesehen haben wollen, eine von ihnen zudem die Männer in Schwarz, von denen Sie mir erzählt haben. Das ist ein Anfang, andererseits aber auch nur zwei Leute.«

Harker trank einen kleinen Schluck Kaffee. »Es werden noch mehr«, sagte er. »Viel mehr, wie ich vermute. Jetzt geht's erst mal damit weiter, dass Sie sich an die Arbeit machen.«

»Woran genau?«

Der Vampir lächelte. »An Ihre größte Stunde, mein lieber Mr. McKenna.«

41

Unterströmungen

»Tut mir leid«, sagte Kate. »Ich habe Sie im Stich gelassen.«

»Unsinn«, wehrte Paul Turner ab. »Sie sind von jemandem provoziert worden, der sich seit über vierhundert Jahren auf Manipulation versteht. Sie haben Ihre Freunde standhaft verteidigt.«

»Aber das wollte er doch«, sagte Kate.

»Darauf kommt's nicht an«, sagte Turner. »Sie sollten stolz auf sich sein.«

Sie saßen in der TIS-Lounge, Kate auf dem Sofa, Turner auf dem Plastikstuhl am Schreibtisch. Kate war so maßlos von sich selbst enttäuscht, weil sie sich von Valentin hatte ködern lassen, dass sie buchstäblich vor Wut zitterte; als sie versucht hatte, zur Beruhigung ein Glas Wasser zu trinken, hatte sie das meiste davon verschüttet. Sie hatte erwartet, dass Turner mindestens so wütend auf sie sein würde wie sie selbst; deshalb fand ein Teil ihres Ichs seine Reaktion fast enttäuschend.

»Ich sollte mich nicht von ihm faszinieren lassen«, sagte sie. »Mit genau diesen Worten haben Sie mich gewarnt.«

»Ich weiß, was ich gesagt habe«, bestätigte Turner. »Und ich wollte, Sie hätten's nicht getan. Aber ich glaube nicht, dass er etwas, das Sie gesagt haben, gegen Sie oder uns verwenden kann. Ich denke, dass er nur seinen Spaß daran gehabt hat, Sie aus dem Gleichgewicht zu bringen.«

»Das ist ihm gelungen«, sagte Kate.

»Das habe ich gemerkt«, sagte Turner. Zu hören, wie seine Kollegin einen der ältesten Vampire der Welt anschrie, hatte ihm das Herz gewärmt; er hatte sich sehr beherrschen müssen, um nicht wie ein Idiot zu grinsen.

Kate rang sich ein schwaches Lächeln ab. »Was haben Sie vor?«, fragte sie. »Wegen der Dinge, die er über Jamie und Marie erzählt hat?«

»Das weiß ich nicht«, gab Turner zu. »Weil Jamie der Sonderkommission Stunde null angehört, glaube ich nicht, dass er gegen irgendwelche Vorschriften verstößt, wenn er Valentin besucht. Aber wenn er das mehr als einmal, vielleicht sogar regelmäßig getan hat, müssen diese Besuche aufhören. Was Marie betrifft, sehe ich keine Möglichkeit, einzuschreiten. Wir können sie sonst nirgends unterbringen, und Valentin kann mühelos durch die UV-Barrieren gehen.«

»Aber Sie glauben doch nicht, dass er ihr etwas antun würde?«, fragte Kate.

»Das weiß ich nicht«, sagte Turner. »Hoffentlich nicht. Aber es gibt nicht viel, was ich Valentin Rusmanov nicht zutraue, wenn er in unguter Stimmung ist.«

»Erzählen Sie das bitte nicht Jamie«, sagte Kate. »Er hat genügend andere Sorgen.«

»Die haben wir alle«, sagte der Major. »Aber ich werde ihn nicht mit etwas belästigen, gegen das wir nichts tun können.«

»Ich kann nicht glauben, dass er Valentin besucht hat«, sagte sie leise. »Warum hat er nicht mit Matt oder mir geredet, wenn er sich aussprechen wollte. Oder mit seiner Mom? Oder übrigens mit Colonel Frankenstein?«

»Das wüsste ich auch gern«, stimmte Turner zu. »Vielleicht wollte er mehr über seine Familie erfahren. Valentin hat seinen Großvater gekannt, vielleicht haben sie über den gesprochen.«

»Auch Frankenstein hat John gekannt«, sagte Kate. »Warum nicht mit ihm reden?«

Der Sicherheitsoffizier gab keine Antwort, und Kate fühlte plötzlich heißen Zorn in sich aufsteigen: Trotz des Versprechens, das Larissa, Jamie, Matt und sie sich vor einigen Monaten gegeben hatten, strotzte die Welt weiter von Geheimnissen, von Lügen und verdeckten Motiven.

Paul Turners Konsole meldete sich piepsend. Er hakte sie vom

Koppel los und sah aufs Display. Während Kate ihn beobachtete, machte er kurz große Augen, bevor er befriedigt lächelte.

»Natalia Lenski ist wach«, berichtete er. »Keine bleibenden Schäden, kein Gedächtnisverlust. Ausgezeichnet.«

»Eine gute Nachricht«, stimmte Kate zu, deren Zorn verrauchte, als die Last der Schuldgefühle wegen des Schicksals der jungen Russin von ihren Schultern genommen wurde. »Eine sehr gute Nachricht!«

»Stimmt«, sagte Turner und stand auf. »Ich muss veranlassen, dass ein Team des Sicherheitsdiensts sie befragt. Wir verschieben die nächste TIS-Befragung um eine Stunde. Sie trinken inzwischen einen Kaffee, vergessen Valentin Rusmanov und kommen ausgeruht zurück, okay?«

»Paul«, sagte sie. Er blieb mit einer Hand auf der Türklinke stehen und sah sich nach ihr um.

»Ja?«

»Würden Sie mir einen kleinen Gefallen tun?«

Kate und Matt eilten auf Ebene C zum Krankenrevier.

Obwohl Paul Turner von ihrem Wunsch, Matt zu erlauben, Natalia zu besuchen, bevor sie offiziell befragt wurde, nicht sehr angetan gewesen war, hatte er sich nicht lange bitten lassen; er verstand, weshalb das für Kate und ihren Freund wichtig war. Sie hatte sich bei ihm bedankt und Matt sofort eine SMS geschickt. Unter normalen Umständen hätte sie keine Antwort erwartet; Jamie, Larissa und sie selbst hatten sich daran gewöhnt, dass Matt extrem schwer erreichbar war. Aber in diesem Fall war sie nicht überrascht gewesen, als er nach weniger als einer Minute geantwortet und ihrem Vorschlag zugestimmt hatte, sich auf Ebene C am Aufzug zu treffen.

»Sie wird also wirklich wieder gesund?«, fragte er. »Das hat Major Turner gesagt?«

»Zum fünften Mal«, antwortete Kate und lächelte ihren Freund an. »Paul sagt, dass sie sich wieder ganz erholen wird.«

»Das ist gut«, sagte Matt. »Das ist großartig.«

Dich hat's schwer erwischt, mein Lieber, dachte sie vergnügt. *Wenn du nur wüsstest, was ich weiß.*

Sie erreichten das Krankenrevier und traten durch die Doppeltür ein. Der lange weiße Raum war fast leer; nur ein einziges Bett am Ende der linken Seite war belegt. Natalia Lenski hob ihr blasses Gesicht vom Kopfkissen und sah ihnen entgegen, dann lächelte sie schwach, als sie die Besucher erkannte.

»Matt«, sagte sie. »Kate. Wie schön, euch beide zu sehen.«

Matt errötete kaum merklich, als sie seinen Namen sagte; auf seinem Gesicht lag ein zartrosa Schimmer. Als sie sich dem Bett näherten, ging er etwas rascher und erreichte Natalia als Erster. Kate verlangsamte ihren Schritt absichtlich, um ihnen den denkbar kürzesten Augenblick allein zu gönnen.

»Alles in Ordnung?«, fragte Matt. »Wie fühlst du dich?«

Natalia Lenski sah schlimm aus. Ihr Gesicht und die bloßen Arme waren voll Prellungen, Blutergüsse und kleiner Schnitt- und Schürfwunden. Ein großes rechteckiges Pflaster bedeckte eine Stelle über dem linken Ohr, und ihr linkes Auge war fast zugeschwollen. Aber sie lächelte zu seinen Fragen: ein Lächeln, das ihr Gesicht erstrahlen ließ.

»Nicht allzu schlecht«, sagte sie. »Ich hab Glück gehabt, glaube ich. Großes Glück.«

»Hi, Natalia«, sagte Kate, als sie neben Matt haltmachte. »Freut mich, Sie wiederzusehen.«

Matt runzelte die Stirn. »Ihr kennt euch?«, fragte er.

»Nur flüchtig«, antwortete Kate. »Richtig?«

»Ja, das stimmt«, sagte Natalia und lächelte erneut. Der Anblick ihrer Verletzungen ließ Kate innerlich zusammenzucken, aber ihr wundervolles Lächeln milderte den Eindruck.

»Kannst du dich daran erinnern, was passiert ist?«, fragte Matt. »An die Detonation?«

»Ich erinnere mich an einen Knall«, sagte Natalia stirnrunzelnd. »Ohrenbetäubend laut. Dann nichts, bis ich hier aufgewacht bin und von den Ärzten gehört habe, dass die Tür mich unter sich begraben hat. Sie hat mich vor dem Feuer geschützt.«

»Wow!«, sagte Matt leise. »Kaum zu glauben, dass du eine Bombendetonation aus nächster Nähe überstanden hast. Du bist wie Superwoman.«

Natalia lächelte, und Matt errötete wieder, diesmal deutlich sichtbar.

Ich sollte gehen, dachte Kate. *Ich störe hier nur.*

»Ich muss zum TIS zurück«, behauptete sie. »Ich wollte nur nach Ihnen sehen, Natalia, und freue mich, dass es Ihnen gut geht. Matt, du kannst noch ungefähr zehn Minuten bleiben, bevor der Sicherheitsdienst kommt. Wenn du willst, meine ich.«

»Ich bleibe noch«, sagte Matt, dann sah er zu Natalia hinüber. »Wenn du nichts dagegen hast.«

»Bleib«, sagte Natalia.

»Okay«, sagte Kate, »dann bis später.« Sie wollte gehen, aber Matt hielt sie zurück.

»Ich wollte Natalia etwas fragen«, sagte er. »Vielleicht ist's besser, wenn du dabei bist.«

»Okay«, sagte sie.

Matt wandte sein blasses, ernstes Gesicht der im Bett liegenden Verletzten zu. »Wieso wolltest du in Kates Zimmer gehen, Natalia? Als der Sprengsatz detoniert ist. Was hat dich dorthin geführt?«

Natalia wurde dunkelrot. »Das kann ich dir nicht sagen«, antwortete sie. »Das war privat.«

»Privat?«, fragte Matt mit einem Blick zu Kate hinüber. »Zwischen euch beiden? Wie soll ich das verstehen?«

»Du hast gehört, was sie gesagt hat, Matt«, antwortete Kate ruhig. »Sie hat gesagt, dass es privat war.«

Matt runzelte die Stirn und schien protestieren zu wollen, aber er sah die stumme Warnung im Blick seiner Freundin. Er wandte sich wieder Natalia zu.

»Ich muss wirklich gehen«, behauptete Kate. »Morgen zum Lunch. Halb zwei. Keine Ausreden.«

Matt nickte geistesabwesend. »Ja, klar«, sagte er, dann wandte er sich Natalia zu und begann ihr lebhaft zu erzählen, was sich in den letzten eineinhalb Tagen beim Projekt Lazarus getan hatte. Natalia, die jetzt wieder lächeln konnte, hörte ihm aufmerksam zu, als Kate die Tür des Krankenreviers hinter sich schloss. Sie wusste genau, dass Matt das morgige Mittagessen schwänzen würde, und verzieh ihm das schon jetzt. Auf ihrem Weg den Korridor entlang empfand sie neue Hoffnung angesichts der fragilen, bittersüßen Aussicht darauf, dass zwei Menschen inmitten des Dunkels, das sie alle umgab, ihr Glück finden würden.

Gott, hoffentlich begreift er bald, was Sache ist, dachte sie, als sie auf den Rufknopf drückte. *Sie wird es ihm nie sagen, und ich habe versprochen, nichts zu verraten. Aber etwas so Offenkundiges muss er doch selbst sehen? Schließlich ist er ein Genie.*

Der Aufzug kam, und sie betrat lächelnd die Kabine.

Allerdings, musste sie sich eingestehen, *ist er für ein Genie manchmal nicht sehr clever.*

Als Kate Randall und Matt Browning die Tür des Krankenreviers öffneten, trat Major Paul Turner auf Ebene G aus der Luftschleuse des Zellenblocks. Auch wenn ihm kaum etwas anzumerken war, kochte er innerlich vor Zorn.

Bleib ruhig, ermahnte er sich. *Nicht deinetwegen, sondern um ihretwillen. Bleib ruhig.*

Die Eingangskontrolle war mit einem Agenten von Turners Sicherheitsdienst besetzt. Eigentlich musste jeder Besucher sich ein- und austragen, aber der Sicherheitschef würdigte den Agenten, der sogar seinen Namen rief, keines Blicks, sondern stapfte den Korridor entlang weiter. Er marschierte weiter, zwang sich dazu, nicht zu rennen, und hörte seine Absätze laut auf dem harten Boden klicken.

Bleib ruhig. Bleib ruhig.

Er hatte Kate Randall erklärt, er sei nicht wütend auf sie oder enttäuscht von ihr – und das war die Wahrheit gewesen.

Er war nicht zornig auf *sie.*

Der Major erreichte Valentin Rusmanovs Zelle, atmete tief durch und trat vor die UV-Barriere, deren ursprünglicher Zweck es gewesen war, einen Ausbruch des alten Vampirs zu verhindern.

Die Zelle war leer.

Der Major starrte lange hinein und wollte eben nach der Konsole an seinem Koppel greifen, als ein verschwommenes Etwas von der Decke herabkam. Ein Arm schoss übernatürlich schnell hervor, zerrte Turner durch die Barriere und knallte ihn an die Betonwand. Als er nach Luft schnappend vergeblich auf den Arm, der ihn gepackt hielt, einschlug, nahm das Etwas die vertraute Gestalt Valentin Rusmanovs an, der mit rot glühenden Augen und blitzend weißen Reißzähnen vor ihm stand.

»Sollten Sie vorhaben, mich zu töten, Major Turner«, sagte der Vampir, »schlage ich vor, dass Sie lernen, sich etwas leichtfüßiger zu bewegen.«

»Ich bin nicht ... gekommen, um zu ... kämpfen«, krächzte Turner. »Sonst wäre ich ... nicht allein ... gekommen.«

»Stimmt«, sagte Valentin und ließ ihn los. Turner sackte zu Boden, rieb sich den schmerzenden Hals. »Was kann ich also für Sie tun, Major Turner? Unter Berücksichtigung der Tatsache, dass wir uns vor kaum einer Stunde zuletzt gesehen haben?«

Der Sicherheitsoffizier rappelte sich auf.

»Ich will wissen, warum Sie's getan haben.« Er sprach gefährlich leise; er musste seine ganze Kraft aufwenden, um sich zu beherrschen, damit die Demütigung, die Valentin ihm zugefügt hatte, sich nicht mit dem schon in ihm lodernden gerechten Zorn vermengte. »Ich will wissen, weshalb Sie Kate das angetan haben.«

»Was habe ich ihr denn angetan?«, fragte Valentin, während er elegant rückwärts davonschwebte und auf einem seiner beiden Stühle landete.

»Sie wissen genau, was Sie getan haben«, schnaubte Turner. Er griff sich den zweiten Stuhl, stellte ihn gegenüber dem Vampir auf und sank darauf. »Sie ist nicht wichtig für Sie. Bis vor einem

Vierteljahr hat sie nicht mal gewusst, dass Sie existieren. Wozu sie quälen?«

»Major Turner«, sagte Valentin, indem er die Hände hinter dem Kopf faltete. »Begreifen Sie eigentlich, was uns in Aussicht steht? Was passieren wird, wenn mein früherer Meister sich neu gestärkt erhebt?«

»Ja, das tue ich«, sagte Turner.

»Wäre das tatsächlich der Fall, hätten Sie mir diese Frage nicht gestellt.«

»Hören Sie ...«

»Nein, jetzt hören *Sie* mal zu«, unterbrach ihn Valentin mit erschreckend rot schwelenden Augen. »Ersteht Dracula wieder auf, wird Ihnen alles, womit Ihr Department jemals zu tun hatte, als eine glückliche Erinnerung erscheinen. Und diese Kinder, auf die Cal Holmwood und Sie anscheinend so bedingungslos setzen? Sie sind auf das Kommende nicht vorbereitet, nicht im Geringsten! Sie selbst behandeln Jamie wie einen wiederauferstandenen Quincey Harker, Kate wie Ihre Lieblingstochter und Matt, als besitze er den Zauberschlüssel zu einer Heilmethode, die es vielleicht niemals geben wird, wie wir beide wissen. Ich weiß, dass Sie sich einbilden, ihnen zu helfen. Aber das tun Sie nicht. Sie lassen sie im Stich. Das ganze Department lässt sie im Stich, und bald ist es für alle zu spät.«

Turner fühlte sich, als hätte er einen Magenhaken verpasst bekommen. Er versuchte sich einzureden, was Valentin sagte, sei falsch, aber das gelang ihm nicht; die Worte des Vampirs klangen schrecklich wahr.

»Was wollen Sie damit sagen?«, fragte er langsam. »Dass wir ...«

»Ich habe bei meiner Ankunft allen erklärt, dass ich Draculas Wiederaufstieg nicht will«, sagte Valentin. »Das war und bleibt die Wahrheit. Ich stehe auf Ihrer Seite, Major Turner, ob Sie's glauben oder nicht. Aber wenn unsere Seite aus jungen Männern und Frauen besteht, die es nicht ertragen können, wenn jemand ihnen etwas erzählt, das sie nicht hören wollen, und die durch ihre eigenen kleinen Geheimnisse und Eifersüchteleien so rasch aus dem Gleichgewicht zu bringen sind ... welche Chancen haben wir dann wohl?«

Turner schwieg eine halbe Minute lang. »Das haben Sie getan, um ihr zu helfen?« fragte er zuletzt. »Wollen Sie das sagen?«

Valentin lächelte. »Natürlich nicht«, antwortete er. »Ich bin ein Ungeheuer, haben Sie das vergessen?«

42

Väter für Wahrheit

Von: kevinmckenna@googlemail.co.uk
An: north3571@hotmail.co.uk; 6589south@gmail.com
Gesendet: 21:06:54
Betreff: Ihre Kommentare zu meinem Blog

Hallo,
ich danke Ihnen beiden sehr für Ihre Kommentare zu meinem kürzlich veröffentlichten Blog. Ich bin Ihnen äußerst dankbar dafür, dass Sie Ihre Erlebnisse mit uns geteilt haben, und spreche Ihnen mein aufrichtiges Beileid zu dem Verlust aus, den Sie beide erlitten haben.
Ich schreibe Ihnen, um Sie um Erlaubnis zu bitten, Ihre Berichte für einen Artikel verwenden zu dürfen, den ich gerade schreibe und der Ihnen bestimmt zu Herzen gehen wird. Ich möchte Sie als anonyme Quellen erwähnen, und Ihre E-Mail-Adressen bleiben selbstverständlich geheim.
Bitte lassen Sie mich wissen, ob Sie damit einverstanden sind, dass ich in diesem Sinn weitermache.
Beste Grüße
Kevin

Von: north3571@hotmail.co.uk
An: kevinmckenna@googlemail.co.uk
Kopie: 6589south@gmail.com
Gesendet: 21:23:07
Betreff: Kommentare

Lieber Kevin,
danke für Ihre E-Mail. Ich bin sehr gern damit einverstanden, dass Sie meinen Bericht für Ihren Artikel verwenden, solange meine Anonymität garantiert ist.
Bitte halten Sie mich über den Inhalt des Artikels auf dem Laufenden – ich vermute, dass Sie recht haben, und bin schon jetzt sehr gespannt auf die endgültige Fassung.
Alles Gute
North3571

Von: 6589south@gmail.com
An: kevinmckenna@googlemail.co.uk
Kopie: north3571@hotmail.co.uk
Gesendet: 21:29:41
Betreff: Kommentare

Lieber Kevin,
auch ich bin sehr erfreut, sogar glücklich darüber, dass Sie das Schicksal meiner Familie für Ihren Artikel verwenden wollen. Ich freue mich schon darauf, das Gefühl haben zu können, meinen kleinen Teil dazu beigetragen zu haben, dass all die Dinge, die North 3571 und mir zugestoßen sind, niemandem mehr zustoßen können.
Beste Grüße
8589south

»Na, was habe ich Ihnen gesagt?«, fragte Albert Harker mit einem Lächeln auf seinem blassen Gesicht. »Kinderspiel.«

»Okay«, sagte McKenna. »Ich darf also benutzen, was sie geschrieben haben. Aber ich verstehe nicht, weshalb Sie so aufgeregt sind.«

»Das lässt sich leicht erklären, mein Freund«, antwortete Harker. »Dies ist ein Kreuzzug, eine Bewegung, und es ist durchaus möglich, dass Sie oder ich oder wir beide den Abschluss nicht mehr erleben. Glauben Sie wirklich, dass mit allem Schluss ist, sobald wir die Öffentlichkeit vor den Monstern in ihrer Mitte warnen? Schwarzlicht ist gewalttätig und rachsüchtig und hat ein Elefantengedächtnis, für das ich der lebende Beweis bin. Würden wir gefasst und liquidiert, wäre das nach jetzigem Stand das Ende. Die Story würde mit uns sterben. Wir werden Hilfe brauchen, und ich glaube, dass diese beiden Männer glücklich wären, uns helfen zu dürfen.«

»Also gut«, sagte McKenna. »Aber warum gerade diese beiden? Zu meinem Blog sind bisher über dreißig Kommentare eingegangen. Was macht die beiden so speziell?«

»Sie waren die Ersten«, stellte Harker mit einem Blick auf den Bildschirm fest. »Sehen Sie sich an, wie schnell sie gepostet haben. Sie haben auf etwas in dieser Art gewartet, das garantiere ich Ihnen. Sehen Sie sich an, wie detailliert ihre Geschichten sind, wie voller Zorn. Diese beiden wollen etwas unternehmen; sie haben nur darauf gewartet, dass jemand ihnen sagt, was sie tun können. Sie brauchen nur noch einen kleinen Anstoß.«

»Anstoß?«, fragte McKenna.

»Beantworten Sie ihre Mails«, antwortete Harker. »Sagen Sie ihnen, dass wir ihre Hilfe brauchen. Ich gehe jede Wette ein, dass sie kommen.«

»Und was dann?«

»Dann lassen wir sie arbeiten«, sagte Harker lächelnd. »Lehnt Ihr Chefredakteur die Story ab, was wir beide für wahrscheinlich halten, müssen wir direktere Maßnahmen ergreifen. Sollte es dazu kommen, sind wir zu viert besser als zu zweit.«

Direktere Maßnahmen?, dachte McKenna. *Was zum Teufel bedeutet das?*

»Na schön«, sagte er, »ich beantworte ihre Mails. Aber seien Sie nicht überrascht, wenn sie darin irgendeine Falle wittern. Ich tät's jedenfalls.«

Harker entkorkte eine Flasche Rotwein und goss sich ein Glas ein. »Keine Sorge«, sagte er, »die beiden kommen. Wie geht's mit Ihrer Story voran?«

McKenna öffnete ein Fenster auf dem Bildschirm. »Sie ist fertig«, sagte er.

»Lassen Sie mal sehen.«

Er deutete auf den Bildschirm. Harker kam zum Schreibtisch zurück, und McKenna rollte mit seinem Stuhl zur Seite, damit der Vampir Platz hatte. Während Harker zu lesen begann, riss er eine weitere Bierdose auf und zündete sich eine Zigarette an.

Die Story war verrückt; das stand völlig außer Zweifel. Aber sie war sensationell, sie war das Beste, was er seit vielen Jahren geschrieben hatte, und er merkte überrascht, wie viel ihm daran lag, dass sie Albert Harker gefiel.

Der Vampir machte ihm Angst; etwas anderes zu behaupten, wäre unehrlich gewesen. Aber sein Eintreffen und diese verrückte, aufregende Sache, die er vertrat, hatten ein Feuer in McKenna entzündet – etwas, das er seit der guten alten Zeit nicht mehr erlebt hatte. Gewiss, dieses Feuer war kaum mehr als ein schwaches Flämmchen, aber es war da; er konnte es spüren. Und es gefiel ihm. Er gestattete sich die Hoffnung, er könne vielleicht, ganz vielleicht Abschied von der eintönigen, geisttötenden Plackerei nehmen, die jetzt seine Tage ausfüllte, und wieder jemand sein, der etwas darstellte, der beim Rasieren in den Spiegel sehen konnte, ohne sich zu schämen. Er wusste nicht, wie dies alles enden würde, aber bis es so weit war, würde er seinen Part nach besten Kräften spielen.

Harkers Kreuzzug würde nicht seinetwegen scheitern.

Eines wusste er jedoch: Die Qualität seines Texts würde Colin Burton nicht beeinflussen; es würde ein Wunder sein, wenn sein

Chefredakteur mehr als drei, vier Zeilen über die Überschrift hinaus las. Hatte er Glück, würde Burton das Ganze für einen etwas umständlichen Streich halten; hatte er keines, würde seine Antwort vermutlich mit der Aufforderung schließen, sich einen neuen Job zu suchen.

»Ihr Artikel ist gut«, sagte Harker, nickte ihm zu und lächelte herzlich. »Sehr, sehr gut. Genau das, was wir brauchen.«

»Freut mich«, antwortete er. »Aber *The Globe* bringt ihn nicht, Albert. Das wissen Sie, nicht wahr?«

»Vielleicht«, sagte Harker. »Vielleicht nicht. Ich schlage vor, dass wir ihn einsenden und das Ergebnis abwarten.«

McKenna rollte an den Schreibtisch zurück und rief sein E-Mail-Center auf. Er schrieb ein paar Zeilen an den Chefredakteur, hängte die Datei an, drückte auf SENDEN und lehnte sich mit in seinen Schläfen pochendem Puls auf seinem Stuhl zurück. Er fragte sich, wie gering die Wahrscheinlichkeit war, dass Colin den Wert seines Artikels erkennen und ihn bringen würde. Dann fiel ihm ganz plötzlich und unerwartet ein Wort ein.

Erlösung, dachte er. *Dies könnte meine Erlösung sein.*

»Gut gemacht«, sagte Harker und drückte McKennas Schulter. »Hoffentlich ist er vernünftiger, als Sie ihm zugestehen. Und ist er's nicht, sind wir jedenfalls vorbereitet. Schreiben Sie unseren potenziellen Helfern und versuchen Sie dann, etwas Schlaf zu bekommen. Ich habe das Gefühl, dass uns sehr hektische Tage bevorstehen.«

Der Vampir nahm die Hand von seiner Schulter und kehrte aufs Sofa zurück. McKenna saß noch sekundenlang still, während ihm Hoffnungen durch den Kopf gingen, an die er jahrelang nicht mehr gedacht hatte.

Respekt. Beifall. Ehre. Ruhm.

Von seinem Schreibtisch in der Redaktion aus – der mit Fotos von Berühmtheiten in Bikinis und Fußballern, die auf Nachtclubtoiletten Koks schnupften, übersät war – waren ihm solche Begriffe so fern wie der Mond erschienen. Aber nun, mit dieser

Story vor sich, die so explosiv war, dass sie die Welt wirklich verändern konnte, quälte sein Verstand ihn mit Vorstellungen, was das für seine Karriere bedeuten könnte.

Für sein Leben.

McKenna trank sein Bier aus, drückte die Zigarette aus und begann, die zweite E-Mail zu schreiben, die Harker verlangt hatte.

Von: kevinmckenna@googlemail.co.uk
An: north3571@hotmail.co.uk; 6589south@gmail.com
Gesendet: 23:19:02
Betreff: Ihre Kommentare zu meinem Blog

Hallo,
ich fühle mich geehrt, dass Sie mir gestatten, Ihre Worte zu benutzen, um meine Story zu erzählen (ich weiß, dass das in Wirklichkeit allein Ihre Story ist, da kommt in mir nur der Journalist zum Vorschein), und versichre Ihnen, dass ich sie mit der Würde und dem Respekt behandeln werde, die sie verdienen.
Ich möchte, dass Sie sich überlegen, ob Sie nach London kommen und mir helfen wollen, die verzwickte Geschichte an die Öffentlichkeit zu bringen. Vielleicht kommt bald der Augenblick, in dem ein paar tapfere Männer gebraucht werden, die aufstehen und Farbe bekennen. Lassen Sie's mich wissen, wenn ich mit den falschen Leuten rede.
Alles Gute
Kevin

Von: 6589south@gmail.com
An: kevinmckenna@googlemail.co.uk
Kopie: north3571@hotmail.co.uk
Gesendet: 23:52:33
Betreff: Kommentare

Lieber Kevin,
wir haben Ihren Vorschlag besprochen und nehmen ihn an.
Wir reisen morgen nach London – nähere Einzelheiten will ich nicht nennen, was Sie hoffentlich verstehen.
Lassen Sie mich bitte wissen, wo wir uns treffen sollen.
Beste Grüße
6589south

Kevin McKenna drehte sein Notebook zur Seite und zeigte Albert Harker die Antwort. Der Vampir lächelte mit roter Glut in den Augenwinkeln.

»So fügt sich alles zusammen, sagte er. »Genau wie ich's vorhergesagt habe. Gut gemacht, mein Freund. Gut gemacht.«

49 Tage bis zur Stunde null

43

Der dunkle Horizont

Château Dauncy
Aquitaine, Südwestfrankreich

Henry Seward spuckte einen dicken Klumpen Blut ins Waschbecken und betrachtete sich im Spiegel.

An diesem Morgen war ihm die Nase, die jetzt eine Insel aus heißem Schmerz in seinem hageren, erschöpften Gesicht war, gebrochen und wieder gerichtet worden. Dabei war ihm Blut in die Kehle geronnen, aber er glaubte nicht, dass es das war, was er eben ins Becken gespuckt hatte. Dieses Blut war fast schwarz, und er war sich fast sicher, dass es aus den Tiefen seines Körpers kam, der ihm allmählich den Dienst versagte – vielleicht aus den Eingeweiden oder der Lunge. Er hustete jetzt, ein lautes, feuchtes Bellen, das seine Brust erzittern ließ, und Bauch und Kreuz, auf die Valeri seine Misshandlungen konzentrierte, pochten schmerzhaft. Seine Haut war gelblich verfärbt, und die tief in den Höhlen liegenden Augen wirkten kleiner als früher.

Ich sterbe, dachte er ohne jegliches Gefühl, was ihn verblüffte.

Er hatte stets geglaubt, er werde im Kampf fallen oder als alter Mann in seinem Bett sterben. Dieses Szenario, dass er auf Geheiß Draculas langsam totgefoltert wurde, wäre ihm nie eingefallen.

Seward zog sich sorgfältig an. Seine Finger und Glieder führten Befehle seit einiger Zeit langsamer aus, als brächen die Kommunikationsstränge zwischen ihnen und seinem Gehirn allmählich zusammen. Er knöpfte sein Hemd zu, dann zog er sich langsam das Jackett über die Schultern. Er war zu Drinks mit

Dracula im Arbeitszimmer des Vampirs eingeladen und wusste aus schmerzlicher Erfahrung, dass die Strafen fürs Zuspätkommen hart waren.

Als das Jackett richtig saß, begutachtete Seward sich im Spiegel und kämmte sein Haar glatt. Es war grauer als früher und viel dünner; nach einer der schlimmsten Foltern waren ihm ganze Haarklumpen ausgefallen, während sein Körper noch von längst vergangenen Stromstößen zitterte. In dem Vierteljahr als Draculas Gast schien er um zehn Jahre gealtert zu sein; er war sich sicher, dass er keine weiteren drei Monate durchhalten würde, vermutlich viel weniger.

Willst du mich hier rausholen, Cal, dachte er, *musst du dich beeilen. Sonst vergeudest du deine Zeit.*

Zehn Minuten später klopfte Seward an eine Tür im obersten Stock des Châteaus.

Die Treppe heraufgeführt hatte ihn eine seiner Bewacherinnen, eine junge Vampirin, deren Mann vor drei Jahren von einem Agenten von Schwarzlicht vernichtet worden war und die sich offenbar ständig beherrschen musste, ihm nicht mit bloßen Händen die Kehle zu zerfetzen. Sie blieb am Anfang des Korridors zurück und ließ ihn die letzten Meter allein gehen; die Vampire im Château Dauncy fürchteten Dracula und mieden bewusst seine Nähe, obwohl sie alle behaupteten, ihn zu lieben.

»Herein!«, rief die volltönende, weiche Stimme, die ihm so vertraut geworden war. Seward atmete tief durch und öffnete die Tür.

Das Arbeitszimmer war ein prächtiger holzgetäfelter Raum, der die Südwestecke des großen, alten Schlosses einnahm. In den Jahren nach der Vernichtung seiner Frau war dies Valeris privater Schlupfwinkel gewesen, aber der genesende Dracula hatte ihn sofort für sich beansprucht. Bücherschränke und Gemälde verdeckten die Wände, und zwischen zwei massiven Ledersofas stand ein niedriger Couchtisch. Die offene Fenstertür ließ kühle Abendluft herein.

»Hier draußen!«, rief die Stimme. »Kommen Sie, leisten Sie mir Gesellschaft, mein lieber Admiral.«

Seward durchquerte langsam den Raum und trat durch die Tür. Draußen führte ein breiter steinerner Wehrgang um das ganze oberste Stockwerk; von dort aus hätte man einst heranziehende Spanier aus einem halben Tagesritt Entfernung entdecken können. Er wandte sich nach links und sah Dracula mit ausgestreckten Beinen auf einem eleganten Holzstuhl zurückgelehnt sitzen. Neben ihm stand ein zierliches schmiedeeisernes Tischchen mit einem Eiskübel und zwei hohen Kelchgläsern mit einer blassen, perlenden Flüssigkeit. Der Vampir ergriff eines davon und hielt es dem Gast lächelnd hin. Seward nahm es aus den langen, blassen Fingern seines Entführers und bemühte sich sehr, seine Hand dabei nicht zittern zu lassen.

»Danke«, sagte er.

Dracula nickte lächelnd zu dem zweiten Stuhl hinüber. »Bitte sehr, Henry. Aber nehmen Sie doch Platz. Sonst kippen Sie vielleicht noch um.«

Seward schluckte die Scham herunter, die aus seinem Magen aufsteigen wollte, und ließ sich auf den Stuhl sinken. Er kostete den Champagner, der exquisit war, und blickte über die dunklen Wälder hinaus, die im Westen bis zum Horizont reichten. Die klare, kühle Luft schien die Schmerzen zu lindern, die jetzt seine ständigen Begleiter waren.

»Wie geht es Ihnen?«, fragte Dracula. »Wie ich höre, hatten Sie eine unbehagliche Nacht.«

Auf deinen Befehl, verfluchtes Ungeheuer!

»Sie haben richtig gehört«, sagte Seward. »Wär's nicht einfacher, wenn Sie kurzen Prozess mit mir machen würden?«

Dracula trank einen kleinen Schluck. »Sie haben recht«, sagte er. »Aber das wollen Sie gerade, nicht wahr? Und ich kann Ihnen nicht geben, was Sie wollen.«

»Warum nicht?« fragte Seward, der erschrocken merkte, dass er kurz davor war, in Tränen auszubrechen. »Wieso machen Sie nicht einfach Schluss mit mir?«

»Weil Sie der Kommandeur einer Organisation mit dem Ziel sind, mich und meinesgleichen zu vernichten«, sagte Dracula. »Wie würde es aussehen, wenn ich Milde walten ließe oder Ihnen einen raschen Tod gönnen würde? Was Ihnen angetan wird, macht mir kein Vergnügen, aber selbst Sie müssen einsehen, dass es notwendig ist. Bedaure, aber hier muss ein Exempel statuiert werden.«

Seward wusste recht gut, dass seine Leiden dem alten Vampir großes Vergnügen machten, aber er zwang sich dazu, diese Lüge zu ignorieren und blickte wieder über den schwarzen Wald jenseits der Balustrade hinaus. Irgendwo im hintersten, finstersten Winkel seines Verstands begann eine Idee Gestalt anzunehmen.

»Wie wird das alles enden?«, fragte er. »Nach all dem Blut und dem Geschrei und den Kämpfen. Was geschieht dann?«

Dracula schenkte ihnen nach. »Als ich noch ein Mensch war«, sagte er schließlich, »hatte ich nie den Ehrgeiz, die Welt zu beherrschen, auch wenn in Geschichtsbüchern vielleicht etwas anderes steht. Ich war Fürst der Walachei, meines Heimatlandes, und wollte nie mehr sein. Ich habe mit großem Elan für die Sicherheit meines Landes und gegen alle gekämpft, die mir meinen Thron streitig machen wollten. Aber ich wollte nie gleich Alexander dem Großen ein Weltreich besitzen. Mir genügte mein eigenes Land.«

»Sie sind in Transsylvanien eingefallen«, stellte Seward ruhig fest. »Und in Ungarn.«

Dracula lachte. »Transsylvanien hatten sich die Türken angeeignet, die dafür die gerechte Strafe erhalten haben. Ich hatte keinen Spaß daran, in Ungarn und übrigens auch in Serbien einzufallen. Das waren keine aus Ehrgeiz geführten Feldzüge, keine Invasionen. Sie sollten nur die Türken in Schach halten. In meiner Regentschaft habe ich nie etwas getan, das nicht ausschließlich dazu bestimmt war, die Sicherheit und Freiheit meines Landes zu garantieren.«

Seward sagte nichts. Er trank einen großen Schluck Champagner, sah nochmals zur Balustrade des umlaufenden Wehrgangs hinüber und blickte dann wieder seinen Entführer an.

»Nach meiner Verwandlung«, fuhr der Vampir fort, »und als mir mein Thron endgültig geraubt worden war, habe ich mich ganz aus der Öffentlichkeit zurückgezogen. Ich habe lange Zeit, sogar viele Jahrzehnte lang, fast ganz isoliert gelebt – nur in Gesellschaft meiner Generale und ihrer Frauen. Mein Appetit auf Krieg und Blutvergießen war mit meiner Verwandlung verschwunden, und ich war es zufrieden, die Menschen untereinander streiten und kämpfen zu lassen.«

»Was hat sich also geändert?«, fragte Seward. Er leerte sein Glas.

»Männer aus Ihrem Land haben mich bis in mein Schloss verfolgt und ihre Klingen in mein Fleisch gestoßen. Das hat sich geändert.«

Seward äußerte sich nicht dazu.

»Sie wollen wissen, wie das alles enden wird?«, fragte Dracula. »Sehr einfach: Alle Bewohner dieses Planeten erhalten Gelegenheit, mir als ewigem Herrscher der Welt Treue und Gehorsam zu schwören. Nur wer das tut, wird verschont. Alle anderen müssen sterben.«

»Und wenn alle sich weigern würden?«, fragte Seward mit leiser Stimme. »Was dann?«

»Ich glaube, ich habe mich deutlich ausgedrückt, Henry. Der von Ihnen angedeutete Fall wird niemals eintreten, denn sobald das Sterben beginnt, werden die Feiglinge darum betteln, vor mir niederknien zu dürfen. Aber wenn er einträte? Dann müsste ich die ganze Menschheit ausrotten lassen.«

Seward starrte den Vampir an, dessen wild flackernde Augen sich in den äußersten Winkeln dunkelrot zu verfärben begannen.

Verrücktheit, dachte er. *Reine Verrücktheit.*

»Bleiben wir bei denen, die niederknien«, sagte er vorsichtig. »In was für einer Welt werden sie zukünftig leben dürfen?«

»In einer weit besseren als heute«, antwortete Dracula. »Ohne Kriege, Grenzen oder Religionen. In einer Welt, in der das einzige Gesetz mein Wort ist, dem sie lediglich zu gehorchen haben.«

»Klingt entzückend«, sagte Seward breit grinsend.

Er hoffte auf ein Lachen und bekam eines. Dracula warf den Kopf in den Nacken und ließ ehrlich amüsiert ein lautes, kehliges Lachen hören. Als er dabei für eine Sekunde die Augen schloss, nutzte der Admiral seine Chance.

Seward sprang auf, erreichte mit drei, vier taumelnden Schritten die Balustrade, warf sich darüber und spürte, wie die kühle Abendluft ihn wirbelnd umströmte, als er dem fernen Erdboden entgegenstürzte.

Henry Seward fiel und beobachtete dabei völlig distanziert, wie die Balustrade des Wehrgangs über ihm kleiner wurde. Er hatte noch Zeit, sich zu fragen, ob der Aufprall schmerzen würde, als sich eine dunkle Gestalt über die Brüstung stürzte und hinter ihm herraste.

Dracula, dessen Gesicht mit rot flammenden Augen und gefletschten Reißzähnen von unmenschlicher Wut verzerrt war, prallte in der Luft mit ihm zusammen. Er packte die Schultern des Stürzenden mit beiden Händen und schlug seine Krallen tief in das Fleisch unter dem Jackett, sodass Seward vor neuen Schmerzen aufschrie. Der Vampir grinste triumphierend, aber dieses Grinsen schwand so rasch, wie es gekommen war; Seward sah in das hasserfüllte alte Gesicht über ihm auf und erkannte, was passierte.

Sein Sturz war aufgehalten worden, als Dracula ihn gepackt hatte, aber jetzt ging es wieder in die Tiefe. Seward verrenkte sich den Hals und stellte zwei Dinge fest: Sie waren noch sechs bis sieben Stockwerke hoch und ihr Fall beschleunigte sich. Er sah mit bitterem Lächeln wieder zu Dracula auf und bemerkte wachsende Unsicherheit auf dem Gesicht des alten Ungeheuers.

»Können mich nicht halten, was?«, knurrte Seward. »Nicht stark genug. Lassen Sie mich los, sonst reiße ich Sie mit. Dann werden wir sehen, wie der Aufprall Ihrem neuen Körper bekommt.«

Dracula knirschte mit den Zähnen, und Seward spürte, wie ihr Fall sich erneut verlangsamte. Aber dies war nur eine kurze Atempause; während er zusah, begann aus Draculas Nase Blut zu schießen, das auf Sewards Brust und sein emporgehobenes Gesicht fiel. Ein wildes Hochgefühl erfüllte ihn.

Nicht stark genug. Nicht im Entferntesten. Die nächste große Anstrengung kann dir den Rest geben.

»Loslassen!«, brüllte er und trommelte mit den Fäusten an die Arme des Vampirs. »Loslassen!«

Dracula verdoppelte seine Anstrengungen und schaffte es, ein paar Meter zu steigen, aber das Steingeländer über ihnen blieb unerreichbar fern. Auch entlang seines Haaransatzes trat jetzt Blut aus, das ihm übers Gesicht lief und auf sein weißes Hemd tropfte. Seward, der beobachtete, wie er kämpfte, konnte nur hoffen, dass der Vampir ihn irgendwann loslassen, dass Dracula zu stolz sein würde, um nach Hilfe zu rufen. Dann warf der Vampir jedoch den Kopf in den Nacken, kreischte Valeris Namen und zerschmetterte so Sewards stille Hoffnung.

Tief unter den sich windenden Gestalten zersplitterte Glas; im nächsten Augenblick erschien Valeri Rusmanov mit rot glühenden Augen neben ihnen und schwang eine knorrige Faust gegen Henry Sewards Unterkiefer, sodass ihn ein stechender Schmerz durchzuckte, nach dem alles grau wurde. Er spürte, dass Hände ihn ergriffen – unglaublich starke Hände –, und dann hörte er Valeri seinen Meister fragen, was geschehen sei.

»Der Feigling hat sich vom Wehrgang gestürzt«, antwortete Dracula. Er schwebte mit Blutspritzern gesprenkelt aus eigener Kraft und durchbohrte den Admiral mit wütenden Blicken, die Seward fast körperlich spürte.

»Ihr hättet ihn stürzen lassen sollen, Meister«, sagte Valeri, der Seward verächtlich anstarrte. »Er ist's nicht wert, dass Ihr Euch seinetwegen überanstrengt.«

»Nimm dir nicht heraus, mir Vorschriften machen zu wollen, Valeri«, wehrte Dracula hitzig ab. »Er stirbt, wann ich sage, keine Sekunde früher oder später. Ist das klar?«

»Völlig klar, Meister«, bestätigte Valeri, und Seward musste sich beherrschen, um dem feigen, unterwürfigen Vampir nicht ins Gesicht zu lachen.

Du könntest ihm das Herz aus der Brust reißen, noch bevor er eine Bewegung wahrnähme, dachte er. *Aber du führst lieber seine Befehle aus und erduldest seine Kränkungen. Einfach jämmerlich!*

»Was soll ich mit ihm machen?«, fragte Valeri.

»Bring ihn in sein Zimmer zurück«, sagte Dracula. »Ich habe keine Lust mehr auf seine Gesellschaft. Dann lässt du mir ein Mädchen bringen. Nein, lieber gleich zwei. Ich spüre das Bedürfnis, meine Enttäuschung an irgendjemandem auszulassen.«

»Wie Ihr wünscht, Meister«, sagte Valeri.

Dracula begann schmerzhaft langsam zu steigen, um die Balustrade hoch über ihnen zu erreichen. Blut tropfte weiter stetig aus seiner Kleidung, als er schwankend hinter einem Mauervorsprung verschwand.

Das dürfte ihn ein paar Tage zurückwerfen, dachte Seward weiter in Valeris Griff hängend. *Vielleicht nützt dir das, Cal. Hoffentlich. Es ist nicht viel, aber alles, was ich tun konnte.*

Hoffentlich erfährst du das eines Tages.

Damit du weißt, dass ich's versucht habe.

44

Drei Musketiere

Jamie wachte mit reinem Gewissen in seinem Bett auf.

Er hatte Cal Holmwoods Aufforderung befolgt, war geradewegs in seine Unterkunft zurückgekehrt und hatte versucht, etwas Schlaf zu bekommen. Aber er hatte noch lange wach gelegen und die graue Decke seines kleinen Zimmers angestarrt, während er in Gedanken das Problem Morton von allen Seiten beleuchtete.

Der Mann war ein ausgezeichneter Soldat gewesen, und Jamie traute ihm zu, im Lauf der Zeit ein ebenso guter Agent zu werden. Aber sie konnten ihm nicht unbegrenzt Zeit lassen: In der jetzigen Lage musste jeder Agent seine Aufgabe erfüllen, und Jamie war durch das Verhalten dieses Rekruten bereits ein hochgefährlicher Vampir entkommen. Es wäre weder Ellison noch den übrigen Agenten gegenüber, die unter Einsatz ihres Lebens Broadmoor-Ausbrecher jagten, fair gewesen, eine weitere Pleite zu riskieren, nur weil er davor zurückschreckte, eine harte Entscheidung zu treffen. Noch im Bett liegend erkannte er, dass sie gar nicht so schwer, dass es kaum eine Entscheidung war.

Jetzt musste er sich nur noch überlegen, wie er sie John Morton beibringen wollte.

Jamie stand auf und machte sich auf den Weg zum Duschblock. Das heiße Wasser war entspannend, und er blieb lange unter der prasselnden Hitze stehen, bis die Verspannungen in Schultern und Oberschenkeln sich allmählich lösten. Als seine gerötete Haut kribbelte, trat er aus der Kabine, frottierte sich ab und trabte in sein Zimmer zurück. Nachdem er sich rasch angezogen hatte, nahm er sein Handy vom Schreibtisch und rechnete in Gedanken nach.

In Nevada ist es acht Stunden früher. Also ist's dort kurz nach Mitternacht.

Er überlegte noch einen Augenblick, dann scrollte er zu Larissas Nummer hinunter und drückte das grüne Telefonsymbol. Ein mehrfaches Knacken, als die Verbindung hergestellt wurde, bevor das Telefon zu klingeln begann. Nach dem zweiten Klingeln bot Larissas Tonbandstimme ihm an, eine Nachricht zu hinterlassen.

Jamie runzelte die Stirn. Schlief seine Freundin, hätte ihr Handy ausgeschaltet sein sollen, sodass der Anrufbeantworter sich sofort gemeldet hätte; war sie im Einsatz, hätte es stummgeschaltet sein sollen, sodass der AB sich nach dem zehnten oder zwölften Klingeln gemeldet hätte. Er versuchte es erneut. Diesmal klingelte Larissas Telefon fast viermal, bevor der AB kam. Jamie überlegte, ob er eine Nachricht hinterlassen sollte, verzichtete dann aber doch darauf; stattdessen steckte er das Handy ein und griff nach seiner Konsole. Er schrieb eine kurze SMS, die Morton und Ellison aufforderte, wie gewohnt zur Ausbildung auf den Spielplatz zu kommen, und betrachtete dann angewidert den Aktenstapel auf seinem Schreibtisch. Schwer seufzend ließ er sich auf seinen Stuhl fallen und griff nach dem ersten Ordner.

Fünf Stunden später stieß Jamie die Tür der Cafeteria auf und fühlte sein Herz sinken.

Es war Mittag, und der lange, breite Saal war fast voll besetzt: Agenten, Wissenschaftler, Ärzte und Zivilangestellte standen an den Essensausgaben an, füllten die Tische und schwatzten in fast ohrenbetäubender Lautstärke lachend miteinander.

Jamie blieb am Eingang stehen und versuchte sich zu entscheiden; vom langen Aktenstudium brummte ihm der Schädel, und die Aussicht auf ein unangenehmes Gespräch mit John Morton beschäftigte ihn mehr und mehr. Aber es wäre dumm gewesen, nichts zu essen, nachdem er nun einmal hier war. Ihr neuer Einsatzbefehl war noch nicht da, aber er vermutete, dass sie in ein paar Stunden wieder unterwegs sein würden. Also musste er dafür sorgen, dass er leistungsfähig blieb – vor allem auch, weil sie heute Abend nur als Zweierteam ausrücken würden.

»Suchst du jemanden?«, fragte eine vertraute Stimme.

Jamie drehte sich um und sah Kate Randall strahlend lächelnd hinter sich stehen. Er trat auf sie zu, schloss sie in die Arme und wirbelte sie im Kreis umher, während Kate lachend mit den Fäusten auf seinen Rücken trommelte und sofort wieder abgesetzt werden wollte. Als er gehorchte, standen sie sich mit leicht geröteten Gesichtern gegenüber.

»Wie ich mich freue, dich mal wieder zu sehen, Jamie!«, sagte sie. »Hast du schon gegessen?«

»Nein«, antwortete er zufrieden lächelnd. »Ich hab mir gerade überlegt, ob sich das Anstehen lohnt.«

»Ich will mich hier mit Matt treffen«, sagte Kate. »Aber wir wissen beide, wie wenig wahrscheinlich das ist.«

Jamie lachte. »Richtig«, sagte er. »Er wohnt neben mir, aber ich bekomme ihn mit Glück höchstens einmal in der Woche zu sehen.«

»Nun, wenn wir annehmen, dass Matt nicht aufkreuzt«, fuhr Kate fort, »könntest du doch versuchen, ihn als Tischherrn zu ersetzen. Lust darauf?«

»Unbedingt«, antwortete Jamie.

Die beiden Agenten durchquerten den Speisesaal und stellten sich an einer der Essensausgaben an. Jamie begutachtete Wraps und überquellende Salatschüsseln, bevor er einen Riesenburger mit Käse und Schinken und dazu eine große Tüte Pommes frites bestellte. Darüber schüttelte Kate den Kopf, während sie selbst ein Thunfischsandwich auswählte; er zeigte ihr lässig den Stinkefinger, bevor er sein Tablett weiterschob und Kate mit gespielter Empörung auf dem Gesicht stehen ließ.

In der hintersten Ecke des Speisesaals fanden sie einen freien Tisch und setzten sich. Jamie wollte eben in seinen Hamburger beißen, als ihm eine hagere Gestalt in Zivil auffiel, die am Eingang stand.

»Wow!«, sagte er. »Wer hätte das gedacht?«

Kate drehte sich stirnrunzelnd nach dem Eingang um. Im nächsten Augenblick schwenkte sie die Arme und rief durch den ganzen Saal: »Matt! Hierher!«

Matt fuhr leicht zusammen, als er seinen Namen hörte, dann grinste er, als er seine beiden Freunde erkannte. Er hob grüßend die Hand und begann, sich zwischen Stühlen und Tischen zu ihnen hindurchzuschlängeln. Kurz vor dem Ziel stolperte er über ein ausgestrecktes Bein, torkelte mit wild rudernden Armen weiter und plumpste gerade noch auf einen freien Stuhl neben Kate.

»Diese Bude ist lebensgefährlich««, behauptete er. »Dort draußen ist's sicherer als hier drinnen.«

»Überall, wo du nicht bist, ist's sicherer«, sagte Jamie grinsend.

»Wirklich?«, fragte Matt. »Was kann ich dafür, dass die Leute mir ständig Sachen in den Weg stellen? Könnte ich fliegen wie Larissa, wäre das kein Problem.«

»Vielleicht können wir sie dazu überreden, dich zu beißen, wenn sie zurückkommt«, sagte Kate. »Sie würde bestimmt einsehen, dass das dem Gemeinwohl nützen würde.«

»Ihr seid beide wie immer sehr mitfühlend«, behauptete Matt lächelnd. »Ich freue mich, euch zu sehen.«

»Gleichfalls«, sagte Jamie. »Wie geht's bei euch unten?«

»Ganz gut«, antwortete Matt. »Wir machen Fortschritte.«

»Wie hat das Team sich eingewöhnt?«, fragte Jamie und nahm endlich einen großen Bissen von seinem Hamburger.

»Diese Leute sind großartig«, sagte Matt. »Sie arbeiten unglaublich engagiert daran, ein Mittel gegen eine Krankheit zu finden, von der sie vor einem Vierteljahr noch nichts wussten. Das spornt echt an.«

»Klar doch«, sagte Kate boshaft grinsend. »Ich kann mir gut vorstellen, wer dich am meisten inspiriert.«

Matt lief feuerrot an. »Ich weiß nicht, wen du meinst«, behauptete er.

»Was geht hier vor?«, wollte Jamie wissen. »Kate?«

»Frag ihn doch selbst«, schlug sie lachend vor. »Frag ihn nach einer hübschen kleinen Russin namens Natalia. Über die kann er bestimmt viel erzählen.«

»Du bist tot, Kate«, sagte Matt wie ein Filmschurke grinsend. »Ich ersteche dich mit deiner Gabel.«

»Die junge Frau, die bei der Detonation verletzt wurde?«, fragte Jamie. »Die in dein Zimmer wollte, Kate?«

»Genau«, bestätigte sie. »Matt?«

»Sie ist nur ein Mädchen, das im Labor in meiner Nähe sitzt«, sagte Matt. »Eine Genforscherin aus Sankt Petersburg. Das RKSU hat sie entsandt.«

»Und du liebst sie«, sagte Kate mit gespieltem Ernst. »Du liebst sie und willst sie heiraten, damit ihr viele kleine Babygenies in die Welt setzen könnt.«

Jamie lachte schallend laut. Matt bedachte ihn mit einem empörten Blick. Wenn Blicke töten könnten, hätte dieser ihn tagelang gefoltert und zuletzt langsam zerstückelt.

»Ich liebe sie nicht«, protestierte er. »Ich kenne sie kaum. Ich mag sie nur, das ist alles.«

»Und sie mag dich?«, fragte Jamie.

»Weiß ich nicht«, sagte Matt. »Wohl eher nicht.«

Kate ächzte laut. »Matt, du bist das absolut doofste Genie, das ich je gekannt habe«, sagte sie. »Ich habe ihr versprochen, dichtzuhalten, aber unser Viererpakt überwiegt vermutlich alles andere. Als die Bombe detoniert ist, wollte sie zu mir, weil ich sie dazu eingeladen hatte. Sie war beim TIS, um mich nach dir zu fragen, und ich habe sie aufgefordert, in meinem Zimmer zu warten, damit wir in Ruhe miteinander reden könnten.«

Matt bekam große Augen. »Sie ist gekommen, um nach mir zu fragen? Was wollte sie denn wissen?«

»Sie macht sich Sorgen um dich«, sagte Kate. »Sie findet, dass du zu viel arbeitest, was natürlich stimmt. Aber darüber hätte sie auch mit Professor Karlsson reden können. Sie ist zu mir gekommen, weil sie dich mag, und wollte jemanden fragen, der dich kennt, wie sie sich dir gegenüber verhalten soll.«

»Was hast du ihr geraten?«, fragte Jamie, der seinen Hamburger ganz vergessen hatte.

»Dass sie mit Matt reden soll«, antwortete Kate. »Aber dann ist das mit der Bombe passiert, und sie ist im Krankenrevier gelandet.«

»Jesus!«, sagte Jamie. »Allmählich wird mir einiges klar. Das hat du gestern Major Turner erzählt, als er mich rausgeschickt hat?«

Kate nickte. »Wir haben sie gestern besucht. Zum Glück wird sie wieder ganz gesund.« Sie wandte sich wieder Matt zu. »Warum bin ich deiner Ansicht nach so schnell verschwunden? Ich wollte euch beide allein lassen.«

Matt starrte sie an. »Das hab ich nicht gewusst«, sagte er. »Davon hab ich nichts geahnt. Sie mag mich? Das hat sie dir erzählt?«

»Richtig«, bestätigte Kate. »Und wenn die Bombe ihr Gehirn nicht durcheinandergewirbelt hat, ist es ziemlich sicher, dass sie es auch weiterhin tut.«

»Sag ihr, dass du sie magst«, drängte Jamie ihn. »Sobald sie aus dem Krankenrevier kommt. Es hat keinen Zweck, lange zuzuwarten.«

»Das finde ich auch«, sagte Kate. »Sie hat ihren ganzen Mut zusammengenommen, um mich um Rat zu fragen – also musst du jetzt endlich Mumm beweisen.«

Matt starrte seine Freunde an, als sei sein unvorstellbar leistungsfähiges Gehirn vorübergehend gelähmt. »Okay«, sagte er zuletzt, »ich werd's mir überlegen. Und ich rede mit ihr, wenn sie rauskommt. Alle zufrieden?«

»Sehr«, bestätigte Kate. Sie wandte sich an Jamie. »Natalia ist ein reizendes Mädchen. Du wirst sie mögen.«

Er lächelte. »Das glaube ich gern. Geschmack hat sie jedenfalls.«

Matt ließ das breite, verschmitzte Grinsen eines Schuljungen sehen.

Schön, dass er mal lächelt, dachte Jamie. *Dass sie beide lächeln und lachen und von etwas anderem reden als von Vampiren und Heilverfahren und Verrätern.*

»Na schön«, sagte Kate, »wechseln wir lieber das Thema, bevor unser Freund vor Verlegenheit platzt. Was treibst du in letzter Zeit, Jamie?«

Er winkte ab. »Jeden Tag das Gleiche«, sagte er. »Alle machen noch Jagd auf die Broadmoor-Ausbrecher, und wir sind erst bei unserer Nummer zwei. Gestern ist er uns durch die Lappen gegangen.«

»Er ist *dir* entwischt?«, fragte Kate. »Da habe ich was anderes gehört.«

»Okay, nicht mir«, gab Jamie zu. »Einem meiner Rekruten. Morton.«

»Ist das die Frau?«, fragte Matt.

»Nein, das ist der Mann«, antwortete Jamie. »John Morton. Er hat beim ersten Einsatz danebengeschossen – ein schwieriger Schuss im Dunkel – und angefangen, an allem zu zweifeln. Dann ist gestern eine Zivilistin umgekommen, und er fühlt sich für ihren Tod verantwortlich. Das Schlimme ist, dass er damit nicht ganz unrecht hat. Wäre er cool geblieben, würde sie noch leben.«

»Sollte er überhaupt noch aktiv sein?«, fragte Kate mit sorgenvoll gerunzelter Stirn.

»Nein«, bestätigte Jamie. »Ich lasse ihn auf der Bank, bis alle Broadmoor-Ausbrecher geschnappt sind. Ich geb's nicht auf mit ihm, durchaus nicht, aber ich kann ihn jetzt nicht in meinem Team brauchen. Er ist zu gefährlich.«

»Schade«, sagte Kate. »Nicht gerade leicht für dich.«

Jamie zuckte mit den Schultern.

»Was ist mit der anderen?«, fragte Matt. »Wie heißt sie gleich wieder?«

»Ellison«, sagte Jamie zufrieden lächelnd. »Lizzy Ellison. Sie ist echt imponierend. Ich hätte mir keine bessere Rekrutin wünschen können. Das ist immerhin etwas.«

»Pass gut auf dich auf«, ermahnte Kate ihn. »Deine Mom ist

nicht die Einzige, die sich Sorgen um dich macht, wenn du im Einsatz bist. Das weißt du, nicht wahr?«

»Ja, ich weiß«, sagte Jamie, »aber das ist nicht nötig. Ich bin immer vorsichtig.«

»Wie geht's deiner Mutter?«, fragte Matt. »Alles in Ordnung mit ihr?«

»Ich denke schon«, antwortete Jamie. »Leider besuche ich sie längst nicht so oft, wie ich sollte. Das weiß ich selbst am besten. Auch wenn sie nichts sagt, denkt sie natürlich das Gleiche. Aber sie ist dort unten sicher – und nur darauf kommt's vorerst an.«

»Glaubst du, dass sie weiß, wer in der Zelle auf der anderen Seite des Korridors sitzt?«, fragte Matt. »Ob sie das ahnt?«

»Ausgeschlossen!« Jamie schüttelte den Kopf. »Sie kennt die Entwicklungsgeschichte der Vampire nicht, und die wäre ihr auch egal. Sie ist kein großer Fan von Vampiren, will ich mal sagen.«

Was diese Aussage für ihn selbst bedeutete, wussten alle, und der Stuhl neben ihm war plötzlich auffällig leer. Kate, die recht gut wusste, dass Marie Carpenter sich mit dem alten Vampir von gegenüber angefreundet hatte, und ihre Einstellung Larissa gegenüber genau kannte, hielt klugerweise den Mund.

»Genug von meinen Sorgen«, schlug er schwach lächelnd vor. »Reden wir lieber über ein heiteres Thema. Kate, wie sieht's beim TIS aus?«

Seine Freunde lachten, und Jamie, der dieses Geräusch genoss, lachte mit.

»Nicht schlecht«, sagte Kate, als ihr Lachen abgeklungen war. »Wir machen Fortschritte, alle hassen uns wegen unserer Schnüffelei, und wir hoffen, dass wir nichts finden werden. Aber seit dem Bombenanschlag ist das verdammt unwahrscheinlich geworden.«

»Weil der Sprengsatz in deinem Zimmer detoniert ist?«, erkundigte Matt sich.

»Und weil in Major Turners Unterkunft eine identische Bombe versteckt war«, sagte Jamie. »Richtig?«

»Richtig«, bestätigte Kate. »Wir haben ungefähr ein Viertel der Befragungen durchgeführt, und falls unter den noch nicht Befragten jemand etwas zu verbergen hat, werden wir's bald erfahren. Der Hauptverdächtige war natürlich Valentin, aber wir haben ihn gestern befragt, und er ist durchgekommen.«

»Wie war das?«, fragte Jamie.

»Wie war was?«

»Valentin zu befragen.«

»Es war ... aufschlussreich«, sagte Kate und bedachte ihn mit einem seltsamen Blick, der ihm nicht recht gefiel. Er überlegte, ob er nachfassen sollte, aber irgendetwas ließ ihn zögern. Stattdessen schob er seinen Teller weg und lehnte sich zurück.

»Passt mal auf«, begann er. »Wir wissen alle, dass wir uns öfter treffen sollten, aber wir wissen auch, wie schwierig das ist. Deshalb schlage ich vor, dass wir uns alle ein bisschen mehr Mühe geben. Was haltet ihr davon?«

»Klingt gut«, meinte Kate. »Ihr beiden fehlt mir oft.«

»Mir auch«, sagte Matt. »Ich weiß, dass ich im Augenblick nicht sehr gesellig bin, weil das Projekt Lazarus mich belastet, aber ich werde mir Mühe geben. Versprochen.«

»Schon gut«, sagte Jamie rasch. »Jeder weiß, wie wichtig deine Arbeit ist, und niemand nimmt das persönlich. Es wäre nur schön, einander öfter zu sehen.«

Matt nickte. »Stimmt«, sagte er leise. »Du hast recht.«

Jamie betrachtete seine Freunde sekundenlang, dann traf er eine Entscheidung.

»Ich muss euch etwas erzählen«, sagte er. »Keine große Sache, aber ich habe sie bisher für mich behalten, und wir haben uns versprochen, keine Geheimnisse mehr voreinander zu haben. Es geht um Folgendes: Ich habe Valentin mehrmals in seiner Zelle besucht, obwohl ich Frankenstein versprochen hatte, das nicht zu tun.«

Als Kate lächelte, wurde Jamie klar, dass sie das bereits wusste; offenbar war das der »aufschlussreiche« Teil ihres Gesprächs mit dem Vampir gewesen.

Immerhin hat sie nichts gesagt, dachte er. *Hat mir keine Vorwürfe gemacht oder mit Tricks versucht, mir dieses Eingeständnis abzuringen.*

»Ist das angebracht, Jamie?«, fragte Matt sichtlich besorgt. »Ist das ungefährlich?«

Jamie zuckte mit den Schultern. »Valentin ist praktisch nicht aufzuhalten«, sagte er. »Wollte er mich verletzen, könnte er das überall tun. Folglich ist's in seiner Zelle nicht gefährlicher als anderswo.«

»Worüber sprichst du mit ihm?«, fragte Kate noch immer lächelnd.

Das weißt du also auch? Na gut, ich spiele mit.

»Über meine Familie«, antwortete er. »Valentin hat meinen Großvater gekannt – vermutlich besser als irgendjemand im Department ahnt. Er erzählt mir von ihm.«

»Das klingt gut«, sagte Kate. »Solange du vorsichtig bist.«

»Das bin ich immer, das weißt du doch«, versicherte Jamie ihr lächelnd.

Matt begann Kate zu erzählen, was Professor Karlsson am Vortag gesagt hatte. Jamie hörte nur mit halbem Ohr zu, als er Lizzy Ellison, die sehr konzentriert wirkte, den Speisesaal betreten sah.

Er setzte sich auf und winkte ihr zu. Sie winkte nicht zurück, kam aber in gerader Linie auf ihn zu, die das genaue Gegenteil von Matts unbeholfenem Schlingerkurs zwischen Stühlen und Tischen war. Was der Direktor des Projekts Lazarus gesagt hatte, war anscheinend äußerst witzig gewesen, denn Jamies Freunde wollten sich ausschütten vor Lachen. Er selbst hörte gar nicht mehr zu, sondern hatte nur noch Augen für seine herankommende Teamgefährtin.

Als Ellison ihren Tisch erreichte, sah Jamie, dass sie auffällig blass war. Kate und Matt, die endlich zu lachen aufgehört hatten, betrachteten die junge Agentin sichtbar interessiert.

»Ellison«, begann Jamie. »Ich weiß nicht, ob Sie Matt Browning und …«

»Entschuldigung, Sir«, unterbrach sie ihn mit einem Blick zu seinen Freunden hinüber. »Ich müsste Sie unter vier Augen sprechen.«

»Das können Sie gleich hier tun«, sagte Jamie. »Vor Kate und Matt habe ich keine Geheimnisse.«

»Ja, Sir«, sagte Ellison.

»Wollen Sie nicht Platz nehmen?«, schlug er vor. »Sie sehen ganz erledigt aus.«

»Danke, mir geht's gut, Sir«, antwortete sie, aber aus ihrem Blick sprach solche Verzweiflung, dass ihm ein kalter Schauder über den Rücken kroch.

»Nein, das stimmt nicht«, sagte Jamie. »Was haben Sie? Ich will's wissen.«

Ellison sah nochmals kurz zu Kate und Matt hinüber. »Es geht um John, Sir.«

»Morton?«, fragte Jamie. »Was ist mit ihm?«

»Er ist fort, Sir.«

Der nächste kalte Schauder schloss Jamies Nacken und Schultern mit ein. »Wie ... wie meinen Sie das?«, stotterte er. »Wieso fort?«

Ellison hakte ihre Konsole los, klappte sie auf und hielt sie Jamie hin. Er bekam große Augen, als er den kurzen Text auf dem Display las.:

Von: Morton, John / Ns304, 07-B
An: Ellison, Elizabeth / Ns303, 07-C

Bin hinter Dempsey her. Bitte nicht nachkommen. Muss ihn allein erledigen.
John

Großer Gott!, dachte Jamie. *O Jesus, was habe ich da getan?*

45

Letzte Ausgabe

Als der Zug in den Bahnhof Darlington einfuhr, stand Pete Randall plötzlich am Rand einer Panikattacke.

Er war in zartem, blässlichen Sonnenschein von Lindisfarne aufs Festland gefahren und ohne Zwischenfälle nach Berwick gelangt; die Straßen waren frei gewesen, und dies war einer jener frisch gewaschenen Morgen, an denen die Welt sich neu anfühlte. Als stünde man am Beginn irgendeines großen Abenteuers, einer Reise ins Unbekannte mit noch ungewissem Ziel.

Pete parkte seinen Wagen am Bahnhof Berwick, fragte sich ohne sonderliches Interesse, ob er ihn je wiedersehen würde, und kaufte eine Fahrkarte. Der Zug kam herangerattert und hielt quietschend am Bahnsteig – ausnahmsweise einmal pünktlich –, und als er in den Wagen D einstieg, hatte er vor Aufregung weiche Knie. Unter dem linken Arm trug er ein Exemplar von *The Globe*, deren bunte Titelseite sich über einen Fußballer empörte, der geknipst worden war, als er einen Nachtklub mit einer Frau verlassen hatte, die ganz bestimmt nicht seine hochschwangere Ehefrau war. Er fand einen Platz, kaufte sich einen Becher Tee vom Getränkewagen und malte das Zeitschriftenlogo sorgfältig mit einem schwarzen Filzschreiber aus. Dann lehnte er sich zurück, starrte auf die draußen vorbeiziehende Nordsee hinaus und wartete.

Als der Zug in Darlington einfuhr, drängten sich mehrere Reisende auf dem Gang, holten Gepäckstücke aus den Ablagen, zogen Mäntel mit Schals an und rückten dann zur Tür vor. Pete beobachtete sie und ärgerte sich darüber, dass er unwissentlich auf der falschen Seite saß und die auf dem Bahnsteig Wartenden nicht hatte sehen können. Obwohl er dem Mann, der für ihn nur South war, noch nie begegnet war, nicht einmal ein Foto von ihm gesehen hatte, war er sich eigenartig sicher, ihn erkennen zu können. Auf jeden Fall erkennen würde er die Uniformen der Polizeibeamten, die höchstwahrscheinlich dort draußen auf ihn warteten.

Als der Gang frei war, begannen Reisende zuzusteigen. Pete lehnte sich wieder zurück, hielt seine Zeitung mit zitternden Händen hoch und gab vor, darin zu lesen, während er die Neuankömmlinge studierte.

Eine völlig erschöpft wirkende Frau kam mit einem kreischenden Säugling auf dem Arm den Gang entlang. Ihr folgten zwei Teenager, beide mit um den Hals getragenen riesigen Kopfhörern, und eine ältere Frau mit einem so überdimensionierten Rollkoffer, dass ein an der Tür sitzender freundlicher Mann sofort aufsprang und ihn ihr in die Gepäckablage wuchtete.

Danach kam niemand mehr.

Petes Herz hämmerte in seiner Brust; er musste plötzlich gegen den Drang ankämpfen, aufzuspringen und die Notbremse zu ziehen, um zu verhindern, dass der Zug den Bahnhof verließ. Er konnte aussteigen und losrennen und weiterrennen, bis ihm einfiel, was er als Nächstes tun konnte. Aber das tat er nicht, denn Panik lähmte ihn, fesselte ihn an seinen Platz.

Er musterte die übrigen Reisenden in Wagen D, betrachtete sie alle mit neuem Misstrauen. Waren unter ihnen Polizeibeamte? *Waren sie alle Polizeibeamte?* Oder gar Schlimmeres? Männer und Frauen, die sich nichts dabei denken würden, ihn verschwinden zu lassen?

»North?«, fragte eine halblaute Stimme, und Pete Randall biss die Zähne zusammen, um nicht laut aufzuschreien. Er fuhr herum und sah einen sehr nervös wirkenden Mann in mittleren Jahren neben sich stehen.

»South?«, fragte er mit hoher, unsicherer Stimme.

»Ganz recht«, sagte der Mann nickend. Über sein Gesicht huschte ein vorsichtiges Lächeln. »Freut mich, Sie endlich kennenzulernen, Kumpel. Freut mich wirklich.«

»Gleichfalls«, antwortete Pete, dessen Herz noch immer hämmerte. Er streckte die Hand aus. »Jetzt können wir wohl Schluss mit diesem North-und-South-Theater machen? Ich bin Pete Randall.«

South ergriff seine Hand und schüttelte sie kräftig. »Greg Browning«, sagte er dabei.

Von: colin.burton@mailserver.theglobe.co.uk
An: kevinmckenna@googlemail.co.uk
Gesendet: 11:05:42
Betreff: Dringende Einlieferung

*Kevin,
ist der Artikel ein Witz, ist er ziemlich gut. Ist er keiner, brauchst du einen Psychiater.
Colin*

»Ich hab Ihnen gesagt, dass er nicht anbeißen würde«, sagte Kevin McKenna. Er beobachtete, wie Albert Harker die E-Mail las und wartete auf die Explosion, die dieser Rückschlag bestimmt auslösen würde.

»Ich weiß, was Sie mir gesagt haben, Kevin«, antwortete Harker ruhig. »Mein Gedächtnis funktioniert einwandfrei. Wie Sie vorhergesagt haben, war diese Reaktion zu erwarten. Antworten Sie ihm, dass das Ihr Ernst ist. Schreiben Sie ihm, dass Sie die Seiten eins und zwei der morgigen Ausgabe wollen – und dass Ihre Story ungekürzt erscheinen soll.«

McKenna grinste erleichtert. »Sonst nichts?«, fragte er. »Soll ich nicht auch noch einen Koffer voll Geld und eine Kiste Champagner verlangen, damit wir unseren Erfolg feiern können?«

Harker wandte sich ihm zu und lächelte. »Ich denke, das würde unser Glück überstrapazieren, Kevin. Finden Sie nicht auch?«

Von: kevinmckenna@googlemail.co.uk
An: colin.burton@mailserver.theglobe.co.uk
Gesendet: 11:09:16
Betreff: Dringende Einlieferung

Lieber Colin,
Kein Witz. Dies ist die größte Story unserer Karrieren, für die Du mir noch danken wirst, wenn Du den Ritterschlag bekommst. Ich möchte, dass sie morgen auf den Seiten eins und zwei erscheint – aber bitte ohne Kürzungen! Schick mir die Fahnen zu, sobald sie fertig sind.
Alles Gute
Kevin

Von: colin.burton@mailserver.theglobe.co.uk
An: kevinmckenna@googlemail.co.uk
Gesendet: 11:12:13
Betreff: Dringende Einlieferung

Kevin,
ich habe Sinn für Humor, und ich habe mir im Lauf der Jahre viel von Deinem Scheiß gefallen lassen. Dies setzt dem Ganzen allerdings die Krone auf. Echt!
Ich möchte, dass Du Dir eine zweiwöchige Auszeit nimmst und über Deine Zukunft nachdenkst. Unbezahlt, bevor Du fragst. Ich will Dich in dieser Zeit auch nicht in der Redaktion sehen.
Geh kritisch mit Dir ins Gericht und lass mich dann wissen, ob Du weiter als Journalist arbeiten willst. Das rate ich Dir als Dein Freund, denn vernünftige Leute verhalten sich anders.
Colin

»Was nun?«, fragte Kevin. Die ungewöhnlich rasche Antwort seines Chefs war schlimmer als erwartet; er bemühte sich, leichthin zu sprechen, um Albert Harker nicht aufzubringen.

»Alles wie vorausgesagt«, erwiderte der Vampir. »Auf diese Reaktion war ich gefasst. Sie erschwert unsere Aufgabe etwas, Kevin, das ist alles.«

»Hätten Sie Lust, mir Ihren grandiosen Plan zu erklären?«

Harker schüttelte den Kopf. »Später. Aber nehmen wir mal als hypothetische Möglichkeit an, wir würden Ihren Chefredakteur zu Hause besuchen, und ich würde ihm die Fingernägel einzeln ausreißen, bis er bereit wäre, diese Story zu bringen. Hat dieser Plan irgendwelche größeren Mängel?«

»Ich wollte, er hätte keine«, sagte McKenna. »Weil ich für dieses Schauspiel sogar zahlen würde. Im Ernst!«

»Aber Sie sehen einen Mangel?«

McKenna nickte. »Colin hält jeden Abend eine Videokonferenz mit New York, wo die nächste Ausgabe abgesegnet wird. Ihn sich zu Hause zu schnappen würde nichts bringen. Wir müssten ihn in der Redaktion gefangen halten, während er mit seinem Boss spricht.«

»Wie viele Personen wären um diese Zeit noch da?«, fragte Harker.

McKenna zuckte mit den Schultern. »Vierzig? Fünfzig? Sogar mehr?«

»Das habe ich vermutet«, sagte der Vampir. »Macht nichts. Wir bleiben bei meinem ursprünglichen Plan.«

»Wie Sie meinen«, sagte McKenna. »Ich vertraue auf Sie. Ich mache mir keine Sorgen.«

»Das sollten Sie auch nicht«, versicherte Harker ihm lächelnd. »Sie werden sehen, alles klappt tadellos.«

Dann klopfte jemand an die Tür.

Greg Browning stand mit Pete Randall neben sich auf dem düsteren Hotelflur. Seine Magennerven waren schmerzhaft verkrampft; dies war die Adresse, die Kevin McKenna ihnen gestern Abend gemailt hatte, hier konnte ihnen zum letzten Mal der Boden unter den Füßen weggezogen werden.

Die Bahnfahrt war schnell und ohne besondere Ereignisse

vergangen. Seine Beine hatten ihn kaum getragen, als er in Wagen F des stehenden Zuges eingestiegen war, um in Wagen D weiterzugehen, wo er einen nervös wirkenden Mann angetroffen hatte, der ein Exemplar von *The Globe* in den Händen hielt, das er eindeutig *nicht* las. Bei seinem Anblick wäre Greg vor Erleichterung fast in Tränen ausgebrochen.

Ebenso erleichtert war er gewesen, als er entdeckte, dass Pete Randall ihm sofort sympathisch war; ihre Freundschaft, die zu keimen begonnen hatte, als sie noch anonym miteinander verkehrt hatten, stand bei dieser ersten Begegnung bald in voller Blüte. Sie verbrachten die Fahrt damit, miteinander zu plaudern, als würden sie sich seit Jahren kennen – hauptsächlich über ihre Familien und ihre Kinder, obwohl das für beide Männer schmerzlich war.

Greg hörte Stimmen aus dem Hotelzimmer und spürte, dass seine Schultermuskeln sich unwillkürlich anspannten.

Gleich ist's so weit, sagte er sich. *Hier erfahren wir, ob alles nur ein Schwindel war.*

Die Tür öffnete sich und ließ einen Unbekannten sehen, der sie freundlich anlächelte.

»Gentlemen«, sagte der Mann. »Mein Name ist Albert Harker. Bitte treten Sie ein. Wir haben uns schon auf Ihre Ankunft gefreut.«

Harker trat beiseite, lud sie mit einer Handbewegung zum Eintreten ein. Greg sah ganz kurz zu Pete hinüber, der ebenso knapp mit den Schultern zuckte.

Wir haben diesen weiten Weg nicht gemacht, um jetzt umzukehren.

Er atmete tief durch, was hoffentlich niemandem auffallen würde, und ging langsam in das Hotelzimmer voraus. Aus dem Augenwinkel heraus sah er, dass Pete Randall ihm folgte.

Das Zimmer entsprach genau seinen Erwartungen: ein kleiner Raum mit cremeweißen Wänden und einem Kopfschmerzen auslösenden gelb-grünen Teppich. Auf dem Tisch in der Mitte des Raums lagen Stapel von Papier und Notizbüchern, und an dem einzigen kleinen Fenster stand ein Mann.

Er erkannte Kevin McKenna von den Fotos, die er im Internet gegoogelt hatte, als der Blog, mit dem dies alles angefangen hatte, online gegangen war. Der Journalist sah ungefähr so aus wie auf dem Bildschirm von Matts Computer; sein Gesicht war vielleicht etwas schmaler, aber sein Lächeln war einladend herzlich.

Er muss verdammt unter Stress stehen, dachte Greg bewundernd. *Um wie er zu handeln, muss man wirklich tapfer sein.*

Der Mann trat vor und streckte ihnen die Hand hin. »Kevin McKenna«, sagte er dabei.

»Ich weiß, wer Sie sind«, antwortete er, ergriff die Hand und schüttelte sie kräftig. »Ich bin Greg Browning. Das hier ist Pete Randall. Wir sind froh, hier zu sein.«

»Danke, dass Sie gekommen sind«, sagte McKenna. »Wir waren uns nicht sicher, ob Sie kommen würden.«

»Das wussten wir selbst nicht sicher«, sagte Pete und trat vor, um McKenna die Hand zu schütteln. »Ich wäre nicht überrascht gewesen, hier von Männern in Schwarz verhaftet und abgeführt zu werden.«

»Ich weiß, was Sie meinen«, sagte McKenna. »Solche Ängste kenne ich nur allzu gut. Aber wir sind noch hier – und Sie nun auch.«

»Ganz recht«, sagte Albert Harker. Er hatte die Zimmertür geschlossen und trat jetzt vor. »Gentlemen«, begann er lächelnd, »wir vier bilden den Nukleus einer Bewegung, von der Kevin und ich überzeugt sind, dass sie eines Tages tausende Mitglieder haben wird. Männer und Frauen, die es satt haben, belogen zu werden, und nicht länger zusehen wollen, wie ihre Regierung sie gefährdet, indem sie sich weigert, die Monster, die in ihrer Mitte leben, zur Kenntnis zu nehmen.«

Greg hatte das Gefühl, bei diesen Worten weite sich sein Herz. Genau das hatte er zu hören gehofft.

»Kevin ist der Tapferste von uns allen«, fuhr Harker fort. »Er ist aufgestanden, als kein anderer den Mut dazu hatte, und hat dafür nur Hohn und Spott geerntet. Wir wollten unser Wissen mit traditionellen Mitteln unter die Leute bringen, aber Kevins

Zeitung hat sich geweigert, die Story zu bringen. Das war eine Enttäuschung, aber keine ganz unerwartete. Deshalb müssen wir jetzt zu anderen Mitteln greifen, die *ich* bürgerlichen Ungehorsam nennen würde, während die Gerichte dieses Landes darin Industriesabotage sehen könnten. Deshalb würden wir's Ihnen nicht verübeln, wenn Sie jetzt lieber gehen würden, weil diese Entwicklung für Sie unerwartet kommt. Wollen Sie jedoch weiterhin helfen, stehen wir – und die Eltern jedes verschwundenen Kindes – in Ihrer Schuld.«

»Was ist mit Ihnen?«, fragte Pete. »Warum engagieren *Sie* sich für diese Sache?«

»Wegen meiner persönlichen Situation«, antwortete Harker. »Reißen Sie sich jetzt bitte zusammen, Gentlemen, und versuchen Sie, nicht in Panik zu geraten.«

Greg runzelte die Stirn und öffnete den Mund, um Harker zu fragen, was er damit meine, als die Augen des Mannes jäh blutrot leuchteten. Sein Herz schien auszusetzen, weil grausige Erinnerungen über ihn hereinbrachen und Gefühle in ihm freisetzten, die er zu unterdrücken versucht hatte: Angst, Panik und schreckliche, unbeschreibliche Hilflosigkeit. Sie durchzuckten seine Glieder wie ein Stromstoß, und er flüchtete zur Tür: mit weit aufgerissenen Augen, starrem Blick und offenem Mund, dessen Lippen sich lautlos bewegten. Als er nach der Klinke greifen wollte, spürte er einen Luftzug über dem Kopf und sah plötzlich Albert Harker vor sich stehen, der ihm den Weg versperrte.

»Kevin durfte es Ihnen nicht sagen«, stellte er mit glühenden Augen fest. »Sonst wären Sie nicht gekommen. Aber ich finde, zwischen uns sollte es keine Geheimnisse geben. Ja, ich bin ein Vampir. Ich wollte nie einer sein, aber nun bin ich einer – als Opfer eines Verbrechens, für das es keine Sühne geben kann. Und wenn unser Ziel erreicht ist, werde ich der unwiderlegbare Beweis sein, den die Öffentlichkeit braucht. Wollen Sie nicht bleiben und uns helfen? Ich versichere Ihnen, dass es sonst nichts gibt, was Sie nicht wissen. Bitte?«

Greg starrte den Vampir an – den zweiten, den er leibhaftig

sah, nachdem vor Monaten dieses Mädchen in seinem Garten gelandet war und den Zusammenbruch seines Lebens ausgelöst hatte, das er so verschwenderisch als gegeben betrachtet hatte. Angst durchflutete ihn, aber unter ihr machte sich noch etwas anderes bemerkbar: brennende Empörung.

Das ist's doch! Das ist's in Person, wogegen wir ankämpfen. Das ist's, was wir zu verhindern versuchen, bevor es anderen zustößt.

»Ich bin weiter dabei«, hörte er sich sagen, dann sah er zu Pete Randall hinüber. Sein Begleiter sah aus, als durchlebe er seinen schlimmsten Alptraum; seine Augen drohten aus den Höhlen zu quellen, und er schluckte mehrmals krampfhaft. Aber er schaffte es, seine Stimmbänder zu aktivieren und Harker zu erklären, auch er sei weiter dabei.

»Danke«, sagte der Vampir. Die rote Glut verließ seine Augen, war jetzt nur mehr ein rosa Widerschein in den Augenwinkeln. »Ich verspreche Ihnen, dass keiner von Ihnen Grund haben wird, seine Entscheidung zu bedauern. Kevin wird Ihnen berichten, was sich bisher ereignet hat, und dann schlage ich vor, dass Sie anschließend beide etwas ruhen. Wir haben eine anstrengende Nacht vor uns.«

46

Ein Unglück ...

»Jamie?«, fragte Kate hörbar besorgt. »Was steht dort?«

»Zeigen Sie's ihnen«, sagte Jamie, gab Ellison die Konsole zurück und griff nach seiner eigenen. Er wischte mit dem Daumen übers Display und rief die Ortungsfunktion auf. Während er Mortons Namen im Suchfeld eingab, hörte er Kate erschrocken tief Luft holen, als Ellison ihr die Kurzmitteilung zeigte.

»O nein!«, hörte er Matt flüstern. »Wie schrecklich!«

Jamie äußerte sich nicht dazu, denn ihn beherrschte ein einziger Gedanke: dass sie losziehen und Morton helfen mussten, dass sie ihn vor sich selbst retten mussten. Die Konsole piepste und blinkte, als auf dem Display die Position von Mortons Erkennungschip angezeigt wurde.

Er befand sich im Norden von London, war nach Süden unterwegs.

Jamie, dessen Finger über den Touchscreen seiner Konsole tanzten, rief das Menü des Sicherheitsdiensts auf und öffnete den Verlauf der Satellitenortung von Alastair Dempsey. Die Satelliten hatten seine Wärmesignatur von Holborn, wo er aus dem Untergrund aufgetaucht war, bis zu einem verlassenen Lagerhaus in Soho verfolgt. Dempsey hatte es an diesem Morgen eine Stunde vor Sonnenaufgang betreten und seither offenbar nicht mehr verlassen.

»Er ist schon fast in London«, sagte Jamie und sah zu Ellison auf. »Wir können ihn nicht aufhalten, bevor er Dempsey erreicht.«

Ellison wirkte wie vor den Kopf geschlagen. »Was können wir tun, Sir?«, fragte sie mit brechender Stimme. »Wir dürfen ihn nicht alleinlassen.«

»Natürlich nicht«, sagte Jamie.
»Ich komme mit«, sagte Kate und stand auf.
»Ich auch«, bot Matt an.
»Nein«, sagte Jamie. »Ich danke euch beiden; ihr wisst, wie viel mir eure Hilfsbereitschaft bedeutet. Aber wir ziehen allein los.«
»Was ist aus dem beschworenen engeren Zusammenhalt geworden?«, fragte Kate. Aber ihr schwaches Lächeln zeigte, dass ihr Einwand nicht ganz ernst gemeint war.
»Wir kommen allein zurecht«, sagte er und sah zu Ellison hinüber, die zustimmend nickte. »Ihr werdet hier gebraucht. Ich melde mich, sobald wir ihn gefunden haben.«
»Aber nicht vergessen«, sagte Kate. »Und seid vorsichtig. Alle beide.«
»Wird gemacht«, sagte Jamie, dann wandte er sich seiner Teamgefährtin zu. »Fertig?«
»Fertig, Sir.«
»Also gut«, sagte er. »Dann los.«

Matt sah seinem Freund, der mit großen Schritten den Speisesaal verließ, mit hilflos sorgenvoller Miene nach.
»Jesus«, flüsterte Kate. »Ich kann's einfach nicht glauben.«
»Das kommt wieder in Ordnung«, sagte Matt zuversichtlicher, als er sich fühlte. »Jamie wird damit fertig. Mach dir deswegen keine Sorgen.«
»Paul hat mir die Ausbrecher auf Filmen von Überwachungskameras gezeigt«, sagte Kate. »Sie sind brutal, Matt. Stark und schnell und rücksichtslos.«
»Das weiß ich, Kate«, fauchte Matt. »Ich kenne diese Filme. Aber sie sind trotzdem nur Vampire, und Jamie weiß, wie er mit ihnen umzugehen hat.«
»Entschuldige«, sagte Kate mit schwachem Lächeln. »Ich mache mir nur Sorgen um ihn. Diese neuen Vamps sind gefährlich. Das sind sie wirklich.«
»Ja, ich weiß«, sagte Matt. »Ich muss mich auch entschuldi-

gen. Ich wollte dich nicht anfauchen.« Er seufzte schwer. »Warum hat die Wissenschaft noch keine Erkenntnisse geliefert? Wiedereingefangene Ausbrecher gibt es seit vier Tagen, aber bisher kann niemand erklären, weshalb diese neuen Vamps alle so aussehen, als seien sie ...«

Er verstummte.

Im Hintergrund seines Bewusstseins hatte sich flüchtig etwas gezeigt, und Matt wusste aus langer Erfahrung, dass er in solchen Fällen völlig abschalten und sein Gehirn allein arbeiten lassen musste. Einige quälende Augenblicke lang blieb die Idee aalglatt und glitschig knapp außer Reichweite, aber dann bekam er sie endlich zu fassen.

»Großer Gott«, flüsterte er und sprang auf.

»Was ist los?«, fragte Kate. »Matt? Wohin willst du, verdammt noch mal?«

»Ich muss etwas überprüfen«, murmelte er, dann wandte er sich ab und verschwand, ohne sich noch einmal umzusehen.

47

Die Zeit wartet auf niemanden

Edwards Air Force Base, Kommando Groom Lake
Nevada, USA
Fünf Stunden später

Als Lee Ashworth endlich die Offiziersmesse in Groom Lake betrat, saß Larissa dort seit fast vierzig Minuten auf einem Barhocker. Sie zitterte fast vor Aufregung; sie war bereit, die Antworten zu erhalten, die sie brauchte.

Die Messe war ein in den fünfziger Jahren errichtetes quadratisches Gebäude mit Erweiterungen aus späteren Jahrzehnten; ihr Herzstück war die dunkel getäfelte Bar mit Parkettboden, Sitzgarnituren aus Leder und niedrigen Tischen, an denen schon unzählige Partien Karten gespielt worden waren. Aber die Einrichtung war durch allen möglichen Krimskrams aus der näheren Umgebung ergänzt worden: eine Leuchtschrift WELCOME TO TRINITY, ein *Dark-Shadows*-Flipper, ein Footballwimpel der High School Mercury, Fotos von Atombombentests, dem Tarnkappenjäger F-117A und dem Bomber B 2 und hundert weitere Andenken und Kuriositäten.

Auf seinem Weg zur Bar nickte Senior Airman Ashworth einigen Kameraden zu. Er bestellte Kaffee und ein Frühstücks-Burrito und stemmte sich auf einen Hocker, fast ohne zu Larissa hinüberzusehen.

»Sie haben vielleicht Nerven!«, knurrte er. »Unverschämtheit!«

»Ich weiß nicht, wovon Sie reden«, behauptete Larissa.

Sie hatte Lee Ashworth vor einer Stunde in seinem Dienstzimmer aufgelauert und ihm die Fotos gezeigt, die sie vor zwei

Nächten in Las Vegas gemacht hatte. Damit er wusste, worauf sie hinauswollte, hatte sie ihr Smartphone neben das gerahmte Foto von seiner Frau und seinen Kindern gelegt; dann hatte sie die Vermutung geäußert, er sei heute vielleicht eher bereit, ihr von dem Tag zu erzählen, an dem der Unbekannte in die Area 51 gekommen war, als bei ihrem letzten Gespräch.

Ashworth hatte mit einem Schwall von Flüchen und Beleidigungen von solcher Farbigkeit und Lautstärke reagiert, dass sogar Larissa, die einst über ein Jahr bei Alexandru Rusmanov gelebt hatte – einer der gefährlichsten und ordinärsten Gestalten der Weltgeschichte –, ehrlich beeindruckt gewesen war. Dann hatte er sie aufgefordert, sich in einer Stunde in der Messe mit ihm zu treffen und aus seinem Dienstzimmer zu verschwinden, bevor er die Militärpolizei rief.

»Sie wissen genau, wovon ich rede«, sagte Ashworth mit zornrotem Gesicht. »Sehen wir also zu, dass wir's hinter uns bringen. Sie bleiben einfach sitzen, halten die Klappe und hören zu. Verstanden?«

Larissa lächelte. »Das tue ich gern, Sir.«

Er funkelte sie noch mal an, nahm einen Schluck Kaffee und begann zu erzählen.

»In dieser Woche war ich zur Wache eingeteilt, weil die Gold-Staffel an der Reihe war und acht unserer Leute zu Modellversuchen in Edwards waren. So bin ich ans Haupttor gekommen. Eigentlich kein schlechter Posten, aber langweilig, verdammt langweilig. Man kriegt die aktuelle Besucherliste, aber sonst kommt niemand vorbei, außer irgendein Idiot übersieht die Warnschilder – aber auch den fangen die Erdhörnchen meist ab, bevor er auf Sichtweite herankommt.«

»Erdhörnchen?«, fragte Larissa.

»Zivile Wachleute«, sagte Ashworth. »Sie fahren mit ihren Pick-ups und Ray-Ban-Sonnenbrillen Streife und spielen sich als harte Kerle auf, obwohl sie in Wirklichkeit bloß Kaffee trinken und ESPN hören. Ungefähr einmal pro Monat verläuft ein Wanderer sich im Grenzgebiet, und sie können groß und böse auf ihn herabstoßen und ihn festsetzen, bis die Polizei kommt und ihn abholt. Aber die meisten Leute, neunundneunzig Prozent, fahren bis zu den Schildern, machen ein paar Fotos, warten darauf, dass die Erdhörnchen auf dem nächsten Hügel erscheinen, und fahren mit ihrem Area-51-Erlebnis zufrieden nach Hause. Und genau das habe ich an dem Tag, der Sie interessiert, auch vermutet. Wir entdecken diesen schäbigen kleinen Jeep, als er von der 375 abbiegt, und das System verfolgt ihn während seiner gesamten Fahrt auf der Straße. Nichts Ungewöhnliches, kein auffälliges Tempo, keine Sprengstoffe, keine Waffen.

Der Jeep fährt bis zu den Warnschildern und hält dort wie alle anderen. Ich beobachte ihn auf meinen Bildschirmen im Wachgebäude, die Erdhörnchen stehen wie immer auf ihrem Hügel, und niemand muss denken, hier könnte was nicht stimmen, richtig? Ich meine, das passiert doch dauernd. Wirklich *dauernd*. Aber so vergeht eine Minute, der Jeep steht einfach nur dort, der Fahrer steigt nicht aus, ich sehe kein Blitzlicht, und irgendwann kommt mir die Sache komisch vor. Das ist nichts Großartiges, nichts Bestimmtes, nur irgendeine Kleinigkeit, die störend ist.

Ich will die Streifenhörnchen gerade über Funk anweisen, runterzufahren und hallo zu dem Kerl zu sagen, als der Jeepfahrer plötzlich Vollgas gibt. Und ich starre sekundenlang perplex meine Bildschirme an. Was hat dieser Kerl vor? Will er mit seinem Jeep in die Area 51 eindringen? Als ich sehe, wie die Streife wendet und die Verfolgung aufnimmt, fällt meine Betäubung von mir ab. Ich schnappe mir mein M4 von der Wand, melde über Funk, dass wir einen Eindringling haben, flitze zur Schranke raus und warte ab, wer das Rennen gewinnt.

Die Erdhörnchen kommen den Hügel runtergerast, um ihm den Weg abzuschneiden, aber der Kerl ist echt schnell, wer immer er ist. Ich vermute, dass er sich in der letzten Kurve überschlagen wird, aber das tut er nicht. Als er aus der Kurve schießt, zieht er eine gewaltige Staubfahne hinter sich her, in der ich den Pick-up undeutlich sehen kann, und ich spüre plötzlich Lust, den Kerl kennenzulernen. Weil er nicht viel Grips, aber Mut hat. Und er kann fahren, das steht fest. Ich fahre die Nagelbretter aus und gehe in Deckung, weil er bei diesem Tempo ungefähr zehn Meter weit fliegen wird.

»Aber er trifft sie nicht. Im letzten Augenblick – und ich meine wirklich den allerletzten Augenblick – bremst er so scharf, dass die Reifen laut quietschen, und kommt ungefähr einen Meter vor der Schranke und den Nagelbrettern zum Stehen. Der Pick-up hält neben ihm, und als ich mit meinem M-4 im Anschlag gerannt komme, springt dieser Kerl aus dem Jeep und reißt die Hände hoch.«

»Wie hat er ausgesehen?«, fragte Larissa. Ihr Herz jagte; der Häftling, wer immer er war, existierte tatsächlich. Dieser Mann, der neben ihr saß, hatte ihn mit eigenen Augen gesehen.

»Groß, Mitte vierzig, Anfang fünfzig. Blass, obwohl er aus der Wüste gekommen ist. Gut in Form. Harter Blick wie ein Soldat. Ich ziele mit dem M-4 auf ihn und rufe, dass er sich hinwerfen soll, aber er bewegt sich nicht. Er lässt die Hände in der Luft und ruft mir einen Code zu ...«

»Welchen Code?«

»F-357-X – für die höchste Geheimhaltungsstufe. Veraltet, aber weiterhin gültig. Dann ruft er, dass er General Allen sprechen will, und das gibt mir fast den Rest. Dieser Kerl schüttelt die Streife ab, fährt am Haupttor vor, nennt einen Max-Code und verlangt, den NS9-Kommandeur zu sprechen? Nennt ihn beim Namen? Also, mal ganz ehrlich, wie verrückt ist denn das?«

»Wie hat er geredet?«, fragte Larissa. »Hatte er einen Akzent? Irgendwas Auffälliges?«

»Englisch«, antwortete Ashworth.

»Das hab ich mir fast gedacht.«

»Nein, er hatte einen englischen Akzent. Der Kerl war *Engländer*.«

Larissa starrte den Senior Airman an, während sie zu verarbeiten versuchte, was er gesagt hatte. Im hintersten Winkel ihres Verstands tauchte eine Idee auf, die so lächerlich, so unmöglich war, dass sie sie rasch wieder verwarf.

»Ich verstehe«, sagte sie langsam.

»Gut«, sagte Ashworth. »Er starrt mich also an, und ich starre ihn an, und die Streife kommt endlich, schnappt ihn sich, tastet ihn ab und will ihm Handschellen anlegen, als mir plötzlich einfällt, dass ich das melden muss. Unabhängig davon, wie er hier angekommen ist, hat der Kerl einen Max-Code benutzt, deshalb weise ich die Erdhörnchen an aufzuhören, auf ihren Posten zurückzukehren und diese Sache zu vergessen.

Der Engländer sieht ihnen nach, als sie wegfahren, dann bedankt er sich bei mir und fängt wieder von General Allen an, aber ich sage ihm, dass er die Klappe halten und keine Bewegung machen soll. Er zuckt bloß mit den Schultern und bleibt mit erhobenen Händen stehen, während ich mir überlege, ob er vielleicht mehr als ein einfacher Soldat, ob er vielleicht beim SAS oder sonst wo ist, denn er scheint nicht mal zu schwitzen, obwohl er mit einem Gewehr am Kopf vor der geheimsten Einrichtung des Landes steht. Er sieht aus, als mache er nur einen kleinen Spaziergang.

Ich schnappe mir mein Funkgerät und nenne der Zentrale seinen Code. Danach folgt eine lange Pause, die normalerweise bedeutet, dass man x-fach weiterverbunden wird. Zuletzt meldet sich eine Stimme, die ich nicht kenne, und erklärt mir, dass der Mann abgeholt wird. Ich soll ihn in Ruhe lassen, nicht mal mit ihm reden, ihn aber auch keine Sekunde aus den Augen lassen, bis der Wagen kommt.

Also bewache ich den Kerl weiter, und wir starren uns ein paar Minuten lang an, bis ein Hummer von NS9 eintrifft und einer von euch Spuken aussteigt und mir erklärt, ich sei abgelöst. Mir ist das nur recht, überhaupt kein Problem, ich will mit diesem Scheiß nichts zu tun haben, also gehe ich ins Wachgebäude zurück. Der Engländer steigt in den Hummer, der mit ihm zu den Seen davonfährt. Ich habe ihn seither nicht wieder gesehen und weiß bis heute nicht, wer er ist. Ich habe Ihnen alles erzählt, was ich weiß, obwohl ich das nicht hätte tun dürfen. Deshalb holen Sie jetzt Ihr Handy raus und löschen diese Fotos, und dann sitze ich hier und frühstücke, während Sie sich verpissen und mich in Ruhe lassen. Ich bin mit dem Reden fertig.«

Larissa zog die Tür der Offiziersmesse hinter sich zu und blieb unter dem breiten Vordach stehen. In ihrem Kopf drehte sich alles.

Sie hatte nicht erwartet, dass Lee Ashworth imstande sein würde, den geheimen Häftling zu identifizieren, und ihm geglaubt, er habe seinen Namen nie gehört. Aber sie hatte von ihm bekommen, was sie wollte – und noch viel mehr. Der Mann existierte wirklich, das stand nun fest; er war im Besitz eines Maximalcodes in die Wüste gefahren, was bedeutete, dass er direkt oder indirekt mit dem US-Militärgeheimdienst zu tun haben musste. Er hatte General Allen namentlich verlangt, was bedeutete, dass er über die Existenz des NS9 Bescheid wusste. Und er war Engländer, was an sich nichts zu bedeuten brauchte, aber doch auf eine Verbindung zu Schwarzlicht schließen ließ.

Larissa ging langsam zum Kontrollzentrum und dem Tunnel zurück, der sie wieder nach Dreamland bringen würde. Sie spielte mit dem Gedanken, zu Ebene 8 hinunterzufahren und zu versuchen, den Gefangenen mit eigenen Augen zu sehen. Wurde sie dabei ertappt, musste sie mit ernsten Konsequenzen rechnen, aber im Augenblick war ihr das egal.

Ich muss rauskriegen, wer er ist, dachte sie. *Dabei weiß ich selbst nicht, weshalb er mir so wichtig geworden ist. Ich muss es einfach wissen.*

Eine halbe Meile weiter östlich und fast ebenso tief unter der Erde beendete der Häftling, für dessen Identität Larissa sich so brennend interessierte, seine abendliche Rasur. Normalerweise durften Inhaftierte nichts besitzen, mit dem sie sich verletzen konnten, vor allem nichts, was so eindeutig gefährlich war wie eine Rasierklinge. Aber die Umstände, unter denen Julian Carpenter lebte, waren keineswegs normal.

Bob Allen hatte vermutlich keine andere Wahl gehabt, als ihn festzusetzen, aber er hatte die Sachen aus dem Jeep herunterbringen lassen und sie ihm persönlich übergeben. Bestimmt waren sie gründlich durchsucht worden – sein alter Freund war schließlich nicht dumm –, aber dafür war Julian ihm trotzdem dankbar.

Täglich frische Sachen anzuziehen, sich abends zu rasieren, sich zweimal täglich die Zähne zu putzen: lauter Kleinigkeiten, die ihm jedoch das Gefühl gaben, noch ein Mensch, noch er selbst zu sein. Er legte den Rasierer am Waschbeckenrand ab und betrachtete sich in dem polierten Stahl, der den Waschspiegel ersetzte. Sein Gesicht war blasser denn je, weil es seit über einem Vierteljahr keine Sonne mehr bekommen hatte. Die Haut schien lose zu sein; sie hing von den Backenknochen und unter seinem Kinn.

Er sah wie ein alter Mann aus.

Seine jetzige Situation erschien ihm wie ein schlechter Scherz. Nachdem er sein gesamtes Leben lang trainiert und sich Jahre, Jahrzehnte lang dazu gezwungen hatte, streng logisch zu denken statt Gefühlen nachzugeben, hatte er sich dem NS9 gestellt, weil er sich schreckliche Sorgen um seinen Sohn machte. Die Vision, die er in der Wüstenhöhle mit dem geheilten Vampir, der sich Adam nannte, gehabt hatte, war ihm grausig real erschienen: sein Sohn als Vampir mit roten Augen und blitzenden Reißzähnen, der ihm erklärte, nun sei es zu spät.

Trotz Adams Bitten und der Warnung, derartige Visionen seien unzuverlässig, hatte Julians Entschluss sofort festgestanden. Er brauchte die Bestätigung, dass mit Jamie alles in Ordnung war, und wusste keine andere Möglichkeit, sie sich zu verschaffen, als sich dem NS9 zu stellen; seine letzte Kontaktperson bei Schwarzlicht aus der Zeit, bevor er den eigenen Tod hatte inszenieren müssen, galt als vermisst, war vielleicht tot. Und er hatte recht behalten: Bob Allen hatte es geschafft, Henry Seward die Auskunft zu entlocken, sein Sohn sei gesund und wohlauf.

Julians Erleichterung war riesengroß, aber kurzlebig gewesen. Ihm genügte es nicht, zu wissen, dass mit Jamie alles in Ordnung war; er wollte seinem Sohn helfen, wünschte sich das mehr als alles andere auf der Welt, aber er hatte sich selbst in eine Lage gebracht, in der ihm das absolut nicht möglich sein würde.

Dämlich, dachte er, während er sein Spiegelbild anstarrte. *Schwach. Dumm. Alt.*

Die schwere Stahltür am Ende des Mittelgangs durch den Zellenblock wurde klirrend aufgesperrt, dann kamen lauter werdende Schritte auf dem Beton näher. Julian tupfte sich das Gesicht mit dem dünnen Handtuch ab, das alle NS9-Häftlinge bekamen, und wartete auf Bob Allens Eintreffen, denn wer dort kam, stand außer Zweifel. Der Schließer, der ihm dreimal täglich sein Essen brachte, sprach nie ein Wort mit ihm; Julian hätte versuchen können, den Mann von dem ihm befohlenen Schweigegebot abzubringen, aber er wollte ihm das Leben nicht schwerer machen. Es war nicht seine Schuld, dass Julian hier einsaß; dafür war Julian ganz allein verantwortlich.

Die Schritte machten vor seiner Zelle halt. Julian hörte ein mehrfaches leises Klicken, als draußen der Zugangscode eingegeben wurde; dann öffnete sich die Tür, und der NS9-Direktor trat mit müdem, schwachen Lächeln ein.

»Abend, Bob«, sagte Julian. »Freut mich, Sie zu sehen.«

»Gleichfalls«, antwortete General Allen. »Wie geht's Ihnen, Julian?«

»Ich sitze im Gefängnis«, sagte er. »Ich amüsiere mich prächtig. Und Sie?«

Allen grunzte ein Lachen und ließ sich auf den Plastikstuhl fallen, der ein Drittel des Mobiliars der Zelle ausmachte. Julian setzte sich so aufs Bett, dass er sich mit dem Rücken anlehnen konnte.

»Ich bin müde, Julian«, sagte Allen. »Wir haben ungefähr vierzig Prozent der Supermax-Ausbrecher eingefangen oder vernichtet. Weitere fünfzehn Prozent stehen unter Beobachtung. Die übrigen konnten wir nicht finden. Also sind sie auf freiem Fuß.«

»Das ist gut, Bob«, sagte Julian. Allan hatte ihm von den koordinierten Gefängnisausbrüchen und der beängstigenden Schnelligkeit und Wildheit der neu verwandelten Vampire erzählt, obwohl er damit gegen ein Dutzend Vorschriften verstieß. Julian war voller schrecklicher, widerstrebender Bewunderung für die Taktik der Vampire gewesen. Das von ihnen verursachte Chaos hatte alle übernatürlichen Departments erfasst und würde bestimmt noch lange anhalten – ein kühnes Ablenkungsmanöver, das die Departments wirkungsvoll daran hinderte, sich auf die Fahndung nach dem weiterhin genesenden Dracula zu konzentrieren. »Bis Bilanz gezogen wird, habt ihr über die Hälfte der Ausbrecher geschnappt, und das ist nicht schlecht. Es hat keine Vorwarnung gegeben, und ihr konntet keine Reserven aktivieren. Die Hälfte ist gut, Bob. Seien Sie nicht zu streng mit sich selbst.«

»Danke«, antwortete Allen. »Freut mich, dass Sie das sagen. Und wir haben einige der schlimmsten Kerle erwischt. Mein Team aus Special Agents hat die gesamte Führungsspitze des Wüstenkartells in Nuevo Laredo ausgeschaltet – allerdings mit tatkräftiger Unterstützung der Vampirin, die bei uns zu Gast ist.«

»Larissa«, sagte Julian.

Die Tatsache, dass Allens NS9 eine Vampirin beschäftigte, war eine Überraschung gewesen; die weitere Tatsache, dass sie von Schwarzlicht nach Nevada abkommandiert war, hatte noch mehr überrascht, und die von seinem Freund bestätigte *zusätzliche* Tatsache, dass sie die Freundin seines Sohns war, hatte dem Ganzen die Krone aufgesetzt. Julian wünschte sich verzweifelt, wahrhaft verzweifelt, sie kennenzulernen. Er hatte Allen gebeten, ihm Gelegenheit zu geben, nur fünf Minuten mit ihr zu reden, um sie fragen zu können, wie es Jamie ging und was für eine Art Mann er geworden war, aber das hatte der Direktor ihm verweigert. Julian hatte ihm angesehen, dass ihn das schmerzte, und deshalb nicht weiter gedrängt.

Zumindest bisher nicht.

»Lieutenant Kinley«, bestätigte Allen. »Tim Albertsson, der Teamführer, hat berichtet, so was habe er noch nie gesehen. Der Boss des Kartells hat ihr aus nächster Nähe eine Schrotladung in den Leib gejagt, und sie scheint das gar nicht gemerkt zu haben.

Wenn ich ehrlich sein will, glaube ich, dass er ein bisschen Angst hatte.«

»Eigene Verluste?«, fragte Julian.

Allen schüttelte den Kopf. »Kinley war auch ein Ohr weggeschossen worden, aber als sie ihr Blut eingeflößt haben, war sie nach wenigen Minuten wieder auf den Beinen. Keine sonstigen Verwundungen und nur eine tote Zivilistin.«

»Nach einem nächtlichen Überfall auf die Zentrale eines Drogenkartells in Laredo«, sagte Julian. »Damit können Sie sehr zufrieden sein, Bob.«

»Das bin ich«, antwortete Allen. »Ehrlich gesagt wünsche ich mir, wir könnten sie behalten, und bin mit diesem Wunsch nicht allein. Ich glaube, ich könnte sie Cal abschwatzen, aber sie würde nicht ohne ihre Freunde kommen, und er würde Ihren Jungen niemals ziehen lassen. Nicht nach all seinen Erfolgen.«

Julian lächelte. Er war sehr stolz auf seinen Sohn und würde es Thomas Morris oder sich selbst nie verzeihen, dass sie zusammengewirkt hatten, um zu verhindern, dass er jemals an Jamies Triumphen teilhaben konnte. Er war ein Mann, der sehr vieles bedauern musste, sodass er sich längst angewöhnt hatte, an diese Dinge nur zu denken, wenn es absolut unvermeidbar war: Nichts bedauerte er jedoch mehr als die Tatsache, dass sein Sohn sich allein hatte durchschlagen müssen, dass er ohne seinen Vater hatte strampeln und kämpfen und überleben müssen.

»Das ist gewissermaßen der Grund meines Besuchs, Julian«, fuhr General Allen fort. »Ich habe heute Morgen mit Cal gesprochen. Er schickt über Nacht ein Team her, das Larissa und Sie morgen mit zurücknimmt.«

»Weshalb?«

»Das kann ich Ihnen nicht sagen. Sie sind dabei, etwas Großes vorzubereiten, und Cal behauptet, dass sie Larissas Hilfe brauchen. Ehrlich gesagt glaube ich nur, dass er die Abläufe bei Schwarzlicht straffen will.«

Julians Gesichtsausdruck blieb unverändert. »Werde ich rehabilitiert?«

»Das weiß ich nicht«, erwiderte Allen. »Aber ich würde Ihnen raten, auf eine Enttäuschung gefasst zu sein.«

»Ich habe nichts Unrechtes getan«, sagte Julian mit lauter werdender Stimme. »Ich habe niemanden verraten und bin nicht schuld am Tod der Harkers.«

»Gegen Sie lag ein Haftbefehl vor, und Sie haben lieber den eigenen Tod inszeniert, als sich zu verantworten«, sagte Allen ruhig. »Ich verstehe Ihre Gründe dafür, und Cal versteht sie bestimmt auch. Aber Sie sind tot, Julian. Zumindest haben Sie das alle glauben gemacht. Wenn Sie erwarten, dass Cal Sie in die Arme schließt und Ihnen eine neue Uniform verpasst, leiden Sie an Wahnvorstellungen. Das müssen Sie einsehen.«

Julian schlug die Augen nieder und sackte in sich zusammen.

»Wie geht's mit mir weiter?«, fragte er beinahe flüsternd.

»Was meinen Sie, Bob?«

»Soll ich raten? Ich denke, dass Sie von allen Vorwürfen freigesprochen weggeschickt werden. Man wird Ihnen ein Leben gönnen, Julian – aber bestimmt nicht innerhalb von Schwarzlicht.«

»Und meine Familie?«

Allen sah weg.

»Was ist mit meiner Familie, Bob?«

»Ich kann nicht beurteilen, was Cal vorhat«, sagte Allen, ohne seinem forschenden Blick auszuweichen. »Aber ich weiß, was ich täte.«

»Nämlich?«

»Ich würde Ihnen verbieten, jemals wieder Kontakt zu Ihren Angehörigen aufzunehmen«, sagte Allen. »Jamie ist Agent geworden, Marie befindet sich in der Obhut von Schwarzlicht, und beide halten Sie für tot. Ich würde Sie nicht mal in ihre Nähe lassen, bevor die Sache mit Dracula geklärt ist. *Falls* sie überhaupt je geklärt wird.«

Angesichts der trüben Aussichten, die Bob Allen skizziert hatte, machte sich ein unbehagliches Schweigen breit. Julian konnte nicht glauben, dass Cal Holmwood ihm das antun würde, nachdem sie jahrelang Seite an Seite gekämpft hatten, aber er wusste, dass der Direktor ein realistisches Szenario geschildert hatte. Wollte man ihn von seiner Familie fernhalten, würde das ein Kinderspiel sein.

Noch dazu ließ diese Lösung sich leicht rechtfertigen: Seine Rückkehr hätte einen guten Agenten unmittelbar vor der dunkelsten Stunde in der langen Geschichte von Schwarzlicht abgelenkt. Marie und Jamie wären bestimmt wütend gewesen, wenn sie von seiner verheimlichten Existenz erfahren hätten, aber gerade das war das Hauptproblem: Da sein Sohn und seine Frau auf dem Stützpunkt lebten, wäre es praktisch unmöglich gewesen, ihnen nur mitzuteilen, dass er noch am Leben war.

»Hoffentlich irren Sie sich, Bob«, sagte er zuletzt.

»Das hoffe ich auch, Julian«, erwiderte Allen. »Von ganzem Herzen.«

Die beiden Männer saßen einige Minuten lang schweigend da; beide sahen alt und müde aus, denn die kumulativen Auswirkungen ihres langjährigen Kampfes im Dunkel hatten tiefe Spuren auf ihren Gesichtern hinterlassen.

»Lohnt es sich überhaupt?«, fragte Julian plötzlich.

»Was soll sich lohnen?«

»Was wir tun. Was wir getan, was wir geopfert haben. Hat es sich gelohnt? Haben wir jemals etwas Gutes getan, Bob?«

Darauf folgte eine lange Pause. »Ich weiß es nicht«, sagte Allen. »Dank unserer Arbeit leben einige Menschen noch. Das muss irgendetwas wert sein.«

»Es hat aber genauso viele Tote gegeben, vielleicht sogar mehr«, wandte Julian ein. »Männer und Frauen sind getötet worden, nur weil sie Vampire waren. Ich denke an manche Dinge, die ich getan habe, und weiß überhaupt nicht mehr, wie ich sie damals rechtfertigen konnte.«

»Befehle«, sagte Allen. »Wir führen nur Befehle aus.«

Julian winkte ab. »Klar doch«, sagte er. »Diese Ausrede kenne ich, Bob. Sie muss immer als Entschuldigung für dieselbe Tatsache herhalten: dass Menschen dafür sterben müssen, was sie sind, und nicht dafür, was sie getan haben.«

»Jesus, Julian«, sagte Allen. »Ich verstehe, dass Sie alles schwarz sehen, weil Sie hier unten eingelocht sind. Aber das dürfen Sie sich nicht antun.«

»Erinnern Sie sich an den Kosovo, Bob?«, fragte Julian. »Pristina?«

»Natürlich.«

»Wann war das? 1999? 2000? Gott, nicht mal *das* weiß ich mehr.«

»Es war neunundneunzig«, sagte Allen leise.

»Erinnern Sie sich an die kleine Albanerin auf dem Platz vor der Kirche? Was die Vamps ihr angetan hatten?«

»Yeah«, sagte Allen. »Ich erinnere mich.«

»Wir haben sie in einer Scheune am Ortsrand entdeckt«, sagte Julian. »Die Vamps mit ihren Frauen und Kindern.«

»Julian ...«, sagte Allen hilflos.

»Wir haben die Scheune schießend gestürmt, und dann habe ich meinen Metallpflock benutzt, und als alles vorbei war, konnte ich den Arm zwei Tage lang nicht über Schulterhöhe heben. *Daran* erinnere ich mich, Bob. Ich habe versucht, es zu vergessen, aber das kann ich nicht, ich kann's einfach nicht.«

»Wir haben getan, was wir tun mussten«, sagte Allen. »Was uns befohlen worden war. Das waren Mörder, Julian. Wir haben mit eigenen Augen gesehen, was sie getan hatten.«

»Die Männer«, sagte Julian. »Aber die Frauen? Und die Kinder? Womit hatten sie den Pflock verdient?«

Allen gab keine Antwort.

»Steht Dracula wieder auf«, fuhr Julian fort, »sind wir und alle wie wir erledigt. Aber selbst wenn er's nicht tut, wenn ihr's schafft, ihn daran zu hindern, ist unsere Zeit ohnehin abgelaufen, denke ich. Nichts dauert ewig. Wir bewahren das größte Geheimnis der Welt, und wir haben gemordet und gemordet und gemordet, um es zu schützen. Aber wie lange kann es dauern, bis jemand etwas herausbekommt, was er nicht wissen soll? Oder bis mehr Leute davon erfahren, als wir wegsperren oder liquidieren können? Was passiert, wenn die Welt erfährt, was wir getan haben?«

»Das weiß ich nicht, Julian«, sagte Allen. »Ebenso wenig, wie Sie es wissen.«

Die beiden Männer sahen sich an; die Last der Geschichte lag schwer auf ihnen.

Es dauerte lange, bis sie wieder sprachen.

48

Hinter dem Vorhang

Matt Browning rannte den Zentralkorridor auf Ebene D entlang und machte vor dem Eingang zum Wissenschaftlichen Dienst von Schwarzlicht halt. Er drückte seinen Dienstausweis an den Scanner neben der Sicherheitstür und wartete ungeduldig, bis die Schlösser sich klickend öffneten. Als die Anzeige über dem Scanner grün leuchtete, drückte er die schwere Tür auf und trat ein.

Vor ihm lag der Empfangsbereich, der in ein Großraumbüro mit Arbeitsstationen für die Mitarbeiter der Abteilung überging. Die Frau am Empfang sah Matt stirnrunzelnd entgegen: Er kam unangemeldet und wirkte verdächtig aufgeregt.

»Was kann ich für Sie tun?«

»Ich bin Matt Browning«, antwortete er und legte seinen Ausweis auf die Theke. »Wer ist der Offizier vom Dienst? Ich muss ihn bitte sprechen.«

»Tut mir leid«, antwortete sie, »aber Dr. Cooper ist im Labor. Kann ich ihm etwas ausrichten?«

»Nein«, sagte Matt. »Sorry, aber bestellen Sie ihm bitte, dass ich ihn sofort wegen einer Sache sprechen muss, die das Sonderkommando Stunde null betrifft. Ich will den Kommissarischen Direktor nicht damit belästigen, aber ich tät's notfalls. Das liegt bei Ihnen.«

Die Empfangsdame betrachtete ihn mit zusammengekniffenen Augen, und Matt fürchtete eine Sekunde lang, sie würde sich nicht bluffen lassen; er vertraute darauf, dass Cal Holmwood seine Forderung, einen leitenden Mitarbeiter des Diensts unangemeldet sprechen zu dürfen, unterstützen würde – aber er würde es nur ungern tun. Nachdem sie ihn prüfend gemustert hatte, nahm sie den Telefonhörer ab und tippte eine Nummer ein. Sie sprach sehr leise, wandte sich dabei halb von Matt ab und schirmte die Sprechmuschel mit der Hand ab. Dann legte sie wieder auf.

»Dr. Cooper lässt bitten«, sagte sie. »Ich soll Sie zu ihm bringen.«

Als sie hinter der Theke aufstand, ließ ihre Körpersprache klar erkennen, wie ungern sie ihm behilflich war. Matt hatte Mühe, sein Temperament, das selten mit ihm durchging, im Zaum zu halten; als sie eine vage Handbewegung machte, die sich als Aufforderung, ihr zu folgen, deuten ließ, biss er sich auf die Zunge und ging mit.

In die Rückwand des Großraumbüros waren drei massive weiße Sicherheitstüren eingelassen. Dahinter lagen in einem Halbkreis drei Labors für jeweils zwei der sechs Spezialgebiete des Diensts: Computer- und Informationswissenschaft, Sensoren und elektronische Geräte, Menschliche/Übernatürliche Forschung und Entwicklung, Überlebens-/Sterblichkeits-Analyse, Flug- und Fahrzeugtechnik, Waffen- und Materialforschung. Im Süden des Stützpunkts lag ein großes Erprobungsgelände, und auf allen Ebenen gab es streng geheime Versuchseinrichtungen. Die Labors waren nur durch Luftschleusen zugänglich, und die gesamte Abteilung wurde akribisch überwacht; der gesamte Komplex war automatisiert und konnte notfalls sekundenschnell abgeriegelt werden.

Die Empfangsdame schloss die mittlere Tür auf und führte Matt in einen kurzen Korridor. Abgeschlossen wurde er durch eine graue Luftschleuse des Typs, mit dem auch der Zellenblock vier Ebenen tiefer gesichert war. Sie bedeutete Matt, er solle sie betreten, und wandte sich ab, noch bevor die Schleusentür sich hinter ihm geschlossen hatte.

Matt kämpfte gegen Platzangst an, als das Licht in der engen Kammer sich erst rot, dann violett färbte. Aus Bodendüsen quoll eine Gaswolke, und er schloss schicksalsergeben die Augen, während er die Desinfektion über sich ergehen ließ. Schließlich hörte das Fauchen auf, und er öffnete gerade rechtzeitig die Augen, um ein grünes Lichtsignal und die sich öffnende Tür der Luftschleuse zu sehen. Draußen stand ein kleiner Mann in einem weißen Laborkittel, der ihn freundlich lächelnd begrüßte.

»Matt?«, fragte er und streckte ihm die Hand hin. »Matt Browning?«

»Hallo«, sagte Matt und ergriff die hingestreckte Hand. Der kleine Mann schüttelte ihm begeistert die Hand.

»Ich bin Mark Cooper, Direktor des Wissenschaftlichen Diensts. Freut mich sehr, Ihre Bekanntschaft zu machen.«

»Tatsächlich?«, fragte Matt, den dieser herzliche Empfang verblüffte.

»Absolut«, sagte Cooper. »Cal Holmwood lässt mich ausgewählte Berichte des Lazarus-Projekts lesen. Wirklich erstaunliches Zeug. Unglaublich, was Ihre Kollegen und Sie dort unten leisten.«

»Danke«, sagte Matt, der plötzlich Mühe hatte, ein Lachen zu unterdrücken.

»Nichts zu danken«, sagte Dr. Cooper. »Ich habe Robert Karlsson vor einigen Jahren in Genf kennengelernt. Großartiger Mann.«

»Ja, das ist er«, sagte Matt. »Wir können uns glücklich schätzen, ihn zu haben.«

»Zweifellos. Also, was kann ich für Sie tun, Mr. Browning? Vermute ich richtig, dass Sie wegen der Neuankömmlinge hier sind?«

Matt nickte zustimmend. »Kann ich sie bitte sehen?«

»Natürlich«, sagte Dr. Cooper. »Kommen Sie bitte mit.«

Der Direktor des Wissenschaftlichen Diensts wandte sich ab und hastete den Korridor in einem Tempo entlang, das Matt verblüffte; der Mann hatte so kurze Beine, dass er ihm das nicht zugetraut hätte. Der Korridor führte zu einer zweiflügligen Tür mit Bullaugen in Kopfhöhe. An der Wand neben ihr verkündete ein großes Schild:

FORSCHUNGSLABOR 2
MENSCHLICHE / ÜBERNATÜRLICHE FORSCHUNG UND ENTWICKLUNG
ÜBERLEBENS- / STERBLICHKEITS-ANALYSE

Matt folgte Cooper durch die Tür in das Labor.

Es bestand aus einem riesigen rechteckigen Raum mit hoher Decke und gefliestem Boden. Hier war alles in Weiß gehalten; Wände und Decke strahlten ebenso hell wie die Arbeitstische entlang der Wände und die auf ihnen stehenden Computer. Mindestens ein Dutzend Männer und Frauen in weißen Laborkitteln waren zwischen Schreibtischen, Karteischränken und Maschinen unterwegs, die Matt erkannte: Gen-Sequenzer, Hologrammprojektoren, Hochleistungsrechner und 3D-Datenspeicher. An die Rückwand des Raums waren sechs Zellen nebeneinander angeordnet; vor jeder schimmerte eine UV-Barriere von der Art, die unten im Zellenblock Fluchtversuche verhinderte.

»Willkommen«, sagte Dr. Cooper. »Im Vergleich zu Ihren Labors ist unsere Ausstattung nicht gerade großartig, aber für unsere Zwecke genügt sie.«

»Das tut sie bestimmt«, sagte Matt. »Welche Projekte haben für Sie Priorität?«

»Im Augenblick beschäftigen uns die gesteigerten körperlichen Fähigkeiten der Broadmoor-Ausbrecher«, antwortete Cooper. »Ansonsten analysieren wir die Stärken und Schwächen von Vampiren, analysieren das Virus selbst. Wir arbeiten eng mit Labor drei zusammen. Dort fließen unsere Ergebnisse in die Entwicklung von Waffen und Abwehrmaßnahmen ein.«

»Sie arbeiten mit Versuchspersonen?«, fragte Matt. Er spürte, dass ihm ein kalter Schauder über den Rücken lief. »Ich meine, mit anderen als den Broadmoor-Ausbrechern?«

»Richtig«, sagte der Direktor. »Ich weiß, was Sie jetzt denken, aber Ihre Sorge ist unbegründet. Unsere Versuche haben nichts mit Professor Reynolds' Arbeit zu tun.«

Matt hatte die ursprünglichen Labors des Projekts Lazarus

gesehen; sie waren nichts als hochmoderne Folterkammern gewesen, in denen Vampire wie Versuchstiere ausgeweidet, vernichtet und wiederbelebt worden waren – alles im Namen von Reynolds' hektischen Bemühungen, ihre Schwächen zu beseitigen, während ganz Schwarzlicht glaubte, er arbeite an einem Heilmittel *gegen* Vampirismus.

»Hoffentlich nicht«, sagte Matt. »Seine Arbeit war menschenverachtend.«

»Das habe ich gesehen«, sagte Cooper. »Ich habe das Team geleitet, das nach seinem gewaltsamen Tod aufgeräumt hat. Davon habe ich noch immer Alpträume.« Er lächelte dabei, aber Matt ahnte, dass diese Bemerkung nicht nur scherzhaft gemeint war.

»Es hat zwei Überlebende gegeben«, sagte Matt. »Einen Mann und seine Tochter. Reynolds wollte auch sie vernichten, aber Jamie hat ihn daran gehindert. Wissen Sie, was aus den beiden geworden ist?«

»Patrick und Maggie Conners«, sagte Cooper nickend. »Sie sind entlassen worden, sobald die Ermittlungen im Fall Reynolds abgeschlossen waren.«

»Tatsächlich?«, fragte Matt. »Wir haben zwei Vampire laufen lassen?«

Dr. Cooper nickte. »Der Kommissarische Direktor hat ihre Entlassung persönlich verfügt. Die Überwachungsabteilung kann Ihnen vermutlich sagen, wo die beiden sind, falls Sie das interessiert.«

Matt schüttelte den Kopf. »Nein, das ist schon in Ordnung. Ich find's nur merkwürdig, dass sie entlassen worden sind und das ganze Department jetzt Befehl hat, die Broadmoor-Ausbrecher zu vernichten. Keiner dieser Männer wollte ein Vampir sein. Das erscheint mir ... widersprüchlich.«

»Das ist eine Grauzone«, stimmte Cooper zu. »Cal tut sein Bestes.«

»Sicher tut er das«, sagte Matt. Sein Verstand drohte mit ihm durchzugehen, wollte sich intensiver mit den moralischen Fragen befassen, die die Existenz von Schwarzlicht betrafen; er zwang sich dazu, sich auf den Grund seines Besuchs zu konzentrieren. »Kann ich die Ausbrecher sehen, die Sie in Gewahrsam haben?«

»Natürlich«, sagte der Direktor. »Kommen Sie bitte mit.«

Matt folgte ihm auf einem Schlängelkurs zwischen Arbeits- und Schreibtischen hindurch. Einige Mitarbeiter nickten ihm zu, als er an ihnen vorbeiging, aber die meisten waren in ihre Arbeit vertieft; die Atmosphäre glich der im Komplex des Projekts Lazarus, in dem Matt den größten Teil seiner Zeit verbrachte. Dr. Cooper ging zu der Zelle links außen voraus und blieb vor ihrer UV-Barriere stehen. Matt machte neben ihm halt und sah in den abgesperrten kleinen Raum.

Die Zelle war spärlich möbliert, aber noch immer luxuriös im Vergleich zu den durchsichtigen Kunststoffwürfeln, in denen die unglücklichen Opfer Christopher Reynolds' geschmachtet hatten. Matt sah ein Feldbett mit Laken, Decke und Kissen, Tisch und Stuhl und eine durch einen Vorhang abgetrennte Ecke, vermutlich die Toilette. In allen vier Ecken hingen Überwachungskameras, die anscheinend alle Bewegungen des Inhaftierten aufzeichnen sollten. In diesem Fall handelte es sich um einen Mann Mitte fünfzig, der auf dem Bett liegend ein Taschenbuch las. Er sah nicht zu ihnen auf, selbst als Matt und der Direktor über ihn zu reden begannen.

»Christian Bellows«, sagte Dr. Cooper. »Er ist in Broadmoor noch auf dem Gelände der Anstalt gefasst worden. Hat keinen Widerstand geleistet und verhält sich auch hier vorbildlich. Er will nur in Ruhe gelassen werden.«

»Was hat er gemacht?«, fragte Matt. »Dass er überhaupt nach Broadmoor gekommen ist?«

»Er hat beinahe einen Postboten erstochen«, sagte Cooper. »Er hat sich eingeredet, der Mann wolle ihn ermorden und ihn zur Selbstverteidigung mit einem Küchenmesser angegriffen.«

»Jesus!«

»Er leidet an paranoider Schizophrenie«, sagte der Direktor.

»Wir haben seine Krankenakte und wissen, welche Medikamente er braucht. Keine Sorge, bei uns ist er in guten Händen.«

»Versteht er, was ihm zugestoßen ist?«, fragte Matt. Bellows wirkte ruhig und entspannt wie ein Mann, der in seinem Wohnzimmer auf dem Sofa liegt.

»Ja«, antwortete Cooper. »Wir mussten ihm die Wahrheit sagen. Er hat häufig unter Wahnvorstellungen gelitten, und seine neue Umgebung hätte sie gefährlich verstärken können. Er weiß, dass er krank ist, dass seine Krankheit äußerst selten ist und dass wir ihn behandeln. Damit hat er sich sehr rasch abgefunden.«

»Er kooperiert also mit Ihnen?«

»Ja«, sagte Dr. Cooper. »Was man von dem anderen nicht behaupten kann. Kommen Sie.«

Matt folgte dem Direktor zur nächsten Zelle. Sie schien wie die nebenan eingerichtet zu sein, aber während Christian Bellows auf Ordnung geachtet hatte, bot diese Zelle ein Bild der Verwüstung. Das Bett war abgezogen und stand aufrecht an der Wand, Tisch und Stuhl waren kurz und klein geschlagen, und der Toilettenvorhang war heruntergerissen und zerfetzt. In der hinteren rechten Ecke der Zelle hockte eine Gestalt, die ihre Knie mit den Armen umschlang und den Kopf daraufgelegt hatte.

»Alex Masterson«, sagte der Direktor. »Er ist gestellt worden, als er ungefähr fünfzehn Meilen von der Anstalt entfernt in eine Apotheke einbrechen wollte. Er hat gekämpft, konnte aber überwältigt werden. Wir mussten ihn seit seiner Ankunft ruhigstellen.«

Matt begutachtete das Chaos in der Zelle. »Das gefällt ihm nicht.«

»Mit ihm ist's schwierig«, gab der Direktor zu. »Die Standarddosierungen reichen nicht aus, zumindest nicht immer. Ich habe noch nie so starke Vampire erlebt. Sehr wahrscheinlich haben wir nichts, was bei Valentin Rusmanov wirken würde.«

»Vermutlich nicht«, sagte Matt. »Sie haben die beiden also untersucht?«

Dr. Cooper nickte. »Körperliche Unterschiede zu anderen

Vampiren ließen sich nicht feststellen. Daher halten wir das Virus für die Ursache der Veränderungen.«

»Was hat *er* gemacht?«, fragte Matt leise. Er starrte die in der Zellenecke kauernde dunkle Gestalt an. Der Vampir bewegte sich nicht; Matt konnte nicht einmal erkennen, ob er wach war.

»Masterson?«, fragte der Direktor. »Er hat in dem Pflegeheim, in dem er gearbeitet hat, mehrere Patientinnen vergewaltigt und eine ermordet. Er ist ein Soziopath reinsten Wassers. Versteht gar nicht, dass er etwas Unrechtes getan hat.«

»Gut, dass er geschnappt worden ist«, murmelte Matt betroffen.

»Finden Sie?«, fragte Cooper. »Vielleicht wär's besser gewesen, ihn gleich zu vernichten. Aber wenigstens kann er niemandem etwas tun, solange er hier ist.«

Matt schüttelte energisch den Kopf, um wieder klar denken zu können. Obwohl diese Umgebung äußerlich keine Ähnlichkeit mit dem bluttriefenden Alptraum des Labors des ersten Projekts Lazarus hatte, war das Gefühl von Krankheit, von banalem, miserablem Horror ebenso greifbar.

»Körperliche Unterschiede gibt es keine, sagen Sie?«

Der Direktor nickte. »Wir vermuten wie gesagt, dass die Veränderungen durch das Virus selbst bewirkt werden. Es gibt eine gut nachgewiesene Korrelation zwischen Alter und Wirksamkeit, und die Theorie hat immer gelautet, nach der Verwandlung mutiere das Virus im Wirtskörper weiter und lege dabei an Stärke und Geschwindigkeit zu.«

»Richtig«, sagte Matt. »Aber das ist keine Erklärung für diese Fälle.«

Oder für Larissa, dachte er. *Sie ist erschreckend stark. Und unheimlich schnell. Dabei ist sie erst seit kaum drei Jahren verwandelt.*

»Ja, ich weiß«, bestätigte Cooper. »Haben Sie vielleicht eine Theorie, Mr. Browning?«

Matt nickte. »Ich habe eine«, sagte er. »Und wenn sie zutrifft, sieht's schlimm aus. Echt schlimm.«

»Wie kann ich Ihnen behilflich sein?«

»Sie haben gesagt, dass Sie sie untersucht haben.« Matt sprach langsam, als wäge er jedes Wort sorgfältig ab. »Ich nehme an, dass Sie sie auch befragt haben?«

»Das haben wir.«

»Woran erinnern sie sich? In Bezug auf die Nacht, in der sie freigekommen sind?«

Dr. Cooper zuckte mit den Schultern. »An sehr wenig. Ärzte, Schwestern, Spritzen. Gewalt. Rote Augen. Beide konnten nichts Genaues sagen.«

»Was war mit ihren Bisswunden?«, fragte Matt. »Durch die sie verwandelt worden sind. Waren die noch sichtbar, als sie eingeliefert wurden?«

»Nein«, antwortete der Direktor. »Aber das sind sie fast nie. Hat der frisch Verwandelte Blut getrunken, heilt diese Wunde sehr schnell ab.«

»Okay«, sagte Matt. »Gibt's hier ein Terminal, das ich benutzen kann?«

»Klar«, sagte Dr. Cooper. »Dort drüben.«

Er führte Matt zu einem der langen Arbeitstische, klappte einen Bildschirm hoch und schob die Abdeckung der dazugehörigen Tastatur zur Seite. Matt setzte sich auf einen Hocker und meldete sich bei dem Intranet von Schwarzlicht an; Cooper beobachtete schweigend, wie er den kennwortgeschützten Stundenull-Bereich aufrief und sich zu dem Ordner mit Filmaufnahmen von dem Überfall auf Broadmoor durchklickte.

»Wissen Sie, in welchem Flügel die beiden waren?«, fragte Matt.

»Bellows war im Flügel D«, antwortete Cooper. »Was suchen Sie?«

»Das zeige ich Ihnen gleich«, sagte Matt. Er öffnete die Datei FLÜGEL_D_HAUPTKORRIDOR und sah dann zu, als ein stummer Schwarzweißfilm zu laufen begann. Die Überwachungskamera zeigte einen langen Korridor, in dessen Mitte zwei Patienten einen Krankenpfleger an die Wand drückten und ihm Kehle und Brust aufrissen. Im Neonlicht spritzte grausig schwarzes Blut, als die beiden ihn zu Boden rissen und über ihn herfielen. Ein Arzt, der von einem Patienten mit einem Skalpell in der Hand verfolgt wurde, rannte mit entsetzt aufgerissenen Augen um sein Leben. Die Augen des Patienten glühten hellrot, und sein Mund war zu einer freudigen Grimasse verzerrt.

»Jesus«, flüsterte Dr. Cooper. »Das ist entsetzlich!«

Matt äußerte sich nicht dazu; er verfolgte den Film aufmerksam, um nicht zu verpassen, was er suchte. Zwei nackte Patienten schlenderten den Flur entlang, ohne auf den noch zuckenden Körper des Pflegers zu achten; ihre Augen glühten, und ihre Leiber waren schweißnass. Matt drückte die Pausetaste, um das Bild einzufrieren.

»Da«, sagte er. »Sehen Sie sich die beiden an.«

»Worauf soll ich achten?«, fragte der Direktor und beugte sich nach vorn, um besser sehen zu können.

»Diese Szene spielt nur Minuten nach dem Überfall«, sagte Matt. »Die Patienten sind eben erst verwandelt worden. Wo sind also die Bisswunden?«

Dr. Cooper kniff die Augen zusammen und beugte sich noch weiter vor. »Keine Ahnung«, sagte er dann. »Ich sehe keine.«

»Ich auch nicht«, sagte Matt, dessen Stimme zitterte. »Und ich glaube zu wissen, weshalb.«

Cooper richtete sich auf und sah ihn an. »Warum nicht?«

Matt erwiderte seinen Blick. »Weil es keine gibt«, sagte er. »Die Patienten in Broadmoor sind nicht gebissen worden.«

Der Direktor starrte ihn an. »Sie … sind nicht … gebissen worden?«

Matt schüttelte den Kopf. »Hören Sie, wir wissen, dass nicht der Biss die Verwandlung bewirkt. Das Plasma, das ihre Reißzähne bedeckt, löst die Genveränderung aus; der Biss hat nur die Funktion, es in den Blutkreislauf zu injizieren. Ich glaube, dass Sie recht haben, was das Virus betrifft – es entwickelt sich weiter und stärkt den infizierten Vampir –, aber dahinter steckt noch mehr. Ich vermute, dass eine Infektion mit schon älteren Viren bedeutet, dass die Verwandlung mit einem fortgeschritteneren

Stadium beginnt. Meine Freundin Larissa ist von einem Vampir gebissen worden, der angeblich der älteste Vampir Englands war, und sie ist bereits stärker und schneller als alle anderen, die ich erlebt habe, obwohl ihre Verwandlung erst ein paar Jahre zurückliegt. Ich glaube, dass es einen direkten Zusammenhang zwischen dem Alter des angreifenden Vampirs und dem Entwicklungstempo seiner Opfer gibt.«

»Wie meinen Sie das?«, fragte Dr. Cooper. Seine Augen waren geweitet, und er war auffällig blass geworden. »Was zum Teufel ist mit ihnen passiert, wenn sie nicht gebissen wurden?«

»Das weiß ich nicht bestimmt«, sagte Matt. »Ich vermute, dass sie Injektionen erhalten haben. Mit dem Plasma eines sehr alten Vampirs, das so weit fortentwickelt ist, dass es die frisch Verwandelten so stark und schnell machen konnte.«

»Valeri Rusmanov?«, fragte der Direktor. Er zitterte sichtlich, als sei er kurz davor, ohnmächtig zu werden.

»Nein«, sagte Matt. Seine Stimme war kaum lauter als ein Flüstern. »Leider nicht.«

49

Teile des Puzzles

Als an seine Tür geklopft wurde, sah Cal Holmwood von dem Bericht auf, den er gerade las, und seufzte. Er hatte oft den Eindruck, der Tag sei einfach nicht lang genug, um alles erledigen zu können, was von ihm erwartet wurde, und er bewunderte einmal mehr Henry Seward, der das Department mit einer stillen Effizienz geführt hatte, deren Wert er erst jetzt zu erkennen begann.

»Herein!«, rief er und legte den Bericht weg.

Die Tür ging auf, und Andrew Jarvis, der angespannt und blass aussah, trat ein.

Was hat er nur?, fragte Holmwood sich. *Bestimmt keine gute Nachricht. Das sieht man ihm an.*

Jarvis, der den Sicherheitsdienst in der Sonderkommission Stunde null vertrat, war im ganzen Department 19 hoch angesehen. Er kam vom Government Communications Headquarters (GCHQ), der für Fernmeldeaufklärung zuständigen Regierungsbehörde, und war rasch zum zweiten Mann der Überwachungsabteilung aufgestiegen; Major Vickers, der die Abteilung leitete, hatte schon mehrmals im Scherz gesagt, er könne Jarvis' Atem beinahe im Nacken spüren.

»Captain Jarvis«, sagte Cal und rang sich ein Lächeln ab. »Was kann ich für Sie tun?«

»Entschuldigen Sie, dass ich unangemeldet komme«, sagte Jarvis und trat näher. »Aber ich dachte, Sie sollten etwas sehen, das ich gerade auf den Schreibtisch bekommen habe.«

Holmwood seufzte. »Worum geht's denn?«

Jarvis hielt ihm einen Schnellhefter hin. Holmwood nahm ihn entgegen und legte ihn auf den Schreibtisch.

»Erzählen Sie's mir einfach«, sagte er. »Ich habe heute schon genügend Berichte für ein ganzes Leben gelesen.«

»Ja, Sir«, sagte Jarvis. »Gestern Nachmittag hat Kevin McKenna in seinem Blog ein Posting mit den Stichworten rote Augen und Männer in Schwarz veröffentlicht. Er hat an Leute, denen das etwas sagt, appelliert, sich mit ihren Storys zu melden.«

»Jesus«, sagte Holmwood. »Wo ist McKenna jetzt?«

»Das wissen wir nicht, Sir. Er ist nicht zu Hause und hat seit gestern weder telefoniert noch seine Kreditkarten genutzt.«

»Albert Harker hat ihn«, sagte Holmwood sofort. »Sehen Sie zu, dass Sie die beiden aufspüren. Wie Sie das machen, ist mir egal, aber Sie *müssen* sie finden.«

»Wir tun unser Bestes, Sir«, antwortete Jarvis. »Leider ist das noch nicht alles.«

»Bitte weiter.«

»Die beiden ersten Kommentare zu McKennas Blog waren detaillierte Berichte, die über ein Dutzend Echelon-Alarme ausgelöst haben. Einer scheint den Vorfall zu beschreiben, der sich letztes Jahr auf Lindisfarne ereignet hat, während in dem anderen ein Mädchen, das vom Himmel fällt, und ein auf einer Wohnstraße landender Hubschrauber vorkommen.«

Holmwood starrte Jarvis an. »Kate Randalls Vater? Und Matt Brownings?«

»Ja, Sir«, sagte Jarvis. »Wir haben die IP-Adressen der benutzten Computer identifiziert. Sie waren durch Decknamen und Proxy-Server getarnt, aber wir konnten ihre Standorte schließlich doch feststellen: Lindisfarne, Northumberland, und Staveley, Derbyshire.«

»Wo sind Browning und Randall?«

»Verschwunden, Sir. Randalls Auto haben wir heute Morgen am Bahnhof Berwick aufgefunden. Wir gehen davon aus, dass die beiden unterwegs sind, um sich mit Kevin McKenna und Albert Harker zu treffen.«

Holmwood starrte ihn aufgebracht an. »Wieso erfahre ich das erst jetzt, Captain Jarvis?«, fragte er gefährlich ruhig. »Sie haben an den Sitzungen der Sonderkommission teilgenommen. Sie wissen, dass die Fahndung nach Albert Harker oberste Priorität hat.«

»Tut mir leid, Sir«, sagte Jarvis. »Wir haben über dreißig Broadmoor-Ausbrecher auf dem Radar und verfolgen die übrigen, so gut wir können. Wir haben viel zu wenig Personal, und diese Sache hat niemand für wichtig gehalten, weil kein Mitarbeiter weiß, worüber die Sonderkommission berät. Das ist uns durchgerutscht, Sir.«

Holmwood nickte langsam. »Schon gut«, sagte er. »Damit müssen wir leben. Jack Williams informiere ich selbst. Außer ihm braucht niemand davon zu erfahren. Ist das klar?«

»Ja, Sir«, sagte Jarvis.

Kate Randall wartete, bis die elektronischen Schlösser sich klickend öffneten, dann drückte sie die Tür zum TIS-Bereich auf.

Sie machte sich Sorgen – um Morton, um Jamie und Ellison, um Matt –, aber sie war nicht wütend wie noch vor wenigen Monaten, als Jamie ihre unter ähnlichen Umständen angebotene Hilfe abgelehnt hatte. Sie war stolz darauf, nun ein Stadium erreicht zu haben, in dem sie ihrem Freund nicht mehr das Schlimmste zutraute, ihn nicht mehr verdächtigte, sie durch seine Entscheidungen herabsetzen oder ihr schaden zu wollen, während sie in Wirklichkeit das genaue Gegenteil verkörperten: den gutgemeinten, wenn auch leicht gönnerhaften Wunsch, sie zu beschützen.

Als Erstes hielt sie auf die Lounge zu, in der sie hoffentlich Paul Turner antreffen würde, dem sie erzählen wollte, was sich in Jamies Team ereignet hatte. Sie war so in Gedanken versunken, dass sie die am Empfang stehende nervöse Frau übersah und mit ihr zusammenprallte.

»O Gott!«, sagte Kate, die ins Stolpern geraten war, und hielt sich an der Empfangstheke fest. »Tut mir echt leid!« Als sie sich umsah, blickte sie in ein grausig rot glühendes Augenpaar.

»Hallo, Kate«, sagte Marie Carpenter, deren Augen sofort wieder ihre gewöhnliche blassgraue Farbe annahmen. »Bitte entschuldigen Sie. Habe ich Sie erschreckt?«

»Nein, Mrs. Carpenter«, versicherte Kate ihr lächelnd. »Mir fehlt nichts. Alles in Ordnung mit Ihnen?«

Marie, die wie immer leicht nervös wirkte, nickte eifrig. »Mir geht's gut«, sagte sie. »Das mit meinen Augen tut mir leid. Ich kann es nicht ... es passiert einfach. Tut mir sehr leid.«

»Schon gut«, sagte Kate. »Ich habe ehrlich gesagt schon weit gruseligere Dinge gesehen.«

Marie lächelte. »Das kann ich mir denken.«

Kate spürte wieder einmal, wie gern sie Marie hatte, als sie die Mutter ihres Freundes betrachtete. Heute trug sie eine hellblaue Bluse zu bordeauxroten Slacks. Damit sah sie wie die typische Hausfrau aus dem Mittelstand aus, die sie gewesen war. So schien sie hier unten im Ring, in dem die Farben Grau und Schwarz vorherrschten, unglaublich fehl am Platz zu sein.

»Arbeiten Sie hier?«, fragte Marie und sah sich in dem kleinen TIS-Empfangsbereich um. »Jamie hat erzählt, dass Ihre Arbeit wichtig ist, aber er durfte mir natürlich nicht sagen, woraus sie besteht.«

»Ja, ich arbeite hier«, sagte Kate. »Beim Team für interne Sicherheitsüberprüfung. Das ist ... eine Art Revisionsabteilung.«

»Ist Ihre Arbeit gefährlich?«, fragte Marie. »Sorry, das war eine dumme Frage. Natürlich ist sie das. Hier ist alles gefährlich.«

»Ich habe sie für ungefährlich gehalten«, gab Kate ehrlich zu. »Unbeliebt, ja. Aber sie hat sich als gefährlicher erwiesen, als ich dachte. Wie Sie ganz richtig sagen, sollte mich das nicht überraschen.«

»Nein«, sagte Marie. Sie hielt die Hände vor dem Bauch gefaltet und schien sie leicht zu ringen. »Wahrscheinlich nicht.«

»Was machen Sie hier, Mrs. Carpenter?«, fragte Kate behutsam. »Hat jemand Sie holen lassen?«

»Oh«, sagte Marie, deren Miene sich aufhellte. »Ein junger Mann hat mich aufgesucht und mir erklärt, ich müsse zu einer Befragung. Dann hat er mich hierher mitgenommen. Er war sehr nett und höflich.«

»Das freut mich«, sagte Kate lächelnd. »Tut mir leid, aber der Dienstplan ändert sich im Augenblick dauernd. Hätte ich gewusst, dass Sie auf der Liste stehen, hätte ich Sie selbst abgeholt. Wegen der Befragung brauchen Sie sich keine Sorgen zu machen, das verspreche ich Ihnen. Ich bin jedenfalls mit dabei. Warten Sie bitte hier, bis jemand kommt und Sie holt.«

»Das tue ich«, sagte Marie. Sie lächelte ihr offenes Lächeln, das Kates Herz erwärmte. »Ich warte hier.«

»Okay«, sagte Kate. »Wir sehen uns gleich wieder.«

Sie ließ Jamies Mutter an der Empfangstheke zurück und betrat die TIS-Lounge. Paul Turner war wie erhofft da; er saß auf dem Sofa und blätterte in einem Bericht. Er sah auf, als sie hereinkam, und seine ernste Miene machte sie augenblicklich besorgt.

Er sieht aus, als hätte er ein Gespenst gesehen.

»Paul?«, fragte sie. »Alles in Ordnung?«

Er nickte. »Mir geht's gut.«

»Was haben Sie da?« Sie deutete auf das Schriftstück in seiner Hand.

»Der Sicherheitsdienst hat seine Ermittlungen abgeschlossen«, sagte er. »Wegen des Bombenanschlags. Dies ist der Abschlussbericht.«

»Mit neuen Erkenntnissen?«

»Ja«, sagte Turner. »Setzen Sie sich.«

Kate runzelte die Stirn, zog den Plastikstuhl heraus und nahm Platz.

»Tatsächlich *war* ein Vampir in Ihrer Unterkunft, Kate«, sagte Major Turner. »Das steht jetzt fest. Zwei Stunden vor der Detonation, ungefähr vier Minuten lang. Also reichlich lange genug.«

Kate glaubte zu spüren, wie sich ihre Nackenhaare sträubten. »Woher wissen wir das?«, fragte sie. »Ich dachte, die Kameras hätten nichts aufgezeichnet.«

»Richtig«, bestätigte Turner. »Und das war überzeugend, aber noch kein Beweis. Nun sind die Kameras nicht unser einziges Überwachungsmittel. Wir besitzen ein System, das die Temperaturen in allen Räumen des Stützpunkts misst und die geringsten

Veränderungen aufzeichnet. Damit konnten wir den Nachweis führen.«

»Davon habe ich noch nie gehört«, sagte Kate. »Ist es neu?«

Der Major nickte. »Es ist nach Valentins Desertion installiert worden. Als klar wurde, dass er seine Zelle nach Belieben verlassen konnte, brauchten wir eine Möglichkeit, ihn jederzeit zu orten. Für Fälle wie diesen.«

»Wer wusste davon?«, fragte sie.

»Der Kommissarische Direktor, die Abteilung C des Sicherheitsdiensts und ich selbst«, antwortete Turner. »Wir waren uns darüber einig, dass möglichst wenige Leute davon wissen sollten. Nichtsahnende sind leichter zu überwachen.«

Hübsch gesagt!

»Das System hat also einen Temperaturanstieg in meinem Zimmer gemessen?«, fragte Kate.

»Richtig«, sagte Turner. »Ein markantes Hochschnellen auf einen Wert, der mehrere Grad über der für Menschen typischen Temperatur liegt. Ein eindeutiger Beweis.«

»Aber warum hat das System nicht gleich Alarm geschlagen? Wieso haben Sie das alles erst jetzt erfahren?«

»Die Überwachungssysteme auf Ebene B sind bei der Detonation beschädigt worden«, antwortete der Major. »Wir wussten nicht, welche Daten sich wiederherstellen lassen würden. Vieles ist verloren gegangen, aber die Messwerte für Ihr Zimmer konnten rekonstruiert werden – mit diesem Ergebnis.«

»Wir haben uns also geirrt«, sagte Kate langsam. »Der Anschlag war ein Vampirangriff. Er hatte nichts mit dem TIS zu tun.«

»Das würde ich nicht unterschreiben«, widersprach Turner. »Ich kann nicht glauben, dass ein Vampir rein zufällig einen Anschlag auf Sie und mich verüben würde, aber ich habe noch keine plausible Erklärung. Aber wenigstens ist die Liste der Verdächtigen dadurch kürzer geworden.«

Für Kate fügte sich alles logisch zusammen. »Jamies Mutter ist draußen am Empfang«, sagte sie. »Aus diesem Grund?«

»Ja«, sagte Turner. »Obwohl ich höchst verwundert wäre, wenn sie sich als die Schuldige erwiese. Ich beginne zu vermuten, dass zu den vielen Fertigkeiten, die unser Freund Valentin im Lauf der Jahrhunderte erworben hat, auch die Fähigkeit gehört, einen Lügendetektor zu täuschen – selbst einen so raffinierten wie unseren. Ich möchte, dass er noch mal raufgeholt wird, sobald wir mit Marie fertig sind. Vielleicht bekommen wir dann ein paar Antworten.«

»Gut, ich kümmere mich darum.« Kate machte eine Pause. »Ich wollte Ihnen auch noch etwas erzählen.«

»Was denn?«

»Sie kennen John Morton? Jamies Rekruten?«

»Nur dem Namen nach«, antwortete Turner. »Jamie hat ihn von uns psychologisch beurteilen lassen. Er hatte im Einsatz ein paar Fehler gemacht, nicht wahr?«

»Das ist er«, bestätigte Kate. »Sie waren hinter Alastair Dempsey her, einem besonders bösartigen Vampir. Gestern ist er ihnen entwischt, und dabei ist eine junge Zivilistin umgekommen. Offenbar durch Mortons Schuld.«

»Und?«, fragte Major Turner. »Jamie versteht seine Sache. Was gibt's also Neues?«

»Morton ist allein losgezogen, um Jagd auf Dempsey zu machen«, berichtete Kate. »Er hat eine Nachricht für Ellison – Jamies Rekrutin – hinterlassen. Er ist vor drei Stunden heimlich aufgebrochen.«

»Jesus«, sagte Turner. »Ist Jamie hinter ihm her?«

»Klar. Ellison und er sind seit ungefähr einer Viertelstunde unterwegs. Sie macht sich schreckliche Sorgen, weil sie fürchtet, er habe allein keine Chance gegen Dempsey.«

Turner schien kurz darüber nachzudenken. »Jamie tut das Richtige«, sagte er schließlich. »Gerät einer aus unserem Team in Schwierigkeiten, tun wir unser Bestes, um ihn rauszuhauen. Mehr können wir nicht tun.«

»Ich weiß«, sagte Kate. »Ich dachte nur, ich sollte es Ihnen erzählen.«

»Ich bin froh, dass Sie's getan haben«, sagte Turner. »Wir können es uns nicht leisten, noch jemanden zu verlieren, weil das Department ohnehin geschwächt ist. Aber Jamie bringt ihn heim, darauf würde ich wetten.«
»Ich auch.«
»Also gut«, sagte Turner. »Zurück an die Arbeit. Mal sehen, was Mrs. Carpenter zu sagen hat. Schnellstens.«

»Dies ist TIS-Befragung Nummer 086, durchgeführt von Major Paul Turner, NS303, 36-A, in Gegenwart von Lieutenant Kate Randall, NS303, 78-J. Sagen Sie mir bitte Ihren Namen.«
»Marie Carpenter.«
Grün.
»Bitte geben Sie dieses Mal eine *falsche* Antwort«, sagte Turner. »Nennen Sie Ihr Geschlecht.«
»Männlich«, antwortete Marie.
Rot.
Jamies Mutter wirkte unglaublich nervös, und Kate hatte aufrichtig Mitleid mit ihr. Marie Carpenter war nur zufällig mit Schwarzlicht in Berührung gekommen – als Folge der Lebenslüge ihres Mannes, die er während ihrer gesamten Ehe durchgehalten hatte; nun war sie ein übernatürliches Wesen, für unbestimmte Zeit auf einem Militärstützpunkt gefangen und unangenehmen oder beängstigenden Episoden wie dieser peinlichen Befragung unterworfen.
»Danke«, sagte Turner ruhig. »Wir haben einige Fragen, die Sie beantworten müssen, aber ich verspreche Ihnen, dass wir Sie keine Minute länger als nötig belästigen werden.«
»Das ist in Ordnung«, sagte Marie und rang sich ein Lächeln ab. »Ich möchte Ihnen helfen.«
Grün.
»Vor zwei Tagen ist auf einer der Wohnebenen dieser Einrichtung ein Sprengsatz detoniert. Haben Sie davon etwas mitbekommen?«
»Ich habe gespürt, dass die Wände zitterten«, sagte Marie.

»Ich wusste, dass etwas passiert war. Aber ich wusste nicht, dass das eine Bombe war.«

Grün.

»Danke«, sagte Turner. »Sind Sie ...«

»Hat es Verletzte gegeben?«, fragte Marie. Ihr Gesicht war blass.

»Wie bitte?«

»Als die Bombe hochgegangen ist«, sagte Marie. »Hat es Verletzte gegeben?«

»Diese Information ist leider geheim.«

»Das bedeutet, dass es Verletzte gegeben hat«, stellte Marie fest.

»Mrs. Carpenter, das ist im Augenblick nicht wichtig. Uns geht es um ...«

»Sie sind der, von dem mein Sohn spricht«, sagte Marie. Ihre Stimme klang plötzlich scharf, hatte einen stählernen Unterton bekommen. »Dieser eiskalte Typ. Wie können Sie nur sagen, dass es unwichtig ist, ob Menschen verletzt worden sind?«

»Das habe ich nicht gemeint«, sagte Turner hastig. »Ich wollte sagen, dass es in diesem Zusammenhang nicht wichtig ist. Ich wollte Sie nicht aus der Fassung bringen.«

»Oh«, sagte Marie mit wieder schwacher Stimme. »Entschuldigen Sie. Mir gefällt nur die Vorstellung nicht, dass Menschen verletzt sein könnten.«

Nicht überraschend, dachte Kate. *Wenn man bedenkt, wer ihr Sohn ist.*

»Mir auch nicht«, sagte sie. »Können wir jetzt weitermachen?«

Marie nickte.

»Also gut«, sagte Turner mit einem dankbaren Blick zu Kate hinüber. »Mrs. Carpenter, waren Sie dafür verantwortlich, dass auf Ebene B dieser Einrichtung eine Bombe gelegt wurde?«

»Nein«, sagte Marie sofort. »Natürlich nicht.«

Grün.

»Wissen Sie, wer dafür verantwortlich war?«

»Nein.«

Grün.
»Besitzen Sie irgendwelche Informationen, die uns helfen könnten, den Bombenleger zu fassen?«
»Mir fallen keine ein. Tut mir leid.«
Grün.
»Gestern haben wir Valentin Rusmanov befragt, Mrs. Carpenter. Er will Sie schon mehrmals in Ihrer Zelle besucht haben. Stimmt das?«
»Ja«, sagte Marie. »War das etwa verboten?«
Grün.
»Keineswegs«, versicherte Turner ihr. »Hat Mr. Rusmanov jemals etwas gesagt, aus dem Sie geschlossen haben, er könnte einen Angriff auf diese Einrichtung planen?«
»Nein«, antwortete Marie. »Bestimmt nicht.«
Grün.
»Worüber unterhalten Sie sich mit ihm?«
»Ich bin mir nicht sicher, ob Sie das etwas angeht, Major Turner«, sagte Marie höflich.
Grün.
Kate lächelte sie an. »Wahrscheinlich haben Sie recht«, sagte sie. »Aber das könnte uns wirklich weiterhelfen. Was Sie hier sagen, bleibt unter uns.«
Marie betrachtete sie mit einem Gesichtsausdruck, der Kate nicht gefiel.
Sie ist von mir enttäuscht, dachte sie. *Weil ich mich für diese Befragung hergebe.*
Kate war überrascht, wie sehr ihr diese Idee missfiel; sie fühlte sich dabei nicht anders, als wenn ihr Vater sie früher dabei ertappt hatte, dass sie etwas Verbotenes tat oder irgendwo spielte, wo sie nicht spielen sollte.
»Jamie«, sagte Marie zuletzt. »Meistens reden wir über Jamie.«
Grün.
»Interessiert Valentin sich für Ihren Sohn?«, fragte Turner.
»Sehr«, sagte Marie stolz. »Er hat mir erklärt, in Wirklichkeit

sei er zu Jamie übergelaufen, weil ihm so imponiert habe, wie er mit seinem Bruder umgesprungen sei.«

»Jamie hat seinen Bruder umgebracht«, warf Turner ein.

»Ich weiß genau, was er getan hat«, fauchte Marie. »Ich war dabei. Kate übrigens auch. Wo waren Sie, Major Turner?«

Wow!, dachte Kate. *Hier gibt's nur eine Handvoll Leute, die den Mut hätten, ihn das zu fragen.*

Turner lächelte gelassen. »Ich war in Russland«, sagte er. »Um nach einem anderen Massaker aufzuräumen, das der älteste Rusmanov veranstaltet hatte.«

»Oh«, sagte Marie. Sie errötete leicht. »Das wusste ich nicht.«

»Schon gut«, sagte Turner. »Das konnten Sie nicht wissen.«

»Tut mir leid«, sagte Marie. »Ich bin etwas empfindlich, wenn's um meinen Sohn geht.«

»Durchaus verständlich«, sagte Turner. »Ich hatte auch einen Sohn. Er hat viele Dummheiten gemacht, aber ich habe immer zu ihm gehalten. Eltern können nicht anders, glaube ich.«

Kate spürte, wie ihre Magennerven sich verkrampften. *Red nicht von ihm*, dachte sie. *Nicht jetzt. Bitte nicht.«*

»Sie *hatten* einen Sohn?«, fragte Marie langsam.

»Shaun.«

»Was ist ihm zugestoßen?«

»Er ist im Einsatz gefallen«, sagte Turner. »Vor einigen Monaten. Valentins Bruder hat ihn umgebracht.«

»Mein ... mein Beileid«, murmelte Marie mit Tränen in der Stimme.

»Danke«, sagte Turner. Kate starrte ihn hilflos an; sie hätte ihm gern eine Hand auf die Schulter gelegt, aber sie wusste, dass sie das nicht durfte.

»Valentin und Sie kennen also nur ein Gesprächsthema?«, fragte sie, um Paul eine Atempause zu verschaffen. »Sie reden über Jamie?«

»Nicht nur«, antwortete Marie. »Manchmal erzählt er mir von der Familie meines Mannes. Er hat Jamies Großvater gekannt.«

»John Carpenter«, warf Turner ein.

»Genau«, sagte Marie. »Er muss ein bemerkenswerter Mann gewesen sein.«

»Ich habe ihn leider nicht mehr gekannt«, sagte Turner. »Aber nach allem, was man über ihn hört, dürfte Ihre Einschätzung zutreffen.«

»Ich habe Valentin gebeten, Jamie von ihm zu erzählen. Ich denke, dass er gern mehr über seinen Großvater wüsste.«

»Schon möglich«, meinte Turner. »Anscheinend reden sie ziemlich oft miteinander.«

Kate beobachtete Marie aufmerksam. Sie wirkte nicht überrascht, aber auf ihrem Gesicht erschien ein seltsamer Ausdruck, der gleich wieder verschwand.

»Ja, das tun sie«, sagte Marie. »Ich kann ihn hören, sobald er aus der Luftschleuse kommt. Ich weiß nicht, ob er das weiß, aber es stimmt. Also höre ich sie reden.«

Er kommt nicht jedes Mal auch zu dir, stimmt's?, erkannte Kate plötzlich. *Manchmal besucht er Valentin, aber nicht auch dich. Jesus, Jamie.*

»Haben Sie sonst noch etwas aus den anderen Zellen gehört?«, fragte Turner. »Irgendwas Ungewöhnliches?«

»Nein«, sagte Marie kopfschüttelnd. »Leute, die reden und lachen. Die auf den übergroßen Handys herumtippen, die Sie alle haben. Nichts Auffälliges.«

Paul Turner und Kate erstarrten.

Ihre Reaktion war so deutlich, dass Marie nervös auflachte. »Was habe ich gesagt?«, erkundigte sie sich.

»Was haben Sie gehört, Mrs. Carpenter?«, fragte Turner, der sich etwas schneller erholte als Kate. »Was genau? Bitte erzählen Sie's uns.«

»Fingernägel auf dem Touchscreen«, sagte Marie stirnrunzelnd. »Und das Piepsen, das sie alle machen. Jamie spielt immer mit seinem, wenn er mich besucht.«

Turner hakte seine Konsole vom Koppel los. »Schicken Sie mir eine Nachricht«, forderte er Kate auf. »Schnell!«

»Welche Nachricht?«, fragte Kate, während sie den Bildschirm aktivierte.

»Irgendeine«, sagte Turner. »Irgendwas. Der Inhalt ist unwichtig.«

Kate tippte auf das NACHRICHTEN-Symbol und wählte NEU aus. Sie adressierte die Mitteilung an Paul Turner, schrieb TEST in die Betreffzeile und drückte die Taste SENDEN. Im nächsten Augenblick leuchtete das Display von Paul Turners Konsole auf, und in dem stillen Raum war ein helles Doppelpiepsen zu hören.

»War dies das Geräusch?«, fragte Turner, indem er sich wieder Jamies Mutter zuwandte. »Das Geräusch, das Sie gehört haben? Dieses Piepsen?«

Marie nickte. »Ja.«

Grün.

Turner wechselte einen Blick mit Kate. Er zog die Augenbrauen hoch; auch seine Mundwinkel gingen etwas nach oben, als sei er kurz davor, befriedigt zu lächeln.

»Mal sehen, ob ich alles richtig verstanden habe«, sagte er. »Sie erzählen uns, dass Sie gehört haben, wie Valentin Rusmanov eine Konsole benutzt, die unseren und der gleicht, die Sie bei Ihrem Sohn gesehen haben. Haben Sie das gerade gesagt?«

»Nein«, antwortete Marie stirnrunzelnd. »Das wollte ich keineswegs sagen.«

»Wie meinen Sie das?«, fragte Turner.

»Es war nicht Valentin. Es war der andere.«

Turner starrte sie an. »Sein Diener?«, fragte er. »Lamberton?«

Marie Carpenter nickte. »Richtig, den meine ich.«

50

Fristablauf

Gewerbegebiet ›Spirit of Innovation‹
Reading, Berkshire

Die Sonne versank endlich im Westen und ließ das Gewerbegebiet in trübes Zwielicht gehüllt zurück.

Vier Augenpaare beobachteten die Szene aus einem gemieteten Lieferwagen heraus, als die Männer und Frauen, die in den riesigen Betonkästen arbeiteten, auf dem Weg zum Bahnhof oder einem der weitläufigen Parkplätze auf die Straße strömten. Niemand achtete auf das weiße Fahrzeug, das vor dem Haupteingang eines der größten Gebäude parkte: der Großdruckerei, die Nacht für Nacht über eine halbe Million Exemplare von *The Globe* druckte.

Im Inneren des Lieferwagens war Pete Randall nervös.

Den ganzen zermürbenden Nachmittag lang hatte Albert Harker sich geweigert, ihnen zu sagen, was er plante; er hielt es für entscheidend wichtig, die Einzelheiten seines Plans bis zum letzten Augenblick für sich zu behalten. Seine extreme Vorsicht grenzte an Verfolgungswahn; er hatte sich dafür entschuldigt, war aber nicht zum Einlenken bereit gewesen.

Pete und Greg waren irgendwann mit einer Handvoll Geld losgeschickt worden, um in Harkers Auftrag ein Fahrzeug zu mieten: einen Lieferwagen ohne Seiten- oder Heckfenster, damit der Vampir darin sicher transportiert werden konnte. Den nächsten Autoverleih hatten sie wenige hundert Meter von ihrem Hotel entfernt gefunden. Pete hatte gezögert, seinen Führerschein vorzulegen, bis Greg ihn daran erinnert hatte, dass es darauf jetzt nicht mehr ankam. Sie waren zu tief in diese Sache verstrickt, um sich noch Sorgen wegen einer Papierfährte oder einem elektronischen Fingerabdruck machen zu müssen.

Die vier waren in den Lieferwagen gestiegen, und der Vampir hatte endlich das Ziel ihrer Fahrt genannt. Anfangs hatte es Pete nichts gesagt: ein anonymes Industriegebiet in einer Gegend, in der es massenweise welche gab. Aber als er von der Straße in die Einfahrt abgebogen war, hatte er auf der großen Werbetafel mit Angaben über die hier produzierenden Firmen den vertrauten Zeitungstitel gelesen und sofort ein flaues Gefühl im Magen gehabt.

»Hier wird *The Globe* gedruckt, nicht wahr?«, fragte er.

»Ganz recht«, sagte Harker. »Hier wird jede Nacht Kevins ehemalige Zeitung gedruckt. Und hier beginnt unser Kampf für die Wahrheit.«

Dann beugte er sich nach vorn und erläuterte seinen Plan.

Die Schiebetür des Lieferwagens ging auf, und vier Gestalten stiegen aus. Alle waren schwarz gekleidet, einer von ihnen trug eine schwarze Sporttasche über der Schulter.

Mit Albert Harker an der Spitze überquerten sie rasch die Fläche vor dem Haupteingang des Druckereigebäudes. Durchs Glas konnte Pete die Empfangstheke sehen, die jetzt nur mit einem einzelnen Wachmann besetzt war. Der Uniformierte hatte ihre Annäherung gesehen und beobachtete sie, aber er wirkte nicht besorgt – anscheinend waren Besuche außerhalb der Bürozeiten häufig. Als sie sich der Glastür näherten, betätigte der Wachmann den elektrischen Türöffner, der draußen laut summend zu hören war.

Albert Harker packte den Stangengriff und stieß die Tür auf.

»Danke«, sagte er, während Pete, Kevin und Greg ihm in die Eingangshalle folgten.

»Kein Problem«, sagte der Uniformierte. »Tragen Sie sich bitte hier ...«

Der Rest dieser Aufforderung blieb ihm im Hals stecken, als Albert Harkers Augen dunkelrot aufflammten. Dann rauschte der Vampir wie ein schwarzer Blitz heran, packte den Taumelnden im Genick und knallte ihn mit dem Gesicht auf die Theke. Die Nase des Mannes brach mit lautem Knacken; Blut spritzte im hellen Neonlicht des Empfangsbereichs.

»Jesus!«, rief Kevin McKenna erschrocken.

Harker riss den Kopf des Wachmanns hoch. Sein Mund hing offen, die Augen waren nach oben verdreht.

»Dem fehlt nicht viel«, sagte der Vampir. »Wenn er aufwacht, wird er Kopfschmerzen haben, aber bis dahin sind wir über alle Berge. Greg, Sie fesseln ihn und kleben ihm den Mund zu. Aber achten Sie darauf, dass die Nase frei bleibt; wir wollen nicht, dass er erstickt.«

Greg nickte und ließ die Sporttasche von seiner Schulter gleiten. Er zog den Reißverschluss auf, holte eine Rolle Gewebeband und ein Bündel Kabelbinder heraus. Harker hob den Uniformierten mit einer Hand über die Theke und legte ihn ausgestreckt auf den Fußboden. Greg fesselte ihm rasch die Hände hinter dem Rücken und die Füße an den Knöcheln. Dann riss er ein Stück schwarzes Gewebeband ab und klebte es dem Wachmann über den Mund.

»Gut gemacht«, lobte Harker ihn und trug den Mann mühelos hinter die Theke. Er legte ihn neben seinem Stuhl ab, wo er von außen nicht zu sehen war, und kam dann mit noch immer glühenden Augen zu den anderen zurück.

»Das war's jetzt, richtig?«, fragte McKenna. »Keine Gewalt mehr, ja?«

»Wie ich's Ihnen versprochen habe, mein Freund«, bestätigte Harker. »Keine Gewalt mehr.«

»Okay«, sagte McKenna. »Wie Sie's versprochen haben.«

Aus der Eingangshalle führte eine massive zweiflügige Tür in die Zeitungsrotation. Wer hineinwollte, musste den Zugangscode auf dem Tastenfeld am Türrahmen eingeben, aber Harker drückte einfach gegen die Türflügel, bis die Verriegelung mit lautem metallischen Knirschen nachgab. Im selben Augenblick quoll ohrenbetäubender Lärm aus dem Maschinensaal: eine heillose Kakophonie aus stampfenden Metallkolben, ratternden Förderbändern und surrenden Druckzylindern.

»Los, mitkommen«, sagte der Vampir und ging voraus.

Die Rotationsdruckmaschine sah wie ein industrieller Alptraum aus: Sie füllte den gewaltigen Raum vom Boden bis zur Decke und bestand eigentlich aus einer Kombination vieler Maschinen, die durch Förderbänder verbunden waren, die sich zwischen ihnen hindurchschlängelten. Auf einer freien Fläche rechts von ihnen standen mehrere Schreibtische mit Computerarbeitsplätzen, über denen ein Schild mit der Aufschrift REDAKTION hing.

Etwa fünf Meter vom Eingang entfernt stand an der rechten Wand ein großer Glasschrank. Harker erreichte ihn mit wenigen großen Schritten und blieb davor stehen. Seine Begleiter folgten ihm, und Pete suchte dabei den riesigen Raum nach Arbeitern der Nachtschicht ab. Von McKenna wussten sie, dass der Betrieb fast völlig automatisiert war; sobald der Druck angelaufen war, blieb nur eine kleine Stammbelegschaft im Haus, um die Maschinen zu überwachen und die Zeitungspakete auf Lastwagen zu verladen.

Neben dem Redaktionsbereich drehten sich übermannshohe Papierrollen, um die hungrigen Maschinen zu füttern. Am anderen Ende des Maschinensaals war zu sehen, wie Stapel fertiger Zeitungen automatisch gebündelt, in Folie verpackt und auf Paletten gestapelt wurden. Dann kam ein Arbeiter im Blaumann mit einem Gabelstapler, auf dessen Dach eine gelbe Warnleuchte blinkte. In die Rückwand des Gebäudes waren ein Dutzend Rolltore eingelassen, von denen die meisten offen standen; in den Ladebuchten dahinter standen die Sattelzüge, die die Zeitung zu Vertriebszentren im ganzen Land bringen würden, und warteten darauf, mit den bunten Seiten voller Klatsch und Sport beladen zu werden.

Während Pete zusah, belud der Staplerfahrer einen Sattelschlepper mit einer letzten Palette, bevor ein zweiter Mann die

Hecktür schloss und verriegelte. Der Sattelzug fuhr sofort an und hinterließ ein rechteckiges Loch in der Wand des Gebäudes. Der Staplerfahrer stieß zurück und verschwand hinter der Zeitungsrotation.

Harker, dessen Begleiter sich um ihn drängten, öffnete die Tür des Glasschranks. In eine Schalttafel waren zwei Reihen von beleuchteten Druckknöpfen eingelassen, die einen großen roten Knopf mit der Aufschrift NOTHALT umgaben.

Der Vampir streckte einen dünnen, blassen Finger aus und drückte den roten Knopf.

Das jähe Verstummen des Lärms war so erschreckend, dass sie alle zusammenfuhren. Einige Sekunden war nur ein hohes Zischen zu hören, als die gesamte Maschinerie zum Stehen kam. Im nächsten Augenblick erklangen alle möglichen Alarmsignale, während aufgeregte Stimmen durch das riesige Gebäude hallten.

»Jetzt geht's los«, sagte Harker. »Überlasst das Reden mir.«

Die Augen des Vampirs glühten, als seine Reißzähne ausgefahren wurden. Sekunden später tauchten zwei Männer mit roten, besorgten Gesichtern zwischen den Maschinen auf.

»Hey!«, rief einer von ihnen und zeigte dabei auf Pete. »Was zum Teufel haben Sie …« Er verstummte, als er Albert Harker sah, der einem schaurig grinsenden Ungeheuer aus seinen schlimmsten Alpträumen glich. Er bekam große Augen und wollte sich herumwerfen und flüchten, aber dafür war es bereits zu spät. Harker war schon heran, packte die beiden und riss sie hoch. Er warf sie fast lässig in die Redaktion, wo sie schwer aufschlugen. Sie schrien vor Schmerzen und Entsetzen auf und versuchten, unter den Schreibtischen Deckung zu finden.

»Passt auf sie auf«, knurrte Harker und verschwand.

Pete und Greg liefen hin und hielten bei den eingeschüchterten Männern Wache. Sekunden später war Harker wieder da und brachte zwei weitere Arbeiter angeschleppt; nach weniger als zwei Minuten waren es acht Mann, die sich angstvoll wimmernd zwischen den Schreibtischen zusammendrängten.

Albert Harker baute sich mit bedrohlich leuchtenden Augen

vor ihnen auf. »Nicht aufregen, Gentlemen«, knurrte er sie an. »Tut, was ich euch sage, dann passiert keinem etwas. Habt ihr verstanden?«

Das Wimmern wurde etwas leiser, und einige Männer schafften es sogar, zustimmend zu nicken.

»Gut«, sagte Harker. »Wir haben den Druck angehalten, um die morgige Ausgabe leicht abzuändern, und Sie werden uns dabei helfen, Gentlemen. Daraus kann man Ihnen keinen Vorwurf machen, und niemand wird glauben, das sei Ihre Schuld gewesen. Machen Sie also bitte keine Dummheiten.«

Die Männer starrten ihn verständnislos an.

»Wie viele von Ihnen braucht die Maschine als Bedienungspersonal?«, fragte Harker.

Die zusammengedrängt stehenden Männer schwiegen.

»Ich habe Sie etwas gefragt«, knurrte der Vampir drohend. »Ich erwarte eine Antwort. *Sie*, sagen Sie's mir!«

Er zeigte auf einen hageren, blassen Mann in der vordersten Reihe. Er war kaum älter als ein Junge und schlotterte vor Angst, aber er schaffte es, seine Stimme zu finden.

»Wenn nichts kaputtgeht ...«, flüsterte er.

»Lauter, verdammt noch mal!«, verlangte Harker.

Der Mann schluckte hörbar, dann unternahm er einen neuen Anlauf. »Wenn nichts kaputtgeht«, sagte er, »braucht man kein Maschinenpersonal. Nur ein paar Männer zum Beladen.«

»Wie viele sind mindestens nötig?«

»Vier«, sagte der Mann. »Vier von uns können's schaffen.«

»Gut«, sagte Harker. »Das ist gut. Greg, fesseln Sie vier von ihnen. Rasch, wenn ich bitten darf.«

Greg Browning trat bereitwillig vor. Pete beobachtete ihn mit einem merkwürdigen Gefühl im Magen; ihm kam es vor, als würde er im Ungewissen gelassen, als erführe er nicht alles, was es zu sagen gegeben hätte. Der Vampir schien die Angst der vor ihm kauernden Männer unnötig zu genießen.

Ich weiß nicht, ob unser erster Eindruck von dieser Sache zutreffend war.

Dann trat Greg zurück; er hatte vier der Männer mit Kabelbindern an Armen und Beinen gefesselt. Harker schleifte sie von ihren Kollegen weg und ließ sie in einer Reihe an der Wand liegen.

»Die Bewachung übernehmen Sie, Pete«, sagte er. »Sie sind für sie verantwortlich.«

Er nickte. »Verstanden.«

Harker lächelte, dann wandte er sich an McKenna. »Kevin«, sagte er, »sorgen Sie dafür, dass wir stolz sein können.«

McKenna, der vor Anspannung blass war, ging an den gefesselten Männern vorbei in den Redaktionsbereich. Er setzte sich an einen der Schreibtische und schaltete den darauf stehenden Computer ein. Auf dem Bildschirm erschien die Datei, die eben gedruckt wurde: die morgige Ausgabe der Zeitung *The Globe*. Auf der Titelseite prangten ein Badefoto einer US-Sängerin im Bikini und eine Schlagzeile, die darüber spekulierte, ob sie sich einer Schönheitsoperation unterzogen habe. In der seitlichen Kolumne wurde anscheinend exklusiv berichtet, ein spanischer Fußballer werde für mehrere Millionen Pfund zu einem Verein im Nordwesten wechseln.

Kevin McKenna holte einen USB-Stick aus der Tasche und steckte ihn seitlich am Computer ein. Er öffnete das einzige darauf gespeicherte Dokument, löschte die existierende Titelseite der morgigen Ausgabe und ersetzte sie durch eine riesige Schlagzeile und drei kurze Absätze Text. Dann löschte er Seite zwei, fügte das restliche Dokument ein und speicherte die neue Version der Druckdatei. Er ging zur Seite eins zurück, bevor er Harker und die anderen sein Werk sehen ließ.

Das Layout der neuen Titelseite war keineswegs meisterhaft: die Schriften waren langweilig, der Text war ziemlich klein gedruckt und die Formatierung bestenfalls einfach. Aber die hammermäßige Wirkung der von McKenna gestalteten Seite war unstreitig.

VAMPIRE
SIND REAL
DIE REGIERUNG
BELÜGT UNS

»Perfekt«, sagte Harker mit einer Hand auf der Schulter des Journalisten. »Genau richtig. Also los, drucken Sie's!«

»Das muss einer von denen machen«, sagte McKenna und deutete auf die vier nicht gefesselten Männer.

Harker nickte. »Wer kann die Rotation anfahren?«, fragte er mit rot funkelnden Augen. »Zwingen Sie mich nicht dazu, meine Frage zu wiederholen.«

Einer der Männer hob die Hand. »Ich kann's«, sagte er.

»Dann tun Sie's«, sagte Harker. »Aber dalli!«

Der Mann nickte und stand auf. Er trat unsicher an den Schreibtisch, an dem Kevin McKenna saß, und nahm dem Journalisten sanft die Maus aus der Hand. Pete sah zu, wie er eine Checkliste abarbeitete, die beiden neuen Seiten integrierte und die Maschinen in Gang setzte. Ein Rumpeln ließ den Boden unter ihren Füßen erzittern, aber die Maschinen standen weiter.

»Warum passiert nichts?«, fragte Harker drohend.

»Das Aufwärmen dauert acht Minuten«, sagte der Mann mit zitternder Stimme. »Dagegen kann ich nichts machen.«

Harker knurrte kurz, nickte dann aber. »Also gut«, sagte er. »Acht Minuten machen keinen Unterschied. Kevin, Sie bleiben hier und führen Ihren zweiten Auftrag aus. Pete, Sie wissen, was Sie zu tun haben?«

»Sie bewachen«, antwortete er und nickte zu den gefesselten Männern hinüber.

»Korrekt«, sagte Harker. »Greg, Sie kommen mit mir – und diese vier Gentlemen ebenfalls. Sobald die Maschine wieder Zeitungen liefert, arbeitet ihr weiter. Die LKW-Fahrer dürfen nicht mal ahnen, dass hier etwas Ungewöhnliches passiert. Versuchen Sie, einen von ihnen zu alarmieren, werden Sie und er das bitter bereuen. Ist das klar?«

Die vier Arbeiter nickten angstvoll-eifrig.

»Gut«, sagte Harker. »Dann also los. Pete, Kevin, Sie rufen, falls es hier irgendwelche Probleme gibt. Ich kann Sie überall gut hören. Denken Sie daran.«

Pete runzelte die Stirn

Denken Sie daran. War das eine Drohung?

Der Vampir schwebte in die Luft, was bei den Männern in den blauen Overalls eine neuerliche kleine Angstwelle auslöste. Sie rappelten sich auf und torkelten vor Greg Browning her zu dem Gang zwischen den Maschinen, der sie zu den Ladebuchten bringen würde. Pete, der ihnen nachsah, wurde das Gefühl nicht los, hier stimme etwas nicht. Er sah zu Kevin McKenna hinüber, um zu versuchen, den Mann zu beurteilen, aber der Journalist kehrte ihm den Rücken zu, während er eifrig am Computer schrieb.

Pete starrte seinen Hinterkopf an; das flaue Gefühl in seinem Magen wurde von Minute zu Minute stärker. Er war niemals arrogant gewesen; stattdessen hatte er eher zu übertriebener Bescheidenheit tendiert, wenn es um seine Fähigkeiten und Leistungen ging. Er hatte immer gewusst, dass er nicht der Cleverste, der Stärkste, der Schönste oder der Charmanteste war, und das war auch ganz in Ordnung. Das Einzige, wovon er stets überzeugt gewesen war, war die Tatsache, dass er ein guter Mann, ein Mann von Integrität, Loyalität und moralischem Mut war. Er entfernte sich ein paar Schritte von dem Journalisten, achtete auf Abstand zu den Gefesselten an der Wand und versuchte, seine jetzige Tätigkeit mit dem Mann zu vereinbaren, für den er sich stets gehalten hatte.

McKenna schob den Schreibtischstuhl zurück und rieb sich mit beiden Handballen die Augen.

»Albert«, sagte er, fast ohne die Stimme zu heben. »Wollen Sie sich das hier ansehen?« Danach herrschte sekundenlang Stille, bis der Vampir geräuschlos neben McKenna landete und auf den Bildschirm sah.

»Ist das live?«, fragte er mit glutrot leuchtenden Augen.

»Jo«, antwortete McKenna. »Dies kann jedermann lesen.«
Harker klopfte ihm auf die Schulter. »Gut gemacht«, sagte er. »Sie haben Ihren Part perfekt gespielt, Kevin.«
»Danke«, erwiderte er. »Aber was nun? Die Zeitungen gehen raus, dann sind wir fertig, stimmt's?«
»Fertig?«
»Fertig«, bestätigte McKenna. »Nun weiß die Öffentlichkeit alles. Das wollten wir doch.«
»Mein lieber Freund«, sagte Harker, über dessen Gesicht ein Lächeln zog. »Dies ist nicht das Ende. Bei weitem nicht. Sobald wir hier fertig sind, beginnt die Arbeit an der Fortsetzung.«
McKenna runzelte die Stirn. »An welcher Fortsetzung? Was könnte ich sonst noch schreiben?«
»Eine persönliche Schilderung der Welt, die wir ihnen zeigen«, antwortete der Vampir. »Der Tod, die Schrecken, das Blut. Familien auseinandergerissen, schuldlose Männer und Frauen in Massaker verwickelt. Ein Kreuzzug braucht Eckpunkte, Bilder, die zu traurig und schockierend sind, um ignoriert zu werden, die den Leuten eine Realität vor Augen führen, die auch ihnen zustoßen könnte. Kurz gesagt, Kevin, er braucht Märtyrer.«
McKenna lief ein kalter Schauder über den Rücken. »Was meinen Sie mit Märtyrern?«, fragte er langsam. »Sie haben mir versichert, dass es keine Verletzten geben wird.«
Das Lächeln des Vampirs wurde schwächer. »Kümmern Sie sich nicht um die Einzelheiten«, sagte er halblaut. »Seien Sie damit zufrieden, dass Sie völlig ungefährdet sind.«
»Was ist mit den anderen?«, fauchte McKenna. »Mit Pete und Greg und den Arbeitern?«
»Wir werden ihnen ein ehrendes Gedenken bewahren.«
McKenna, der allmählich zu begreifen begann, hatte das Gefühl, während er in die glühenden Augen des Ungeheuers starrte, werde sein Inneres zu Eis.
»Das haben Sie von Anfang an geplant«, sagte er bestürzt. »Darum sollten die beiden kommen. Damit sie für unsere Sache sterben können.«

Das Rot in Harkers Augen wurde zu dunkel unterlegten Wirbeln. »Ich habe Sie davor gewarnt, sich zu sehr um die Details zu kümmern. Denken Sie an das Allgemeinwohl, wenn Sie auf irgendwas fixiert sein müssen.«

Ein kleiner Luftzug, dann war der Vampir wieder fort und schoss bis unters Dach des riesigen Druckereigebäudes hinauf. McKenna blieb wo er war, auf seinem Stuhl festgefroren, sein Verstand arbeitete auf Hochtouren.

O Gotto Gotto Gotto Gotto Gotto Gott.

Auf seiner Brust schien ein tonnenschwerer Stein zu lasten; er versuchte zu atmen, bekam aber kaum Luft in die Lunge. Der Druck in seinem Kopf wuchs weiter an und pochte in den Schläfen, als ihm klar wurde, was er getan hatte.

Du kannst's ihnen nicht sagen. Er würde dich hören, auch wenn du flüsterst. Denk nach, verdammt noch mal! Wie kannst du diesen Wahnsinn stoppen?

Er drehte langsam den Kopf zur Seite und sah zu Pete Randall hinüber, der in der Nähe der Tür stand und mit nachdenklicher Miene die gefesselten Arbeiter beobachtete. McKenna betrachtete ihn einige Augenblicke lang, dann wurde ihm plötzlich klar, was er tun musste.

Er hob eine Hand und winkte Pete zu sich heran.

Pete Randall runzelte die Stirn, als der Journalist ihn zu sich heranwinkte. Er näherte sich ihm langsam, wie auf dem Sprung; er begann zu glauben, irgendwie habe sich die Situation verändert, sei der Boden unter ihren Füßen schwankend geworden.

»Was gibt's?«, fragte er, als er McKenna erreichte.

»Sehen Sie sich das an«, sagte Kevin, indem er aufstand und auf den Bildschirm deutete. »Ich hab's gerade Albert gezeigt. Ich hab's geschafft!«

Pete ließ sich auf den Stuhl sinken und sah auf den Bildschirm. Oben war die Internetadresse von *The Globe* angegeben, aber alle Fotos, Videos und Foren waren gelöscht und durch Kevin McKennas langen Artikel mit der reißerischen Schlagzeile ersetzt.

»Heiliger Scheiß«, sagte Pete. »Ist das live?«

»Allerdings!«, bestätigte Kevin hinter ihm. »Echt cool, was?«

»Echt cool«, sagte Pete. Weil er den Kopf zur Seite drehte, um McKenna anzulächeln, krachte die Faust des Journalisten nicht an seinen Hinterkopf, sondern an den Backenknochen. Schmerz durchzuckte ihn, und er sackte zusammen, während ihm grau vor den Augen wurde. McKenna packte seinen Kopf und knallte ihn mehrmals auf die Schreibtischplatte. Pete spürte, wie sich über einer Augenbraue eine Platzwunde öffnete, aus der ihm ein schockierend warmer Blutstrom übers Gesicht lief. Er verdrehte die Augen nach oben, dann umfing ihn schwarze Leere.

Als Pete wieder zu sich kam, lag er auf dem Boden. Er kämpfte darum, die Augen zu öffnen; ihre Lider schienen aus Blei zu sein, und er hatte hämmernde Kopfschmerzen. Aber er ließ nicht locker, setzte seine ganze Kraft dafür ein, die Lider aufzuzwingen. Der Maschinensaal wurde langsam wieder sichtbar, und Pete lag so, dass er die von Greg Browning gefesselten vier Männer sehen konnte; zwei von ihnen starrten ihn mit großen Augen an, während die beiden anderen sich mühsam zu der Tür zum Empfangsbereich schlängelten.

Kevin McKenna war nirgends zu sehen.

Pete setzte sich auf und berührte seine Stirn mit einer Hand. Als er sie wieder sinken ließ, war sie blutig. Nun rebellierte sein Magen, und er übergab sich zwischen die Beine. Obwohl ihm schwindlig war und er kaum klar denken konnte, kam er unsicher auf die Beine und stolperte in Richtung Tür. Die beiden Gefesselten, die sich dorthin schlängelten, erstarrten und sahen mit flehend geweiteten Augen hilflos zu ihm auf. Pete ignorierte sie. Er torkelte in den Empfangsbereich hinaus und sah dort Kevin McKenna mit einem Telefonhörer am Ohr an der Theke stehen.

»… in der Druckerei von *The Globe*«, sagte der Journalist im Flüsterton. »Nein, die verdammte Adresse weiß ich nicht … Irgendwo draußen in Reading … Albert Harker hat mich und zwei weitere Geiseln – Pete Randall und Greg Browning – in seiner

Gewalt. Er ist aus Broadmoor ausgebrochen. Kommen Sie um Himmels willen so schnell wie ...«

Pete wankte auf ihn zu, versuchte Kevins Namen zu sagen. Seine Stimme versagte jedoch; er brachte nur ein heiseres Krächzen heraus. McKenna sah ihn kommen und brachte rasch die Theke zwischen sie.

»Keinen Schritt weiter!«, rief er. »Das hier tue ich für Sie, Pete!«

Er taumelte weiter. Der Journalist wich vor ihm zurück, hielt dabei den Telefonhörer weiter ans Ohr gepresst. Dann riss er plötzlich die Augen weit auf und wurde aschfahl. Pete versuchte, den Kopf zu drehen; er ahnte, dass nicht er die Ursache für McKennas Reaktion war. Aber bevor er sich umsehen konnte, raste ein schwarzer Schatten an ihm vorbei.

Der Schemen verfestigte sich zu der brüllenden, dämonischen Gestalt Albert Harkers. Er packte McKenna an den Aufschlägen seines Jacketts, riss ihn hoch und kreischte dem Journalisten unverständliche Verwünschungen ins Gesicht. Der Telefonhörer fiel McKenna aus der Hand, als er sich vergeblich gegen die übermenschliche Kraft des Vampirs zu wehren versuchte.

»Feiger Verräter!«, geiferte Harker mit glühenden Augen und Schaum vor dem Mund. »Elender, hinterhältiger Schuft!«

Er knallte McKenna an die Glaswand hinter der Empfangstheke, die von oben bis unten sprang, aber nicht zersplitterte. Der Journalist rutschte zu Boden; sein Mund stand weit offen, und er sah benommen zu dem Ungeheuer auf, mit dem er gemeinsame Sache gemacht hatte, ohne sich über die Konsequenzen im Klaren zu sein.

Harker bückte sich und riss ihn mit einer Hand hoch. Pete beobachtete ihn hilflos und forderte sich selbst auf, sich einzumischen, etwas zu sagen, etwas zu tun, aber das konnte er nicht; sein Körper weigerte sich, seinen Befehlen zu gehorchen, sodass er nur zusehen konnte. McKenna schlug einige Augenblicke lang in Harkers Griff um sich. Dann grub der Vampir die Finger seiner anderen Hand in das weiche Fleisch unter McKennas Kinn und riss ihm die Kehle auf. Sie gab mit einem schrecklichen reißenden Geräusch nach; schockierend hellrotes Blut spritzte in die Luft, lief von der Glaswand und sammelte sich auf dem kahlen Betonboden.

Albert Harker hielt sein Gesicht in den hochroten Geysir, der aus McKennas Hals spritzte, und trank mit großen Schlucken, wobei er wie in Ekstase die Augen geschlossen hielt. Dann ließ er die Leiche des Mannes fallen, den er seinen Freund genannt hatte, griff nach dem Telefonhörer und zerschmetterte ihn an der Theke, sodass Plastiksplitter und elektronische Bauteile durch die Luft flogen, die nach Blut stank.

51

... kommt selten allein

»Jetzt haben wir ihn!«, sagte Paul Turner mit blitzenden Augen. »Lamberton. Nicht Valentin. Wir haben den Schweinehund.«

»Vorsicht«, sagte Kate Randall. »Valentin kann trotzdem etwas damit zu tun haben. Ich glaube nicht, dass Lamberton etwas ohne Erlaubnis seines Herrn tut, und er wohnt in der Zelle nebenan. Müsste er nicht auch alles mitbekommen haben, was Marie gehört hat?«

Die beiden Agenten saßen in der TIS-Lounge und versuchten, die sensationelle Mitteilung zu verarbeiten, die Marie Carpenter ihnen so beiläufig gemacht hatte. Jamies Mutter war von den Sensoren des Lügendetektors befreit und von Agenten des Sicherheitsdiensts in ihre Zelle hinunterbegleitet worden. Zuvor hatte Turner sie noch eindringlich gewarnt, Lamberton dürfe nicht merken, dass etwas nicht in Ordnung sei; sie müsse in ihre Zelle zurückkehren und sich in jeder Beziehung so benehmen wie bisher.

»Aber wie lange?«, hatte sie gefragt. »Ich bin keine sehr gute Lügnerin, fürchte ich.«

»Nicht lange«, hatte Turner geantwortet. »Wir kommen runter, bevor Sie's erwarten.«

Marie hatte genickt, dann war sie ihren Begleitern hinausgefolgt. Paul Turner und Kate hatten ihr nachgesehen und weiter über die wichtigen Informationen gestaunt, die sie ihr verdankten – auch wenn Marie ihre Wichtigkeit nicht erkannt hatte.

»Schon möglich«, sagte Turner. »Aber selbst Valentin muss mal schlafen. Und wie sollte er sich eine Konsole beschafft haben? Was würde er mit einer wollen? Nein, diese Sache betrifft Lamberton und den Unbekannten, der ihm Nachrichten geschickt hat.«

»Sie haben bestimmt recht«, sagte Kate. »Ich bitte Sie nur, vorsichtig zu sein.«

Turner sah ihren ernstlich besorgten Gesichtsausdruck. »Keine Sorge«, sagte er lächelnd. »Das bin ich.«

Kate erwiderte sein Lächeln. »Wie geht's jetzt weiter?«

»Ich muss Cal berichten, was wir wissen«, sagte Turner. »Alles Weitere hängt von ihm ab.«

Kate wollte sich eben dazu äußern, als die Konsole ihres Vorgesetzten summte. Turner murmelte einen Fluch, griff danach und aktivierte das Display. Er las die aus wenigen Zeilen bestehende Nachricht und ächzte vernehmlich. »Echelon hat eine Nachricht abgefangen«, sagte er. »Klassifizierung Stunde null. Entschuldigen Sie mich einen Augenblick.«

Der Sicherheitsoffizier legte die Konsole weg, tippte eine Nummer in sein Handy ein und hielt es ans Ohr. »NS303, 36-A, bittet um Text und Analyse von Echelon-Mitschnitt.«

Kate beobachtete, wie Turner sich die Nachricht anhörte, die Echelon abgehört hatte – das weitgespannte Abhörsystem, das alle elektronischen Nachrichtenverbindungen auf von den Sicherheitsdiensten festgelegte Schlüsselwörter und -sätze überprüfte: Hinweise auf Verbrechen, auch potenzielle Verschwörungen oder Terrorangriffe. Aber das System suchte auch nach zahlreichen Begriffen, die Außenstehenden merkwürdig vorgekommen wären: Vampir, Blut, Reißzähne, rot glühende Augen, Schwarzlicht und Dutzende von weiteren Begriffen.

Ihr fiel auf, wie still Paul Turner geworden war. Und dass er mit großen Augen blicklos vor sich hinstarrte.

Was ist jetzt wieder passiert?, fragte sie sich.

»Verstanden«, sagte Turner. »Schicken Sie mir die Mitschrift. Ende.« Er steckte sein Handy ein, dann wandte er sich ihr sichtlich betroffen zu.

Sie fühlte Panik in sich aufsteigen.

»Was ist passiert?«, fragte sie. »Paul, was ist los?«

Seine Konsole piepste mit dem selben Doppelton, den er vorhin Marie Carpenter demonstriert hatte. Er rief die Nachricht auf und hielt ihr wortlos das Gerät hin. Kate nahm es mit Händen entgegen, die leicht zu zittern begonnen hatten, und las den Text.

ECHELON-ABHÖRPROTOKOLL AZ 4583110/4F
QUELLE. NOTRUF (FESTNETZANSCHLUSS 01189746535)

MITSCHNITT ANFANG. HÖREN SIE, ICH BRAUCHE SOFORT DIE POLIZEI ... MEIN NAME IST KEVIN MCKENNA ... MEIN STANDORT? IN DER DRUCKEREI VON *THE GLOBE* ... NEIN, DIE VERDAMMTE ADRESSE WEISS ICH NICHT. IRGENDWO DRAUSSEN IN READING ... ALBERT HARKER HAT MICH UND ZWEI WEITERE GEISELN – PETE RANDALL UND GREG BROWNING – IN SEINER GEWALT. ER IST AUS BROADMOOR AUSGEBROCHEN. KOMMEN SIE UM HIMMELS WILLEN SO SCHNELL WIE ... MITSCHNITT ENDE.

GEFAHRENABSCHÄTZUNG. PRIORITÄTSSTUFE 1
(KLASSIFIKATION STUNDE NULL)

Kate starrte die Worte auf dem kleinen Bildschirm an. Sie las sie ein zweites Mal; ihr Verstand bemühte sich verzweifelt, den genauen Sinn zu erfassen und eine Möglichkeit zu finden, diesen Text anders zu deuten, als er auf den ersten Blick erschien.

Dad?, dachte sie. *Oh, Dad, was hast du gemacht? Was zum Teufel hast du gemacht?*

Sie sah zu Paul Turner auf, der sie völlig verzweifelt anstarrte. Beim Anblick solch nackter Gefühle auf dem Gesicht des sonst so eiskalten Sicherheitsoffiziers hatte sie sofort Tränen in den Augen.

»Was heißt das?«, fragte sie mit zitternder Stimme. »Was bedeutet das?«

»Keine Ahnung«, antwortete Turner, ohne ihrem Blick auszuweichen. »Ich weiß es nicht, Kate. Aber ich bekomme es heraus, das verspreche ich Ihnen. Sie dürfen sich nur nicht aufregen.«

»Mein Dad«, sagte sie. »Und Matts Vater. Und Albert Harker. Das verstehe ich nicht.«

»Kate ...«

»Ich muss los«, sagte sie und stand auf. »Ich muss sofort los.«

»Kate, Sie können nicht einfach ...«

»Sie wollen mich doch nicht etwa aufhalten?«, fragte sie und starrte ihn empört an. »Sagen Sie mir bitte, dass Sie das nie tun würden!«

»Kate, seien Sie einen Augenblick ruhig, verdammt noch mal. Ich muss nachdenken.«

Sie konnte sehen, wie die Räder sich in Turners sonst so coolem Verstand drehten, und wusste, welches Dilemma er zu lösen versuchte: Sollte er mit seinem Verdacht gegen Lamberton zu Holmwood gehen oder lieber ihr helfen? »Ich kann's mir nicht leisten, länger zu warten, Paul«, sagte sie energisch.

»Ich komme mit«, sagte er. »Wir brechen sofort auf.«

»Aber das dürfen Sie nicht«, sagte Kate. »Das wissen wir beide. Sie müssen sich um die Sache mit Lamberton kümmern.«

»Albert Harker ist ein Vampir der Prioritätsstufe eins«, stellte er fest. »Alles andere kann warten.«

»Nein«, widersprach sie. »Das kann es nicht. Sie wissen, dass es nicht warten kann.«

»Verdammt noch mal, Kate, was zum Teufel soll ich tun?«, fragte Turner schreiend laut. »Ich lasse nicht zu, dass Sie's allein mit Albert Harker aufnehmen. Wir haben keine Ahnung, was er vorhat oder was zum Teufel Ihr Vater mit ihm zu schaffen hat.«

»Ja, ich weiß«, sagte sie über seinen Gefühlsausbruch lächelnd. »Aber ich muss los. Wären Sie in Gefahr gewesen, hätte Shaun Sie rausgeholt. Nichts hätte ihn aufhalten können. Das haben Sie selbst gesagt, Paul: Gerät jemand aus dem eigenen Team in Schwierigkeiten, tut man sein Bestes, um ihn rauszuhauen. Mehr kann niemand tun.«

Turner starrte sie an. »Das ist unfair«, sagte er. »Ihn in diese Sache hineinzuziehen, das ist nicht fair.«

»Ja, ich weiß«, sagte sie. »Und es tut mir leid. Aber Sie wissen, dass ich recht habe. Versuchen Sie also bitte nicht, mich aufzuhalten.«

»Okay«, sagte er. »Lassen Sie mich nur noch eine Minute nachdenken.« Sie sah, wie er die Sache drehte und wendete, um irgendeine Möglichkeit zu finden, ihr zu helfen. »Ich werde Sie nicht aufhalten«, sagte er nach langer Pause. »Und ich werde nicht mal versuchen, Ihnen zu verbieten, darüber mit Matt zu reden. Ich muss Cal berichten, was passiert ist, aber selbst dann haben Sie noch einen Vorsprung gegenüber Jamies Team. Tun Sie mir nur einen Gefallen, okay? Erübrigen Sie zehn Minuten für mich. Seien Sie in zehn Minuten im Kontrollzentrum. Das müssen Sie mir versprechen.«

»Okay, versprochen«, sagte Kate. »In zehn Minuten.«

Matt Browning stand steif und mit auf dem Rücken zusammengelegten Händen vor Cal Holmwoods Schreibtisch. Der Kommissarische Direktor starrte ihn so abgrundtief verzweifelt an, dass allein sein Anblick genügte, um Matt ein schlechtes Gewissen zu machen.

»Mal sehen, ob ich alles richtig verstanden habe«, sagte Holmwood schließlich. »Sie unterstellen, alle aus Broadmoor ausgebrochenen Personen seien durch ein Vampirvirus verwandelt worden, das von einem extrem alten und mächtigen Vampir stammt? Vielleicht sogar von Dracula selbst? Wollen Sie das tatsächlich behaupten?«

»Ja, Sir«, antwortete Matt.

»Wegen des Zusammenhangs zwischen dem Alter des jeweiligen Vampirs und Stärke und Schnelligkeit der verwandelten Männer und Frauen. Habe ich das richtig verstanden?«

»Ja, Sir. Tut mir leid, Sir.«

»Vermute ich richtig, dass das keineswegs Ihre Schuld ist?«

Matt runzelte die Stirn. »Ja, Sir.«

»Dann brauchen Sie sich nicht zu entschuldigen. Sie sind nur der Überbringer schlechter Nachrichten, nicht ihr Verursacher.« Holmwood fuhr sich mit beiden Händen durchs Haar, bevor er sie flach auf die Schreibtischplatte klatschte, sodass Matt zusammenzuckte. »Gottverdammt«, sagte er. »Wissen Sie das ganz bestimmt? Sie können sich nicht vielleicht doch geirrt haben?«

Matt dachte darüber nach. Aus Dr. Coopers Labor kommend war er sofort zu Holmwood hinaufgefahren – mit jagendem Herzen und schweißnassen Handflächen. Auf dem Weg durch den Ring hatte er seine Theorie von allen Seiten beleuchtet, Fehler in seiner Logik gesucht und nach einer Annahme gefahndet, die sich nicht beweisen ließ.

Aber er hatte nichts gefunden.

»Möglich ist alles, Sir«, sagte er. »Aber ich halte das für wenig wahrscheinlich. Meine Theorie passt zu den Berichten über Kraft und Schnelligkeit der Ausbrecher und untermauert den Zusammenhang zwischen Alter und Stärke, auch bei der Übertragung vom Vampir zum Opfer. Bisher ist immer angenommen worden, ältere Vampire seien im Lauf der Zeit stärker geworden, wie Menschen stärker werden, wenn sie trainieren. Das mag stimmen, aber ich denke nun, dass auch das Virus in ihnen sich verändert. *Es* wird stärker.«

»Mit der Konsequenz, dass Menschen, die von einem alten Vampir verwandelt werden, stärker sind, als wenn es ein junger Vampir gewesen wäre?«

»Ja. Beispielsweise würde Valentin sehr starke Vampire hervorbringen.«

»Wie Lamberton.«

Matt nickte.

»Warum haben wir das nicht schon früher erkannt?«, fragte Holmwood. »Mit unserer ganzen Forschungsarbeit?«

»Das weiß ich nicht«, antwortete Matt. »Aber ich habe eine Theorie.«

»Bitte weiter.«

»Wir haben keine Verbindung erkannt, weil alte Vampire vermutlich nur sehr selten Menschen verwandeln. Sie töten, um Blut zu trinken. Was nur logisch ist, weil jeder Verwandelte stark wäre.

Eine potenzielle Bedrohung. Sehen Sie sich Larissa an, wie stark sie ist, obwohl ihre Verwandlung erst ein paar Jahre zurückliegt. Aber das ist nur logisch, weil sie von Grey, dem angeblich ältesten Vampir Englands, verwandelt worden ist. Ihrer Aussage nach wollte er sie allerdings nie verwandeln. Er wollte sie *töten*.«

»Jesus«, sagte Holmwood.

»Ich hoffe, dass ich mich irre, Sir. Darüber wäre niemand froher als ich.«

»Doch, ich«, sagte Holmwood und rang sich ein Lächeln ab. »Aber ich wäre auch höchst überrascht. Weshalb denken Sie an Dracula?«

Matt zuckte mit den Schultern. »Theoretisch könnte es jeder alte Vampir sein – auch Valeri oder einer, den wir nicht kennen. Aber wenn's Dracula ist, passt alles zusammen, nicht wahr? Die Graffiti, die wir überall sehen, besagen nicht: ›Er wird wiederkehren‹, sondern stellen fest: ›Er kehrt wieder.‹ Nehmen wir mal an, wir hätten recht, und Dracula wäre noch nicht ganz wiederhergestellt; dann könnte er trotzdem Diener mit Spritzen losschicken, die Blutplasma von ihm enthalten, um sie alle Broadmoor-Insassen infizieren zu lassen. Das hält uns anderweitig auf Trab, während wir doch nach ihm fahnden sollten, und etabliert ihn erneut als großen Unruhestifter. Das ist ... einfach etwas, das gut zu ihm passt, finde ich.«

»Da haben Sie recht«, sagte Holmwood und seufzte schwer. »Was soll ich dagegen tun?«

»Keine Ahnung, Sir«, antwortete Matt. »Ich dachte nur, Sie sollten es erfahren.«

»Die anderen Departments natürlich auch«, meinte Holmwood. »Lässt Ihre Theorie sich irgendwie beweisen? Zweifelsfrei beweisen?«

»Wäre Larissa hier, könnten wir beweisen, dass das Virus sich weiterentwickelt«, sagte Matt. »Das Virus in ihrem Körper müsste Ähnlichkeit mit dem der Broadmoor-Ausbrecher haben.«

»Larissa ist in Nevada«, sagte Holmwood.

»Ich weiß, Sir.«

»Ich könnte sie zurückbeordern«, sagte der Kommissarische Direktor. »Wenn das nützlich wäre?«

»Es wäre nützlich«, sagte Matt. »Aber das habe nicht ich zu entscheiden, Sir.«

»Okay. Wie ließe sich beweisen, dass Dracula hinter all dem steckt?«

»Auch das ist möglich, Sir«, sagte Matt. »Wenn wir wenigstens eine teilweise Probe seiner DNA hätten. Ich glaube nicht, dass sich eine hundertprozentige Übereinstimmung nachweisen ließe, denn das Vampirvirus verändert die DNA des Opfers, statt sie zu ersetzen. Aber ich erwarte, dass die Übereinstimmungen zwischen ihm und den beiden Verwandelten in Dr. Coopers Labor so groß sein werden, dass wir ziemlich sicher sein können.«

»Also gut«, sagte Holmwood. »Ich sehe zu, was sich tun lässt. Ihnen brauche ich wohl nicht zu sagen, dass dieses Gespräch unter uns bleiben muss?«

»Nein, Sir«, antwortete Matt. »Ich verstehe.«

»Okay. Gute Arbeit, Mr. Browning. Sehr gute Arbeit. Weggetreten.«

Matt nickte, durchquerte das Dienstzimmer des Kommissarischen Direktors und zog die schwere Tür auf. Er trat auf den Korridor hinaus und war auf dem Rückweg zum Projekt Lazarus, als sein Handy summte.

Er zog es aus der Tasche und sah den Namen Kate Randall auf dem kleinen Display. Hätte er an seinem Schreibtisch gesessen, hätte er nicht geantwortet. Aber diesmal hatte sie einen günstigen Augenblick erwischt; er drückte auf das grüne Telefonsymbol und hob den Hörer ans Ohr.

»Hi, Kate«, sagte er. »Ich wollte gerade …«

»Hör zu, Matt!«, unterbrach sie ihn. »Wir sitzen in der Scheiße. Wir treffen uns in fünf Minuten im Hangar.«

Matt zögerte. Obwohl Kates Stimme ruhig und geschäftsmäßig klang, glaubte er einen Unterton zu hören, der erschreckend nach Panik klang. »Was ist passiert?«, fragte er. »Kate, was ist los?«

»Es geht um meinen Dad«, sagte sie. »Und um deinen, Matt. Wir haben einen Echelon-Mitschnitt von einem gewissen Kevin McKenna bekommen. Er hat gesagt, er befinde sich als Geisel in der Hand Albert Harkers – gemeinsam mit Pete Randall und Greg Browning.«

Matt konnte nicht gleich antworten; ihm hatte es vor Entsetzen die Stimme verschlagen.

Mein Dad? Mit Kates Dad? Und Albert Harker? Wie soll das möglich sein?

»Weißt du das sicher?«, hörte er sich fragen.

»Sicher weiß ich überhaupt nichts«, wehrte Kate ab. »Aber ich will nichts riskieren. Matt, ich bin zu ihm unterwegs. Kommst du mit?«

Angst durchflutete Matt wie eine gewaltige Eismeerwoge. Dies war fast die schlimmste Situation, die er sich vorstellen konnte: Sein Vater, den er zu gleichen Teilen geliebt und gehasst hatte, brauchte Hilfe. Für ihn eine Gelegenheit, seinen Vater im Stich zu lassen, ihn erneut zu enttäuschen. Eine weitere Chance, der Taugenichts von früher zu sein, den er für immer hinter sich gelassen zu haben glaubte.

»Kate ...«, begann er hilflos.

»Ich nehm's dir nicht übel«, versicherte sie ihm. »Bestimmt nicht! Aber ich muss es sofort wissen, Matt. Kommst du mit oder nicht?«

Er kniff die Augen zusammen.

Feigling. Versager. Weichei. Muttersöhnchen. Schwächling.

»Wir sehen uns im Hangar«, sagte er.

Cal Holmwood beobachtete, wie Matt Browning die Tür seines Dienstzimmers hinter sich schloss, und lehnte sich auf seinem Stuhl zurück. Er hatte keinen Zweifel daran, dass die Theorie des hochbegabten, nervösen Teenagers richtig war; in weniger als einem Vierteljahr hatte er gelernt, ihm völlig zu vertrauen.

Fast dreihundert ausgebrochene Patienten, die Dracula auf diese

Weise selbst verwandelt hat, dachte er erschaudernd. *Weitere Tausende in aller Welt. Alles viel schlimmer, als wir uns vorgestellt hatten.*

Er beugte sich nach vorn und drückte einige Tasten des Terminals auf seinem Schreibtisch. Der riesige Wandbildschirm leuchtete auf und zeigte das Netzwerk von Schwarzlicht. Holmwood rief das Programm für abhörsichere Videobotschaften auf und ging seine Liste von Kontakten durch.

Mir genügt Matts Wort. Aber die anderen werden Beweise brauchen.

Er markierte den Namen Aleksandr Owetschkin und klickte ANRUFEN an. Wenige Sekunden später erschien ein sichtlich überraschter junger RKSU-Agent auf dem Bildschirm.

»Direktor Holmwood«, sagte der Mann. »Ich bin Jewgeni Alimow, Oberst Owetschkins Assistent. Tut mir sehr leid, aber ich habe Ihren Anruf nicht auf meinem Dienstplan.«

»Keine Sorge, Agent Alimow«, sagte Holmwood, »dies ist kein vereinbarter Anruf. Ich muss den Direktor sprechen.«

Alimow wirkte erleichtert. Ja, Sir«, sagte er. »Ich sehe gleich nach, ob er zu sprechen ist. Augenblick, bitte.«

Der junge Mann stand von seinem Stuhl auf und verschwand aus dem Bild. Holmwood wartete so geduldig wie möglich; er war kurz davor, den Bildschirm frustriert anzuschreien, als Aleksandr Owetschkin, ein Hüne in grauer Uniform, sich auf den freien Stuhl setzte und ihn anlächelte.

»Cal«, sagte er. »Dies ist ein unerwartetes Vergnügen. Wie geht es Ihnen?«

»Mir geht's gut, Aleksandr«, antwortete er. »Und Ihnen?«

»Ich kann nicht klagen. Wir vernichten jede Nacht Vampire, jede Nacht wachsen neue nach. Solche Dinge ändern sich nie.«

»Wie kommen Sie mit dem Ausbruch aus dem Schwarzen Delphin zurecht?«

Der Oberst zuckte mit den Schultern. »Ungefähr die Hälfte der Ausbrecher sind vernichtet, obwohl alle bis zuletzt erbittert gekämpft haben. Von den übrigen haben wir etwa die Hälfte geortet. Die anderen sind untergetaucht. Ihr?«

»Ähnlich«, sagte Holmwood. »Aber ich rufe nicht wegen der Ausbrecher an, Aleksandr. Ich habe Informationen erhalten. Sie betreffen etwas, das vorerst nur eine Theorie ist, aber mit Ihrer Hilfe könnte ich sie beweisen.«

»Wo stammen sie her?«, fragte Owetschkin.

»Von einem meiner Lieutenants. Er gehört zum Personal des Projekts Lazarus – als Partner der jungen Frau, die Sie uns geschickt haben.«

»Natalia Lenski«, sagte Owetschkin. »Macht sie sich gut? Wir haben sie sehr ungern ziehen lassen.«

»Sehr gut, wie Professor Karlsson mir berichtet. Vorgestern hat sie bei einem Vorfall leichte Verletzungen erlitten, die Ihnen aber keine Sorgen zu machen brauchen.«

»Das ist gut. Welche Informationen haben Sie also?«

Holmwood atmete tief durch, dann begann er dem RKSU-Direktor Matt Brownings Theorie zu erklären. Dafür brauchte er mehrere Minuten; weil er mit den Grundlagen weniger vertraut war als Matt, zwang er sich dazu, langsam vorzugehen und seinem russischen Pendant ein überzeugend deutliches Bild zu zeichnen. Als er fertig war, räusperte Owetschkin sich gewichtig.

»Sie haben Vertrauen zu diesem Jungen?«, fragte er. »Sie glauben, dass er recht hat?«

Holmwood nickte. »Ja, das glaube ich. Ich werde unseren Wissenschaftlichen Dienst anweisen, seine Theorie zu überprüfen, aber zuvor brauche ich etwas von Ihnen.«

»Was kann ich für Sie tun?«

Holmwood holte tief Luft. »Ich möchte, dass Sie mir das DNA-Profil schicken, das Sie aus Draculas Asche gewonnen haben. Browning glaubt, dass die Ähnlichkeit mit der DNA unserer Ausbrecher genügen müsste, um seine Theorie zu beweisen.«

Owetschkin starrte ihn an. Das wie aus Stein gehauene Gesicht des russischen Obersten ließ nur selten eine Gemütsregung erkennen; deshalb war Holmwood überrascht und erleichtert, als der RKSU-Direktor plötzlich lächelte.

»Wissen Sie, Cal«, sagte Owetschkin, »wenn Sie mich noch

vor einem Vierteljahr um diesen Gefallen gebeten hätten, hätte ich geleugnet, dass es uns überhaupt gelungen ist, ein DNA-Profil aus der Asche zu erstellen.«

»Und jetzt?«, fragte Holmwood.

»Ich veranlasse, dass meine Genetiker es Ihnen schicken«, sagte Owetschkin noch immer breit lächelnd. »Darf ich voraussetzen, dass ich Ihre Ergebnisse erfahre, sobald Sie sie haben?«

»Natürlich«, antwortete Holmwood. »Danke, Aleksandr.«

»Kein Problem. Wir kämpfen alle auf der gleichen Seite, nicht wahr?«

Hoffentlich!, dachte der Kommissarische Direktor.

»Richtig«, bestätigte er. »Ich schicke Ihnen die Ergebnisse, sobald ich sie habe.«

»Also gut. *Do swidanija,* Cal.«

»Goodbye, Aleksandr.«

Holmwood streckte eine Hand aus, trennte die Verbindung und stieß einen langen Seufzer der Erleichterung aus. Die fürs Übernatürliche zuständigen Departments der Welt hatten endlich zusammenzuarbeiten gelernt, seit er ihnen nach Admiral Henry Sewards Entführung zornig die Leviten gelesen hatte. Das war ein keineswegs schmerzloser Prozess gewesen, bei dem im Interesse der Allgemeinheit historische Rivalitäten und jahrzehntealtes Misstrauen hatten überwunden werden müssen; Holmwood war nicht so naiv, dass er geglaubt hätte, zwischen ihnen gäbe es keine Geheimnisse mehr, aber im Vergleich zu früher hatten die Verhältnisse sich erheblich gebessert.

Er stand auf und ging in seine Teeküche hinüber, um sich ein Mineralwasser aus dem Kühlschrank zu holen. Mit der Flasche kehrte er an den Schreibtisch zurück und rief seine Kontakte auf. Er hob Bob Allens Namen farbig hervor und zögerte noch mit dem Finger über der Ruftaste.

Sie wird mich hassen, weil ich ihr das antue, sagte er sich.

Holmwood nahm sich noch einen Augenblick Zeit, um seine Entscheidung zu überdenken. Matt hatte gesagt, Larissas Rückkehr sei sicher ein Vorteil, und er hatte keinen Grund, die Aussage des jungen Lieutenants anzuzweifeln. Aber dahinter steckte mehr als nur Zweckmäßigkeit: Die Mächte der Finsternis bedrohten das Department, und Cal fühlte plötzlich den Drang, die Reihen fest zu schließen und seine Leute heimzuholen.

Das wird sie verstehen. Ihre Abkommandierung sollte nie ein Urlaub sein.

Dann empfand er plötzlich Schuldgefühle, als er an den Mann dachte, der tief unter Dreamland inhaftiert war, an den Mann, an den er schon sehr lange nicht mehr gedacht hatte. Er hatte Julian Carpenter verdrängt, weil er weit Wichtigeres zu tun gehabt hatte; jetzt wurde es vielleicht Zeit, sich mit dem Mann zu befassen, den er einst seinen Freund genannt hatte.

Holmwood drückte auf ANRUFEN und wartete darauf, dass die Verbindung zustande kam.

Zwei Fliegen mit einer Klappe, sagte er sich. *Hoffentlich können sie mir beide verzeihen.*

Kate steckte ihr Handy ein und schloss sekundenlang fest die Augen.

Sie bemühte sich, klar zu denken, versuchte zu bedenken, worauf sie gefasst sein musste, um sich darauf vorbereiten zu können, aber vor ihrem inneren Auge stand immer wieder ihr Vater, ihr armer, lieber Vater, der keiner Fliege etwas zuleide tun konnte, in Albert Harkers Klauen. Wie der Vampir ihn – oder Matts Vater – in seine Gewalt gebracht hatte, war jetzt unwichtig. Wichtig war nur, ihn zu vernichten und die beiden zu befreien. Vorwürfe und Erklärungen hatten Zeit bis später.

Kate griff nach ihrer Konsole und tippte rasch eine Kurzmitteilung, die den diensthabenden Piloten anwies, sie in fünf Minuten im Hangar zu erwarten. Als Geheimhaltungsstufe gab sie Stunde null an. Diese hohe Klassifizierung würde ihrem Unternehmen absoluten Vorrang sichern.

Und das ist ehrlich gesagt nicht einmal gelogen, dachte Kate, *als sie zum Hangar weiterhastete. Dies ist ein prototypischer Stundenull-Einsatz.*

Sie hastete auf einem Zickzackkurs durch das Großraumbüro der Nachrichtenabteilung, ohne auf die neugierigen Blicke der dort Arbeitenden zu achten. Dann erreichte sie die zweiflüglige Tür zum Hangar von Schwarzlicht und stieß sie mit solcher Gewalt auf, dass die Türflügel an die Wand knallten. Kate rannte durch den Hangar, auf dessen Asphaltboden ihre Stiefel dumpf hallten, und riss die Tür der Waffenkammer auf. Weil sie keine Zeit hatte, die eigene Ausrüstung aus ihrer Unterkunft zu holen, würde sie mit dem auskommen müssen, was sie hier vorfand.

Zum Glück stand in der Waffenkammer ein Spind mit frisch gereinigten schwarzen Overalls. Kate streifte ihre Uniform ab, ohne sich im Geringsten darum zu kümmern, ob jemand sie dabei beobachtete oder nicht, und schlüpfte in einen der vertrauten Overalls. Als sie den Reißverschluss hochzog und nach einem Koppel griff, kam Matt hereingeplatzt, der auffällig blass war und flach und schnell atmete.

»Zieh dich um«, forderte sie ihn auf. »Hier hängen Uniformen.«

Matt nickte, zwängte sich an ihr vorbei und wählte einen Overall in seiner Größe aus. Er hielt ihn sekundenlang in den Händen, bevor er sich auszuziehen begann.

Jesus!, dachte sie. *Er hat dieses Zeug immer nur auf dem Spielplatz getragen. Ich dürfte ihn nicht mitnehmen. Das ist nicht fair.*

»Matt ...«, begann sie, aber er schnitt ihr das Wort ab.

»Schon gut«, sagte er. »Ich weiß, was du denkst. Aber ich komme mit.«

Sie nickte und machte mit ihrer eigenen Ausrüstung weiter. Als sie damit fertig war, half sie Matt, sich vollständig auszurüsten: Glock 17, MP5 von Heckler & Koch, T-Bone, UV-Handgranaten, UV-Strahler, Stablampe, Funkgerät und Konsole.

»Du kennst dich damit aus?«, fragte sie. »Du kannst all dieses Zeug benutzen?«

»Mach dir um mich keine Sorgen, Kate«, antwortete er.

Sie empfand plötzlich heiße, feurige Liebe für ihren Freund;

er hatte Angst, das sah man seinem blassen Gesicht an, aber er war da. Und er weigerte sich, sie allein losziehen zu lassen.

»Okay«, sagte Matt. Er richtete sich auf und klopfte seine Taschen ab. »Ich habe alles, glaub ich.«

»Schnapp dir einen von denen«, forderte Kate ihn auf und deutete auf eine Reihe schwarzer Helme mit purpurroten Visieren. »Und gib mir auch einen.«

Er gehorchte wortlos. Kate nahm den Helm entgegen, setzte ihn auf, öffnete die kleine Klappe unter dem rechten Ohr und zog eine dünne schwarze Litze heraus. Der Stecker wurde hinten an ihrem Kragen eingesteckt und gab ihr die Möglichkeit, alle optischen und akustischen Helmfunktionen vom Koppel aus zu steuern.

Matt beobachtete sie aufmerksam, dann folgte er ihrem Beispiel. Die beiden jungen Agenten standen einander kurz mit offenen Visieren gegenüber, und Kate kämpfte gegen den absurden Drang an, ihren Freund zu umarmen. Aber dafür war keine Zeit; sie hatten einen Auftrag auszuführen.

»Auf geht's«, sagte Matt mit fester Stimme. »Ich bin so weit.«

»Gleich«, sagte Kate. »Wir müssen noch im Kontrollzentrum vorbeischauen. Dauert nur eine Minute.«

Matt runzelte die Stirn. »Wozu das?«

»Ich hab's Paul versprochen.«

Sie hatte keine Sekunde darauf verschwendet, sich zu fragen, weshalb Paul Turner sich hatte versprechen lassen, dass sie noch einmal im Kontrollzentrum vorbeischauen würde; sie hatte einfach zu viele andere Dinge im Kopf gehabt. Aber auch wenn sie darüber nachgedacht hätte, hätte sie die Wahrheit niemals erraten.

In der Mitte des großen Raums lehnte an einem der Tische Colonel Victor Frankenstein.

Der missgestaltete Hüne trug die schwarze Uniform eines Agenten und hielt die größte Schrotflinte, die Kate jemals gesehen hatte, lässig in den Händen; sie ließ das an seinem Koppel hängende T-Bone winzig erscheinen. Frankenstein lächelte, als die beiden hereinplatzten und bei seinem Anblick große Augen machten – ein schwaches Lächeln, das seine Augen nicht ganz erreichte.

»Paul hat mir erzählt, was passiert ist«, sagte er mit einer Stimme wie Donnergrollen. »Ich würde Ihnen gern helfen. Wenn Sie wollen.«

Kate sah zu Matt hinüber; ihr Freund starrte das Monster noch immer staunend an. Ihr Herz schwoll von verzweifelter Dankbarkeit an, als sie sich wieder Frankenstein zuwandte.

»Ich dachte, Sie beschützten nur Jamies Familie?«, sagte sie lächelnd, obwohl sie einen Kloß im Hals hatte.

»Gehören Sie denn nicht dazu?«, fragte Frankenstein.

52

Hals über Kopf

SOHO, London

Der schwarze Van hielt mit kreischenden Reifen vor dem Lagerhaus, in dem Alastair Dempsey geortet worden war.

Aus dem bleigrauen Londoner Himmel fiel starker Regen, der von leeren Gehsteigen hochspritzte und die Rinnsteine zu reißenden Bächen anschwellen ließ. Die Sintflut hatte die meisten Fußgänger von den Straßen vertrieben; sie hatten Zuflucht in Bars und Restaurants oder der U-Bahn gesucht, die sie nach Hause bringen würde.

Jamie Carpenter, der hinten in dem Van saß, begutachtete die Aufnahmen der externen Kameras. Er starrte auf die gestochen deutlichen HD-Bilder und wartete den richtigen Augenblick für ihren Einsatz ab.

Auf dem Flug vom Ring hierher hatten Ellison und er kaum miteinander gesprochen. Gleich nach dem Start hatte Jamie eine Notlandung in Central London beantragt – weil davon das Leben eines Agenten abhängen könne. Der zuständige Dispatcher hatte ihnen sofort die Genehmigungen verweigert und sie angewiesen, stattdessen auf dem London City Airport zu landen: dem nächsten Landegelände, das sie benutzen konnten, ohne unnötiges Aufsehen zu erregen. Statt dem Dispatcher genau zu sagen, was er von ihm hielt, hatte Jamie sich beherrscht und lediglich die Verbindung getrennt, während ihr schwarzer Hubschrauber in Richtung London weiterdonnerte. Nach dem Aufsetzen hatte er ihren Fahrer gefragt, wie lange sie nach Soho brauchen würden.

»Eine halbe Stunde«, antwortete er. »Bei diesem Verkehr vielleicht fünfunddreißig Minuten.«

»Eine Viertelstunde muss reichen«, sagte Jamie.

Der Fahrer hatte sich mit bewundernswürdiger Energie in seine Aufgabe gestürzt, war mit Blaulicht und Sirene durch Central London gerast und hatte sich zwischen schwarzen Taxis und Touristenbussen hindurchgeschlängelt.

Obwohl sie die Strecke vom Ring nach Soho in weniger als der halben Zeit zurückgelegt hatten, die Morton gebraucht hatte, waren sie nicht schnell genug gewesen. Jamie hatte den Ortungs-Chip ihres Teamgefährten aufgerufen, als sie die Themse entlanggerast waren; Ellison und er hatten ihn hilflos beobachtet und auf ein Wunder gehofft. Die Sache war knapper ausgegangen, als Jamie zu hoffen gewagt hatte, aber letztlich war alles Hoffen vergeblich gewesen. Zehn Minuten bevor sie diese düstere Londoner Seitenstraße erreicht hatten, hatte Mortons Chip aufgehört, sich zu bewegen.

Das allein bedeutet nichts, sagte Jamie sich, während er auf die Bildschirme starrte. *Auch von Dempsey ist hier keine Spur zu sehen. Er wäre bestimmt geflüchtet.*

Ellison beobachtete ihn mit professionell gelassener Miene. Die Frau, die ihn fast in Tränen aufgelöst im Speisesaal aufgesucht hatte, war der coolen Agentin gewichen, von der Jamie seinen Freunden erzählt hatte. Jetzt wartete sie auf seine Befehle.

Während Jamie weiter seine Bildschirme im Auge behielt, torkelte ein Mann, der sich minutenlang hinter dem Van in den Rinnstein übergeben hatte, in die Nacht davon, und die Straße war plötzlich in beiden Richtungen leer.

»Los!«, sagte er und stieß die Hecktür auf. »Feuererlaubnis, sobald wir drinnen sind.«

Ellison nickte wortlos und sprang aus dem Van. Als Jamie ihr folgte, ließen Regen und vom Asphalt aufsteigender Dunst sein Visier sofort beschlagen. Er wischte es mit dem Handschuhrücken ab, knallte die Tür zu und drehte sich nach dem Lagerhaus um.

Das Gebäude ragte wie ein stämmiges, hockendes Tier über ihnen auf. Wie viele alte Bauten in Soho bestand es aus ursprünglich hellem Sandstein, der in Jahrzehnten durch Rauch und Staub dunkelgrau geworden war. Seine Außenwand im Erdgeschoß war mit Plakaten für Konzerte, Kunstinstallationen, Wahlveranstaltungen und neueröffnete Geschäfte bedeckt, die immer wieder überklebt eine zentimeterdicke Schicht ergaben. Der Eingang, zu dem zwei breite Stufen hinaufführten, lag in einer mit einem Scherengitter gegen Stadtstreicher und Hausbesetzer gesicherten Nische.

Das Gitter und die Tür dahinter standen offen.

»Sie voraus«, sagte Jamie. »Vorsichtig.«

Ellison nickte, dann rannte sie die Stufen hinauf und verschwand in dem Gebäude. Jamie kontrollierte nochmals die regennasse Straße, bevor er ihr folgte.

Er schloss die Tür und begutachtete den vor ihm liegenden Raum. Vor seinen Augen erstreckte sich eine mit Reißzwecken, Zetteln und Haftnotizen bedeckte Wand. Sie führte nach links weiter und verschwand im Dunkel.

»Licht«, sagte Jamie. »Infrarot in Ihrem Helm, normal in meinem. Verständigung über Funk. Ist Alastair Dempsey noch hier, kommt er nicht mehr raus. Mir ist's egal, ob wir dafür das ganze Gebäude in Trümmer legen müssen.«

»Was ist mit Morton?«, fragte Ellison.

Jamie gab keine Antwort. Er hakte die Stablampe vom Koppel los und leuchtete damit die Wand ab, die nach ungefähr zehn Metern abknickte.

»Mitkommen«, sagte er, zog das T-Bone und hielt die Stablampe an den Lauf gedrückt.

Mit Ellison dicht hinter sich ging er lautlos den dunklen Korridor entlang. Als sie die Ecke schon fast erreicht hatten, sprach er in sein Helmmikrofon: »Ich brauche ein IR-Bild von dem Raum dahinter.«

»Ja, Sir«, antwortete Ellison. Sie ging lautlos an ihm vorbei, streckte vorsichtig den Kopf um die Ecke. »Nichts«, meldete sie. »Keine Wärme, keine Bewegung.«

»Verstanden«, sagte Jamie und trat um die Ecke.

Das ehemalige Lagerhaus war entkernt worden, sodass es jetzt einer riesigen Höhle glich. Seine Stablampe zeigte Rillen im Fußboden, die vermutlich von Hochregalen zurückgeblieben waren, und zwei Rolltore in der gegenüberliegenden Wand. Der Boden vor ihnen war diagonal schwarz-gelb gestreift.

»Ladebucht«, sagte Ellison, dann beleuchtete sie eine Tür in der rechten Wand. »Treppenhaus.«

»Okay«, sagte Jamie. »Sie weiter voraus.«

Ellison nickte, dann marschierte sie mit leise auf dem Betonboden hallenden Schritten zu der Tür zum Treppenhaus. Jamie folgte ihr und ließ den Lichtstrahl seiner Stablampe über Boden und Wände streifen, während sie die Tür erreichte und sie lautlos aufstieß. Seine Teamgefährtin ging in die Hocke, hielt dabei ihr T-Bone schussbereit und spähte im Treppenhaus nach oben.

»Sauber«, meldete sie.

Jamie trat an ihr vorbei durch die Tür. Im Licht seiner Stablampe erkannte er eine Stahltreppe mit einem Absatz auf halber Höhe, wo sie ihre Richtung änderte. Er stieg sie mit schussbereit gehaltenem T-Bone langsam hinauf. Als er den Treppenabsatz erreichte, zielte er auf die offene Tür oben an der Treppe und machte Ellison ein Zeichen, ihn zu überholen. Als sie unter ihm die Treppe heraufkam, stieg ihm vorübergehend etwas in die Nase: ein bitterer, öliger Geruch, den er hinten im Rachen schmecken konnte. Er verschwand so rasch wieder, wie er gekommen war, und Jamie konzentrierte sich wieder auf Ellison, die nun die Tür über ihm erreichte. Sie steckte den Kopf hindurch, dann hörte er ihre Stimme in seinem Ohr.

»Drei Türen, vielleicht zu Büros. Keine Wärme auf dem Gang.«

»Verstanden«, sagte Jamie. Der Geruch kam wieder, streng und bitter, und er runzelte hinter seinem Visier die Stirn. »Riechen Sie nichts?«

»Nein«, sagte Ellison. »Was denn?«

»Ich dachte, ich hätte etwas gerochen«, sagte Jamie langsam. »Aber jetzt nicht mehr.«

Er trat auf den leeren Korridor und fühlte sein Herz sinken. *Sie sind weg,* dachte er. *Dempsey ist geflüchtet, und Morton verfolgt ihn, und jetzt können sie überall sein.*

Er betätigte den Schalter an seinem Koppel, um Funkverbindung mit dem Ring herzustellen. »Hier NS303, 67-J«, meldete er sich. »Erbitte Aktualisierung der Positionen von Morton, John, NS304, 07-B, und Dempsey Alastair, Prioritätsstufe eins.«

»Augenblick«, sagte die Stimme am anderen Ende. »Keine Aktualisierung erforderlich.«

»Verstanden«, antwortete Jamie und trennte die Verbindung.

»Er ist hier?«, fragte Ellison. »Sie sind *beide* hier?«

»Das glaube ich nicht«, sagte Jamie. »Mit der Überwachung stimmt irgendwas nicht.« Er ging weiter und stieß die erste Tür auf, hinter der ein leeres Büro lag. »Ich bezweifle, dass sie wissen, wo er steckt«, fuhr er fort. »Vielleicht hat Morton ganz durchgedreht und sich den Chip rausgeschnitten.«

Er öffnete die zweite Tür, die ebenfalls in einen leeren Raum führte. Der Geruch kam wieder, hing etwas länger in der Luft, aber diesmal ignorierte er ihn. Seine wütende Energie schlug allmählich in ein Gefühl tiefer Hilflosigkeit um: Er hatte keine Ahnung, wo John Morton war, und sah keine Möglichkeit, ihm zu helfen.

Er ist fort, dachte er. *Sie sind weg. Sie können überall sein.*

Jamie erreichte die dritte Tür und öffnete sie mit einem wütenden Fußtritt. Dann wurde die Welt grau und hörte auf, sich zu drehen.

Ihm stockte der Atem, und hinter dem purpurroten Kunststoffvisier waren seine Augen entsetzt aufgerissen. Er öffnete den Mund, um zu schreien, brachte aber nur einen dünnen Klagelaut heraus.

»Jamie?«, fragte Ellison. Ihre Stimme klang plötzlich besorgt, als sie herangehastet kam. »Was ist …«

Ihre Stimme versagte, als sie durch die offene Tür sah. Dann schrie sie laut: ein gellender Schreckensschrei, der direkt in Jamies Ohren hämmerte und ihn aus seiner Lähmung wachrüttelte; er starrte wieder in das Büro und versuchte zu verarbeiten, was er sah.

Mitten im Raum hing John Morton in einem Gespinst aus dünnen weißen Nylonseilen. Die um seine Arme und Beine geschlungenen Seile führten zu den Metallträgern der offenen Dachkonstruktion hinauf und hielten ihn in der Luft.

Ein einzelnes Seil um seinen Hals zog den Kopf hoch und etwas zurück, sodass er in Richtung Tür zu starren schien. Sein Gesicht war blass und leblos, der entsetzt aufgerissene Mund zu einem stummen Schmerzensschrei verzerrt. Auf dem Boden lagen in einem Haufen aus roten und purpurroten Schlingen seine Eingeweide, die aus der langen Wunde gequollen waren, als der Vampir ihn vom Schritt bis zum Brustbein aufgeschlitzt hatte.

Das dazu benutzte Messer steckte noch in Mortons Brust; sein Griff warf den blendend weißen Lichtstrahl von Jamies Stablampe zurück. Der aus dem dritten Raum kommende Blutgeruch war stärker denn je, aber Jamie nahm ihn nicht einmal mehr wahr; er konnte den Blick nicht von dem verstümmelten Leichnam wenden, der sein Teamgefährte gewesen war.

Jamie trat langsam über die Schwelle. Hinter ihm stand Ellison wie gelähmt in der Tür; sie schien außerstande zu sein, ihm in den Raum zu folgen. Während er einen Rundgang um den Toten machte, schlug ihm das Herz bis zum Hals, und er hatte Mühe, einen starken Brechreiz zu beherrschen.

Zu viel, dachte er. *Das ist zu viel. O Gott, so darf niemand enden.*

Als er den Leichnam langsam umkreiste, wurde der Geruch so stark, dass seine Augen zu tränen begannen. Trotzdem ignorierte Jamie ihn; er stammte vermutlich von irgendeinem Gas, das Mortons Körper freigesetzt hatte, vielleicht auch von einer körpereigenen Säure, die nicht auf den Boden eines Büros in einem verlassenen Lagerhaus hätte gelangen sollen. Er war fast wieder an der Tür, als er hinter Ellison eine dunkle Gestalt aufragen sah und den Mund öffnete, um sie zu warnen.

Bevor er ein Wort herausbrachte, flog Ellison wie aus einer Kanone geschossen vorwärts. Sie verlor den Boden unter den Füßen, krachte gegen Mortons Leichnam, der zurückpendelte, und war kurz davor, in seinen aufgehäuften Eingeweiden zu landen. Irgendwie schaffte sie es jedoch, sich im Fallen herumzuwerfen, sodass sie vor Jamies Füßen aufprallte. Ihr dumpfer Schmerzensschrei hallte in seinen Ohren wider.

Jamie wandte sich der Tür zu, riss das T-Bone hoch. Weißglühender Zorn schien in seinem Körper zu explodieren: eine rachgierige Wut, die summte und kreischte und tanzte. Seit er bei Schwarzlicht war, hatte es viele Gelegenheiten gegeben – und es würde zweifellos noch weitere geben –, bei denen er sich angesichts der Dinge, die seine Kameraden und er im Schutz der Dunkelheit taten, hatte fragen müssen, wer denn nun die guten Kerle waren und ob schreckliche Dinge, die zugunsten einer angeblich guten Sache getan wurden, nicht trotzdem schreckliche Dinge blieben.

Aber diese Sache gehörte nicht dazu. Er war sich niemals sicherer gewesen, was von ihm erwartet wurde. Er würde Alastair Dempsey vernichten, und er würde es mit einem Lächeln auf den Lippen tun: dem Lächeln der Gerechten.

Auf dem unbeleuchteten Gang war die dunkle Gestalt kaum zu erkennen, aber Jamie sah genug, um auf sie zielen zu können, Als er eben abdrücken wollte, bewegte die Gestalt sich, verschmolz wie ein Schatten mit der Dunkelheit. Im nächsten Augenblick hallte Alastair Dempseys Stimme, die von überallher zu kommen schien, durch das leere Gebäude.

»Hört auf, mich zu verfolgen!«, rief er. »Dies ist meine letzte Warnung.«

Ellison sprang neben Jamie auf; sie klappte ihr Visier auf, sodass ihr hasserfülltes Gesicht sichtbar wurde. »Niemals!«, kreischte sie. »Monster! Feigling! Niemals!«

»Wie schade«, sagte Dempsey. Auf dem Gang war ein Klicken zu hören, dann leuchtete eine gelbe kleine Flamme auf.

Jamie war plötzlich alles schrecklich klar. Er wusste auf einmal, woher der Geruch kam und was er bedeutete.

»Raus!«, brüllte er. »Raus, bevor ...«

Der Rest des Satzes ging unter, als ein Benzinfeuerzeug mit flackernder Flamme durch die offene Tür hereingeflogen kam und das Benzin, mit dem Dempsey Fußboden und Wände des Raums besprengt hatte, in einer röhrenden Detonation aus sengender Hitze und blendender Helligkeit in Flammen aufging.

53

Leaving on a Jet Plane

Raketentestgelände White Sands,
Nevada, USA

Larissa wollte eben unter die Dusche gehen, als an ihre Tür geklopft wurde.

Sie fluchte halblaut; der Staub schien hier schlimmer zu sein als jenseits der Berge, und sie hatte vorgehabt, über Lee Ashworth' Informationen nachzudenken, während sie ihn von sich abspülte. Sie warf ihr Handtuch aufs Bett, durchquerte den kleinen Raum und öffnete die Tür. Ein Agent, den sie nicht kannte, nickte ihr höflich zu.

»Lieutenant Kinley«, sagte er. »Direktor Allen möchte Sie sprechen.«

»Jetzt?«, ächzte sie. »Sofort?«

»Ja, leider«, sagte der Agent. »Er erwartet Sie in seiner Unterkunft.«

Der Bote kann nichts dafür. Lass deinen Zorn nicht an ihm aus.
»Verstanden«, sagte sie. »Danke.«

Larissa trat an ihm vorbei, stieg mühelos in die Luft und flog zu dem Aufzug am Ende des Korridors.

Die Unterkunft des NS9-Direktors lag genau in der Mitte der Ebene 0. Nach weniger als einer Minute schwebte Larissa vor seiner Tür und klopfte energisch an. Einige Sekunden später hörte sie die Entriegelung surren, und die Tür schwang lautlos auf.

»Herein mit Ihnen, Larissa!«, rief General Allen.

Sie stellte die Füße auf den Boden und trat ein. General Allen saß auf einem der beiden Sofas; er nickte Larissa zu und bot ihr mit einer Handbewegung das andere an.

»Nehmen Sie Platz«, sagte er. »Einen Drink?«

»Wasser, wenn ich bitten darf«, antwortete sie und setzte sich ihm gegenüber.

Allen holte eine Plastikflasche aus dem Kühlschrank und warf sie ihr zu. Larissa fing sie aus der Luft, schraubte den Verschluss auf und trank die Flasche mit einem Zug halb leer.

»Wie war Vegas?«, erkundigte Allen sich.

»Verrückt«, antwortete sie. »So was haben wir in England wirklich nicht.«

»Ein guter Ort für einen Vampir, was?«

»Ja, Sir«, sagte Larissa. »Gar nicht übel.«

»Das ist gut«, meinte Allen. »Wirklich gut.«

Larissa betrachtete den General genauer; sein Gesicht war etwas blasser als sonst, und er wirkte leicht geistesabwesend. »Ist etwas passiert, während wir weg waren?«, fragte sie und stellte die Wasserflasche ab. »Alles in Ordnung, Sir?«

General Allen schüttelte den Kopf. »Nein, passiert ist nichts, während Sie weg waren«, sagte er. »Aber ich muss mit Ihnen reden.«

»Okay«, sagte Larissa. »Habe ich etwas verbrochen, Sir?«

»Keineswegs«, sagte Allen, dann seufzte er. »Larissa, ich habe Sie hergebeten, weil ich heute Morgen ein Videogespräch mit Cal Holmwood geführt habe. Er schickt heute Abend die *Mina II* her. Er will, dass Sie an Bord sind, wenn sie morgen nach England zurückfliegt.«

Larissa konnte ihn sekundenlang nur anstarren. General Allens Worte erschienen ihr so unverständlich, als habe er in einer fremden Sprache gesprochen.

»Ich fliege heim«, sagte sie zuletzt.

»Sie fliegen heim«, bestätigte General Allen. Das klang ehrlich bedauernd.

»Ich sollte noch vier Wochen bleiben«, sagte sie langsam. »Wieso hat sich das geändert?«

»Das weiß ich nicht genau«, sagte Allen. »Ihr Freund Matt Browning hat eine Theorie in Bezug auf die ausgebrochenen Vampire aufgestellt. Cal wollte sie mir nicht genau erklären, aber anscheinend braucht er Ihre Hilfe, um sie zu verifizieren, deshalb sollen Sie morgen in den Ring zurückkehren.«

»Aber ... vier Wochen zu früh«, murmelte Larissa den Tränen nahe.

»Ja, ich weiß«, sagte Allen. »Ich habe Cal darauf hingewiesen, sogar sehr deutlich. Das tut mir leid, Larissa, aufrichtig leid. Auch wenn das nur ein schwacher Trost ist: Ich bedaure sehr, Sie zu verlieren. Aber dagegen bin ich machtlos.«

Larissa fühlte sich von widersprüchlichen Emotionen bedrängt. Sie empfand gewisse Erleichterung darüber, dass ihr das Problem Tim Albertsson aus den Händen genommen worden war. Andererseits schmerzte der Gedanke, ihre neuen Freunde und diesen schon liebgewonnenen Ort verlassen zu müssen, und sie empfand leichte Panik bei dem Gedanken, wieder die grauen Korridore des Rings und die misstrauischen Blicke vieler Agenten ertragen zu müssen. Zuletzt loderte in ihrer Brust jedoch die helle Flamme der Aufregung darüber, dass sie in weniger als vierundzwanzig Stunden Kate und Matt wiedersehen würde.

Und Jamie.

»Warum hat er mich nicht einfach angewiesen, nach Hause zu fliegen?«, fragte sie. »Wenn die Sache so eilig ist?«

Allen legte den Kopf leicht schief. »Könnten Sie das?«

»Was, Sir?«

»Heimfliegen«, sagte General Allen. »Quer über Amerika und den Atlantik?«

»Ja, Sir«, antwortete sie. »Kein Problem.«

»Bemerkenswert«, sagte Allen halblaut. »Ich vermute, dass er die *Mina II* schickt, damit auch die Leute, die Sie mitnehmen, so schnell wie möglich ankommen.«

»Ist das noch aktuell, Sir?«, fragte sie. »Ich dachte, auch dieser Teil sei abgesagt.«

Allen schüttelte den Kopf. »Nichts ist abgesagt«, stellte er fest.

»Cal hat mir versichert, dass er weiter mit sechs meiner Agenten rechnet. Ich weiß, dass Sie mit mehr Zeit gerechnet haben, aber ich brauche trotzdem ein paar Namen. Haben Sie sich schon welche überlegt?«

Gute Frage. Ich dachte, sie stünden längst fest. Aber tun sie das?

»Brauchen Sie die Namen gleich?«, fragte sie.

»Nein«, sagte General Allen. »Bis morgen früh um sieben. Genügt das?«

Larissa nickte.

»Gut«, sagte Allen. Er holte sich ein Bier aus dem Kühlschrank, öffnete die Flasche und trank einen Schluck. »Ohne Sie wird's mir hier seltsam vorkommen«, sagte er und lächelte ihr zu. »Ich habe mich schon daran gewöhnt, dass Sie hier sind.«

»Ich auch, Sir«, sagte sie mit einem Kloß im Hals.

»Sie werden vielen fehlen. Das kann ich Ihnen schon jetzt sagen.«

»Das hört man gern, Sir.«

»Es ist die Wahrheit.«

Sie saßen eine Zeitlang schweigend da. Der General trank mit kleinen Schlucken sein Bier, und Larissa fragte sich, worauf Matt gestoßen sein konnte, das ihre vorzeitige Abberufung erforderte.

Die Erkenntnis traf sie wie ein Blitz aus heiterem Himmel.

Ist das möglich? Kann es sich darum handeln?

Sie beobachtete General Allen, der sein Bier trank.

Kann ich ihn das fragen? Morgen fliege ich ohnehin ab. Wie zornig kann er da noch sein?

Larissa beugte sich leicht nach vorn und sah den Direktor an. »Darf ich Sie etwas fragen, Sir? Auch wenn ich eigentlich nicht sollte?«

Allen runzelte die Stirn. »Was denn?«

»Dass ich zurückbeordert werde«, sagte sie ruhig, »dass Matt eine neue Theorie entwickelt, dass Cal die *Mina II* herschickt … hat das alles mit dem Mann zu tun, den Sie hier gefangen halten?«

General Allen erstarrte mit der Bierflasche in der Hand und

sah sie mit großen Augen an. Dann stellte er langsam, ganz langsam die Flasche ab und beugte sich ebenfalls nach vorn.

»Was wissen Sie darüber?«, fragte er. »Sagen Sie mir die Wahrheit.«

»Ich weiß nicht, wer er ist«, sagte Larissa. »Aber ich weiß ein paar Dinge.«

»Welche Dinge?«

»Ich weiß, dass er Engländer ist«, antwortete sie und sah Allen blass werden, als sie weitersprach. »Ich weiß, dass er aus der Wüste gekommen ist, einen alten Zugangscode benutzt und nach Ihnen gefragt hat. Ich weiß auch, dass nur Sie ihn besuchen dürfen.«

»Woher?«, fragte Allen fast flüsternd. »Woher wissen Sie das alles?«

»Ich habe Fragen gestellt«, sagte sie. »Und Leute gefunden, die sie beantworten konnten.«

»Haben Sie das alles jemandem außer mir erzählt?«, fragte er weiter. »Antworten Sie ehrlich. Das ist unglaublich wichtig.«

»Nein, Sir«, sagte sie. »Ich wollte niemandem Schwierigkeiten machen. Ich war nur neugierig.«

»Neugierig?«

»Alle wissen, dass dort unten jemand eingesperrt ist, Sir. Alle reden darüber, aber niemand weiß etwas Bestimmtes. Ich wollte einfach mehr erfahren, Sir.«

»Weshalb? Was geht es Sie an, wer bei uns einsitzt?«

Larissa zuckte mit den Schultern. »Ich war eben neugierig, Sir.«

General Allen schien sich gefangen zu haben. Er bekam wieder Farbe, hob erneut sein Bier und leerte die Flasche.

»Ich darf Ihnen nichts über den Gefangenen erzählen«, sagte er. »Nicht etwa, weil ich Ihnen nicht traue, sondern weil davon nur die Direktoren wissen dürfen. Versuchen Sie also nicht, mich auszufragen. Sie wissen schon weit mehr, als Sie wissen dürften.«

»Aber glauben Sie, dass ich recht habe?«, drängte Larissa.

»Halten Sie's für möglich, dass meine Abberufung mit ihm zusammenhängt?«

»Nein, das glaube ich nicht«, sagte General Allen. »Cal hat sehr deutlich von etwas Neuem gesprochen. Aber der besagte Häftling verlässt uns morgen ebenfalls – auch in der *Mina II*, woraus Sie Ihre eigenen Schlüsse ziehen können. Und damit ist unsere Diskussion über seine Person beendet. Ist das klar?«

»Ja, Sir«, sagte Larissa, der von den vielen denkbaren Möglichkeiten schwindelte. »Restlos klar.«

54

Schuldige Parteien

Paul Turner atmete tief durch, dann klopfte er an die Tür der Unterkunft des Kommissarischen Direktors.

»Herein!«, rief Cal Holmwood.

Die Schlösser öffneten sich, und Turner drückte gegen die Tür. Sie schwang durch ein Gegengewicht ausbalanciert lautlos auf und ließ ihn den Kommissarischen Direktor sehen, der wie fast immer an seinem großen Schreibtisch saß, auf dem sich Aktenberge türmten, die tagtäglich anzuwachsen schienen. Auf der Schreibtischplatte stand ein Glas mit einer bernsteingelben Flüssigkeit.

»Paul«, sagte Holmwood. »Kommen Sie rasch rein, wenn Sie gute Nachrichten haben. Sind's schlechte, betreten Sie den Raum auf eigene Gefahr. Ich bin heute nicht mehr sehr belastbar.«

»Tut mir leid, Cal«, sagte Turner. Er schloss die Tür und trat vor den Schreibtisch. »Ich habe etwas, das Sie sehen sollten. Es betrifft die Stunde null.«

Holmwood rieb sich müde die Augen. »Dracula?«

Der Major schüttelte den Kopf. »Es geht um Albert Harker«, sagte er und hielt Holmwood den Überwachungsbericht hin. Der Kommissarische Direktor nahm ihn entgegen, dann gab er Turner seinerseits einen Schnellhefter. »In diesem Fall sollten Sie das hier lesen.«

Turner runzelte die Stirn, als er den Ordner aufschlug. Bei der Lektüre der Zusammenfassung von Andrew Jarvis' Bericht lief ihm ein kalter Schauder über den Rücken.

»Warum habe ich davon nichts erfahren?«, fragte er.

»Wie bitte, Major?«

»Ich bin der Sicherheitsoffizier, Cal. Ich hätte diesen Bericht sofort bekommen müssen.«

»Das hören Sie vielleicht nicht gern, Paul«, sagte Holmwood, »aber Sie sind nicht der Chef dieses Departments. Der bin ich. Und wenn es um heikle Informationen geht, entscheide ich, wer was zu sehen bekommt. Ist das klar?«

»Natürlich, Sir«, antwortete Turner mit leiser, gepresster Stimme. »Ich bitte um Entschuldigung.«

»Schon in Ordnung, Paul«, sagte Cal. »Ich habe ihn auch erst seit ein paar Stunden. Sie haben ihn bisher nicht zu sehen bekommen, denn bevor unsere Überwachung sie aufspürt, können wir nichts unternehmen.«

»Lesen Sie, was ich Ihnen gegeben habe, Cal. Die Lage hat sich geändert.«

Holmwood schlug den Schnellhefter auf und überflog den Inhalt. Als er wieder zu Turner aufsah, war er sichtlich blass geworden.

»Was hält der Nachrichtendienst davon?«, fragte er. »Ist das echt?«

»Die Glaubwürdigkeit wird noch geprüft«, sagte Turner. »Ich plädiere dafür, die Meldung für echt zu halten.«

»Jesus«, sagte Holmwood. »Was zum Teufel geht hier vor?«

»Schwer zu beurteilen, Sir«, antwortete der Major. »Aber die Väter zweier unserer Agenten, ein Enthüllungsjournalist und der einzige zu einem Vampir gewordene Nachkomme eines der Gründer gemeinsam in einer Großdruckerei – das sind alle Zutaten eines potenziellen Desasters, Sir. Die Gefahr, dass wir enttarnt werden, ist riesengroß.«

»Danke, Paul«, sagte Holmwood unüberhörbar sarkastisch, »darauf wäre ich nie gekommen. Großer Gott!« Der Kommissarische Direktor griff nach seiner Konsole, tippte rasch eine Kurzmitteilung und sah dann wieder Turner an. »Ich habe Jack Williams' Team angewiesen, in zehn Minuten zu einer Einsatzbesprechung ins Kontrollzentrum zu kommen. Gibt es zusätzliche Informationen, die es bekommen sollte?«

»Nein, Sir«, antwortete der Sicherheitsoffizier. »Das ist alles, was wir haben.«

»Weiß sonst noch jemand davon?«

Dies war der Augenblick, den Paul Turner gefürchtet hatte: der Augenblick, der nüchtern betrachtet das Ende seiner Karriere bei Schwarzlicht bedeuten konnte. Auf dem Weg vom TIS hierher hatte er mit dem Gedanken gespielt, Holmwood zu belügen, ihm erst die Wahrheit zu sagen, wenn alles vorbei war. Aber davon war er sofort wieder abgekommen. Es wäre unfair gewesen, Jack Williams und sein Team mit unzutreffenden Informationen loszuschicken; außerdem war das einfach nicht seine Art. Er hatte eine Entscheidung getroffen, deren Konsequenzen er würde tragen müssen, und würde seinen Vorgesetzten auf eine direkte Frage hin nicht belügen.

»Ja, Sir«, sagte er so ruhig wie möglich. »Kate Randall und Matt Browning sind bereits unterwegs. Colonel Frankenstein begleitet sie, Sir.«

Cal Holmwood zuckte mit keiner Wimper. Aber als er dann sprach, war seine Stimme kaum mehr als ein Knurren. »Was haben Sie sich dabei gedacht, Paul?«

»Nicht viel, Sir«, gestand Turner ein. »Lieutenant Randall war mit mir zusammen, als der Abhörbericht eingegangen ist. Sie wäre mit oder ohne meine Erlaubnis losgezogen und hätte Browning mitgenommen. Ich dachte, es sei sinnlos, sie aufhalten zu wollen.«

»Sie ist ein siebzehnjähriges Mädchen, Paul«, stellte Holmwood fest. Jedes seiner Worte war schwer und gefährlich wie eine Lawine. »Wollen Sie behaupten, Sie hätten sie nicht zurückhalten können? Soll ich das im Ernst glauben?«

»Nein, Sir«, sagte Turner.

»Lieutenant Browning war erst vor knapp zwanzig Minuten hier bei mir. Er ist Wissenschaftler, Paul, kein Soldat. Ich kann nicht begreifen, wie ausgerechnet Sie solch kriminellen Leichtsinn zulassen konnten.«

»Es geht um ihre Väter«, sagte Turner einfach. »Ich musste

die beiden ziehen lassen. An ihrer Stelle hätte ich genauso gehandelt.«

»Dann sind Sie genau so dumm wie die beiden!«, sagte Holmwood mit vor Zorn lauter werdender Stimme. »Sie lassen sie ins Verderben rennen, nur weil Sie das Gleiche getan hätten? Ich weiß nicht, ob Ihnen das entfallen ist, aber in ihrem Alter waren *Sie* schon zum zweiten Mal mit den Fallschirmjägern in Afghanistan. Browning ist nicht mal ein Agent, verdammt noch mal, und Randall ist auch erst seit ein paar Monaten dabei. Scheiße, dafür sollte ich Sie vors Kriegsgericht stellen!«

Turner starrte in das zornrote Gesicht des Kommissarischen Direktors.

Cal hat recht, dachte er. Was er sagt, ist alles wahr. Stößt Kate etwas zu, ist das deine Schuld. Oder Matt, und natürlich auch Frankenstein. Alles deine Schuld.

»Ich verstehe, Sir«, sagte er. »Erteilen Sie mir einen Befehl.«

Holmwood starrte ihn mit blitzenden Augen an. Er war zorniger, als Turner ihn je gesehen hatte, schien jeden Augenblick platzen zu können.

»Warum haben Sie sie nicht begleitet?«, fragte er.

Turner runzelte die Stirn. »Sir?«

»Hier geht's um Kate und Sie, Paul, erzählen Sie mir bloß nichts anderes. Sie und Kate und Shaun. Wäre in dem Abhörbericht sonst jemands Vater erwähnt worden, hätten Sie nicht im Traum daran gedacht, jemanden auf eigene Faust losziehen zu lassen. Das wissen wir beide. Aber warum sind Sie nicht mitgeflogen, um sie zu beschützen? Wieso haben Sie Victor mitgeschickt? Warum zum Teufel sind Sie noch hier, Paul?«

»Ich wollte mit, Sir«, sagte Turner. »Aber ich konnte nicht.«

»Wieso nicht?«

»Weil ich weiß, wer die Bomben gelegt hat, Sir. Das wollte ich Ihnen gerade melden, als der Abhörbericht gekommen ist.«

Holmwood starrte ihn lange an. »Wer war's?«, fragte er zuletzt.

»Valentins Diener«, antwortete Turner. »Es war Lamberton, Sir.«

»Woher wissen wir das? Wissen wir's bestimmt?«

Turner nickte. »Ja, Sir. Der Sicherheitsdienst hat bestätigt, dass ungefähr zwei Stunden vor der Detonation ein Vampir in Kates Unterkunft war. Valentin hat die TIS-Befragung absolviert, und heute haben wir Marie Carpenter befragt. Sie hat uns erzählt, dass Lamberton in seiner Zelle eine unserer Konsolen benutzt hat.«

»Was könnte ihm eine Konsole nützen?«, fragte Holmwood stirnrunzelnd.

»*Er* braucht sie vermutlich nicht, Sir«, antwortete Turner. »Aber für seinen Auftraggeber könnte sie sehr nützlich sein.«

»Einer von uns?«

»Todsicher, Sir. Kein Außenstehender könnte eine Konsole in Lambertons Zelle schmuggeln, und nur ein Agent müsste die TIS-Befragung fürchten.«

»Haben Sie schon einen Verdacht?«

»Noch nicht, Sir.«

»Jesus, Henry«, flüsterte Holmwood. Er sah auf seinen Schreibtisch. »Du hast mir nie gesagt, was man als Direktor alles aushalten muss.«

»Wie bitte, Sir?«, fragte Turner.

»Nichts«, sagte Holmwood. »Ich habe nicht mit Ihnen geredet.« Er rollte den Stuhl zurück und stand ruckartig auf. »Kommen Sie, wir wollen sehen, wer Lambertons Zügel hält«, sagte er und ging zur Tür.

Die beiden erfahrenen Agenten standen schweigend nebeneinander, als der Aufzug in die Tiefe sank.

Sie hatten schon öfter gemeinsam gekämpft, als sie sich erinnern konnten, Dinge gesehen und getan, die sie lieber vergessen hätten, und Verluste erlitten, die bis zum letzten Atemzug schmerzen würden. Aber selbst während alles um sie herum einzustürzen schien, weil eine Enthüllung die andere jagte, sodass die Last auf ihren Schultern immer schwerer wurde, hätte keiner der beiden irgendetwas ändern wollen. Sie hatten Leben voller großer Wunder geführt, Leben, die vielfältig und erfüllt gewesen waren, und sie waren stolz darauf, Soldaten des Lichts zu sein, die nun wieder einmal ins Dunkel hinabstiegen.

»Was ist, wenn Valentin eingeweiht war?«, fragte Holmwood plötzlich. »Das könnte ein echtes Problem sein.«

»Ich weiß«, bestätigte Turner. »Aber können Sie sich vorstellen, dass er von einem von uns Befehle entgegennimmt?«

»Nein«, sagte Holmwood. »Aber von allem, was er uns hier erzählt hat, glaube ich kein Wort. Bei ihm würde mich sicher nichts verblüffen.«

»Mich auch nicht«, stimmte Turner zu. »Aber ich denke, dass er aus den von ihm genannten Gründen hier ist. Obwohl ich ihm nicht traue, glaube ich nicht, dass er uns schaden will.«

»Hoffentlich haben Sie recht«, meinte Holmwood. »Weil ich mir nicht vorstellen kann, dass er begeistert sein wird, wenn wir seinen Diener pfählen.«

Nun folgte eine lange Pause.

»Es gibt noch etwas, Sir«, sagte der Major.

Holmwood lachte humorlos. »Was kann's noch geben?«, fragte er. »Befindet eine außerirdische Schlachtflotte sich in der Erdumlaufbahn?«

»Nicht, dass ich wüsste«, antwortete Turner. »Es geht um Jamies Rekruten.«

»Morton?«

Der Sicherheitsoffizier nickte. »Er hat sich auf eigene Faust an die Verfolgung des Vampirs gemacht, den sein Team gejagt hat. Das weiß ich von Kate. Jamie und seine Rekrutin sind hinter ihm her.«

»Ich habe Jamie erlaubt, ihn auf die Inaktivenliste zu setzen.«

»Das wollte er offenbar«, sagte Turner. »Aber Morton ist vorher abgehauen.«

»Dagegen können wir jetzt nichts machen«, sagte Holmwood. »Jamie ist ein guter Agent. Er weiß, was er tut.«

»Ja, Sir.«

Der Aufzug bremste und hielt. Als die Tür sich öffnete, hatten sie die Luftschleuse vor sich, die den einzigen Zugang zum Zellenblock bildete. Dahinter begann der lange Gang mit Zellen auf beiden Seiten, von denen eine – die neunte Zelle rechts – Valentin Rusmanovs ältestem Gefährten Lamberton gehörte.

Cal hat recht, dachte Turner, als sie zur Luftschleuse gingen. *Hält Valentin zu Lamberton, kann es hässlich werden. Sehr hässlich.*

Holmwood hielt seinen Dienstausweis an den Türscanner. Sowie das grüne Lämpchen aufleuchtete, tippte er rasch einen Code ein. Das Licht wurde purpurrot, dann öffneten sich die innere und die äußere Tür der Luftschleuse gleichzeitig – ein klarer Verstoß gegen die hier unten geltenden Vorschriften.

»Alles andere dauert zu lange«, sagte Holmwood, als er Turners erstaunten Blick sah. »In fünf Minuten muss ich im Kontrollzentrum sein, um Jack Williams loszuschicken, damit er Ihren Scheiß wieder in Ordnung bringt.«

»Ja, Sir«, antwortete Turner und folgte seinem Vorgesetzten durch die Luftschleuse. Die Wachhabende, eine Agentin des Sicherheitsdiensts namens Jess Nelson, hatte mit sichtlichem Unbehagen ihren Posten verlassen, als die Türen der Luftschleuse sich zischend öffneten. Ihre Miene hellte sich auf, als sie die beiden Männer sah, die aus der Schleuse traten.

»Wen möchten Sie …«, begann sie, aber Turner schnitt ihr das Wort ab.

»Schnappen Sie sich einen Sternwerfer und kommen Sie mit, Agentin.«

Nelson machte große Augen; diese russischen Waffen wurden nur bei höchster Gefahr eingesetzt und standen sonst in der Waffenkammer im Hangar und dem Waffenschrank des Zellenblocks. Aber sie führte Turners Befehl aus, lief ins Wachlokal und kam mit der nach oben gehaltenen großkalibrigen schwarzen Waffe zurück.

»Fertig, Sir«, meldete sie.

Er nickte. »Gut. Mitkommen.«

Holmwood marschierte den Korridor entlang, Turner hielt

mit ihm Schritt. Nelson, die links neben dem Direktor ging, behielt Valentin Rusmanovs Zelle im Auge.

Beinahe, dachte Turner. *Aber nicht ganz. Der falsche Vampir.*

Die drei Agenten passierten Valentins Zelle, ohne langsamer zu werden. Der alte Vampir studierte auf dem Bett liegend eine Partitur; er sah auf und runzelte die Stirn, als die drei Gestalten in Schwarz vorbeimarschierten.

Sie blieben vor Lambertons Zelle stehen und sahen hinein. Der Vampir stand im rückwärtigen Teil des Raums und polierte ein Schuhpaar seines Herrn mit einem hellen Staubtuch; seine Hände bewegten sich so übernatürlich schnell, dass das Tuch kaum sichtbar war, als es das Leder auf Hochglanz brachte.

»Lamberton«, sagte Cal Holmwood.

Der Vampir sah auf und hörte zu arbeiten auf. Er legte das Tuch beiseite und näherte sich dann der UV-Barriere, die verhindern sollte, dass er seine Zelle verließ.

Sie macht ihm anscheinend nicht mehr Schwierigkeiten als seinem Herrn, dachte Turner. *Ich bin allerdings gespannt, wie er's geschafft hat, den Zellenblock zu verlassen.*

»Mr. Holmwood, Mr. Turner«, sagte Lamberton ruhig. »Und Ihren Namen weiß ich leider nicht, Miss. Was kann ich für Sie tun?«

»Sie können ein paar Schritte zurücktreten«, sagte Turner, dessen T-Bone auf das Herz des Vampirs zielte. »Das wäre ein guter Anfang.«

Lamberton wirkte kurzzeitig irritiert, aber er trat zurück und starrte die drei Agenten an.

»Was hat das zu bedeuten?«, fragte eine ruhige, freundliche Stimme auf dem Korridor neben ihnen. Nelson warf sich herum, sah Valentin Rusmanov lässig an der Wand zwischen seiner und Lambertons Zelle lehnen und holte erschrocken tief Luft. Paul Turner sah nur kurz zu ihm hinüber. »Dies betrifft Sie nicht, Valentin«, sagte er. »Gehen Sie bitte wieder in Ihre Zelle.«

»Oh, da bin ich anderer Meinung«, sagte der Vampir lächelnd.

»Jedenfalls solange Sie mit Ihrer kleinen Waffe auf meinen Gefährten zielen.«

Turner sah zu Holmwood hinüber, der wortlos nickte.

»Also gut«, sagte der Sicherheitsoffizier. »Stellen Sie sich neben Ihren Mann. Sie sollen hören, was wir ihm vorzuwerfen haben.«

»Ich bin ganz Ohr, mein lieber Major Turner«, sagte Valentin und schlüpfte mühelos durch die UV-Barriere in die Zelle seines Dieners.

»Herr«, begann Lamberton sofort, »tut mir leid, aber ich weiß nicht ...«

»Still, alter Freund«, sagte Valentin, der weiterhin Turner fixierte. »Unsere Gastgeber erklären uns bestimmt alles. Schnellstens.«

Cal Holmwood räusperte sich. »Ihr Diener hat versucht, Agenten dieses Departments zu ermorden, Valentin. Deswegen sind wir hier.«

»Ich verstehe«, sagte Valentin und kniff die Augen zusammen. »Dafür haben Sie sicher Beweise? Sie erwarten doch wohl nicht, dass wir bei solch schwerwiegenden Vorwürfen allein auf Ihr Wort vertrauen?«

»Der Beweis ist in dieser Zelle zu finden«, sagte Turner. Neben ihm senkte Nelson den Lauf ihres Sternwerfers um einige Grade; er zielte nicht auf die beiden Vampire in der Zelle, war nun aber auch nicht mehr auf die Decke gerichtet.

Valentin sah sich in dem spärlich möblierten Raum um. »Ich muss gestehen, dass ich ihn nicht sehe, Major Turner.«

»Vielleicht sehen Sie nicht genau genug hin«, antwortete Turner und trat auf die UV-Barriere zu.

Aus Lambertons Kehle kam ein Knurren.

Valentin betrachtete seinen Diener, der den Sicherheitsoffizier mit dunkelrot glühenden Augen anstarrte, und runzelte ganz leicht die Stirn. »Legen Sie Ihren Beweis vor, Major Turner«, sagte er ruhig. »Ich möchte ihn gern sehen, falls er existiert.«

»Sehr gern«, sagte Turner und trat durch die Barriere. Der

schimmernde Lichtwall ließ seine Haut kribbeln, als er hindurchging und auf Lambertons tadellos gemachtes Bett zutrat. Er kniete nieder, schob die Hände unter die Matratze und fand sofort, was er suchte.

Einen rechteckigen Gegenstand, dessen Größe und Form seinen behandschuhten Händen sofort vertraut waren.

Gott sei Dank!

Turner tastete den Matratzenrand ab, suchte eine Öffnung in dem Drillichbezug. Hinter ihm ließ Lamberton ein stetiges Knurren hören, das an einen in die Enge getriebenen Hund erinnerte. Kurz vor der rechten Ecke der Matratze glitten Turners Finger durch einen Schlitz in die Matratze; er steckte den Arm bis zum Ellbogen hinein und bekam den Gegenstand zu fassen. Er zog ihn mitsamt einigen Strängen der Füllung heraus, richtete sich dann auf und wies das Fundstück den beiden Vampiren vor.

»Was haben Sie da?«, fragte Valentin.

»Eine tragbare Konsole«, sagte Turner. Er bemühte sich, sein Hochgefühl zu unterdrücken, sich seinen Triumph nicht anmerken zu lassen. »Jeder Agent erhält eine. Aber nicht gefangene Vampire.«

»Was beweist das, Major Turner?«, fragte Valentin. »Hat mein Diener eines Ihrer kleinen Geräte gestohlen, klopfen Sie ihm unbedingt auf die Finger. Dazu haben Sie meinen Segen. Aber ich kann nicht erkennen, wie das einen Mordversuch beweisen soll.«

»Die Ermittlungen wegen des Bombenanschlags auf Ebene B sind heute Nachmittag abgeschlossen worden«, sagte Turner. »Das Ergebnis war eindeutig. Ungefähr zwei Stunden vor der Detonation hat ein Vampir ungefähr vier Minuten in dem betreffenden Raum zugebracht. Im Augenblick befinden sich nur drei Vampire auf dem Stützpunkt. Valentin, Sie und ich haben gestern Morgen ein gutes Gespräch geführt, das bewiesen hat, dass Sie nichts mit dem Anschlag zu tun hatten. Und heute Nachmittag haben wir Marie Carpenter befragt, die ebenfalls nichts damit zu tun hatte. Sie hat uns berichtet, sie habe mehrmals gehört, wie Sie, Lamberton, auf Hartplastik getippt haben. Außerdem hat sie ein Piepsen gehört, das sie nicht einordnen konnte. Ich habe ihr auf meiner Konsole das Doppelpiepsen vorgespielt, das neue Nachrichten signalisiert, und sie hat es wiedererkannt.«

Turner aktivierte die Konsole mit dem Daumen und rief die gespeicherten Nachrichten auf. Es waren zwei, beide gelesen, beide von einem unbekannten Absender: Wo ein Name hätte stehen sollen, stand nur ein Code aus Buchstaben und Ziffern.

»Sie haben die Sprengsätze angebracht«, warf er Lamberton vor. Der Vampir erwiderte seinen Blick mit Augen, in denen rote Glut brodelte. Valentin Rusmanov, der schräg hinter ihm stand, war noch blasser als sonst; er beobachtete seinen Diener mit ganz unergründlicher Miene. »Sie haben Ihre Zelle, diesen Block verlassen – auch wenn ich nicht weiß, wie Sie das geschafft haben – und zwei Bomben gelegt. Bomben, die Lieutenant Randall und mich liquidieren sollten. Oder wollen Sie das etwa leugnen?«

Lamberton knurrte erneut, ohne jedoch zu sprechen. Turner öffnete die Nachrichten. Eine war am Morgen des Vortags eingegangen:

HEUTE / B261 / A86

Meine und Kates Zimmernummer, dachte Turner. Jetzt haben wir dich!

Die zweite Nachricht war nachmittags eingegangen:

DU HAST VERSAGT

Gottverdammt richtig. Da hat er verdammt recht.

Turner warf die Konsole quer durch die Zelle Cal Holmwood zu. Sie hatte seine Hand kaum verlassen, als Lamberton sich mit kehligem Heulen in Bewegung setzte und sie aus der Luft fischte. Er hob sie mit hassverzerrtem Gesicht hoch über den Kopf, um sie auf dem harten Zellenboden zu zerschmettern, als eine Stimme alt und kalt wie der Tod ein einziges Wort sagte.

»Lamberton.«

Der Vampir erstarrte mit erhobenem Arm. Dann ließ er ihn ganz langsam wie in Zeitlupe sinken und wandte sich seinem Herrn zu.

Valentin Rusmanov starrte seinen Diener mit solcher Enttäuschung im Blick an, wie Paul Turner sie noch nie gesehen hatte. Seine Augen brannten in einem blassen, melancholischen Rot, und seine Mundwinkel waren herabgezogen, als habe er etwas Unangenehmes gekostet.

»Hast du getan, was er dir vorwirft?«, fragte er. »Lüg mich nicht an, alter Freund. Nicht jetzt.«

Lamberton starrte Valentin niedergeschlagen an. Er bewegte lautlos die Lippen, als versuche er, irgendeine Kombination von Worten zu finden, durch die er vermeiden konnte, seinen Herrn zu belügen. Zuletzt entrang sich ihm ein jämmerlicher Aufschrei.

»Ich hab's getan, Herr!«, rief er aus. »Es tut mir leid, oh, verzeihen Sie mir, Herr. Ich hab's für Sie getan, allein Ihretwegen.«

Turner hob sein T-Bone, ohne sich dessen bewusst zu sein, und zielte auf Valentin Rusmanov. Das taten auch Cal Holmwood, der die Szene grimmig entschlossen verfolgt hatte, und Agentin Nelson mit ihrem Sternwerfer.

»Für mich?«, fragte Valentin. Er ignorierte das auf ihn zielende Waffenarsenal; seine Aufmerksamkeit galt nur seinem Diener. »Wie meinst du das?«

»Er ist zu mir gekommen, Herr«, sagte Lamberton. Er weinte jetzt mit lauten Schluchzern, die seinen schmächtigen Körper erschütterten. »Einer von *ihnen*, er ist zu mir gekommen, als Sie schliefen, und hat mir erklärt, was ich tun sollte. Er hat mir die Sprengsätze und die Konsole gegeben und mich aufgefordert, sie zu verstecken, bis es so weit sei. Sonst hätte er Sie vernichtet, Herr, er hat gedroht, Sie im Schlaf zu vernichten. Ich hatte keine andere Wahl, Herr. Ich musste gehorchen.«

»Wer ist zu dir gekommen?«, fragte Valentin. Seine Augenfarbe war dunkler geworden, erinnerte jetzt an flüssige Lava. »Wer hat dir das befohlen?«

»Seinen Namen kenne ich nicht, Herr. Er war bei unserer Ankunft hier. Er hat bei diesen Männern gestanden, als sie erstmals hergekommen sind, um mit Ihnen zu sprechen.«

O Gott!, dachte Turner erschrocken. *Die Sonderkommission Stunde null. Wir sind am Morgen nach ihrer Ankunft zu den beiden runtergefahren. An dem Morgen, an dem ich mit der Befragung begonnen habe …*

»Wie hat er ausgesehen?«, fragte Cal Holmwood. Sein aschfahles Gesicht zeigte Turner, dass der Kommissarische Direktor zu demselben Schluss wie er gelangt war.

»Groß«, sagte Lamberton schluchzend. »Schwarzhaarig. Hat hinten neben Mr. Carpenter gestanden. Mehr weiß ich nicht, Ehrenwort!«

»Das ist Brennan«, sagte Turner. Seine Stimme war kaum lauter als ein Flüstern. »Von Anfang an Mitglied der Sonderkommission, Cal. Er weiß alles.«

Holmwood starrte ihn an. »Hat das TIS ihn befragt?«

»Nein, noch nicht.«

»Stellen Sie fest, wo er ist. Lassen Sie seinen Chip orten.«

Der Sicherheitsoffizier hakte seine Konsole vom Koppel los und ließ Richard Brennans Standort feststellen. Das System meldete ihn fast augenblicklich.

»Er ist hier«, sagte Turner hörbar erleichtert. »Auf dem Stützpunkt. Auf dem Vorfeld.«

Holmwoods Konsole summte laut, um ihn an seinen Termin zu erinnern; er stellte den Summton fluchend ab. »Ich muss zu der Einsatzbesprechung mit Jacks Team«, sagte er. »Sie bringen die Sache hier zu Ende, dann schnappen Sie sich Brennan. Lassen Sie das keinen anderen machen. Sie finden ihn, Paul, und Sie bringen ihn zu mir.«

Er machte kehrt und ging durch den Zellenblock davon, ohne Turners Antwort abzuwarten. Der Sicherheitsoffizier sah ihm kurz nach, dann zielte er mit dem T-Bone auf die Brust von Valentins Diener.

»Lamberton«, sagte er. »Sie werden hiermit wegen versuchten

Mordes an Angehörigen dieses Departments zu sofortiger Vernichtung verurteilt.«

Das Schluchzen des Vampirs wurde noch lauter, und er warf seinem Herrn einen flehenden Blick zu. »Herr, ich beschwöre Sie. Ich hab's Ihretwegen getan, um Sie zu beschützen. Ich durfte doch nicht zulassen, Herr, dass Ihnen etwas zustößt. Ich bitte Sie inständig, Herr, lassen Sie nicht zu, dass sie mich töten.«

»Du dachtest, ich könnte mich nicht selbst schützen?«, fragte Valentin bedrohlich leise. »Du hattest eine so geringe Meinung von mir? Du bist nicht mal zu mir gekommen, nachdem du angesprochen worden warst?«

»Ich wollte das selbst erledigen, Herr«, brabbelte Lamberton. »Ich wollte Sie nicht belästigen, Herr, nicht mit etwas so Trivialem. Ich habe mich um Sie gekümmert, Herr, wie ich's immer getan habe, immer tun werde. Was sind zwei tote Menschen, Herr, was hätten sie bedeutet? Sie sind nichts, Herr, aber Sie, *Sie* sind mein ganzes Leben, Herr, mein Ein und Alles. Das durfte ich nicht riskieren, Herr. Verzeihen Sie mir, oh, verzeihen Sie mir.«

»Du hast dich ködern lassen«, sagte Valentin vorwurfsvoll. »Deine Treue zu mir ist ausgenutzt worden – und das so leicht. Du solltest dich schämen.«

»Das tue ich, Herr«, schluchzte Lamberton. »Ich schäme mich zutiefst.«

»Treten Sie beiseite, Valentin«, sagte Turner und zielte über den Lauf seines T-Bones hinweg. »Ich habe ein Urteil zu vollstrecken.«

Lamberton warf seinem Herrn einen letzten verzweifelten Blick zu, den Valentin ausdruckslos erwiderte. Turner atmete aus und drückte ab. In dem beschränkten Raum der Zelle war der Knall des explodierenden Gases ohrenbetäubend laut: ein krachender Donnerschlag, der in ihren Ohren nachhallte. Der Metallpflock verließ den Lauf und raste auf den Vampir zu. Eine Millisekunde später wurde der dünne Draht, den er hinter sich herzog, plötzlich schlaff, als Valentin das Projektil abfing.

Oh, Scheiße, dachte Turner.

Valentin betrachtete den Metallpflock in seiner Hand. »Ich

kann Ihnen nicht gestatten, meinen Diener zu vernichten, Major Turner«, sagte er, ohne auch nur zu dem Sicherheitsoffizier hinüberzusehen.

Lamberton atmete vor Erleichterung blubbernd aus. »Danke, Herr«, schluchzte er. »Oh, ich danke Ihnen ...«

Valentin setzte sich in Bewegung.

Der alte Vampir warf den Metallpflock weg, trat vor und stieß seine Hand in Lambertons Brust. Der Diener riss die Augen auf, als sie bis zum Handgelenk verschwand, während aus seinem Körper das grausige Knirschen zerbrechender Knochen kam. Lamberton warf den Kopf zurück, um zu schreien, aber er brachte keinen Ton heraus; stattdessen schoss ein gewaltiger Blutstrahl aus dem aufgerissenen Mund und spritzte an die Decke, bevor er zu Boden platschte. Vor Anstrengung grunzend zog Valentin die Hand aus der Brust des Dieners und hielt Lamberton das noch zuckende Herz vor sein starres, schmerzverzerrtes Gesicht.

»Du hast dich mit Schande bedeckt«, sagte er und starrte in die entsetzt aufgerissenen Augen seines Dieners. »Und indirekt auch mich. Ich bin zutiefst enttäuscht.«

Lamberton gab eine Serie grausiger, halb erstickter Laute von sich, während Blut aus dem klaffenden Loch in seiner Brust quoll. Valentin erwiderte seinen Blick noch einige Sekunden länger, dann zerquetschte er das langsamer schlagende Herz in seiner Faust. Der kräftige Muskel platzte unter diesem Druck, und im nächsten Augenblick tat das auch Lambertons Körper: Er zerplatzte mit einem gewaltigen feuchten Knall und bespritzte seine Zelle und das blasse Gesicht seines Herrn.

Einige Sekunden lang war nur das sanfte Plätschern herabtropfenden Bluts zu hören. Dann wandte Valentin sich mit dem Blut seines ältesten Freundes getränkt an Turner.

»Das war etwas, das nur ich mir gestatten durfte, fürchte ich«, sagte er. »Ich hoffe, dass Sie das verstehen können. Und dass Sie meine aufrichtige Entschuldigung für alles akzeptieren, was er in meinem Namen getan hat.«

Turner starrte die mit Blut bedeckte Gestalt vor sich an und nickte langsam. Er drückte den Knopf, der den Metallpflock in sein T-Bone zurückspulte, und steckte die Waffe ins Halfter zurück, ohne Valentin dabei aus den Augen zu lassen.

»Dieser Brennan«, fuhr Valentin fort. »Der Mann, mit dem mein Diener gemeinsame Sache gemacht hat. Er ist noch hier auf dem Stützpunkt?«

»Ja«, sagte Turner, der noch immer Mühe hatte, das Gesehene zu verarbeiten. »… Wahrscheinlich versucht er zu flüchten.«

»Sie werden ihn verhaften?«

»Richtig«, bestätigte Turner. Er fühlte den Schock allmählich abklingen, konnte langsam wieder klar denken.

»Major Turner«, sagte Valentin. »Ich würde Sie sehr gern begleiten. Ich habe das Bedürfnis, Wiedergutmachung für die Verbrechen meines Dieners zu leisten.«

Turner öffnete den Mund, um nein zu sagen, dann überlegte er sich die Sache anders.

Er ist hier, dachte er. *Und er hat gerade seinen ältesten Freund vernichtet. Irgendwann werden wir anfangen müssen, ihm zu vertrauen. Auch wenn er lügt, können wir ihm nichts anhaben – also sollten wir uns lieber von ihm helfen lassen.*

»Nelson«, sagte er. »Sie verständigen den Sicherheitsdienst und bleiben hier, bis Sie abgelöst werden.«

Die junge Agentin nickte, und er wandte sich wieder dem Vampir zu. »Los, kommen Sie mit«, sagte er. »Bevor er uns entwischt.«

Valentin flitzte verschwommen durch die UV-Barriere, und Turner staunte wieder einmal über das erstaunliche Tempo des alten Vampirs.

»Von mir aus kann's losgehen, Major Turner«, sagte der Vampir lächelnd.

Der Sicherheitsoffizier beobachtete Valentin Rusmanov, als der Aufzug sie nach oben brachte: Der Vampir wirkte übernatürlich gelassen, wenn man bedachte, was er soeben getan hatte – und wer sein Opfer gewesen war.

Dies könnte das Dümmste sein, was ich jemals getan habe, dachte er. *Was nach dem heutigen Tag wirklich viel gesagt ist.*

Die Aufzugtür öffnete sich und ließ den langen Hauptkorridor der Ebene 0 sehen. Turner setzte sofort zu einem Spurt an und hakte dabei seine Konsole vom Koppel los. Valentin, der mühelos neben ihm herflog, sah neugierig auf den rechteckigen kleinen Bildschirm.

»Wo ist er?«, fragte der Vampir. »Ist er fort?«

»Nein«, sagte Turner. »Er ist noch draußen an der Startbahn. Scheint sich nicht zu bewegen.«

Sie erreichten die zweiflüglige breite Tür, die in den Hangar führte. Der Sicherheitsoffizier rammte sie mit einer Schulter auf, ohne langsamer zu werden; Valentin glitt elegant hinter ihm her durch die Tür.

Die großen Hangartore standen unter dem Nachthimmel offen; draußen verdeckte die wabernde Unterseite des riesigen Hologramms, das den Stützpunkt vor Spionagesatelliten und Aufklärungsflugzeugen tarnte, die meisten Sterne. Turner legte sich in die Kurve wie ein Läufer, der auf die Zielgerade abbiegt, und trabte mit der Konsole in der Hand über den Asphalt des Vorfelds.

»Wie weit noch?«, fragte Valentin.

»Sechshundert Meter«, antwortete Turner. »Geradeaus vor uns.«

»Entschuldigung, Major Turner«, sagte Valentin, dann verschwand er aus Turners Blickfeld. Der Sicherheitsoffizier machte erschrocken halt.

Nein nein nein. Verdammter Verräter.

Er griff nach seinem T-Bone, als unnatürlich starke Hände ihn unter den Armen packten und mühelos hochhoben.

Valentin Rusmanov schoss wie eine abgefeuerte Kugel vorwärts und riss Paul Turner in wenigen Zentimetern Höhe über Asphalt und Gras hinweg, die vor seinen Augen verschwammen; das aberwitzige Tempo des Vampirs war unmöglich und unnatürlich. Keine zwei Sekunden später stieg Valentin leicht in die

Höhe, bevor er herabging und leicht wie ein Schmetterling aufsetzte. Er ließ Turner los, der wie ein Betrunkener torkelte.

»Wo ist er?«, fragte der Vampir. »Ich kann ihn nicht sehen. Oder riechen.«

Turner konzentrierte sich mühsam auf seine Konsole. Laut dem Plan auf ihrem Display waren sie keine zwanzig Meter von Agent Brennan entfernt. Im flackernden Halbdunkel unter dem Hologramm ragte vor ihnen eine breite schwarze Masse auf.

»Was ist das?«, fragte Valentin. »Riecht eigenartig.«

»Ein kleiner Park«, antwortete Turner und zog seine Pistole. »Ein Rosengarten. Zum Andenken an zwei Agenten, die hier tödlich verunglückt sind.«

»Er ist dort drinnen? Dieser Mann, den wir suchen?«

»Das zeigt mein Gerät an«, antwortete Turner. Er hakte die Konsole ein und zog die Stablampe aus der Koppelschlaufe.

»Gut, dann los«, sagte Valentin und schwebte übers Gras auf den Rosengarten zu. Turner schritt neben ihm aus, bis sie die Lücke in der Natursteinmauer erreichten, die den Parkeingang bildete. Er betrat einen der Holzstege zwischen den riesigen Rosenbeeten, schaltete seine Lampe ein, leuchtete den dunklen Garten ab und war sich fast sicher, was sie zu sehen bekommen würden.

Nichts.

Nirgends eine Spur von Richard Brennan.

Die Stablampe zeigte ihm einen Farbklecks im rückwärtigen Teil des Gartens, und er ging darauf zu. Valentin schwebte wortlos neben ihm her; auch er hatte offenbar erkannt, dass ihre Verfolgung vergeblich gewesen war. Vor ihnen stand die Holzbank, die an John und George Harker erinnerte, deren Namen in eine Bronzeplakette an der Rückenlehne eingraviert waren. Turner ließ den Lichtfinger seiner Lampe langsam darübergleiten und sah nun, wohin die Konsole sie geführt hatte.

Auf und unter der Bank hatten sich Blutlachen angesammelt. Das Blut war fast angetrocknet, aber anfangs war es durch die Spalten zwischen den Holzleisten gelaufen und auf den Boden getropft. Mitten in dieser dunklen Pfütze glitzerte ein kleines Metallquadrat im weißen Licht von Turners Stablampe.

»Er hat sich den Chip herausgeschnitten«, sagte der Major betroffen. »Aus dem eigenen Arm rausgeschnitten. Jetzt kann er überall sein.«

Neben ihm stehend begutachtete Valentin das blutbefleckte Andenken, das Brennan für seine Verfolger zurückgelassen hatte. »Auf die Bank ist irgendwas gesprüht«, sagte er. »Ich kann die Farbe riechen.«

Turner, der bereits ahnte, was er sehen würde, vergrößerte den Leuchtbereich der Stablampe.

Auf der Rückenlehne der Bank standen drei hingeschmierte Worte, die die Bronzeplakette mit leuchtend grüner Sprühfarbe entweihten.

ER
KEHRT
ZURÜCK

Einige Sekunden lang standen Mann und Vampir schweigend nebeneinander.

Paul Turner fühlte sich plötzlich müder als jemals zuvor in seinem langen, ereignisreichen Leben. Es gab ein Limit dafür, wie viel ein Mensch ertragen, wie viel er absorbieren und trotzdem weiter einen Fuß vor den anderen setzen konnte, und er hatte erstmals das Gefühl, es könnte bald erreicht sein. Alles erschien ihm finster wie ein Tunnel, in dem das Licht am Ende sich weiter und weiter entfernte. Brennan war fort – und mit ihm vermutlich alle Diskussionen, die sie jemals über Dracula geführt hatten, ihre Theorien, Annahmen und die Anfänge ihrer Strategie im Kampf gegen ihn.

Das bedeutete nicht etwa, dass sie wieder auf Start standen, sondern warf sie noch viel weiter zurück.

»Ich kann sie aufspüren, wissen Sie«, sagte Valentin. In seiner Stimme lag verhaltenes Feuer. »Dracula. Meinen Bruder. Wenn

Sie mich lassen, kann ich sie finden. Ich kann zurückkommen und Ihnen sagen, wo sie sind.«

Der Sicherheitsoffizier zuckte mit den Schultern. »Nehmen wir mal an, Sie wollten weg ...«, sagte er. »Ich glaube, wir wissen beide, dass ich Sie nicht aufhalten könnte.«

»Aber Sie würden sich bestimmt alle Mühe geben«, sagte Valentin mit der Andeutung eines Lächelns. »Auf diese Erfahrung möchte ich gern verzichten. Lieber wär's mir, mit Ihrem Einverständnis zu gehen.«

Turner betrachtete das Gesicht des uralten Vampirs einige Sekunden lang prüfend. »Also los, gehen Sie«, sagte er und lächelte ihn an. »Spüren Sie sie auf. Und kommen Sie zurück. Lassen Sie mich nicht als einen Idioten dastehen, der Ihnen vertraut hat.«

»Verlassen Sie sich drauf«, sagte Valentin. Er nickte Paul Turner kurz zu, dann stieg er in den Nachthimmel auf und war fort.

55

Extrablatt, Extrablatt!

Kate Randall saß mit beiden Händen auf den Knien hinten in dem Hubschrauber und versuchte, ihr jagendes Herz zu beruhigen. Neben ihr hockte Matt Browning, auf dessen blassem, sanften Gesicht ein entschlossener Ausdruck lag, während er den Boden zwischen seinen Stiefeln anstarrte. Ihnen gegenüber saß Colonel Frankenstein, dessen mächtiger grau-grüner Schädel fast die Decke streifte. Er beobachtete die beiden schweigend mit seinen ungleichen Augen, ohne sich anmerken zu lassen, was er dachte.

Sie waren vor zwanzig Minuten auf dem Stützpunkt gestartet; ihr Hubschrauber war in den dunkler werdenden Abendhimmel aufgestiegen und nach Süden abgeflogen. Gleich nach dem Start hatten die Piloten die voraussichtliche Ankunftszeit durchgegeben, und seitdem herrschte in der Kabine Schweigen. Kate war das nur recht, denn sie hatte keine Lust auf ein langes Gespräch darüber, wohin sie flogen und was sie dort tun würden. Dies war kein gewöhnlicher Einsatz, bei dem der Nachrichtendienst sie mit Informationen über die Umgebung, die ungefähre Zahl der Gegner und ihre Motivation versorgt hätte.

Dieser Einsatz war anders.

Sie hatten keine Ahnung, wie viele Vampire sie erwarten würden: Albert Harker konnte allein sein oder eine ganze Armee um sich geschart haben. Erst recht nicht wussten sie, was Harker vorhatte, obwohl ihr Ziel – die Druckerei eines der größten englischen Boulevardblätter – darauf schließen ließ, dass irgendwelche Enthüllungen geplant waren. Ob sie Vampire oder Schwarzlicht oder beide betreffen würden, blieb abzuwarten. Wichtig war auch, dass keiner der beiden sich vorstellen konnte, wie ihre Väter in diese Sache hineingeraten waren.

Kate sah zu Matt hinüber. Sie versuchte, sich seinetwegen keine Sorgen zu machen, aber das gelang ihr nicht. Er besaß keinerlei Einsatzerfahrung und hatte auf dem Stützpunkt nur eine verkürzte Grundausbildung erhalten. Das war verständlich, denn er war nicht als Agent, sondern für das Projekt Lazarus angeworben worden; zur Waffe würde er höchstens greifen müssen, wenn es galt, den Stützpunkt gegen einen Angriff zu verteidigen. Ein Teil ihres Ichs war der Überzeugung, sie hätte ihn nicht mitnehmen dürfen; wenn ihm etwas zustieß, würde sie sich Vorwürfe machen müssen. Aber sie wusste auch, dass sie ihn nicht mit gutem Gewissen hätte zurücklassen können, denn es wäre unvertretbar gewesen, ihm diese Information vorzuenthalten.

»Fünf Minuten«, meldete der Pilot.

»Okay«, polterte Frankenstein, dann bedachte er Kate mit einem schwachen Lächeln. »Sind Sie bereit?«

Das Monster machte ihr keine Sorgen. Der Hüne hatte sich freiwillig gemeldet, obwohl er schon länger nicht mehr im Einsatz gewesen war, er hatte mehr Erfahrung als der Rest des Departments zusammen, und Kate war heilfroh, ihn an ihrer Seite zu wissen.

»Ich bin bereit«, sagte sie.

Albert Harker lächelte, als er hinter der mit Kevin McKennas Blut befleckten Empfangstheke hervor auf Pete Randall zukam.

Die grässlichen Augen glühten dunkelrot, fast schwarz, und Pete war sich bei ihrem Anblick sicher, dass es mit ihm vorbei sei. Aber der qualvolle Tod, mit dem er fast rechnete, blieb aus; stattdessen klopfte Albert Harker ihm nur auf den Rücken.

»Für uns gibt's kein Zurück, Pete«, sagte er. »Wir gehen unseren Weg zu Ende.«

Harker nahm ihn in den Maschinensaal mit, wo er sich den vier Männern zuwandte, die Greg Browning zuvor gefesselt hatte. Hier war der Lärmpegel ohrenbetäubend hoch; die Anlage war wieder angelaufen und spuckte fertige Exemplare der veränderten Ausgabe von *The Globe* mit Kevin McKennas letztem Artikel aus. Während die Gefesselten den mit Blut getränkten Vampir mit sprachlosem Entsetzen anstarrten, bemühte Pete sich, wieder einen klaren Kopf zu bekommen; McKennas unfassbar grausiger Tod und der schwere Kopftreffer, den er erst vor wenigen Minuten erhalten hatte, bewirkten, dass Pete kaum funktionsfähig war.

Der Vampir trat auf die ihm nächsten Männer zu, die während Petes kurzer Bewusstlosigkeit wegzukriechen versucht hatten, und riss ihnen mit zwei knappen Handbewegungen die Kehle auf. Blut sprudelte auf den Betonboden: ein scharlachroter See, der sich widerwärtig rasch vergrößerte. Die beiden anderen Männer schrien mit vor Entsetzen geweiteten Augen auf. Sie versuchten sich wegzuschlängeln, als Harker sich ihnen breit grinsend und mit rot glühenden Augen näherte.

»Nicht ...«, brachte Pete heraus. »Bitte ...«

Der Vampir fuhr herum. »Was soll ich nicht tun?«, fragte er. »Was getan werden muss? Ihr Mut verlässt Sie vielleicht, aber meiner bleibt unerschütterlich.«

»Sie haben gesagt ... dass keinem ... was geschieht.«

Harker seufzte. »Glauben Sie mir, so hätte ich's gern gehabt, Pete. Aber Kevin hat das leider für uns alle geändert. Jetzt werden sie kommen, und wir müssen bereit sein.«

Pete starrte ihn mit Tränen in den Augen an. Dafür hatte er nicht unterschrieben; *dafür* hatte er nicht seinen ganzen Mut zusammengenommen und war ins Unbekannte gereist, um mitzumachen. Dies war Mord, Terror gegen Unschuldige.

Dies war Wahnsinn.

Harker hob die beiden weinend um sich schlagenden Männer mühelos hoch und wandte sich Pete zu. »Sie gehen mit den anderen zur Ladebucht«, wies er ihn an. »Dort werden Sie reinkommen. Los, los, Beeilung!«

Pete sah den Maschinensaal entlang. An den Rolltoren in der Rückwand konnte er Greg Browning sehen, der vier Männer in blauen Overalls herumscheuchte. Drei von ihnen stapelten Zeitungsbündel frisch aus der Presse auf einer Palette, während der vierte Mann auf einem Gabelstapler sitzend darauf wartete, sie im Frachtraum eines wartenden Lastwagens verladen zu können. Bis das Abfahrtszeichen kam, saß der LKW-Fahrer vermutlich sicher im Fahrerhaus, ohne zu ahnen, was sich weniger als zwanzig Meter hinter ihm abspielte.

Pete fragte sich kurz, ob er flüchten könne, ob er sich in der unübersichtlichen Maschinerie verstecken könne, aber dann wurde ihm sofort klar, warum dieser Versuch scheitern würde: Harker konnte über den Maschinen schweben, um ihn zu suchen, war zehnmal schneller und stärker als er und konnte ihn vermutlich sogar atmen hören.

Er würde weiter warten und auf eine Gelegenheit hoffen müssen, den Horror, den er freizusetzen geholfen hatte, wiedergutzumachen.

Jack Williams stand mit eingehakter Sicherungsleine neben der offenen Kabinentür des Hubschraubers. Todd McLean, sein australischer Rekrut, der Shaun Turner ersetzt hatte, und Angela Darcy, die er vorübergehend in sein Team berufen hatte, als ihr eigenes dezimiert worden war, beobachteten ihn aufmerksam, um zu sehen, ob er seinen kochenden Zorn beherrschen konnte.

Er war *wütend* auf Kate und Matt, weil sie Jagd auf Albert Harker machten, und unendlich enttäuscht darüber, dass sie ihn nicht eingeweiht hatten. Er hätte sie natürlich mitgenommen, klar hätte er das getan, und es kränkte ihn, dass Kate nicht daran gedacht hatte. Und ein Teil seines Ichs, der ehrgeizige Teil, der eines Tages der Direktor von Schwarzlicht sein wollte, ängstigte sich bei der Vorstellung, sie könnten Erfolg haben und Albert Harker vor seinem Eintreffen vernichten.

Mir, dachte Jack, während der Hubschrauber im Tiefflug über das Land raste. *Er gehört mir.*

Pete Randall ging unter der lärmenden Maschinerie hindurch wie ein Verurteilter zum Galgen.

Albert Harker, der in jeder Hand einen Gefesselten hielt, flog mühelos über ihm. Als sie die weite Fläche der Ladebucht erreichten, auf der Greg Browning und die vier Arbeiter in Blaumännern die Arbeit einstellten, um ihre Annäherung zu beobachten, leuchteten die Augen des Vampirs freudig hellrot auf. Er landete steil, ließ einen der Männer achtlos fallen, drehte sich um und warf den anderen über die turmhohen Maschinen. Der Unglückliche kreiselte durch die Luft, unmöglich hoch, und kam außer Sicht. Bald darauf war ein grausig dumpfer Schlag zu hören, als sei ein Zementsack aufgeschlagen.

»Ihr arbeitet weiter!«, knurrte Harker die Arbeiter an, die ihn unter Schock stehend anglotzten. »Dann überlebt ihr diese Nacht vielleicht. Kommt ihr auf dumme Ideen und wollt vielleicht flüchten oder gegen mich oder meine Begleiter rebellieren, erinnert euch lieber daran, was gerade passiert ist. Unsere Umstände haben sich geändert, aber eure Rolle bleibt gleich. Bindet euren Kollegen los, beladet die Lastwagen und lasst sie planmäßig abfahren. Alles andere geht euch nichts an.«

Die vier Männer starrten ihn schreckensstarr an.

»Weiterarbeiten!«, blaffte Harker.

Die Männer liefen auseinander; drei rannten mit gesenkten Köpfen auf ihre Posten zurück. Der vierte Mann schlurfte vorwärts, beugte sich zu dem Kollegen hinunter, den Harker mitgebracht hatte, und zerschnitt mit seinem Taschenmesser die Kabelbinder, mit denen er gefesselt war.

Die große Anlage war inzwischen weitergelaufen, sodass sich am Ende des letzten Förderbands Zeitungsbündel auftürmten … Während die Arbeiter sich hastig daranmachten, den Stau aufzulösen, betrachtete Pete die Titelseite mit Kevin McKennas schockierender Schlagzeile und empfand nichts. Davon hatte er geträumt: von einem kühnen Plan, um die Öffentlichkeit darüber aufzuklären, was ihr verschwiegen wurde; allein beim Anblick der Zeitungen wurde ihm fast schlecht.

Er hob den Kopf und sah, dass Greg Browning ihn anstarrte. Auf seinem Gesicht stand ein völlig verzweifelter Ausdruck, der Pete bewies, dass sein neuer Freund das Gleiche empfand wie er selbst.

Verrat. Enttäuschung.

Angst.

Albert Harker stieg in die Luft und schwebte über den Rolltoren, um die unter ihm arbeitenden Männer zu beaufsichtigen. Dabei sahen seine roten Augen immer wieder zum Eingang des Maschinensaals hinüber, und Pete glaubte zu wissen, warum: Der Vampir rechnete damit, dass sie bald Besuch bekommen würden.

Greg krümmte die Finger seiner Rechten zu einer winzigen, subtilen Komm-her-Geste. Pete schlenderte möglichst lässig ans Förderband und gab vor, die vorbeilaufenden Zeitungen zu inspizieren. Greg näherte sich dem Band von der anderen Seite und hielt den Kopf gesenkt, als konzentriere er sich auf seine Arbeit.

»Wo ist McKenna?«, wisperte er kaum hörbar.

»Tot«, sagte Pete mit leiser, zitternder Stimme. »Von Harker umgebracht.«

»Wieso?«, fragte Greg. »Warum, zum Teufel?«

»Er hat die Polizei angerufen«, sagte Pete. »Hat mich niedergeschlagen und vom Empfang aus mit der Polizei telefoniert. Dafür hat Harker ihm die Kehle aufgerissen.«

»Jesus«, flüsterte Greg. »Warum hat Kevin das gemacht? Dies ist doch seine Sache.«

Pete schüttelte kaum merklich den Kopf. »Nein, das glaube ich nicht«, sagte er. »Ehrlich gesagt denke ich, dass sie's nie war. Aber das hat McKenna wohl erst zu spät begriffen. Dies ist Harkers Ding. McKenna, du, ich … wir sind nur Werkzeuge, die er skrupellos gebraucht. Und ich will dir noch was sagen, Greg: Ich glaube nicht, dass wir hier jemals lebend rauskommen sollten.«

»Wie meinst du das?«

»Denk mal darüber nach. Was haben wir hier verloren? Harker braucht uns nicht, um sein Ding durchzuziehen. Das könnte er auch allein. Und McKennas letzte Worte zu mir waren:

›Das tue ich für Sie.‹ Ich glaube, dass er erkannt hatte, dass er getäuscht und belogen worden war, und etwas dagegen unternehmen wollte.«

»Aber Harker tut genau das, was er uns gegenüber angekündigt hat«, sagte Greg. Er streckte die Hand aus, nahm eine Zeitung vom Förderband, gab vor, sie zu begutachten, und legte sie zurück. »Es passiert wirklich, Pete. Die Öffentlichkeit wird aufgeklärt.«

»Und fünf unschuldige Männer sind tot«, sagte Pete. »Er tut, was er gesagt hat, aber ich bezweifle, dass er's aus den gleichen Gründen tut wie du und ich – aus den Gründen, die er Kevin und uns erzählt hat. Für ihn geht es um Rache. Er glaubt zu wissen, dass Schwarzlicht-Agenten hierher unterwegs sind, aber das macht ihm keineswegs Angst. Er ist nur *aufgeregt*.«

»Warum?«

»Weiß ich nicht«, zischte Pete. »Aber was passiert mit uns, glaubst du, wenn er recht behält und die Männer in Schwarz aufkreuzen? Klar, wir haben niemanden ermordet, aber du hast diese Männer gefesselt, und ich habe untätig dabeigestanden, als er zweien die Kehle aufgerissen hat. Wir müssen hier raus.«

»Aber wie?«, fragte Greg. Als er kurz den Kopf hob, sah Pete nackte Angst im Blick seines neuen Freundes. »Wir können nicht gegen ihn kämpfen, nicht zu zweit. Ich bezweifle sogar, dass wir ihm zu siebt gewachsen wären, selbst wenn wir die anderen zum Mitmachen überreden könnten.«

»Weiß ich auch nicht«, sagte Pete. »Ich habe keinen Plan. Aber wir müssen uns etwas einfallen lassen, denn wenn Albert recht behält, wird hier alles noch schlimmer.«

Der Hubschrauber mit Kate Randall, Matt Browning und Victor Frankenstein setzte rumpelnd neben der Druckerei von *The Globe* auf.

Der Parkplatz war leer; Müll und Plastiktüten wurden vom Rotorabwind über den Asphalt geblasen, auf den Straßenlampen ihr blasses, bernsteingelbes Licht warfen. Frankenstein war mit einem Satz aus der Maschine, dann drehte er sich um und streckte die Hand aus. Kate und dann auch Matt ließen sich bereitwillig beim Aussteigen helfen. Sobald alle drei auf dem Asphalt standen, startete der Hubschrauber mit aufheulenden Triebwerken und verschwand am Nachthimmel der Großstadt.

Matt sah ihm nach. Sein Magen fühlte sich an wie mit Beton ausgegossen: ein schmerzhafter, unaufhörlicher Druck, der es schwierig machte, einen Fuß vor den anderen zu setzen. Er hatte Angst; das wusste Kate, und Frankenstein wusste es bestimmt auch. Aber das war in Ordnung. Er hoffte nur, dass sie auch erkannten, dass er sie unter keinen Umständen im Stich lassen würde.

Das Druckhaus ragte vor ihnen auf: ein riesiger grauer Kasten mit einem verglasten Empfangsbereich. Selbst aus gut zwanzig Metern Entfernung konnte Matt erkennen, dass mindestens eine Glasscheibe zersplittert und der transparente kleine Bereich größtenteils rot verfärbt war.

»Blut«, sagte er und wies mit einem behandschuhten Finger darauf. »Jede Menge.«

»Das sehen wir«, sagte Kate. »Also los! Ab sofort gilt: Feuer bei Feindkontakt! Matt, dein und mein Visier bleiben ständig geschlossen. Niemand darf sehen, wer wir sind. Verständigung nur über Funk. Ist das klar?«

»Klar«, bestätigte Matt. Er klappte sein Visier herunter und staunte wie jedes Mal wieder über die Hochtechnologie, die in dem dünn beschichteten Kunststoffteil steckte. Kate tat das Gleiche, dann hörte er ihre Stimme in seinem Ohr. »Kann's losgehen, Matt?«

»Ich bin so weit«, antwortete er so überzeugend wie möglich. »Geh voraus.«

Das tat Kate, die jetzt ihr T-Bone zog und es mit beiden Händen so vor dem Körper hielt, dass eine Hand unter dem Lauf und die andere am Abzug lag. Matt folgte ihrem Beispiel und spürte die Waffe schwer in seinen Händen. Frankenstein ließ sein T-Bone am Koppel, aber er zog die riesige silberne Schrotflinte aus dem Futteral, das schräg über seinem Rücken hing. So marschierten sie zu dritt nebeneinander her wie Revolvermänner, die kurz vor 12 Uhr Mittag auf der Main Street einer alten Westernstadt unterwegs waren.

Die Eingangstür hätte von innen elektrisch geöffnet werden müssen, aber Frankenstein drückte einfach gegen den Türgriff, bis das Schloss nachgab. Kate trat mit Matt dicht hinter sich ein. Der Geruch stieg ihm sofort in die Nase: der schwere, kupfrige Geruch des Bluts, das Boden und Theke bedeckte und in Bächen von den Glaswänden herablief. Frankenstein ging um die Theke herum und beugte sich zu dem Wachmann hinunter, der dahinter lag. Bei dem anderen konnte er mit einem kurzen Blick feststellen, dass seine Kehle weit aufgerissen war.

»Tot«, sagte Frankenstein. »Muss zuvor eng gefesselt gewesen sein. Seine Hände sind ganz blau.«

»Irgendwas ist schiefgegangen«, meinte Kate. »Ich glaube nicht, dass dieses Blutbad Absicht war. Dafür ist es von draußen zu gut zu sehen.«

»Richtig«, stimmte Frankenstein zu. »Ich möchte, dass ihr besonders vorsichtig seid. Vielleicht ist dieses Ungeheuer dabei, durchzudrehen.«

Matt, dessen Magennerven rebellierten, nickte stumm. Er hatte schon oft Blut gesehen – auch sein eigenes, das aus der Wunde herausgesprudelt war, die Larissa in seinem Hals hinterlassen hatte, aber er war längst nicht so daran gewöhnt wie seine Gefährten.

»Kommt«, sagte Kate. »Wir wollen sehen, mit wem wir's zu tun haben.«

Sie durchquerte den blutbespritzten Empfangsbereich und betrachtete die schwere zweiflüglige Tür, die vermutlich in die Zeitungsrotation führte. Sie hing leicht schief in den Angeln, als hätten unnatürliche Kräfte auf sie eingewirkt. Matt holte tief Luft, dann trat er neben Kate. Frankenstein, der beide weit überragte, bildete die Nachhut.

Kate streckte die Linke aus, legte sie auf den Türgriff und öffnete den Flügel einen Spalt weit. Sofort wälzte sich eine lärmende Kakophonie von Geräuschen heran, die ihre Ohren überflutete. Matt zuckte unwillkürlich zusammen. Kate stieß den Türflügel weiter auf und schlüpfte hindurch. Matt und Frankenstein folgten ihr dichtauf.

Vor ihnen lag ein riesiger Maschinensaal mit einem komplexen Labyrinth aus Stahl, Kunststoff und Gummiförderbändern. Matt, der technische Höchstleistungen, vor allem in solchen Größenordnungen, stets genoss, starrte es fasziniert an, bis Kate ihn am Arm packte und ihm erklärte, er stehe in einer Blutlache. Er blickte hastig an sich hinab und spürte, wie seine Magennerven sich verkrampften.

»Jesus«, sagte er leise. Als er sich dann umsah, war ihm sofort klar, woher die Blutlache unter seinen Stiefeln kam. An der Wand lagen zwei Männer mit aufgerissenen Kehlen und blicklos starrenden Augen. Frankenstein kniete bei ihnen nieder, tastete mit langen grau-grünen Fingern nach einem Puls an ihrem Hals und schüttelte den Kopf.

»Wo sind sie?«, fragte Matt halblaut. »Harker. Unsere Väter?«

»Irgendwo hier drinnen«, sagte Kate.

»Erzähl mir bloß nicht, dass wir uns teilen wollen, um sie zu suchen«, sagte Matt. »Das wäre eine wirklich bescheuerte Idee.«

Kate lächelte hinter ihrem Visier. »Nein, wir bleiben zusammen«, sagte sie. »Wie wir's vereinbart haben.«

56

Wir sorgen für unsere Leute

Die plötzliche Hitze in dem Büro über dem Lagerhaus war überwältigend, als die Flammen über Boden und Wände züngelten.

Jamie spürte, dass die eingeatmete Luft ihm Nase und Rachen verbrannte, wandte sich wieder dem Inferno zu und tastete in dem anschwellenden feurigen Wirbelsturm nach Ellison. Sie hatte ihr Visier schließen können, aber sie stand zusammengekrümmt und laut hustend da, während Flammen um ihre Beine züngelten. Die Schwarzlicht-Uniformen waren schwer entflammbar, aber Jamie hielt sie nicht für wirklich feuerfest.

Er stürzte sich in die Flammen, rief dabei Ellisons Namen. Sie richtete sich auf und streckte eine behandschuhte Hand aus; als Jamie sie ergriff, fühlte er, dass die Hitze allmählich durch seinen Overall drang, und spürte auch, dass sein ganzer Körper mit einer dünnen Schweißschicht überzogen war. Er umklammerte Ellisons Hand und riss sie mit sich. Sie stolperte durchs Feuer: eine dunkel flimmernde Gestalt in dem Inferno, in das der kleine Raum sich verwandelt hatte. Über sich hörte Jamie ein grausiges Knacken, während starker Fettgeruch in seine Nase drang: John Mortons Leiche begann wie ein Stück Fleisch am Spieß zu brennen.

Jamie packte seine Teamgefährtin an einer Schulter und stieß sie mit aller Kraft durch die offene Tür. Ellison stolperte über die eigenen Füße, aber sie ging erst zu Boden, als sie die dunkle Kühle des Korridors erreicht hatte. Er rannte hinter ihr her, fühlte die Hitze an seinem Rücken unerträglich werden und glitt neben ihr zu Boden. Sie hustete wieder und zitterte dabei am ganzen Körper, während sie die Arme um ihren Unterleib schlang. Jamie klappte ihr Visier hoch; ihr Gesicht war rot angelaufen, aber ihre

Augen waren klar, obwohl sie heftig tränten. Ellison schob ihn mit zornig blitzenden Augen von sich weg.

»Los, hinterher!«, krächzte sie. »Ich komme allein zurecht.«

Jamie vergeudete keine Sekunde, um zu fragen, ob das wirklich ihr Ernst sei; er sprang auf und spurtete den Korridor entlang davon – in die einzige Richtung, die Alastair Dempsey genommen haben konnte.

Seine Stiefel polterten auf den Stahlstufen, als er je zwei auf einmal nehmend die Treppe hinuntereilte. Unterwegs betätigte er den Schalter an seinem Koppel, um auf thermografische Bildgebung umzustellen. In der Luft schwebte noch ein Hauch von Restwärme, als er die Tür am Fuß der Treppe mit einer Schulter auframmte und in die höhlenartige Leere des aufgegebenen Lagerhauses stürmte.

Jamie suchte es rasch nach der verräterischen Säule aus gelbweißer Wärme ab, die kein Vampir tarnen konnte, aber er sah nichts. Als er wieder auf normale Sehweise umschaltete, entdeckte er sofort, was sich verändert hatte: ein Flügel der ins Freie führenden Tür stand halb offen. Durch das schmale Rechteck, dessen Ränder sich im trüben Licht der Straßenbeleuchtung abzeichneten, regnete es herein.

Während Jamie darauf zurannte, nahm er über Funk Verbindung mit dem Ring auf. Eine Sekunde später meldete sich ein Agent der Überwachungsabteilung.

»Dempsey, Alastair, Prioritätsstufe eins!«, rief Jamie. »Habt ihr ihn?«

»Ihr Code?«, fragte die Stimme.

»Carpenter, Jamie, NS303, 67-J«, schrie er. »Seine Position?«

»Kommt sofort«, sagte der Agent. »Dreihundert Meter Südsüdwest Ihrer Position. In Bewegung.«

Jamie zwängte sich durch die halboffene Tür und stürmte auf die Straße hinaus. Es regnete stark, und ein böiger Wind trieb ihm dicke Tropfen ins Gesicht. Er hob seine Konsole, fand seine Position auf dem beleuchteten Stadtplan und spurtete die Bridle Lane entlang davon.

»Haltet mich auf dem Laufenden!«, verlangte er, während seine Stiefel über den Asphalt polterten. »Verliert ihn bloß nicht!«

Jamie rannte mit pumpenden Armen und jagendem Herzen, als hinge sein Leben davon ab.

Nicht diesmal, dachte er. *Du entkommst mir nicht wieder.*

Mehrere Männer und Frauen, die gegen den Regen vermummt waren oder ihn betrunken ignorierten, starrten ihn an, als er vorbeirannte, aber er achtete nicht auf sie. Jamie wusste, dass er gegen eine Grundregel von Schwarzlicht verstieß, wenn er sich öffentlich zeigte, aber das war ihm im Augenblick egal.

Wichtig war nur, dass Alastair Dempsey vernichtet werden musste.

Rechts voraus öffnete sich eine schmale Gasse, auf die er auf dem nassen Asphalt schlitternd zuhielt. Sein Schwerpunkt veränderte sich, sodass Jamie schon glaubte, er werde stürzen, aber dann trug sein Schwung ihn um die Kurve, und er beschleunigte wieder.

»Entfernung?«, fragte er laut. Vor ihm wurde die Gasse zunächst enger, aber sie war keine Sackgasse, und er spurtete auf die Engstelle zu.

»Hundertneunzig Meter«, antwortete der Agent des Überwachungsdiensts. »Kurs unverändert.«

Hole auf. Ich erwische ihn.

Dempsey schien es nicht sehr eilig zu haben. Jamie fragte sich, ob er glaubte, die Verfolger mit seinem Brandanschlag erledigt zu haben, aber er bezweifelte, dass der Vampir so selbstgefällig sein würde. Wahrscheinlicher war, dass er nichts von den weitreichenden Überwachungsmöglichkeiten von Schwarzlicht ahnte. Vermutlich glaubte er, in Kombination mit einer Regennacht in diesem verwinkelten Gebiet von Central London reiche sein Vorsprung aus, um sein Entkommen zu garantieren.

Falsch, dachte Jamie, wobei er die Zähne zu einem grimmigen Lächeln fletschte. *Völlig falsch.*

Er erreichte das Ende der Gasse und spurtete über die Straße, ohne langsamer zu werden; wäre dort ein Taxi unterwegs gewesen, hätte seine Jagd auf Alastair Dempsey im Krankenhaus oder auf dem Friedhof enden können. Aber die Straße war leer. Die Einmündung der auf der gegenüberliegenden Seite weiterführenden Gasse war mit Müllsäcken und sich auflösenden Pappkartons zugestellt; Jamie pflügte hindurch und rannte weiter.

»Position?«, fragte er keuchend.

»Fünfundvierzig Meter«, meldete der Agent sofort. »Genau vor Ihnen.«

»Jamie?« Das war Ellisons Stimme: heiser, kaum mehr als ein Krächzen, aber voller Entschlossenheit. »Wo sind Sie?«

»Überwachung«, verlangte Jamie, während er weiterrannte. »Führen Sie Agentin Ellison zu mir.«

Während der Agent begann, seine Teamgefährtin zu dirigieren, blendete Jamie die beiden aus und konzentrierte sich nur darauf, Alastair Dempsey zu verfolgen. Vor ihm führte die menschenleere Gasse ziemlich lange geradeaus weiter, bis sie in die belebte Lexington Street mündete.

Ich müsste ihn fast eingeholt haben. Wo zum Teufel steckt er?

Er schaltete auf thermografische Bildgebung um und entdeckte ihn sofort.

Der Vampir folgte der Dachkante des Gebäudes, das die rechte Begrenzung der Gasse bildete: ein heller Klecks aus Weiß und Orangerot über dem dritten Stock, den Jamie ohne sein Visier nie gesehen hätte. Er machte halt, drückte sich links in die Schatten und wartete ab, ob Dempsey ihn kommen gehört hatte. Regen prasselte aufs Straßenpflaster, und über den Nachthimmel zogen dunkelgraue Wolkenfetzen.

Dempsey ließ nicht erkennen, dass er seinen Verfolger bemerkt hatte. Der Vampir folgte weiter der Dachkante und glitt im Schritttempo über die Ziegel, als mache er nur einen kleinen Abendspaziergang über die regennassen Dächer der Hauptstadt. Dann stieg er ohne Vorwarnung in die Luft und schwebte über der Gasse, bevor er seinen Weg direkt über Jamies Kopf fortsetzte.

Jamie rannte geduckt den schmalen Weg entlang. Er sah auf

und beobachtete, wie der Vampir sich weiter in Richtung Lexington Street bewegte, die rasch näher kam. Er hielt Schritt mit Dempsey und erstarrte, als der Vampir mit einem Satz mühelos auf die rechte Seite der Gasse zurückkehrte.

Er amüsiert sich dort oben, dachte er hasserfüllt. *Er amüsiert sich prächtig.*

Sein Verstand arbeitete auf Hochtouren, um eine Möglichkeit zu finden, Dempsey auf die Gasse hinab zu locken, wo er vielleicht verwundbarer war. An der Lexington Street war alles vorbei; selbst wenn Jamie noch so zornig war, wenn seine Rachgier ihn zu verzehren drohte, durfte er den Vampir nicht auf einer belebten Straße verfolgen – das Risiko, enttarnt zu werden, war einfach zu hoch. Während er nach oben starrte, hatte er plötzlich eine Idee; sie war nicht sehr aussichtsreich, aber er würde es damit versuchen müssen.

Ohne Dempsey aus den Augen zu lassen, tastete Jamie nach seinem Koppel und zog den UV-Strahler aus dem Halfter. Dann rannte er weiter und hoffte, das Trommeln des Regens werde seine Schritte übertönen – und das Ungeheuer über ihm werde nicht ausgerechnet in diesem Augenblick nach unten sehen. Als er etwa fünfzehn Meter Vorsprung vor dem dahinschlendernden, tänzelnden Vampir hatte, machte er halt und hob den UV-Strahler.

Ein Schuss, dachte er und spürte, wie vertraute eisige Ruhe seinen Körper durchdrang. *Schieße ich daneben, ist er wieder fort.*

Er starrte zu Dempsey auf, der kaum mehr als ein entfernter weiß-gelber Lichtfleck war, und spürte, wie sein Herzschlag sich verlangsamte, seine Atmung langsam und gleichmäßig wurde.

Ein Schuss.

Drei Stockwerke höher wandte Alastair Dempsey sich nach links und stieg mühelos in die Luft. Auf der Gasse direkt unter ihm schaltete Jamie Carpenter seinen Strahler ein und hoffte das Beste.

Ein gleißend heller purpurroter Lichtstrahl schoss durch den Regen, zerriss das Nachtdunkel und hüllte den Vampir vollständig ein.

Dempsey, der vor Schock und Schmerzen kreischte, stand sofort in purpurroten Flammen. Seine Flugbahn wurde jäh gestört; der Vampir schlug kreischend um sich, versuchte, die röhrenden purpurroten Flammen zu löschen und krachte dabei hoch über Jamie gegen das Gebäude. Er bekam das nasse Mauerwerk zu fassen und bemühte sich schreiend, in der Luft zu bleiben, aber dieser Versuch war vergeblich. Während sein Fleisch brannte und Flammen in seiner Kehle, in seiner Lunge wüteten, sackte Dempsey in mehreren Etappen ruckelnd zu Boden.

Während Jamie den purpurroten UV-Strahl auf ihn gerichtet hielt, erfüllte ihn wilde Befriedigung, ein urtümlicher Instinkt, zu jagen und zu töten. Der Vampir unternahm einen letzten vergeblichen Versuch, das Unvermeidliche hinauszuschieben, aber seine brennenden Finger griffen ins Leere, und er schlug als blutender, brennender Kadaver im Rinnstein auf. Eine Dampfwolke stieg von ihm auf, und er bewegte sich nicht mehr.

Jamie schaltete den UV-Strahler aus, steckte ihn in das Halfter zurück und atmete seufzend tief aus. Nichts konnte John Morton ins Leben zurückbringen oder Jamies Erinnerung an den grausigen Tod seines Teamgefährten auslöschen, also war dies das Beste, was er tun konnte: dafür zu sorgen, dass dieses Ungeheuer nie mehr Gelegenheit bekam, einen weiteren Menschen zu töten. Natürlich wusste er, dass Rache nicht dasselbe war wie Gerechtigkeit, aber mehr hatte er nicht zu bieten.

Er zog seine Glock und schraubte rasch den Schalldämpfer an den Lauf.

»Jamie?«, fragte Ellisons Stimme laut und schrill in seinem Ohr. »Ich hab das UV-Licht gesehen. Was ist passiert?«

»Er ist erledigt«, antwortete er und hörte das Zittern in seiner Stimme. »Ich hab ihn erwischt.«

»Nicht schon vernichten«, sagte Ellison sofort, und die Leidenschaft in ihrer Stimme ließ ihn zusammenzucken. »Warten Sie auf mich. Bitte?«

»Gut, ich warte«, sagte er. »Beeilung!«

»Bin gleich da.«

Jamie sah auf die dampfenden Überreste Alastair Dempseys hinab. Seine Haut war größtenteils rot verbrannt, an vielen Stellen jedoch schwarz oder völlig weggebrannt. Sie schälte sich großflächig und war mit Blasen übersät, von denen einige schon geplatzt waren und eine weißliche Flüssigkeit absonderten, die vom Regen abgespült wurde. Der Vampir lag bewegungslos da; seine Augen waren geschlossen, und sein offener Mund füllte sich mit Regenwasser.

Stellt sich tot, dachte Jamie. *Hält mich anscheinend für blöd.*

Er hob die Glock, zielte auf Alastair Dempseys rechtes Knie und drückte ab. Der Schalldämpfer verschluckte den Schussknall, und das Geschoß bohrte sich in den Asphalt, auf dem Dempsey noch vor einer Millisekunde gelegen hatte.

Das verbrannte, verkrüppelte Wesen sprang mit einem riesigen Satz auf, während Dampf von seinem verkohlten Leib aufstieg und sein Mund einen unvorstellbar wütenden Schrei ausstieß. Jamie riss die Pistole hoch, aber der Vampir war heran, bevor er zum zweiten Mal abdrücken konnte. Er schwang einen verbrannten, fast skelettierten Arm, der das Plastikvisier von Jamies Helm traf.

Der Schlag war gewaltig. Sprünge breiteten sich wie ein Spinnennetz über das Visier aus und störten die thermografische Bildgebung, als Jamie sich überschlagend, mit rollenden Augen und heftigen Kopfschmerzen durch die Luft geschleudert wurde. Er prallte hart auf und schlitterte noch ein Stück auf dem Rücken über den Asphalt.

Mann, was für ein Schlag, dachte er, während er sich aufzurappeln versuchte. *Solche Kraft. So viel Power.*

Er griff mit zitternder Hand nach oben und klappte das Visier hoch. Ihm klangen die Ohren, und sein Verstand kam ihm langsam und dumm vor, als arbeite in seinem Inneren etwas nicht mehr richtig. Er zwang sich dazu, die Augen zu öffnen, sah die Gasse entlang und spürte eine eisige Hand nach seinem Herzen greifen.

Die verkohlte Gestalt Alastair Dempseys kam mit einem Lächeln auf den Überresten seines Gesichts auf ihn zu.

Großer Gott! Er dürfte nicht mal mehr stehen können.
Jamie rutschte auf dem Asphalt sitzend rückwärts von ihm weg. Die Glock war ihm aus der Hand gefallen, als er sich in der Luft überschlagen hatte, und er tastete sein Koppel nach irgendeiner Waffe ab. Er zog den UV-Strahler, sah Glas aus dem Zylinder fallen, drehte ihn um und starrte benommen die zersplitterte Birne an. Seine Hand schloss sich um den Griff der MP5, aber selbst in seiner verzweifelten Lage brachte er es nicht über sich, sie zu ziehen. Nur einen Steinwurf von einer belebten Straße in Soho entfernt mit einer Maschinenpistole zu schießen wäre viel zu gefährlich gewesen; dazu konnte er sich ohne Rücksicht auf die eigene Person nicht überwinden. Dann berührten seine Finger den Griff des T-Bones; er riss es heraus und brachte es vor seinen Körper.

Dempsey hatte es nicht eilig. Aus seinem Gesichtsausdruck sprach freudige Erregung, die Vorfreude eines Raubtiers, das sich einer schon verletzten Beute nähert. Er kam langsam übers regennasse Pflaster herangeschlendert, wobei seine rauchenden rot-schwarzen Arme locker herabhingen. Jamie zielte mit dem T-Bone und drückte ab. Als der Metallpflock aus dem Lauf schoss, erfüllte ihn ein einziger Gedanke:

Das wird nicht funktionieren.

Der Stahlpflock raste für Jamies Blick fast unsichtbar auf direktem Kollisionskurs mit Dempseys Brust die Gasse entlang. Eine Zehntelsekunde vor dem Einschlag wich der Vampir nach links aus, als sei das die einfachste Sache der Welt, und schnappte sich den nachgezogenen Draht aus der Luft. Jamie sah, wie von der Hand, die den Draht gepackt hielt, verbrannte Haut abgefetzt wurde, aber Dempsey schien das nicht einmal zu bemerken. Er betrachtete kurz den Draht, dann riss er ihn mit einem kurzen Ruck seines verstümmelten Handgelenks hoch und zurück.

Jamie hatte nicht einmal Zeit, sich zu überlegen, dass es gut wäre, das T-Bone loszulassen, bevor er nochmals hochgerissen wurde, wobei seine Arme und Schultern schmerzhaft gezerrt wurden. Er beobachtete fast ungläubig, wie das Pflaster der Gasse sich von ihm entfernte, während sein schlaffer Körper unaufhaltsam auf den Vampir zuflog, der beinahe desinteressiert nach ihm griff und ihn an der Kehle zu fassen bekam.

Er strampelte und trat wild um sich, ohne Dempsey jedoch zu treffen. Dann bekam er den Arm des Vampirs zu fassen, riss verbrannte Haut ab und spürte, wie sich darunter Fetzen aus gegrilltem Fleisch ablösten. Trotzdem hielt der Vampir seine Kehle weiter mit eisernem Griff umklammert. Jamie, der kaum noch Luft bekam, fühlte Panik in sich aufsteigen; sein Gesichtsfeld begann an den Rändern grau zu werden, und er war plötzlich müde, so schrecklich müde. Seine Hände glitten von dem Arm des Vampirs und hingen kraftlos herab. Als die letzten hellen Flecken vor seinen Augen erst dunkelgrau, dann schwarz zu werden begannen, schleuderte Dempsey ihn lässig, als werfe er einen Tennisball, an die nächste Hauswand.

Nur sein Helm verhinderte, das Jamies Schädel wie ein Ei aufgeschlagen wurde, als er mit dem Hinterkopf ans Mauerwerk knallte. Der Aufprall stellte sein Sehvermögen wieder her, sodass seine Umgebung ihm wieder schockierend klar vor Augen stand. Jamie hörte den dumpfen Schlag, mit dem er gegen nasse Klinkersteine prallte, bevor stechende Schmerzen durch seinen Oberkörper zuckten und ihn hechelnd nach Luft schnappen ließen.

Rippen, konnte er noch denken, bevor er hilflos zu Boden rutschte. *Mindestens zwei bis drei. Vermutlich mehr.*

Dann setzte sich ein einfacherer, grundlegender Gedanke durch, als er Alastair Dempsey auf sich zukommen sah.

Ich werde sterben.

Der Vampir kam über die Gasse geschlendert, bückte sich und riss ihn hoch. Jamie bemühte sich, seinen taumelnden, verletzten Körper dazu zu bringen, sich zu wehren, aber er konnte nicht einmal mehr die Arme heben und kämpfen; er war erledigt.

Dempseys verbranntes Gesicht war aus der Nähe noch grausiger anzusehen, als er jetzt Jamie anstarrte: Die Lider und der größte Teil der Nase fehlten, und die blutenden Lippen waren an einem Dutzend Stellen aufgeplatzt. Die Haut selbst war schwarz verkohlt – außer an den Stellen, wo sie sich abgelöst hatte und rot geflecktes Fleisch sehen ließ. Als der Vampir jetzt grinste, wurden unter der blutenden Oberlippe seine Reißzähne sichtbar.

»Du kannst nicht mein Freund sein«, sagte er heiser knurrend. »Ich spiele nicht mit Menschen. Aber du kannst mir als Nahrung dienen.«

Jamie starrte ihn an. Sein Verstand war vor Angst so gelähmt, dass er nicht einmal die Augen schließen und das Ungeheuer, das ihm den Garaus machen würde, aus seinem Blickfeld aussperren konnte. Die Reißzähne des Vampirs waren riesig und übernatürlich; er wartete darauf, dass sie seine Haut durchstoßen würden, und fragte sich, ob das wehtun würde.

Knall.

Etwas Heißes, Nasses besprühte Jamies Gesicht. Dann ließ der Druck, der ihn an die Hauswand gepresst hielt, plötzlich nach, sodass er zu Boden rutschte. Jamie gelang es irgendwie, letzte Kräfte zu mobilisieren: Er wischte sich das Nasse aus den Augen und sah gerade noch, wie Alastair Dempsey mit einem riesigen Loch in der rechten Kopfseite vor ihm zusammenklappte. Blut und Gehirnmasse spritzten heraus und sammelten sich auf dem nassen Asphalt, während der Vampir seine Augen, deren rote Glut erloschen war, nach oben verdrehte.

Jamie versuchte, tief Luft zu holen, verzog das Gesicht, weil seine Rippen schmerzten, und drehte mühsam den Kopf zur Seite. Ellison kam mit schussbereiter Glock, aus deren Lauf sich noch Rauch kräuselte, auf ihn zu. Sie rannte nicht, ließ auch ihre Waffe nicht sinken; als sie Jamie erreichte und ihr Visier hochklappte, blieb die Pistole auf Dempseys leblose Gestalt gerichtet.

»Alles in Ordnung?«, fragte sie. »Bist du verletzt?«

Jamie hatte Mühe, ein einziges Wort herauszubringen.

»Pfählen!«

Ellison nickte wortlos. Mit der freien Hand zog sie den Metallpflock aus der Koppelschlaufe; dann war sie mit wenigen raschen Schritten bei dem Vampir und rammte ihm den Pflock in die Brust. Die verkohlten Überreste Alastair Dempseys zerplatzten mit einem feuchten Knall und bespritzten die beiden mit Blut. Ellison zielte noch einen Augenblick länger auf die formlose blutige Masse auf dem Asphalt, dann steckte sie die Pistole wieder ins Halfter und wandte sich sichtlich besorgt Jamie zu.

Jamie spürte, wie die gebrochenen Rippen sich aneinander rieben, als Ellison ihm aufstehen half; er biss die Zähne zusammen und versuchte, sich nichts anmerken zu lassen. Dann lehnte er flach atmend an der Hauswand. Die Schmerzen waren schlimm, aber er glaubte nicht, dass eine der gebrochenen Rippen sich in die Lunge gebohrt hatte, denn er konnte noch atmen – mit knapper Not.

Als Ellison einen halben Schritt zurücktrat, versuchte er, sich mit blutbespritztem Gesicht ein Lächeln abzuringen. Er empfand keine Euphorie darüber, dass Dempsey vernichtet war. Er war nur erschöpft und ausgepowert.

»Gut gemacht«, sagte er mit undeutlichen kleinen Grunzlauten. »Alles okay?«

Ellison schüttelte den Kopf. »Nein, Sir«, antwortete sie. »Nicht mal andeutungsweise. Und Sie?«

»Nein«, sagte er, »aber immerhin lebe ich. Das verdanke ich Ihnen.«

Sie rang sich ebenfalls ein Lächeln ab, das aber rasch einem betrübten Gesichtsausdruck wich.

»Jesus, Jamie«, sagte sie mit gepresster Stimme. »John ... der arme John. Ich kann nicht verstehen ...«

Er streckte trotz starker Schmerzen eine Hand aus und umfasste ihre Schulter. »Ich weiß«, sagte er. »John war ein guter Mann, der Besseres verdient hätte. Aber wir sind noch da, Lizzy. Und wir müssen weitermachen.«

»Ich muss immer daran denken«, sagte sie. »Wie er gelitten haben muss ... Sie wissen schon ... bevor er ...«

Jamie konnte nachfühlen, was sie empfand. »Das werden Sie immer tun«, sagte er. »Sie werden ihn und sein schreckliches Ende nie vergessen. Deshalb müssen Sie die Erinnerung *nutzen*.

Um dafür zu sorgen, dass niemand mehr dieses Schicksal erleidet.«

Sie nickte. »Ja, Sir. Tut mir leid. Ich habe schon früher grausige Dinge gesehen, nur keine ...«

»Ja, ich weiß«, sagte er halblaut. »Schon in Ordnung.«

»Wir müssen Sie ins Krankenrevier schaffen, Sir«, sagte Ellison.

Jamie nickte, betätigte den Koppelschalter und stellte so die Verbindung zu ihrem Fahrer her. »Holen Sie uns bitte sofort ab«, sagte er mit schmerzverzerrtem Gesicht. »Von meiner Position.« Er schaltete weiter und war nun wieder mit der Überwachungsabteilung verbunden. »Saubermachen an voriger Position erforderlich. Not- und Rettungsdienste dürften schon vor Ort sein. Kein Hinweis auf Übernatürliches. Die Leiche von Morton, John, NS304, 07-B, muss geborgen und in den Ring zurückgebracht werden.« Er meldete sich ab und sah Ellison an. »Höchstens drei Minuten.«

Seine Teamgefährtin nickte.

Die beiden Agenten standen voller Schmerz und Leid auf der halbdunklen Gasse, während Alastair Dempseys sterbliche Überreste sich im Regen auflösten und in den Rinnstein geschwemmt wurden.

57

Druckfrisch

Pete Randall stand am letzten Förderband und gab vor, ein Auge auf die Männer zu haben, die Zeitungsbündel packten und auf Paletten stapelten, als er Albert Harker tief knurren hörte. Als er aufsah, glühten die Augen des Vampirs in dem vertrauten dunklen Rot, bevor Harker herabstieß und neben ihm aufsetzte.

»Sie sind da«, sagte der Vampir voll grausiger Vorfreude grinsend. »Zu dritt. Eben angekommen.«

»Was haben Sie vor?«, fragte Pete.

»Sie erledigen, natürlich«, antwortete Harker. »Was dachten Sie?«

»Unser Anliegen ist Ihnen egal, nicht wahr?«, fragte Pete, dessen Stimme zitterte. »Was Kevin uns erzählt hat, was wir nach unserer Ankunft in London von Ihnen gehört haben ... alles gelogen, stimmt's?«

Harker knurrte, dann bekam er Pete am Hals zu fassen und hob ihn ohne erkennbare Anstrengung mit seiner schlanken Hand hoch.

»Maßen Sie sich nicht an, mir vorzuschreiben, wofür ich mich engagieren soll«, sagte der Vampir mit glutroten Augen. »Sie können unmöglich verstehen, wie viel mir dies bedeutet, wie sehr ich in den Händen der Männer gelitten habe, gegen die wir jetzt kämpfen. Der Unterschied zwischen uns beiden ist, dass ich die Willenskraft besitze, zu tun, was getan werden muss. Ich fange nicht bei den ersten Widrigkeiten zu schniefen und zu jammern an.«

»Meine Tochter ... ist tot«, keuchte Pete. »Ist das ... nicht ... Leid genug.«

Der Vampir lachte: ein knapper Laut, der kaum mehr als ein Grunzen war. »Sterben muss jeder«, sagte er. »Jeden Tag sterben Leute, aber mir hat man selbst diese Option vorenthalten. Mir ist mein Leben von Männern gestohlen worden, die mir nahestanden und denen ich bedenkenlos hätte vertrauen können müssen. Dieses ›Leben‹, das ich führen musste, hätte ich sofort gegen den Tod eingetauscht.«

Er ließ Pete los, der zu Boden plumpste und sich seinen schmerzenden Hals rieb. Aus dem Augenwinkel heraus sah Pete, wie Greg Browning die sich vor ihm abspielende Szene beobachtete. Sein neuer Freund stand stocksteif da; er machte große Augen, sagte aber kein Wort.

»Verladet weiter Zeitungen!«, rief Harker. »Ich behalte euch im Auge. Ich bringe jeden um, der die Arbeit unterbricht. Und jeden, der zu fliehen versucht!«

»Wir sollten dies alles nie überleben, stimmt's?«, fragte Pete. Er hielt sich den schmerzenden Hals, hatte Tränen in den Augen. »Greg und ich und diese Männer hier. Jetzt ist's nicht mehr wichtig, aber ich will endlich die Wahrheit wissen, Sie Dreckskerl!«

Harker starrte ihn lange an, dann legte er den Zeigefinger auf die Lippen. »Pst!«, flüsterte er, stieg senkrecht bis unter die Decke auf und verschwand.

Pete rappelte sich langsam auf und sah zu den Arbeitern in den Blaumännern hinüber. Es gab nichts, was er zu ihnen hätte sagen können: absolut nichts, was ihre Lage verbessern würde. Die fünf Männer erwiderten seinen Blick, dann arbeiteten sie resigniert weiter. Während Pete sie voll ohnmächtiger Hilflosigkeit beobachtete, kam Greg Browning langsam herüber und blieb bei ihm stehen. Nach langem unbehaglichen Schweigen sprach sein neuer Freund endlich fast unhörbar leise.

»Wir müssen sterben, nicht wahr? Wir alle.«

»Weiß ich nicht«, sagte Pete. Ihm war undeutlich bewusst, dass sie die Rollen getauscht hatten, sodass Greg jetzt Antworten von ihm erwartete. »Wahrscheinlich.«

»Ich will nicht sterben«, sagte Greg mit vor Angst gepresster Stimme. »Ich weiß, dass ich gesagt habe, dass mir egal ist, was mit mir passiert, aber das nehme ich zurück. Ich will nicht sterben.«

»Ich auch nicht«, sagte Pete. »Nicht durch ihn. Aber wenn ich gehen muss, will ich ihn mitnehmen. Das ist alles, woran ich im Augenblick denken kann.«

»Wie?«, fragte Greg.

»Wir müssen hellwach sein«, sagte Pete. »Bietet sich eine Chance, ist es bestimmt die einzige. Halt dich bereit, sie zu nutzen.«

Kate führte Matt und Frankenstein, die ihre Waffen wie sie ihr T-Bone umklammert hielten, langsam zwischen den turmhohen Maschinen hindurch.

Der Lärm verstummte keine Sekunde lang: Eine endlose Papierbahn donnerte über Walzen und durch Kantenschneider, während Druckwalzen sie gleichmäßig bedruckten. Die Hitze war fast unerträglich, die Luft voller Papierstaub. Matt ließ den Zeigefinger nervös am Abzug seines T-Bones und war froh, dass sein Gesicht hinter dem Visier verborgen war; er glaubte nicht, dass es ihm sonst gelungen wäre, seine Angst zu verbergen.

Im Halbdunkel unter dem Dach bewegte sich etwas.

Matt erstarrte.

»Was gibt's?«, fragte Kate.

»Weiß ich nicht«, antwortete er. »Ich dachte, ich hätte etwas gesehen. Dort oben.«

Sie warteten unbeweglich und mit erhobenen Waffen. Matts Herz hämmerte in seiner Brust, während er zu der hohen Decke aufsah.

»Okay«, sagte Kate schließlich. »Wir wollen weiter.«

Sie setzten ihren Weg zwischen den Maschinen fort. Über ihren Köpfen kam ein gewaltiges Förderband herab und führte um die Ecke nach links. Sie folgten ihm in Reihe und mit schussbereiten Waffen und hatten plötzlich die freie Fläche vor den Rolltoren vor sich. Die drei Agenten blieben in den Schatten zwischen den Maschinen stehen, der ihre Uniformen tarnte, und beobachteten die Szene vor ihnen.

Während das Förderband in endloser Folge Zeitungen herantransportierte, hatten fünf Männer in blauen Overalls alle Hände voll damit zu tun, sie zu bündeln, zu verpacken und auf Paletten zu den wartenden Lastwagen zu fahren. In die Wand hinter der markierten Fläche waren Rolltore eingelassen, und vor einem davon standen zwei Männer in Freizeitkleidung. Sie steckten die Köpfe zusammen, als hätten sie etwas Wichtiges zu besprechen. Dann sah einer von ihnen auf, und Matt hörte Kate erschrocken tief Luft holen.

»Mein Gott«, sagte sie. »Ich hab's einfach nicht glauben wollen.«

Pete Randall runzelte die Stirn, als habe er etwas gehört, dann flüsterte er dem anderen Mann, der sich nun aufrichtete, etwas zu. Matt spürte, dass ihm der Atem stockte.

Keine fünfzehn Meter von ihm entfernt stand sein Vater.

Seit Matt ihn zuletzt gesehen hatte, schien Greg Browning zehn Jahre gealtert zu sein; sein Haar war grau meliert, sein Gesicht wirkte faltiger als zuvor, und in seinen tief in den Höhlen liegenden Augen stand ein gehetzter Ausdruck.

Ängstlich, dachte Matt. *Er sieht verängstigt aus. Sie beide.*

Er empfand plötzlich den Wunsch, über die freie Fläche zu spurten und seinen Vater zu umarmen; das war etwas, das er zuhause nie getan hätte, als die Welt noch beengt und unfreundlich gewesen war, aber nun war dieser Drang fast unbeherrschbar.

»Jesus«, sagte er leise. »Was machen die beiden hier, Kate?«

»Keine Ahnung«, antwortete sie. Ihrer Stimme nach musste sie den Tränen nahe sein. »Jedenfalls sind sie unverletzt. Das ist die Hauptsache.«

»Richtig«, bestätigte Frankenstein. »Aber wo ist Albert Harker?«

Im nächsten Augenblick war ein Flattern wie vom Flügelschlag eines großen Raubvogels zu hören, dann stieß ein dunkler

Schemen von der Decke auf sie herab. Etwas blitzte unglaublich schnell auf und traf eine Seite von Matts Helm; der Aufprall war gewaltig, als träfe ihn ein Vorschlaghammer, und er taumelte rückwärts, bevor er auf sein Knie sank. Vor seinen Augen drehte sich alles, und er bekam nur undeutlich mit, wie die dunkle Gestalt Kate an die Maschine knallte, hinter der sie Deckung gesucht hatten. Als sie zusammensackte, verkrampfte sich ihr am Abzug des T-Bones liegender Zeigefinger. Der Metallpflock schoss aus dem Lauf und raste heulend zur Decke hinauf.

Frankenstein, dessen Instinkte und Reaktionen durch jahrzehntelange Erfahrung verfeinert waren, wich dem ihm zugedachten Schlag aus und gab einen Schuss aus seiner Schrotflinte ab. Der von grellem Mündungsfeuer begleitete Schussknall war ohrenbetäubend laut. Der dunkle Schemen stieg wieder in die Luft und verschwand.

Das Monster beugte sich über Kate und zog sie hoch.

»Mir fehlt nichts«, keuchte sie. »Matt?«

Matt rappelte sich benommen auf; von dem Schlag des Vampirs klangen ihm noch immer die Ohren. »Geht schon wieder«, murmelte er.

Die Männer in den blauen Overalls hatten zu arbeiten aufgehört und beobachteten die gewalttätige Auseinandersetzung vor ihnen mit großen Augen. Kates und Matts Väter starrten die drei Gestalten in Schwarz mit offenen Mündern an.

»Mitkommen«, sagte Frankenstein.

Das Monster rannte geduckt über die freie Fläche vor den Rolltoren. Die Arbeiter wichen mit ausdruckslosen Gesichtern vor dem Trio zurück. Pete Randall und Greg Browning standen nur da und glotzten resigniert die drei Gestalten an, die jetzt mit dem Rücken am Rolltor lehnten.

»Ich will ihn vor unserer Nase haben«, sagte Frankenstein zu Kate und Matt. »Er ist viel schneller, als er sein sollte, aber glaubt mir, ich habe schon schnellere gesehen. Für uns heißt's Ruhe bewahren.«

Matt fasste sein T-Bone etwas fester und widerstand dem

Drang, seinen Vater zu fixieren. Greg Browning stand keine fünf Meter rechts neben ihm und starrte seine Teamgefährten und ihn mit blankem Entsetzen auf dem Gesicht an.

Jede Wette, dass dies ein paar schlimme Erinnerungen weckt, dachte Matt, ohne zu ahnen, wie recht er damit hatte.

Greg Browning bemühte sich, die Männer in Schwarz nicht anzustarren, aber das konnte er nicht; er war vor Angst wie gelähmt.

Dies waren die schwarzen Männer, der Stoff, aus dem seine Alpträume waren, die staatlichen Agenten, die ihm seinen Sohn geraubt hatten. Sie waren unkenntlich vermummt in sein Haus eingedrungen und hatten seine Familie mit Waffengewalt bedroht. Sie verkörperten alles, was Pete und er durch ihr Bündnis mit Kevin McKenna hatten enttarnen wollen, und nun waren sie ihm so nahe, dass er ihre verhassten schwarzen Uniformen fast berühren konnte. Albert Harker hatte sie durch seinen ersten Angriff zersprengt, aber sie hatten sich sofort wieder zusammengeschlossen; sie schienen miteinander zu kommunizieren, obwohl keiner von ihnen ein Wort gesagt hatte, und dieses Schweigen ließ sie nur noch bedrohlicher wirken.

Er sah zu Pete hinüber, der die Männer in Schwarz ebenfalls mit großen Augen anstarrte; er wollte ihm zurufen, dies sei ihre Chance, sie sollten wenigstens versuchen, die Arbeiter in Sicherheit zu bringen, aber seine Stimmbänder wollten ihm nicht gehorchen. Ein Teil seines Ichs war wieder in seinem Garten, sah seinen Sohn blutend auf dem Rasen liegen und empfand wieder die schreckliche Machtlosigkeit, die der schlimmste Aspekt jenes Schreckenstages gewesen war: das Gefühl absoluter Hilflosigkeit, weil er klein und verängstigt und schwach gewesen war. So sah er vor Angst gelähmt untätig zu, wie die drei Männer in Schwarz auf Albert Harkers nächsten Zug warteten.

»Der Helm und die Uniform sind schön und gut«, rief eine Stimme irgendwo über ihnen. »Und ich muss gestehen, dass ich geglaubt habe, mein Bruder lüge, als er behauptet hat, Sie existierten wirklich. Aber ich erkenne eine Legende, wenn ich sie vor mir habe. Wie geht es Ihnen, Mr. Frankenstein?«

Das Monster betätigte den Schalter an seinem Koppel, um das Helmmikrofon zu aktivieren. »Mir geht es sehr gut, Albert«, sagte er mit seinem Bass, der durch den höhlenartigen Raum hallte. »Sie aufzufordern, mit diesem Wahnsinn aufzuhören, wäre vermutlich sinnlos?«

Harkers Lachen war unnatürlich hoch, fast ein Kreischen. »Sie vermuten ganz richtig«, bestätigte er. »Ich muss allerdings sagen, dass ich mich sehr geschmeichelt fühle, dass Schwarzlicht *Sie* entsendet, um mich zu stoppen. Das ist ein weit größeres Kompliment, als meine Familie mir je gemacht hat.«

»Ich freue mich, dass Sie glücklich sind«, sagte Frankenstein. »Wollen Sie nicht runterkommen, damit ich Ihnen zeigen kann, wie sehr ich mich freue?«

»Oh, lieber nicht«, antwortete Harker. »Mir gefällt der Blick von hier oben recht gut. Ich sehe Sie gut, und Sie sehen nichts. Das kommt meinen Absichten sehr entgegen.«

»Und die wären?«, fragte Frankenstein.

»Ich muss entscheiden, wie ich euch drei erledige«, sagte Harker. »Idealerweise würde ich Sie gern ein wenig von dem kosten lassen, was Ihr geliebtes Department mir angetan hat, aber dafür bleibt leider keine Zeit. Unerträgliche Schmerzen werden genügen müssen.«

Matt schaltete auf thermografische Darstellung um, suchte das Dunkel über den Maschinen ab, um verräterische heiße Punkte zu entdecken, konnte jedoch keine finden. Sein Herz jagte, und er hatte so weiche Knie, dass er sich kaum auf den Beinen halten konnte.

»Wo ist er?«, fragte er. »Ich kann ihn nicht sehen.«

»Ich auch nicht«, antwortete Kate. »Aber irgendwann wird er sich zeigen müssen. Pass weiter gut auf.«

»Von mir aus kann's losgehen, Albert«, sagte Frankenstein. »Im Übrigen finde ich den Maschinenlärm lästig. Das verstehen Sie bestimmt.«

Das Monster setzte sich in Bewegung und hob dabei seine Schrotflinte. Es steckte den Lauf in eine Wartungsöffnung in Kopfhöhe unter dem Förderband, drückte ab, lud zweimal nach und gab insgesamt drei Schüsse ab. Die Maschine explodierte, die Seitenverkleidung platzte auf, und aus dem Inneren drang ein lautes Rumpeln, bevor sie knirschend zum Stehen kam. Sofort stauten sich druckfrische Exemplare von *The Globe,* brachten die Produktion zum Stehen und blockierten das Förderband. In allen Teilen der Zeitungsrotation begannen Warnsirenen zu heulen, als die Maschinen nacheinander abgeschaltet wurden.

Aus dem Dunkel über ihnen gellte ein Wutschrei.

Matt hielt den Atem an.

Jetzt kommt er.

Zunächst passierte nicht viel. Der Wutschrei verhallte, und irgendwo in der Ferne war das Klirren einer zersplitternden Fensterscheibe zu hören.

»Jetzt ist er *echt* sauer«, sagte Kate. »War das eine gute Idee?«

Frankenstein grunzte. »Kann nicht schaden«, sagte er. »Wer wütend ist, macht eher Fehler. Und wir hören besser, wenn die verdammten Maschinen nicht laufen.«

Matt öffnete den Mund zu einem Kommentar, kam aber nicht mehr dazu.

Mit dem ohrenbetäubend schrillen Kreischen von zerreißendem Stahl explodierte das Rolltor, an dem die fünf lehnten, nach innen und warf sie auf den Boden der Ladebucht. Der stählerne Torrahmen knallte gegen Matts Rücken, sodass ihn Schmerzen durchzuckten; er schlug der Länge nach hin und kroch mit zusammengebissenen Zähnen ein kleines Stück vorwärts, während sein Puls in den Schläfen hämmerte. Um ihn herum hallten dumpfe Schläge und Schock- und Schmerzensschreie durch den höhlenartigen Raum.

Matt drehte den Kopf zur Seite und sah, wie sein Vater, der aus einer Platzwunde an der Stirn blutete, sich über den Boden wälzte. Kates Vater, dessen Beine unter dem verbogenen Torrahmen eingeklemmt zu sein schienen, lag bewegungslos auf dem

Rücken. Matt nahm alle Kraft zusammen und schaffte es, sich auf den Rücken zu drehen; das Stahlblech lastete auf seinen Oberschenkeln, aber er konnte sich noch etwas bewegen. Während er sich zentimeterweise zurückschob, hörte er Kate vor Schmerzen schreien; er riskierte einen Blick in ihre Richtung und sah, dass sie von der Taille abwärts hilflos eingeklemmt war. Frankenstein war nirgends zu sehen; lediglich eine große Ausbuchtung in der Mitte des herausgesprengten Tors ließ vermuten, wo er lag.

Wo das Rolltor gewesen war, gähnte jetzt eine rechteckige Öffnung, die in die Nacht hinausführte. Einige Sekunden lang herrschte Stille, dann kam Albert Harker lässig von oben herabgeschwebt. Seine Augen glühten, und auf seinem Gesicht stand ein rachsüchtiges Grinsen, als er in die Ladebucht geschlendert kam.

»All euer Training«, sagte der Vampir in warmem, freundlichem Tonfall. »All eure Waffen, all eure Taktik und all eure Erfahrung ... und dann achtet ihr nicht darauf, was hinter eurem Rücken passiert.«

Matt stemmte sich mit ganzer Kraft vom Boden weg. Der verbogene Torrahmen scharrte über seine Schienbeine, sodass er vor Schmerzen aufschrie. Als seine Füße den Rahmen erreichten, steckte er schreckliche Sekunden lang fest; aber er ließ nicht locker, ignorierte die von seinen Knöcheln ausstrahlenden Schmerzen und konnte sich schließlich doch befreien. Er fühlte sich wie zerschlagen, als er sich jetzt aufrappelte und zurückwich, ohne den herankommenden Vampir aus den Augen zu lassen.

»Matt!«, kreischte Kate. In seinem Helm klang ihre Stimme gellend laut. »Vorsichtig, Matt!«

»Du hast Mumm«, fuhr Harker fort, indem er Matt freundlich zulächelte. »Was für ein tapferer kleiner Soldat du bist. Schwarzlicht ist wohl verdammt stolz auf dich, was? Ganz anders als bei mir. Ich hätte wie du werden sollen, aber ich hatte nie eine Chance dazu.«

Der Vampir stapfte über das herausgesprengte Tor, dessen

Metall unter seinem Gewicht knackend nachgab. Er erreichte den Rand und schwebte auf den Beton herab. Kate wand sich noch immer und versuchte, den schweren Rahmen hochzustemmen. Harker beobachtete sie einen Augenblick, dann trat er mit dem rechten Fuß seitlich gegen ihren Helm. Matt hörte ein grausiges Knacken, dann bewegte Kate sich nicht mehr. Der Vampir hob den Kopf und kam weiter auf Matt zu.

»Mein eigener Vater wollte nicht, dass ich in sein kostbares Department eintrete«, sagte Harker. »Hast du das gewusst? Ich wette, dass du's weißt. Bestimmt lachen deine Kameraden und du noch heute darüber, was er mir angetan hat. Schließlich hatte ich nichts anderes verdient, nicht wahr? Ich hätte meinen Bruder und ihn blamieren können, und das durften sie natürlich nicht zulassen.«

Matt hob mit zitternden Händen sein T-Bone. Er hatte es irgendwie geschafft, die Waffe nicht zu verlieren, als er der Länge nach hingeschlagen war, aber er wusste nicht, ob sie bei dem Sturz beschädigt worden war. So wich er weiter vor dem Vampir mit den rot glühenden Augen zurück.

»Ich bringe dich nicht um«, versicherte Harker ihm lächelnd. »Wenigstens noch nicht gleich. Erst breche ich dir das Rückgrat und lasse dich daliegen und zusehen, wie ich deine Freunde erledige. Das erscheint mir nur fair.«

Das Förderband, auf dem sich frisch gedruckte Exemplare von *The Globe* türmten, prallte gegen Matts Rücken und versperrte ihm den Weg.

O Gott. Tu was, bevor's zu spät ist. O Gott. O Gott.

Er riss das T-Bone an die Schulter, zielte über Kimme und Korn, atmete tief durch und drückte ab, sodass eine laute Gasexplosion den Metallpflock aus dem Lauf trieb. Harkers Grinsen wurde noch breiter, als er übermenschlich schnell zur Seite trat. Der Pflock zischte an ihm vorbei und prallte gegen eine Wand, von der er nutzlos klirrend herabfiel.

Matt ließ die Waffe fallen und zog die Maschinenpistole aus ihrer Koppelschlaufe, während Panik seinen Körper durchflutete, sein Herz erfasste und ihn zu einem elend schluchzenden Nervenbündel zu degradieren drohte. Er hob die MP5 mit Händen, die schwach wie die eines Neugeborenen zu sein schienen, und wollte eben abdrücken, als hinter Albert Harker eine dunkle Gestalt aufragte, die viel größer und breiter als der Vampir war.

Ein paar verschwommen schnelle Bewegungen, dann krachte eine Riesenfaust an Harkers rechte Kopfseite und ließ ihn quer über die Ladebucht fliegen. Der Vampir prallte mit ohrenbetäubendem Knall gegen eine der Maschinen, dann rutschte er zu Boden. Matt, der weiter die MP5 in den Händen hielt, starrte mit großen Augen die Stelle an, wo der Vampir gestanden hatte; dort ragte jetzt die riesige Gestalt Frankensteins auf – ohne Helm und mit vor Wut verzerrtem, grau-grünem Gesicht.

»Sind Sie verletzt?«, knurrte er.

Matt schüttelte mit weit aufgerissenen Augen und nach Atem ringend den Kopf.

Frankenstein nickte, dann schritt er durch den Raum und riss Albert Harker vom Boden hoch. Als das Gesicht des Vampirs sichtbar wurde, holte Matt erschrocken tief Luft. Seine Nase war plattgedrückt, die Vorderzähne fehlten, und er blutete aus einer aufgeplatzten Augenbraue. Aber das Schlimmste war der aus Harkers Mund kommende Laut: ein hohes Kreischen, das Matt zu spät als Lachen erkannte, um Frankenstein noch warnen zu können.

Die Faust des Vampirs traf das Monster in der Magengrube, sodass es nach Luft schnappte. Sein Griff lockerte sich, und Harker schwebte sanft zu Boden, während Frankenstein zurücktaumelte.

»Netter Schlag«, sagte Harker und rieb sich den Hinterkopf. »Möchten Sie wetten, ob Sie's schaffen, noch einen anzubringen?«

Frankenstein holte tief Luft, richtete sich auf und sah den Vampir an. »Ich bin kein Spieler«, sagte er. »Ich glaube nicht an Zufälle.«

»Wie interessant«, sagte Harker. Über sein zerstörtes Gesicht zog ein Lächeln; im selben Augenblick warf er sich mit ausgestreckt krallenden Händen nach vorn.

Frankenstein sah ihn kommen; er verdrehte seinen Körper – für einen Mann seiner Größe unglaublich schnell – und schlug den Vampir mit einem mächtigen Unterarm im Flug nieder. Harkers Grinsen verschwand, als er in den Betonboden getrieben wurde, in dem er eine tiefe Furche hinterließ. Staub stieg in einer großen Wolke auf und wurde verwirbelt, als Frankenstein hindurchrannte. Unglaublicherweise hatte Harker sich bereits kniend aufgerichtet, als das Monster ihn erreichte.

Frankenstein kam nicht mal aus dem Rhythmus; er schwang eines seiner Beine, die dick wie Baumstämme waren, und traf den Vampir an der Brust. Matt hörte ein grässliches Knacken, dann schrie Harker vor Schmerzen auf, als er mit über gebrochenen Rippen und seinem Solarplexus verkrampften Händen zurückgeschleudert wurde. Irgendwo aus seinem Inneren stieg Blut auf und schoss aus seinem Mund, als er jetzt mit wild rollenden Augen laut kreischte.

Harker krachte zu Boden, und Frankenstein hob erneut den Fuß, wollte anscheinend den Kopf des Vampirs auf dem Betonboden zermalmen. Sein riesiges, missgestaltetes Gesicht war in schrecklicher Wut verzerrt, als er aufstampfte … und nur Beton traf, weil Albert Harker sich blitzschnell zur Seite geworfen hatte. Der Vampir rutschte über den Boden, wälzte sich dabei auf den Rücken und sprang dann wieder auf. Frankenstein warf sich herum, und die beiden Männer, die auf unterschiedliche Weise so viel mehr als Menschen waren, standen einander gegenüber.

Matt, der seine Waffen längst vergessen hatte, sah ängstlich staunend zu, wie die beiden Ungeheuer gegeneinander anrannten und mit dem Krachen eines Zugunglücks zusammenprallten. Aus dem Augenwinkel heraus sah er, wie Kates Arme sich wieder bewegten, und hörte ein leises, wie aus weiter Ferne kommendes Stöhnen. Ohne die beiden Kämpfenden aus den Augen zu lassen, rief er laut ihren Namen, um zu versuchen, sie aus der Bewusstlosigkeit zu wecken, in die Harkers Tritt sie versetzt hatte.

Frankenstein spürte, dass eine seiner Rippen brach, als Albert Harker sich unter einer Geraden wegduckte und selbst einen fast ansatzlos geschlagenen Haken anbrachte. Er biss die Zähne zusammen, als der Vampir wegtänzelte, und versuchte sich nicht anmerken zu lassen, wie schlimm dieser Treffer gewesen war.

Er ist stark. Echt stark.

Diesen Gedanken verdrängte er wieder; es hatte keinen Zweck, über die Kräfte seines Gegners nachzudenken. Harker griff wieder an, ein dunkler, blutender Schemen, und Frankenstein wich erst nach links, dann nach rechts aus. Die Finger des Vampirs griffen ins Leere, wo sein Gesicht gewesen war; der Riese packte blitzschnell zu und bekam Harkers Handgelenk zu fassen. Er drückte und verdrehte es gleichzeitig und empfand wilde Befriedigung, als er spürte, wie Knochen in seiner Faust zerbrachen.

Harker schrie vor Schmerzen auf, befreite sein gebrochenes Handgelenk mit einem Ruck und wich zurück. Frankenstein atmete tief durch, aber dann erstarrte er förmlich, als Harker noch mal heranflog, so schnell, viel zu schnell, und einen katastrophal präzisen Kinnhaken anbrachte. Stechende Schmerzen durchzuckten seinen Kopf, und pechschwarzes Dunkel umgab ihn, als er nach hinten kippte. Sein letzter Gedanke vor dem Aufprall war sehr einfach.

Zu langsam.

Matt beobachtete entsetzt, wie das Monster zu Boden ging.

Das Stöhnen in seinen Ohren wurde lauter und drängender, aber er achtete nicht darauf; ihm schwindelte von dem Anblick des besiegten Frankensteins. Albert Harker taumelte, griff sich mit einer Hand an die Brust; sein Schlag schien ihn kaum weniger gekostet zu haben als sein Opfer. Dann spuckte er einen dicken Blutklumpen aus, richtete sich auf und wandte sich Matt zu.

Mit einem Lächeln auf seinem zerstörten Gesicht, das das Unvermeidliche anzukündigen schien, kam der Vampir langsam auf ihn zu. Das Geräusch in Matts Ohr war lauter geworden, hatte sich verändert; während Matt die näher kommende Schreckensgestalt verzweifelt anstarrte, wurde ihm bewusst, dass das Kates sonst so vertraute Stimme war, die heiser ein Wort wiederholte. Als er seinen wankenden Verstand darauf konzentrierte, hörte er sie ganz deutlich.

»*Strahler* ... *Strahler* ...«

Matt machte große Augen; er griff an sein Koppel und zog den schweren UV-Strahler aus dem Halfter. Albert Harker runzelte leicht die Stirn, aber im nächsten Augenblick schaltete Matt den Strahler bereits ein und richtete den breit gefächerten Ultraviolettstrahl auf ihn.

Purpurrote Flammen loderten aus dem Gesicht des Vampirs, der einen schrillen Schmerzensschrei hören ließ. Harker, der dabei auf die Knie sank, schlug mit beiden Händen nach den Flammen; das Feuer leckte über seine Finger und verbrannte sie rot, während sein restlicher Körper zu rauchen begann. Matt, dessen Magennerven rebellierten, starrte Harker an, der die röhrenden purpurroten Flammen ausschlug und langsam den Kopf hob.

Was ihn ansah, war kaum mehr als ein Totenschädel.

Ein Auge war ausgelaufen, das andere zuckte wild hin und her. Harkers Gesichtshaut hatte sich aufgelöst, sodass dicke Muskelstränge und leuchtend weiße Knochen zu sehen waren. Weil auch seine Zunge verbrannt war, konnte er nur noch unverständliche Kehllaute ausstoßen.

Dann kam der Vampir auf fast unbegreifliche Weise langsam auf die Beine.

Die Schmerzen waren schlimmer als unerträglich. Albert Harker hatte das Gefühl, er werde von tausend Rasierklingen in Streifen geschnitten.

Sein Gesicht brannte von Qualen, die er nie für möglich gehalten hätte, und in der Nase hatte er den Geruch des eigenen gebratenen Fleischs. Sein Verstand stand unter Schock; er versuchte, einen einzigen klaren Gedanken zu fassen, und spürte immer wieder, wie er ihm entglitt. Rein instinktiv rappelte er sich unsicher auf und suchte die Ladebucht mit dem einen verbliebenen Auge ab. Die Drucker in den Blaumännern starrten ihn mit Horror im Blick an. Einer der Schwarzlicht-Soldaten wand sich noch unter dem herausgebrochenen Rolltor, der andere stand weiter mit dem Rücken am Förderband, und der große Kerl, das Monster, lag noch dort, wo er zu Boden gegangen war. Pete Randall und Greg Browning beobachteten ihn mit Abscheu auf ihren blassen Gesichtern. Und McKenna? Kevin McKenna war tot, weil Albert ihm eigenhändig die Kehle aufgerissen hatte; das Blut des Journalisten hatte seine Haut befleckt, bis das purpurrote Feuer es weggebrannt hatte.

Klarheit durchdrang seinen beschädigten, zerrütteten Verstand, nahm die Stimmen seines Vaters und seines Bruders an.

Versagen. Enttäuschung. Peinlichkeit.

Harker warf den Kopf in den Nacken und heulte: ein rauer, heiserer Laut, der kaum Menschliches an sich hatte. Er hatte die ihm zugefügten Schmerzen lange unter Kontrolle gehalten, sie sogar dazu benutzt, seine Rachgier zu befeuern, aber jetzt durchfluteten sie ihn und drohten, ihn in die Knie zu zwingen.

Wertlos. Schwarzes Schaf. Zweite Wahl.

Er starrte das Förderband an, sah Hunderte von Exemplaren der Zeitung, für deren Herstellung er gemordet hatte, und fühlte etwas in seinem Inneren zerreißen. Es war, als hätten die Flammen seine Seele herausgebrannt und nur eine leere Hülle hinterlassen, die Verdammnis auf sich geladen hatte, als sie unschuldiges Blut vergossen hatte.

Gottverlassen. Verschwendung. Schande.

Harker heulte nochmals, als die Stimmen seines Vaters und seines Bruders auf ihn einschrien, ihm erklärten, er habe nur ihre schlimmsten Befürchtungen erfüllt und alles verdient, was ihm zugestoßen sei. Vor seinem inneren Auge erschien Kevin McKenna, dessen nervöses, offenes Gesicht jetzt streng und anklagend war und aus dessen aufgerissener Kehle Blut spritzte, als er seine so oft vorgebrachte Frage stellte, die Harker jedes Mal mit Lügen beantwortet hatte.

Keinem passiert was, richtig?

Der Vampir, von dessen Kopf und Hals Rauch aufstieg, kam auf ihn zugetorkelt. Matt ließ den entladenen UV-Strahler fallen und zog seinen Metallpflock aus der Koppelschlaufe; wegen des Horrors, der sich um ihn herum abgespielt hatte, konnte er nicht mehr klar denken, aber er hielt den Pflock mit zitternder Hand vor seinen Körper.

Albert Harker, dessen Atem unregelmäßig pfeifend kam und dessen verbliebenes Auge in seiner Höhle irrlichterte, blieb so dicht vor Matt stehen, dass sein Körper den Pflock in der Hand des verängstigten Teenagers fast berührte.

»Mach ihnen Ehre«, verlangte der Vampir mit feuchter, erstickter Stimme. »Erzähl meinem Vater und meinem Bruder, was du getan hast. Sie werden stolz auf dich sein.«

Matt war zu keiner Bewegung imstande. Er war von dem rauchenden, zerstörten Chaos, das Albert Harkers Gesicht gewesen war, so fasziniert, dass er den Blick nicht davon wenden konnte.

Der Vampir knurrte, dann hob er die Arme, schien mit beiden Händen nach Matts Hals greifen zu wollen. Seine Lähmung löste sich, und er stieß mit dem Metallpflock zu, aber er war viel zu langsam, viel zu …

Rums.

Matt riss erstaunt die Augen auf, als sein Pflock tief in Albert Harkers Brust verschwand. Blut begann aus der Wunde zu quellen, floss den Stahl entlang und tränkte seinen Handschuh rot, aber der Vampir schien das nicht zu bemerken. Sein verbliebenes Auge, nun rot verfärbt und mit schwarzer Iris, blickte nach unten. Dann sah er wieder mit schwach zuckenden Mundwinkeln zu Matt auf.

Lächelnd, dachte Matt. *Er sieht aus, als lächelte er.*

Dann zerplatzte Albert Harker in einer dampfend heißen Wolke, die Matt von Kopf bis Fuß mit Blut tränkte.

Matt Browning sah sich in der stillen Ladebucht um. Die noch wachsende Blutlache, die Albert Harker gewesen war, glänzte unter den Leuchtstoffröhren. Kate war weiter unter dem eingedrückten Tor gefangen, krächzte ihm aber einen etwas wirren Strom von Beifallsworten und Glückwünschen in die Ohren. Frankenstein, dessen Brust sich gleichmäßig hob und senkte, lag auf dem Boden ausgestreckt. Die Arbeiter in Blaumännern waren um den Gabelstapler versammelt, wo auch ...

Ihm stockte der Atem.

Inmitten all des Geschreis, der Gewalt und des vergossenen Bluts hatte er völlig vergessen, warum Kate und er die Konfrontation mit Albert Harker gesucht hatten. Das fiel ihm erst jetzt wieder ein, als er in das blasse, angespannte Gesicht seines Vaters sah.

Greg Browning stand neben Pete Randall, der wie er unter Schock zu stehen schien. Matt spürte den fast unwiderstehlichen Drang, zu seinem Vater hinüberzulaufen und ihn zu umarmen, aber er zwang sich zur Beherrschung, um klar denken zu können. Er atmete tief durch, dann hastete er zu Kate hinüber, die mit dem umgestürzten Tor kämpfte; er fasste unter die Kante, stemmte sie mit aller Kraft hoch und hielt sie so fest, während Kate sich darunter hervorschlängelte. Sobald sie wieder auf den Beinen war, umarmte sie ihn lange und stürmisch.

»Toll gemacht«, sagte sie über Funk, sodass die anderen Männer sie nicht hören konnten. »Wundervoll! Du hast ihn erledigt, Matt! Du hast ihn erledigt.«

»Ich weiß nicht, ob ich's war«, sagte Matt. »Ich denke ... ich weiß es nicht.«

Kate ließ ihn los, trat einen halben Schritt zurück und hielt ihn mit beiden Händen an den Schultern. »Wie meinst du das?«

»Er hat etwas zu mir gesagt«, antwortete Matt. »Er hat mich aufgefordert, seinem Vater und seinem Bruder Ehre zu machen. Dann ist er auf mich zugekommen, und ich ...« Er machte eine Pause und holte tief Luft. »Er hätte meinem Pflock leicht ausweichen können, wenn er gewollt hätte. Ich meine, ich hab kaum damit zugestoßen. Es war mehr so, als ... Ach, ich weiß es nicht.«

»Was soll das heißen?«

»Ich weiß es nicht.«

»Weshalb hätte er das tun sollen, Matt?«

»Keine Ahnung. Aber ich könnte beschwören, dass er kurz vor seinem Tod ...«

»Was? Was könntest du beschwören?«

»Ich könnte beschwören, dass er gelächelt hat, Kate.«

»Jesus«, sagte sie noch immer fast krächzend. »Das ist schrecklich.«

»Ich weiß«, murmelte er.

»Trotzdem«, sagte sie, »bist du der Agent, der Albert Harker vernichtet hat. Für die Einzelheiten interessiert sich niemand. Du bist jetzt ein Held.«

»Ich fühle mich nicht wie einer«, sagte er.

Danach herrschte längeres Schweigen zwischen ihnen, das zuletzt von Matt gebrochen wurde.

»Was machen wir jetzt?«, fragte er. »Was machen wir mit unseren Dads?«

»Keine Ahnung«, antwortete sie. »Aber als Erstes müssen wir uns um jemand anderen kümmern.«

Kate ergriff seine Hand und zog ihn mit sich zu der Stelle, wo Frankenstein lag. Sie kauerten links und rechts neben ihm, als Kate ihn am Oberarm fasste und sanft schüttelte. Die Lider des Monsters zitterten, und aus seinem schiefen Mund kam ein leises Stöhnen.

»Colonel?«, sagte Kate. »Colonel Frankenstein? Können Sie mich hören?«

Das Monster schlug langsam die Augen auf. Sein Blick war nicht gleich klar, aber dann fixierte er die beiden purpurroten Visiere über ihm.

»Ich höre Sie«, polterte er. »Wo ist Harker?«

»Tot«, sagte Matt.

»Wer hat ihn erledigt?«

»Unwichtig«, sagte Matt. »Er ist tot.«

Frankenstein setzte sich auf und sah sich in der Ladebucht um, deren Boden von Blut schwamm. »Sorry«, sagte er mit einer Stimme wie fernes Donnergrollen. »Ich habe euch im Stich gelassen.«

»Reden Sie keinen Unsinn«, fauchte Kate. »Wir leben alle noch, nicht wahr?«

»Mit knapper Not«, sagte Frankenstein. Er hob eine Hand ans Kinn und zuckte zusammen.

»Könnten Sie Meldung erstatten?«, fragte Matt. »Wir haben noch etwas zu erledigen.«

Frankenstein runzelte die Stirn. Dann sah er Pete Randall und Greg Browning an der Wand neben dem Tor stehen und nickte verständnisvoll.

»Ich werde euch nicht daran hindern«, sagte er. »Geht nur. Ich erstatte Meldung.«

Kate nickte, dann richtete sie sich auf und ergriff Matts Hand; sie zog ihn hoch und führte ihn langsam zu ihren Vätern hinüber. Er sah, wie sein Dad große Augen machte, als sie herankamen, sah ihn unwillkürlich einen halben Schritt zurückweichen und schämte sich dafür.

Er hat Angst vor mir, erkannte er. *Sie haben beide Angst.*

Neben ihm hob Kate die Hände und nahm ihren Helm ab. Dann schüttelte sie ihr schulterlanges blondes Haar aus, atmete tief durch und sah ihren Vater an.

Pete Randall wurde leichenblass, als sei er plötzlich in eine Schwarz-Weiß-Welt gewechselt.

Er griff sich an die Brust, sodass Matt eine schreckliche Sekunde lang glaubte, er habe einen Herzanfall. Seine Freundin trat mit erschrocken geweiteten Augen vor.

»Kate?«, ächzte Pete Randall.

Sie nickte. »Ich bin's«, brachte sie mit fast versagender Stimme heraus. »Wie geht es …«

Weiter kam sie nicht. Ihr Vater war mit wenigen raschen Schritten heran, schloss sie in die Arme und drückte sie so fest an sich, dass ihre Füße in der Luft schwebten.

Matt, der selbst Tränen in den Augen hatte, sah zu, wie Kates Vater hemmungslos an ihrer Schulter zu schluchzen begann. Dann wandte er sich wieder seinem Dad zu, der die beiden mit mehr Wärme und Mitgefühl beobachtete, als Matt in den sechzehn Jahren, die sie unter einem Dach gelebt hatten, jemals bei ihm gesehen hatte. Er holte tief Luft und nahm ebenfalls den Helm ab. Sein Vater sah kurz zu ihm hinüber, bevor er sich wieder Pete und Kate zuwandte. Dann drehte er sich langsam, ganz langsam wieder nach seinem Sohn um.

»Matt?«, fragte er. »Mein Gott, bist du's wirklich?«

»Ich bin's«, antwortete Matt. »Hi, Dad.«

Greg starrte ihn sekundenlang mit weit aufgerissenen Augen an. Dann trat er sehr langsam vor und schloss seinen Sohn in die Arme.

58

ist das Kind erst in den Brunnen gefallen ☙

Jack Williams führte sein Team durch den blutgetränkten Empfangsbereich in den riesigen Maschinensaal des Druckereigebäudes.

»Hier liegen zwei Tote, Sir«, meldete Todd McLean, der neben den gefesselten Leichen der beiden Männer in blauer Arbeitskleidung stehen geblieben war.

»Liegen lassen«, befahl Jack, ohne sie auch nur anzusehen. »Harker hat Priorität. Feuer nach eigenem Ermessen.« Er marschierte mit schussbereit gehaltenem T-Bone den Mittelgang zwischen den stillstehenden Maschinen hinunter. Angela Darcy folgte ihm, und McLean bildete nach einem letzten Blick auf die beiden Toten die Nachhut.

Jack kochte vor Wut, als er durch den Maschinensaal ausschritt. Ihr Pilot hatte seinem Hubschrauber das Äußerste abverlangt und aus der rumpelnd protestierenden Maschine das Letzte an Geschwindigkeit herausgeholt, ohne ihm die deprimierende Gewissheit nehmen zu können, dies sei nicht genug. Als erfahrener Agent vertraute er blind auf seinen Instinkt, der ihm in diesem Fall sagte, sie kämen zu spät.

Als er am Ende des langen, stillstehenden Förderbands um die Ecke bog, sah er sofort, dass er richtig vermutet hatte. Colonel Frankenstein stand auf einer Seite der vor ihm liegenden weiträumigen Ladebucht, während sich auf der anderen fünf Männer in blauen Overalls um einen Gabelstapler zusammendrängten. Neben einer großen Blutlache ziemlich in der Mitte des höhlenartigen Raums umarmten Matt Browning und Kate Randall zwei ihm unbekannte Männer. Albert Harker war nirgends zu sehen.

»Was zum Teufel soll das alles?«, rief Jack und ging mit großen Schritten auf sie zu. »Browning, Randall. Ich verlange sofort Meldung!«

Matt und Kate ließen die Unbekannten stehen und drehten sich nach ihm um.

»Jack«, sagte Kate stirnrunzelnd. »Wieso …«

»Ich habe eine Meldung verlangt, Lieutenant Randall«, unterbrach Jack sie mühsam beherrscht. »Als Erstes will ich wissen, wo Albert Harker ist, und dann möchte ich eine verdammt gute Erklärung dafür hören, warum ihr ohne Genehmigung eurer Vorgesetzten Jagd auf diesen Vampir mit Prioritätsstufe eins gemacht habt.«

»Beruhigen Sie sich, Jack«, sagte Frankenstein halblaut.

»Ich denke gar nicht daran!«, brüllte Jack so laut, dass alle zusammenfuhren. »Mein Team hat den Auftrag, Albert Harker zu vernichten! Cal hat die Verantwortung *mir* übertragen, und … und …« Er seufzte schwer, als sein Zorn so rasch abklang, wie er aufgeflammt war. »Erzähl mir einfach, was passiert ist, Kate.«

»Harker ist tot«, sagte sie und wies auf die große Blutlache. »Matt hat ihn vernichtet.«

»Du warst das?«, fragte Jack, indem er sich ihm zuwandte.

»So könnte man's sagen«, antwortete Matt. »Jedenfalls ist er tot.«

»McKenna?«

»Tot«, sagte Frankenstein. »Das im Empfangsbereich ist sein Blut. Harker hat ihn ermordet.«

»Okay«, sagte Jack. »Harker ist tot, McKenna ist tot. Sonst noch jemand?«

»Der Wachmann, der am Empfang gesessen hat«, sagte Frankenstein. »Und drei Drucker.«

»Wenigstens lebt ihr noch«, sagte Jack. »Wer sind diese beiden?« Er zeigte auf die Männer neben Kate und Matt.

»Pete Randall«, sagte Kates Vater und trat einen Schritt vor. »Freut mich, Sie kennenzulernen.«

»Gleichfalls«, sagte Jack und starrte ihn ungläubig an. »Was zum Teufel machen Sie hier, Mr. Randall?«

»Ich wollte Kevin McKenna helfen, die Öffentlichkeit über Vampire aufzuklären«, antwortete Pete. »Leider habe ich erst zu spät gemerkt, dass dies ein Rachefeldzug Albert Harkers war.«

»*Wir* haben ihm geholfen«, sagte Greg Browning und trat ebenfalls vor. »Beide gemeinsam.«

»Vermute ich richtig, dass Sie Matts Vater sind?«, fragte Jack.

»Greg Browning. Ja, das stimmt.«

»Klar doch«, sagte Jack, der das absurde Bedürfnis spürte, laut loszulachen. »Natürlich sind Sie das. Großartig. Ist sonst noch jemand hier? War noch jemand an diesem grenzenlosen Chaos beteiligt?«

»Nein«, sagte Pete. »Nur Greg und ich, McKenna und Harker. Diese Männer hatten nichts damit zu tun.« Er deutete auf die fünf Arbeiter in blauen Overalls, die ihnen sichtlich verständnislos zuhörten.

»Okay«, sagte Jack. »Ich sorge dafür, dass der Sicherheitsdienst ein Team herschickt, das ihnen die Situation erklärt. Nicht weiter schlimm.«

»Das würde ich nicht sagen«, widersprach Pete. »Nicht ohne weiteres.« Er trat ans Förderband, griff nach einem Exemplar von *The Globe* mit der abgeänderten Titelseite und drückte sie ihm in die Hand.

Jack Williams runzelte die Stirn, las die Schlagzeile und fühlte sich wie vor den Kopf geschlagen. »Jesus!«, sagte er und hielt die Zeitung hoch, damit alle sie sehen konnten. »Was zum Teufel haben Sie sich dabei gedacht?«

»Das waren nicht sie«, warf Frankenstein ein. »Das war Albert Harker.«

»Nein«, widersprach Pete Randall. »Wir haben freiwillig mitgemacht. Niemand hat uns dazu gezwungen.«

»Jesus!«, wiederholte Jack. »Ich kann's einfach nicht glauben.

Soll das heißen, dass schon Zeitungen mit dieser Schlagzeile ausgeliefert sind?«

Pete nickte.

»Wie viele?«, fragte er mit lauter werdender Stimme. »Wie viele Exemplare haben dieses Gebäude verlassen?«

Pete sah zu den Druckern hinüber. Einer von ihnen trat vor, räusperte sich nervös.

»Hunderttausend«, sagte er. »Mehr oder weniger.«

59

was verloren sein könnte

»Wann ist der erste Lastwagen abgefahren?«, fragte Jack.

»Vor ungefähr einer Stunde.«

»Wohin ist er gefahren?«

Der Mann in dem blauen Overall zuckte mit den Schultern. »Weiß ich nicht.«

»Das wissen Sie nicht?«, sagte Jack. »Haben Sie darüber keine Unterlagen? Keine Versandliste?«

»Normalerweise schon«, antwortete der Mann. »Normalerweise sind wir zu acht, nicht zu fünft. Und normalerweise fliegt hier kein verdammtes Monster rum und droht damit, uns umzubringen.«

»Verdammt noch mal!«, sagte Jack. »Soll das heißen, dass Sie nicht feststellen können, wohin die hier beladenen Lastwagen gefahren sind?«

»Tut mir leid«, murmelte der Mann.

»Ich muss Ihnen noch etwas zeigen, Jack«, sagte Frankenstein. Jack sah zu dem Monster hinüber. »Was denn?«

»Kommen Sie mit«, sagte Frankenstein. »Es ist in der Redaktion. Ich zeig's Ihnen.« Er warf Matt Browning einen Blick zu, und Matt nickte, weil er wusste, was das Monster vorhatte.

Er verschafft uns Zeit. Er weiß nicht, was mit unseren Vätern passieren wird, deshalb verschafft er uns etwas mehr Zeit.

»Jesus«, seufzte Jack. »Also gut. Darcy, McLean, ihr sichert das Gebäude. Kommen neue Lastwagen, haltet ihr sie an und lasst sie nicht mehr wegfahren. Ohne meine Erlaubnis verlässt niemand das Gebäude. Randall, Browning, ihr wartet hier mit euren Vätern. Ist das klar?«

»Ja, Sir«, sagte Kate.

Matt nickte, dann wartete er, bis das Einsatzteam F-7 sich über die Ladebucht verteilt hatte und Frankenstein mit Jack Williams zwischen den stillstehenden Maschinen verschwunden war. Sobald sie fort waren, drehte er sich aufgebracht nach seinem Vater um; er wollte ihn fragen, was zum Teufel er damit habe bewirken wollen und ob er begreife, welchen Schaden er angerichtet habe, indem er mitgeholfen habe, die Zeitungen zu drucken, die sich hinter ihnen türmten, aber seine Empörung verstummte, als er den Gesichtsausdruck seines Vaters sah.

Greg Browning funkelte ihn zornig empört an.

»Du hast uns verlassen«, sagte er mit bebender Stimme. »Deine Mutter, deine Schwester und mich. Du bist abgehauen, ohne ein verdammtes Wort zu sagen. Wir haben dich alle für tot gehalten.«

»Entschuldigung«, murmelte Matt, der plötzlich einen Klumpen im Hals hatte. »Tut mir echt leid, Dad, aber ich konnte nicht anders. Ich hatte eine Chance, etwas Wichtiges zu tun, von dem ich dir nicht erzählen durfte.«

»Ich verstehe überhaupt nichts mehr«, sagte Greg. »Du bist einer von ihnen? Einer der Leute, die dich verschleppt haben?«

Matt nickte. »Eigentlich bin ich mehr Wissenschaftler, aber ja, ich gehöre zu ihnen.«

»Wer sind sie?«

»Das darf ich dir nicht sagen, Dad. Du weißt schon zu viel.«

»Du konntest uns nicht sagen, was du vorhattest?« Matt waren Lautstärke und Tonfall sehr vertraut, als Gregs Stimme jetzt lauter wurde. »Du konntest dich nicht mal von deiner Mutter verabschieden?«

»Tut mir leid«, antwortete Matt. »Mehr kann ich wirklich nicht sagen.«

»Mr. Browning«, warf Kate ein. »Matt wollte Ihnen oder seiner Mutter nie wehtun. Das kann ich Ihnen versprechen.«

»Woher wollen Sie wissen, was er vorhatte?«, fragte Greg aufgebracht. »Sie haben Ihren Dad in dem Glauben gelassen, Sie seien tot. Was wissen Sie von Mitleid?«

»Was soll ich getan haben?«, fragte Kate mit gepresster Stimme.

»Du hast mich in dem Glauben gelassen, du seist tot«, sagte Pete Randall. Seine Stimme war kaum mehr als ein Flüstern. »Man hat mir gesagt, du seist tot, Kate. Das habe ich beinahe geglaubt.«

Schuldgefühle, die fast körperlich schmerzhaft waren, durchfluteten Kate.

Sie haben ihm gesagt, ich sei tot? Dabei hatten sie mir versprochen, das niemals zu tun.

Sie dachte an das Gespräch an dem Morgen zurück, an dem sie sich bereiterklärt hatte, bei Schwarzlicht zu bleiben. Ihre einzige Bedingung, von der sie um keinen Preis abrücken wollte, war gewesen, dass ihr Vater erfahren sollte, dass es ihr gut ging und sie in Sicherheit war.

Sie fühlte kalte Wut in sich aufsteigen.

Major Gonzalez hat gesagt, sie würden ihm mitteilen, dass es mir gut geht. Das hat er mir ins Gesicht gesagt. Sie wollten ein paar Wochen warten, bis die Aufregung sich gelegt hatte; dann sollte er erfahren, dass ich etwas Geheimes mache, aber in Sicherheit bin.

Sie verstand plötzlich, warum ihr Vater hier war, wieso er sich mit einem Ungeheuer wie Albert Harker verbündet hatte, und diese Erkenntnis drohte sie zu überwältigen. In den vergangenen Monaten war er nicht insgeheim stolz auf seine Tochter gewesen, die an wichtigen und geheimen Dingen mitarbeitete; stattdessen hatte er sich in den vergangenen Monaten fragen müssen, ob seine einzige Tochter tot oder lebendig war.

Er muss das Gefühl gehabt haben, er habe nichts mehr zu verlieren.

»Tut mir leid, Dad«, brachte sie schließlich heraus. »Das solltest du nie glauben. Ich wusste nicht, dass man dir das erzählt hatte.«

»Und damit soll alles wieder gut sein?«, fragte Pete. »Du hast mich verlassen, ohne auch nur Lebewohl zu sagen, und ich soll mich damit abfinden?«

»Sie hat's echt nicht gewusst«, sagte Matt, dessen Magen rebellierte; diese schmerzhafte Mischung aus Schuldgefühlen und Vorwürfen war nicht das, was er sich von der Wiedervereinigung mit ihren Vätern erhofft hatte. »Ich weiß, was man ihr erzählt hat.«

»Was man ihr erzählt hat, ist mir scheißegal!«, brüllte Pete so laut, dass Matt zusammenzuckte. »Ich habe drei Monate lang allein in einem leeren Haus, auf einer sterbenden Insel gelebt und mich gefragt, was dir zugestoßen sein könnte. *Drei Monate!* Wie konntest du mir das antun, Kate? Nach allem, was deiner Mutter zugestoßen war?«

Kate schüttelte ihre Schockstarre ab. »Lass sie aus dem Spiel«, fauchte sie. »Es ist nicht meine Schuld, dass sie gestorben ist, Dad. Dafür kannst du nicht mich verantwortlich machen.«

Pete knickte sichtbar ein. »Das tue ich nicht«, murmelte er. »Das darfst du nie glauben, keine Sekunde lang. Aber du hast mir *gefehlt*, Kate, schrecklich gefehlt.«

Kate ergriff die Hände ihres Vaters und sah ihm in die Augen. »Du hast mir auch gefehlt, Dad«, sagte sie. »Ich wollte dich durch meine Arbeit nie verletzen, auch wenn ich wusste, dass ich's vielleicht tun würde. Aber das war eine Gelegenheit, *etwas zu tun*, Dad, womöglich die einzige, die ich je erhalten würde. Dies war meine Chance.«

»Ich hätte dich nie daran gehindert«, sagte Pete. »Seit du fünf warst, habe ich gewusst, dass du uns eines Tages verlassen würdest. Lindisfarne würde dir zu klein werden, aber das war in Ordnung. Ich wollte, dass du losziehst und dir ein eigenes Leben schaffst, und der Tod deiner Mom hat daran nichts geändert.«

»Für mich schon«, sagte Kate mit bebender Stimme. »Ich hätte nie einen Koffer packen und mich verabschieden und dich allein im Haus zurücklassen können. Das hätte ich nie geschafft.«

»Du hast mich lieber in dem Glauben gelassen, du seist tot? Das ist dir freundlicher vorgekommen?«

»Ich wusste nicht, dass man dir das gesagt hat!«, rief Kate empört. »Das hab ich dir schon gesagt!«

Danach herrschte längere Zeit tiefes und spannungsgeladenes Schweigen. Vater und Tochter, beide jetzt mit gerötetem Gesicht, starrten sich schwer atmend an. Zuletzt war es Pete, der als Erster den Blick senkte.

»Was machst du also?«, fragte er leise, fast flüsternd. »Bei diesen Leuten, für die du arbeitest?«.

»Das darf ich …«

»Das darfst du mir nicht sagen«, unterbrach Pete sie. »Klar.«

»Tut mir leid.«

»Rottet ihr Vampire aus?«

»Dad«, sagte Kate hilflos. »Du weißt, dass ich …«

Pete schüttelte den Kopf, dann machte er eine nachdenkliche Pause. »Ist es recht?«, fragte er schließlich. »Was du jetzt machst. Ist es recht?«

»Es ist notwendig«, antwortete Kate.

»Okay«, sagte Pete. »Also gut.« Er zog seine Tochter an sich und umarmte sie. Matt atmete erleichtert auf, während er die beiden beobachtete, bevor er sich wieder seinem Vater zuwandte.

»Deine Mutter wird selig sein«, sagte Greg. »Sie … nun, sie wird überglücklich sein.«

»Wie geht's ihr, Dad?«, fragte er. »Wie geht's Laura? Ihr fehlt mir sehr.«

»Oh, denen geht's gut«, sagte Greg, dessen Stimme plötzlich unsicher klang. »Soviel ich weiß, ist alles bestens. Sie wird selig sein, wenn sie hört, dass es dir gut geht.«

Soviel du weißt?, fragte Matt sich. *Wieso weißt du das nicht sicher?*

Die Antwort traf ihn wie ein Eimer kaltes Wasser.

Sie hat ihn verlassen. Als ich fort war, hat sie Laura mitgenommen und ihn verlassen. Hat er die ganze Zeit allein gelebt?

Dann wurde ihm bewusst, was sein Vater gesagt hatte, und sein Herz sank.

»Du darfst Mom nicht von mir erzählen, Dad«, erklärte er

ihm. »Selbst wenn sie dich freilassen, darfst du niemandem ein Wort verraten.«

»Was soll das heißen, *wenn* sie mich freilassen?«

»Wie hast du dir die Sache vorgestellt, wenn sie euch erwischen, Dad? Dass man dir auf die Finger klopfen und dich mit dem nächsten Zug heimschicken würde? Unsere Arbeit ist streng geheim, Dad, viel geheimer, als du dir vorstellen kannst.« Er war plötzlich wütend darüber, dass sein Vater so dämlich gewesen war, sich in diesen Schlamassel verwickeln zu lassen. »Was machst du überhaupt hier, Dad? Was zum Teufel hast du mit jemandem wie Albert Harker zu schaffen?«

Es war Pete Randall, der seine Frage beantwortete. Matts Vater schien so schockiert zu sein, dass er kein Wort herausbrachte.

»Wir wussten nicht, wer er war«, sagte er und entließ Kate aus seiner Umarmung. »Wir dachten, wir könnten Kevin McKenna helfen, etwas Gutes zu tun, die Öffentlichkeit vor Vampiren zu warnen. Wir wussten nicht, was Harker wirklich plante.«

»Offensichtlich nicht«, bestätigte Matt. »Ihr habt bestimmt getan, was ihr für richtig hieltet. Aber das war ein Irrtum. Der Öffentlichkeit ist nicht geholfen, wenn sie von diesen Dingen erfährt. Das nützt ihr keineswegs.«

»Wir wollten nur irgendwas tun«, sagte Greg Browning, der wieder sprechen konnte. »Wir wollten anderen unser Schicksal ersparen. Ich habe meine Familie verloren, und Pete haben sie erzählt, seine einzige Tochter sei tot. Alles wegen Vampiren und gottverdammten Männern in Schwarz. Was hätten wir denn tun sollen?«

Kate sah zu Matt hinüber; er erwiderte ihren Blick, ohne jedoch etwas zu sagen.

Er wusste keine Antwort auf die Frage seines Vaters.

60

Heimkehr

Raketentestgelände White Sands,
Nevada, USA

Larissa schwebte über ihrem Bett, hatte die Hände hinter dem Kopf gefaltet und sah etwa zum dreißigsten Mal in der vergangenen Stunde auf ihren Radiowecker.
6.42 Uhr.
In achtzehn Minuten will General Allen meine Entscheidung hören. Und ich weiß noch immer nicht, was ich sagen soll.
Auf ihrem Schreibtisch lagen zwei Blatt Papier, die zwei sehr unterschiedliche Zukünfte skizzierten. Von der gegenüberliegenden Ecke ihrer Unterkunft aus starrte Larissa sie mit einem flauen Gefühl im Magen an.
Sie hatte geschlafen, obwohl sie nach ihrem Gespräch mit dem NS9-Direktor lange geglaubt hatte, sie würde bestimmt keinen Schlaf finden können; aber er war unruhig und voller schlechter Träume gewesen. Als sie beim Aufwachen gesehen hatte, dass es kurz nach fünf war, hatte sie aufgegeben und war unter die Dusche gegangen. Das prasselnde heiße Wasser hatte ihr jedoch nicht geholfen, wieder klarer zu denken; als sie in ihr Zimmer zurückkam, war sie noch so unschlüssig wie sieben Stunden zuvor – und das bei einer Entscheidung, die ihr lange als relativ einfach erschienen war.
Nur eine Woche nach ihrer Ankunft in Nevada war Larissa sich ziemlich sicher gewesen, wen sie bei ihrer Rückkehr zu Schwarzlicht mitnehmen würde. Tim hatte sie schon bald nach Beginn ihrer Zusammenarbeit darum gebeten, und durch ihn

hatte sie vier der restlichen fünf Kandidaten kennengelernt: Kara, Kelly, Danny und Aaron, die vier Agenten, mit denen sie sich angefreundet hatte. Durch ihre Teilnahme an dem Angriff auf General Rejons Komplex hatte sie mehrere Kandidaten für den sechsten Platz im Einsatz erlebt; sofort sympathisch war ihr jedoch Anna Frost, die stille, elegante kanadische Agentin gewesen, die Larissa so sehr an Kate Randall erinnerte.

Damit hätte alles klar sein müssen. Sechs Namen, sechs Männer und Frauen, die alle eine Verstärkung für Schwarzlicht bedeuten würden und die sie liebend gern in den Ring mitgenommen hätte. Die richtige Wahl für sie selbst und das Department.

Bis Tim Albertsson alles ruiniert hatte.

Das ist nicht fair, sagte sie sich. *Wir haben es beide ruiniert. Dir hat seine Aufmerksamkeit gefallen, und er hat die Situation falsch gedeutet. Das war auch deine Schuld.*

Larissa wusste, dass das stimmte, und war deshalb wütend auf sich selbst. Sie hatte angefangen, sich zu fragen, ob irgendetwas mit ihr nicht in Ordnung sei, ob sie eine natürliche Neigung zur Selbstzerstörung besitze. Sie wollte ihre Freunde zu Schwarzlicht mitnehmen, weil sie wusste, dass sie dort auf ihrer Seite stehen und sie gegen das Misstrauen verteidigen würden, das ihr im Ring noch immer häufig entgegenschlug, und jetzt war sie nicht mehr sicher, ob sie das tun konnte.

Alles wegen diesem dämlichen, gut aussehenden, arroganten Tim Albertsson.

Selbst nach Nuevo Laredo und Las Vegas hatte sie noch geglaubt, das Problem lasse sich bis zu ihrer Abreise lösen. Sie war noch für einen Monat abkommandiert: reichlich Zeit, um mit ihm zu reden und ihm unmissverständlich zu erklären, sie könnten nie mehr als nur Freunde sein – auch reichlich Zeit für ihn, sich damit abzufinden, bevor sie zu siebt nach England abreisten.

General Allens Bombe vom Vorabend hatte diese Hoffnung vernichtet; jetzt drängte die Zeit plötzlich, und das Gefühl von

Verlegenheit und Peinlichkeit, das sie empfand, war ätzend stark. Sie konnte nicht mit Tim zu Schwarzlicht zurückkehren, nicht mit der Erinnerung an seinen Kuss so frisch in ihrem Gedächtnis, nicht mit der Erinnerung an den hungrigen Blick, mit dem er sie in der Disco in Las Vegas betrachtet hatte. Wie konnte sie ihn Jamie, Kate und Matt vorstellen? Wie in ständiger nervöser Anspannung darauf warten, dass Tim aus Versehen oder absichtlich etwas Falsches sagte, das die zarten Bande zwischen Jamie und ihr zerreißen konnte.

Dieses Risiko war viel zu groß.

Aber sie hatte ihm ein Versprechen gegeben und wusste recht gut, dass sie auch die anderen nicht mitnehmen konnte, wenn sie es nicht hielt. Sie würde zu viele Fragen, zu viele Animositäten zurücklassen; Tim würde ihr nie verzeihen, wenn sie ihr gebrochenes Versprechen dadurch verschlimmerte, dass sie seine engsten Freunde nach England entführte.

Wie hast du bloß dieses Chaos geschaffen?, fragte sie sich. *Wie hast du's geschafft, etwas so Gutes in etwas Schlechtes zu verwandeln?*

Larissa stieg etwas höher und spürte, dass in ihren Augenwinkeln Hitze entstand und die Tränen trocknete, die sich dort zu bilden begonnen hatten. Sie schwebte in der kühlen Luft ihres Zimmers, atmete tief ein, atmete langsam aus und sah wieder auf die beiden Blatt Papier hinunter.

Auf einem Blatt standen die Namen, die sie General Allen hatte nennen wollen, wenn er sie danach fragte. Das andere Blatt war eine alternative Liste: Männer und Frauen, die für Schwarzlicht gut gewesen wären, aber nicht ihre Freunde waren. Nahm sie diese Leute mit, hatte sie ihren Auftrag erfüllt – aber zugleich eine reale Chance, ihre Lebensumstände zu verbessern, in der Wüste von Nevada zurückgelassen. Sie starrte die beiden Namenslisten so lange an, bis der Radiowecker 6.58 Uhr anzeigte.

Also gut, dachte sie. *Jetzt aber los.*

Larissa schwebte zu Boden und griff nach einem der Blätter. Sie blieb noch einige Sekunden stehen, während ihr Blick einen

Punkt jenseits der Wand vor ihr fixierte; dann öffnete sie die Tür und flog in Richtung Aufzug davon, ohne sich noch einmal umzusehen.

»Ist das Ihr Ernst, Larissa?«, fragte General Allen. Er saß auf einem der beiden Sofas in seiner Unterkunft, während sie auf dem anderen sitzend nervös die Hände knetete. »Das sind nicht die Namen, die ich erwartet hatte.«

»Ist das ein Problem, Sir?«, fragte sie.

Allen schüttelte den Kopf. »Kein Problem«, sagte er. »Ich bin nur überrascht. Kein Tim, keine Kelly oder Kara? Keiner Ihrer Freunde?«

»Nein, Sir«, antwortete Larissa in angestrengt sachlichem Tonfall. »Ich bin hierher abkommandiert worden, um sechs Agenten für Schwarzlicht auszuwählen. Nicht um Freundschaften zu schließen, Sir.«

»Das verstehe ich«, sagte Allen. Er kniff unverkennbar misstrauisch die Augen zusammen. »Was verschweigen Sie mir?«

Larissa fühlte eine kleine Hitzewelle in sich aufsteigen und zwang sich, ruhig zu bleiben. »Nichts, Sir«, behauptete sie. »Dies sind die Agenten, die meiner Überzeugung nach am besten zu Schwarzlicht passen.«

General Allen griff nach dem Blatt und las die Namen erneut vor. »Captain van Thal«, sagte er. »Die Agenten Johnson, Schneider und Burgess. Die Rekruten Gregg und O'Malley. Die beiden sind aus dem Kurs, den Tim und Sie leiten?«

Larissa nickte. »Sie werden mal gute Agenten, Sir.«

»Davon bin ich überzeugt«, sagte Allen. »James van Thal verstehe ich. Er war schon mal zu Schwarzlicht abkommandiert. Wussten Sie das?«

»Nein, Sir«, antwortete Larissa. »Aber das ist natürlich ein Vorteil.«

»Johnson, Schneider und Burgess. Kennen Sie die alle von Einsätzen her? Bitte seien Sie ganz ehrlich.«

»Ich habe mit allen zusammengearbeitet«, sagte Larissa. »Und ich habe die Meinung mehrerer Kollegen über sie eingeholt. Sie werden allgemein sehr gut beurteilt.«

Der General ließ die Liste neben sich aufs Sofa fallen und verstummte. Larissa studierte sein sonnengebräuntes, von Wind und Wetter gegerbtes Gesicht und fragte sich, was er dachte. Vermutlich hätte ihn nichts daran hindern können, ihre Liste abzulehnen und darauf zu bestehen, dass sie eine andere Gruppe von Agenten nach England mitnahm, aber sie war sich sicher, dass er das nicht wollte.

»Ich werde Ihre Liste akzeptieren«, sagte er schließlich. »Und ich werde nicht darauf bestehen, dass Sie mir erzählen, was hier wirklich vorgeht, obwohl ich weiß, dass hinter Ihrer Entscheidung mehr steckt, als Sie sagen. Sie sollen nur wissen, dass alles, was Sie mir vielleicht erzählen möchten, strikt unter uns bliebe. Ist das klar?«

Larissa spürte einen Kloß im Hals; Allen sprach fast väterlich freundlich und ohne ihre Entscheidung zu bewerten. »Das weiß ich, Sir«, antwortete sie. »Danke, Sir.«

»Okay«, sagte er, stand vom Sofa auf und blieb vor ihr stehen. »Dann bleibt's beim Start um zehn Uhr. Ich stelle ihre Marschbefehle aus und sorge dafür, dass sie um halb zehn im Hangar sind. Die meisten werden ziemlich überrascht sein, denke ich.«

Larissa stand ebenfalls auf. »Danke, Sir«, sagte sie. »Und ich danke Ihnen dafür, dass Sie mich hier so freundlich aufgenommen haben.«

General Allen lächelte. »War mir ein Vergnügen, Lieutenant Kinley. Sie werden mir fehlen.«

»Sie mir auch, Sir«, sagte sie. »Ehrlich.«

Sechs Stunden später raste die Mina II von ihren gewaltigen Triebwerken angetrieben mit Überschallgeschwindigkeit über den eintönig blau-grauen Atlantik nach Osten. Larissa saß auf einem der Sitze an der rechten Wand des Laderaums angeschnallt und spürte ihr Herz hämmern.

Sie war nicht auf die Gewalt der Gefühle vorbereitet gewesen, die über sie hereinbrach, als der schlanke Jet die Startbahn der Area 51 entlangröhrte und steil in den wolkenlosen Himmel Nevadas schoss. Mit Traurigkeit, die es reichlich gab, hatte sie gerechnet; was sie nicht erwartet hatte, waren starker Kummer, ein Gefühl von Einsamkeit und ein heftiges, brennendes Stechen, das einem Ausbruch von Verzweiflung erschreckend nahekam. In einem Augenblick voller Panik hatte sie mit dem Gedanken gespielt, dem Piloten zuzurufen, er solle umkehren, damit sie ihre Entscheidung überdenken könne.

Aber dafür war es jetzt zu spät: Die sechs von ihr ausgewählten Agenten saßen mit ihr im Laderaum der *Mina II* und betrachteten sie mit einer gewissen Neugier, an der sich nichts geändert hatte, seit sie in den NS9-Hangar gekommen waren, um sich zu einem Flug zu melden, an dem sie alle ganz unverhofft teilnehmen durften.

Captain James van Thal war ein hochgewachsener Schwarzer, den Larissa auf Anfang vierzig schätzte. Er hatte einen kahlgeschorenen Schädel und ausdrucksvolle rehbraune Augen. Bevor er zum NS9 gekommen war, hatte er bei den Marines als Aufklärer gedient; von seinem Genick führte ein blassrosa Hautstreifen bis zum Hinterkopf hinauf – das Ergebnis mehrerer Hauttransplantationen, um Haut zu ersetzen, die vor über einem Jahrzehnt in der irakischen Wüste weggebrannt worden war.

Der stets freundliche Captain hatte Larissa als einer der Ersten in Dreamland willkommen geheißen, ohne die Tatsache, dass sie eine Vampirin war, ein einziges Mal zu erwähnen. Das hatte sie beeindruckt, und sie war ihm dafür dankbar gewesen. Kelly und Danny, die eng mit ihm zusammengearbeitet hatten, bevor er zur Nachrichtenabteilung versetzt worden war, sprachen nur lobend, fast ehrfürchtig über ihn. Er war mitten im Unabhängigkeitskrieg in Angola geboren worden, und sein Vater war offenbar umgekommen, als er seinen kleinen Sohn außer Landes geschafft hatte; Larissas Freundinnen berichteten, van Thal rede zwar allgemein darüber, sei aber nicht bereit, ins Detail zu gehen.

In Dreamland war er so angesehen wie Paul Turner im Ring, obwohl die beiden kaum unterschiedlicher hätten sein können: van Thal war freundlich und liebenswürdig, stets höflich und sehr gesellig.

Patrick Johnson und Mark Schneider sahen sich so ähnlich, dass man sie – vor allem in ihren NS9-Uniformen – leicht für Brüder halten konnte. Beide waren Anfang zwanzig, hatten Bürstenhaarschnitte und waren braungebrannt wie alle, die in der Wüste stationiert waren, in der die Tagestemperatur regelmäßig bei über 40°C lag. Sie waren ehemalige Kampfschwimmer, die seit mehreren Jahren Einsatzteams führten: solide, erfahrene Agenten, über die sich bei Schwarzlicht niemand wundern würde, wenn Larissa sie mitbrachte.

Carrie Burgess war eine große, attraktive Schwarzhaarige mit schmalem Gesicht und zarten Zügen. Man sah ihr die ehemalige CIA-Agentin nicht an, aber sie gehörte zu den besten NS9-Analysten und genoss den Ruf einer ausgezeichneten Strategin, die stets ruhig und vernünftig dachte. Larissa, die nur einmal direkt mit ihr zusammengearbeitet hatte, fand sie ein bisschen langweilig; sie arbeitete jedoch eng mit Tim Albertsson und den übrigen Special Agents zusammen, was Larissa genügte, weil diese nur die Besten der Besten nutzten.

Tom Gregg war kaum dem Teenageralter entwachsen: klein und kräftig mit pechschwarzer Haut und großen, nervösen Augen. Er war von der High School direkt zur Army gegangen und hatte seine Vorgesetzten rasch durch Hartnäckigkeit und Zähigkeit beeindruckt; er wäre bestimmt zu den Special Forces – vermutlich zur Delta Force – gekommen, wenn General Allen sich ihn nicht geschnappt und zum NS9 geholt hätte. In der Ausbildung, bei der Larissa Tim Albertsson assistiert hatte, hatte er sich gut gehalten, alle Nackenschläge mit stiller Beharrlichkeit eingesteckt und sich als sehr lern- und verbesserungsfreudig erwiesen.

Laura O'Malley war älter als Gregg, aber auch erst Anfang zwanzig. Sie war klein und sehr hübsch, und ihr tizianrotes Haar bewies ihre Abstammung von Bostoner Iren ebenso wie ihr Familienname. Nach Dreamland gekommen war sie von der NSA, einer in Dunkel gehüllten Organisation des nationalen Sicherheitsapparats, deren Arbeit überwiegend streng geheim war. Larissa war gespannt, wie sie sich mit Angela Darcy verstehen würde; die Karrieren der beiden waren verblüffend ähnlich, und sie sah voraus, dass sie entweder gute Freundinnen oder erbitterte Feindinnen werden würden.

Larissa sah sich um und betrachtete die Männer und Frauen, die sie nach England mitnahm, damit sie in das Department eintraten, das sie gleichermaßen liebte und hasste. Sie wusste, dass sie sich bewähren würden, und fand die Idee aufregend, mit ihnen zusammenzuarbeiten, aber an Bord der *Mina II* gab es noch etwas anderes, das ihre Aufmerksamkeit immer wieder fesselte, und der Grund dafür war, weshalb ihr Herz weiterhin hämmerte, auch nachdem der körperliche Trennungsschmerz wegen des Abschieds von Nevada sich gelegt hatte.

Zwei Schwarzlicht-Agenten mit geschlossenen Visieren und MP5 in den Händen hielten Wache vor einer dicken Kunststoffbarriere, die den rückwärtigen Teil des Laderaums abtrennte. Auf der Bank in dieser Zelle saß der Mann – mit einer schwarzen Kapuze über dem Kopf, die Hände hinter dem Rücken gefesselt –, der in einer NS9-Zelle inhaftiert gewesen war, seit er in die Area 51 gefahren war und laut General Allens Namen gerufen hatte.

Keine fünf Minuten bevor die *Mina II* zum Start gerollt war, hatten die beiden Agenten, die jetzt vor seiner Zelle Wache hielten, ihn durch den Hangar geführt. Die beiden, Angehörige von Paul Turners Sicherheitsdienst, hatten Larissa nur mitgeteilt, den Amerikanern und ihr sei jeglicher Versuch einer Kontaktaufnahme mit dem Häftling verboten. Für Larissa, die im Rang höher stand, war das ärgerlich gewesen, aber sie hatte sich damit abgefunden. Cal Holmwood, der Kommissarische Direktor, hatte ihnen offenbar eingeimpft, das Kontaktverbot gelte für alle Dienstgrade.

Der Häftling selbst hatte sich kaum mehr bewegt, seit die Kunststoffbarriere geschlossen worden war; er hatte nur einige Male die Beine gestreckt oder die Schultern hochgezogen. Sein Kopf ruhte beinahe auf seiner Brust, und Larissa konnte nicht erkennen, ob er wach war oder schlief. Sie starrte den Mann an, um den sich in Dreamland so viele Gerüchte gerankt hatten, und spürte ihre Haut vor Aufregung und Frustration kribbeln; er war jetzt kaum fünf Meter von ihr entfernt, aber sie konnte noch immer nicht herausbekommen, wer er war.

Sobald sie wieder im Ring war, würde sie dem Kommissarischen Direktor mitteilen, wie viel sie wusste, und ihn direkt nach der Identität des Häftlings fragen, der so wichtig war, dass er nicht nur durch eine Kapuze getarnt, sondern auch von zwei Agenten bewacht wurde. Ihre Neugier in Bezug auf den Häftling war keineswegs gestillt, sondern im Gegenteil stärker denn je.

»Zehn Minuten«, erklang die Stimme des Piloten aus den Wandlautsprechern.

Larissas Herz schlug höher, als sie ihr Gurtzeug festzog. In zehn Minuten würde sie wieder im Ring sein. Und obwohl die Aussicht auf eine Rückkehr zu Schwarzlicht keineswegs nur reine Freude auslöste, gab es drei Gründe, aus denen sie plötzlich vor Aufregung zitterte.

Kate. Matt.

Jamie.

Die *Mina II* setzte gedämpft polternd und mit kurzem Reifenquietschen auf der Landebahn des Stützpunkts auf.

Larissa schnallte sich los, als der Pilot bremste und den schlanken Überschall-Jet in Richtung Hangar rollen ließ; sie schwebte mühelos durch die Luft, stand dann an dem Hebel, der die Tür öffnete, und wartete darauf, dass die Kontrollleuchte grün wurde. Der laute Triebwerkslärm ließ nach, und sie konnte hören, wie die Neuen hinter ihr sich losschnallten, aufstanden und ihr Gepäck unter den Sitzen hervorholten. Aber sie ignorierte sie, hatte nur Augen für die rote Signalleuchte. Die *Mina II* kam mit einem leichten letzten Ruck zum Stehen, und die Triebwerke verstummten mit einem lang hinausgezogenen Pfeifen, dann wurde das Licht vor Larissa grün. Sie klappte die Kunststoffabdeckung über den Schaltern hoch, drehte den Sicherungshebel und drückte den flachen gelben Knopf.

Sofort setzte ein mechanisches Rumpeln ein, als die Fluggasttreppe der *Mina II* ausgefahren wurde, während Larissa die Tür öffnete und einen Schwall kühler Abendluft in den stickigen Laderaum ließ. Als die Treppe aufs Vorfeld knallte, stieg sie durch die offene Tür in die Luft und suchte die vertraute Umgebung mit ihren übernatürlich scharfen Augen nach bekannten Gesichtern ab.

»Lieutenant Kinley.«

Sie wandte sich der Stimme zu und lächelte unwillkürlich. Cal Holmwood stand mit Paul Turner neben sich am Rand des Vorfelds. Er erwiderte ihr Lächeln, als sie vor ihm landete und zackig grüßte.

»Hallo, Sir«, sagte sie. »Wie geht es Ihnen?«

»Den Umständen entsprechend«, antwortete Holmwood. »Wie war der Flug?«

»Kurz«, sagte sie. »Aber länger, als wenn ich selbst geflogen wäre.«

»Kann ich mir denken«, sagte Holmwood. »Sind das unsere Neuen?«

Er nickte zur *Mina II* hinüber. Larissa drehte sich um und sah, wie die sechs Amerikaner von Bord gingen und sich auf dem imponierend weitläufigen Gelände des Stützpunkts staunend umsahen.

»Ja, Sir«, bestätigte sie. »Möchten Sie sie gleich kennenlernen?«

»Deswegen bin ich hier.«

Larissa nickte. »NS9-Agenten zu mir!«, rief sie laut. »Beeilung!«

Die Männer und Frauen kamen herübergetrabt. Alle sechs waren sichtlich sehr beeindruckt.

»Kommissarischer Direktor Cal Holmwood«, sagte sie, »ich möchte Ihnen Captain James van Thal, die Agenten Patrick Johnson, Mark Schneider und Carrie Burgess sowie die Rekruten Tom Gregg und Laura O'Malley vorstellen.«

»Heilige Scheiße«, sagte Burgess, dann wurde sie dunkelrot. »Sorry, Sir.«

»Schon gut«, sagte Holmwood und lächelte den Neuen zu. »Ich freue mich, Sie kennenzulernen, und danke Ihnen allen, dass Sie gekommen sind.«

»Es ist uns eine Ehre, Sir«, sagte van Thal.

»Freut mich, Sie wieder bei uns zu haben, Captain«, sagte Holmwood. »Seit Sie zuletzt hier waren, hat sich allerdings vieles verändert.«

»Ich freue mich schon darauf, loslegen zu können, Sir.«

»Das höre ich gern«, sagte Holmwood. »Major Turner, zeigen Sie unseren amerikanischen Freunden bitte ihre Unterkünfte und sorgen dafür, dass sie alles haben, was sie brauchen?«

»Ja, Sir«, sagte Turner und trat vor. »Kommen Sie bitte mit.«

Der Sicherheitsoffizier setzte sich in Bewegung und marschierte auf den offenen Hangar zu; die NS9-Agenten folgten ihm nach kurzem Zögern. Holmwood sah ihnen nach, dann wandte er sich wieder an Larissa.

»Alles gute Leute«, sagte sie.

»Das glaube ich«, sagte Holmwood. »Ich hätte Sie nicht mit diesem Auftrag losgeschickt, wenn ich kein Vertrauen in Ihr Urteilsvermögen hätte. Und wenn ich nicht geglaubt hätte, es könnte Ihnen guttun. Wie war's drüben?«

»Es war wundervoll, Sir«, sagte sie. »Aber es ist vorbei. Ich bin wieder daheim.«

Holmwood nickte verständnisvoll. »Schön, dann sehen Sie zu, dass Sie sich rasch wieder eingewöhnen. Ich erwarte Sie morgen früh zur Berichterstattung. Und ich glaube, dass sich hier ein paar Leute auf ein Wiedersehen mit Ihnen freuen.«

»Das will ich hoffen«, sagte Larissa lachend.

»Gehen Sie nur«, sagte Holmwood. »Weggetreten.«

Sie warf noch einen letzten Blick zur *Mina II* hinüber. Die beiden Agenten warteten mit dem Häftling zwischen sich unten an der Fluggasttreppe; er stand mit erhobenem, verhüllten Kopf, geradem Rücken und leicht gespreizten Beinen steif da. Sie überlegte, ob sie den Kommissarischen Direktor nach ihm fragen sollte, um diese Sache hinter sich zu bringen, kam aber doch wieder davon ab.

Dies ist nicht der richtige Zeitpunkt, dachte sie. *Und ich will endlich meine Freunde wiedersehen.*

Larissa machte sich auf den Weg zum Hangar. Sie war schon in der Luft, als ihr einfiel, wo sie sich befand, und sie wieder zu Boden sank. Fliegen, was in Nevada so herrlich, so befreiend gewesen war, machte sie in den Augen vieler Schwarzlicht-Agenten verdächtig, und sie fühlte ihr Herz ein wenig sinken.

Ihre Stiefel klickten auf dem Betonboden des Hangars, als sie zu der zweiflügligen Tür ging, die in den Ring führte. Sie hakte ihre Konsole vom Koppel los und wollte Jamie gerade eine Kurzmitteilung schicken und ihn fragen, wo zum Teufel er stecke, als sie hörte, dass die drei Paar Schritte hinter ihr zum Stehen kamen. Sie sah sich neugierig um.

Der Häftling und seine Begleiter hatten vor Cal Holmwood halt gemacht; während Larissa zusah, machte er eine Handbewegung, worauf die beiden Agenten in Richtung Hangar davongingen und den Kommissarischen Direktor mit dem Mann unter der Kapuze zurückließen. Bevor Larissa weiterging, sah sie noch, wie Holmwood den Häftling am Arm fasste und weiterführte. Sie erreichte die zweiflüglige Tür und wollte sie eben aufstoßen, als sie drei Wörter hörte, die ihr den Atem stocken ließen. Cal Holmwood flüsterte sie so leise, dass kein gewöhnlicher Mensch sie hätte hören können, aber für Larissas übernatürlich scharfes Gehör klangen sie glockenrein.

»Willkommen zurück, Julian.« Larissa schnappte nach Luft. Sie stieß die Tür auf, weil niemand merken sollte, dass sie etwas mitbekommen hatte, und ging den Korridor entlang davon. Ihr schwindelte, aber sie ermahnte sich, Ruhe zu bewahren und keine voreiligen Schlüsse zu ziehen.

Julian heißen viele Leute. Das hat nichts zu bedeuten. Er ist tot, um Himmels willen.

Die Möglichkeit war so unglaublich, dass sie sich nicht gestatten durfte, sie ernsthaft in Betracht zu ziehen; sie war zu groß, zu monumental, welterschütternd riesig. Dies war ein Gedanke, den sie in Nevada flüchtig gehabt hatte, aber sie hatte ihn damals ebenso verdrängt, wie sie es jetzt versuchte.

Zufall. Das muss ein Zufall sein.

Sie trat in den wartenden Aufzug und drückte den Knopf B. Die Tür schloss sich vor ihr, und Larissa, die pochende Kopfschmerzen hatte, legte die Stirn an das kühle Metall.

Jamie durfte sie auf keinen Fall erzählen, was sie gehört hatte, nicht ohne unwiderlegbare Beweise für die Idee, die jetzt ihren Magen rebellieren ließ. Erzählte sie ihm davon, ließ sie ihn Hoffnung schöpfen und hatte dann unrecht, würde sie ihn – und ihre Liebe – zerstören. Aber wie konnte sie schweigen, wenn nur die geringste Chance bestand, dass man ihn belogen hatte, dass sein Vater noch lebte? Wie sollte sie damit leben können, wenn der Häftling in irgendeinem düsteren Winkel von Schwarzlicht verschwand und sie Jamie nicht gewarnt hatte, als er noch hätte eingreifen können?

Larissa war tief in Gedanken versunken, als die Kabinentür sich zu dem langen Hauptkorridor der Ebene B öffnete; sie wandte sich nach links und folgte dem halbkreisförmigen grauen Korridor zu ihrer Unterkunft, die sie seit über einem Monat nicht mehr gesehen hatte. Sie war so auf tote Männer und Geheimnisse konzentriert, dass sie den dunklen Schatten hinter sich überhaupt nicht wahrnahm, bis eine Hand sie auf die Schulter klopfte, als sie ihre Tür mit ihrem Dienstausweis entriegelte.

Ihre Augen wurden groß, dann blitzschnell dunkelrot; sie warf sich mit gefletschten Reißzähnen herum ... und erstarrte förmlich. Vor ihr stand breit grinsend Jamie Carpenter.

Larissa öffnete den Mund, aber sie bekam keine Gelegenheit, ein einziges Wort zu sagen. Jamie schlang ihr einen Arm um die Taille, hob sie hoch, trug sie auf Händen über die Schwelle und schloss die Tür mit dem Fuß hinter sich.

Zwei Tage später

61

Nachträgliche Analyse

»Die Sitzung ist eröffnet«, sagte Cal Holmwood. »Die Sonderkommission Stunde null ist vollzählig anwesend; Lieutenants Kinley, Randall und Browning, Colonel Frankenstein und Captain van Thal sind auf meine Einladung hier.«

Jamie sah sich im Kontrollzentrum um. Der Konferenztisch war voll besetzt, Männer und Frauen in schwarzen Uniformen nahmen alle verfügbaren Sitze ein. Der Kommissarische Direktor saß zwischen Paul Turner und Jack Williams am Kopfende des langen Tischs. Er sah wie immer müde aus, aber sein Gesicht trug einen entschlossenen Ausdruck, und seine Stimme klang unaufgeregt ruhig.

»Die vergangene Woche war selbst nach den Maßstäben dieses Departments reichlich turbulent«, sagte Holmwood. »Ich habe diese Besprechung einberufen, um Sie über die neuesten Entwicklungen zu informieren. Das Protokoll der heutigen Sitzung erhalten Sie zusammen mit Anweisungen des Sicherheitsdiensts, wie viel Sie Ihren Teams erzählen dürfen, auf Ihren Konsolen. Bis dahin möchte ich Sie bitten, über das hier Gehörte mit niemandem zu sprechen, der jetzt nicht anwesend ist. Haben das alle verstanden?«

Stimmengewirr und zustimmendes Nicken.

»Gut«, sagte Holmwood. »Bevor wir anfangen, möchte ich die neuen Mitglieder dieser Sonderkommission begrüßen. Die Lieutenants Browning und Randall kennen Sie alle, ebenso Colonel Frankenstein, der wieder auf der Aktivenliste steht. Außerdem möchte ich Captain van Thal vom NS9 begrüßen, der auf absehbare Zeit bei uns Dienst tun wird. Er und ich haben schon mehrmals zusammengearbeitet, und ich kann Ihnen sagen, dass wir mit ihm einen guten Fang gemacht haben.«

Kate und Matt erröteten leicht, Frankenstein ließ nicht erkennen, dass er gehört hatte, wie sein Name erwähnt wurde, und van Thal nickte und lächelte.

»Gut, dann zur Sache«, fuhr Holmwood fort. »Wie die meisten von Ihnen bestimmt wissen, ist Albert Harker, der bei dem Massenausbruch aus Broadmoor entkommen war, vorgestern Nacht im Druckhaus von *The Globe* bei Reading vernichtet worden. Vernichtet hat ihn Lieutenant Browning, der dabei von Lieutenant Randall und Colonel Frankenstein begleitet wurde. Das Verhör von Harkers Mittätern hat bestätigt, dass er die Öffentlichkeit über die Existenz von Vampiren und dieses Departments aufklären wollte, obwohl wir jetzt glauben, dass er vor allem aus Rachsucht gehandelt hat. Was die Information der Öffentlichkeit betrifft, war er zumindest teilweise erfolgreich.«

»Wie erfolgreich?«, fragte Angela Darcy. »Wie sehr sind wir bloßgestellt?«

»Schätzungsweise hunderttausend Exemplare der von Harker und Kevin McKenna veränderten Ausgabe von *The Globe* sind in den Vertrieb gelangt. Wir konnten mehrere Lastwagen noch unterwegs abfangen und einen beträchtlichen Teil dieser Auflage bei Verkaufsstellen sicherstellen. Aber ungefähr zwanzigtausend Exemplare bleiben verschwunden, und wir müssen annehmen, dass sie gekauft und gelesen wurden.

Außerdem hat die Online-Ausgabe von *The Globe* über eine Stunde lang ungehindert McKennas Story gebracht. Natürlich ist sie wie McKennas Blog, den er vermutlich auf Harkers Befehl geschrieben hat, längst gelöscht, aber Kopien und Ausschnitte aus beiden werden noch immer täglich ins Netz gestellt. Es gibt einfach keine Möglichkeit, dieses Material verschwinden zu lassen oder auch nur festzustellen, wie viele Leute es in unterschiedlichen Formen gelesen haben. Die offizielle Reaktion hat *The Globe* gestern gebracht; sie hat die Story zurückgezogen und Kevin McKenna in einem Leitartikel der Sabotage beschuldigt –

er habe ganz England einen makabren Streich gespielt, bevor er Selbstmord verübt habe. Erste Anzeichen lassen darauf schließen, dass dieses Dementi geglaubt wird, auch wenn die Verschwörungstheoretiker es rundweg zurückweisen. Beim Verteidigungsministerium sind über dreitausend Anrufe und fünfzehntausend Mails mit Fragen nach unserer Existenz eingegangen, die nachdrücklich geleugnet wird. Wir selbst können vorerst kaum mehr tun, als die Situation im Auge zu behalten.«

»Jesus«, sagte Jack Williams. »Die ganze Welt kennt die Story, auch wenn die Leute sie noch nicht glauben. Harker hat bekommen, was er wollte.«

»Leutnant Browning hat ihn gepfählt, sodass er zerplatzt ist«, polterte Frankenstein. »Ich bezweifle sehr, dass er das wollte.«

Da bin ich mir nicht so sicher, dachte Matt.

»Nach Einschätzung des Sicherheitsdiensts ist keine unmittelbare Enttarnung zu befürchten«, sagte Paul Turner mit einem scharfen Blick zu Frankenstein hinüber. »Andererseits versteht sich von selbst, dass sie jetzt viel wahrscheinlicher ist als noch letzte Woche. Harker hat die Türen vielleicht nicht so weit aufstoßen können, wie er eigentlich wollte, aber er hat sie einen Spalt weit geöffnet. Die Wahrscheinlichkeit, dass dieses Department und das Übernatürliche weiter unbekannt bleiben, geht jetzt gegen null.«

Jamie hörte seinen Kollegen mit wachsender Besorgnis zu. Er wusste, was sich in dem Druckhaus ereignet hatte, hatte alle Einzelheiten von Kate und Matt gehört, aber bis jetzt war niemandem außerhalb des Sicherheitsdiensts das wahre Ausmaß des von Albert Harker angerichteten Schadens bewusst gewesen.

»Das alles hätte sich vermeiden lassen«, sagte er leise, »wenn wir gewusst hätten, wo Albert Harker gelandet wäre, wenn seine Familie ihn besser behandelt hätte. Nichts davon hätte passieren müssen.«

»Danke, Lieutenant Carpenter«, sagte Turner. »Sobald der Wissenschaftliche Dienst eine Zeitmaschine erfindet, gehen wir zurück und bringen das als Erstes in Ordnung. Versprochen.«

Jamie starrte den Sicherheitsoffizier an, der seinen Blick wie gewöhnlich kalt und ausdruckslos erwiderte.

»Machen wir also weiter«, sagte Holmwood mit einem warnenden Blick zu den beiden hinüber. »Wir besitzen neue Erkenntnisse über die Vamps, die mit Albert Harker aus Broadmoor ausgebrochen sind. Dem Wissenschaftlichen Dienst ist es gelungen – vor allem mit Unterstützung durch das RKSU –, die von Lieutenant Browning aufgestellte Theorie zu beweisen. Sie erklärt die ungewöhnliche Kraft und Schnelligkeit der verwandelten Ausbrecher – und wie diese weltumspannende Aktion an so vielen Orten gleichzeitig möglich war.«

Jamie sah zu Matt hinüber, der rot geworden war; das taten auch Kate und Larissa.

Davon hast du uns nichts erzählt, dachte er. *Was ist aus dem Vorsatz* Keine Geheimnisse mehr! *geworden?*

»Die Schlussfolgerung lautet, dass die Broadmoor-Insassen nicht durch die herkömmliche Methode verwandelt worden sind. Sie sind nicht gebissen worden.«

»Wie zum Teufel sind sie also verwandelt worden?«, fragte Larissa. Sie sah den Kommissarischen Direktor stirnrunzelnd an.

»Durch eine Injektion, Lieutenant Kinley. Mit dem Plasma, das die Reißzähne aller Vampire überzieht. In diesem Fall hat es von Dracula persönlich gestammt.«

Am Tisch wurde diese Mitteilung mit erstaunten oder erschrockenen Lauten quittiert. Jamie machte große Augen und sah zu Frankenstein hinüber. Das Monster wirkte gleichmütig wie immer, aber er glaubte, etwas wie Überraschung in seinem Blick aufblitzen zu sehen.

»Das RKSU hat Draculas DNA aus der Asche extrahieren können, die früher in seinem Besitz war«, fuhr Holmwood fort. »Der Vergleich mit der veränderten DNA von zwei Broadmoor-Ausbrechern hat teilweise Übereinstimmungen ergeben, die so markant waren, dass diese Schlussfolgerung sich aufgedrängt hat.«

»Das erklärt noch nicht, warum sie so stark sind«, sagte Angela Darcy. »Ich dachte, Vampire würden umso stärker, je länger sie verwandelt sind?«

»Das war die bisherige Lehrmeinung«, sagte Holmwood. »Und wir halten sie weiter für richtig. Aber Lieutenant Brownings Theorie legt nahe, dass dahinter mehr steckt. Anscheinend besteht ein direkter Zusammenhang zwischen dem Alter von Vampiren und der Stärke ihrer Opfer. Das erklärt, weshalb die Ausbrecher so gefährlich sind.«

»Vielleicht gilt das nur für Dracula?«, schlug Dominique Saint-Jacques vor. »Weil er der Erste war?«

Holmwood schüttelte den Kopf. »Es gibt weitere Beispiele. Marie Carpenter, die von Alexandru Rusmanov verwandelt wurde, ist weit stärker und schneller, als man nach so relativ kurzer Zeit erwarten würde. Und …« Er machte eine Pause, in der er zu Larissa hinübersah.

Sie runzelte die Stirn, dann errötete sie, weil sie alle Blicke auf sich gerichtet sah. »Ich?«, fragte sie. »Meinen Sie mich?«

Holmwood nickte. »General Allen hat berichtet, dass Sie Fähigkeiten demonstriert haben, die weit über das Erwartete hinausgehen. Er hat Sie mir als einen der stärksten Vampire geschildert, die er je gesehen hat. Trifft das zu?«

Larissa schwieg einen Augenblick. »Schon möglich«, sagte sie zuletzt. »Das kann ich nicht beurteilen. Mir fehlt ein Vergleich.«

»Nun, nehmen wir mal an, dass General Allen, der schon Hunderte von Vampiren erlebt hat, mit seiner Einschätzung recht hat. Sie sind von Grey, dem angeblich ältesten britischen Vampir, verwandelt worden. Was wiederum zu dem Schema passen würde, das Lieutenant Browning entdeckt hat.«

Am Konferenztisch herrschte Schweigen. Larissa war sichtlich unglücklich. Jamie suchte ihren Blick, um sie wortlos seiner Unterstützung zu versichern, aber sie sah nicht zu ihm hinüber.

»Äußerst bemerkenswert«, sagte Captain van Thal. »Haben Sie diese Schlussfolgerungen den anderen Departments mitgeteilt?«

Holmwood nickte. »Die Departments sind alle informiert.

Mehrere führen eigene Untersuchungen durch, deren Ergebnisse dann mitgeteilt werden, aber im Prinzip haben alle die Browning-Theorie akzeptiert.«

Matt errötete wieder und betrachtete verlegen seine Hände. Jamie lächelte; trotz seiner offensichtlichen Talente fühlte sein Freund sich unwohl, wenn ihm Lob oder Aufmerksamkeit zuteilwurde. Ihm fehlte es so an Arroganz oder Ego, dass Jamie wieder einmal auf die Jungen wütend war, die seinem Freund das Leben so lange zur Hölle gemacht hatten.

»Was bedeutet das alles in der Praxis?«, fragte Kate. »Ändert sich dadurch irgendwas?«

»Nicht in Bezug auf unsere Einsätze«, antwortete Holmwood. »Noch immer befinden sich hundertzwölf der Broadmoor-Ausbrecher auf freiem Fuß, und unser Auftrag lautet weiterhin: aufspüren und vernichten. Alle Agenten werden zu erhöhter Vorsicht aufgefordert, aber der Plan bleibt unverändert in Kraft.«

»Vielleicht sollte er aber geändert werden, Sir«, sagte Larissa. Sie war auffällig blass, und Jamie sah in ihren Augenwinkeln ein rotes Glitzern, das er nur allzu gut kannte.

»Haben Sie einen Vorschlag zu machen?«, fragte Holmwood und wandte sich ihr zu.

»Ich habe über etwas nachgedacht, Sir«, sagte Larissa. »Über etwas, das ich vor ein paar Tagen erlebt habe.«

»Und das wäre?«

»Ich war in Las Vegas«, sagte Larissa. Jamie kniff leicht die Augen zusammen, aber wenn ihr das auffiel, ließ sie sich nichts anmerken. »In einem Nachtclub. Draußen am Pool habe ich eine andere Vampirin gerochen, konnte sie aus fünfzehn Metern Entfernung riechen, deshalb bin ich hingegangen und habe hallo gesagt. Sie hat Chloe geheißen und war vor einem Jahr in einem Club in New Orleans verwandelt worden.«

»Wieso erzählen Sie uns das, Lieutenant Kinley?«, fragte Holmwood ungehalten. »Wir wollen hier keine Urlaubserlebnisse hören.«

»Entschuldigung, Sir«, sagte sie hastig. »Ich erzähle das, weil sie keine Ahnung hatte, wer wir sind. Sie hatte noch nie von Schwarzlicht, NS9 oder RKSU gehört. Sie wusste nicht, dass wir existieren, und als ich's ihr gesagt habe, hat es sie nicht sonderlich interessiert. Sie hatte erst einen einzigen anderen Vampir kennengelernt – einen Mann, mit dem sie eine Zeitlang in Los Angeles befreundet war. Sie hat keine Menschen ermordet, auch keine verwandelt. Und sie hat Dracula für eine Gestalt aus einem Gruselfilm gehalten, den sie als Teenager gesehen hatte.«

»Worauf wollen Sie hinaus?«, fragte Paul Turner. »Zur Sache, wenn ich bitten darf.«

»Damit will ich sagen«, fuhr Larissa fort und fixierte den Sicherheitsoffizier mit eisigem Blick, »dass dies eine völlig normale Frau ist, die ihr Leben lebt, sich um ihren eigenen Kram kümmert und nur zufällig eine Vampirin ist. Sie stellt für keinen Menschen eine Gefahr dar. Aber wenn irgendein NS9-Agent sie in Los Angeles durch sein Visier sähe, würde er sie pfählen, ohne auch nur einen Gedanken darauf zu verschwenden.«

»Und?«, fragte Holmwood.

»Und wie kann das in Ordnung sein?«, fragte Larissa, deren Stimme schriller wurde. »Sie vernichten, nur weil sie eine Vampirin ist? Sie hat nichts verbrochen und wollte nie eine Vampirin werden. Auch die Broadmoor-Insassen wollten nicht verwandelt werden. Sie waren bereits lebenslänglich eingesperrt, und nun haben wir sie alle für etwas, für das sie nichts können, zum Tode verurteilt.«

»Was schlagen Sie also vor?«, fragte Turner. »Sollen wir für sie alle ein gigantisches Lager einrichten und die Daumen drücken, dass das Projekt Lazarus ein Heilmittel findet, bevor der nächste Ausbruch kommt?«

»Ich schlage gar nichts vor, Sir«, erwiderte Larissa. »Ich halte es nur für wichtig, dass wir uns daran erinnern, was wir wirklich tun, wenn wir den Abzug eines T-Bones betätigen. Wir vernichten keine Ungeheuer oder Ratten oder Kakerlaken. Das sind Menschen mit einer Krankheit, und wir liquidieren sie.«

»Danke, das genügt, Lieutenant Kinley«, sagte Cal Holmwood. »Wir stehen im Augenblick vor wichtigeren Problemen und kämpfen ums nackte Überleben. Daher müssen wir moralische Fragen vorerst zurückstellen, fürchte ich.«

Larissa nickte, aber ihr Gesichtsausdruck bewies Jamie, dass sie keineswegs aufgab; sie steckte vorläufig zurück, aber er hatte keinen Zweifel daran, dass sie dieses Thema zu einem günstigeren Zeitpunkt erneut anschneiden würde.

Gut, dachte er. *Das soll sie auch. Was sie gesagt hat, ist wahr.*

»Also gut«, sagte Holmwood. »Auch darüber dürften manche von Ihnen schon informiert sein: Die Ermittlungen wegen der Detonation in Lieutenant Randalls Unterkunft sind jetzt abgeschlossen. Die Bombe – und eine identische zweite, die in Major Turners Unterkunft entschärft werden konnte – hat Valentin Rusmanovs ehemaliger Diener Lamberton gelegt. Dazu hat ihn ein ehemaliger Angehöriger dieser Sonderkommission erpresst, der heute durch Abwesenheit glänzt, wie Sie sicher alle bemerkt haben.«

»Brennan«, knurrte Patrick Williams.

»Richard Brennan«, bestätigte Holmwood. »Seine Verbindung zu Dracula oder eher zu Valeri Rusmanov konnte noch nicht bestätigt werden, obwohl klar zu sein scheint, dass er den Anschlag wegen der Gefahr verübt hat, bei seiner Befragung enttarnt zu werden.«

»Ein Anschlag auf das TIS«, sagte Angela Darcy.

»Korrekt«, sagte Holmwood. »Ob er geglaubt hat, mit dem Tod von Major Turner und Lieutenant Randall würden die Ermittlungen aufhören, oder nur genügend Verwirrung stiften wollte, um flüchten zu können, wissen wir nicht. Er ist fort, und wir haben keine Möglichkeit, ihn aufzuspüren.«

»Wie hat er das geschafft?«, fragte Jamie. »Wie konnte Lamberton den Zellenblock verlassen, um die Bomben zu legen?«

Holmwood sah zu seinem Sicherheitsoffizier hinüber. »Major Turner?«

»Danke, Sir«, sagte Turner. »Brennan hat Lamberton die Sprengsätze in einer gewöhnlichen Sporttasche gebracht. Wir haben Aufnahmen von Überwachungskameras, die ihn vor drei Tagen beim Betreten des Zellenblocks zeigen – mit dieser Tasche, die er beim Weggehen nicht mehr in der Hand hält. Unserer Überwachung ist das nicht aufgefallen. Weil Brennan der Sonderkommission angehörte, war sein Besuch bei den inhaftierten Vampiren kein besonderes Ereignis.«

»Vielleicht hätten wir uns die Leute, denen wir so weitreichende Vorrechte zugestehen, genauer ansehen sollen«, sagte Frankenstein mit leiser, tiefer Stimme.

»Vielleicht, Colonel«, stimmte Turner zu. »Was das Entkommen Lambertons aus dem Zellenblock betrifft, muss ich leider berichten, dass es Brennan gelungen ist, einen meiner Untergebenen, den Agenten Alex Lombard, zu erpressen. Der verheiratete Lombard hatte eine Affäre mit einer Kollegin, und Brennan war in den Besitz belastender E-Mails gelangt. Lombard wurde angewiesen, Lamberton während seiner Wache an der Luftschleuse zwanzig Minuten lang freizulassen. Brennan hat ihm offenbar versichert, dadurch werde niemand zu Schaden kommen.«

»Wo ist er jetzt?«, fragte Captain van Thal. »Lombard.«

»Er ist entlassen worden«, antwortete Turner. »Unehrenhaft.«

Van Thal nickte.

»Was ist mit Natalia Lenski?«, fragte Matt. »Was sagen die Ärzte?«

»Wie Sie sicher wissen, Lieutenant Browning«, sagte Holmwood mit schwachem Lächeln, »erholt Miss Lenski sich gut und dürfte innerhalb einer Woche zum Projekt Lazarus zurückkehren.«

»Gut«, sagte Kate. »Wenigstens *eine* gute Nachricht.«

Turner nickte zustimmend. »Ganz recht. Im Übrigen freue ich mich, Ihnen mitteilen zu können, dass die von Lieutenant Randall und mir durchgeführten TIS-Befragungen abgeschlossen sind. Wir haben jetzt alle aktiven Angehörigen des Departments befragt und bewertet – auch Captain van Thal und seine Landsleute. Angesichts der jüngsten Ereignisse ist das vielleicht ein schwacher Trost, aber unsere vorläufige Schlussfolgerung lautet, dass das Personal von Schwarzlicht clean ist, was es leider schon sehr lange nicht mehr war.«

»Danke, Paul«, sagte Holmwood. »Und ich danke auch Ihnen, Lieutenant Randall. Ich weiß, dass dies keine leichte Aufgabe war, und das gesamte Department ist Ihnen beiden zu Dank verpflichtet.«

Turner nickte und sah zu Kate hinüber, die lächelte.

»Hat sonst noch jemand etwas?«, fragte Holmwood.

»Valentin«, sagte Jamie sofort. Nach dem missglückten Versuch, John Morton zu retten, war er im Zellenblock gewesen, um seine Mutter zu besuchen; dabei war ihm natürlich sofort aufgefallen, dass die Zellen des jüngsten der Brüder Rusmanov und seines Dieners leer standen. »Wo ist er?«

»Mr. Rusmanov ist mit dem Auftrag entsandt worden, seinen Bruder und seinen früheren Meister zu suchen«, antwortete Holmwood. »Er wird sich melden, sobald er neue Informationen hat.«

Frankenstein grunzte vor Lachen. »Da darf man wohl gespannt sein!«

»Das darf man, Colonel«, sagte Holmwood. »Aber ich halte Valentin für einen Ehrenmann und bin davon überzeugt, dass wir ihn wiedersehen werden.«

»Klar doch«, sagte Frankenstein. »Neben seinem Meister hermarschierend, wenn Dracula und seine Vampire uns angreifen.«

»Das wird sich herausstellen«, sagte Holmwood. »Mit Sicherheit wird einer von uns beiden recht haben und der andere unrecht. Aber das muss sich erst zeigen. Hat sonst noch jemand etwas?«

An dem langen Tisch im Kontrollzentrum herrschte Schweigen.

»Wir haben gelitten«, fuhr Holmwood fort. »Durch Valeris Überfall und durch die Fäulnis, die wir in unserem innersten Kern entdeckt haben. Aber wir haben in diesen letzten Monaten auch Siege errungen, und wir werden weitere erkämpfen. Wäre ich nicht davon überzeugt, könnte ich nicht länger an der Spitze dieses Departments stehen und Ihnen abverlangen, was ich von Ihnen fordern muss. Ich fühle mich weiterhin geehrt, Ihr Vorgesetzter zu sein. Danke. Weggetreten.«

Larissa verließ das Kontrollzentrum als Letzte; sie beobachtete ohne wirkliches Interesse, wie die übrigen Angehörigen der Sonderkommission Stunde null auf den Korridor hinausgingen.

Kate blieb noch kurz stehen, um mit Paul Turner zu sprechen, bevor sie mit Matt davonging, der sich umsah, um festzustellen, ob Jamie ihnen folgte. Das tat er, nachdem er Larissa beim Aufstehen mit leicht hochgezogenen Brauen angesehen hatte; vermutlich war das seine Art gewesen, sie zu fragen, ob mit ihr alles in Ordnung sei.

Das war es nicht, aber sie hatte genickt.

Patrick Williams und sein Bruder schlenderten miteinander hinaus, wobei Jack es nicht lassen konnte, mehrmals kurz zu Angela Darcy hinüberzusehen, die sich angeregt mit Dominique Saint-Jacques und Andrew Jarvis unterhielt. Amy Andrews ging mit Cal Holmwood hinaus, während Paul Turner beim Hinausgehen mit Frankenstein sprach. Larissa wartete noch eine Minute lang, genoss die Stille in dem plötzlich leeren Raum und versuchte, ihren Zorn zu beherrschen.

Es gibt einen Ausdruck dafür, dass man Leute nur deswegen umbringt, was sie sind, dachte sie. *Man nennt es ethnische Säuberung.*

Sie atmete tief durch, bevor sie den Raum durchquerte; sie wusste, dass Jamie auf dem Korridor auf sie warten würde, und war sich darüber im Klaren, dass sie miteinander reden mussten.

Den ersten Tag nach ihrer Rückkehr hatten sie fast ganz in Larissas Zimmer verbracht, das sie nur verlassen hatten, um zu duschen und zu essen. Jamie hatte ihr von John Morton erzählt, und sie hatte ihm zu erklären versucht, dass ihn keine Schuld an Mortons Tod traf. Er hatte nach Nevada gefragt, und sie hatte geantwortet – ohne auf Einzelheiten einzugehen –, ihr habe es dort gut gefallen. Als Jamie mit dieser pauschalen Antwort nicht zufrieden gewesen war, hatte sie ihm schließlich versprochen, ihm später alles zu erzählen, wenn sie so weit sei. Er hatte widerstrebend zugestimmt, und sie hatten seither nicht mehr darüber gesprochen; stattdessen hatte Jamie ihr stundenlang erzählt, was sich in ihrer Abwesenheit alles im Ring ereignet hatte.

Larissa öffnete die Tür des Kontrollzentrums und lächelte ihren Freund an. Jamie, der an der Wand lehnte, richtete sich auf, als sie näher kam.

»Matt und Kate müssen wieder zum Dienst«, sagte er. »Aber sie wollen vorher eine Kleinigkeit essen. Ich habe ihnen gesagt, dass wir auch kommen.«

»Okay«, sagte Larissa. »Das klingt gut.«

Danach herrschte unbehagliches Schweigen zwischen ihnen.

»Alles in Ordnung mit dir?«, fragte sie.

»Ich denke schon«, antwortete Jamie. »Warst du in Vegas, als ich angerufen habe? Ich hab's mehrmals versucht.«

Larissa nickte. »Ich habe gerade mit Chloe gesprochen«, sagte sie. »Mit der Vampirin. Tut mir leid, dass ich nicht antworten konnte.«

Das ist fast die Wahrheit, dachte sie. *Beinahe.*

»Schon in Ordnung«, sagte er und lächelte wieder. »Ich weiß, wie so was ist.«

»Genau«, sagte Larissa. Die Freiheit des Denkens und des Handelns, die sie in Nevada so genossen hatte, hatte sie längst wieder eingebüßt; ihre Welt war wieder voller Schuldgefühle und dunkler Geheimnisse.

»Ich bin froh, dass du wieder da bist, Larissa«, sagte Jamie leise. »Ohne dich war's hier schrecklich einsam.«

»Ich bin auch froh, wieder hier zu sein«, log sie.

Epilog
Drei Abschiede

»Ich kann einfach nicht glauben, dass sie sich nicht mal verabschiedet hat«, wiederholte Tim Albertsson.

»Wirklich nicht?«, fragte Kelly. »Dir fällt kein möglicher Grund dafür ein? Kein einziger?«

Die beiden saßen mit Danny und Aaron in Sam's Diner. Die Atmosphäre war kühl und angespannt; dies war das erste Mal, dass die vier Freunde zusammen waren, seit Tim ihnen per SMS mitgeteilt hatte, Larissa sei überstürzt abgereist, und alle kämpften mit den Dingen, die sie sagen wollten.

»Wie meinst du das, Kelly?«, fragte Tim. »Lass die Andeutungen.«

»Damit will sie andeuten«, sagte Danny, indem er Zucker und Sahne in seinen Kaffee tat und ihn energisch umrührte, »dass du daran schuld bist, dass sie abgehauen ist. Und ich stimme ihr zu.«

»Wovon redet ihr überhaupt?«, fragte Tim. »Ich hab nichts gemacht.«

Kelly schnaubte. »Außer sie merken zu lassen, dass du sie magst, mit ihr zu flirten und zu versuchen, sie zu küssen, was ihr natürlich unangenehm war. Du wusstest, dass sie einen Freund hat, aber du musstest dich trotzdem an sie ranmachen. Konntest nicht einfach akzeptieren, dass sie schon vergeben war? Und jetzt bist du überrascht, dass sie dich nicht zu Schwarzlicht mitgenommen hat, damit du mit Jamie und ihr rumhängen kannst? Wenn das so ist, bist du ein Idiot.«

Tim starrte seine Freundin an. Natürlich stimmte das alles, aber er hätte ihr am liebsten erklärt, sie kenne nicht die ganze

Geschichte: Larissa hatte ihn ihrerseits gemocht, das wusste er, und seine Aufmerksamkeit genossen, sie sogar ermuntert. Aber das durfte er nicht sagen; es hätte ihn nur noch arroganter, noch selbstsüchtiger erscheinen lassen.

»Echt sauer bin ich darüber«, sagte Danny, während er Tim ruhig musterte, »dass du's nicht nur für dich selbst vermasselt hast. Du hast's für uns alle vermasselt. Sie hätte uns mitgenommen, aber deinetwegen hat sie geglaubt, es nicht tun zu dürfen. Jetzt ist sie fort, und wir hocken weiter hier.«

»Das kann ich ihr nicht verübeln«, sagte Tim schließlich. »Und ihr habt recht. Tut mir leid.«

»Klasse«, sagte Aaron. Der stets schweigsame Nachrichtendienstler starrte aus dem Fenster und spielte dabei mit seinem Wasserglas. »Aber das ändert nichts, nicht wahr? Obwohl sie nur ein paar Wochen hier war, hat sie schon zu uns gehört. Ich glaube, dass ich das nicht als Einziger so empfunden habe. Es ist traurig, dass du nicht zu Schwarzlicht darfst, denn ich weiß, wie sehr du dir das gewünscht hast. Es ist bedauerlich, dass auch wir nicht hinkommen, denn ich persönlich hatte mich auf einen Tapetenwechsel gefreut. Aber hier geht's um eine größere Sache, um eine weit größere. Wir wissen alle, denke ich, dass Schwarzlicht in nächster Zeit an vorderster Front kämpfen wird. Und ich weiß, dass wir dabei helfen könnten, aber dazu kommt's nun nicht. Und das ist deine Schuld, ob's dir leidtut oder nicht.«

Tim war verblüfft; so viel hatte Aaron noch nie auf einmal geredet, und seine Vorwürfe trafen ihn schwer. Er war jederzeit bereit, die Verantwortung dafür zu übernehmen, dass er Larissa verfolgt und sie letztlich dazu gebracht hatte, vor ihren Freunden zu flüchten, aber Aarons Anschuldigungen wogen viel schwerer.

Er behauptet, ich hätte unsere Chancen gegen Dracula verschlechtert.

»Tut mir leid, wenn ich euch im Stich gelassen habe«, sagte er. »Euch alle.«

»Jesus, Tim«, sagte Kelly. »Wir wissen, dass du uns diese Sache nicht verderben wolltest und dir das Ergebnis anders vorgestellt hast. Du musst nur lernen, dass du nicht alles kontrollieren kannst, dass nicht immer alles nach deinen Wünschen läuft. Scheiße passiert eben.«

»Scheiße passiert eben«, wiederholte Tim. »Wie wahr!«

Weit von Sam's Diner entfernt, im Nordwesten Englands, standen ein Mann und seine Tochter auf einem Parkplatz neben einem Auto.

Kate Randall hatte die letzten drei Tage größtenteils mit ihrem Vater verbracht. Matt und sie hatten Cal Holmwood gebeten, ihre Väter nicht in eine Zelle zu sperren, und der Kommissarische Direktor hatte endlich eingelenkt und ihre Unterbringung in einem leeren Schlafsaal genehmigt. Dort wurden sie allnächtlich eingeschlossen, was aber eine überflüssige Vorsichtsmaßnahme war; als Zivilisten hatten die beiden Männer kaum eine Chance, von einem geheimen Militärstützpunkt zu entkommen.

Anfangs waren ihre Gespräche zäh verlaufen. Kate hatte sich mit Matt darüber ausgetauscht und erleichtert gehört, dass es ihm nicht besser erging, wenn er mit seinem Dad sprach. Pete Randalls Erleichterung, sein Jubel über die Entdeckung, dass seine Tochter doch nicht tot war, war rasch einer Verärgerung gewichen, die aus Kates frustrierter Sicht an Bockigkeit grenzte. Er kam wieder und wieder auf einen Punkt zu sprechen – den einzigen Punkt, auf den sie keine richtige Antwort wusste.

Du hast mich glauben lassen, du seist tot. Wie konntest du nur?

Sie hatte versucht, es ihm zu erklären, damit er begriff, wie sie die Umstände gesehen hatte: die fehlenden Zukunftsaussichten auf Lindisfarne, die Chance, etwas Gutes, etwas Nützliches zu tun. Und vor allem hatte Schwarzlicht ihr versichert, er werde *nicht* in diesem Glauben gelassen – ein übles Täuschungsmanöver, über das sie dringend mit Cal Holmwood würde reden müssen, sobald im Ring wieder halbwegs Normalität eingekehrt war. Aber das machte alles keinen Unterschied; aus Petes Sicht hatte sie ihn verlassen.

Verschlimmert hatte die Situation sich durch die lange Wartezeit, bis Cal Holmwood gemeinsam mit Paul Turner entschieden hatte, was mit Matts und ihren Vater geschehen sollte. Die beiden Männer hatten sich strafbar gemacht und wussten, dass es Vampire gab, die von Departments bekämpft wurden; deshalb hatte es zu Kates Entsetzen gerüchteweise geheißen, die beiden würden für den Rest ihres Lebens weggesperrt.

Als die Entscheidung endlich feststand, war Kate als Erstes vor Erleichterung in Tränen ausgebrochen. Danach war ihr klar geworden, dass sie Paul Turner wieder einmal zu Dank verpflichtet war.

»Jetzt ist's also so weit«, sagte Pete Randall. Er hielt seine Autoschlüssel in der Hand, sein Gesicht war blass und angespannt. »Zeit, Lebewohl zu sagen. Sehen wir uns jemals wieder?«

Kate holte tief Luft. Sie hatte ihren Vater in dem Van begleitet, der ihn zum Bahnhof Berwick zurückbrachte, wo vor scheinbar endlos langer Zeit seine denkwürdige, schreckliche Odyssee mit Albert Harker begonnen hatte, aber mehr durfte sie nicht tun. Holmwood hatte Pete und Greg erlaubt, mit dem Wissen, dass sie für den Rest ihres Lebens überwacht werden würden, nach Hause zurückzukehren, aber Kate durfte nicht riskieren, dass jemand, der mit ihr aufgewachsen war, sie erkannte. Lindisfarne war eine winzige Gemeinde, und ihr Aufkreuzen würde Fragen aufwerfen, die ihr Vater unmöglich würde beantworten können.

»Weiß ich nicht«, antwortete sie ehrlich. »Ich hoffe es sehr. In nächster Zeit dürfte einiges passieren, von dem ich dir nichts erzählen darf. Aber überleben wir alle, sehen wir uns hoffentlich wieder.«

Pete nickte. Ihm widerstrebte es offensichtlich, sich ins Auto zu setzen und heimzufahren; obwohl er über Kate verärgert war, wollte er sich nicht wieder von ihr trennen.

»Ich muss weiter, Dad«, sagte sie. Ihre Stimme klang gepresst, und sie hatte einen Kloß im Hals; ging sie nicht gleich, würde sie's vielleicht gar nicht mehr schaffen. »Du kommst zurecht, ja?«

Pete lächelte. »Klar doch«, sagte er tapfer.

Kate trat vor und schloss ihren Vater in die Arme. Er drückte sie an sich, brachte sein Gesicht an ihr Ohr.

»Ich bin so stolz auf dich, Kate«, flüsterte er. »Ich liebe dich so sehr.«

Sie spürte heiße Tränen in den Augen und musste heftig schlucken. »Danke, Dad«, murmelte sie undeutlich. »Ich liebe dich auch.«

Pete ließ sie los und trat einen Schritt zurück. Er sah seine Tochter sekundenlang an, dann wandte er sich ab, öffnete die Autotür und stieg ein. Sie trat zurück, als der Motor brummend ansprang, und sah zu, wie ihr Dad langsam anfuhr. An der Ausfahrt des Parkplatzes sah er sich noch einmal nach ihr um. Sie hob kurz die Hand und sah, dass er ebenfalls winkte. Dann knirschte Kies unter den Reifen, und ihr Vater war fort.

Kate ging unsicher zu dem Van zurück, der mit laufendem Motor auf sie wartete. Sie öffnete die Beifahrertür, stieg ein und schnallte sich an.

»Wohin, Madam?«, fragte der Fahrer.

»Heim«, sagte Kate.

Keine dreihundert Meilen weiter südlich fand ein ähnliches Gespräch statt.

Matt Browning stand in der Küche des Hauses, in dem er aufgewachsen war, und trank den ersten Becher Tee, den sein Vater seiner Erinnerung nach jemals für ihn gemacht hatte. Er war noch immer leicht verwundert; er hätte nie geglaubt, dass sein Vater wusste, wo der Wasserkocher stand und wie er funktionierte. Und das Haus war tadellos sauber und aufgeräumt, was ebenfalls überraschend war; er hatte erwartet, nach seinem Verschwinden und der Flucht seiner Mutter würde der Abfall bis zu den Fensterbrettern reichen.

Während sein Vater Tee machte, war er in sein Zimmer hinaufgegangen und von so heftiger Nostalgie befallen worden, dass er sie fast körperlich spürte. Der Raum, in dem er so große

Teile seines Lebens verbracht und sich vor der Außenwelt versteckt hatte, sah so klein aus! Sein Bett war gemacht, und die Regale mit Büchern und Comics waren unverändert, aber sie kamen ihm vor, als gehörten sie jemand anderem; er erkannte den Bewohner dieses Zimmers nicht mehr.

»Willst du noch einen?«, fragte Greg Browning. Er nickte zu Matts Becher hinüber.

»Nein, danke, Dad«, sagte Matt. »Ich muss weiter, fürchte ich.«

Sein Vater wirkte enttäuscht, aber er fing sich rasch wieder. »Natürlich«, sagte er. »Ich verstehe. Du hast zu arbeiten.«

Matt nickte.

»Ich würde gern verstehen, was du machst«, sagte Greg resigniert lächelnd. »Aber das ist ja nichts Neues, was? Ich habe nie richtig kapiert, was du machst. Schon mit ungefähr fünf warst du schlauer als ich.«

»Tut mir leid, Dad.«

Greg runzelte die Stirn. »Nicht entschuldigen, Matt. Entschuldige dich niemals dafür, was du bist. *Mir* sollte es leidtun. Ich hätte mir mehr Mühe geben sollen, als du klein warst, mich mehr für dich interessieren sollen. Für mich war das nicht leicht, mein Junge. Wir hatten keine gemeinsamen Interessen, und ich hab mir nicht Mühe genug gegeben, dich zu verstehen. Ich war ehrlich gesagt eingeschüchtert, das kann ich jetzt zugeben. Aber das ist keine Entschuldigung. Und ich war *immer* stolz auf dich, Matt, ob du's glaubst oder nicht. Ich habe allen Leuten von meinem Sohn dem Genie erzählt.«

Matt errötete. Er wusste nicht, was sein Vater von ihm hören wollte. Bat er ihn um Verzeihung, sollte er ihm versichern, das sei in Ordnung? Das hätte er gern getan, wenn er sich einen Nutzen davon versprochen hätte, aber wenn er seinen Dad betrachtete, zweifelte er stark daran.

»Sieh dich bloß an«, fuhr Greg fort. »Bist im Staatsdienst, versuchst die Welt zu retten. Ich wollte, das dürfte ich den Leuten erzählen.« Er sah Matt blass werden und lächelte erneut. »Keine

Sorge, mein Junge«, sagte er. »Außer deiner Mutter erfährt niemand was.«

Matt nickte. »Du rufst sie an?«

»Yeah«, antwortete sein Dad. »Sobald du weg bist. Ich hab schon überlegt, ob ich sie jetzt anrufen soll, damit du mit ihr reden kannst, aber ich weiß nicht, ob das eine gute Idee wäre. Ich weiß ehrlich gesagt nicht mal, ob sie meinen Anruf überhaupt annehmen würde.«

»Das tut mir leid«, wiederholte Matt. »Ich wollte nicht alles durcheinanderbringen.«

»Ich weiß, dass du das nicht wolltest«, bestätigte Greg. »Ehrlich gesagt war unser Verhältnis schon nicht mehr das beste, bevor du gegangen bist. Schon seit Jahren nicht mehr. Dass du noch mal verschwunden bist, war nur der Tropfen, der das Fass zum Überlaufen gebracht hat.«

»Glaubst du, dass sie zurückkommt?«, fragte Matt.

Sein Vater zuckte mit den Schultern. »Das weiß ich nicht, mein Junge. Ich glaub's ehrlich gesagt nicht. Aber sie wird selig sein, wenn sie hört, dass du in Sicherheit bist. Vielleicht macht das manches besser.«

»Sie fehlen dir wohl?«, fragte Matt sanft.

»Natürlich«, antwortete sein Vater. »Du fehlst mir auch. Ich weiß ehrlich gesagt nicht, was ich jetzt tun soll. Seit deine Mom fort ist, habe ich nur noch daran gedacht, wie ich mich ohne Rücksicht auf mich selbst an den Leuten rächen könnte, die dich anscheinend entführt hatten.«

»Du könntest nach Sheffield ziehen«, schlug Matt vor. »Dir dort oben einen Job suchen. Da wärst du Mom und Laura näher.«

»Vielleicht«, antwortete Greg. »Erteilst du mir jetzt Ratschläge?«

Matt lächelte. »Sieht so aus.«

Die beiden Männer verfielen in geselliges Schweigen. Matt war sich bewusst, dass er gehen musste, dass er in den Ring und an seinen Schreibtisch beim Projekt Lazarus zurückkehren sollte. Als Folge der jetzt als Browning-Theorie bezeichneten Tatsache hatten sie mehr Arbeit als je zuvor; die Erkenntnis, dass das Vampirvirus sich in seinem Wirt weiterentwickelte und neuen Opfern mehr Kraft verlieh, je länger es hatte wachsen können, wirkte sich auf ihre Primäranalyse und im weiteren Sinn auf die Sicherheit des gesamten Departments aus.

Zu seiner Überraschung merkte er jedoch, dass er nicht gehen wollte. Obwohl er nicht hätte behaupten wollen, sein Vater sei ein anderer Mann geworden, schienen die Wut und die Frustration, die ständig in ihm gekocht hatten, zumindest vorläufig verschwunden zu sein. Matt fragte sich, ob der Verlust seiner Familie dem entsprach, was Süchtige als ihren absoluten Tiefpunkt bezeichneten – als sei sein Vater endlich gezwungen worden, seinen Zorn gegen sich selbst zu richten, statt alle Schuld bei seiner ihn enttäuschenden Umgebung zu suchen.

»Bist du sicher, dass du nicht noch einen willst?«, fragte Greg. »Einen für unterwegs?«

Matt betrachtete seinen Dad. »Warum nicht«, sagte er. »Noch ein Tee wäre klasse.«

Sein Dad nickte, dann grinste er breit. Er schaltete den Wasserkocher ein und begann in den Hängeschränken herumzusuchen. Nach kurzem Zögern trat Matt neben ihn, um ihm zu helfen.

Epilog
Zwei Gefangene

Henry Seward spuckte einen großen Blutklumpen auf den Boden zwischen seinen Füßen und runzelte die Stirn; mitten in der roten Lache lag etwas Weißes. Er streckte eine Hand aus, die in dem sanften Kerzenschein, der sein Zimmer erhellte, sichtbar zitterte, griff danach und hielt es vor sein Gesicht.

Es war ein Zahn.

Sewards Magennerven verkrampften sich. Seine Zunge fuhr rasch die Zahnreihen entlang und entdeckte oben rechts eine Lücke, wo ein Backenzahn fehlte. Er drückte die Zunge hinein und verzog das Gesicht, als ihre Spitze empfindliches Zahnfleisch berührte. Er würgte kurz, dann betrachtete er den Zahn nochmals: Er schien heil zu sein, und die kräftige blassgelbe Zahnwurzel, die bisher fest im Kiefer gesessen hatte, war intakt.

Er ist ausgefallen, erkannte er. *Er ist nicht ausgeschlagen. Er ist ausgefallen.*

Er saß auf dem Boden des elegant eingerichteten kleinen Zimmers, das als seine Zelle diente, und hatte die Arme um die hochgezogenen Knie geschlungen. Vor dem Fenster in der Wand gegenüber überzog die Morgenröte des kommenden Tages den grauen Himmel mit einem zartrosa Schleier. Seward wusste noch immer nicht genau, wo er war; Dracula hatte ihm mitgeteilt, sie seien in Frankreich, aber mehr ließ der alte Vampir sich nicht entlocken. Seward glaubte, in den klarsten, dunkelsten Nächten den fernen Schein elektrischer Lampen gesehen zu haben, aber zu welchem Ort sie gehörten, blieb ein Rätsel.

Seit er sich vorgestern Abend vom Wehrgang des Schlosses

gestürzt hatte, war er nicht mehr gefoltert worden. Valeris Zorn war übergroß und erschreckend gewesen, und Seward hatte zum ersten Mal seit seiner Entführung aus dem Ring ernstlich um sein Leben gefürchtet. Draculas Diener hatte ihn mit kalter, grausamer Präzision misshandelt und ihm Schreie entlockt, die nicht mehr menschlich klangen. Als er am Morgen danach blutend und schluchzend und kaum mehr atmend zurück in seiner Zelle saß, waren zwei Vampire gekommen und hatten seine Wunden weit besser versorgt als zuvor. In den vergangenen achtundvierzig Stunden war er größtenteils in Ruhe gelassen worden; Vampire, die höflicher und weniger abscheulich waren als sonst, hatten ihn in seinem Zimmer mit Essen, Wasser und benommen machenden starken Schmerzmitteln versorgt.

Seward glaubte zu wissen, dass hinter diesen neuen Verhaltensweisen weder Güte noch Großzügigkeit steckte. Vielmehr waren sie eine Folge von Valeris Selbsterhaltungstrieb. Er hatte selbst gehört, wie Dracula seinen Diener ermahnte, ihn nicht umzubringen, und vermutete, Valeri sei viel weiter gegangen als eigentlich beabsichtigt. Jetzt wurde er wieder einigermaßen aufgepäppelt, damit der ältere Rusmanov nicht den Zorn seines Meisters auf sich zog.

Seward war weiter stolz darauf, was er mit seinem Sprung in die Tiefe bewirkt hatte. Er wusste nicht, ob und wie sehr er Draculas Genesung beeinträchtigt hatte, aber es war wundervoll gewesen, die Unsicherheit auf dem Gesicht des alten Ungeheuers zu beobachten, als die Kräfte ihn verlassen hatten; das war die anschließenden Folterqualen fast wert gewesen. Er wusste noch immer nicht, was der Vampir gemeint hatte, als er beim Abendessen geprahlt hatte, er sei überall, aber das war ihm offen gesagt gleichgültig. Dies war nichts, was er aus seiner Zelle heraus beeinflussen konnte, deshalb lohnte es nicht, darüber nachzudenken. Er vertraute auf Holmwood und die Männer und Frauen von Schwarzlicht, die bestimmt allem gewachsen sein würden, was Dracula gegen sie aufbieten konnte. Er bedauerte nur, dass er aller Voraussicht nach nicht mehr dabei sein würde, wenn

Dracula und Valeri im Kampf mit seinen Freunden das Lachen verging.

Er hustete nochmals rasselnd und spuckte einen kleineren Klumpen gerinnendes Blut aus. Er zitterte fast dauernd, sein linkes Ohr klingelte, und er hatte ständig Schmerzen, aber er rang sich ein Lächeln ab, das rot verfärbte Zähne sehen ließ.

Einer meiner Freunde wird dir seinen Pflock ins Herz stoßen, du alter Scheißkerl, dachte er. *Und ich werde laut darüber lachen, wo immer ich bin. Darauf kannst du dich verlassen.*

Mehrere hundert Meilen weiter nördlich setzte Julian Carpenter sich auf, als die Zellentür sich gedämpft klickend und rumpelnd öffnete.

Er hatte auf dem Bett gelegen und sich vergeblich bemüht, Schlaf zu finden. Der Flug von Nevada über den Atlantik war kurz, aber außergewöhnlich unbequem gewesen; der körperliche Schmerz in seinen Handgelenken war nicht weniger schlimm gewesen als das Gefühl von Platzangst unter der Kapuze, die er hatte tragen müssen, aber das alles war nichts im Vergleich zu der Demütigung, wie ein gemeiner Verbrecher nach England zurückgebracht zu werden. Er war mit einer Kapuze verhüllt an Bord eines Flugzeugs gebracht worden, hatte kein Wort sagen dürfen, war in eine Isolierzelle gesteckt worden, die er nicht mal sehen konnte, und hatte nach der Landung gespürt, wie zwei Agenten ihn an den Armen packten und wegführten. Er war der Verzweiflung nahe gewesen, bis er Cal Holmwoods Stimme gehört hatte, die ihn begrüßte; ihr vertrauter, freundlicher Tonfall hatte ihm erlaubt, die Fassung zu bewahren, als er in die Zelle hinuntergebracht wurde, in der er jetzt saß.

Die Handschellen waren ihm abgenommen worden, die Kapuze hatte er sich selbst vom Kopf gezogen, sobald die Tür ins Schloss gefallen war. Diese Zelle war etwas größer als die in Dreamland, in der er das letzte Vierteljahr gesessen hatte, aber ebenso spärlich möbliert: Bett, Stuhl, Toilette, Waschbecken. Obwohl er erschöpft war, fand er keinen Schlaf, weil er ständig daran denken musste, dass hier irgendwo – vielleicht nur wenige hundert Meter entfernt – sein Sohn und seine Frau waren.

Die Zellentür ging auf, und Cal Holmwood kam herein. Er nickte, und Julian reagierte mit einem schwachen Lächeln; zu mehr war er gegenwärtig nicht imstande.

»Julian«, sagte der Kommissarische Direktor von Schwarzlicht. »Wie geht es dir?«

»Was willst du von mir hören, Cal?«, lautete seine Gegenfrage.

Holmwood zuckte mit den Schultern und setzte sich auf den Plastikstuhl. Julian lehnte sich auf dem Bett sitzend mit dem Rücken an die Wand.

»Dies alles tut mir leid«, sagte Holmwood. »Ich hasse es, dich hier drinnen zu sehen. Ich weiß, dass das unfair ist.«

»Es gäbe eine einfache Lösung, Cal«, antwortete er. »Wenn du es wirklich hasst.«

»Nein«, sagte Holmwood. »Es gibt keine.«

Julian lief ein kalter Schauder über den Rücken. »Was geht hier vor?«, fragte er. »Ehrlich, Cal.«

»Niemand darf erfahren, dass du nicht tot bist, Julian«, sagte Holmwood. »Das wirft zu viele Probleme auf. Zumindest vorläufig.«

»Niemand?«, fragte Julian ruhig. »Auch nicht ...«

»Auch nicht Marie und Jamie«, bestätigte Cal. »Tut mir leid, Julian. Du bist als angeblicher Verräter gestorben, und ich kann's mir nicht leisten, das alles noch mal aufzurollen. Nicht jetzt. Thomas Morris hat gestanden, dich zu Unrecht beschuldigt zu haben, aber dass du deinen eigenen Tod inszeniert hast, macht misstrauisch, Julian, das musst du einsehen. Das würde Untersuchungen, Aussagen, Befragungen und Ermittlungen erfordern. Und dafür kann ich weder Arbeitszeit noch Personal einplanen. Nicht in diesen schwierigen Zeiten.«

Julian fühlte sich benommen. Das war die Möglichkeit, vor der Bob Allen ihn gewarnt hatte, auf die er sich vorzubereiten versucht hatte, aber die Worte aus Cals Mund trafen ihn trotzdem wie ein Magenhaken.

»Du willst mir sagen, dass ich meine Familie nicht wiedersehen darf«, sagte er langsam. »Habe ich richtig gehört? Das möchte ich ganz genau wissen.«

»Ja, das stimmt«, antwortete Holmwood. »Tut mir wie gesagt leid.«

»Es tut dir leid? Soll das ein Witz sein?«

»Es soll ...«

»Ich habe nichts Unrechtes getan«, unterbrach Julian ihn. »Weder damals noch jetzt. Meinen Tod habe ich inszeniert, weil ich wusste, dass jemand mir etwas angehängt hatte, und nicht zulassen durfte, dass Marie und Jamie für meine angeblichen Straftaten würden büßen müssen. In den Jahren seit damals habe ich niemandem verraten, wer ich bin. Ich habe niemandem von uns, den Vamps oder irgendwelchen Geheimsachen erzählt. Ich habe mich nur aus der Deckung gewagt, weil ich dachte, mein Sohn sei in Gefahr, und bin seitdem inhaftiert. Weshalb sollte deine Aussage, es tue dir leid, mir also irgendetwas bedeuten?«

Holmwood sagte nichts.

»Das ist meine Familie, Cal«, sagte Julian mit fast brechender Stimme. »Meine Frau. Mein Sohn. Tu mir das bitte nicht an.«

Holmwood sah ihn an. Seine Augen waren blutunterlaufen, und die Tränensäcke waren dunkel und schwer. »Zu spät«, sagte er leise. »Tut mir leid, aber die Entscheidung ist gefallen.«

Julian spürte Kälte in seinem Körper hochkriechen. Bei den Worten seines Freundes schien in seinem Inneren etwas abgestorben zu sein, irgendein wichtiger Teil seiner selbst. »Wie geht's also weiter?«, fragte er. »Ich bleibe hier und hoffe, dass du dir die Sache anders überlegst?«

»Das hängt von dir ab«, sagte Holmwood und richtete sich auf seinem Stuhl auf. »Du kannst in dieser Zelle bleiben. Hier bist du sicher, wirst gut versorgt, und ich veranlasse, dass du ein paar Sachen bekommst, die sie etwas erträglicher machen – mehr Möbel, ein Unterhaltungssystem. Aber außer mir weiß niemand, wer du bist, und du darfst mit sonst niemandem sprechen.«

»Und wenn nicht?«, fragte Julian. »Gibt es eine andere Option?«

»Es steht dir frei zu gehen«, sagte Holmwood. »Wir geben dir einen neuen Namen, ein neues Leben. Aber du darfst niemals zurückkommen. Du darfst niemals versuchen, mit jemandem aus diesem oder anderen Departments in aller Welt in Verbindung zu treten. Du wirst für den Rest deines Lebens überwacht und beim geringsten Verstoß gegen die Bewährungsauflagen wieder hier eingesperrt, ob's dir gefällt oder nicht. Aber du *kannst* ein Leben haben. So viel sind wir dir schuldig.«

»Ohne meine Familie?«, fragte Julian.

Holmwood nickte. »Ja. Ohne sie.«

»Was für eine Art Leben wäre das?«

»Ein besseres, als du in dieser Zelle eingesperrt haben kannst«, sagte Holmwood. »Eines, in dem du dich frei bewegen, die Sonne sehen und selbst entscheiden kannst, was du essen willst. Nimm es oder lass es.«

»Ich soll es nehmen oder lassen?«, fragte Julian. Sein Verstand schien langsamer zu arbeiten, als beeinträchtige das Ungeheuerliche von Cals Vorschlag seine lebenswichtigen Systeme. Die Zelle schien noch grauer zu werden, umwölkte sich an den Rändern seines Gesichtsfelds und schrumpfte zugleich, sodass seine Perspektive auf einen dunklen Tunnel reduziert wurde.

»So ist es leider«, sagte Holmwood. Er stand von seinem Stuhl auf, durchquerte den Raum und schlug dreimal kräftig an die Tür. »Ich gebe dir etwas Zeit, damit du darüber nachdenken kannst. Und es tut mir wie gesagt echt ...«

»Verschwinde einfach, Cal«, sagte Julian und ließ sich aufs Bett zurücksinken.

Die Tür wurde entriegelt und schwang auf. Holmwood musterte ihn noch einige Sekunden lang, dann wandte er sich ab, verließ die Zelle und schlug die Tür hinter sich zu.

Julian starrte zur Betondecke hinauf, während die Worte seines Freundes in seinem Kopf hämmerten.
Nimm es oder lass es.
Nimm es.
Oder lass es.

46 Tage bis zur Stunde null

Danke

Meinem Agenten Charlie Campbell und meinem Lektor Nick Lake, ohne die diese Bücher nicht existieren würden.

Meiner bezaubernden Lektorin in den USA, Laura Arnold, für ihren unendlichen transatlantischen Enthusiasmus.

Dem gesamten Team von HarperCollins und Razorbill für alles, was es für mich tut.

Meinen wunderbaren Verlegern auf der ganzen Welt dafür, dass sie meine Worte in so vielen Sprachen verbreiten.

Sarah, dafür, dass sie mich erträgt.

Meinen Freunden und meiner Familie für ihr Verständnis und ihre Unterstützung.

Und am allerwichtigsten, jedem Einzelnen, der seine Zeit und sein Geld in diese Bücher gesteckt hat. Es erstaunt mich immer wieder, und ich werde eure Unterstützung nie für selbstverständlich halten. Dankeschön.

Will Hill
London, Februar 2013